BASTEI
LÜBBE

Von Simon Beaufort sind bei Bastei Lübbe Taschenbücher lieferbar:

15344 Das Geheimnis der Heiligen Stadt
15550 Der Spion des Königs
15754 Das Gold des Bischofs
15888 Im Auftrag des Grafen

*Über den Autor:*

Simon Beaufort lehrt als Historiker an der Universität von Cambridge in Großbritannien. Er hat zahlreiche Sachbücher verfasst. DIE VERSCHWÖRUNG DER MÜNZER ist der fünfte Band einer historischen Krimireihe um Sir Geoffrey Mappestone zur Zeit der Kreuzzüge. Simon Beaufort lebt mit seiner Frau, die ebenfalls eine erfolgreiche Schriftstellerin ist, in einem kleinen Dorf in Suffolk, England.

Simon Beaufort

# Die Verschwörung der Münzer

Historischer Roman

Aus dem Englischen von
Linda Budinger und Alexander Lohmann

BASTEI LÜBBE

BASTEI LÜBBE TASCHENBUCH
Band 16 305

1. Auflage: September 2009

Vollständige Taschenbuchausgabe

Bastei Lübbe Taschenbücher in der Verlagsgruppe Lübbe

Deutsche Erstausgabe

Für die Originalausgabe:

Titel der englischen Originalausgabe: »The Coiners' Quarrel«
Originalverlag: Severn House Publishers Ltd.
Published by Arrangement with Severn House Publishers Ltd.
on Behalf of A.M. Heath Co. Ltd.
Für die deutschsprachige Ausgabe:

Textredaktion: Angela Koonen
Titelillustration: akg-images, Berlin
Umschlaggestaltung: Kirstin Osenau
Satz: hanseatenSatz-bremen, Bremen
Gesetzt aus der Adobe Garamond
Druck und Verarbeitung: GGP Media GmbH, Pößneck
Printed in Germany
ISBN 978-3-404-16305-2

Meinem Vater
in liebendem Angedenken

# 1. Kapitel

Westminster, Oktober 1102

Sir Geoffrey Mappestone kochte vor Wut. Er stand auf dem Damm am Ufer des Themsestromes, mit dem Hund an seiner Seite, und blickte finster auf die zahlreichen Boote hinab, die an ihrer Vertäuung zerrten. Vor der Audienz beim König musste er seine Gefühle in den Griff bekommen. Sein Freund, Sir Roger von Durham, beobachtete ihn besorgt und wusste nicht recht, wie er ihn beschwichtigen sollte. Eines allerdings wusste er nur allzu gut: Es wäre – ausgesprochen unklug, wenn Geoffrey vor den König trat und ihm unlautere Machenschaften vorwarf.

Roger schaute zum Himmel auf. Dunkle Wolken ballten sich über ihnen zusammen und kündigten einen weiteren Herbststurm an. Sie passten zu Geoffreys dräuender Stimmung, und Roger murmelte ein inbrünstiges Gebet, dass beide Stürme ohne Schaden vorüberziehen mögen.

Hinter den beiden Rittern lag Westminster mit der mächtigen Benediktinerabtei, ihren Kreuzgängen, Dormitorien und Refektorien und mit der herrschaftlichen Halle, die der letzte König hatte erbauen lassen. Sie zeichnete sich durch ihre bequeme Nähe zu London aus und war groß genug, um das Heer an Schreibern und Sekretären aufzunehmen, die König Henry beschäftigte. Regelmäßig berief Henry dort auch den königlichen Rat ein.

In diesen ansehnlichen Palast an der Themse war Geoffrey einbestellt worden, und hier stand er an diesem stürmischen Oktobermorgen – kalt, nass und aufgebracht.

»Ich richte dem König aus, dass du verhindert bist«, bot Roger an. Er wollte nicht länger warten, bis Geoffrey das Wort ergriff. »Ich sage ihm, du kannst dich heute nicht mit ihm treffen.«

Geoffrey starrte weiterhin übellaunig auf die Schiffe. »Warum?«

»Weil ich nicht am Galgen landen will, nur weil du Streit mit dem König anfängst«, gab Roger schroff zurück. »Wenn du aussprichst, was du denkst, tötet er dich. Und dann erzählt ihm irgendwer, dass du nicht alleine da bist, und er stöbert auch den Rest von uns auf – mich, Helbye, Uflrith und Durand. Uns räumt er dann ebenfalls aus dem Weg, nur damit jeder sieht, was mit Leuten passiert, die sich mit Verrätern einlassen.«

»Ich bin kein Verräter«, widersprach Geoffrey scharf. »Um Henry verraten zu können, müsste ich erst mal in seinen Diensten stehen. Und das ist nicht der Fall. Mein Lehnsherr ist Fürst Tankred, und nur ihm habe ich den Treueid geleistet.«

»Und Tankred hat dich davon entbunden«, sagte Roger. Er deutete auf den Brief, der Anlass für Geoffreys Ärger war. »Er hat dich aus seinen Diensten entlassen und drängt dich, stattdessen Henry den Lehnseid zu leisten. Die Anweisung ist deutlich genug.«

Geoffrey fuchtelte mit dem Schreiben vor Rogers Gesicht herum, und der Hund winselte besorgt. Geoffrey neigte sonst nicht zu Wutausbrüchen, und man erlebte ihn selten so aufgebracht. »Tankred hat das nicht geschrieben. Es war Henry!«

Roger kratzte sich am Kopf. Wie Geoffrey lehnte er die wallende Lockenpracht und geflochtene Bärte ab, wie sie gegenwärtig in Mode waren. Stattdessen war er glatt rasiert und trug auch das Haupthaar kurz. Geoffrey war hochgewachsen und kräftig, doch neben dem riesigen Roger wirkte er schmächtig.

»Aber der Brief trägt Tankreds Siegel«, wandte Roger ein. »Wie kann jemand anderes ihn abgeschickt haben?«

»Henry ließ es fälschen«, erwiderte Geoffrey. Er versuchte, geduldig zu sein. Roger neigte dazu, stets das Offensichtliche zu glauben – was voreilig war, wenn es um Männer wie Henry ging. »Tankred schickte ihm noch vor wenigen Monaten einen Brief, in dem er meine Rückkehr forderte. Den nutzte Henry als Vorlage, um Schreibstil und Siegel nachzuahmen.«

»Nein.« Roger blieb stur. »Mag sein, dass du für einen König nützlicher bist als ich – immerhin sprichst und schreibst du ein paar Sprachen. Aber *so* wertvoll bist du auch wieder nicht! Henry hat viele schlaue Leute an seinem Hof, und wenn du meinst, er lässt einen Brief fälschen, nur um dich in seinen Dienst zu kriegen, dann machst du dir was vor.«

Geoffrey antwortete nichts darauf. Widerstrebend gestand er sich ein, dass Roger Recht haben könnte. Henry hatte den englischen Thron an sich gerissen, nachdem sein Bruder William Rufus vor zwei Jahren bei einem Jagdunfall ums Leben gekommen war, und seither hatte er sich tatsächlich mit klugen und fähigen Höflingen umgeben. Zudem legte er großen Wert auf Loyalität, die er wohl kaum von Leuten erwarten konnte, die er gegen ihren Willen in seinen Dienst presste.

»Außerdem«, fuhr Roger fort, »besitzt du neben deinem winzigen Gut an der walisischen Grenze gerade mal eine Rüstung und ein Streitross. Meinetwegen hast du Verstand und auch was gelernt, aber das ist lange nicht so viel wert, wie du glaubst.«

Geoffrey wusste nur zu gut, was der ungebildete Roger von seiner Gelehrsamkeit hielt. Als vierter Sohn mit geringer Aussicht auf ein Erbe war Geoffrey für den Dienst in der Kirche vorgesehen gewesen. Doch wie sich herausstellte, war er für ein Leben in Keuschheit und Gehorsam ungeeignet. Also hatte man ihn in die Normandie geschickt, wo er zum Ritter ausgebildet wurde, damit er sein Glück machen konnte und nicht der Familie zur Last fiel. Wie gut diese Strategie aufgegangen war, sah man nicht zuletzt daran, dass er England zwei Jahrzehnte lang ferngeblieben war.

»Es ist der Zeitpunkt, der mir zu denken gibt«, murmelte er. Viel von seinem Zorn war verraucht bei der Erkenntnis, dass Roger womöglich Recht hatte. »Wir waren schon in Southampton auf dem Schiff und wollten England gerade verlassen, als die Männer des Königs eintrafen und uns zurückbefohlen haben.«

»*Dich* haben sie zurückbefohlen«, berichtigte ihn Roger. »Mein Vater ist der Bischof von Durham, ein erklärter Gegner des Königs. Mich würde er nur allzu gern ziehen lassen. Er hat nur dich zurückgerufen.«

»Zurückgerufen«, wiederholte Geoffrey. »Das ist sehr höflich ausgedrückt! Sie sind mit gezückten Schwertern auf uns losgegangen und haben uns wie Gefangene hierhergeschleift. Und dann, kaum dass ich hier eintreffe, erhalte ich das da!« Wieder fuchtelte er mit dem Brief herum.

»Der kam erst hier an, *nachdem* Henry seine Leute hinter dir hergeschickt hatte«, erklärte Roger geduldig. »Der Bote hat dir doch alles erklärt, als er den Brief übergeben hat.«

Geoffrey beäugte das Pergament voll Abscheu. Wie konnte Roger nur so leichtgläubig sein? Für ihn war das Sendschreiben einfach das, was es zu sein schien: eine Empfehlung von Tankred, dass Geoffrey in Zukunft lieber Henry zu Diensten sein sollte; zugestellt nach Westminster, weil Tankred vermutet hatte, dass Geoffrey dort anzutreffen war.

Aber Geoffrey blieb misstrauisch. Er nahm an, dass die Schreiber des Königs ein wenig mehr Zeit gebraucht hatten, um ihre Fälschung abzurunden – der Brief war noch nicht fertig gewesen, als Henry seine Krieger ausgeschickt hatte.

»Ich könnte mir schlimmere Herren vorstellen«, fuhr Roger fort. »Henry hat jede Menge Gold, um dich zu bezahlen, und Feinde zum Kämpfen hat er im Überfluss. Was kann ein Ritter mehr wünschen?«

»Ich traue ihm nicht«, sagte Geoffrey. Wieder fühlte er den Zorn in sich aufsteigen. »Und ich will zu Tankred zurück.«

»Aber Tankred will dich nicht«, stellte Roger unverblümt fest und wies auf den Brief.

Der Wind blies heftig, und es war kalt am Ufer des Flusses. Aber Geoffrey war noch nicht bereit für eine Audienz beim König. Wenn das Schreiben tatsächlich erst eingetroffen war, nachdem er Geoffrey zurückbefohlen hatte, dann hatte die Vorladung nichts mit Tankreds Brief zu tun. In dem Falle hatte Henry etwas anderes im Sinn. Geoffrey war sich nicht sicher, ob er es erfahren wollte.

Er wanderte ein wenig am Ufer entlang bis zu einer Landungsbrücke, die weit in die graue, trübe Themse hinausragte. Er brauchte Zeit, um über den Brief, die Vorladung und die Schlussfolgerungen aus beidem nachzudenken. Gerade herrschte Ebbe, sodass nur das äußerste Ende des Steges im Wasser lag. Geoffreys schwarz-weißer Hund trottete vom Pfad hinab, um die dunklen Lücken zwischen den muschelverkrusteten Stützpfählen zu untersuchen. Plötzlich gab es dort heftige Unruhe. Der Hund bellte wild, und ein Mann rannte aus der Deckung hervor und lief davon. Unterwegs schleuderte er etwas ins Schilf. Der Hund lief nicht hinter ihm her, sondern schnüffelte aufgeregt an etwas herum.

Geoffrey war dankbar für jeden Vorfall, der sein Treffen mit dem König hinauszögerte. Vorsichtig suchte er sich einen Weg über die schlüpfrigen Ufersteine und bückte sich unter den Landungssteg. Der Hund liebte nichts mehr als eine fliehende Beute, die er hetzen konnte, und der Ritter war neugierig, was wohl interessanter sein mochte als eine solche Jagd. Dann blieb er abrupt stehen. Ein Mann lag dort, das Gesicht blutverschmiert, die Augen blicklos nach oben gerichtet.

Als Roger die Leiche unter dem Steg bemerkte, nahm er gleich die Verfolgung des Flüchtigen auf. Geoffrey hielt den Versuch für aussichtslos. Ein normannischer Ritter in voller Rüstung konnte nicht lange rennen. Rogers Jagdbeute hatte einen zu großen Vorsprung und war bald außer Sicht. Ihm blieb nichts anderes übrig, als erschöpft und enttäuscht kehrtzumachen.

»Das hat er weggeworfen«, verkündete er und ließ einen blutigen Stein vor Geoffreys Füße fallen.

»Die Mordwaffe«, vermutete Geoffrey. »Er hat seinem Opfer damit den Schädel eingeschlagen.«

»Sie waren beide Sachsen«, sagte Roger, mit Blick auf die flachsblonde Haarpracht des Toten und dessen einfach genähten Wollkittel. »Würdest du den Mann wiedererkennen, hinter dem ich hergelaufen bin?«

Geoffrey schüttelte den Kopf. »Ich habe sein Gesicht nicht gesehen.«

»Er hatte blondes Haar unter seinem Hut. Vermutlich waren sie beide als Bittsteller hier. Aber wir können die Leiche nicht liegenlassen. Die Flut würde sie forttragen. Bleib hier, während ich Hilfe hole.«

Als Roger fort war, fing es an zu regnen, bösartige, eisige Tropfen, die auf der Haut stachen und von einem zunehmend heftigen Wind vorangepeitscht wurden. Die Bäume bogen sich unter den Böen, und schaumgekrönte Wellen kräuselten sich auf der Themse. Während Geoffrey wartete, las er Tankreds Brief noch einmal und versuchte, sachlich zu bleiben.

Der Schreibstil war derselbe wie in den Briefen, die er in der Vergangenheit empfangen hatte, mit den gleichen, charakteristischen Schnörkeln am Buchstaben T, und wenn das Siegel nicht das von Tankred war, so stellte es eine hervorragende Fälschung dar. Doch warum sollte Tankred seinen Ritter so plötzlich verstoßen? Lag es womöglich daran, dass Geoffrey zu viel Zeit auf persönliche Angelegenheiten verschwendet und andere Männer seine Rolle als geschätzte Ratgeber eingenommen hatten? Oder weil er nicht beim ersten Mal zurückgekehrt war, als Tankred es ihm befohlen hatte? Oder stammte der Brief doch nicht von Tankred?

Geoffrey wusste nicht, was er davon halten sollte. Wenn dieser Brief allerdings eine Fälschung war und Geoffrey ihretwegen in Henrys Dienste trat, dann wäre Tankred außer sich vor Zorn. Und zwischen Tankreds aufbrausendem Temperament und Henrys Heimtücke gefangen zu sein war keine angenehme Lage.

Roger kehrte bald mit vier Soldaten zurück. Zwei machten sich gleich an eine aussichtslose Suche nach dem Täter, während die anderen den Leichnam in eine Decke hüllten und sich dabei mit Roger unterhielten.

»Der Tote ist Fardin«, erklärte einer der Männer in normannischem Französisch. »Er gehörte zu einem Haufen Sachsen, die sich gegenseitig als Verbrecher beschimpfen. Es gibt zwei Gruppen unter ihnen, die eine erbitterte Feindschaft pflegen. Meinetwegen können sie sich gern alle gegenseitig umbringen. Ich bin es wirklich leid, mir diese Klagen über die armen unterdrückten Sachsen und die normannischen Eindringlinge anzuhören.«

»Allerdings«, stimmte Roger ihm inbrünstig zu. »Es wird Zeit, dass die Sachsen sich endlich mit ihrem Los abfinden.«

»Diese Leute treiben sich schon seit einer Woche hier herum«, fuhr der Soldat fort. »Am Anfang waren sie höflich, aber der König hat sie zu lange warten lassen. Inzwischen sind sie aufgebracht und unverschämt. Es sind Geldmacher.«

»Geldmacher?«, fragte Roger verwirrt. »Ihr meint, sie verdienen viel Geld?«

»Ich meine, sie *machen* Geld. Sie betreiben Münzstätten in einem Ort namens Bristol, und Meister Sendi beschuldigt den Meister Barcwit, minderwertige Pennys zu schlagen. Sie hassen einander, und anscheinend haben Barcwits Leute gerade einen von Sendis Männern umgebracht.«

»Es ist wirklich schade, dass ich das Gesicht des Mörders nicht erkannt habe. Aber er sollte nicht allzu schwer zu finden sein«, sagte Roger. »Man kann keinem Menschen den Kopf mit einem Stein zertrümmern, ohne danach mit Blut bespritzt zu sein.«

Der Soldat versprach, bei Barcwits Trupp nach verräterischen Spuren zu forschen. Dann trugen er und sein Begleiter Fardin fort. Als sie weg waren, teilte Roger Geoffrey noch mit, dass der König zur Jagd ausgeritten sei, sie aber am Nachmittag empfangen wolle. Geoffrey war überrascht. Das war um einiges früher, als er erwartet hatte. Wie die zänkischen Sachsen offenbar festgestellt hatten, konnte es lange dauern, bis der König geruhte, eine Audienz zu gewähren.

»Tankred hat anscheinend gemerkt, dass er ohne dich besser dran ist«, nahm Roger ihr ursprüngliches Gespräch wieder auf, als auch sein Freund sich wieder dem Brief zuwandte. »Er liebt ein aufrichtiges Gemetzel genauso wie ich. Da will er keinen bei sich haben, der ständig Mitleid predigt. Wenn du weg bist, hat er mehr Spaß.«

»Möglich.« Geoffrey hatte Tankred schon öfter zur Nachsicht gedrängt, wenn der Fürst seine Feinde töten wollte. Aber ihre Schonung hatte sich im Nachhinein ausgezahlt und Tankred manch einen Gegengefallen eingebracht. Und einen guten Rat würde der Fürst ihm ja wohl kaum nachtragen.

Glockengeläut rief zum Essen, und Rogers Gesicht hellte sich auf. Zum Frühstück hatte es nur eine Gemüsesuppe gegeben, und das lag nun schon eine Weile zurück. Roger war also hungrig. Aber Geoffrey ärgerte sich immer noch zu sehr, um ans Essen zu denken. Trübsinnig starrte er über den Fluss, wo die Schiffe im böigen Wind an den Ankertauen rüttelten. Er fragte sich, ob ein weiterer Sturm bevorstand. Seinetwegen konnte gern ein Unwetter den Palast von Westminster dem Erdboden gleichmachen – vorzugsweise, während der König sich im Inneren aufhielt. Dann könnte Henrys älterer Bruder, der Herzog der Normandie, den Thron beanspruchen. Viele hielten ihn ohnehin für den rechtmäßigen König von England.

Aber würde es England unter dem Herzog besser gehen? Widerwillig räumte Geoffrey ein, dass dies nicht der Fall wäre. Henry war ein guter Herrscher, ungeachtet seines zweifelhaften Charakters. Bereits mehrfach hatte er gierige und korrupte Barone verbannt – Männer wie Rogers Vater und Bellême, den Grafen von Shrewsbury, zwei der verworfensten Männer der Christenheit. Diese eigennützigen, lasterhaften Adligen würden ohne Zweifel wieder an Einfluss gewinnen, wenn der liebenswürdige, aber nachsichtige Herzog an die Macht gelangte.

»Beeil dich, sonst ist nichts mehr übrig«, sagte Roger und verfolgte besorgt, wie die Leute auf die Halle zuhielten. »Diese Schreiber futtern mehr, als …«

»Da sind sie!«, hörten sie einen Ruf. »Sie haben nicht mal den Schauplatz ihres Verbrechens verlassen. Kommt!«

Überrascht beobachtete Geoffrey, wie ein halbes Dutzend Männer mit Messern und Knüppeln bewaffnet auf sie zustürmten. Ihre

Kleidung wies sie als Sachsen aus, und der Anführer war ein besonders großes Exemplar mit wallenden goldenen Locken und einer überkreuz gebundenen Wickelgamasche, die ein modebewusster Normanne niemals angezogen hätte.

Diese Leute waren offensichtlich auf Ärger aus, und daher zog Geoffrey das Schwert. Allerdings bedeutete er Roger, sich zurückzuhalten. Er wollte nur kämpfen, wenn es sich nicht mehr vermeiden ließ. Diese Männer waren keine Krieger, und Geoffrey wollte Henry nicht erst mal erklären müssen, weshalb er sechs seiner Untertanen abgeschlachtet hatte.

Er wehrte den unbeholfenen Schlag des Anführers ab und stieß ihn zurück in die Reihen seiner Kumpane. Es verblüffte ihn, dass der Mann es überhaupt wagte, schwer bewaffnete Ritter anzugreifen. Er und Roger trugen unter den Kreuzfahrer-Wappenröcken eine Kettenrüstung und auf dem Kopf einen Helm. Außerdem führten sie große Schwerter und Dolche. Für Leute, die nur mit Messern und Stöcken ausgestattet waren, gaben sie furchterregende Gegner ab.

»Ihr habt Fardin umgebracht«, brüllte der Anführer und mühte sich, sein Gleichgewicht wiederzugewinnen. Seine Begleiter erkannten rasch, dass es ein aussichtsloser Kampf für sie werden würde, und hielten sich mit zitternder Hand im Zaum.

»Dieser Soldat hat uns berichtet, dass zwei normannische Ritter ihn ›gefunden‹ haben«, fauchte ein anderer, der wütend genug war, um sich nicht viel um die Erfolgsaussichten zu scheren. Er war klein und trug eigentümliche Schuhe, bei denen die Absätze höher waren als die Sohle. Ganz offensichtlich sollten sie ihn größer erscheinen lassen. »Aber wer die Leiche eines Ermordeten ›findet‹, ist so gut wie immer auch der Mörder. Das hat mein Vater mir beigebracht.«

»Und damit hatte er Recht«, antwortete Geoffrey gelassen. »Fardins Mörder war tatsächlich noch bei der Leiche, als wir darauf stießen. Mein Freund tat sein Bestes, um ihn zu erwischen, aber der Täter entkam.«

»Fardin war mein bester Münzschläger«, knurrte der Anführer. »Wie viel haben sie euch für den Mord bezahlt?«

»Niemand bezahlt *mich,* um jemanden zu töten«, widersprach Roger entrüstet und ungeachtet der Tatsache, dass er schon oft seine Kampfkraft an wohlhabende Auftraggeber vermietet hatte. »Ich tue das, weil es mir gefällt.«

»Aber nicht in diesem Falle«, warf Geoffrey hastig ein. »Wir haben Fardin nichts zuleide getan.«

Der kleine Bursche wirkte wenig überzeugt und wandte sich an seine Gefährten: »Er will doch nur unsere Fehde mit Barcwit weiter anfachen. Sollen wir wirklich diesen normannischen Abschaum …«

»Lifwine!«, ließ sich eine scharfe Stimme vom Weg her vernehmen. Geoffrey wandte den Kopf und sah eine Frau heraneilen. Sie trug ein blaues Kleid mit weiten, herabhängenden Ärmeln, und ein Gürtel betonte die schlanke Taille. Sie mochte in den Dreißigern sein und hielt wohl nicht viel von der Gewohnheit normannischer Frauen, das Haar unter Schleiern zu verbergen: Sie trug es in zwei langen Zöpfen von verblüffendem Weißblond.

»Adelise«, meinte der Anführer und war offensichtlich nicht sehr erfreut, sie zu sehen. »Ich habe dir doch gesagt, du sollst das mir überlassen.«

Adelise klang aufgebracht. »Ich wäre dir keine gute Frau, Sendi, wenn ich dich gegen zwei Ritter kämpfen ließe, die dich in Stücke hacken würden.«

Sendi tat diesen Einwand ab. »Wir sind zu sechst, und sie sind nur zwei.«

»Aber es sind zwei erfahrene Kämpfer«, antwortete Adelise ihm kühl. »Und ihr seid das nicht.«

Die Soldaten hatten von einem »Geldmacher« namens Sendi gesprochen, und Geoffrey musterte den Sachsen aufmerksam. Dessen Kleidung war zwar so geschnitten, wie es vor dem Einmarsch der Normannen üblich gewesen war, nichtsdestotrotz war sie von guter Qualität. Die Tunika war mit Silbergarn durchwirkt, und die Fibel am Mantel bestand aus Gold. Sendi war ein vermögender Mann.

Der kleine Bursche, den Adelise als Lifwine angesprochen hatte, war nicht so vornehm gekleidet, auch wenn seine Schuhe vielleicht einiges gekostet hatten. Die übrigen Sachsen trugen einfache Gewänder. Es waren Helfer von Sendi, keine Gleichgestellten.

Adelise sprach weiter auf ihren Gemahl ein: »Es ist doch offensichtlich, was hier geschehen ist: Barcwits Leute haben Fardin ermordet. Sie wollen uns einschüchtern, damit wir die Anklage gegen sie fallen lassen.«

»Aber diese Normannen waren allein mit Fardins Leiche«, wandte Sendi ein. »Lifwine hat es mir erzählt. Und ...«

Adelise fuhr zu Lifwine herum. »Du hättest vielleicht besser zuhören sollen. Die Soldaten haben *außerdem* gesagt, das Fardins Mörder voll Blut sein muss.« Sie zeigte auf die beiden Ritter, an denen keins zu sehen war, und sprach dann Geoffrey an: »Es ist niemand zu Schaden gekommen. Mein Gemahl und seine Gesellen haben sich einfach nur vertan, das ist alles.«

Mit einem Nicken wies sie ihre Leute an, abzuziehen. Die meisten folgten dem bereitwillig und wirkten erleichtert, weil sie der gefährlichen Auseinandersetzung entkommen waren. Sie und Sendi blieben bald allein zurück, und Sendi sah sehr unglücklich aus.

»Aber wir haben Barcwits Handlanger den ganzen Vormittag über im Auge behalten«, sagte er verstört. »Alwold ist uns kurz entkommen, aber ich habe später belauscht, wie er Rodbert berichtete, dass er bei den Latrinen war – er verträgt das normannische Essen nicht.«

»Ihr habt Barcwits Leute beobachtet, aber nicht Barcwit selbst?«, fragte Geoffrey. »Womöglich ist er der Schuldige.«

»Barcwit ist nicht hier«, gab Adelise kurz angebunden zurück. »Er hat seine Frau Maude und seinen Vertreter Rodbert geschickt, um die Verteidigung vorzubringen. Er geht davon aus, dass der König unsere Anschuldigungen ohnehin sofort verwerfen wird. Er hält es für Zeitverschwendung, Bristol zu verlassen.«

»Womöglich hat er Recht«, beschied Roger ihr kühl. »Ihr habt *uns* ohne weitere Beweise beschuldigt. Womöglich macht ihr bei ihm dasselbe.«

»Unsere Anklage ist hervorragend abgesichert«, schnauzte sie. »Sie wird Barcwit in Schande stürzen und die Auflösung seiner Münzstätte bewirken.«

Sendi fuchtelte mit dem Messer herum und wollte unbedingt das letzte Wort haben. »Diesmal lasse ich euch noch davonkommen. Aber wenn ich herausfinde, dass ihr etwas mit dem Mord zu tun habt, dann *werde* ich euch töten!«

»Versucht es doch!«, erwiderte Roger aufgebracht.

Adelise sprach beruhigend auf ihren Ehemann ein. »Es ist furchtbar, wie lange wir warten müssen, bis der König sich unseren Fall anhört. Aber wenn er uns glauben soll, müssen wir uns bis dahin als rechtschaffene Bürger präsentieren. Es wäre doch jammerschade, wenn Henry zu Barcwits Gunsten entschiede, nur weil du mit irgendwelchen Fremden Streit anfängst. Vermutlich haben Rodbert und Maude genau darauf gehofft, und deswegen haben sie Fardin umgebracht. Lass nicht zu, dass sie mit ihren Schlichen Erfolg haben.«

Sie entfernten sich, und Geoffrey tauschte ein müdes Lächeln mit Roger. Vermutlich waren solche Vorfälle am Hofe des Königs, wo so viele Leute mit ihren Klagen zusammenkamen und dicht beieinander ausharren mussten, an der Tagesordnung. Er hoffte nur, dass er diesen Ort bald hinter sich lassen konnte.

»Besorgen wir uns was zu essen«, sagte Roger. »Und dann triffst du dich mit dem König. Vielleicht will er etwas von dir, was du ablehnen kannst, und wir können heute noch nach Jerusalem aufbrechen.«

So einfach würde es wohl nicht werden, und Geoffrey spürte erneut den Zorn in sich hochkochen.

»Essen solltest du jedenfalls«, empfahl Roger, als sein Freund keine Anstalten machte, sich in Bewegung zu setzen. »Das beruhigt dich möglicherweise. Henry wird es gar nicht mögen, wenn du ihm feindselig kommst, und du willst sicher nicht, dass ihr gleich beide in schlechter Stimmung seid.«

Der Palast von Westminster war ein eindrucksvoller Bau, der von einer weiten Halle von kathedralenartigem Ausmaß beherrscht wurde – er war der größte weltliche Steinbau in ganz Europa. Mit der Größe endete auch schon jede Ähnlichkeit zu einer Kirche: Wandgemälde im Inneren stellten Jagdszenen dar, und nicht ein einziges religiöses Motiv war zu sehen. Der Erbauer, William Rufus, hatte sich mit der Kirche zutiefst zerstritten und wollte nichts davon in seinem Hause sehen.

Die Halle öffnete sich zu einem Hof, der gedrängt voll mit Menschen war. Mönche eilten zu ihren Gebeten; Dienstboten und Köche in den königlichen Farben liefen geschäftig umher; Bittsteller warteten auf eine Audienz, und Höflinge standen in kleinen Gruppen beieinander und plauderten. Trotz seines Ärgers schaute sich Geoffrey interessiert um. Die Menge an Volk verblüffte ihn. Er sah Sendi, Adelise, Lifwine und ihre Gefährten, die die Köpfe zusammensteckten und miteinander flüsterten. Als er ihren finsteren Blicken folgte, entdeckte er eine weitere Schar Sachsen.

Im Gegensatz zu Sendis Haufen stellten diese ihre sächsische Herkunft weniger herausfordernd zur Schau. Zwei von ihnen – ein Ritter mit finsteren Gesichtszügen, dessen zweckmäßige Rüstung ihn als erfahrenen Kämpfer auswies, und eine elegante Dame, deren Haar schicklich unter einem Schleier verborgen war – trugen sogar Kleidung, die sich in nichts von der hochgestellter Normannen unterschied. Die Frau spürte Geoffreys Blick und erwiderte ihn mit amüsierter Geringschätzung, als wäre sie an die Aufmerksamkeit der Männer gewöhnt und davon gelangweilt.

Auch Geoffreys Reisegefährten standen in der Menge. Der alte Will Helbye, der ihn bereits seit zwei Jahrzehnten begleitete, eilte herbei, dicht gefolgt von beiden Knappen. Rogers Bursche war ein stämmiger Sachse namens Ulfrith, der in einer fröhlichen Unschuld durchs Leben ging, die manchmal schon aufreizend sein konnte; Geoffreys Knappe trug den Namen Durand.

Aus Durand würde niemals ein Krieger werden, egal wie viel Mühe Geoffrey sich mit ihm gab. Durand hatte Geistlicher werden sollen, war jedoch wegen anstößigen Verhaltens ausgestoßen worden. Als sein Vater Tankred gebeten hatte, Durand als Krieger auszubilden, hatte Tankred ihn sogleich Geoffrey aufgenötigt. Durand war klein und zierlich, trug eine goldene Lockenpracht und bewegte sich affektiert. Er war verschlagen und hinterhältig, und Geoffrey hätte ihn lieber heute als morgen zu Tankred zurückgebracht. Die Vorladung des Königs verlängerte auch seine Zeit in Durands Gesellschaft, und das war ein weiterer Grund für seinen Ärger.

»Nun?«, fragte Durand frech. »Habt Ihr Euch wieder beruhigt? Oder soll *ich* lieber beim König vorsprechen und in Erfahrung bringen, was er möchte? Das wäre sicherer. Er mag mich.«

Geoffrey verzog das Gesicht. Möglicherweise mochte der König den Knappen tatsächlich gut leiden – weil er eine verwandte Seele in ihm sah. Auch hegte Geoffrey den Verdacht, dass Henry Durand dafür bezahlt hatte, ihn während des vergangenen Sommers auszuspionieren. Dafür fehlten ihm allerdings die Beweise.

»Geh nach dem Essen zu den Ställen«, ließ er Roger wissen. »Sattle die Pferde, und mach dich zum Aufbruch bereit. Und behalt meinen Hund bei dir. Er beißt gerne Leute, die er nicht leiden kann, und ich fürchte, davon laufen hier eine ganze Menge herum.«

»Ich begleite dich«, erklärte Roger und wirkte überrascht, dass Geoffrey irgendetwas anderes annahm. Er legte bedeutungsvoll die Hand auf den Schwertgriff. »Womöglich brauchst du mich.«

»Nein«, sagte Geoffrey. Rogers Reaktionsweise auf höfische Drohungen würde sie eher beide ins Grab bringen.

»Hört lieber auf Geoffreys Rat«, wandte Durand ein. »Er hat seine Stimmung immer noch nicht im Griff, und der König wird ihn töten, wenn er etwas Unverschämtes sagt. Ihr wollt sicher nicht sterben, nur weil *er* seine Zunge nicht im Zaum halten kann.«

Geoffrey ignorierte ihn und sprach weiter mit Roger: »Helbye und Ulfrith können ebenfalls hierbleiben. Ich schicke Durand zu euch, wenn etwas schiefläuft.«

Durand starrte ihn an. »Aber dann muss ich ja mit Euch in die Halle. Wo es gefährlich werden kann.«

»Ja«, stimmte Geoffrey ihm bei. »Dafür sind Knappen da – um ihrem Herrn zur Seite zu stehen.«

Durand erbleichte. »Aber wenn das Ganze in einem Kampf endet? Was soll ich dann anfangen?«

»Mir zur Seite stehen.«

»Aber ich bin ein Mann Gottes!«, rief Durand. »Ich kann nicht zur Waffe greifen – vor allem nicht, wenn ich verletzt oder getötet werden könnte.«

Diese unverblümte Zurschaustellung von Feigheit überraschte selbst Geoffrey, der an Durands Schwäche gewöhnt war. »Das Vorrecht der Gewaltlosigkeit hast du aufgegeben, als du dich mit diesem Schlachterssohn eingelassen hast. Aber du machst dir grundlos Sorgen: Henry würde uns nicht herbestellen, nur um uns dann umzubringen.«

»Ich mache mir keine Sorgen um ihn«, wandte Durand ein. »Ich denke an Euch! Ihr habt keine Ahnung, wie man sich als Höfling verhalten muss, und das könnte uns in Schwierigkeiten bringen.«

»Und du weißt das besser, nehme ich an?«, fragte Roger verärgert. Er konnte Durand nicht ausstehen.

»Natürlich. Da ist kein großer Unterschied zum Kloster. Man muss allem zustimmen, was der König sagt, egal wie geistlos es sich anhört. Niemals widersprechen und nie die Geduld verlieren. Sir Geoffrey ist normalerweise nicht leicht zu reizen, aber seit diesem Brief von Tankred ist er aufgebracht.«

»Das ist eine Fälschung«, behauptete Geoffrey gepresst. »Natürlich bin ich darüber aufgebracht.«

Durand nahm das Schreiben an sich und betrachtete es eingehend. »Ich bin ebenso schriftkundig wie Ihr – sogar noch mehr, denn ich wurde im Kloster ausgebildet. Es ist eindeutig die Handschrift von Tankreds Schreiber. Und es *ist* sein Siegel. Der Brief ist echt, daran besteht kein Zweifel.«

»Worum ging es in dem anderen Brief, der hier auf dich gewartet hat?«, fragte Roger, um das Thema zu wechseln. Er hatte keine Lust, einer langen und langweiligen Debatte über Schriftfälschungen zu lauschen, wenn Geoffrey und Durand aneinandergerieten.

»Kam er von Eurer Schwester Joan?«, fragte Helbye erfreut. »Sie ist eine gütige Dame.«

»Eine hartnäckige Dame«, berichtigte ihn Durand. »Sie schreibt ihm jeden Monat, obwohl die meisten ihrer Briefe verloren gehen, weil wir einfach zu viel unterwegs sind und die Boten uns nicht finden können.«

»Es spielt gar keine Rolle, ob er alle Briefe bekommt oder nicht«, befand Roger. »Er liest mir schon seit Jahren daraus vor, und es steht immer nur drin, welcher Bock welches Schaf bestiegen hat oder wie viel Korn in welcher Scheuer lagert. Ich habe keine Ahnung, warum er seine Zeit damit verschwendet.«

Geoffrey seufzte. Dieses Thema kam nicht zum ersten Mal auf, und er war Rogers beiläufige Geringschätzung genauso leid wie Durands Spott. Ulfrith und Helbye zeigten mehr Verständnis – Helbye deswegen, weil Joan oft eine Nachricht von seiner Frau beifügte, und Ulfrith, weil er selbst aus ländlichen Verhältnissen stammte und sich für Schafe und Kornspeicher interessierte.

Joan und Geoffrey gerieten unweigerlich in Streit, sobald sie zusammentrafen. Aber ihre Briefe waren ein Zeichen der Zuneigung, und abgesehen von seinem Bruder Henry, dem er sich entfremdet hatte, war Joan seine einzige Familie und daher wichtig für ihn.

»Hat sie mein Schwein erwähnt?«, fragte Helbye begierig. »Oder meine Frau?«, fügte er verspätet hinzu.

Geoffrey achtete nicht auf Durands spöttisches Schnauben. »Deine Sau hat neun Ferkel geworfen.«

»Neun!«, rief Helbye erfreut. »Und die Ländereien von Goodrich gedeihen immer noch?«

Geoffrey nickte und unterdrückte den Drang, Roger und Durand mit ihren grinsenden Gesichtern aneinanderzuschlagen. »Joan hat sich seit Jahren abgemüht, um das Gut notdürftig aufrechtzuerhalten. Doch in den letzten Monaten ist es geradezu aufgeblüht. Sie hat neues Vieh erworben, das Burgdach repariert und plant sogar, die Kapelle neu bauen zu lassen.«

»Dann hat sie vermutlich bei ihren Nachbarn geplündert«, befand

Roger, denn so hätte er seine Einkünfte aufgebessert. »Wie sonst sollte sie plötzlich so reich geworden sein?«

»Sie hat wohl ein paar gute Ernten eingefahren«, erwiderte Geoffrey, obwohl er selbst nicht daran glaubte. Joan blieb ungewöhnlich vage, wenn es um das plötzliche Florieren der Güter ging. Vermutlich hatte sie eine Einkommensquelle angezapft, die sie für sich behalten wollte. Doch darüber wollte er mit Roger nicht reden. »Ihr Wohlstand rührt von harter Arbeit und gutem Wetter.«

»Aber das Wetter war nicht gut«, widersprach Roger. »Im August war es verdammt heiß, und das Getreide ist auf den Feldern vertrocknet.«

»Und dazu dieser Krieg gegen Bellême«, ergänzte Ulfrith. »Viele Leute haben sich nicht mal getraut, die Ernte einzubringen – oder Bellême hat sie verbrannt.«

»Ich bin Joan nie begegnet«, sagte Roger, als Geoffrey nichts darauf antwortete. »Ich weiß also nicht, ob sie Wunder wirken kann, aber … da kommt der königliche Sekretär. Was will der denn?«

»Der König wird Euch jetzt empfangen«, verkündete der junge Mann, als er herankam. »Es ist stürmisch, darum ist er vorzeitig von der Jagd zurückgekehrt. Als er von Eurer Ankunft erfuhr, schickte er mich gleich, um Euch zu holen. Ihr solltet Euch beeilen. Er wartet nicht gerne.«

Geoffrey und Durand blieb keine andere Wahl, als dem Sekretär über den Hof zur Halle zu folgen. Als sie die Treppen zum Eingang emporstiegen, blies der scharfe Wind Geoffrey Staub ins Gesicht. Unwillkürlich schloss er die Augen und stieß sogleich mit jemandem zusammen, der ihm entgegenkam. Er machte schon den Mund auf, um sich zu entschuldigen, aber der Mann fühlte sich bereits beleidigt.

»Ungeschickter Tölpel!«, schnauzte er. »Habt Ihr mich nicht gesehen?«

»Nein«, erwiderte Geoffrey. Er machte Anstalten, um den Mann herumzugehen, aber der ließ ihn nicht vorbei.

»Wollt Ihr Euch etwa davonstehlen, nachdem Ihr mich fast zu Boden gestoßen habt, ungehobelter Flegel?«

Geoffrey musterte ihn abschätzig. Der Mann war pummelig und hatte ein eigentümlich knabenhaftes Gesicht, das von hellen Locken umrahmt war. Er trug goldene Schnallen an den Schuhen, und eine große Silberbrosche hielt den Mantel auf der Schulter. An seinem Gürtel hing ein Schwert, und ungeachtet seiner Fettwülste wirkte der Mann wie ein fähiger Kämpfer.

»Beeilt Euch«, drängte der Sekretär. »Der König wartet.«

»Der König kann warten«, schimpfte der Mann. »Ich verlange eine Entschuldigung.«

»Entschuldigt Euch lieber, Sir Geoffrey«, empfahl Durand. »Und dann kommt, bevor der König Euch noch der Trödelei bezichtigt.«

Geoffrey war drauf und dran, nachzugeben – nicht, weil der Mann ihn einschüchterte oder er sich Sorgen um den König machte. Aber er wollte sich nicht in einen Streit verwickeln lassen, der ihn noch länger an diesem Ort festhielt. Da aber mischten sich weitere Personen in die Auseinandersetzung. Die ganze Schar, die Sendi eben so finster angefunkelt hatte, stand plötzlich hinter Geoffrey. Offenbar gehörte der fette Bursche auf der Treppe zu ihnen. Trotz seines normannischen Aufputzes wirkte der Mann ziemlich sächsisch, und seine feine Kleidung legte nahe, dass er einer einträglichen Beschäftigung nachging – beispielsweise als Münzmeister.

»Was geht hier vor?«, wollte der dunkelhaarige Ritter wissen, der im Gegensatz zu seinen Begleitern Normanne war. Er sah kräftig aus und wirkte erfahren. Der wohlgepflegten Bewaffnung nach handelte es sich um einen Söldner. »Braucht Ihr meine Unterstützung, Rodbert?«

Der füllige Mann schnaubte höhnisch. »Diesem Schurken kann ich auch allein eine Lektion erteilen.«

»Der König«, zischte Durand Geoffrey zu. »Ihr könnt dem Burschen auch später noch das Schwert in den Magen stoßen. Jetzt aber solltet Ihr zu Henry eilen.«

»Er wird niemandem das Schwert irgendwohin stoßen, solange *ich* dabei bin«, sagte der fremde Ritter. »Er mag ein *Jerosolimitanus* sein, aber ich habe vor Konstantinopel gekämpft, bevor ich den Kreuzzug verlassen habe. Er ist kein Gegner für *mich*.«

»Er mag was sein?«, fragte einer seiner Begleiter verwirrt.

Der Ritter lachte freudlos. »*Jerosolimitanus* ist ein Titel, der jenen gewährt wurde, die beim Fall Jerusalems zugegen waren. Doch viele nehmen ihn fälschlich für sich in Anspruch. Gehört Ihr auch zu diesen, Herr Ritter?«

Sein Tonfall war beleidigend, aber Geoffrey wollte sich nicht von jemandem provozieren lassen, der beim Kreuzzug gerade mal bis Konstantinopel gekommen war. Erneut versuchte er, Rodbert zu umgehen. Es wunderte ihn nicht im Geringsten, dass die Münzer so erbitterte Rivalen waren. Anscheinend konnte keiner von ihnen den Mund aufmachen, ohne irgendwelche Niederträchtigkeiten von sich zu geben.

»Dem hat's die Sprache verschlagen«, stellte Rodbert höhnisch fest. Er verstellte Geoffrey weiterhin den Weg. »Was meinst du, Tasso?«

»Er kriegt vor Angst kein Wort heraus«, stimmte der Ritter ihm zu. »Lass ihn laufen. Er ist deiner Aufmerksamkeit nicht wert.«

»Nein«, sagte Rodbert entschlossen. »Er muss sich entschuldigen. Ich lass mich nicht von einem Bauern herumschubsen.«

»Ich bin kein Bauer«, erwiderte Geoffrey milde. »Ihr könnt also beruhigt sein. Und wir haben beide Besseres zu tun, als von einer Seite der Treppe zur anderen zu tanzen, also tretet beiseite.«

Rodbert war wütend. »Und wenn ich mich weigere? Ihr habt nur Euren Knappen an Eurer Seite, während ich von Sir Tasso und vielen starken Männern unterstützt werde. Dreht Euch um. Meine Freunde sind bewaffnet und zum Kampf bereit.«

»Das wird dem König gar nicht gefallen«, winselte Durand furchtsam. »Nicht in seiner Halle.«

»Wir sind nicht in seiner Halle«, stellte Rodbert spitzfindig fest. »Wir stehen davor.«

»Großer Gott«, murmelte Geoffrey. Warum nur waren heute so viele Leute so versessen auf einen Kampf mit ihm? Er sah sich um.

Fünf oder sechs Sachsen standen hinter ihm und umklammerten ihre Dolche. Sie konnten ihm in seiner Rüstung nicht viel anhaben, trotzdem hatte er keine Lust auf eine Rauferei im königlichen Palast, und ganz bestimmt wollte er nicht, dass Henry wütend wurde, nur weil Rodbert während der langweiligen Warterei auf die königliche Audienz eine Ablenkung gesucht hatte. Er handelte rasch.

Er täuschte nach links an, sodass Rodbert zu dieser Seite sprang. Sobald der fette Mann seinen festen Stand aufgegeben hatte, packte Geoffrey ihn am Mantel und riss ihn herum, sodass er gegen Tasso prallte. Sachse und Normanne kippten beide hintenüber und stürzten den eigenen Männern in die Arme. Sie alle purzelten mit wirbelnden Armen und Beinen die Treppe hinab. Überall auf dem Hof brandete lautes Gelächter auf, besonders von Sendi und seiner Schar. Geoffrey wandte sich wortlos ab und betrat den großen Saal.

»Ihr habt zu lange gezaudert«, fuhr der wartende Sekretär ihn an. »Eben ließ man mich wissen, dass der König es müde geworden ist, auf Euch zu warten. Er hat jetzt jemand andern empfangen. Ich habe Euch doch gesagt, Ihr sollt sofort mitkommen.«

Geoffrey wartete in der Halle darauf, dass Henry wieder geruhte, ihn zu sehen. Der Saal war gut gefüllt. An dem einen Ende arbeiteten zahllose Schreiber an ihren Pulten. Manche schrieben, andere diktierten, und wieder andere kopierten bereits fertiggestellte Dokumente für das königliche Archiv auf große Pergamentbögen. Der König war schriftkundig und ließ seine sämtlichen Geschäfte aufzeichnen – zumindest alle, die ihm später zum Vorteil gereichen konnten.

Am anderen Ende der Halle, bei der Tür, standen Speisen für die Jagdgesellschaft bereit. Ringsherum bedienten sich Männer an Brot und Braten. Ein paar von ihnen erkannte Geoffrey wieder, und der auffallendste davon – sowohl vom Ruf wie auch von der Leibesfülle – war Maurice, der Bischof von London. Er war besonders berühmt für die Kathedrale, die er in London zu Ehren des Heiligen Paulus errichten ließ. Im Augenblick plauderte er mit einem mageren, verbissen dreinblickenden Mann, der unter der Mönchskutte ein härenes Gewand trug: William Giffard, Bischof von Winchester, ein nüchterner, humorloser Geistlicher, der Henry fanatisch ergeben war.

»Sir Geoffrey!«, rief Maurice erfreut.

Geoffrey erinnerte sich an sein zurückliegendes Abenteuer in diesem Sommer, bei dem er nicht recht gewusst hatte, wem von all den Männern um Henry er trauen konnte. Maurice zählte zu denen, deren Treue er in Zweifel gezogen hatte, und Giffard ebenso. »Ich dachte, Ihr wäret inzwischen schon wieder in Jerusalem.«

»Ich wünschte, das wäre ich«, murmelte Geoffrey.

Maurice schien seine mangelnde Begeisterung nicht wahrzunehmen. Er wandte sich an Giffard und lachte, was seinem Gesicht sehr angenehme Züge verlieh – und die waren sein großer Vorteil, denn so berühmt er für seine Kathedrale war, so berüchtigt war er dafür, tagtäglich eine große Zahl Frauen zu verführen. Er behauptete, dass er nur so seine Körpersäfte in einem gesunden Gleichgewicht halten könne und auf den Tod erkranken würde, wenn er sich nicht oft und regelmäßig Befriedigung verschaffte. Dem genügsamen Giffard hingegen waren derartige Laster fremd, er lebte kompromisslos enthaltsam.

»Ihr erinnert Euch an Geoffrey?«, fragte Maurice. »Er half uns unlängst bei diesen Unannehmlichkeiten mit Bellême.«

Geoffrey beäugte ihn argwöhnisch. Diese »Unannehmlichkeiten« hatten immerhin mehrere Belagerungen, einen Feldzug und die Verbannung mehrerer rachsüchtiger Barone und ihrer Familien umfasst.

»Oh ja, ich erinnere mich«, sagte Giffard. »Er hat sich als nützlich erwiesen, weswegen Henry ihn nur ungern ziehen lässt. Er hätte seinen Pflichten eben nicht so gewissenhaft nachkommen dürfen.«

»Mir blieb keine Wahl«, erwiderte Geoffrey schroff. »Der König drohte, andernfalls meine Schwester bei einem walisischen Einfall ohne Schutz zu lassen.«

»Seid still, Mann«, fuhr Maurice ihn an. Besorgt blickte er sich um. »Das ist nicht der rechte Ort, um dem König eine Erpressung vorzuwerfen! Sprechen wir lieber von angenehmeren Dingen, bevor

Ihr noch unsere Festnahme bewirkt. Habt Ihr meine Kathedrale gesehen? Seit Eurem letzten Besuch im März sind die Arbeiten erheblich vorangeschritten.«

»Ich hätte Euch nicht hier erwartet«, sagte Giffard, bevor Geoffrey antworten konnte. »Ihr wart so begierig darauf, ins Heilige Land zurückzukehren, dass ich davon ausging, Ihr würdet die Einladung des Königs ausschlagen.«

»Es war keine Einladung. Es war eine Verhaftung – durch zwanzig Männer mit gezogenen Schwertern.«

»Ist Eure Begleiterin bei Euch?«, fragte Maurice erwartungsvoll. »Jener prachtvolle Engel, der mich bei der Belagerung von Burg Bridgnorth in meinem Zelt besucht hat?«

»Mein Knappe«, sagte Geoffrey. Er hatte ganz vergessen, dass der lüsterne Bischof Durand für eine Frau hielt und dass dieser dem Geistlichen eine beachtliche Summe für seinen Besuch abverlangt hatte. Für gewöhnlich wäre Geoffrey das egal gewesen – Maurice war ein erwachsener Mann und hätte den Unterschied bemerken müssen. Aber die Strafen für »widernatürliche Praktiken« waren schwerwiegend, und er wollte nicht beschuldigt werden, er hätte seinem Knappen womöglich befohlen, einen Geistlichen zu verführen. Durand hatte noch mehr Grund zur Sorge, was sich schon daran zeigte, wie rar er sich mit einem Mal machte: Als Geoffrey sich umblickte, war von dem Knappen nichts zu sehen.

»Engellöckchen«, hauchte Maurice sehnsüchtig. »Wenn Ihr noch eine Weile hier seid, könnt Ihr sie womöglich zu einer zweiten Begegnung überreden? Ich bezahle auch gut.«

»Ich reise heute noch ab«, antwortete Geoffrey entschlossen. »Ich sage dem König, er kann sich zum Teufel scheren, und dann reite ich so schnell nach Süden, wie mein Pferd mich trägt.«

Giffards Stimme klang scharf. »Reißt Euch zusammen! Maurice hat Recht: Bei Hofe sollte man sein Herz nicht auf der Zunge tragen. Wenn irgendein anderer Euch dazu befragt, so antwortet stets, dass Ihr aus freien Stücken gekommen seid, weil Ihr gerne Eurem König dienen wollt.«

»Aber ich bin nicht ...«

»Das weiß ich auch. Aber Ihr müsst es nicht aller Welt erzählen! Ihr seid ein guter Mann, Geoffrey, und ich will Euch nicht hängen sehen, nur weil Ihr bei Männern, die nicht halb so viel wert sind wie Ihr, unbedachte Bemerkungen fallen lasst. Westminster ist voll von solchen Leute. Eben erst konnte ich beobachten, wie Ihr zwei davon die Treppe hinuntergeworfen habt.«

»Rodbert und Tasso«, ergänzte Maurice. »Ich werde froh sein, wenn sie endlich wieder abreisen. Sie bringen nichts als Ärger. Vermutlich haben sie aus Langeweile Streit mit Euch gesucht. Sie sind unruhig und wollen wieder nach Hause.«

»Sendi und seine Flegel sind keinen Deut besser«, sagte Giffard. »Sie sind allesamt reizbar und streitlustig.«

»Warum hört der König sich ihren Fall dann nicht an und schafft sie sich so vom Hals?«, erkundigte sich Geoffrey.

»Das wissen wir auch nicht«, erwiderte Maurice. »Aber ein Streit unter Sachsen geht uns nichts an. Wir sollten nicht unsere Zeit verschwenden, indem wir darüber reden. Weshalb hat der König Euch herbestellt, Geoffrey? Hat er es Euch mitgeteilt?«

»Ich dachte eigentlich, *Ihr* wüsstet das«, sagte Geoffrey. Aber an Maurice' offenem, heiterem Gesicht ließ sich ablesen, dass er keine Ahnung hatte. Giffards Gesicht blieb allerdings undurchdringlich. Geoffrey musterte ihn eingehend, aber der Bischof von Winchester war viel zu schlau, um sich von einem einfachen Ritter durchschauen zu lassen. Da ihn forschende Blicke nicht weiterbrachten, zog Geoffrey Tankreds Brief aus der Tasche und zeigte ihn vor.

Giffard überflog ihn und reichte ihn dann an Maurice weiter. »Er ist vor zwei Tagen hier eingetroffen. Wir haben schon darauf gewartet, ihn an Euch übergeben zu können.«

»Es tut mir leid«, sagte Maurice und legte Geoffrey seine feiste Hand auf die Schulter. »Ich wusste nicht, was darin steht. Ihr müsst bestürzt sein über Eure Entlassung. Ich verstehe jetzt, warum ihr so verdrießlich auftretet. Es sieht Euch gar nicht ähnlich, mit alten Freunden grob zu sein.«

»Woher kam dieser Brief?«, fragte Geoffrey. Er mochte Maurice und Giffard, aber sie waren Gefolgsleute des Königs, und er betrachtete sie nicht als »Freunde«. Er schaute zu den Schreibern hinüber: »Von ihnen?«

Giffard betrachtete ihn verblüfft, während Maurice erschrocken aufkeuchte. Geoffrey war das gleichgültig. Er hatte genug von Henry und seinen Ränken, und es kümmerte ihn auch nicht, wen seine Worte beleidigen konnten.

»Er stammt von Tankred«, erklärte Giffard mit Bestimmtheit. »Ihr könnt sein Siegel darauf erkennen. Und ich warne Euch noch einmal: Behaltet Eure Gedanken für Euch, wenn Ihr hier als freier Mann fortreiten wollt. Der König duldet keine Verräter.«

»Ich bin kein …«

Giffard fiel ihm ins Wort. »Und jetzt sagt nicht, Ihr könnt kein Verräter sein, weil Henry nicht Euer König ist. Aber Ihr habt Güter in England, und deshalb schuldet Ihr ihm Lehnstreue.«

»Güter?«, wiederholte Geoffrey. »Ein winziges Rittergut mit ein paar Hütten und einem baufälligen Herrenhaus. Henry kann sie meinetwegen haben. Ich will nur, dass er mich in Ruhe lässt.«

»Henry hat kein Interesse an Rwirdin.« Giffard deutete auf den Brief, den Maurice Geoffrey wieder in die Hand gedrückt hatte. »Und Ihr seid nicht in der Position, in Bezug auf Eure Herren wählerisch zu sein. Ihr habt zu lange hier verweilt, und Euer bisheriger Lehnsherr möchte nicht länger auf Euch warten. Wenn Tankred Euch nicht mehr will, ist Henry alles, was Euch bleibt.«

Geoffrey hielt seinen Ärger nur mühsam im Zaum. Zuerst dieser Brief, den er immer noch für eine Fälschung hielt, dann dieser Zwischenfall mit Fardin und die Beschuldigungen, die Sendi deswegen gegen ihn erhoben hatte, dazu der Zusammenprall mit Tasso und Rodbert, und jetzt musste er sich auch noch von zwei Bischöfen anhören, dass ihm keine Wahl blieb, als in den Dienst des Königs zu treten.

»Henry hatte mir versprochen, dass er mich gehen lässt, nachdem ich ihm im Sommer geholfen habe«, schimpfte er. »Er hat sein Wort gebrochen!«

Giffards strenges Gesicht wurde ein wenig weicher. »Wenn der König Euch die Gründe erklärt, werdet Ihr zu schätzen wissen, dass er Euch zurückgerufen hat. Ihr werdet ihm dankbar sein!«

Eine besonders heftige Windbö traf die Halle, sodass einer der großen, hölzernen Türflügel donnernd zufiel. Erschrockenes Schweigen legte sich über den Saal, dann fingen die Leute über ihren Schreck an zu lachen. Giffard war ein wenig zusammengezuckt, aber Maurice wäre fast in Ohnmacht gefallen.

»Mein Gott!«, hauchte er und fächelte sich heftig Luft zu. »Meine Säfte sind ganz aus dem Gleichgewicht von Eurem ganzen verräterischen Geschimpfe, Sir Geoffrey. Wenn ich nicht innerhalb der nächsten Stunde eine Frau bekomme, werde ich einem tödlichen Anfall zum Opfer fallen.« Er entfernte sich und hielt dabei nach geeigneten Anwärterinnen Ausschau.

»Nicht Adelise«, rief Giffard ihm hinterher. »Sie schätzte Eure Annäherungen gestern gar nicht, und ein zweites Mal kann ich sie wohl nicht mehr besänftigen. Diese sächsischen Damen sind sehr grimmig auf ihre Tugend bedacht.«

»Adelise?«, warf Geoffrey ein. »Etwa Sendis Ehefrau?«

Giffard seufzte, während der Bischof von London sich einen Weg durch die Menge suchte. »Ich hoffe, er beherzigt meinen Rat. Sendi hat schon angekündigt, dass er Maurice umbringen wird, wenn der Adelise noch einmal anspricht. Leider ist die Welt voller Männer, die meine Hinweise missachten, Ihr eingeschlossen. Dennoch wiederhole ich sie gern noch ein weiteres Mal, da ich Blutvergießen verabscheue: Henry hatte einen guten Grund, Euch herzubestellen. Also gebt zumindest Treue vor, wenn Ihr sie schon nicht empfindet. Ihr werdet im Nachhinein froh darüber sein.«

Geoffrey gefielen diese Andeutungen gar nicht. Er spürte, wie sein Zorn in etwas noch Unangenehmeres umschlug: eine Ahnung drohenden Unheils.

## 2. Kapitel

Belustigt sah Geoffrey zu, wie der Bischof von London den großen Saal von Westminster verzweifelt nach einer Dame absuchte, die ihm zu Willen sei könnte. Giffard schürzte bei diesem Anblick nur die Lippen. Maurice fasste eine Frau am Arm und flüsterte ihr etwas ins Ohr. Die wich darauf entsetzt zurück und fing dann an zu lachen.

Geoffrey verstand sehr gut, warum Maurice sie ausgewählt hatte: Unter einem dunkelblauen Obergewand trug sie ein gelbes Unterkleid. Ihre Haare steckten unter einem Schleier; eine Strähne lugte darunter hervor und verriet, dass ihre Locken kastanienbraun waren, von derselben Farbe wie die faszinierenden Augen. Sie war nicht unbedingt schön, denn ihr Mund war zu groß und das Kinn zu lang, aber sie hatte etwas Anziehendes an sich. Es war die Frau, die vorhin bei Tasso im Hof gestanden und Geoffreys Blick erwidert hatte.

Giffard gab einen abfälligen Laut von sich. »Maurice ist ein Dummkopf! Als ich ihm empfahl, Adelise aus dem Weg zu gehen, meinte ich nicht, dass er stattdessen Maude nachstellen soll.«

»Sie ist einfach die Erste, die ihm zufällig über den Weg lief«, sagte Geoffrey. Er sah, wie sie sich von Maurice losriss. »Und was stimmt nicht mit ihr? Ich sehe nichts an ihr auszusetzen.«

»Das glaube ich gern«, erwiderte Giffard eisig. »Seit ihrer Ankunft zieht sie die Blicke aller Männer auf sich, und das wird unweigerlich zu Streit führen. Sie ist die Ehefrau von Barcwit dem Münzer.«

Als der Bischof sich weiter über die Einzelheiten auslassen wollte, winkte Geoffrey ab. »Ich habe bereits beide Seiten dieses Geldmacherstreits kennen gelernt; beide Parteien sind vorschnell, streitlustig und dumm. Ich will nichts weiter über sie oder ihren Zank hören.«

»Weist niemals Informationen zurück, die Euch freimütig angeboten werden«, riet ihm Giffard. »Ihr wisst nie, wann Ihr sie gebrauchen könnt. Barcwit ist der reichste Münzmeister von Bristol und dazu einer der meistgefürchteten Männer in der Grafschaft, so heißt es. Seine Berufsgenossen sind hier, um sich beim König über ihn zu beschweren.«

»Weil er ihnen die Geschäfte streitig macht?«, fragte Geoffrey und zwang sich, höflich zuzuhören.

»Sie beschuldigen ihn, zu leichte Münzen anzufertigen – mit zu viel Zinn im Silber. Kein König möchte seine Währung entwertet sehen.«

»Warum nicht?«, fragte Geoffrey zerstreut. Seine Aufmerksamkeit galt Durand, der gerade lebhaft zu einem rothaarigen Mann mit markanter Nase sprach. Er wirkte unbeschwert und ahnte nicht, dass Maurice sich in seine Richtung bewegte. Bei hellem Tageslicht konnte selbst ein von Lust geblendeter Bischof nicht übersehen, dass Durand keine Frau war. Geoffrey bereitete sich auf Ärger vor.

»Gebraucht Euren Verstand!«, erwiderte Giffard ungeduldig. »Wenn sich herumspricht, dass manche Pennys mehr wert sind als andere, schwindet das Vertrauen in die Währung. Die Menschen werden die Münzen nicht mehr akzeptieren, und der Handel des Landes kommt zum Erliegen.«

Geoffrey war erleichtert, als Durand aufblickte, Maurice bemerkte und einen hastigen Rückzug antrat. Enttäuscht rieb sich Maurice die Wangen und sah sich nach einem anderen Opfer um. Maude war immer noch in der Nähe, und der Prälat betrachtete sie abschätzend. Was er sah, gefiel ihm anscheinend gut genug, um ihr eine zweite Chance zu geben. Er näherte sich ihr erneut. In der Zwischenzeit setzte Giffard seine ermüdenden Belehrungen über das Geldwesen fort:

»Ein jedes Land, das Handel treiben möchte, braucht eine solide und verlässliche Währung auf Grundlage eines Edelmetalls. England hat ein zentralisiertes System, das die Größe und die Anzahl aller Münzen überwacht, die in einer unserer gut siebzig Münzstätten geprägt werden. Doch für einen Münzer ist es nicht schwer, zu betrügen. Wenn Sendi Recht hat, dann begeht Barcwit ein schwerwiegendes Verbrechen.«

»So schwerwiegend nun auch nicht«, sagte Geoffrey und beobachtete, wie Maurice sich an Maude heranpirschte. »Sonst hätte Henry den Fall sogleich angehört.«

Auch Giffard bemerkte, dass Maurice einen zweiten Versuch bei Maude unternahm. Er seufzte schwer. »Barcwit ist mächtig und gefährlich, und Maurice ist ein Narr, seine Frau verführen zu wollen. Seht Ihr den Burschen dort drüben? Das ist Alwold, Barcwits Verwalter. Er folgt ihr überall hin und meldet jeden ihrer Schritte an Barcwits Handlanger – Tasso und Rodbert. Das sind die beiden, die Ihr gerade die Treppe hinuntergeworfen habt.«

»Maurice muss es gewohnt sein, sich aus solchen Situationen herauszuwinden«, stellte Geoffrey fest. Er erinnerte sich, dass Alwold als der Mörder des Mannes am Fluss im Gespräch gewesen war. Geoffrey musterte den Verwalter eindringlich, konnte aber nicht sagen, ob er derjenige war, den er hatte fortlaufen sehen. Sämtliche Münzer trugen dunkle Gewänder, und Fardins Mörder konnte jeder von Barcwits Leuten gewesen sein, selbst Maude. »Er wird Barcwits Raufbolde um den Finger wickeln.«

»Trotzdem treibt er ein gefährliches Spiel. Tasso ist ein erfahrener Söldling, während Rodbert ein geübter Schwertkämpfer ist. Ich werde froh sein, wenn der ganze Haufen wieder fort ist. Es ist nur eine Frage der Zeit, bis es zu einem Handgemenge kommt, weil irgendwer Anstoß daran nimmt, was sie tun oder sagen. Sie sind gelangweilt und gereizt, weil man sie warten lässt.«

Ehe Geoffrey noch antworten konnte, erklang ein beinahe ohrenbetäubender Lärm. Aus dem Nieseln war ein Platzregen geworden, der auf das Dach hämmerte. Durch die Tür sah er, wie Hagelkörner einen weißen Teppich auf dem Hof bildeten. Der Wind blies eine Regenfahne in den Saal, und mehrere Leute sprangen erschrocken kreischend beiseite. Zwei Barone, die einen wenig würdevollen Sprint über den Hof hinter sich gebracht hatten, wurden mit Klatschen und Gelächter empfangen. Einer von ihnen zog unter viel Aufhebens einen Schuh aus und schüttete daraus eine erhebliche Menge Wasser auf den Boden.

Maude stand an der Tür bei Alwold und Maurice, die mit anderen Höflingen dem ungewöhnlich heftigen Regenfall zusahen. Maurice schob sich nach vorne, blickte zum Himmel auf und versuchte abzuschätzen, wann der Guss nachlassen würde, damit er hinausgehen und seine Medizin genießen konnte. Er runzelte die Stirn, trat dann ins Freie und blinzelte empor. Sogleich wurde er nass bis auf die Knochen, doch darauf achtete er gar nicht.

Andere versuchten zu erkennen, was seine Aufmerksamkeit erregt hatte. Sie fingen an zu rufen und zeigten mit den Fingern. Maurice fiel auf die Knie. Neugierig sahen Geoffrey und Giffard nach der Ursache für die Bestürzung.

Oben am Himmel strahlte die Sonne durch eine Lücke in den schwarzen Wolken. Unmittelbar unter ihr gleißte ein zweiter Lichtkreis als blasses Abbild des Gestirns. Aber während die Menschen noch zuschauten, schlossen sich die Wolken, und das Phänomen geriet außer Sicht. Die Höflinge flüsterten untereinander und sprachen von einem Zeichen.

»Was *war* das?«, fragte Sendi ehrfurchtsvoll. Seine Frau und seine Männer drängten sich schutzsuchend um ihn zusammen. Tasso und Rodbert standen in der Nähe und hatten angesichts des himmlischen Schauspiels ihre Rivalen vergessen.

»Das war ein göttliches Zeichen«, verkündete Durand selbstsicher und erntete ein ehrfurchtsvolles Raunen aus der Menge. Aufgrund seiner klösterlichen Vergangenheit hielt er sich für einen Experten in derlei Dingen und sprach mit einer solchen Autorität, dass niemand an seinen Worten zweifelte.

»Es war eine Naturerscheinung«, widersprach Geoffrey. Er hatte eine Abhandlung arabischer Astronomen über himmlische Phänomene gelesen und neigte zu der Annahme, dass es etwas mit der Art zu tun hatte, wie das Sonnenlicht durch dichte Wolken und Regen drang. »Das Gewitter hat sie hervorgebracht.«

»Nein, Euer Knappe hat Recht«, sagte Giffard leise, der ebenfalls auf die Knie gefallen war. »Es war ganz eindeutig ein göttliches Zeichen. Eine Mahnung, dass wir von unserem sündigen Treiben ablassen müssen, ganz besonders von der Unzucht.« Er bedachte Maurice mit einem bedeutungsvollen Blick.

Maurice blickte verklärt zum Himmel auf. »Es ist ein Zeichen der göttlichen Liebe. Womöglich gefällt Ihm meine Kathedrale. Immerhin war ich der Erste, der die zwei Sonnen erblicken durfte. Die Botschaft muss für mich bestimmt gewesen sein.«

»Tatsächlich war sie an mich gerichtet«, erklang eine vertraute Stimme hinter Geoffrey. Es war der König, der in seinem hermelingesäumten Mantel einen prächtigen Anblick bot. »Zum Zeichen, dass Gott mit Wohlgefallen auf Seinen gesalbten Vertreter auf Erden blickt. Warum sollte Er sich mit Bischöfen abgeben, wenn Er sich genauso gut mit einem Monarchen in Verbindung setzen kann?«

»Oder womöglich wollte Er auch sein Missfallen zum Ausdruck bringen, weil gerade ein Mord geschah«, sagte Geoffrey zu Giffard. Er sprach ruhig, aber in der schweigenden Halle trug seine Stimme weit.

»Was für ein Mord?«, wollte Henry sofort wissen. Missbilligend beäugte er die von der Reise verdreckte Kleidung des Ritters. »Wie ich sehe, habt Ihr Euch einige Mühe mit Eurem Erscheinungsbild gegeben, ehe Ihr Eurem König gegenübertretet.«

Geoffrey zeigte auf einen schattigen Winkel in der Nähe, wo Alwold zusammengesunken dalag. Ein Messer ragte aus seinem Bauch, und sein Gesicht trug den Ausdruck äußersten Entsetzens. Der Dolchgriff stand in einem Winkel ab, der einen Selbstmord ausschloss. Hier war jemand so kühn, leichtfertig oder verzweifelt gewesen, dass er im Palast des Königs einen Mord beging.

»Beim Blute Christi!«, rief Henry aus und starrte entsetzt auf den niedergestreckten Mann. »Wie ist das passiert? Eben war er noch am Leben, denn ich habe beobachtet, wie er Maude hinterherschlich.«

»Alwold folgte mir überallhin, Majestät«, sagte Maude. Geoffrey fragte sich, ob sie dieser Aufmerksamkeit müde geworden war und beschlossen hatte, sich davon zu befreien. Sie wirkte nicht erschrocken oder wütend über den Tod des Verwalters, aber sie sah auch nicht erleichtert oder erfreut aus. Sie schien unbewegt.

»Warum?«, fragte Henry. »Ist er in Euch verliebt?«

»Er folgte den Anweisungen ihres Mannes, Majestät«, erwiderte der fette Rodbert, trat vor und verneigte sich. »Barcwit traut den lüsternen Männern nicht, die sich an den Herrscherhöfen herumtreiben.«

»Womit er zweifellos Recht hat«, murmelte Henry mit Blick auf Maurice.

»Aber er wird nicht erfreut sein, wenn er *hiervon* erfährt«, fügte Tasso hinzu. Er funkelte Sendi an. »Alwold stand seit vielen Jahren in unseren Diensten, und es ist eine Schande, dass er so brutal gemeuchelt wurde.«

»Und umso schändlicher, weil es in meiner Halle geschah«, stellte Henry eisig fest. Er wandte sich an Geoffrey. »Ihr habt meine Frage nicht beantwortet: Wie wurde Alwold ermordet?«

»Ich habe keine Ahnung, Majestät«, antwortete Geoffrey. Der König machte doch hoffentlich nicht ihn dafür verantwortlich? Geoffrey wünschte sich, er hätte gar nicht erst die Aufmerksamkeit auf das Opfer gelenkt. »Aber irgendwer muss etwas beobachtet haben.«

Fragend sah er sich um, aber er war nicht überrascht, als niemand antwortete. Nach allem, was Giffard über Barcwit erzählt hatte, würde nur ein Narr riskieren, mit seinem Haushalt aneinanderzugeraten. Auch Henry konnte nicht glücklich sein über einen Mord, der in unmittelbarer Nähe seiner königlichen Person verübt worden war. Zudem waren die meisten Leute – Geoffrey eingeschlossen – durch die zwei Sonnen abgelenkt gewesen.

Geoffrey schaute zu Sendi und seinen Männern. Die Annahme lag nahe, dass ›Gerechtigkeit‹ geübt worden war und jemand Fardins Tod gerächt hatte. Sie erwiderten seinen Blick mit einem Ausdruck, der von Sorge bis zu Befriedigung reichte. Jeder von ihnen hätte der

Mörder sein können. Lifwine stand in der Nähe, während neben ihm Adelise ein betont nichtssagendes Gesicht machte. Es bedurfte keiner großen Kraft, einem Menschen ein Messer in den Bauch zu stoßen. Selbst die beiden kleinsten Mitglieder von Sendis Haushalt hätten es zuwege gebracht.

Als Nächstes musterte Geoffrey Rodbert und seine Gefolgsleute. Sie hätten Alwold ebenfalls töten können, in der Gewissheit, dass Sendis Haufen die offensichtlichen Verdächtigen wären. Der Mord an ihrem eigenen Verwalter konnte ihrer Sache nur dienlich sein, denn wer würde Leuten glauben, die ihre Gegner sogar im königlichen Palast umbrachten?

Geoffrey war nicht der Einzige, der die Münzer für die wahrscheinlichsten Täter hielt. Auch andere Gäste des Hofes erwogen die Umstände und kamen zu dem Schluss, dass alles auf die Sachsen hindeutete. Sie rückten von ihnen ab, bis beide Gruppen allein standen.

»Ich habe nichts von Bedeutung gesehen«, sprach Giffard in die nachfolgende Stille hinein. »Aber Geoffrey hat Unrecht: Gott hat die zwei Sonnen nicht erscheinen lassen, um seine Missbilligung über den Mord auszudrücken. Vielmehr hat der Mörder sie als Ablenkung genutzt – beide standen bereits am Himmel, als er seine verruchte Tat beging. Womöglich hat Gott uns den doppelten Glanz deshalb nicht länger sehen lassen.«

Wenn die Münzer schon viel Platz für sich hatten, so hielt man noch viel größeren Abstand zu dem toten Alwold. Niemand war an ihn herangetreten, um ihn zu untersuchen oder Gebete für seine Seele zu sprechen. Geoffrey ging zu ihm hin und sah ein wenig erschrocken, dass seine Augenlider flatterten. Alwold war nicht tot, auch wenn die Menge an Blut vermuten ließ, dass er nicht mehr lange zu leben hatte. Geoffrey kniete nieder und drückte die Wunde mit beiden Händen zusammen, um die Blutung zu stillen und ihm eine letzte Beichte zu ermöglichen.

Henry schnippte inzwischen mit den Fingern und rief in die wartende Menge: »Holt die Hofärzte. Clarembald versichert mir immer wieder, dass er alles heilen kann, während der Bischof von Bath *seine*

Fähigkeiten als überlegen anpreist. Wir werden sehen, ob ihre Prahlereien berechtigt sind.«

Aber Geoffrey konnte eine tödliche Wunde sehr wohl erkennen: Kein Heilkundiger würde Alwold noch retten, ganz gleich wie groß sein Können war. Geoffrey beugte sich tief zu dem Sterbenden hinab, weil er spürte, dass dieser etwas sagen wollte. »Wollt Ihr einen Priester?«

Alwold schüttelte den Kopf. Sein Blick fiel auf Maude, Rodbert und Tasso, die immer noch anklagend zu Sendi schauten. Sendi starrte finster zurück, während Adelise Maurice lautstark wissen ließ, dass ihre Leute unschuldig waren.

»Wollt Ihr Rodbert sprechen?«, fragte Geoffrey. Alwold schüttelte den Kopf und richtete die Augen fest auf Barcwits sinnliche Frau. »Maude?«

Alwold nickte, und Geoffrey winkte sie heran. Maude kniete neben dem Verwalter nieder und ergriff seine schlaffe Hand. Allerdings achtete sie sorgfältig darauf, nicht mit dem Kleid durch die Blutpfütze zu wischen, die sich um den Sterbenden ausbreitete.

»Was ist, Alwold?«, fragte sie sanft. »Was möchtest du sagen?«

Tasso und Rodbert rückten ebenfalls näher heran, aber Alwold presste bei ihrem Anblick fest die Lippen zusammen. Maude bedeutete ihnen, sich wieder zu entfernen. Beide gehorchten bereitwillig und setzten ihr verstohlenes Geflüster fort. Geoffrey bekam den Eindruck, dass keiner von ihnen Alwold mochte und sie über seinen bevorstehenden Tod eher empört als betrübt waren.

»Der muss auch weg«, hauchte Alwold mit Blick auf Geoffrey. »Er könnte zu Sendi gehören.«

Geoffrey wollte gar nichts von den Geheimnissen wissen, die Alwold auf dem Sterbebett mitzuteilen hatte. Aber sobald er die Hände zurückzog, spritzte das Blut aus der Wunde und zeichnete ein Spitzenmuster auf den Boden.

»Ihr bleibt, wo Ihr seid«, befahl Henry. »Es wäre schade, wenn der arme Bursche verblutet, nur weil Ihr nicht noch ein paar Augenblicke auf meine Heilkundigen warten könnt.«

»Sprich leise«, sagte Maude zu Alwold. »Der Ritter wird dich nicht hören, wenn du flüsterst.«

Alwold blieb keine Zeit für lange Diskussionen, und anscheinend wusste er das auch. Er sprach so leise, dass Maude angestrengt hinhören musste. Geoffrey, der sich über den Bauch des Sterbenden beugte, hörte ihn sehr viel besser.

»Sagt Barcwit, das Silber liegt bei Piers«, hauchte Alwold.

»Was?«, fragte Maude und wirkte plötzlich wesentlich interessierter.

Alwolds blutige Lippen öffneten sich zu einem unangenehmen Lächeln. »Das Silber«, wiederholte er. »Überbringt *Barcwit* meine Botschaft, niemandem sonst. Er wird wütend sein, wenn Ihr ihn hintergeht. Ihr wisst nicht, wie er sein kann, wenn er wütend ist.«

»Wer ist Piers?«, wollte Maude wissen. »Wo kann ich … wo kann Barcwit ihn finden?«

»Lasst Barcwit wissen, dass es mir leidtut, aber ich war ihm treu bis in den Tod. Sein Silber liegt bei Piers. Er wird es verstehen.«

»Wer ist Piers?«, drängte Maude weiter. »Ich kenne niemanden, der so heißt. Wo lebt er? Und warum hast du das Silber bei ihm gelassen, wenn du es doch Barcwit bringen solltest? Wir haben dir geglaubt, als du erzählt hast, es sei von Gesetzlosen gestohlen worden. Und jetzt sagst du, so ist es nicht gewesen?«

»Keine«, flüsterte Alwold. »Gesetzlosen.«

»Ist Piers der Dieb?« Maude klang drängend. »Meinst du das? Ist Piers der Schurke, der uns ausgeraubt hat? Um Himmels willen, Mann, sag es mir! Das ist wichtig!«

»Erzählt es Barcwit«, beharrte Alwold, während Geoffrey dachte, dass der Mann sich etwas vormachte, wenn er Maude für eine vertrauenswürdige Botin hielt. Selbst für ihn war offensichtlich, dass sie ihre eigenen Pläne hatte. »Ihr müsst …«

»Wo lebt Piers?«, unterbrach ihn Maude hektisch, als sie bemerkte, wie Alwold ihr entglitt. »Ich kann dir nicht helfen, wenn du mir nicht sagst, wer …«

»Aus dem Weg«, ließ sich eine wichtigtuerische Stimme vernehmen und übertönte jede Antwort, die Alwold womöglich gegeben hatte. Maude blickte überrascht auf.

Ein beleibter Mann mit buschigen, rotblonden Augenbrauen schob sich mit großem Getue durch die Menge und ging neben Alwold in die Hocke. Maude wurde beinahe umgestoßen, und nur ein gut abgepasster Sprung von Maurice bewahrte sie vor dem Umkippen.

»Das ist Clarembald«, ließ Henry sie wissen. »Einer meiner Hofärzte.«

»*Ich* bin ebenfalls hier«, kündigte sich eine zweite Stimme an. Geoffrey sah einen schlanken, hochgewachsenen Geistlichen herankommen. »Ich bin ebenfalls ein Medikus – und ein besserer als Clarembald. Mein Name ist John de Villula, Bischof von Bath.«

»Dieser Mann wurde erstochen«, sagte Henry. Wenn man das den Heilkundigen erst noch erklären musste, war Alwold in der Tat verloren – das Messer steckte noch im Leib des Verwalters, und er war blutüberströmt. »Ich möchte, dass Ihr ihm das Leben rettet.«

»Das ist unmöglich«, sagte Clarembald. »Die Wunde ist tödlich, nur Gott könnte ihn heilen.«

»Dann werde ich Ihn darum bitten«, sagte John und fiel auf die Knie. »Er hört stets auf die Gebete seiner Bischöfe, auch wenn er sich nicht viel mit einfachen Heilern abgibt.«

»*Ich* heile mit den Gaben, die Gott mir geschenkt hat«, erwiderte Clarembald gereizt und präsentierte seine Hände, als wären sie von besonderer Bedeutung. »*Ich* fordere Ihn nicht bloß, meinen Patienten zu helfen.«

John öffnete den Mund zu einer Antwort, aber Henry mischte sich ein. »Ja, ja, wir wissen, was Ihr voneinander haltet. Aber ein Verletzter braucht Euch, und ich will, dass Ihr ihn rettet, denn ich habe gehört, wie er von Silber sprach.«

»Clarembald wird scheitern«, stellte John geringschätzig fest. »Der Verletzte ist *seinen* kläglichen Fähigkeiten längst entglitten.«

»Dann rettet Ihr ihn«, forderte Clarembald ihn auf. Er erhob sich und bedeutete John, seinen Platz einzunehmen.

Aber John war kein Dummkopf. Er wusste genauso gut, dass Alwold verloren war. »*Jetzt* kann ich nichts mehr tun – nicht etwa, weil meine Fähigkeiten nicht ausreichen, sondern weil Clarembald ihn bereits berührt und Schaden angerichtet hat.«

Clarembald war entsetzt. »Beschuldigt Ihr mich, diesen Mann getötet zu haben?« Er senkte die Stimme zu einem wütenden Flüstern. »Das ist *Barcwits* Verwalter, Mann! Soll Barcwit *mich* wegen Eurer falschen und bösartigen Beschuldigungen umbringen?«

Johns Miene ließ vermuten, dass er das für eine gute Idee hielt. »Vielleicht solltet Ihr in Zukunft Bristol meiden«, entgegnete er aalglatt.

Mit einem ungeduldigen Laut trat Henry zwischen sie. Geoffrey hielt es für sehr schlechtes Benehmen, wenn Ärzte miteinander stritten, während ein Mann im Sterben lag. Er wandte sich wieder Alwold zu. Der Verwalter war grau im Gesicht und brauchte einen Priester, keine Heiler.

»Der Priester von St. John kennt das Geheimnis«, flüsterte Alwold so leise, dass Geoffrey sich nicht sicher war, ob er es überhaupt gehört hatte. Alwolds Augen standen offen, aber sie waren trübe. Wahrscheinlich glaubte er Maude noch an seiner Seite, denn er fuhr fort »Der König weiß davon, und Bloet und William de Warel …«

Seine Stimme verebbte, dann stockte auch sein Atem, und Geoffrey hatte das beunruhigende Gefühl, als ob etwas den Körper des Mannes verließ. Alwold war tot.

Geoffrey nahm die Hände von der Stichwunde und erhob sich. Giffard trat an seine Stelle, um für die Seele des Toten zu beten. Maude hatte sich wieder zu Rodbert und Tasso gesellt, während Bischof Maurice zwischen ihnen und Sendis Leuten stand. Möglicherweise mit Absicht, um weitere Morde zu verhindern.

»Was hat Alwold gesagt?«, wollte Henry von Maude wissen.

»Nichts, was irgendeinen Sinn ergab«, erwiderte sie. Geoffrey hatte Mühe, sie bei dieser Lüge nicht fassungslos anzustarren. »Ich sollte meinem Mann eine Botschaft überbringen – etwas Persönliches.«

»Was?«, fragte Henry. Er beäugte sie mit zusammengekniffenen Augenlidern: Ihm war nicht entgangen, wie eifrig sie sich vorgebeugt hatte, um Alwolds Worte zu verstehen. »An meinem Hof gibt es keine Geheimnisse vor mir. Was hat er gesagt?«

Maude hielt seinem Blick stand, während sie antwortete: »Es ging um einen Mann namens Piers, Majestät. Das muss ein Freund meines Mannes sein. Wie ich sagte, es ergab keinen Sinn.«

Geoffrey musterte ihre Gefährten. Tasso stellte eine professionelle Gleichgültigkeit zur Schau, aber Rodberts Blick ging zwischen dem König und Maude hin und her, während er den Wortwechsel verfolgte. Geoffrey nahm stark an, dass Maude Alwolds Geständnis vor Barcwit verheimlichen wollte, und fragte sich, ob sie das bei Tasso und Rodbert vorhatte.

Er rief sich Alwolds letzte Worte ins Gedächtnis, die Maude nicht mehr gehört hatte, wonach der Priester von St. John das Geheimnis kannte, wie auch der König, Bloet und William de Warel. Geoffrey beschloss, lieber darüber zu schweigen. Es war klüger, die ganze Angelegenheit zu vergessen und nichts weiter mit den Münzern und ihrem Silber zu tun zu haben – oder mit dem König, dessen Gier bereits erwacht war.

»Erzählt mir ganz *genau,* was er gesagt hat«, forderte Henry sie auf und setzte sein einnehmendstes Lächeln auf. »Womöglich kann *ich* Euch helfen, seine Worte zu verstehen.«

»Es war ohne Bedeutung«, antwortete Maude ausweichend. »Er meinte, dieser Piers hätte Barcwit etwas zu sagen. Bei meiner Rückkehr soll ich meinem Gemahl vorschlagen, diesen Mann aufzusuchen.«

»Ich hörte, wie Alwold Silber erwähnte«, sagte Henry, und das Lächeln auf seinem Gesicht verschwand. Er wusste, dass Maude versuchte, ihn in die Irre zu führen.

»Er sprach wirres Zeug«, behauptete Maude nervös. »Er hat von Silber gesprochen, aber er war der Verwalter eines Münzers, sein ganzes Leben drehte sich darum – schließlich prägen wir Münzen daraus.«

»Und das ist alles?«, fragte Henry. Sein Gesicht war ausdruckslos, aber seine Stimme hatte einen bedrohlichen Unterton.

Maude blickte ihn an und erkannte, dass sie mit dem Feuer spielte. »Normalerweise würde ich Euch nicht mit unseren kleinlichen Sorgen behelligen, Majestät, aber da Ihr danach fragt, werde ich mich Euch anvertrauen. Vor ungefähr drei Wochen, am Sankt-Michaelis-Tag, wurde Barcwit eine große Menge Silber gestohlen. Ich nehme an, Alwold dachte an diesen Vorfall, als er starb.«

»Und warum sollte er das?«, fragte Henry beiläufig.

Maude gab weiter nach, und Geoffrey gewann den Eindruck, dass ihre Geschichte für den König nichts Neues enthielt: Henry hatte bereits davon gewusst. »Alwold hatte diese spezielle Lieferung von einer Mine in Devon begleitet. Aber kurz vor Bristol wurden die Wagen überfallen und das Silber geraubt. Es war nicht Alwolds Schuld, aber ohne Zweifel machte es ihm zu schaffen, dass er eine so kostbare Ladung verloren hatte.«

»Ich weiß von diesem Überfall.« Henry lächelte angesichts ihrer Überraschung. »Auf *meinen* Straßen gehen keine Edelmetalle verloren, ohne dass ich davon erfahre.«

»Mein Gemahl meint, die Straßen wären viel sicherer, seitdem *Ihr* König seid«, erklärte Maude mit schmeichlerischem Lächeln. »Wir waren daher alle überrascht, dass der Transport angegriffen wurde.«

»Und entsetzt«, fügte Rodbert hinzu. »Da war eine Menge Silber auf diesem Wagen, und der Verlust war ein schwerer Schlag für unser Geschäft.« Er warf Sendi einen Blick zu, der deutlich machte, wen *er* dafür verantwortlich machte. Sendi fuhr auf und funkelte zurück, aber Adelise kniff ihn in den Arm, und er sagte nichts.

»Das alles lässt Alwolds Tod in einem anderen Licht erscheinen«, befand Giffard, der seine Gebete beendet und sich erhoben hatte. »Womöglich wurde er um des Silbers willen ermordet. Hat irgendwer gesehen, wer ihn erstochen hat?«

»Ich stand in der Nähe von Bischof Maurice«, erwiderte Maude und lächelte den fetten Geistlichen scheu an. »Daher habe ich nichts gesehen.«

»Ich habe kaum etwas wahrgenommen, nachdem ich die beiden Sonnen erblickt hatte«, erklärte Maurice entschuldigend. »Ich glaube, dass Ihr hinter mir standet, aber ich bin mir nicht sicher.«

»*Ich* war unmittelbar bei ihr«, verkündete Rodbert loyal. Er starrte Maurice wütend an. »Gewisse Geistliche zeigen viel zu viel Interesse an ihren Schäfchen, und ich wollte aufpassen, dass sie nicht zu Schaden kommt. Tasso wird bestätigen, dass wir alle zusammen waren, als Alwold so heimtückisch erschlagen wurde.«

Geoffrey war wenig beeindruckt; diese allzu bereitwillig gegebenen Alibis hatten keinen großen Wert. Henry wandte den Blick von Barcwits Männern zu Sendis Haufen. Sendi trat sogleich vor.

»Mit Verlaub, Majestät«, sagte er. »Wir haben mit Alwolds Tod ebenso wenig zu tun. Wir sind nur aus einem Grund hier: um zu berichten, dass Barcwit Euch betrügt. Er schlägt minderwertige Münzen, und …«

Henry schnitt ihm mit einer Geste das Wort ab. »Ich habe Euch bereits wissen lassen, dass ich mir Euren Fall später anhören werde. Ich will nicht jetzt über diese Klagen reden.«

»Die ohnehin allesamt erlogen sind«, warf Rodbert mürrisch ein. »Sendi ist neidisch, weil Barcwit erfolgreicher ist als er. Aber das liegt nur daran, dass wir härter arbeiten und bessere Münzen fertigen.«

Sendi hob einen Finger, der vor unterdrückter Wut zitterte. »Lügen!« Er wandte sich an Henry. »Sie haben heute Fardin ermordet, und jetzt haben sie Alwold ebenfalls getötet. Sie hoffen, dass Ihr Alwolds Tod als Rachetat anseht – damit man uns die Schuld zuweist und unser Fall abgewiesen wird.«

Rodbert grinste verächtlich. »Und warum sollten wir unseren eigenen Mann umbringen? Wir …«

»Genug!«, brüllte Henry. »Ich habe gesagt, dass ich heute von Euren Zänkereien nichts hören möchte. Wie könnt Ihr es wagen, Euch Eurem Herrscher zu widersetzen? Das Einzige, was mich jetzt interessiert, ist Alwold und jeder, der womöglich seinen Mörder gesehen hat.« Er blickte finster über seinen Hofstaat, und viele der Anwesenden bewegten sich unruhig auf der Stelle.

»Wir alle haben uns die zwei Sonnen angeschaut«, erklärte der Rotschopf, mit dem Durand gemeinsam gekichert hatte. Seine Augen standen über der langen Nase zu dicht beisammen und verliehen ihm einen hinterhältigen Ausdruck. »Aber keiner von uns Höflingen ist ein Mörder, also müsst Ihr den Schurken unter den Fremden suchen.«

»Muss ich das?«, fragte Henry spöttisch.

Der Mann umfasste die Münzer und Geoffrey in einer ausholenden Geste. »Diese Sachsen hegen einen Groll aufeinander, und über die Männer, die dem Aufruf des Papstes zum Kreuzzug folgten, habe ich schon so allerhand gehört. Das ist ein gefährlicher und unbeherrschter Haufen.«

»Stimmt das, Geoffrey?« Henry klang belustigt. »Sind *Jerosolimitani* gefährlich und unbeherrscht?«

»Jawohl, Majestät«, erwiderte Geoffrey, der genau wusste, dass jede andere Behauptung gelogen wäre. Sie hatten eine blutige Spur durch die zivilisierte Welt geschlagen, um Jerusalem zu »befreien«, waren weit davon entfernt, sanftmütige Heilige zu sein.

»Geoffrey hat Alwold nicht getötet, Bloet«, sagte Giffard gereizt. »Er war bei mir, als es geschah, und ich hätte es bemerkt, wenn er seinen Dolch gezogen und in irgendeinen Umstehenden gestoßen hätte.«

»Meine Beauftragten werden dieser Sache nachgehen«, schloss der König in einer diffusen Drohung. »Und ich *werde* herausfinden, ob mich jemand angelogen hat.«

»*Wir* haben nicht gelogen, Majestät«, warf Maude rasch ein. »Alwold hätte mich nicht gerufen, um seine letzten Worte zu hören, wenn ich ihn getötet hätte. Und keiner sollte zu viel auf sein Geschwätz über Silber geben. Er fühlte sich schuldig wegen des überfallenen Transports.«

»Wir werden sehen«, sagte Henry unbestimmt. Er klatschte in die Hände, um anzuzeigen, dass diese Angelegenheit abgeschlossen war. Dann blieb sein Blick an Geoffrey hängen. »Ich werde jetzt mit Euch sprechen. In meinen privaten Gemächern.«

Ohne auf eine Antwort zu warten, schritt er davon. Sogleich redeten alle aufgeregt durcheinander und schwatzten über die zwei Sonnen und den gleichzeitigen Mord. Als Geoffrey sich umwandte, um dem König zu folgen, fühlte er seinen Arm von einem eisernen Griff umfangen. Verärgert schüttelte er die Berührung ab und war bereit, mit einem Schlag nachzuhelfen, wenn der Bursche ihn nicht losließ. Doch er öffnete die geballte Faust, als er Maude erblickte. Ihre Augen glühten, als sie sich ihm zubeugte.

»Nun?«, zischte sie. »Was habt Ihr gehört?«

Er wollte nicht zugeben, dass er mehr von Alwolds letzten Worten gehört hatte als sie, denn das würde ihn auf jeden Fall in die Fehde der Münzer verwickeln. Allerdings wollte er auch nicht ihren Verdacht erregen, indem er behauptete, er hätte gar nichts gehört, wenn sie es besser wusste.

»Warum möchtet Ihr das wissen?«, wich er der Frage aus.

»Ihr habt nichts gehört, was meinen Worten vor dem König widerspricht«, stellte sie fest, als müsse sie ihm einprägen, was er zu sagen hatte. »Außerdem hat Alwold Englisch gesprochen, das nur wenige Normannen beherrschen.«

»Henry schon«, betonte Geoffrey. »Deshalb hat er auch das Wort ›Silber‹ aufgeschnappt.«

»Vermutlich kennt er die Worte ›Silber‹, ›Gold‹ und ›Geld‹ in jeder Sprache unter der Sonne«, gab Maude beißend zurück. »Aber Ihr werdet niemandem irgendetwas über Alwolds letzte Worte verraten. Wenn Ihr diesen Rat missachtet, bringt Ihr Euch in größte Gefahr.«

»Durch Euch?«, fragte Geoffrey kühl. Er ließ sich gar nicht gern drohen, nicht einmal von hübschen Frauen.

»Durch den König«, antwortete Maude und klang überrascht, dass er etwas anderes annehmen konnte. »Dieses Silber ist einiges wert, und Henry interessiert sich weit mehr für dessen Verbleib, als es für jemanden angemessen ist, dem es nicht gehört.«

Geoffrey folgte dem König zu einer Wendeltreppe. Zwei Wachen traten dort beiseite, um ihn vorbeizulassen. Sendi – offensichtlich darauf bedacht, seinen Fall voranzutreiben – versuchte ebenfalls zu folgen, aber die Wachen verstellten ihm mit ihren Speeren den Weg, und ein Hauptmann kam mit gezücktem Schwert aus einem Schatten hervor. Der Sachse trat eilig den Rückzug an.

Am Kopfende der Treppe befand sich ein prachtvoll möbliertes Zimmer. Ein Diener kniete am Kamin und blies das Feuer an, während ein weiterer eiligst die Fensterläden schloss. Draußen bogen sich die Bäume im Wind, während ein hässlicher Schauer niederging.

Im Inneren bedeckten Wandbehänge jeden Zoll Mauerwerk, und dicke Teppiche lagen auf dem Boden. Sie waren so weich und tief, dass Geoffrey mit den Füßen einsank wie in frischem Dung. Wohlgefüllte Weinkrüge standen auf der Fensterbank, neben Schalen mit Nüssen, die von weit her stammten. Eine Seite des Raumes beherrschte ein fellbedecktes Lager.

Geoffrey erkannte, dass er nicht in einen Audienzraum, sondern in das Schlafzimmer des Königs geladen worden war, ein Gemach, das nur den meistgeschätzten Ratgebern offenstand. Der Ritter fühlte sich unwohl: Er wollte nicht von Henry als Vertrauter angesehen werden, und auch nicht von einem eifersüchtigen Hofstaat.

»Nüsse?«, fragte Henry zuvorkommend. Geoffrey wollte schon zugreifen – kein Krieger lehnte etwas zu essen ab, wenn er nicht wusste, wann es die nächste Mahlzeit geben würde –, da bemerkte er, dass sie nach dem Regen im Wasser schwammen. Er schüttelte den Kopf.

Henry klatschte in die Hände, und die Diener eilten im Laufschritt davon. »Habt Ihr immer noch diesen Hund?«, erkundigte er sich liebenswürdig. »Er war nicht mit Euch in der Halle.«

Geoffrey wurde allmählich besorgt. Der König war kein Mann, der Zeit auf müßige Plauderei verschwendete. »Ich habe ihn in den Ställen gelassen, Majestät.«

Henry klang darüber nicht gerade erfreut. »Bei meinen Pferden?«

»Meine Begleiter werden nicht zulassen, dass er etwas allzu Wertvolles beißt.«

»Das hoffe ich für Euch«, warnte ihn Henry. »Ich wäre sehr ungehalten, wenn ich Bissspuren an meinen Schlachtrössern entdeckte. Sie sind teuer, und Euer Köter ist allzu freimütig mit seinen Zähnen.«

»Gewiss, Majestät«, stimmte Geoffrey ihm zu und wünschte sich, dass der König endlich zur Sache käme.

»Ihr fragt Euch vermutlich, weshalb ich Euch herbestellt habe«, sagte Henry. Er äugte in die Schale und beschloss, dass er ebenfalls keine durchweichten Nüsse haben wollte. Stattdessen nahm er einen Apfel und biss hinein, während er auf die Antwort wartete.

»Das weiß ich bereits, Majestät«, antwortete Geoffrey und versuchte, nicht zu verdrießlich zu klingen. »Gleich bei meiner Ankunft wurde mir Tankreds Brief überreicht, in dem er mich drängt, in Eure Dienste zu treten.«

Henry starrte ihn an. »Meint Ihr etwa, ich habe Euch deswegen hergebracht?«

»Gibt es einen anderen Grund?«

Henry verfügte über eine sehr lebhafte Mimik, die ausgesprochen heiter und freundlich und ebenso düster und kalt sein konnte. Er konnte aber auch einen undeutbaren Ausdruck annehmen, und Geoffrey hatte die Erfahrung gemacht, dass der Monarch dann am gefährlichsten war. Als Geoffrey seine Frage stellte, fror das wohlwollende Auftreten des Königs auf der Stelle ein, und sein Gesicht erstarrte zur unbewegten Maske.

»Den gibt es, in der Tat«, erklärte er kühl. »Zum Gunstbeweis habe ich Euch hergebeten – um Euch für Eure Dienste in diesem Sommer zu belohnen.«

Geoffrey war nicht überzeugt. »Dieser Brief von Tankred …«

»Dieser Brief von Tankred ist vor *zwei* Tagen eingetroffen«, fuhr Henry ihn an. »Ich habe vor *fünf* Tagen nach Euch schicken lassen. Wie hätte ich von Tankreds Botschaft wissen sollen, als ich Euch hierherbestellte?«

»Ich verstehe«, sagte Geoffrey. Er wusste nicht recht, was er sonst sagen sollte.

»Ihr glaubt mir nicht!«, rief Henry aus. Er schüttelte den Kopf, als fehlten ihm die Worte, um seinen Gefühlen Ausdruck zu verleihen. »Ihr glaubt, dass ich, Henry von England, einen Vorwand konstruiert habe, um Euch herzubringen, damit ich Euch unter meine Fahne nötigen kann? Ich kann es kaum glauben! Da tue ich einem Mann einen Gefallen, und er vermutet gleich Hintergedanken! Und das bei mir, der ich über ein ganzes Heer guter Männer verfüge.«

Mit weißem Gesicht spie Henry die Worte hervor. Geoffrey hatte ihn noch nie so wütend erlebt. »Ihr habt gute Männer in Euren Diensten, Majestät«, pflichtete er eilig bei. »Da sind Giffard und Maurice und …« Aber mehr Leute fielen ihm nicht ein, die er für vertrauenswürdig hielt, und daher verstummte er.

»Ich hätte nicht meine Zeit verschwenden sollen«, fuhr Henry fort. »Noch bin ich nicht so weit, dass ich gezwungen wäre, Männer in meine Dienste zu pressen. Ich hätte Euch nur allzu gern ins Heilige Land ziehen lassen – ich gab Euch sogar Geld für die Reise, wenn Ihr Euch erinnert.«

»Jawohl, Majestät«, sagte Geoffrey und verzichtete auf den Hinweis, dass es sehr wenig Geld gewesen war.

»Und nun beschuldigt Ihr mich, einen Brief von Tankred fälschen zu lassen.« Henry schleuderte den Apfel gegen den Kamin, wo die Frucht zerplatzte und Stücke in alle Richtungen spritzten. »Ich sollte Euch hinrichten lassen. Kein Mann sollte seinen Herrscher der Unredlichkeit bezichtigen und weiterleben.«

»Nein, Majestät«, sagte Geoffrey. Er wurde allmählich gereizt, weil der König die verletzte Unschuld spielte, obwohl Geoffreys Schlussfolgerungen mehr als gerechtfertigt waren – insbesondere, da man ihn so gut bewacht nach Westminster eskortiert und ihm gar nicht die Gelegenheit gegeben hatte, die »Einladung« des Königs abzulehnen. »Aber Tankred …«

»Tankred ist es völlig egal, was mit Euch geschieht«, hielt Henry ihm gehässig vor. »Ich habe ebenfalls einen Brief von ihm erhalten, von demselben Boten überbracht. Er kommt als Fürst von Galiläa hervorragend zurecht und ist von starken Männern umgeben, denen viel an seinem Erfolg gelegen ist. Er braucht Euch nicht, und daher hat er Euch von Eurem Eid entbunden. Er hat Euch mir empfohlen, weil er weiß, dass Ihr im Sommer für mich tätig wart. *Ich* habe ihm nicht berichtet, was Ihr hier getrieben habt, also nehme ich mal an, er weiß es von Euch?«

Geoffrey nickte. »Ich habe ihm geschrieben, um zu erklären, warum ich nicht sofort zurückgekehrt bin, wie er es befohlen hatte.«

»Dann habt Ihr Euch das alles selbst zuzuschreiben. *Ich* würde auch keine Ritter in meinen Diensten wollen, die Gold von anderen Herren annehmen.«

»Aber das habe ich mir nicht ausgesucht«, wandte Geoffrey ein. Er holte tief Luft und rief sich ins Gedächtnis, dass er mit einem machtvollen Herrscher sprach. Wenn er sein Leben nicht sinnlos fortwerfen wollte, musste er die Ruhe bewahren.

»Ihr seid in einer wenig beneidenswerten Lage«, bemerkte Henry gehässig. »Ich möchte keine rebellischen Ritter in meinen Reihen, die einen Groll gegen mich hegen, und Tankred will das ebenso wenig. Früher oder später werdet Ihr erkennen, dass es gut ist, einem König zu dienen, und ohne Zweifel werdet Ihr mir dann Euer Schwert antragen. Aber ich bezweifle, dass ich es annehmen werde.«

Geoffrey sagte nichts dazu. Aber wenn Henry glaubte, jemals seine Treue erringen zu können, dann gab er sich Träumereien hin. Lieber wollte Geoffrey sich dem höchsten Bieter unter den streitenden Fürsten des Heiligen Landes andienen oder sich auf sein Gut im Wald von Dene zurückziehen.

»So«, stellte Henry schließlich fest, nach einem sehr langen Moment des Schweigens. »Wir haben festgestellt, dass Tankreds Brief echt ist, dass ich Euch nicht an meinem Hof aufnehmen möchte und dass Ihr ein solches Angebot von mir auch nicht annehmen würdet, selbst wenn es gemacht würde. Ich sehe mich versucht, Euch nun einfach wieder fortzuschicken, ohne Euch den Grund zu nennen, aus dem ich Euch einbestellt habe. Aber ich bin kein rachsüchtiger Mensch, und ich *werde* Euch für das belohnen, was Ihr für mich getan habt.«

»Es tut mir leid, Majestät«, sagte Geoffrey und versuchte, aufrichtig zu klingen. Er hatte keine Ahnung, ob der König ein listiges Spiel mit ihm trieb, oder ob die Einladung tatsächlich uneigennützig gemeint war.

»Dafür ist es nun zu spät. Ihr habt mich beleidigt, und wenn Ihr das noch einmal tut, werde ich Euch hinrichten lassen.«

»Dann werde ich versuchen, es zu vermeiden, Majestät«, erwiderte Geoffrey ruhig.

Henry seufzte. »Aber alles in allem seid Ihr doch ein aufrichtiger Mann, und davon gibt es heutzutage nicht mehr so viele. Die meisten Leute hätten ihre aufrührerischen Gedanken für sich behalten und jeden Eid geleistet, den ich von ihnen gefordert hätte – um ihn dann ebenso rasch zu brechen. Ich bin den Zwist zwischen uns leid. Nehmt an diesem erbärmlichen Feuer Platz, und ich zeige Euch, weswegen ich Euch zurückbefohlen habe.«

Geoffrey gehorchte widerstrebend. Seine Gedanken waren in Aufruhr. Er war verwirrt von dem Tempo, in dem der Zorn des Königs abgekühlt war, denn bei ihm selbst war das ganz eindeutig nicht der Fall: In seinem Inneren brodelte es noch. Er nahm auf dem Hocker Platz, den Henry ihm anwies, und wartete darauf, dass der König weitersprach.

»Ihr seid diesen sächsischen Münzern begegnet?«, fragte Henry. »Ich habe sie während der letzten Woche hier warten lassen, weil ich Euch bei diesem Fall dabeihaben wollte. Normalerweise höre ich mir derartige Anklagen sofort an, prüfe die Beweise, die von beiden Seiten vorgebracht werden, und treffe meine Entscheidung. Diesmal allerdings habe ich das nicht getan.«

Geoffrey erinnerte sich, dass manche Leute über Henrys Trödelei erstaunt gewesen waren. Die Bittsteller gingen allen auf die Nerven, und es wurde Zeit, dass sie wieder verschwanden. »Ich kenne sie nicht …«

»Natürlich nicht«, fiel Henry ihm ins Wort. »Sie stammen aus

Bristol. Ihr habt mitbekommen, wie Sendi behauptet, dass Barcwit unlautere Geschäfte tätigt? Das ist eine ernste Anschuldigung, denn ich beziehe beträchtliche Einkünfte aus meinen Münzstätten. Strenge Gesetze sollen dafür sorgen, dass die Münzer mich nicht hintergehen. Wer dabei erwischt wird, wie er meine Münzen beschneidet oder minderwertige Münzen herstellt, der verliert eine Hand und muss schwere Strafen zahlen.«

Geoffrey wusste, dass die Gesetze zur Kontrolle der Prägestätten nachdrücklich durchgesetzt wurden. »Es ist eine große Ehre, zum Münzpächter ernannt zu werden – und auch sehr einträglich. Nur ein Narr würde Verstümmelung und den Verlust seines gesamten Besitzes für betrügerischen Gewinn riskieren.«

»Mein Königreich ist voller Narren, Geoffrey, und Barcwit könnte durchaus einer davon sein. Außerdem vertraut Ihr zu sehr auf die Gesetze. Aber Gesetzesbrecher neigen zu dem Glauben, dass sie nicht erwischt werden und daher auch der Strafe entgehen. Der Raub von Schafen ist gleichfalls mit harten Strafen belegt, und dennoch hält das die Leute nicht davon ab.«

»Wenn Ihr Barcwit für schuldig haltet, weswegen verurteilt Ihr ihn dann nicht?«, fragte Geoffrey. »Warum haltet Ihr Euch zurück?«

»Euretwegen«, erwiderte Henry. Als der Ritter auf diese eigentümliche Behauptung etwas erwidern wollte, brachte Henry ihm zum Schweigen, indem er ihm eine Schriftrolle reichte. »Das ist eine Aufstellung sämtlicher Beweise, die Sendi mir vorlegen möchte. Darin heißt es, dass Barcwits Münzen weniger als zwanzig Gran wiegen – Zinn ist leichter als Silber, und angeblich gebraucht er zu viel davon in seinen Legierungen. Das bedeutet, dass meine Währung verschlechtert wird. Außerdem gibt es eine Liste von Leuten, die ihn bei diesem Betrug unterstützen. Ihr werdet Simon Bloets Namen darauf finden.«

»Bloet«, meinte Geoffrey nachdenklich. Ein Mann namens Bloet – Durands rothaariger Freund – hatte ihn des Mordes an Alwold beschuldigt, einfach nur, weil er bei Hofe ein Fremder war. Und

»Bloet« war auch einer der Namen gewesen, die Alwold vor seinem Tod gemurmelt hatte.

»Bloet ist der Sohn des Bischofs von Lincoln«, erklärte Henry. »Er ist hier in Westminster, weil er mich überzeugen möchte, dass sein Name auf Sendis Liste nichts zu bedeuten hat.«

»Und bedeutet er etwas?«, fragte Geoffrey, verwirrt von der Vielzahl an Zusammenhängen. »Oder hat Sendi einfach nur die Namen bedeutsamer Männer zusammengeschrieben, um Eure Aufmerksamkeit zu gewinnen?«

»Bloet streitet jede gesetzwidrige Beteiligung ab, aber er ist ein Intrigant und ganz bestimmt die Art Mann, die auch mal einen schnellen Gewinn auf meine Kosten machen würde.«

»Wie das?«

»Sendi behauptet, Bloet und andere hätten große Summen in Barcwits Gewerbe eingebracht. Die Sache ist einfach: Ein Münzer benötigt Bargeld, um Silber zu kaufen. Wenn er viel Bargeld hat, kann er auch viel Silber kaufen. Und mit viel Silber lassen sich viele Münzen schlagen. Wenn er viele Münzen prägt, kann er sie verkaufen und noch mehr Geld verdienen. *Ergo:* Je mehr verfügbare Mittel er hat, umso höher seine Gewinne. Versteht Ihr?«

»Ja«, sagte Geoffrey. Im gefiel der belehrende Tonfall des Königs gar nicht. Man musste ihm nicht die Grundlagen der Wirtschaft in simpelsten Worten darlegen. »Aber es ist nicht verboten, einem Münzer Geld für neues Silber zu leihen.«

»Nein, das ist es nicht«, stimmte Henry ihm zu. »Und solange sämtliche Münzen mit den offiziellen Stempeln geschlagen werden, ist es sogar überaus patriotisch. Aber Sendi behauptet, dass Barcwit Münzen mit anderen Stempeln herstellt: mit gefälschten.«

»Und mit Fälschungen macht man die wirklich großen Gewinne«, mutmaßte Geoffrey, um zu zeigen, dass er nicht gänzlich ahnungslos war. »Weil Barcwit dann nicht die offiziellen Stempel kaufen muss, die vermutlich recht teuer sind.«

»Ganz genau. Der Ertrag durch Fälschungen ist beträchtlich, sodass Männer wie Bloet einen hohen Gewinn für ihren Einsatz erwarten können.« Henry wies auf die Schriftrolle. »Und Bloet ist nicht der einzige Name, der mich beunruhigt. Meine beiden Hofärzte sind genannt – Bischof John und Clarembald. Deshalb sind sie zur Zeit ebenfalls hier. Normalerweise lade ich sie niemals gleichzeitig ein, wegen ihrer Zankerei, aber ich wollte hören, was sie vorzubringen haben, wenn Sendi seinen Fall vorträgt.«

Geoffrey war verwirrt. »Warum sollten wohlhabende Höflinge und königliche Leibärzte bei einem Münzer in einem abgelegenen Ort wie Bristol ihr Geld lassen?«

Henry lächelte grimmig. »Eben das wollte ich auch wissen. Ihr habt Recht: Es gibt keinen Grund, weswegen sie zu einem Münzer in Bristol gehen sollten anstatt in ihren Heimatstädten. Womöglich verspricht Barcwit ihnen hohe Gewinne. Oder es gibt einen anderen Grund.«

»Und der könnte sein …?«

»Beispielsweise, mein Münzwesen zu untergraben und die Wirtschaft meines Landes zu schädigen. Auch wenn ich mir – mit Eurer Hilfe – einige aufrührerische Barone vom Hals geschafft habe, so gibt es doch noch weitere, die meine Krone lieber beim Herzog der Normandie sehen würden.«

Geoffrey schreckte auf. »Ich wüsste nicht, wie Ihr das aus ein paar Münzen schließen …«

Henry seufzte ungeduldig. »Eigentlich ist es doch folgerichtig: Ein offener Aufstand gegen mich ist gescheitert – der Vorfall mit Bellême zeigt jedem deutlich, dass eine gewaltsame Erhebung aussichtslos ist, weil ich einen solchen Kampf gewinnen werde. Doch es gibt andere Möglichkeiten, einen Herrscher anzugreifen. Die eine ist, seine Währung so weit zu verschlechtern, dass der Penny wertlos wird. Die Bauern werden sich auflehnen, weil sie kein Brot mehr kaufen können, und meine Soldaten – die selbst auch nur Bauern sind – kämpfen nicht mehr für mich, wenn ich sie mit nutzlosen Münzen bezahle.«

Geoffrey starrte das Pergament an. »Glaubt Ihr diesen Anschuldigungen? Oder ist Sendi einfach nur neidisch, weil Barcwits Geschäft mehr abwirft als sein eigenes?«

»Das sind gute Fragen. Und ich brauche einen klugen und listenreichen Mann, der die Antworten darauf herausfindet.«

»Habt Ihr mich deshalb hergerufen?«, fragte Geoffrey misstrauisch und hatte das Gefühl, dass sie sich allmählich dem Kern der Sache annäherten. »Damit ich eine Ermittlung für Euch durchführe?«

»Genau genommen hatte ich Bischof Giffard dafür vorgesehen«, beschied Henry ihm kühl. »Ich bin nie auf den Gedanken gekommen, dass *Ihr* Euch dafür melden könntet. Euch habe ich hergeholt, damit Ihr Euch die Liste der Geldgeber anseht und wir darüber sprechen können, bevor ich Giffard auf sie loslasse.«

Geoffrey blickte die Liste an und hatte Mühe, die schlampige Schrift zu entziffern. Neben Bloet und den beiden Heilkundigen war noch ein Mann namens William de Warelwast darauf genannt, und mehrere Ritter, die Geoffrey während des Sommerfeldzuges in den Walisischen Marken kennen gelernt hatte. Am Ende des Dokuments stieß er allerdings auf einen Namen, der ihm das Blut in den Adern gefrieren ließ: Olivier d'Alençon und seine Frau Joan.

»Über Olivier d'Alençon«, sagte Henry und verfolgte Geoffreys Gesichtsausdruck beim Lesen. »Und seine Frau Joan. Eure Schwester und ihren Gemahl.«

# 3. Kapitel

Geoffrey starrte das Pergament ungläubig an. Seine Gedanken wirbelten durcheinander. Stimmte das? Hatten Joan und Olivier bei Barcwit Geld angelegt? Und wenn ja, warum? Nur weil er ihnen einen guten Gewinn versprochen hatte und sie gutgläubig davon ausgingen, dass alles mit rechten Dingen zuging? Oder hatten sie dem Münzer die Mittel für unheilvollere Pläne zukommen lassen – damit er Henry schwächte, indem er seine Währung zugrunde richtete?

Wie Geoffrey selbst hielt auch Joan den Herzog der Normandie für den rechtmäßigen König von England. Wollte sie den Herzog nicht länger nur mit Worten unterstützen? Sie war eine willensstarke Frau, und eine solche Verschwörung war ihr durchaus zuzutrauen, wenn sie es für das Richtige hielt.

Und noch etwas beunruhigte Geoffrey: Während der letzten Monate hatte Joan ihm geschrieben, wie das Rittergut ihrer Familie an den walisischen Marken aufblühte. Dabei war Goodrich früher verarmt gewesen und hatte stets ums Überleben kämpfen müssen. Joan hatte das mit neuen Viehbeständen und einer Abfolge guter Ernten begründet. Aber wie Roger schon herausgestrichen hatte: nach einem außergewöhnlich heißen August und wegen des Krieges gegen Bellême war zumindest die letzte Ernte mager ausgefallen. Joans Getreide konnte unmöglich so viel besser gewachsen sein als das jedes anderen.

Woher kam also der Wohlstand? Zwischen Goodrich und seinen walisischen Nachbarn gab es einen angespannten Waffenstillstand, und möglicherweise hatte Joan ihn durch Überfälle gebrochen. Aber sie schrieb ihm oft, wie wichtig ihr der Frieden sei. Geoffrey konnte sich kaum vorstellen, dass sie den durch leichtfertige Plünderungen aufs Spiel setzte. Kamen ihre jüngsten Reichtümer also aus Barcwits Münze? Nur ein unverhoffter Glücksfall konnte den eigentümlichen Aufschwung erklären – und um Goodrich florieren zu lassen, musste es schon ein sehr großer sein. Da niemand auf ehrlichem Wege über Nacht reich wurde, musste Joan einen unehrlichen gefunden haben.

Aber warum? Hatte sie sich mit Barcwit eingelassen, nur um Goodrich wieder aufzubauen, oder gab es Hintergedanken? Wie auch immer, es war nicht gut, ihren Namen auf Sendis Liste zu finden. Im besten Falle verlor sie das eingesetzte Geld – und die Zahl bei ihrem Namen beschrieb eine riesige Summe, deren Verlust sie sich nicht erlauben konnte. Im schlimmsten Falle brachte es ihr die Hinrichtung wegen Verrats. Geoffrey wurde sich bewusst, dass der König ihn beobachtete.

»Da muss ein Irrtum vorliegen. Joan lebt Meilen von Bristol entfernt.«

Henry zuckte die Achseln. »Dann erklärt mir, woher Sendi ihren Namen kennt.«

Geoffrey griff nach jedem Strohhalm. »Vielleicht ist er irgendwann mal durch ihre Gegend gekommen und hat ihren Namen auf die Liste gesetzt, um seinen Fall bedeutsamer wirken zu lassen.«

»Warum sollte er das tun?«

»Sie hat ihn gegen sich aufgebracht«, schlug Geoffrey vor. Er klang verzweifelt, aber er konnte nichts anderes sagen. »Sie hat mit ihm gestritten oder ihm gründlich die Meinung gesagt, und er hat ihren Namen aus Rache aufgenommen.«

Henry lächelte gequält. »Ich bin Eurer Schwester schon begegnet, und sie hat in der Tat eine scharfe Zunge. Aber es müssten schon einige *sehr* grobe Bemerkungen fallen, damit ein Mann sie auf eine Liste mit Verrätern schreibt.«

Geoffrey las das Pergament noch einmal. »Verdächtigt Ihr Clarembald, John und Bloet ebenfalls des Verrats? Wenn ja, warum lasst Ihr sie dann frei an Eurem Hof umherstreifen? Warum wurden sie nicht festgenommen?«

»Weil, wie Ihr bereits angesprochen habt, Sendi auch Fehler gemacht oder Namen nur aus persönlichem Groll aufgeschrieben haben könnte. Ich habe meine Leibärzte und Bloet gefragt, ob diese Behauptungen der Wahrheit entsprächen, und sie haben alles abgestritten.«

»Natürlich«, sagte Geoffrey. Niemand würde so schwer wiegende Verbrechen eingestehen, nur weil man ihn beiläufig danach fragte. »Aber was glaubt Ihr, Majestät?«

Henry lächelte über diese Unverblümtheit. »Alle drei sind sehr auf meine Gunst bedacht. Ich kann mir schwer vorstellen, dass sie diese für ein paar Pennys aufs Spiel setzen würden. Aber würden sie das Risiko eingehen, um den Herzog der Normandie auf meinen Thron zu setzen, wofür sie eine sehr viel größere Belohnung erwarten könnten? Wer weiß? Treue ist keine Selbstverständlichkeit, und so gut wie jeder an meinem Hof ist aus eigenen Interessen hier, nicht aus Zuneigung zu mir. Doch es gibt Ausnahmen, und Bloet, Clarembald und John könnten welche sein. Genau wie Joan.«

»Vielleicht weiß Joan gar nichts darüber«, sagte Geoffrey mit Blick auf den Namen ihres Mannes. »Sir Olivier pflegt in einem Dorf in der Nähe von Bristol seine Pferde zu kaufen. Vielleicht hat er bei dieser Gelegenheit Barcwit Geld gegeben, ohne ihr davon zu erzählen.«

Aber wie wahrscheinlich war das? Aus Gründen, die sich Geoffreys Verständnis gänzlich entzogen, bewunderte Joan ihren schwächlichen, feigen Ehemann, während dieser seine tatkräftige Frau abgöttisch liebte. Sie sprachen über alles, und Geoffrey konnte sich nicht vorstellen, dass Olivier auch nur einen Penny ohne ihre Billigung einsetzte – oder umgekehrt.

»Selbst wenn, wären ihr die Gewinne aufgefallen«, erklärte Henry. »Nach Sendis Schätzungen sind sie beträchtlich. Eure Schwester würde wissen wollen, woher so große Beträge gekommen sind.«

»Wie kommt es, dass Sendi so viel über die Geschäfte seines Konkurrenten weiß?«, fragte Geoffrey, der nicht zugeben wollte, dass der König Recht hatte. »Gewiss hat Barcwit derlei Einzelheiten nicht bereitwillig ausgeplaudert.«

»Sendi hat einen Spion in Barcwits Münzstätte, und Barcwit hat vermutlich auch einen bei Sendi. Sie sind Konkurrenten, also wäre das ganz normal. Ich selbst habe Spione an allen möglichen Orten, wo man sie nicht vermuten würde.«

Geoffrey rieb sich den Nasenrücken. »Alwolds Ermordung muss mit diesen Behauptungen zusammenhängen. Als Barcwits Verwalter wusste er vermutlich genau, wer Geldgeber seines Herrn war und wer nicht. Maude, Tasso und Rodbert könnten ebenfalls in Gefahr schweben ...«

Henry tat den Gedanken ab. »Alwold wurde als Vergeltung für Fardin umgebracht. Ich habe diese Sachsen zu lange zu dicht beieinander gelassen. Inzwischen greifen sie zu Gewalt, um sich Luft zu verschaffen.«

»Warum habt Ihr mit der Anhörung des Falls so lange gezögert?«

Henry seufzte. »Das habe ich doch bereits gesagt: weil ich vorher mit Euch sprechen wollte.«

Geoffrey konnte sich gerade noch zurückhalten, seinem Unglauben laut Ausdruck zu verleihen. Sendi hatte einen schweren Fall von Verrat ans Licht gebracht, an dem auch Männer aus der unmittelbaren Gegenwart des Königs beteiligt waren. Womöglich ging es sogar um eine Verschwörung, die die ökonomischen Grundlagen des Landes schädigen konnte. Und so ein Fall wurde aufgeschoben, nur um auf die Ankunft eines armen Ritters zu warten, der noch dazu in Diensten eines anderen Fürsten stand?

Henry schenkte einen Becher Wein ein und drückte ihn Geoffrey in die Hand. »Trinkt das. Ihr seid ja leichenblass. Ich wusste, dass Euch Eure Schwester viel bedeutet, aber ich hatte nicht erwartet, dass Ihr deswegen in Ohnmacht fallt.«

»Ich werde nicht in Ohnmacht fallen«, erwiderte Geoffrey, und doch war ihm unwirklich zumute. Er nahm viele Kleinigkeiten in ungewöhnlicher Schärfe wahr – Brandflecken in den Teppichen, Schmutz an seinem Weinkelch, Vogeldreck auf den Fensterläden. Er trank in kleinen Schlucken. Der Wein war stark und brannte im Mund. Er fragte sich, was für ein Zeug Henry da zu sich nahm, wenn er alleine war. Er stellte ihn ab und war nicht bereit, noch mehr davon zu trinken.

»Nicht nach Eurem Geschmack?«

»Ein wenig sauer«, antwortete Geoffrey vorsichtig. Er wollte dem König nicht ins Gesicht sagen, dass er so ein Gebräu nicht mal seinen Feinden aufnötigen wurde.

Henry roch vorsichtig daran. »Ich frage mich, ob er wohl vergiftet wurde? Das wäre nicht das erste Mal, und meine Vorkoster sind in letzter Zeit nachlässig geworden. Ich werde erst mal abwarten, wie es Euch ergeht, bevor ich davon versuche. Kommt, trinkt doch noch ein wenig.«

»Nein, vielen Dank«, erklärte Geoffrey entschieden. Er schaute wieder auf Sendis Dokument. »Ich könnte Westminster heute Abend noch verlassen und Joan warnen – sie mit mir nehmen.«

»Das könntet Ihr«, stimmte Henry ihm zu. »Und ich werde Euch nicht aufhalten, wenn Ihr das für die beste Lösung haltet. Aber wie würde es weitergehen? Tankred will Euch nicht, und Joan gefiele es im Heiligen Land ohnehin nicht. Ihr könntet in die Normandie gehen, wo der Herzog Euch in seine Dienste nehmen würde. Aber dort könnt Ihr auch nicht bleiben.«

»Warum nicht?«

»Weil es die Heimat von Robert de Bellême ist, bei dessen Vertreibung aus England Ihr mir kürzlich zur Hand gegangen seid. Sein Arm reicht weit, und er hat viele Verwandte. Ihr würdet in der Normandie niemals sicher sein. Und Joan ebenso wenig.«

Damit hatte der König Recht. »Ihr denkt also an eine andere Lösung?«

»Ich kann Verräter nicht ungestraft davonkommen lassen – überlegt nur, welche Botschaft das an die wäre, die eine weitere Erhebung gegen mich vorbereiten wollen. Bellême wäre innerhalb von Tagen zurück, und ich habe nicht die Mittel, jetzt schon wieder einen Krieg zu führen. Wenn da eine Rebellion geplant wird, muss ich sie im Keim ersticken, entschlossen und ohne Zögern.«

»Aber Ihr habt bereits eine Woche gewartet«, führte Geoffrey an.

Henry lächelte. »Ich bin kein Gewaltherrscher, der auf die kleinste Bedrohung hin zuschlägt. Doch zugleich muss ich stark wirken, weil meine Feinde sich sonst auf mich stürzen. Ich will Joan nicht hängen sehen, doch ebenso wenig kann ich einen Verrat verzeihen. Wie auch immer: Ich denke, wir können eine Übereinkunft erzielen.«

Geoffrey starrte ihn an. »Ihr gebt mir eine Gelegenheit, Joan und Olivier zu retten?«

»Und auch die übrigen Personen auf dieser Liste.« Henry seufzte. Für einen flüchtigen Augenblick wirkte er ernsthaft beunruhigt durch die Vorstellung, dass ein paar Dutzend kleiner Adliger sich zu einem Komplott zusammenfinden und ihn stürzen könnten. »Verräter oder Dummköpfe?«

»Wie bitte?«

»Ich muss wissen, ob sie tatsächlich Verräter sind, oder einfach nur Narren, die sich von der Aussicht auf schnelle Gewinne locken ließen. Giffard wird eine ›Untersuchung‹ durchführen. Die allerdings dürfte so aussehen, dass er einfach jeden festnimmt und einen Prozess führt, der sehr rasch und einseitig verlaufen wird. Er hält es für besser, eine Spinne zu zertreten, bevor sie zubeißt, als sie einfach nur aus dem Fenster zu werfen. Aber Spinnen fangen Fliegen, und Fliegen mag ich weit weniger als Spinnen.«

Geoffrey war verwirrt von diesem verdrehten zoologischen Vergleich seines Monarchen. Er räusperte sich. »Und wenn Ihr von Fliegen sprecht, dann meint Ihr …?«

»Ich meine Männer, die mich umschwärmen und falsche Treue heucheln«, erwiderte Henry mit einem Anflug von Ungeduld. »Also, wir müssen Folgendes unternehmen: Ich höre mir morgen früh Sendis Fall an, und Ihr werdet dabei zugegen sein – auch wenn dabei kaum mehr herauskommen wird, als Ihr schon wisst. Dann entlasse ich diese Sachsen zwecks weiterer Untersuchungen, und Ihr reist mit ihnen nach Bristol, um für mich in dieser Angelegenheit zu ermitteln.«

Das hatte Geoffrey schon befürchtet. Er dachte daran, wie Giffard ihm sein Wissen über die Münzer aufgenötigt hatte, weil es ihm womöglich einmal von Nutzen sein könnte. Jetzt verstand er auch, warum: Giffard kannte Henrys Absicht und hatte versucht, Geoffrey darauf vorzubereiten.

»Und wenn ich herausfinde, dass es eine Verschwörung gibt und Joan daran beteiligt ist, was dann?«, fragte er bedächtig.

»Dann müsst Ihr sie überzeugen, öffentlich Abbitte zu leisten und sich meiner Gnade auszuliefern«, erwiderte Henry. »Ich bin bereit, einem Verräter gegenüber Milde walten zu lassen. Das lässt mich großmütig wirken. Außerdem darf sie auf Goodrich bleiben.«

»Und was ist mit den Übrigen? Werden meine Ermittlungen zu einer Reihe von Hinrichtungen führen?«

»Ja, wenn Ihr sie für schuldig befindet.«

»Ich bin kein Richter«, erklärte Geoffrey voll Abscheu. »Eine solche Verantwortung will ich nicht haben.«

»Dann wird Eure Schwester hängen. Giffards Untersuchung wird kurz, rasch und unumkehrbar verlaufen. Er wird sich nicht lange mit Einzelheiten aufhalten – er meint, ich sollte dieses üble kleine Schlangennest ein für alle Mal ausbrennen. Aber ich will diese Schar Verdächtiger nicht einfach töten. Ich will die Wahrheit erfahren.«

»Ich glaube nicht, dass ich dafür der Richtige bin«, stellte Geoffrey unglücklich fest.

Henry ignorierte den Einwand. »Ich will Tatsachen, und Euch traue ich zu, sie zu beschaffen. Reitet nach Bristol, sobald die Münzer ihre Anklage vorgebracht haben. Dort werdet Ihr abschätzen, ob die Geldgeber Narren oder Verräter sind. Einige Tage später stößt Giffard dann zu Euch. Bevor er ein Urteil spricht, wird er sich die Beweise anhören, die Ihr zutage befördert habt – und die Leute auf dieser Liste sollten besser darauf hoffen, dass Ihr sie für unschuldig befindet. Oder würdet Ihr lieber nach Goodrich reiten und Joan fortschaffen?«

Geoffrey blieb keine Wahl. Wenn er mit Joan auf irgendwelche normannischen Besitztümer floh, egal wo, würde Bellême davon erfahren. Dann würde er Rache üben für den Verlust seiner englischen Güter. Joan wäre niemals sicher, und Geoffrey konnte sie nicht immerzu beschützen. Also bekundete er widerstrebend seine Zustimmung.

Sogleich legte Henry einen geschäftsmäßigen Tonfall an den Tag. »Gut. Dann sind wir hier fertig. Ihr könnt gehen.«

Mit der Hand am Türriegel drehte Geoffrey sich noch einmal um. »Ich danke Euch. Dass Ihr mir die Gelegenheit gebt, Joan beizustehen.«

»Gern geschehen«, sagte Henry. Sein Gesicht war wieder vollkommen ausdruckslos. »Aber ich habe nicht gescherzt, was Eure vorangegangenen Anschuldigungen betraf: Wenn Ihr mich noch einmal beleidigt, *werde* ich Euch hängen lassen.«

Davon war Geoffrey überzeugt.

Nach seiner Audienz beim König war Geoffrey rastlos. Er wusste nicht, was er davon halten sollte, dass Joans Name auf Sendis Liste stand. Allerdings klang die ganze Geschichte beunruhigend glaubwürdig. Joan verfügte über ein ausgeprägtes Gefühl für Recht und Unrecht und zögerte nicht, nach ihren Prinzipien zu handeln. Und es ließ sich nicht abstreiten, dass Goodrichs Wohlstand gewachsen war, während andere Landgüter gelitten hatten.

Geoffrey war tief in Gedanken versunken, als er die große Halle durchquerte. Abwesend winkte er Durand zu sich, der gerade wieder mit dem langnasigen Bloet plauderte. Der Knappe verließ seinen neuen Freund nur widerstrebend.

»Eigentlich«, flüsterte er Geoffrey zu, »bin ich im Augenblick sehr beschäftigt. Seid Ihr sicher, dass Ihr mich benötigt?«

Im ersten Augenblick glaubte Geoffrey, er hätte nicht richtig gehört. Kein Diener sagte so etwas zu seinem Herrn. »Beschäftigt?«

Durand war inzwischen lang genug bei Geoffrey, um zu wissen, wann der Ritter mit seiner Geduld am Ende war. Er erkannte, dass er sie beinahe überstrapaziert hatte, und erklärte eilig: »Der Mann, dessen Bekanntschaft ich geschlossen habe, heißt Simon Bloet. Er ist hier, weil man ihn beschuldigt, Geld bei Barcwit angelegt zu haben. Und Barcwit wird des Verrats bezichtigt.«

Das wusste Geoffrey nur zu gut. »Und was hat das mit dir zu tun?«

Durand blickte gekränkt drein. »Ich habe Bloet ermuntert, mir mehr über den Streit zwischen Barcwit und Sendi zu erzählen.«

Da Geoffrey eben erst von seinem Gespräch mit dem König zurückgekehrt war, konnte Durand unmöglich wissen, was man dem Ritter aufgetragen hatte. Er hatte also keinen Grund, Höflinge auszuhorchen – es sei denn, er hätte schon im Voraus von den Plänen des Königs erfahren. Geoffrey starrte ihn an und fragte sich, ob das der Fall war. Es wäre nicht das erste Mal gewesen, dass der Knappe seinem Herrn einen Schritt voraus war.

Eilig fuhr Durand mit seiner Erklärung fort: »Sendi hat Euch beschuldigt, Fardin ermordet zu haben, und mit Rodbert und Tasso hattet Ihr eine Auseinandersetzung, bei der beide im Dreck gelandet sind. Wenn Ihr weiterhin darauf besteht, Euch an Orten wie diesem Feinde zu machen, dann solltet Ihr zumindest so viel wie möglich über sie herausfinden.«

Geoffrey sah, dass er voreilige Schlussfolgerungen gezogen hatte. »Das ist richtig. Aber du solltest auch nicht vergessen, dass Bloet mich des Mordes an Alwold bezichtigt hat. Man könnte *ihn* also auch zu meinen Feinden zählen.«

»Ihr solltet jeden hier zunächst als Euren Feind ansehen«, empfahl ihm Durand spitzfindig. »Aber das ändert nichts an dem, was ich sagen möchte. Ich habe eine Menge aufschlussreicher Dinge über Barcwit und Sendi erfahren – und über Bloet im Übrigen auch –, und ich bin gerade dabei, noch weitaus mehr herauszufinden.«

»Wie beispielsweise?«

»Wie beispielsweise, dass Sendi zwar wie ein rauflustiger Rüpel wirkt, tatsächlich aber äußerst raffiniert ist. Wie beispielsweise, dass allein die Erwähnung Barcwits ausreicht, um jedem Bewohner von Bristol Angst einzuflößen. Oder dass Bloet sehr ehrgeizig ist und alles tun würde, um seine Unschuld zu beweisen; und dass Alwold eine Menge Silber verloren hat, das er für Barcwit bewachen sollte, und dass Rodbert und Maude ihn deswegen gehasst haben.«

»Also haben womöglich Rodbert und Maude Alwold getötet«, sinnierte Geoffrey. »Und weil vorher schon Fardin ermordet worden war, wussten sie, dass es aussehen würde, als hätte Sendi an Alwold Vergeltung geübt.«

»Ganz genau«, sagte Durand. Seine Augen funkelten. »Ihr seht also, ich *habe* für Euch gearbeitet. Ich bin vielleicht nicht so geschickt mit dem Schwert wie Helbye und Ulfrith, aber in anderen Dingen bin ich besser als sie.«

Wenn erst einmal allgemein bekannt wurde, dass der König Geoffrey mit der Untersuchung betraut hatte, würden die Verdächtigen ihm gegenüber entweder schweigen oder zu lügen anfangen. Also wollte er Durand eben anweisen, vorher noch so viel wie möglich herauszufinden, da wurde er heftig angerempelt. Er hielt den Dolch in der Hand, bevor er sich noch seinem Angreifer zuwandte. Es war Rodbert, und Tasso stand hinter ihm, Maude an seiner Seite. Durand kreischte erschrocken auf und floh hinter eine Säule, wo er der darauffolgenden Unterhaltung lauschte, aber sonst keinen weiteren Anteil daran hatte.

»Ich würde das wegstecken, wenn ich an Eurer Stelle wäre«, empfahl ihm Rodbert und deutete auf das Messer. »Der König mag es nicht, wenn in seinen Palästen Waffen gezogen werden, und ich bin unbewaffnet.«

»Wir haben Euch nicht vergessen«, sagte Tasso eisig. Er wies auf seinen Mantel, der mit Dreck vom Hof verschmiert war. »Niemand stößt *mich* in den Schlamm!«

»Das reicht«, sagte Maude und stellte sich zwischen Geoffrey und ihre beiden Begleiter. Sie lächelte, und das erregte sogleich Geoffreys Wachsamkeit: Sie wollte etwas von ihm. »Habt Ihr Henry erzählt, was Alwold gesagt hat? Dass er behauptete, er hätte das Silber meines Gemahls bei einem Mann namens Piers gelassen? Ich habe Henry nicht die volle Wahrheit verraten, wie Euch wohl aufgefallen sein dürfte. Ich habe ihm nur gesagt, Piers hätte eine Botschaft für Barcwit über die geraubten Barren.«

»Alwold wusste nicht mehr, was er redete«, warf Tasso ein, ehe Geoffrey antworten konnte. »Er verlor eine Ladung Silber an Räuber, unmittelbar vor der Stadtgrenze von Bristol. Das lag ihm auf der Seele, als er starb, und mehr steckt nicht dahinter. Es gibt keinen Piers. Dieses ›Geständnis‹ ist nichts weiter als das Delirium eines Sterbenden.«

Tatsächlich hatte Alwold Maude gebeten, Barcwit zu sagen, wie leid es ihm täte. Hatte also nur eine Gewissenskrise den Verwalter bewogen, mit seinen letzten Atemzügen dieses Thema zur Sprache zu bringen? Barcwit konnte allerdings nicht allzu wütend auf seinen Verwalter gewesen sein, wenn er ihm sogleich die Sorge für seine Ehefrau anvertraut hatte: Das Silber war vor drei Wochen gestohlen worden, am Sankt-Michaelis-Tag, und Alwold war bis zu seinem Tod Maude nicht von der Seite gewichen.

Maudes bezaubernde Augen ruhten nun auf Geoffrey. »Als Alwold zu reden anfing, hoffte ich, dass all seine früheren Behauptungen über den Raub gelogen wären – dass er tatsächlich das Silber irgendwo sicher versteckt hätte. Aber das war nur Wunschdenken.«

»Jammerschade«, stellte Rodbert fest. Er sah sich um, ob auch niemand sie belauschte. »Jedenfalls ist der König gierig, und selbst wenn Alwold den Diebstahl der Barren gestanden *hätte,* so dürfte Henry niemals davon erfahren. Wir würden nicht den kleinsten Schimmer davon zu sehen kriegen, wenn *er* das Silber zuerst fände.«

Maude bedachte ihren Begleiter für diese offenen Worte mit einem vernichtenden Blick, auch wenn sie vermutlich die Wahrheit trafen.

»Rodbert spricht nur aus, was wahr ist«, sagte Tasso zu Maude und wirkte an dessen Stelle gekränkt.

»Möglicherweise, aber das ist nicht der richtige Ort, um solche Reden zu führen«, fuhr Maude ihn an. »Ebenso wenig, um heikle Vertraulichkeiten mit einem Mann zu wechseln, der zu privaten Gesprächen ins königliche Schlafgemach geladen wird.«

»Geoffrey wird nichts von diesem Gespräch wiederholen«, sagte Tasso und fingerte bedeutungsvoll an seinem Schwert herum. »Und außerdem steht sein Wort gegen unseres. Und jetzt erzählt mir nicht, dass man ihm glauben würde, weil er ein Normanne ist und ihr Sachsen seid. *Ich* bin auch ein Normanne, und die Leute wissen, dass ich ein Mann von Ehre bin.«

»Nein, hier wissen sie nichts dergleichen«, erwiderte Maude gereizt. »Du bist hier nur ein Bittsteller unter vielen und sogar ein unbedeutender, weil du in Diensten eines Sachsen stehst – selbst wenn Barcwit einer der rechtschaffensten und ehrbarsten Männer des Landes ist.«

»Ich habe gehört, er wäre eher gefürchtet«, wandte Geoffrey ein.

»Das ist auch so«, sagte Maude. »Barcwit hasst Lügner, Diebe und Unehrlichkeit. Aber aufrechte Männer haben keinen Grund zur Furcht. Zu ihnen ist er gütig und gerecht.«

»Leider sind die meisten Menschen nicht gut«, führte Rodbert umständlich weiter aus. »Deshalb kriegen sie eher die dunklere Seite seines Charakters zu sehen. Er ist wie Gott – sanft zu denen, die es verdienen, aber zornig gegen alle, bei denen das nicht so ist.«

»Also, was habt Ihr Henry über Alwolds letzte Worte erzählt, Sir Geoffrey?«, fragte Maude schmeichlerisch. »Es wäre hilfreich für uns, das zu wissen.«

Geoffrey runzelte die Stirn. »Warum sollte ich Euch helfen wollen, nachdem Eure Freunde seit meiner Ankunft nichts anderes getan haben, als mich zu beleidigen und zu bedrohen?«

Maude starrte Rodbert so lange wütend an, bis er schließlich das Wort ergriff: »Wir verabscheuen diesen Ort und wissen nicht, warum Henry uns so lange warten lässt. Darum langweilen wir uns und fühlen uns unwohl. Trotzdem hätten wir keinen Streit mit Euch anfangen sollen. Wir entschuldigen uns dafür.« Er starrte auf den Boden und klang nicht im Geringsten aufrichtig.

»Nein«, sagte Tasso entschieden, als Maudes Blick zu ihm weiterwanderte. »Ich werde nicht behaupten, dass es mir leidtut, wenn das gar nicht stimmt. Ich habe vielleicht nicht Jerusalem befreit, aber ich habe vor Konstantinopel meinen Teil zu Gottes heiligem Krieg beigetragen. Barcwit hat mich danach zurückbefohlen, aber wäre das nicht der Fall gewesen, wäre ich auch ein *Jerosolimitanus*.«

»Tasso ist ein stolzer Krieger«, fügte Maude sogleich hinzu, bevor er noch mehr sagen konnte. »Und er ist unentbehrlich für Barcwit. Aber Rodbert hat bereits erklärt, warum er sich mit Euch gestritten hat – wir alle tragen schwer an der Last jener üblen Beschuldigungen, mit denen man unser Haus bedrängt. Jetzt, wo wir Freunde sind, könnt Ihr mir doch verraten, was Ihr dem König erzählt habt.«

Geoffrey betrachtete sie nachdenklich. Die Ermittlung gegen Barcwit würde schwer werden, wenn dieser sich nur mit Leuten wie Maude, Tasso und Rodbert umgab. Er wünschte sich schon, er hätte Henrys Geheiß nicht nachgegeben. Joan war nicht irgendeine Jungfrau in Nöten, sondern eine ernst zu nehmende Frau mit scharfem Verstand, die auf sich selbst aufpassen konnte.

»Ich habe Henry gar nichts gesagt«, erklärte er schließlich. »Ich hatte keine Ahnung, wovon Alwold geredet hat, und der König wollte ohnehin über andere Dinge mit mir sprechen. Ihr habt ihm alles gesagt, was ich von Alwold gehört habe, und ich hätte nichts weiter hinzufügen können, wenn der König mich danach gefragt hätte – was nicht der Fall war.«

Maude musterte sein Gesicht, als könne sie die Wahrheit dort herauslesen. Geoffrey wurde sich wieder ihrer Anziehungskraft bewusst, ihrer bernsteinfarbenen Augen und der verheißungsvollen Strähne kastanienbraunen Haares, die unter dem Schleier hervorlugte. Er konnte Bischof Maurice keinen Vorwurf machen, wenn der sie zu einem Stelldichein verlocken wollte.

»Also gut«, sagte sie schließlich. »Ich glaube Euch.«

»Fürchtet Ihr wirklich, Henry könnte jemanden ausschicken, um Piers und das gestohlene Silber noch vor euch aufzuspüren?«, fragte er.

»Es gibt keinen Piers in Bristol«, behauptete Rodbert. Er klang sehr wütend darüber. »Zumindest keinen Piers von Bedeutung. Ohne Zweifel wird man irgendeine Hafenratte finden, die diesen

Namen trägt. Aber Alwold hätte wohl kaum einen beträchtlichen Silberschatz in die Hände eines Habenichts gelegt, der nur in Versuchung geraten wäre, ihn zu stehlen. Tasso hat Recht: Alwold hat fantasiert.«

»Ich danke Euch für Eure Ehrlichkeit«, sagte Maude und berührte Geoffreys Hand. Sie lächelte auf eine Art, die spöttisch und sinnlich zugleich war, und wollte offenbar noch etwas hinzufügen. Aber Rodbert bemerkte das und zog sie mit sich. Tasso legte als Abschiedsgruß einfach nur die Hand ans Schwert, eine unmissverständliche Drohung.

Als sie fort waren, kam Durand wieder hinter seiner Säule hervor und seufzte erleichtert auf. »Ich dachte, sie wollen uns angreifen«, stellte er mit zittriger Stimme fest. »Diese Männer sehen aus, als wüssten sie ihre Waffen zu gebrauchen, ganz besonders Barcwits Stellvertreter, Rodbert. Tasso dagegen ist eher ein Aufschneider.«

»Nein«, widersprach Geoffrey, der genau beobachtet hatte, wie Tasso sich in seiner Rüstung bewegte. Er trug sie wie eine zweite Haut. »Tasso ist der bessere Kämpfer. Er hat …«

»Ich habe mich entschieden, Bloet doch nicht weiter zu befragen«, unterbrach ihn Durand. Wenn es um Kampf und Krieg ging, verlor er rasch das Interesse. »Ich will nicht, dass mir einer von den dreien ein Messer zwischen die Rippen schiebt, nur weil sie glauben, mein Tod könnte Euch ärgern. Ich …«

»Ihr habt mit dem König gesprochen«, meldete sich eine anklagende Stimme zu Wort. »Wenn Ihr ihm über unser kleines Missverständnis unten am Fluss erzählt habt, werde ich *Euch* den Schädel mit einem Stein einschlagen.«

Geoffrey hatte verfolgt, wie Adelise und ihr Haufen sich einen Weg durch die Halle auf ihn zubahnten. Daher hatte er mit einer feindseligen Bemerkung gerechnet. Durand war allerdings nicht vorbereitet gewesen und zuckte erschrocken zusammen, als die Stimme so unvermutet in seinem Rücken erklang. Adelise und ihre Begleiter hatten unterwegs nicht sonderlich darauf geachtet, auf welche Zehen und Kleidersäume sie traten oder ob sie Bischöfe und Edle im Vorübergehen anrempelten, sodass ihnen aufgebrachte Blicke folgten. Geoffrey überlegte schon, ob Alwold und Fardin womöglich von verärgerten Höflingen getötet worden waren, die genug hatten von ihrem schlechten Benehmen.

»Mein Gott«, murmelte Durand und fasste sich erschrocken an die Brust. »Ihr solltet Euch nicht so an die Leute heranschleichen, meine Dame. Mir flattert ja das Herz!«

Adelise warf ihm einen unsicheren Blick zu. Sein unverblümt weibisches Auftreten brachte sie erst mal aus dem Konzept. Schließlich wandte sie sich wieder an Geoffrey. »Nun?«, meinte sie fordernd. »Habt Ihr dem König von unserem Streit erzählt?«

»Anscheinend interessiert sich hier jeder für mein vertrauliches Gespräch mit dem König«, erwiderte Geoffrey belustigt. »Wenn Henry mich noch einmal sprechen will, sollte ich ihm vielleicht ein Treffen im großen Saal vorschlagen, wo alle zuhören können. Das würde uns eine Menge Mutmaßungen ersparen, und außerdem müsste ich später nicht alles wiederholen.«

Sie blickte ihn finster an. »Ihr weicht meiner Frage aus.«

»Warum sollte ich sie auch beantworten?«, erwiderte Geoffrey. »Wenn der König nicht erfahren soll, dass Ihr mit falschen Anschuldigungen um euch werft, dann solltet Ihr vielleicht von vornherein vorsichtiger damit sein.«

»Es war ein Irrtum«, sagte Sendi verdrossen. »Die Wachen haben uns auf eine falsche Fährte gesetzt.«

»Nein«, entgegnete Geoffrey, der diese Behauptung nicht unwidersprochen stehen lassen konnte. »Ihr habt aus ihrem Geschwätz voreilige Schlussfolgerungen gezogen, ohne richtig darüber nachzudenken. Dafür könnt Ihr nicht anderen die Schuld geben.«

»Wir hätten Euch töten sollen«, sagte Lifwine, der sich auf seinen hohen Absätzen so groß wie möglich machte. »Ich bin diese Normannen und ihre herablassende Art leid.«

»Was wollt Ihr?«, fragte Durand, zur Sicherheit halb hinter

Geoffrey versteckt. »Wir kennen Euch nicht, und Ihr habt kein Recht, hier auf uns loszustürmen und Hetzreden zu führen. Das ist nicht höflich.«

»Bitte verzeiht, dass wir nicht *höflich* sind«, sagte Sendi und spuckte das Wort zwischen den Zähnen hervor. »Aber wir kamen nach Westminster, weil wir Beweise für Betrug und Verrat haben. Wir dachten, Henry wäre uns dankbar dafür, stattdessen lässt er uns hier unter Leuten warten, die wir verachten. Wir haben bereits Fardin verloren, und es ist nur eine Frage der Zeit, bis es den Nächsten von uns erwischt.«

Seine Männer sahen sich ängstlich um, als würden sie an Ort und Stelle einen Angriff erwarten – in der Halle bei hellem Tageslicht und inmitten aller Leute. Andererseits war Alwold genau das widerfahren, und Geoffrey musterte Sendis Sippschaft genauer, um einzuschätzen, wer von ihnen wohl den Mut zu einem Mord in aller Öffentlichkeit aufbringen würde. Sendis Temperament reichte sicher aus, um ihn zu einer solchen Unbesonnenheit zu treiben, während Lifwine hinreichend verbittert wirkte. Adelise indes war zu allem entschlossen, und es gehörte nicht viel Kraft dazu, einen Mann zu erstechen.

»Wir haben hier keine Freunde gefunden«, stellte Adelise fest, als wären alle anderen daran schuld. »Viele hier würden sich freuen, uns in Ungnade fallen zu sehen. Deshalb müssen wir wissen, ob Ihr unser Missverständnis mit Fardin erwähnt habt. Denn wenn Henry nun der Ansicht ist, es sei unsere Gewohnheit, unbegründete Anschuldigungen zu erheben, würde das unsere Glaubwürdigkeit schwächen und wir müssten neu überlegen, wie wir den Fall vorbringen.«

»Was diesen Fall betrifft«, sagte Geoffrey, der eine gute Gelegenheit sah, mit seinen Untersuchungen zu beginnen. »Was für Beweise könnt Ihr eigentlich vorbringen?«

»Wir überwachen Barcwits Treiben schon seit drei Jahren«, erklärte Sendi. Er wirkte erfreut, dass ihm endlich jemand zuhörte. »Wir beobachten seine Werkstatt und schreiben jeden Kunden auf, der bei ihm ein und aus geht. Seit Weihnachten konnte er noch mehr Geldgeber gewinnen, und seine Erträge sind dementsprechend gestiegen.«

»Woher wisst Ihr das?«, fragte Durand neugierig. »Sind seine Einkünfte denn allgemein bekannt?«

»Wir haben unsere Mittel und Wege«, stellte Lifwine selbstgefällig fest. »Seine Schreiber können bestochen werden, um für uns Abschriften seiner Geschäftsvorgänge anzufertigen, und wir lauschen auch an Fenstern.«

»Sie machen bei uns dasselbe«, warf Sendi zu seiner Verteidigung ein, als er Durands missbilligenden Blick bemerkte. »Und was sollten wir sonst tun? Wir sind treue Untertanen und können nicht zulassen, dass Barcwit den König um wichtige Einnahmen betrügt. Es ist unsere Pflicht, Henry von Barcwits Machenschaften zu berichten.«

»Überaus ehrbar«, stellte Geoffrey trocken fest. »Und ich nehme an, wenn Barcwits Prägewerkstatt geschlossen wird, dann könntet Ihr bessere Geschäfte machen?«

»Ja«, räumte Sendi ein. »Aber darum geht es uns nicht.«

»Zu Euren Beweisen zählen also auch Abschriften von Dokumenten?«, hakte Geoffrey nach. Er fragte sich, ob das wohl ausreichte, um Joan zu belasten. Dokumente konnten gefälscht werden.

»Und unsere eigenen Beobachtungen«, fügte Adelise hinzu. »Nehmen wir beispielsweise Bloet. Wir haben bei sechs verschiedenen Gelegenheiten gesehen, wie er Barcwit besucht hat – Tag und Stunde finden sich in unserer beeideten Aussage. Außerdem haben wir Abschnitte von Vereinbarungen, in denen Barcwit ihm mehr Gewinn zubilligt, als erlaubt ist.«

»Und es stehen noch mehr Leute auf Eurer Liste«, sagte Geoffrey, der das Gespräch unauffällig auf Joan bringen wollte. »Die beiden königlichen Hofärzte, verschiedene Ritter …«

»Woher wisst Ihr das?«, wollte Adelise sogleich wissen. Sie kniff die Augen zusammen. »Also *habt* Ihr mit Henry über uns geredet!«

Einer ihrer Männer widersprach: »Er könnte es auch von den Bischöfen gehört haben, von Giffard oder Maurice. Wir haben nichts geheim gehalten, und viele Leute wissen von unserer Liste.«

»Du bist zu vertrauensselig, Edric«, stellte Lifwine verächtlich fest.

Edric achtete nicht auf ihn, sondern wandte sich an Geoffrey: »Gibt es jemand Bestimmten, an dem Ihr interessiert seid?«

»Olivier d'Alençon«, erwiderte Geoffrey. »Und seine Frau Joan.«

»Sie kamen viermal, zum ersten Mal Ostern«, berichtete Edric sogleich. »Sie brachte das Geld und hinterlegte mehrere venezianische Goldmünzen. Sie strich einen Gewinn ein, der ihren ursprünglichen Einsatz beinahe verdoppelte.«

»Und Ihr seid sicher, dass sie es war?«, hakte Geoffrey nach. »Nicht jemand anders, der ihren Namen gebrauchte?«

»Ein kräftig gebautes Mädel, mit einem Glitzern im Auge, bei dem man gleich wusste, dass man sie sich lieber nicht zum Feind machen sollte«, führte Edric näher aus. »Aber sie liebt ihren Zwerg von einem Ehemann. Beim ersten Besuch hatten sie noch einen weiteren Mann bei sich. Er nannte sich Henry, kam aber niemals wieder mit. Sie stammt von einem Gut namens Goodrich in Herefordshire.«

»Sie und Olivier sind oft in Bristol«, fügte Sendi hinzu. »Sie kaufen Pferde im nahen Beiminstre und wohnen dann bei Sir Peter de la Mare, dem Burgvogt von Bristol. Warum fragt Ihr nach ihnen? Kennt Ihr sie etwa?«

Geoffrey nickte. Es hatte keinen Sinn, etwas anderes vorzugeben, wenn die Wahrheit ohnehin bald genug bekannt werden würde. Seine Hoffnungen auf eine Verwechslung schwanden. Edrics Beschreibung von Joan war ungemein treffend, und er und Joan hatten einen Bruder, der Henry hieß.

»Sie gehört eindeutig zu Barcwits Helfershelfern«, sagte Adelise. »Sie ist verrückt nach Silber.«

»Silber«, meinte Geoffrey nachdenklich. »Barcwit hat vor kurzem einiges Silber verloren.«

»Ja«, bestätigte Lifwine schadenfroh, während seine Freunde einander anstießen und kicherten. Das war anscheinend eine Geschichte, die gerne erzählt wurde. »Alwold sollte darauf aufpassen, aber Räuber haben alles gestohlen.«

»Aber Ihr habt da nicht Eure Finger im Spiel, oder?«, fragte Geoffrey. Diese Frage lag nahe, wenn man die Feindschaft zwischen den beiden Münzern bedachte.

»Ich wünschte, wir wären es gewesen«, sagte Sendi inbrünstig. »Das wäre eine willkommene Aufbesserung für unsere Kassen. Aber wir hatten nichts damit zu tun. Allerdings ist es schon eine Freude, nur dabei zuzusehen, wie Barcwit die Barren wieder aufzuspüren versucht.«

»Das Silber ist gänzlich verschwunden?«, fragte Geoffrey. Er wunderte sich, wie die Diebe es geschafft hatten, eine anscheinend beträchtliche Menge Edelmetall wieder abzusetzen. Die naheliegende Möglichkeit wäre gewesen, es an eine Münze zu verkaufen, aber unter den gegebenen Umständen wäre das ein zu großes Wagnis.

»Ohne jede Spur«, erwiderte Lifwine mit belustigtem Schnauben. »Ich glaube, die Räuber sind erschrocken, als ihnen klar wurde, dass es Barcwit gehörte. Also haben sie den ganzen Haufen einfach in den Fluss geworfen. Nur ein Narr würde sich mit Barcwit anlegen.«

»Aber Ihr habt genau das getan«, erinnerte ihn Geoffrey. »Ihr habt Euren Streit mit ihm sogar bis zum König getragen.«

»Deshalb sind wir auch in so großer Zahl hier«, stellte Sendi nüchtern fest und wies auf seine Begleiter.

»Ihr seht also, warum wir wissen müssen, was Ihr Henry erzählt habt«, sagte Adelise. »Wenn Eure Geschichte über falsche Anschuldigungen dazu führt, dass wir nach Hause geschickt werden, ohne dass unser Fall Gehör findet, dann wird Barcwit Rache üben, und wir werden alles verlieren.«

»Womöglich sogar unser Leben«, fügte Edric Mitleid heischend hinzu.

»Ich habe nicht erwähnt, was beim Fluss passiert ist«, sagte Geoffrey, um sie zu beruhigen. »Dazu gab es keine Notwendigkeit, und ich bezweifle auch, dass Henry dem überhaupt Beachtung geschenkt hätte.«

»Die schenkt er uns hoffentlich morgen«, sagte Edric unbehaglich. »Denn dann will er unseren Fall anhören, wurde uns mitgeteilt.«

»Nun?«, fragte Roger, als Geoffrey und Durand in den Ställen zu ihren Gefährten stießen. Dort sahen einige Barone nach ihren Streitrössern und plauderten über Hunde und die Jagd, während die Stallburschen mit Schaufeln und Mistgabeln das Stroh in den Ständen wechselten. »Was wollte der König?«

»Er meinte, er würde mich hängen lassen, wenn ich ihn noch einmal beleidige«, antwortete Geoffrey, der an das Letzte dachte, was Henry gesagt hatte.

Roger stöhnte. »Du hast ihn beleidigt? Hörst du denn nie zu, wenn ich etwas sage? Ich habe dich gewarnt, höflich zu bleiben, aber du folgst niemals meinem Rat. Du glaubst, weil du lesen kannst, verstehst du dich besser auf höfische Dinge als ich. Aber mein Vater ist der Bischof von Durham, und es gibt nichts, was du *mir* über höfische Verhältnisse noch beibringen könntest.«

»Ich würde an deiner Stelle nicht so laut reden«, empfahl ihm Geoffrey, der genau wusste, dass der Hof aus einem einfältigen und gradlinigen Mann wie Roger Hackfleisch machen würde. »Der Bischof von Durham ist nicht beliebt, und das hier ist nicht der rechte Ort, um deine Verwandtschaft zu ihm zu erklären.«

»Ich werde jeden erschlagen, der den guten Namen meines Vaters verleumdet«, sagte Roger aufgebracht und griff sogleich nach dem Schwert. »Ranulf Flambard ist edel und aufrichtig, nicht wie all die Leute hier.«

Geoffrey sagte gar nichts, bedeutete Roger aber, die Waffe wegzustecken, bevor er jemandem auffiele und sie einen Kampf am Hals hätten. Er wechselte einen Blick mit Durand und unterdrückte ein Lächeln. Roger war buchstäblich der einzige Mensch in England, der den lasterhaften Bischof achtete. Selbst nachdem Flambard Roger schamlos für die eigenen Zwecke ausgenutzt hatte, blieb sein Sohn ihm hartnäckig ergeben und blind für seine zahlreichen Charakterfehler.

»Was wollte Henry sonst noch?«, fragte Helbye. »Ich bin mir sicher, er hat uns nicht den ganzen Weg von Westminster hierherschleifen lassen, nur um Euch zu sagen, dass Ihr nicht unverschämt zu ihm sein sollt.«

Geoffrey erklärte, was Henry von ihm wollte, und hatte schon im Voraus gewusst, wie sie es aufnahmen: Roger war erfreut; er mochte das Heilige Land wegen der Gelegenheiten zum Plündern und der willigen Frauen, aber sein Herz hing an der Heimat. Helbye war besorgt, was mit seinen Schweinen geschehen mochte, wenn man Joan für schuldig befände. Ulfrith war aufgeregt wegen der Aussicht auf ein neues Abenteuer, während Durand sich erleichtert zeigte.

»Gut«, stellte der Knappe fest. »Ich hätte nichts dagegen gehabt, in die Normandie zu gehen oder nach Anjou, das sind zivilisierte Orte. Aber das Heilige Land ist nichts für mich. Ihr wolltet mich aus Euren Diensten entlassen, sobald wir dort sind, und dann könnte ich mich in der Gesellschaft eines Schlimmeren wiederfinden.«

»Wir werden dorthin gehen, sobald wir Joan geholfen haben«, schwor Geoffrey. »Ich will es aus Tankreds eigenem Munde hören, dass er mich nicht länger braucht.«

»Du solltest der Wahrheit ins Auge sehen, Geoff«, stellte Roger nüchtern fest. »Du warst so lange fort, dass Tankred dich durch neue Leute ersetzt hat. Wenn du zurückkehrst, wird er nichts mehr für dich zu tun haben und dich in die Schreibstube oder auf irgendeinen entlegenen Außenposten verbannen.«

Möglicherweise hatte Roger Recht. Aber mit diesem Gedanken wollte sich Geoffrey einfach nicht abfinden. »Das weiß ich erst, wenn ich ihn gefragt habe«, gab er kurz angebunden zurück.

»Habt Ihr die zwei Sonnen gesehen?«, unterbrach Helbye im Plauderton die anschließende Stille. »Wir haben sie versäumt, was sehr schade ist. Ich habe noch nie ein göttliches Zeichen gesehen.«

»Wir haben uns zu dieser Zeit gerade mit einem Burschen namens William de Warelwast unterhalten«, führte Roger näher aus. »Er kennt meinen Vater und wird bald das Amt des Bischofs von Exeter antreten.«

»William de Warelwast?«, fragte Geoffrey. Er dachte wieder an Alwolds letzte Worte. Einer der Männer, die angeblich »das Geheimnis« kannten, war »William de Warel«; vielleicht war Alwold gestorben, bevor er den Namen vollenden konnte. War es von Bedeutung, dass der Mann hier mit Roger plauderte, während ein Sterbender seinen Namen hauchte?

Warelwast stand gleichfalls als Geldgeber auf Sendis Liste, und Geoffrey gefielen all die sonderbaren Verstrickungen nicht, die sich allmählich herausschälten. Sie stanken nach Intrige und Verschwörung und vermittelten ihm das Gefühl, dass an der Sache mehr dran war, als Henry ihn glauben gemacht hatte. »Hat er euch aufgesucht, oder habt ihr euch zufällig getroffen?«

»Sein Pferd lahmte, daher kam er verspätet von der Jagd zurück«, erklärte Ulfrith. »Ich habe ihm geholfen, den Stein aus dem Huf zu holen.«

Ein Zufall also, entschied Geoffrey. Vermutlich. »Was hat er gesagt?«

»Er fragte mich, wie es meinem Vater geht«, sagte Roger. »Und er erzählte uns von den beiden königlichen Hofärzten, die unentwegt streiten. John de Villula wurde von William Rufus zum Bischof von Wells ernannt, aber ihm gefiel es in Wells nicht. Also verkaufte Rufus ihm Bath, und John verlegte seinen Bischofssitz dorthin. Er mag große Wachskerzen.«

»Sehr große«, erläuterte Ulfrith. »Er misst die Höhe und die Taille eines Mannes, dann zählt er beide Zahlen zusammen. So lang sind dann seine Kerzen.«

»Und was fängt er damit an?«, fragte Geoffrey ratlos.

»Er entzündet sie für seine Patienten«, erklärte Roger. »Warelwast meint, Bischof John erspart sich damit eine richtige Untersuchung, bei der irgendwas Hässliches auf ihn überspringen könnte.«

»Und was hatte er über Clarembald zu sagen?«, fragte Geoffrey in der Hoffnung, dass der redselige Warelwast vielleicht auch über einen anderen Mann auf Sendis Liste etwas Nützliches ausgeplaudert hatte.

»Clarembald lebt in Exeter«, sagte Roger, was nahelegte, dass Warelwast nichts allzu Aufregendes über den Medikus mit den roten Augenbrauen erzählt hatte. »Er hat ein großes Haus und ist auch Warelwasts Arzt. Während John de Villula immerhin für seine Patienten betet, gebraucht Clarembald Arzneien, die Pferdepisse und zermalmte Würmer enthalten. Überflüssig zu sagen, dass keiner von beiden bei den Schwerkranken etwas erreicht. Wo liegt eigentlich Villula?«

»Im Ausland«, warf Durand hilfreich ein. »Diese Heilkundigen konnten Alwold allerdings nicht helfen, oder? Sie standen nur daneben und beschimpften sich gegenseitig als Quacksalber.«

»Hast *du* gesehen, wer Alwold ermordet hat?«, wollte Geoffrey von ihm wissen. Der Knappe hatte in dessen Nähe gestanden.

Durand schüttelte den Kopf. »Ich war zu dieser Zeit mit etwas anderem beschäftigt – und jetzt seht mich nicht so vorwurfsvoll an. Ich habe die zwei Sonnen beobachtet, nicht Bloet hinter irgendeiner Säule getätschelt. Ich bezweifle mal, dass irgendjemand das Verbrechen beobachtet hat, wo das Omen doch so viel fesselnder war. Hat Henry Euch beauftragt, auch den Mord an Alwold aufzuklären?«

»Nein«, erwiderte Geoffrey. »Aber es könnte meiner Untersuchung nutzen, wenn ich den Täter kennen würde.«

»Ihr habt Alwolds letzte Worte gehört«, sagte Durand. »Hat er Euch nicht verraten, wer ihn erstochen hat? Wenn einer der Sachsen sein Mörder war – ein Mann, den er gewiss gekannt hätte –, dann hätte er ihn doch erwähnt?«

Geoffrey war verärgert, dass er daran nicht selbst gedacht hatte. Es war eigenartig, dass Alwold seinen Mörder nicht benannt hatte – vor allem, wenn er den Täter kannte. »Er murmelte nur ein paar Worte für Barcwit, über Silber.«

»Es ist ein Jammer, dass so viele letzte Worte an weltliche Dinge verschwendet werden und nicht der Seele dienen«, merkte Durand frömmlerisch an. Geoffrey schüttelte ob dieser Scheinheiligkeit den Kopf: Durand verschmähte weltliche Güter so wenig wie jeder andere.

»Wenn Alwold so beunruhigt war, dass er seinen letzten Atem auf das Silber verwendete, dann muss es wichtig sein«, erklärte Helbye. »Es hat bestimmt eine Bedeutung für Eure Untersuchung – Barcwit prägt Münzen mit zu wenig Silber darin; jetzt haben wir auch noch einen sterbenden Verwalter, der Botschaften über verschwundenes Silber ausrichten lässt. Vielleicht ist Barcwit durch den Raub knapp an Silber und muss deshalb mehr Zinn in den Münzen verwenden. Das würde auch die zu leichten Pennys erklären.«

»Barcwits schlechte Münzen sollen schon seit Monaten im Umlauf sein«, erwiderte Geoffrey. »Aber das Silber ging erst vor drei Wochen verloren.«

»Ob Alwold es selbst gestohlen hat?«, fragte Durand. »Und dann wollte er diese Angelegenheit vor seinem Tod noch in Ordnung bringen? Hat er deshalb Maude diese seltsame Mitteilung über Piers zukommen lassen?«

»Sie hat nur die Hälfte von dem gehört, was er sagen wollte«, sagte Geoffrey. »Clarembald stieß sie beiseite, bevor Alwold fertig war. Barcwit wird nun nie erfahren, dass der König, Bloet, Warelwast und der Priester einer Kirche, die dem Heiligen Johannes geweiht ist, das ›Geheimnis‹ kennen – was auch immer das bedeuten mag.«

»Werdet Ihr Barcwit davon erzählen?«, fragte Ulfrith. »Um den letzten Wunsch eines Sterbenden zu erfüllen?«

»Nicht nachdem seine Begleiter sich so viel Mühe gegeben haben, mich zu überzeugen, dass es sich nur um die Abschweifungen eines verwirrten Geistes handelt«, sagte Geoffrey. »Außerdem halte ich es nicht für klug, Barcwit – der als skrupellos und gewalttätig gilt – zu erzählen, dass der König in ein Geheimnis verwickelt ist, bei dem es um sein verlorenes Silber geht.«

»Also brechen wir morgen nach Bristol auf?«, erkundigte sich Helbye.

Geoffrey nickte. »Sobald wir die Anklage gehört haben, die Sendi dem König vorlegt. Und ihr kommt mit? Ihr wollt nicht ohne mich ins Heilige Land weiterreisen?«

»Natürlich nicht«, antwortete Durand, bevor die Übrigen ihre Meinung kundtun konnten. »Diese Angelegenheit in Bristol klingt aufregend, und ich bin jederzeit bereit, meinen Verstand mit betrügerischen Münzern zu messen. Wir kommen mit.«

Geoffrey lächelte. Durand war der einzige Mann in der Gruppe, der keine Wahl hatte: Er würde nach Westen reisen, ganz egal wie die anderen sich entschieden. In mancher Hinsicht war Durand ein guter Reisegenosse: Er war schriftkundig und intelligent, und Geoffrey fand es oft hilfreich, schwierige Angelegenheiten mit ihm zu bereden – weit mehr als mit Roger, der alles, was er nicht verstand, leicht als Teufelszeug abtat. Aber meistens stellte Durand eher eine Gefahr dar wegen seines Mangels an Treue, seiner ungeheuerlichen Feigheit und seiner Selbstsucht.

»Münzstätten sind seltsame Orte«, sinnierte Helbye. »Warelwast meinte, es gäbe etwa siebzig davon in ganz England. Wusstet Ihr, warum es so viele sind? Damit niemand behaupten kann, er hätte kein Geld gefunden, um die königlichen Steuern zu bezahlen.«

Auf Rogers Gesicht zeigte sich ein gieriges Grinsen. »Wenn es bei dieser Sache um Silber geht, wird der König uns vielleicht etwas davon abgeben, wenn wir Erfolg haben.«

»Er wird uns entlohnen«, bestätigte Geoffrey. »Er hat sich bereit erklärt, Joan unbeschadet zu lassen.«

»Das ist alles?«, fragte Roger empört. »Du hast ihn nicht aufgefordert, dich auch zu bezahlen?«

»Nein«, sagte Geoffrey. Ohne Zweifel war Henry der Ansicht, dass er großzügig genug war, wenn er Joan verschonte.

»Das hättest du aber«, erklärte Roger tadelnd. »Reisen kostet Geld, und ich sehe nicht ein, warum wir dafür zahlen sollten, dass wir dem Geheiß des Königs folgen. Geh wieder zu ihm, und frag wegen der Auslagen!«

»Das werde ich nicht tun!«, entgegnete Geoffrey lachend. »Das würde uns ganz gewiss an den Galgen bringen.«

An diesem Abend legte Geoffrey keinen Wert auf Gesellschaft und verbrachte seine Zeit lieber allein. In der aufziehenden Dämmerung setzte er sich auf den Deich entlang der Themse und dachte an Joan und Olivier und die letzte Begegnung mit ihnen. Während der vergangenen zwanzig Jahre hatte er regelmäßig Briefe aus Goodrich erhalten und freute sich inzwischen auf das alltägliche Geplauder über die Ländereien seiner Familie, die Tiere, die Ernte und die Geschehnisse in den umliegenden Dörfern. Dafür hätten sich die meisten Ritter kaum erwärmen können, aber Geoffrey genoss diese Einblicke ins ländliche Leben und sah darin eine Insel des Friedens in all der Gewalt und dem Blutvergießen, das ihn so oft umgab.

Er hatte sich nicht immer gut mit Joan verstanden, aber sie war das einzige lebende Mitglied seiner Familie, für das er etwas empfand. Weniger angetan war er von ihrem feigen Ehemann. Aber Olivier war Joan hingebungsvoll zugeneigt, was ihn womöglich irgendwie entschuldigte. Aber was dachten sich die beiden dabei, zweifelhafte Geschäfte mit einem Münzer einzugehen? Hatte Olivier etwas getan, weswegen Barcwit ihn erpressen konnte? Aber Joan war nicht die Frau, die einer Erpressung nachgab, und daher verwarf Geoffrey diese Lösung.

Gab sie Barcwit das Geld, um dem König zu schaden, den sie für einen Thronräuber hielt? Geoffrey war davon ausgegangen, sie werde die Politik hinter sich lassen, nachdem sie den unangenehmen Vorfall mit Bellême im letzten Jahr überstanden hatte. Aber Joan war eine Frau von hohem Mute und mit genug Willenskraft, um gemäß ihrer Überzeugung zu handeln. Womöglich war es ihr zu schwer gefallen, sich angesichts von Verhältnissen, die sie moralisch untragbar fand, still zu verhalten.

Geoffrey rieb sich die Augen und starrte ins Dunkel. Er musste wohl mit ihr reden, wenn er das genau wissen wollte. Er lauschte dem Plätschern des Wassers und dem Schilf, das im Wind zischte. Dann wandte er seine Gedanken wieder der anstehenden Untersuchung zu.

Barcwit wurde des Betrugs beschuldigt, und er sollte andere zur Mittäterschaft ermuntert haben. Sein Verwalter war erstochen worden. Warum und von wem? Von Sendi, damit Alwold nicht gemeinsam mit Maude zur Verteidigung seines Herrn sprechen konnte? Oder war es jemand aus Maudes Gruppe, in der Hoffnung, dass man Sendi die Schuld geben und seine Anklage gegen Barcwit unglaubwürdig werden würde? Oder war es einfach nur irgendein empfindsames Mitglied des königlichen Hofes, das Alwold beleidigt hatte?

Auch Durands Einwand war bedeutungsvoll: Alwold hätte mit seinen letzten Atemzügen den Mörder benennen können, aber das hatte er nicht getan. Stattdessen hatte er über das verlorene Silber geredet und war verzweifelt darauf bedacht gewesen, dass Maude seine Botschaft an Barcwit überbrachte. Zeugte das von einem schlechten Gewissen, wie Maude behauptete – weil er den Raub des Silbers nicht hatte verhindern können? Oder war der Diebstahl nur vorgetäuscht, und er hatte es selbst genommen und seinem Komplizen Piers zur Aufbewahrung anvertraut? Und was hatte es mit diesem »Geheimnis« auf sich, von dem der König wusste, ebenso wie Bloet, Warelwast und dieser Priester?

Der feuchte Spätherbstabend wurde allmählich kälter, und Geoffrey beschloss, sich vor dem Schlafengehen noch ein wenig Ale in der Küche zu erschnorren – vorzugsweise angewärmt. Steif erhob er sich; er hatte zu lange dagesessen. Sein linkes Bein, auf dem er gesessen hatte, war taub, und als er es belastete, gab es nach und brachte ihn zum Stolpern. Und genau das rettete ihm das Leben.

Der Armbrustbolzen prallte harmlos von der Mauer neben ihm ab. Geoffrey reagierte instinktiv: Er warf sich zu Boden und rollte auf das Ried zu, wo er hoffentlich schwerer auszumachen war.

Die Nacht war dunkel, denn der Mond wurde von Wolken verdeckt, und der Lampenschein aus der Halle reichte nicht bis zum Ufer. Die Schwärze war Geoffreys Freund. Sie machte es für den Angreifer schwer. Sein Trick täuschte sie allerdings nicht für lange, denn ein weiteres Geschoss sauste in den Morast neben seiner Hand. Er kam auf die Knie und kroch tiefer zwischen die Binsen. Geoffrey hörte leise zornige Stimmen. Er hatte also mehr als einen Angreifer gegen sich.

Er schob sich durchs Unterholz und strengte die Augen an, um zumindest Schatten und Bewegung ausmachen zu können. Dann klirrte sein Dolch gegen einen Stein, und er hörte jemanden auf sich zukommen. Das Ried neben seinem Kopf erzitterte, und ein Zischen ging durch die Luft. Jemand senste blind mit dem Schwert durch die Pflanzen, hieb auf gut Glück hinein. Geoffrey warf sich nach vorn, um denjenigen umzureißen. Aber sein lahmes Bein ließ ihn im Stich, und er sprang nicht so weit, wie er vorgehabt hatte. Er stieß gegen den Mann, brachte ihn aber nicht zu Fall.

Geoffrey wehrte einen Kopfhieb ab und stach seinerseits zu. Der Angreifer keuchte, und an der Art, wie sein Stoß pariert wurde, erkannte Geoffrey, dass er es mit einem schlechten Schwertkämpfer zu tun hatte. Also ging er zum Angriff über und schlug gezielt zu, bis die Klinge auf etwas Weiches stieß. Er hörte ein entsetztes Luftschnappen.

»Legt die Waffe nieder«, befahl er. »Oder ich werde Euch töten.«

Er bekam keine Antwort, also rückte er weiter vor. Aber seine Waffe schnitt nur noch ins Leere. Er hörte ein abgehacktes Atmen zu seiner Rechten und ein weiteres Geräusch auch auf seiner linken Seite. Dann traf ihn etwas an der Brust. Jemand warf mit Steinen nach ihm. Ein weiteres Wurfgeschoss folgte dem ersten, aber wegen seiner Rüstung und dem Überwurf zeigten sie wenig Wirkung. Er stürmte auf den Steinewerfer zu und hörte die befriedigenden Laute eines Mannes, der um sein Leben rannte.

»Kommt«, rief eine Stimme von rechts. »Wir haben getan, was wir konnten. Lasst ihn.«

Zwei weitere Fußpaare eilten hinter den ersten her, aber Geoffrey war nicht nach einer nächtlichen Verfolgungsjagd zumute. Vermutlich würde er sie ohnehin nicht einholen, und er wollte sich keine Zerrung oder Verstauchung zuziehen, weil er im Dunkeln stolperte.

Das war es ihm nicht wert. Wieder setzte er sich auf die Mauer, diesmal mit dem Rücken zum Fluss, und fragte sich, wer ihn wohl umbringen wollte, noch bevor seine Ermittlungen richtig angefangen hatten.

# 4. Kapitel

Als Geoffrey seinen Gefährten am nächsten Morgen von dem Angriff erzählte, wirkte keiner von ihnen sonderlich betroffen. Roger und Ulfrith blieben unbeeindruckt, weil er weder eine Verletzung noch eine Leiche vorzuweisen hatte. Helbye zeigte sich ein wenig besorgt, aber wegen der feuchten Witterung schmerzte seine Hüfte und lenkte seine Aufmerksamkeit bald wieder ab. Durand meinte nur, das käme davon, wenn man in Palästen herumstolzierte und dabei die Zeichen eines *Jerosolimitani* zur Schau stellte. Andere Ritter betrachteten so etwas als Herausforderung, und Geoffrey hätte derlei vorhersehen und vorbereitet sein sollen.

Selbst Henrys Soldaten nahmen die Tatsache, dass ein königlicher Gast überfallen worden war, ungerührt hin. Sie beharrten darauf, dass sie lediglich den König zu beschützen hätten. Jeder andere könne für sich selbst kämpfen. Bischof Maurice war mehr geneigt, zu schildern, wie er von Sonnenuntergang bis Sonnenaufgang eine bedauernswerte Dirne in seinem Schlafgemach unterhalten hatte, während Giffard höflich zuhörte und dann eine Hetzrede gegen Höflinge anstimmte, die zu viel aßen.

Geoffrey hielt vergebens nach Männern Ausschau, die humpelten oder blutbefleckt waren. Besonders aufmerksam beobachtete er die Münzer, aber keiner schien verletzt zu sein, noch betrachteten sie ihn mit jener nervösen Gereiztheit, die man an Schuldigen mitunter wahrnahm. Rodbert sah müde und mitgenommen aus, aber er wäre vermutlich ein besserer Kämpfer gewesen als die drei aus der vergangenen Nacht. Und für Tasso galt das erst recht.

Schließlich, da es keine Verdächtigen zu befragen gab, beschloss Geoffrey, dass er zu viel hineininterpretierte. Irgendjemand hatte einfach die Gelegenheit für einen Überfall genutzt. Man hatte versucht, ihn auszurauben und war gescheitert, woraufhin der Anführer den Rückzug angeordnet hatte. Geoffrey tröstete sich mit der Überlegung, dass die Halunken sich den nächsten Überfall zweimal überlegen würden.

Geoffrey hatte gehofft, Henry würde Sendis Fall noch an diesem Morgen anhören, damit sie gleich nach Bristol aufbrechen könnten. Aber der Sonnenaufgang war so strahlend gewesen, da war Henry lieber zur Jagd ausgeritten. Erst spät am Nachmittag verkündete ein Bote, dass der König nun zu Gericht sitzen wolle. Geoffrey und Durand begaben sich zum Palast, während Roger, Helbye und Ulfrith kein Interesse an den ermündenden Rechtsgeschäften aufbrachten und lieber draußen blieben.

Sendis Anhörung fand in einem Seitenflügel abseits des großen Saals statt. Hier war ein hölzerner Stuhl für den König aufgestellt worden sowie Hocker und Tische für die Schreiber. Es war nur eine kleine Schar Menschen anwesend, zu der die rivalisierenden Münzer gehörten und einige königliche Ratgeber, darunter auch Bischof Maurice.

Sobald Durand den beleibten Prälaten erblickte, versteckte er sich hinter einem Pfeiler. Geoffrey bemerkte, dass sich ihm sein gestriger Begleiter anschloss: Bloet, der ihn mit Klatsch und Tratsch versorgte. Bloet blickte unbehaglich drein, und Geoffrey machte ihm daraus keinen Vorwurf: Ihm wäre auch unbehaglich zumute, hätte man ihn des Verrats beschuldigt, ob er nun unschuldig wäre oder nicht.

Die beiden zankenden Hofärzte waren ebenfalls im Raum. Clarembalds rötliche Augenbrauen zuckten und wölbten sich besorgt, während Johns Gesicht blass und unbewegt wirkte. Geoffrey hätte keinem von beiden seine Gesundheit anvertraut und war dankbar, dass er nie krank wurde. Schließlich saß da noch Giffard, der den Schreibern leise Anweisungen zuflüsterte. Man hatte ihn wohl bereits auf seinen baldigen Besuch in Bristol vorbereitet, und nun ließ der Bischof für sich Aufzeichnungen von den Vorgängen anfertigen.

Geoffrey wandte sich an Maurice. »Wer ist das dort neben Clarembald?«, fragte er und wies auf einen hochmütigen Normannen mit wallendem schwarzen Haar und stechenden blauen Augen. Seine Kleidung war schlicht, aber sorgsam geschneidert und aus dem besten Tuch geschnitten.

»William de Warelwast, der künftige Bischof von Exeter«, antwortete Maurice. »Ich persönlich bin mir nicht so sicher, ob er eine gute Wahl ist. Er ist ziemlich weltlich.«

»Natürlich ganz im Gegensatz zu Euch«, stellte Geoffrey fest. Es gab nur wenige Männer, die den fleischlichen Gelüsten mehr verfallen waren als Maurice.

»Meine gesundheitliche Verfassung zwingt mich, bei den Damen Erleichterung zu suchen«, erklärte Maurice würdevoll. »Warelwast allerdings ist aus freien Stücken dem Weltlichen ergeben.«

Bevor Geoffrey noch etwas antworten konnte, traf der König ein und fing ohne Vorreden mit der Verhandlung an. Henry befahl Sendi und seine Anhänger auf die eine Seite, während Maude mit Rodbert und Tasso auf der anderen warten sollte. Es war deutlich, dass sie für Barcwit sprechen wollte, was Geoffrey auch für klug hielt: Tasso war nicht hinreichend redegewandt, während Rodbert zu leicht aufbrauste. Eine erwartungsvolle Stille senkte sich über den Raum, und Henry ergriff das Wort.

»Bevor wir anfangen, möchten wir der Frau Maude unser Mitgefühl für Alwolds unverhofften Tod aussprechen, und Meister Sendi für das Ableben von Fardin.«

Rodbert funkelte Sendi an. »Durch Alwolds Ermordung kann nun eine Stimme weniger Barcwits Unbescholtenheit bezeugen. Trotzdem wird Gerechtigkeit geübt werden, und …«

»Barcwit ist nicht unschuldig«, rief Sendi aufgebracht. »Er ist ein gewalttätiger, verruchter …«

»Ruhe!«, brüllte Henry. In dem großen Raum wurde es so still, dass Geoffrey Maurice' leisen Atem neben sich hören konnte. »Das ist eine ordentliche Gerichtsverhandlung – und das bedeutet, dass ihr *nicht* über mich hinwegschreit und euch gegenseitig ins Wort fallt. Ein jeder erhält Gelegenheit, seinen Fall darzulegen, und dann werdet ihr nach Hause gehen und auf meine Entscheidung warten. Habe ich mich klar genug ausgedrückt?« Alle nickten. »Gut. Zuerst werden wir Sendi anhören, Münzpächter aus Bristol – und fasst Euch kurz. Ich habe Hunger.«

Sendi hatte für diese Gelegenheit seine beste Kleidung angelegt, mit der er zugleich seine nicht-normannische Abstammung zur Schau stellte. Seine goldene Haarpracht war am Hinterkopf zu einem Zopf gebunden, und er trug Schmuck mit sächsischen Mustern. Als er sprach, klang er selbstsicher und zerstreute sogleich den Eindruck eines ungebildeten, streitsüchtigen Bittstellers. Stattdessen wirkte er wie ein wohlhabender, einflussreicher Kaufmann.

»Ich besitze eine Münzstätte in der Nähe der Kirche von St. John the Baptist in Bristol. Dies hier ist meine Gemahlin Adelise und das mein Silberschmied Edric. Lifwine ist unser Wardein – der unabhängige Münzprüfer, der jede Münze auf Abmessung, Gewicht und Qualität untersucht.«

Die Genannten traten der Reihe nach vor, um dem König ihre Ehrerbietung zu erweisen, und Geoffrey kam zu dem Schluss, dass Lifwine alles andere als unabhängig war. Der kleine *Wardein* war ganz offensichtlich Sendis Mann, und der Ritter fragte sich, was er wohl alles tun würde, damit Sendi den Fall gewann. Würde er über die Qualität von Barcwits Pennys lügen, oder über schlechte Münzen hinwegsehen, die Sendi herstellte?

Sendi fuhr fort. »Barcwit ist ebenfalls ein Münzer. Seine Münzstätte liegt neben der Kirche des heiligen Ewen.«

»Ihr müsst nicht alle Kirchen von Bristol aufzählen«, warf Henry ungeduldig ein. »Die spielen hier keine Rolle.«

Sendi neigte den Kopf, war aber sichtlich wütend über diese Zurechtweisung. »Barcwit prägt schon länger Münzen als ich. Außerdem hat er den besseren Standort – das wollte ich sagen, indem ich die Lage seiner Münze beschrieb. Sie liegt mitten im Stadtzentrum.«

Das klang sehr nach einem Fall von Neid. Sendi war eifersüchtig auf Barcwits gut eingeführtes Geschäft. Geoffrey begann für Joan zu hoffen, aber Adelise erkannte rasch, dass ihr Gemahl keinen guten Eindruck machte. Sie ergriff selbst das Wort.

»Ihr wisst, dass jede englische Münzstätte von einem Wardein überwacht wird, und Ihr habt Lifwine gesehen. Aber Barcwits Wardein ist ein Trunkenbold, der schon seit drei Jahren keine Münze mehr geprüft hat. Das führt zu unserer ersten Beschwerde: Wir bitten darum, dass Barcwits Wardein durch einen nüchternen und vertrauenswürdigen Mann ersetzt wird, der Eure Majestät nicht um seine Einkünfte betrügt.«

Adelise war schlau, befand Geoffrey. Sie zielte genau auf Henrys Schwäche: die Möglichkeit, dass er Geld verlieren könnte. Damit gewann sie des Königs volle Aufmerksamkeit.

»Ich kann geeignete Kandidaten vorschlagen«, bot Lifwine an. Geoffrey musste grinsen, als Henrys Gesicht wieder skeptisch wurde. Lifwines »hilfreiches« Angebot hatte im Nu jeden Vorteil zunichte gemacht, den Adelise womöglich gewonnen hatte.

»Unsere zweite Beschwerde«, fuhr sie rasch fort, »lautet, dass Barcwit mehr als die vorgegebenen 240 Münzen aus einem Pfund Silber schlägt. Außerdem ist sein Silber nicht zu 92 Prozent rein, wie es verlangt wird. Wir haben Proben mitgebracht.«

Sendi reichte Henry einen kleinen Beutel. Der König öffnete ihn und gab einen Penny an Giffard weiter, der ihn nach einem beiläufigen Blick Geoffrey zuwarf. Dem Augenschein nach war die Münze von denen in der Geldbörse des Ritters nicht zu unterscheiden. Sie trug vorne das königliche Haupt und ein Kreuz mit Barcwits Namen auf der Rückseite. Wenn sie leichter war oder zu viel Zinn enthielt, dann blieb Geoffrey der Unterschied verborgen.

Nachdem die Münzen begutachtet worden waren – und Geoffrey fiel auf, dass Henry sie nicht zurückgab –, bedeutete der König Adelise fortzufahren.

»Unsere dritte Beschwerde lautet, dass eine große Anzahl Personen kürzlich Anlagen bei Barcwit getätigt haben. Das ist für sich nicht ungewöhnlich: Silberpennys sind eine sehr verlässliche Ware, und die Leute wollen wissen, wo ihr Geld bleibt. Der Preis für Silber ist seit Jahren festgelegt, und man legt sein Geld lieber darin an als in Wolle oder Getreide, das von Nachfrage, Wetter und vielem anderen abhängt.«

»Und weshalb legen diese Leute es lieber bei Barcwit an als bei Euch?«, fragte Henry.

Adelise trat näher und faltete die Hände. Geoffrey fühlte sich an eine Nonne erinnert und begriff, dass dies genau das Bild war, das sie darstellen wollte. Nonnen galten als rechtschaffen und ehrlich, und so wollte Adelise auch vor dem König auftreten.

»Eben das beunruhigt uns, Majestät. Wir bieten denselben Ertrag auf jede Einlage, sodass es keinen Grund gibt, Barcwit vorzuziehen. Aber wir können belegen, dass er manchen Leuten einen höheren Gewinn anbietet.«

»Was ist daran so schlimm?«, fragte Maurice, der von Adelise in den Bann geschlagen war. Seine Augen glänzten, und er befeuchtete mit roter Zungenspitze seine Lippen.

Henry verdrehte die Augen, weil der Geistliche eine solche Frage stellte. Giffard beantwortete sie sofort. Vermutlich wollte er zeigen, dass nicht alle Bischöfe derart von Lust geblendet waren, dass sie die Zusammenhänge im Geldwesen des Landes nicht mehr durchschauten.

»Es ist verboten«, stellte er trocken fest. »Und möglicherweise wird dem König dadurch Gewinn vorenthalten. Lasst mich erklären: Wenn Ihr hundert Pennys habt und sie mir zu einem jährlichen Zins von zehn Prozent leiht, hättet Ihr nach einem Jahr einhundert *und zehn* Pennys.«

»Aber Ihr müsst ebenfalls einen Gewinn davon haben«, sagte Maurice, dessen Augen immer noch auf Adelises Brust ruhten. »Ansonsten hättet Ihr gar keinen Grund, Euch mit meinem Geld abzugeben.«

»Euer Geld würde es mir erlauben, mehr Silber und Prägestempel zu kaufen, mit denen ich auch mehr Münzen fertigen könnte«, pflichtete Giffard ihm geduldig bei. »Und bei den von der königlichen Schatzkammer festgesetzten Zinsen betrüge mein Gewinn ebenfalls zehn Pennys – fünf für mich und fünf für den König. *Aber* wenn ich Euch zwölf Prozent anstelle der zehn böte, hättet Ihr weitere zwei Pennys Gewinn. Dieses Geld muss irgendwo herkommen, und kein Münzer würde seinen eigenen Anteil schmälern.«

Adelise lächelte Maurice an, der einen eigentümlich erstickten Laut von sich gab. »Bischof Giffard versteht es ganz genau: Die beiden Pennys würden von den Abgaben abgezogen, die in die königlichen Schatzkammern gehen sollten.«

»Aber was für einen Vorteil hätte der Münzer davon?«, fragte Maurice. Adelise lenkte ihn anscheinend so sehr ab, dass er nicht den scharfen Verstand gebrauchte, den Geoffrey bei ihm kannte.

Henry seufzte. »Denkt nach! Eure hundert Pennys erlauben es ihm, zwanzig Pennys mehr zu verdienen. Aber wenn er Euch zwölf davon anstelle der zehn böte, blieben ihm nur noch acht, und er wäre kaum damit zufrieden, drei davon zu behalten, während mir fünf zukommen. Er würde alle acht nehmen. Deshalb legen wir die Gewinnspanne fest – um diese Versuchung auszuschließen.«

»Aber es ist schon vorgekommen, dass einzelne Münzer geheime Vereinbarungen getroffen haben und so die Schatzkammer um ihren Anteil betrogen«, meinte Giffard. Er sah Adelise an. »Und dessen beschuldigt ihr Barcwit?«

Sie nickte. »Wir haben eine Liste derer zusammengestellt, die wir als Helfer in Verdacht haben. Einige von ihnen sind heute hier anwesend.«

»Wir werden sie später fragen, was sie zu ihrer Verteidigung vorzubringen haben«, sagte Henry. »Fahrt fort.«

»Unsere vierte und letzte Beschwerde bezieht sich auf Barcwits Verhalten«, erklärte Sendi. »Die ganze Stadt Bristol steht unter seiner Knute. Das ist nicht gerecht, und dem sollte Einhalt geboten werden.«

Letzteres interessierte Henry nicht sonderlich, weil es die Sache mit dem Geld nicht berührte. Er wandte sich an Maude, die sich die Anklagen mit würdevollem Schweigen angehört hatte. »Nun, Maude? Jetzt habt Ihr die Gelegenheit, darauf zu antworten.«

Maude nahm sich ein Beispiel an Adelise, trat vor den König und blendete ihn mit der ganzen Ausstrahlung ihrer Reize. Verglichen mit ihr war Adelise eine Anfängerin in dieser Kunst. Henry war sogleich bezaubert von Maudes Anmut und ihren Augen, die voller Verheißung waren. Der arme Maurice war beinahe außer sich und wischte sich wiederholt das Gesicht mit einem Leinentuch ab. Rodbert wirkte allerdings weniger begeistert. Geoffrey bemerkte, wie Tasso seinen Freund am Arm fasste und ihn wortlos aufforderte, zugunsten ihrer Zwecke Maude ihren Zauber wirken zu lassen.

»Diese Anschuldigungen sind verruchte Lügen, die einem Eurer treuesten Untertanen schaden sollen«, verkündete sie mit leiser, rauchiger Stimme. Sie trat näher und spielte mit einem Kreuz um ihren Hals, was Henrys Aufmerksamkeit auf ihren Busen lenkte. »Mein Gemahl würde sein Leben für seinen König geben, und er würde ihm niemals Gelder vorenthalten.«

»Ich bin froh, das zu hören«, erwiderte Henry mit der Andeutung eines Lächelns.

»Ich werde die vier Anklagen der Reihe nach widerlegen, Majestät«, fuhr Maude fort. »Ich bin hier mit dem Stellvertreter meines Mannes, Rodbert, und mit Sir Tasso de Taranto, der für unsere Verteidigung gegen Diebe sorgt. Mein Gemahl erachtet Sendis Beschuldigungen als allzu lächerlich, um sich damit zu befassen, und daher weigerte er sich auch, selber zu kommen.«

»Und doch nehmen sie die Zeit seines Königs in Anspruch«, strich Henry trocken heraus.

»Ein Umstand, den mein Gemahl als schwerwiegendes Verbrechen betrachtet«, erwiderte Maude und deutete mit einem Seitenblick auf Sendi an, dass der König *ihn* dafür bestrafen sollte.

»Ihr sorgt für die Sicherheit von Barcwits Münzstätte, Sir Tasso?«, fragte Henry. Tasso trat vor und nickte in soldatischer Knappheit. »Wie konnte dann vor drei Wochen dieses Silber gestohlen werden?«

»Wir kaufen bei verschiedenen Minen, Majestät«, erklärte Tasso. »Ich geleitete eine Ladung aus Somerset, als Alwold die Fuhre aus Devon verlor.«

»Habt Ihr Gerüchte gehört, wo dieses Silber geblieben sein mag?«, drängte Henry. »Soweit ich verstanden habe, ist es von beträchtlichem Wert.«

Maude blickte weiterhin Sendi an, als sie antwortete: »Wir haben unseren Verdacht, Majestät.«

Sendi fuhr sogleich auf. »Gebt nicht uns die Schuld! Ihr hättet es in kleineren Mengen befördern sollen, anstatt es bergeweise durch halb England zu schleppen. Damit habt Ihr den Ärger nur herausgefordert.«

Maude wandte sich an Henry. »Die Ladung war ein Vermögen wert«, räumte sie ein. »Und mein Gemahl leidet schwer an dem Verlust. Das Silber war gut bewacht, und wir hatten keinen Grund anzunehmen, dass es dennoch in Gefahr war. Gerüchte über den Verbleib haben wir nicht gehört. Ich wünschte, es wäre anders.«

Henry wirkte ebenso enttäuscht. »Nun, es kann nicht für immer verschwunden bleiben. Diebe sind von Natur aus gierig. Sie werden der Versuchung nicht lange widerstehen können, das unrecht erworbene Gut zu veräußern.«

»Er muss es ja wissen«, murmelte Durand unbesonnen. Jetzt, da Maurice' Aufmerksamkeit durch Maude abgelenkt war, schob er sich aus seinem Versteck hervor. »Er ist gieriger als wir alle zusammen – seine Hofärzte möglicherweise ausgenommen. Clarembald hat Bloet eine Medizin für seine verstopfte Nase verkauft, die sechs Pence gekostet hat. Als sie ihm nicht half, hat Bischof John eine seiner großen Kerzen entzündet und einen Schilling dafür verlangt. Bloets Nase ist immer noch nicht in Ordnung, aber jetzt hat er achtzehn Pence weniger.«

Geoffrey wandte seine Aufmerksamkeit wieder Henry zu, der inzwischen das verschwundene Silber hinter sich gelassen hatte. Wieder fragte der König, ob Maude auf Sendis Anklagen antworten wolle. Vielsagend blickte er dabei auf die Tische, die im großen Saal hergerichtet wurden. Ihr blieb nicht viel Zeit, bis er sich zum Abendessen begeben würde.

»Erstens wurden wir beschuldigt, einen betrunkenen Wardein zu beschäftigen«, sagte sie. »Schickt jemand zu ihm, Majestät. Euer Beauftragter wird ihn nüchtern und gewissenhaft finden.«

»Wenn dieser Beauftragte überhaupt dem richtigen Wardein vorgestellt wird«, flüsterte Durand. »Bloet erzählte mir, dass der ständig betrunken ist.«

»Ich werde jemanden schicken«, sagte Henry, woraufhin Tasso und Rodbert besorgte Blicke wechselten.

Maude lächelte, um anzudeuten, dass sie von Henrys Entscheidung angetan war. Durand mochte Recht haben: Sie wollte dem königlichen Gesandten einen Hochstapler unterschieben. »Zweitens beschuldigt man uns, schlechte Münzen zu prägen. Aber die Münzen, die Ihr soeben untersucht habt, stammen *nicht* aus unserer Münze.«

Henry runzelte die Stirn. »Sie tragen Barcwits Namen.«

»Das sind Fälschungen.« Sie blickte Sendi kühl an. »Jeder kann sehen, dass es sich um Zwitter handelt.«

»Um was?«, fragte Maurice und grinste sie albern an.

»Zwitter«, wiederholte Maude. »Das bedeutet, dass die Seite mit dem königlichen Haupt echt ist, aber die Rückseite – mit dem Namen der Prägestelle und dem Münzer – wurde mit einem alten oder veränderten Prägestempel geschlagen. Wir bezeichnen solche als Zwittermünzen, und sie sind ungesetzlich. Ich kann Euch versichern, dass aus *unserer* Münze niemals Zwitter hervorgegangen sind, also hat jemand die, die Ihr in Eurer Hand haltet, einzig und allein gemacht, um uns in Verruf zu bringen.«

»Lügen!«, schimpfte Sendi. Er wandte sich dem König zu. »Majestät! Sie beschuldigt uns …«

»Ruhe!«, brüllte Henry. »Ihr hattet Eure Gelegenheit zu sprechen; nun ist sie an der Reihe. Bitte fahrt fort, gute Frau.«

Maude schob sich noch näher an ihn heran und strich über das

Kreuz, das an ihrer Kehle lag. Maurice' glänzende Augen waren fest auf die milchweiße Haut ihrer Brust geheftet, während Henry sich in seinem Stuhl zurücklehnte und ihrem Blick mit undeutbarem Ausdruck begegnete. Geoffrey fragte sich, ob sie wohl diese Nacht im königlichen Schlafgemach empfangen werden würde. Sie würde ihren Fall gewiss gern ein wenig vertraulicher darlegen.

»Drittens hat Sendi Einwände gegen die Zahl unserer Geldgeber«, sagte sie. »Aber Barcwit ist schon seit langer Zeit ein Münzmeister, und die Leute vertrauen ihm. Er arbeitet hart – und hat zu Ostern sogar eine zusätzliche Zahlung an die Schatzkammer geschickt, als er wusste, dass das Geld für den Kampf gegen den bösen Bellême benötigt wird.«

»Das ist wahr, Majestät«, bestätigte Giffard. »Barcwit hat tatsächlich mehr Geld geschickt, als nötig war, und er hat einen Brief beigefügt, in dem er seiner Hoffnung Ausdruck verlieh, dass Euch das gegen die Aufrührer von Nutzen sein würde.«

Geoffrey war beeindruckt. Wenn Barcwit tatsächlich eine Verschwörung gegen Henry plante, verbarg er diese Ambitionen sehr gerissen.

Maude fuhr fort: »Die Leute legen ihr Geld bei uns an, weil sie uns kennen. Fragt Sendi, was geschah, als der Abt Serlo *ihm* letztes Jahr zehn Pfund überlassen hat. Serlo hat zwanzig Prozent davon verloren, weil die Prägestempel brachen und es einen Monat dauerte, neue zu besorgen. Solche Dinge sprechen sich rasch herum.«

Adelise errötete zutiefst. »Wir *konnten* Serlo nur acht Pfund geben, als er seine zehn zurückhaben wollte. Aber wir haben den Rest – mitsamt der Zinsen – noch vor Ostern erstattet. Sie verdreht die Wahrheit!«

»Eigentlich nicht«, bemerkte Henry und kratzte sich nachdenklich am Kinn. »Tatsache ist doch, dass Ihr, als der Abt sein Geld benötigte, nur einen Teil davon zurückgeben konntet.«

»Aber das war Barcwits Schuld!«, rief Sendi. »*Er* beschädigte unsere Stempel und sorgte dann dafür, dass unsere Boten in einen Hinterhalt gerieten und die neuen Münzstempel dadurch verspätet eintrafen. Außerdem ermunterte er Serlo, sein Geld zurückzuziehen.«

»Kein Geschrei«, bemerkte Henry scharf. »Wenn Ihr mich noch einmal anfahrt, lasse ich Euch bestrafen.«

Adelise trat vor, um zu sprechen, aber Henry hob die Hand. Sie blieb oben, bis Adelise wieder zurückwich. Erst dann bedeutete er Maude, weiterzureden.

»Wenn Ihr uns nicht glaubt, dann lest die Liste, die Sendi sich aus den Fingern gesogen hat«, stellte Maude sanft fest. »Darauf sind Männer aufgeführt, von denen er behauptet, dass sie Euch durch höhere Gewinnspannen betrügen. Aber einige dieser Männer sind heute hier anwesend, und ihre Ehrenhaftigkeit ist Euch bekannt. Simon Bloet beispielsweise ist der Sohn des Bischofs von Lincoln. Mit einem geistlichen Vater ist sein Charakter wohl über jeden Verdacht erhaben.«

Bloet räusperte sich nervös in dem Bewusstsein, dass nicht alle Söhne von Bischöfen Musterbeispiele der Tugend waren – und ebenso wenig sämtliche Bischöfe. Als er das Wort ergriff, klang seine Stimme seltsam näselnd, als hätten die Mittel der Heilkundigen mehr Schaden als Nutzen angerichtet. »Mein Vater war stets stolz auf meine Leistungen, Majestät. Er glaubt, ich könne Euch sehr von Nutzen …«

»Ja, ja«, sagte Henry. »Wir wissen, dass Ihr gern in Unsere Dienste treten würdet. Ich aber möchte gerne mehr über diese Einzahlungen hören, die Ihr bei Barcwit getätigt habt.«

»Ich habe nie – und werde auch nie – irgendetwas tun, was Eurer Majestät schaden könnte«, verkündete Bloet inbrünstig.

»Ihr bestreitet also die Anlage bei Barcwit?«, fragte Giffard.

»Ich bestreite, je eine *ungesetzliche* Anlage getätigt zu haben. Ich habe eine strahlende Zukunft vor mir und werde sie nicht für einige verbotene Pennys aufs Spiel setzen. Das wäre es nicht wert.«

»Nun, das ist wohl wahr, nehme ich an«, stellte Henry belustigt fest.

»Auch Eure Ärzte, Clarembald und der Bischof von Bath stehen auf Sendis Liste«, ergriff Maude wieder das Wort.

»Eure Eminenz«, sagte Henry und wandte sich John de Villula zu. »Was sagt Ihr zu diesen Vorwürfen?«

»Ich habe nichts Unrechtes getan!«, rief John. »Ich lege mein Geld bei Barcwit an, weil er ein altes und angesehenes Geschäft führt und ich Vertrauen zu ihm habe. Das kann man nicht über jeden Münzer in England sagen.«

»Es gibt eine Münzstätte in Bath«, sagte Henry und beobachtete ihn sorgsam. »Sie gehört Euch selbst. Warum lasst Ihr Euer Geld nicht bei dem Münzmeister dort?«

Johns Stimme überschlug sich beinahe. »Weil Bristol nur fünfzehn Meilen von meinem Heimatort Bath entfernt ist und die Geschäfte mit Barcwit mir die Gelegenheit geben, diesen Ort zu besuchen. Die Stadt gefällt mir: Sie ist geschäftig und lebhaft, und man kann alle möglichen exotischen Gewürze kaufen, die es anderswo nicht gibt. Außerdem sind die Lederwaren dort unübertroffen. Ich habe dieses Schuhwerk dort gekauft.« Er hob den Saum seiner Amtsrobe, um ein Paar sehr hübscher Schuhe zu enthüllen.

»Nett«, stellte Henry fest und beugte sich vor, um sie zu mustern. »Bristol ist also gut zum Einkaufen?«

»Ganz ausgezeichnet, Majestät. Und schöne Gegenstände zu kaufen ist gut für die Gesundheit. Nach einem Besuch bei den Händlern von Bristol fühle ich mich immer um so vieles besser. Ihr solltet es auch versuchen. Ihr werdet Euch wie neu geboren fühlen.«

»Meister Clarembald«, fragte Henry, »lasst Ihr Euer Geld ebenfalls bei Barcwit, weil Euch das eine Gelegenheit bietet, Geld für Tand auszugeben?«

Clarembalds beeindruckende Augenbrauen wogten verächtlich. »Ich lasse mich nicht zu Belanglosigkeiten herab, Majestät. Ich gehe zu Barcwit, weil es an den Straßen nach Exeter, wo ich lebe, von Gesetzlosen wimmelt. Zwei Mal wurde ich dort schon ausgeraubt. Es ist sicherer, mein Geld in Bristol zu lassen, und Barcwit ist dafür so gut wie jeder andere. Ganz gewiss bin ich nicht in irgendetwas Ungesetzliches verwickelt.«

»Die letzte von Sendis Behauptungen – dass Barcwit die Leute in

Angst versetzt – ist völliger Unsinn«, schloss Maude gelassen, nachdem die Höflinge ihre Unschuld beteuert hatten. »Barcwit hat keine Geduld mit Lügnern und Betrügern, weshalb verworfene Männer wie Sendi seinen Zorn zu spüren bekommen. Aber gute Bürger haben nichts zu befürchten.«

»Ich würde Bristol gern besuchen und die Lage selbst beurteilen«, sagte Henry. »Und vielleicht sogar einkaufen gehen, um meiner Gesundheit etwas Gutes zu erweisen. Aber andere Dinge erfordern meine Aufmerksamkeit. Wie auch immer, ich werde Eurem Rat folgen und einen Beauftragten schicken, damit er Barcwits Wardein überprüft und für mich ein paar Fragen stellt.«

»Wen, Majestät?«, fragte Sendi aufgeregt. Sein Unbehagen wiederholte sich in den Gesichtern von Maudes Begleitern: Keine der beiden Seiten wollte, dass ein Beauftragter des Königs in ihren Angelegenheiten herumschnüffelte.

»Vielleicht Giffard, den Bischof von Winchester«, erwiderte Henry, als wäre der Name ihm eben in den Sinn gekommen. Jeder wandte sich Giffard zu, der die Ankündigung mit einem Nicken entgegennahm.

»Guter Gott«, murmelte Sendi und musterte den asketischen Bischof beklommen. »Er wird uns alle an den Bettelstab bringen.«

»Er verfolgt nur die Verbrecher«, sagte Henry, was die Münzer nicht zu beruhigen schien. »Wie auch immer, während der nächsten Tage brauche ich ihn noch hier. Also wird Sir Geoffrey Mappestone von Goodrich eine Voruntersuchung durchführen. Er wird morgen mit Euch nach Bristol abreisen, Giffard kommt später nach.«

»Wozu benötigt Ihr zwei Beauftragte?«, wollte Rodbert aufgeregt wissen.

»Giffard hat keine Zeit, Zeugen ausfindig zu machen und Einzelheiten nachzugehen«, antwortete Henry schroff, da seine Entscheidungen in Frage gestellt wurden. »Also wird Geoffrey das übernehmen. Giffard wird seine Erkenntnisse sodann prüfen.«

»Geoffrey kommt aus Goodrich?«, fragte Adelise mit zusammengekniffenen Augen. »Aber dann ist er ja mit Joan von Goodrich verwandt, die auf unserer Liste steht. *Das* erklärt also, warum er gestern Abend nach ihr gefragt hat. Nun, ihn werden wir nicht dulden!«

»Ausnahmsweise stimme ich ihr da zu«, sagte Rodbert. »Geoffrey hat mich bereits beleidigt, und ich will nicht, dass er in meinen Angelegenheiten herumschnüffelt. Tasso hat ihn in den Schmutz gestoßen, und er wird sich rächen wollen für diese Demütigung.«

»Mit *uns* hat er auch Streit angefangen«, fügte Lifwine trotzig hinzu. »Er ist nicht der geeignete Mann für so etwas, Majestät. Nehmt jemand anderen.«

Henry erhob sich mit zornigem Gesicht, und Lifwine wich erschrocken zurück. »An meinem Hof geschieht nur sehr wenig, von dem ich nichts erfahre«, sagte er mit dem Hauch einer Drohung in der Stimme. »Ich weiß genau, wer wen in den Dreck geworfen hat, und ich weiß auch, wer mordlüstern am Flussufer entlangstürmte, ohne wirklich zu wissen, was vorgefallen war.« Sein Blick fuhr über die versammelten Sachsen.

»Aber was ist mit seiner Verbindung zu Joan?«, wandte Edric erneut ein, der nicht schlau genug war, um zu erkennen, wann er auf verlorenem Posten kämpfte. »Er wird Barcwit für unschuldig befinden, auch wenn er Beweise für das Gegenteil findet.«

»Er ist zu klug, um mich zu hintergehen«, erwiderte Henry gefährlich leise. Diesmal brachte der Klang seiner Stimme auch den aufgebrachten Edric zum Verstummen. »Er würde es nicht wagen, mir etwas anderes als die Wahrheit vorzulegen – und wenn Ihr auch nur einen Hauch von Verstand habt, folgt Ihr seinem Beispiel. Ihr Münzer werdet alle gemeinsam nach Bristol zurückreisen, und er begleitet Euch.«

»Die Anhörung ist vorbei«, verkündete Giffard in die nachfolgende Stille hinein. »Sir Geoffrey wurde zum königlichen Beauftragten ernannt, und ich werde später nachkommen, um seine Beweise zu würdigen. Ihr seid entlassen.«

»Ihr habt das gewusst!«, knurrte Sendi Geoffrey an, sobald der König und seine Bischöfe gegangen waren. »Ihr *wusstet,* dass er Euch damit betrauen würde, und deshalb habt Ihr uns ermuntert, mit Euch einen Streit anzufangen. Ihr wolltet uns aushorchen.«

»Nein«, erwiderte Geoffrey ruhig. »Ihr habt mich gestern Morgen beschuldigt, Fardin getötet zu haben. Aber meine Audienz beim König war erst nachmittags. Ihr könnt fragen, wen Ihr wollt.«

»Ich kann mir nicht vorstellen, warum Henry ausgerechnet *Euch* als Beauftragten möchte«, stellte Rodbert angeekelt fest. »Ihr seid schmutzig, leicht beleidigt und sehr reizbar.«

»Ich war gestern gereizt«, gab Geoffrey zu. »Aber das lag auch daran, dass ständig irgendwelche Sachsen Streit mit mir angefangen haben.«

»Aber schmutzig seid Ihr immer noch«, stellte Lifwine fest. Er musterte Geoffrey voll Abscheu von oben bis unten. »Und es wird nicht angenehm werden, mit Euch zu reisen.«

Geoffrey blickte auf seinen Wappenrock hinab und gestand sich ein, dass ihm eine Wäsche womöglich zustatten käme. Seine übrigen Kleidungsstücke lagen unter der Rüstung verborgen, sodass niemand wissen konnte, dass sie voller Löcher waren und schmutziger als angemessen. Normalerweise empfand er sich als vorzeigbar, wenn er sauberer war als Roger. Nun kam ihm in den Sinn, dass sein Freund womöglich kein guter Maßstab für Ansehnlichkeit war und er sein Äußeres im Laufe der Jahre allzu sehr vernachlässigt hatte.

»Mit *Euch* wollen wir ebenfalls nicht reisen«, wandte Sendi sich an Maude.

»Das beruht auf Gegenseitigkeit«, antwortete Maude eisig. »Aber in großen Gruppen reist man sicherer, und ein zweiter Ritter könnte nützlich sein.« Sie lächelte Geoffrey auf eine Weise an, als meinte sie nicht seine Fähigkeiten als Krieger.

Rodbert bemerkte den Blick und war sogleich aufgebracht, aber Tasso ergriff das Wort, ehe er noch seinem Zorn Luft machen konnte: »Wenn wir die Worte des Königs missachten und einzeln reisen, wird sein Handlanger hier uns sicher melden. Wir haben keine andere Wahl, als mit ihm nach Bristol zu gehen.«

»Wenn er bis dahin überlebt«, zischte Sendi. »Es ist ein langer Weg, und die Straßen sind berüchtigt.«

»Das ist wahr«, stimmte Geoffrey zu, der sich nicht aus der Ruhe bringen lassen wollte. »Aber keiner von uns hat die Möglichkeit, das zu tun, was er möchte. Ich schlage also vor, dass wir aus der Lage das Beste machen und zumindest höflich miteinander umgehen.«

»Dafür ist es jetzt zu spät«, knurrte Rodbert. »Männer, die andere in den Dreck stoßen, sind nicht höflich.« Er trat den Weg nach draußen an, und Tasso schloss sich ihm an. Maude schenkte Geoffrey noch ein vieldeutiges Lächeln, dann folgte sie den beiden mit dem Rest ihrer Begleiter.

Sendi schob sich dicht an Geoffrey heran und wedelte mit dem Finger vor seinem Gesicht herum. »Es gefällt mir nicht, dass Henry einen Verwandten von Barcwits Geldgebern ernannt hat. Das stinkt nach Bestechung. Aber in einer Sache täusche ich mich nicht: Die Straßen nach Bristol *sind* gefährlich, also solltet Ihr lieber auf der Hut sein.«

Steif schritt er davon. Lifwine blieb lang genug zurück, um dem Beispiel seines Meisters zu folgen und mit dem Finger vor Geoffrey herumzuwedeln. Aber als der Ritter einen Schritt auf ihn zu tat, huschte er davon. Adelise ließ sich nicht dazu herab, irgendetwas zu sagen, während Edric Geoffrey vor die Füße spuckte. Als sie fort waren, entließ Geoffrey einen Seufzer und fragte sich, wie er wohl eine Untersuchung durchführen sollte, wenn ihm jeder feindlich gesinnt war. Er fürchtete, dass er womöglich bei Giffards Ankunft nichts vorzuweisen hätte, und schlimmer noch, dass Henry sein Versprechen, Joan zu verschonen, dann nicht halten würde.

»Gar nicht gut«, sagte Durand und unterbrach seine Grübeleien. »Das ist kein guter Anfang.«

An diesem Abend saß Geoffrey im großen Saal und dachte über alles nach, was geschehen war, während draußen ein Sturm wütete, an den Fensterläden rüttelte und durch den Kamin fegte. Roger, Helbye und Ulfrith spielten in einer ruhigen Ecke Würfel. Andere, die sich dem Spiel anschließen wollten, wiesen sie ab. Roger hätte der Versuchung nicht widerstehen können, sie zu betrügen, und Geoffrey hatte ihn gewarnt, keinen Streit anzufangen.

Durand war bei Bloet. Sie saßen auf einer Fensterbank, flüsterten und kicherten wie zwei Jungfrauen. Einmal stieß er ein schrilles, mädchenhaftes Lachen aus und zog die Aufmerksamkeit des Bischofs von London auf sich. Maurice war nach der Begegnung mit Adelise und Maude in einem furchtbaren Zustand und entschlossen, um jeden Preis eine Frau zu bekommen. Zum Glück sah Durand ihn kommen und floh. Bloet zog er mit sich.

»Verflucht!«, murmelte Maurice verärgert. Er erblickte Geoffrey allein in der Nähe und trat zu ihm, um einige Worte zu wechseln. »Warum läuft sie immer davon, wenn sie mich kommen sieht? Und warum besteht sie darauf, Männerkleidung zu tragen? Es ist eine Sünde, dass sie ihre weiblichen Rundungen verbirgt, die …«

»Er hat sich bereits einen Begleiter für die Nacht gesichert«, fuhr Geoffrey ihm eilig ins Wort, da er nichts weiter von dieser speziellen Beschreibung zu hören wünschte.

»Morgen wird sie fort sein«, sagte Maurice und ließ sich wie immer nicht auf eine Diskussion über das Geschlecht von Engellöckchen ein. Er seufzte sehnsüchtig. »Ich werde nie diese Nacht in Bridgnorth vergessen. Sie weiß fürwahr, wie man einem Mann Vergnügen bereitet! Die Mädchen an Henrys Hof könnten so viel von ihr lernen.«

Geoffrey hatte das Gefühl, dass diese Sache weit genug gegangen war. »Durand ist tatsächlich mein Knappe, wisst Ihr? Er …«

Maurice schenkte ihm ein müdes Lächeln und tätschelte ihm den Arm. »Ihr versucht, mich zu trösten, weil sie mich nicht sehen möchte. Das ist sehr freundlich von Euch, aber ich werde auch ohne sie überleben. Schaut, dort ist Maude. Vielleicht wird sie sich herablassen, einige vertrauliche Augenblicke mit einem bedürftigen Bischof zu teilen.«

»Giffard hat Euch doch gewarnt, nicht …«

Maurice unterbrach ihn. »Da war Alwold noch am Leben und hätte Barcwit davon erzählt. Aber nun ist er tot, und sie sehnt sich nach mir. Ihr müsst gesehen haben, wie sie mich heute während der Anhörung ansah.«

»Ich fürchte, Ihr werdet feststellen, dass ihre Aufmerksamkeit Henry galt. Er hat ihr im Augenblick mehr zu bieten.«

»Sie ist eine Frau, die jede Gelegenheit zu nutzen versteht und zu ihrem Vorteil kehrt«, stellte Maurice scharfsinnig fest. »Ich könnte mir vorstellen, dass sie bei Euch auf dem Weg nach Bristol dasselbe versuchen wird. Sie wird Euch mit ihren Reizen umgarnen, damit Ihr an die Unschuld ihres Mannes glaubt. Aber Ihr müsst das Geschäft vom Vergnügen trennen – genießt, was sie Euch anbietet, aber lasst Euch nicht davon beeinflussen.«

Geoffrey war amüsiert. »Ist es das, was Ihr tun würdet?«

»Natürlich. Alles andere wäre unverzeihlich.« Maurice fuhr zusammen, als eine besonders heftige Böe am Fenster klapperte. »Dieser Sturm wird schlimmer. Die Leute halten es für ein weiteres Omen.«

»Ein Omen wofür?«

Maurice zuckte die Achseln. »Es könnte neues Unglück ankündigen, oder auch etwas Gutes. Hoffen wir auf Letzteres. Aber ich sollte lieber mit Maude sprechen, bevor Rodbert auftaucht. Er scheint dort weiterzumachen, wo Alwold aufgehört hat. Gute Reise, Geoffrey.«

Er deutete einen Segen an und war fort, schlängelte sich durch die Menge, um sich an seine Beute heranzupirschen. Geoffrey hielt nach Sendi und seinen Gefolgsleuten Ausschau und entdeckte sie neben der Türe. Sie blickten unglücklich drein, erschrocken über den Ausgang der Anhörung. Sie hatten tatsächlich erwartet, dass Henry ihre Behauptungen ohne Weiteres glauben und Truppen nach Bristol schicken würde, um Barcwit festnehmen zu lassen.

Bald kam der Nächste, um Geoffreys Zurückgezogenheit zu stören. Clarembalds Augenbrauen wirkten heute Abend ganz besonders orange, da sie den Schein eines nahen Feuerbeckens aufnahmen.

»Ich wollte Euch fragen, ob ich mit Euch reisen kann«, sagte der *Medikus,* nachdem sie all die Höflichkeiten zweier Männer, die voneinander wussten, sich aber nie begegnet waren, in angemessener

Weise ausgetauscht hatten. »Meine Wirkungsstätte liegt in Exeter, und ich reise stets über Bristol dorthin.«

»Wenn Ihr es wünscht«, sagte Geoffrey. »Solange Euer Rivale, John de Villula, nicht ebenfalls mitkommen will.«

»Tatsächlich fürchte ich, dass das der Fall sein wird«, räumte Clarembald ein. »Er lebt in Bath, das ganz in der Nähe von Bristol liegt. Er wäre ein Narr, würde er nicht die Vorzüge Eures Schutzes genießen wollen.«

»Dann lautet meine Antwort nein«, sagte Geoffrey. »Ihr werdet ständig streiten, und ich habe schon genug Ärger mit den Sachsen.«

»Wir werden streiten«, gab Clarembald zu, »aber immerhin nicht mit Waffen. Außerdem werdet Ihr die Dienste eines Medikus womöglich brauchen. Sendi glaubt, dass Ihr gegen ihn befinden werdet. Er könnte daher versuchen, Euch aus dem Weg zu räumen, damit Henry jemand anderen schicken muss. Außerdem habt Ihr Euch Tasso und Rodbert zu Feinden gemacht. Die Einzige, die Euch mag, ist Maude, aber das auch nur so lange, bis Ihr sie im Schlafgemach enttäuscht.«

Diese Offenherzigkeit belustigte Geoffrey. »Dann lasst uns hoffen, dass ich das nicht tue.«

»Henry befahl mich hierher, damit ich mich zu Sendis Anklagen äußere«, fuhr Clarembald verärgert fort. »Doch dann gab er mir kaum die Gelegenheit, etwas zu sagen. Ich weiß nicht, ob er mich für schuldig oder für unschuldig hält. In Bristol kann man sein Geld sicher deponieren – und dabei noch ein wenig hinzuverdienen. Es ist eine Handelsstadt, also versteht man es dort, Geschäfte zu führen. Aber nie wurde mir ein ungesetzlich hoher Zins versprochen, weder durch Barcwit noch durch jemand anderen.«

»Barcwit«, grübelte Geoffrey. »Maude behauptet, er wäre ein guter Mann, den Schlechtigkeit abstößt. Sendi hingegen nennt ihn einen furchterregenden Despoten, der die ganze Stadt unter seiner Knute hält. Was entspricht der Wahrheit?«

»Die Leute in Bristol *haben* Angst vor Barcwit. Mich hat er allerdings nie bedrängt. Ich gebe ihm mein Geld bereitwillig, weil er sehr gewissenhaft bei der Rückzahlung ist.«

»Wie sieht er aus?«

»Das weiß ich nicht genau.« Clarembald klang selbst überrascht von seiner Antwort. »Für gewöhnlich verhandele ich mit Rodbert oder Maude. Einmal allerdings erhaschte ich einen Blick auf ihn, als ich nach Anbruch der Dunkelheit seine Münzstätte besuchte. Er ist ein großer Mann, der dunkle Kleidung bevorzugt. Selbst stolze Ritter wie Tasso schüchtert er ein. Er ist eine *Präsenz*.«

»Eine Präsenz?«

»Ihr wisst schon«, sagte Clarembald ungeduldig. »Einer von diesen Leuten, die man stets bemerkt, wenn sie anwesend sind. Er ist eine Persönlichkeit mit Ausstrahlung. Ganz wie der König.«

»Charismatisch?«, schlug Geoffrey vor.

»Ja, charismatisch. Obwohl *ich* Barcwit niemals persönlich begegnet bin, flößt er Zuversicht ein. Deshalb ziehe ich ihn auch Sendi oder den Münzmeistern von Exeter vor. Wie auch immer: Mir wurde zwar niemals eine unerlaubt hohe Gewinnspanne angeboten, aber von Bischof John kann ich nicht dasselbe behaupten.«

»Ihr haltet ihn für unlauter?« Geoffrey war nicht überrascht, als Clarembald nickte.

»Sehr. Er war ein großer Bewunderer von König William Rufus – Rufus war es, der ihm Bath verkauft hat –, und unter Henry geht es ihm nicht so gut. Ich glaube, er will Henrys Schatzkammer schädigen und so dem Herzog der Normandie auf den Thron helfen.«

»Will er das etwa ganz alleine schaffen?«, fragte Geoffrey unschuldig, um ihn zu weiterem Gerede zu verleiten.

»Er hat Helfer.« Clarembalds Augenbrauen hüpften auf und ab, um seine Worte zu unterstreichen. »Der junge Bloet steigt nicht so rasch auf, wie er es gerne hätte, und er gehört auch zu Barcwits Geldgebern. Ihr werdet auf ein ansehnliches Schlangennest stoßen, sobald Ihr Euch die Sache ein wenig näher anseht.«

»Ja«, stellte Geoffrey mit einem Seufzer fest. »Das fürchte ich auch.«

»Gut«, sagte Clarembald und rieb sich die Hände, als ob eine Entscheidung gefallen wäre. »Ich werde mit Euch reisen, und Ihr könnt meine Dienste in Anspruch nehmen, wenn jemand Eure Verteidigung durchbricht. John wird Euch dasselbe Angebot machen, aber ich rate dringend ab, es anzunehmen. Er tut nichts weiter, als zu beten und Kerzen anzuzünden.«

Er eilte davon, und Geoffrey wollte sich eben wieder hinsetzen, als eine weitere Gestalt an ihn herantrat. Es war der Mann mit dem wallenden Haar und dem stechenden Blick, William de Warelwast, der designierte Bischof von Exeter.

»Ich bin hier, weil ich Euch um einen Gefallen bitten möchte«, sagte Warelwast mit warmherzigem Lächeln, nachdem er sich vorgestellt hatte.

»Ihr wollt mit uns nach Bristol reisen?«, vermutete Geoffrey.

Warelwast lachte. »Sir Roger meinte schon, dass Ihr ein schlauer Bursche seid. Er und ich kennen einander seit Jahren, durch seinen Vater. Ich bin ein großer Bewunderer des Bischofs von Durham.«

»Tatsächlich? Das macht Euch hier bei Hofe sicher nicht sonderlich beliebt.«

»Beliebtheit ist wie eine Frühlingsblüte. Sie kommt und geht.«

»Clarembald hat gefragt, ob er sich uns anschließen kann, und er meinte, John de Villula würde ebenfalls mitkommen. Mit Sendis Horde und Barcwits Anhängern zählen wir etwa dreißig Leute. Eine so große Gruppe wird nicht besonders schnell vorankommen. Wenn Ihr also beizeiten in Eurem Bistum sein wollt, empfehle ich Euch, eine andere Reisemöglichkeit zu suchen.«

Warelwast zuckte die Achseln. »Es ist noch nicht mein Bistum. Der gegenwärtige Amtsinhaber lebt noch, und ich kann das Amt nicht übernehmen, bevor er stirbt – was hoffentlich noch viele Jahre dauern wird. Wie auch immer, als Neffe des Eroberers und Vetter des Königs habe ich einiges, mit dem ich mich beschäftigen kann, bis ich in Amt und Würden eingesetzt bin.«

Diese Verwandtschaft beeindruckte Geoffrey nicht, sondern stimmte ihn eher misstrauisch. Solche Männer, mit königlichem Blut in den Adern, aber weit entfernt von echter Macht, waren oft gefährlich ehrgeizig. Warelwast wirkte recht liebenswürdig, aber

Freundlichkeit und Charme ließen sich leicht vortäuschen. Geoffrey hörte höflich zu, wie Warelwast heiter über das Leben bei Hofe und die neue Kathedrale plauderte, die er in Exeter errichten wollte, aber er war erleichtert, als der Mann schließlich fortging.

Er sah ihn durch die Halle schreiten, wo er auf Maude stieß. Sie zog ihn sogleich mit einem ihrer glutvollen Blicke in den Bann, und Warelwast lieferte sich mit Maurice einen Wettstreit um ihre Aufmerksamkeit.

»Ihr werdet sie auf der Reise beschützen müssen, Geoffrey«, sagte eine Stimme neben ihm. Diesmal war es Henry, mit Giffard im Schlepptau. »Sendis Haufen besteht aus streitsüchtigen Rohlingen, und sie ist eine zu kostbare Schönheit, als dass man sie durch einen verirrten Dolchstoß verlieren möchte. Womöglich werde ich Bristol eines Tages besuchen. Es wäre schade, wenn sie nicht mehr da wäre, um mich zu begrüßen.«

»Sie wird niemanden begrüßen, wenn ihr Gemahl für schuldig befunden wird, Majestät«, sagte Geoffrey. Er hatte das starke Gefühl, dass Joan nicht die einzige Frau war, die in den Genuss von Henrys Gnade kommen könnte. Bei Frauen, die er zu verführen gedachte, hatte der König ein weiches Herz.

»Das ist wahr«, räumte Henry ein. Für eine Weile schwieg er, dann ergriff er wieder das Wort: »Was ich gestern über die Enthüllung der Wahrheit sagte, war mir ernst. Sie mag unangenehm sein, und Ihr werdet vielleicht denken, ich möchte sie nicht hören. Aber ich vertraue darauf, dass Ihr sie mir trotzdem erzählt.«

Geoffrey nickte und dachte bei sich, dass die Wahrheit viele Gesichter hatte und Henry ihm ebenso gut auftragen könnte, einen Nebelstreif zu haschen. Er sah zu Maude hinüber und stellte überrascht fest, dass Mauric' im Wettstreit mit Warelwast Sieger blieb. Warelwast war jünger, hübscher und beträchtlich schlanker als der Bischof, aber Maude hatte Maurice' Arm gewählt und ließ sich von ihm fortgeleiten.

Geoffrey verstand nicht, warum die Frauen bei Maurice' Annäherung nicht das Weite suchten. Aber das geschah selten, und selbst wenn sie seinen lüsternen Nachstellungen nicht nachgaben, hörten sie ihn zumindest an. Geoffrey beschloss, das Vorgehen des Geistlichen einmal genau zu beobachten, damit er es selbst ausprobieren konnte.

Giffard schnaubte verächtlich. »Der Mann ist unersättlich! Seit dem Essen hatte er schon drei Dienstmädchen, und er behauptet, seine Säfte sind immer noch nicht im Gleichgewicht. Es ist schade, dass Mohnextrakt seinen Zustand nicht heilen kann.«

»Das könnte er womöglich«, sagte Geoffrey, »wenn er nur stark genug ist.«

»Nein«, befand Henry entschieden, als Giffard über diesen Vorschlag nachdachte. »Ich will ihn nicht dauernd schläfrig haben. Er muss wach sein und fähig, für mich zu arbeiten. Aber genug von Maurice. Was haltet Ihr von der Anhörung heute? Fandet Ihr Sendi oder Maude überzeugender?«

»Das weiß ich nicht, Majestät«, erwiderte Geoffrey ehrlich. »Ich würde gerne sagen, Maude, weil ich Joan von jedem Fehlverhalten freigesprochen sehen möchte. Aber das wäre eine Lüge.«

Henry nickte. »Maude ist überzeugender als Sendi, aber das bedeutet nur, dass sie die erfahrenere Rednerin ist. Wie auch immer, wenn Sendi Recht hat, dann hat er mir einen großen Gefallen getan, indem er Barcwits Verbrechen ans Licht gebracht hat. Wenn dieser Mann tatsächlich so gefährlich ist, wie jeder behauptet, hat Sendi dabei ein beträchtliches Risiko auf sich genommen.«

»Aber er hat lange gebraucht, bis er sich endlich dazu durchgerungen hat«, mäkelte Giffard. »Womöglich Jahre. Ihr solltet Euch einmal vorstellen, wie viel Geld den königlichen Schatzkammern in dieser Zeit entgangen ist.«

»Das tue ich«, bemerkte Henry trocken. »Aber auf die eine oder andere Weise werde ich es zurückbekommen. Wenn Barcwit schuldig ist, bekomme ich seine Münzstätte und sein Eigentum. Ist Barcwit allerdings unschuldig, dann werde ich Sendi mit einer Buße belegen, weil er meine Zeit verschwendet hat.«

»Beides wäre einträglich«, sinnierte Giffard, während er im Kopf schon die Beträge errechnete.

»Die Wahrheit«, sagte Henry und betrachtete Geoffrey mit durchdringendem Blick. »Jeder Dummkopf kann der Sache nachgehen und anschließend behaupten, Barcwit wäre schuldig oder unschuldig, aber ich möchte die *Wahrheit.* Ich will wissen, warum Barcwit mich hintergeht oder warum Sendi ihn fälschlich angeklagt hat. Aber seid auf der Hut. Ihr begebt Euch in schwierige Gewässer, und ich möchte gerne, dass Ihr unbeschadet zurückkommt.«

Er entfernte sich und nickte im Vorübergehen huldvoll seinen Untertanen zu. Giffard blieb noch einen Augenblick länger. »Der König hat Recht«, sagte er leise. »Ich weiß selbst nicht, was ich von dieser Sache zu halten habe. Aber ich wünsche Euch alles Gute und hoffe, Euch bei meiner Ankunft in Bristol lebend vorzufinden.«

Geoffrey war an schnelles Reisen gewöhnt. Sobald es hell genug war, brach er mit Roger und seinen Leuten auf, und sie machten erst bei Einbruch der Dunkelheit wieder Halt. Dann hüllten sie sich in ihre Mäntel und schliefen, wo immer sie gerade waren – mitunter genossen sie den Luxus eines Gasthauses, aber häufiger lagerten sie auch unter einem Baum. Die Reise von Westminster nach Bristol war allerdings etwas ganz anderes.

Die Reisegruppe war groß und umfasste nicht nur Maude, Sendi und ihre jeweiligen Gefolgsleute, sondern ebenfalls die beiden Hofärzte, Warelwast und eine Heerschar von Knechten. Clarembald und Warelwast hatten vorher nachgefragt, ob jemand gegen ihre Begleitung etwas einzuwenden hätte, aber Bloet und Bischof John tauchten einfach auf und verkündeten, dass sie gleichfalls mitkämen. Diese Anmaßung erregte allerhand Missfallen in einer Gemeinschaft, die ohnehin von erbitterten Auseinandersetzungen geprägt war. Die ersten Probleme gab es bereits am Morgen nach der Anhörung, als die Reisenden sich im Zwielicht vor Sonnenaufgang bei den Ställen versammelten und Sendi feststellte, dass ein Pferd fehlte.

»Ihr habt siebzehn«, stellte Geoffrey fest, der endlich aufbrechen wollte. Es war ein weiter Weg bis Bristol. »Ihr könnt doch unmöglich noch eins brauchen?«

»Ihr versteht nicht«, sagte Adelise. »Dieses Pferd trägt unsere Stempel. Wir können nicht fort, bevor wir es gefunden haben.« Sie funkelte Maude anklagend an.

»Was für Stempel?«, fragte Roger, der wegen der Verzögerung ebenfalls gereizt war. »Könnt ihr nicht unterwegs neue kaufen?«

»Prägestempel!«, schrie Edric, als könne die Lautstärke Roger auf die Sprünge helfen. »Die gravierten Punzen, mit denen wir die Münzen schlagen. Das ist unsere wichtigste Ausstattung, und ganz gewiss die teuerste. Tasso muss sie gestohlen haben. Ich habe gesehen, wie er letzte Nacht um den Stall herumgeschlichen ist.«

Tasso war empört. »Ich bin ein Ritter«, zischte er mit zusammengebissenen Zähnen. »Ich stehle nicht. Und Ihr habt Glück, dass Ihr ein Bauer seid und kein Krieger, sonst würde ich Euch für Eure Unverschämtheit töten.«

Sendi zog den Dolch und war nur allzu gern bereit, seine Fähigkeiten mit Tassos zu messen. Geoffrey spannte sich an, um einzugreifen, weil er ein Blutbad vorhersah. Er wollte Henry nur ungern erklären, dass man im Falle der Münzer nicht weiter ermitteln musste, weil die Beteiligten allesamt in ihrem Blut vor seinen Ställen lagen. Er sah Roger an und stellte mal wieder fest, dass sein Freund bereit war, bei jeder Rauferei mitzumachen. Ob der bullige Ritter dabei die Wogen glätten würde, stand allerdings zu bezweifeln. Viel eher würde er die Zahl der Opfer noch verdoppeln.

»Tasso hat unsere Pferde überprüft«, sagte Maude ruhig. »Und ich bin mir sicher, dass Ihr etwas so Wertvolles wie Prägestempel nicht über Nacht im Stall gelassen habt. Sie können also unmöglich bei dem fehlenden Pferd gewesen sein, als Tasso gestern hier war.«

Edrics Mimik ließ erkennen, dass diese Annahme richtig war. »Nun, irgendwer hat sie jedenfalls«, beharrte er. »Und wer sonst würde sie stehlen wollen, wenn nicht ein konkurrierender Münzer?«

»Wie sieht dieses Pferd denn aus?«, fragte Geoffrey.

»Braun«, schnauzte Sendi nicht sonderlich hilfreich. »Das kann meinen Ruin bedeuten.«

»Weshalb?«, fragte Roger erstaunt. »Ihr seid ein reicher Mann, warum kauft Ihr nicht einfach Neue?«

Sendi starrte ihn ungläubig an. »Ihr schlendert nicht einfach zu irgendeinem Marktstand und nehmt die Dinger mit! Ihre Ausgabe wird von der Krone sorgfältig kontrolliert, und man kann sie nur an einem einzigen Platz erwerben: bei Otto dem Goldschmied in London. Niemand sonst im Land hat das Recht, Prägestempel zu fertigen, und jede Münze, die mit einem anderen Stempel hergestellt wird, gilt als Fälschung.«

»Da hat er Recht«, stellte Bischof John fest. »Auf diese Weise sichert sich die Krone die Kontrolle über das Münzwesen – die Prägestempel nutzen sich nach einer bestimmten Menge hergestellter Münzen ab, was die Münzer zwingt, neue zu kaufen. Wann immer das geschieht, erhält der König eine Gebühr. So kann er auch Einfluss auf die Zahl der Münzen nehmen, die im Umlauf sind, weil er stets genau weiß, wie viele Prägestempel im Einsatz sind.«

»Woher wisst Ihr all das?«, wollte Rodbert wissen. »Ihr seid nur ein Heilkundiger.«

»Außerdem bin ich der Bischof von Bath«, erwiderte John prahlerisch. »Ich besitze eine eigene Münzstätte und weiß viel über dieses Geschäft – jedenfalls über die Gewinne.«

Henry hatte bei der Anhörung eigens gefragt, weshalb John sein Geld lieber bei Barcwit ließ als bei seinem eigenen Münzmeister. Stand der hochmütige Bischof, der gerade eingeräumt hatte, eine Menge über das Münzwesen zu wissen, zu Recht auf Sendis Liste? Seine Erklärung ging lediglich dahin, dass er gerne in Bristol einkaufte. Aber stimmte das auch? Genoss er es wirklich, zwischen Verkaufsbuden herumzuschlendern und mit Händlern um Waren zu feilschen, die seine Diener genauso gut für ihn kaufen konnten? Geoffrey verabscheute solche Beschäftigungen, und es fiel ihm schwer, zu glauben, dass irgendwer Gefallen daran finden konnte.

»Ohne meine Münzstempel reise ich hier nicht ab«, verkündete

Sendi aufgebracht. »Ich verlange, dass alle Taschen durchsucht werden.«

»Ihr könnt zur Hölle fahren«, knurrte Rodbert. »Ich lasse nicht zu, dass einer aus Eurer schmutzigen Bande mein Eigentum befingert.«

»Ihr nennt *mich* schmutzig?«, wollte Sendi wissen und fuchtelte drohend mit seinem Dolch. »Ihr, der Ihr nichts weiter als verbrecherischer Abschaum seid und hängen werdet, sobald dem König klar wird, dass Ihr ihn all die Jahre betrogen habt?«

»Wir haben niemanden betrogen«, widersprach Tasso und zog das Schwert. »Die Anschuldigungen, die uns hierhergezwungen haben, sind pure Erfindung. Was glaubt Ihr wohl, weshalb der König einen Beauftragten ernannt hat, um diese Angelegenheit zu untersuchen? Weil er ganz genau erkannt hat, dass *wir* unschuldig sind, aber *Ihr* nicht. Das hat er auch gesagt.«

»Hat er nicht«, widersprach Adelise. »Er sagte nur, dass er weitere Beweise möchte – und die werden wir beibringen. Selbst Geoffrey wird die Wahrheit nicht mehr verdrehen können, wenn er erst einmal gesehen hat, was Eure verruchten Geldgeber getan haben.«

»Wir sind keine ›verruchten Geldgeber‹, meine Dame«, meldete Clarembald sich scharf zu Wort. »Wir sind Geschäftsmänner, die im guten Glauben eine Vereinbarung getroffen haben. Wir haben nichts Unrechtes getan, also beschmutzt nicht unsere guten Namen.«

»*Meinen* guten Namen«, wies John ihn kleinlich zurecht. »Ihr habt keinen.«

»Augenblick mal!«, schrie Clarembald und schnappte nach dem Köder wie ein hungriger Fisch. John fuhr ihm ins Wort, und dann brüllten beide gleichzeitig.

»Was für eine ›Wahrheit‹?«, meinte Rodbert derweil höhnisch zu Adelise. »Ihr habt nichts weiter als unbegründete Mutmaßungen. Wenn Ihr echte Beweise hättet, hättet ihr sie bereits mitgebracht und Henry gezeigt.«

»Ist das dort das fehlende Pferd?«, fragte Geoffrey und wies auf eine braune Mähre, die zufrieden das besondere Futter fraß, das Henrys besten Tieren vorbehalten war. Niemand beachtete ihn.

»Ich bringe Euch um!«, brüllte Sendi und ging auf Tasso los. Tasso war hocherfreut und machte Anstalten, seinen weniger erfahrenen Gegner in Stücke zu hacken. Ein Kaufmann wie Sendi konnte unmöglich einen Ritter besiegen, und es schien unausweichlich, dass sächsisches Blut fließen würde. In der Zwischenzeit winkte Rodbert Lifwine mit einer beleidigenden Geste zu sich, und der Wardein drängte darauf seine Freunde, diese Herausforderung an seiner statt anzunehmen. Einige kamen dem nach. Adelise forderte Sendi auf, Tasso zu zeigen, aus welchem Holz sächsische Männer geschnitzt waren, während Maude Rodbert aufmunternde Worte zuflüsterte.

»Ihr lest ein Dutzend Messen und könnt doch keinen Splitter entfernen«, schrie Clarembald John an.

»Ich bete, weil Gott mir beisteht«, gab John scheinheilig zurück. »Und weil meine Patienten lieber Ihn an ihrer Heilung beteiligt sehen möchten als zerquetschte Würmer. Ich zumindest vergifte meine Patienten nicht.«

»Wie könnt Ihr es wagen!«, fuhr Warelwast ihn an. Geoffrey erinnerte sich, dass Warelwast der designierte Bischof von Exeter war und Clarembald in derselben Stadt lebte. »Clarembald ist der beste Heilkundige des Landes. Sonst hätte ich ihn meinem Vetter, dem König, wohl kaum empfohlen.«

Das Gezänk war ohrenbetäubend. Angesichts der drohenden Gewaltausbrüche fing Geoffreys Hund ganz aufgeregt zu bellen an, während die Pferde ängstlich tänzelten.

»Beim Blute Christi!«, murmelte Roger und blickte sich ungläubig um. Er hatte das Schwert gezogen, aber es waren so viele verschiedene Auseinandersetzungen im Gange, dass er nicht wusste, in welche er sich stürzen sollte. »Bist du sicher, dass Henry uns befohlen hat, mit diesen Leuten zusammen zu reisen? Das wird keine Freude werden.«

»Sie werden sich gegenseitig umbringen, lange bevor wir in Bristol sind«, sagte Geoffrey und verfolgte das Schauspiel angewidert. »Nun, zumindest erleichtert das unsere Aufgabe: Barcwit wird der Einzige sein, den wir noch befragen müssen.«

»Das sind mehr als dreißig Leute«, stellte Roger fest. »Und die Einzigen, die keine Waffen gezogen haben, sind Bloet und Durand.«

Geoffrey schaute sich das Paar an, das mit verschränkten Armen dastand. Durands zufriedenes Grinsen deutete darauf hin, dass sie die Nacht gemeinsam verbracht hatten. Bloet wirkte allerdings weniger begeistert, und Geoffrey kam der Verdacht, dass die Zuneigung vielleicht nicht ganz gleich verteilt war. Hatte Bloet Durand etwa verführt, um mehr über Geoffreys Untersuchung zu erfahren? Durand hatte Bloet eine ganze Menge Klatsch entlockt, und Geoffrey war nicht so naiv, anzunehmen, dass dieser Austausch ganz einseitig gewesen war. Er musste in Zukunft vorsichtig sein, was er in Durands Gegenwart erzählte.

Das Gebrüll wurde lauter, und mit hellem Klirren stießen Sendis und Tassos Klinge gegeneinander. Der Ritter parierte Sendis Schlag mit Leichtigkeit und provozierte ihn zu einem erneuten Angriff. Rodbert hatte Lifwine und mehrere seiner Freunde in die Enge getrieben und stach spielerisch mit dem Dolch nach ihnen. Er lachte, als sie versuchten, sich gegen seine überlegenen Fähigkeiten zur Wehr zu setzen. Adelise schlug mit geballten Fäusten auf ihn ein, bis Maude sie bei einem ihrer dicken, goldenen Zöpfe packte. Geoffreys Hund schnappte nach Warelwast und rannte davon, als dieser nach ihm trat. Dann biss er John, der sogleich kreischend den Schaden bejammerte, den seine feinen Stiefel genommen hatten.

Geoffrey reichte es. Draußen vor dem Stall stand ein Futtertrog, und darauf waren die Eimer aufgestapelt, mit denen man den Pferden Futter und Wasser brachte. Er trat hart dagegen und brachte den Trog zum Kippen. Polternd schlug er auf den Boden. Kannen und Eimer stürzten mit und hüpften mit hellem Scheppern über die Pflastersteine. Als das letzte Gefäß zum Stillstand gekommen war, herrschte Ruhe, selbst der Hund bellte nicht mehr.

»Warum habt Ihr das gemacht?«, fragte John aufgebracht. »Schaut auf das Durcheinander, das Ihr angerichtet habt.«

»Wenn es noch einmal einen solchen Aufruhr gibt, werde ich dem König melden, dass Ihr allesamt Verräter seid«, sagte Geoffrey und musterte die erstaunte Versammlung streng. »Wir haben schon fast eine Stunde verloren wegen Eures Gezänks. Also packt Eure Habseligkeiten zusammen und lasst uns aufbrechen, bevor noch irgendjemand zu Tode kommt.«

»Ich gehe nicht ohne meine Münzstempel«, beharrte Sendi entschlossen.

Geoffrey zeigte mit dem Finger. »Euer Pony steht dort und frisst den Hafer, der für das Lieblingsross des Königs bereitgestellt wurde. Ihr seid vorschnell mit Euren Anschuldigungen, und eines Tages wird Euch das in Schwierigkeiten bringen.«

»Ist bereits geschehen«, sagte Rodbert gehässig. »Der König hat seine Lügen sofort durchschaut.«

Geoffrey wandte sich ihm zu. »Der Nächste, der eine hetzerische Bemerkung macht, kann alleine reisen.«

»Aber das wäre gefährlich«, wandte Rodbert ein.

»Dann benehmt Euch«, fuhr Geoffrey ihn an. »Ihr könnt diese kindischen Streitigkeiten heute Abend fortsetzen, wenn es Euch gefällt. Aber jetzt brechen wir auf, und wenn jemand nicht fertig ist, dann hat er Pech gehabt.«

Er stieg aufs Pferd und hielt auf die Straße nach Westen zu, während die anderen hastig hinterherkamen. Roger schloss zu ihm auf und ritt neben ihm.

»Und *mir* wirfst du vor, ich wäre nicht diplomatisch genug«, flüsterte er Geoffrey zu. »Diese Leute können dich jetzt schon nicht ausstehen, und nun hast du ihnen noch mehr Grund gegeben, dich zu hassen. Was hast du dir dabei nur gedacht?«

Geoffrey war so aufgebracht, dass ihm das völlig egal war.

# 5. Kapitel

Bath, November 1102

Der Zug aus Münzern, Heilkundigen und Rittern war dermaßen träge, dass sich die Reise von Westminster nach Bristol ermüdend in die Länge zog. Die Straßen, auf denen sie ritten, waren vor langer Zeit von frühen Invasoren gebaut worden, mit einer Kuppe aus Stein oder Kies und Gräben an den Seiten, um sie trocken zu halten. Allerdings wurden diese Straßen von so vielen Leuten benutzt, dass selbst der Einfallsreichtum ihrer Erbauer der Belastung kaum gewachsen war. Mitunter verlor sich die Straße im Morast, und frühere Reisende waren diesen Stellen ausgewichen. Im Laufe der Zeit waren die Umgehungswege ebenso matschig geworden, sodass ein weiterer Trampelpfad entstanden war, und noch einer, bis die Straße stellenweise so breit ausgetreten war, dass man sie kaum noch erkennen konnte.

Der Regen machte die Reise nicht angenehmer. Es nieselte so stetig, dass das Wasser auf Dauer selbst durch die sorgfältig gefetteten Mäntel sickerte. Geoffrey war an Kälte und Nässe gewöhnt, aber die Heiler, Warelwast und Bloet klagten mit Inbrunst und schlugen sogar vor, sich ein Gasthaus zu suchen und dort auf besseres Wetter zu warten. Die Sachsen sahen sie an, als wären sie nicht recht bei Verstand. Höhnisch fragten sie, ob sie etwa erst im Sommer in Bristol ankommen wollten.

Sie folgten der Themse nach Westen durch die frisch gepflügten Felder, die darauf warteten, dass der Frost die Schollen aufbrach. Überall waren die Speicher leer oder höchstens halbvoll, und Geoffrey fragte sich, wie viele Leute im Winter wohl verhungern würden, weil sie die drohenden hohen Brotpreise nicht zahlen konnten.

Seine Gedanken wanderten zu Joan und ihrem unerklärlichen Wohlstand während einer Zeit, da andere von Wetter und Krieg zugrunde gerichtet worden waren.

Hinter London wurde das Land hügeliger und zunehmend bewaldet. Geoffrey trieb seine Gefährten zur Eile, denn je länger sie zwischen Bäumen ritten, desto mehr mussten sie mit Räubern rechnen. Bloet behauptete, dass nur ein Narr einen derart großen Reisezug angreifen würde, während Tasso verkündete, dass er jeden Gesetzlosen töten würde, der ihn auch nur anschaute. Sendi fragte ihn, was er denn täte, wenn der Dieb mit Pfeil und Bogen schoss. Das führte zu einem weiteren Streit.

Warelwast setzte es sich in den Kopf, bei jeder Gelegenheit neben Geoffrey zu reiten. Der künftige Bischof schien Geoffreys Misstrauen zu spüren und versuchte, ihn durch Gespräche über Baukunst für sich einzunehmen. Dieses Thema interessierte den Ritter sehr, aber bald hatte Geoffrey mehr Vorträge über kirchliche Baukunst ertragen, als er je hatte hören wollen.

Bloet und John führten mehrere Maultiere mit sich, die jeden Morgen beladen werden mussten. Das dauerte unweigerlich länger, als gut war. Clarembald besaß nur ein einziges Packtier, um das er allerdings großes Aufhebens machte. Er behauptete, es trüge kostbare Arzneien aus fernen Ländern, und deutete an, dass John vor nichts zurückschrecken würde, um sie zu stehlen, worauf John es sich nicht nehmen ließ, auf die Beschuldigung einzugehen.

In der Zwischenzeit machten Bloet und Durand es sich zur Gewohnheit, in Kirchen zu verschwinden, angeblich zum Beten, und alle mussten warten, bis sie fertig waren. Einmal schlug Geoffrey vor, einfach ohne sie weiterzuziehen, doch in seltener Eintracht erklärten die Mitreisenden, dass Gebete wichtig seien. Niemand wollte Gott verärgern, indem er zwei inbrünstige Gläubige im Stich ließ.

»Ich war nicht sehr erfreut, als ich erfuhr, dass wir mit Frauen unterwegs sind«, flüsterte Roger ihm eines Morgens zu. »Aber Maude und Adelise sind immer pünktlich. Die Männer machen uns Schwierigkeiten. Gestern war es beinahe Mittag, bis Bloet so weit war, und dann lahmte Tassos Pferd. Wir haben gerade mal fünf Meilen geschafft. Bei dieser Geschwindigkeit sind wir alle alte Männer, ehe wir Bristol erreichen, und Barcwit wird gar schon an Altersschwäche dahingesiecht sein.«

»Wir treffen morgen ein, Gott sei Dank«, erwiderte Geoffrey. »Heute Abend in Bath und morgen in Bristol darauf.«

»Die beiden Heiler mit ihrem Gezänk sind ein Ärgernis«, stellte Ulfrith fest. »Wenn ich mal krank werde, will ich sie nicht in meiner Nähe sehen. Sie haben Alwold sterben lassen, als rasche Hilfe ihn hätte retten können.«

»Nichts hätte ihn retten können«, widersprach Geoffrey. »Seine Wunde war tödlich.«

»Aber es waren gerade die zwei Sonnen erschienen«, wandte Helbye ein und bekreuzigte sich. »Nach so einem Ereignis hätte *jeder* Mann von *jeder* Wunde genesen können!«

»Und der heftige Sturm in der Nacht darauf zeigte, wie zornig Gott darüber war«, fügte Roger hinzu. »Er hatte den beiden Heilern ein Zeichen geschickt, und sie haben es missachtet und darin versagt, einen Menschen von den Toten zurückzubringen. Ich kenne mich in solchen Sachen aus, weil mein Vater Bischof ist.«

Geoffrey sagte nichts mehr dazu, es wäre auch sinnlos gewesen. Roger und Helbye waren abergläubisch, und in religiösen Fragen wichen sie niemals von einer einmal gefassten Meinung ab. Geoffrey trieb lieber die anderen wieder an, damit sie Bath tatsächlich noch an diesem Abend erreichten. Sie waren schon seit mehr als drei Wochen unterwegs, und er wollte die Reise endlich beendet sehen und ernsthaft mit den Ermittlungen anfangen.

»Heute Nacht wäre unsere letzte Gelegenheit«, flüsterte Maude ihm zu, als er ihr aufs Pferd half. Sie betrachtete ihn vorwurfsvoll und weigerte sich, ihr Knie auf seine Hand zu stützen, bevor er auf ihre Bemerkung eingegangen war. »Ihr wisst nicht, was Euch entgangen ist, weil ihr meine Angebote bisher zurückgewiesen habt.«

»Das weiß ich wohl«, antwortete er. »Nämlich Ärger mit Rodbert und Tasso – ganz zu schweigen von Barcwits Zorn.«

»Wollt Ihr etwa andeuten, dass ein Stelldichein dieses Risiko nicht wert wäre?«, fragte sie belustigt.

»Ohne Zweifel wäre es ein unvergessliches Erlebnis«, antwortete er vorsichtig. Sie war buchstäblich die Einzige unter den Sachsen, die während der letzten dreiundzwanzig Tage nicht gedroht oder tatsächlich versucht hatte, ihm etwas anzutun. Dafür schuldete er ihr ein wenig Höflichkeit.

»Das wäre es.« Sie streckte die Hand aus und berührte vertraulich seine Wange, was sogleich Rodberts feindselige Aufmerksamkeit auf sich zog. »Und es tut mir leid für uns beide. Ich wollte Geschichten über das Heilige Land hören, doch Ihr habt Eure Nächte mit Roger verschwendet. Oder mit Frauen, die Ihr kaum kennt.«

Sie machte sich über ihn lustig, indem sie auf die Dirnen anspielte, die sich seine Gesellschaft erschmeichelt hatten. Mit Maudes verführerischer Sinnlichkeit hatten sie nicht mithalten können, aber sie waren auch nicht mit rachsüchtigen Männern verheiratet oder an Hochverrat beteiligt. Trotzdem fragte sich Geoffrey, ob er sich nicht doch hätte verführen lassen sollen. Ganz gewiss hätte ihm das die Zeit verkürzt.

Sie schien seine Gedanken zu lesen. »Die Zeit wäre angenehmer vergangen. Es hätte vielleicht sogar manchen nächtlichen Mordversuch verhindert.«

Dem ließ sich nicht widersprechen. Wenigstens dreimal war er nachts aufgewacht, weil sein Hund geknurrt hatte. Einmal war Rodbert mit dem Dolch erschienen, ein weiteres Mal Sendi, auch wenn beide behaupteten, dass sie nur ein wenig frische Luft schnappen wollten. Einmal hatte Lifwine mit dem Messer nach ihm gestochen und dann entsetzt getan, als hätte er Geoffrey mit einem Dieb verwechselt.

Augenblicke später war ein schmerzerfülltes Heulen zu hören gewesen, und ein Fremder war mit dem Hund am Bein nach draußen gehumpelt, was Lifwine entlastet hatte und dazu führte, dass Geoffrey nicht recht wusste, was er von der Sache halten sollte.

Bei einer weiteren Gelegenheit hatte Adelise ihm Wein aufdrängen wollen. Aber Geoffrey erinnerte sich noch an den bitteren Wein im königlichen Schlafgemach, der womöglich vergiftet gewesen war, und lehnte ab. Später beobachtete er Adelise, wie sie den Wein wegschüttete. Als er sie später darauf ansprach, behauptete sie, der Wein wäre sauer gewesen.

»Ich habe es überlebt«, antwortete er Maude und dachte sich, dass sein königlicher Auftrag fast gefährlicher war als ein Kreuzzug. »Und morgen sind wir in Bristol. Nach so langer Trennung sehnt Ihr Euch doch sicher schon nach Eurem Gemahl.«

»Natürlich. Es ist stets eine Freude, Barcwit zu sehen. Er ist ein wunderbarer Mann.«

»Viele Leute haben Angst vor ihm – selbst Clarembald, der nicht einmal in Bristol wohnt. Lifwine erzählte mir, dass Barcwit lebenden Tauben die Köpfe abbeißt, wenn sie in seinen Johannisbeersträuchern wildern, und Bloet behauptet, dass er auch Menschen tötet. Er hat den Ruf eines gemeinen Burschen, und mir scheint, dass Sendi zumindest in diesem Punkt der Anklage Recht hat.«

»Alles nur Geschwätz und Gerüchte«, erklärte Maude abschätzig. »Ihr werdet nicht die Spur eines Beweises dafür finden, dass er jemals jemanden umgebracht hat.«

Ihm entging nicht, dass sie die Anschuldigung selbst nicht abstritt, sondern nur behauptete, er werde sie nicht beweisen können. Nachdenklich runzelte er die Stirn, während er Maude in den Sattel hob. Was für Geschichten würde er wohl erst in Bristol über Barcwit hören? Es überraschte ihn, dass Tasso – der die eigene Ehrenhaftigkeit so sehr betonte – einem solchen Mann bereitwillig diente.

»Was für ein schmutziges Haus«, stellte Adelise angewidert fest und wischte sich die Füße ab, als sie aus dem Gasthof herauskam. »Und voller Huren.« Sie funkelte Geoffrey an. »Aber das muss ich *Euch* ja gewiss nicht sagen.«

»Ich bin früh zu Bett gegangen«, sagte Geoffrey und merkte dann, dass sie die falsche Schlussfolgerung zog. »Allein!«

»Das war eine furchtbare Reise«, fuhr sie fort. »Ich hoffe, ich muss Bristol nie wieder verlassen. Wo wir auch einkehrten, waren die Betten voller Ungeziefer – heute Nacht hatte ich in meinem sogar eine Ratte.«

»Allerdings«, murmelte Maude. »Und die hört auf den Namen Sendi.«

Adelise beachtete sie gar nicht. »Das Essen ist ekelerregend, das Wetter trübe, und das Waschwasser stinkt wie eine Kloake.« Sie musterte Geoffrey von oben bis unten. »Aber da *Ihr* in letzter Zeit kaum mit Waschwasser in Berührung gekommen seid, macht Euch das vermutlich nicht viel aus.« Sie rauschte davon.

Maude lachte leise. »Da hat sie Recht, Geoffrey. Ein wenig schrubben würde Euch nicht schaden. Aber in der Dunkelheit sieht man den Dreck nicht, und ich bin nicht pingelig. Kommt mich heute Nacht besuchen, und vielleicht schenke ich Euch dann ein wenig von meinem Lavendelöl. Es überdeckt jeden schlechten Geruch.«

»Ich bin gereist«, erwiderte Geoffrey kurz angebunden. »Die Straßen sind schlammig. Was erwartet Ihr also?«

»Wir alle sind auf Reisen«, entgegnete Maude lachend. »Aber längst nicht alle sind so schmutzig wie Ihr.«

Gekränkt starrte Geoffrey hinter den beiden Frauen her und fühlte sich ernsthaft versucht, ihnen von dem knöcheltiefen Matsch zu seinen Füßen eine Handvoll in den Rücken zu werfen.

Schon eine ganze Weile folgten sie dem dunkelgrünen Band des Avon, als Warelwast schließlich ein Missgeschick widerfuhr. Der Avon war ein glatter, trügerischer Fluss, dessen Oberfläche täuschend ruhig wirkte. Die Ufer waren steil und mit kahlen Bäumen bestanden, die sich wie Knochenhände über das Wasser krümmten. Als die Reisegesellschaft Halt machte, um Tasso aufschließen zu lassen – sein Pferd lahmte schon wieder –, verkündete Warelwast, dass er Durst hatte, und begab sich zum Trinken an den Fluss. Der Regen machte die Ufer schlüpfrig, und Warelwast war kaum zur Hälfte hinuntergestiegen, als er den Halt verlor. Er geriet außer Sicht, und als sein Kopf wieder an der Wasseroberfläche erschien, hatte ihn die Strömung schon ein gutes Stück weit mitgerissen. Der Fluss führte Hochwasser und entwickelte einen machtvollen Sog.

»Verdammt soll er sein!«, murmelte Geoffrey, riss das aufgerollte Seil vom Sattel und rannte neben der Böschung her.

Warelwast wurde fast so schnell davongetragen, wie Geoffrey ihm folgen konnte. Der Ritter sah sein entsetztes Gesicht, während der Mann versuchte, sich aus der Strömung zu befreien. Geoffrey überholte Warelwast mit schnellen Sprüngen, dann warf er das Seil. Es war ein guter Wurf, aber Warelwast schaffte es trotzdem nicht, den Strick zu ergreifen.

So schnell er konnte, holte Geoffrey das Seil wieder ein und versuchte es erneut. Diesmal warf er zu kurz, weil Warelwast zum anderen Ufer hingespült wurde. Geoffrey lief weiter. Wenn sein dritter Versuch ebenfalls fehlschlug, würde Warelwast ertrinken. Geoffrey schleuderte das Seilende, so kräftig er konnte, und Warelwast plantschte darauf zu.

Und dann war es geschafft. Roger kam hinzu und lieh dem Unternehmen seine Körperkraft, sodass sie Warelwast bald aus dem Wasser gezogen hatten. Mit dem Seilende in der Hand blieb er auf einem Grasstreifen liegen und schnappte nach Luft. Geoffrey bedeckte ihn mit seinem Mantel, so durchweicht der vom Regen war, während Roger das Seil aufrollte. Aber Warelwast hielt sein Strickende so fest umklammert, dass Roger sich schließlich ratlos auf die Fersen hockte.

»Es ist alles in Ordnung«, sagte Geoffrey sanft. »Ihr könnt loslassen.«

»Ich dachte, ich würde ertrinken«, keuchte Warelwast. »Und das noch vor meiner Amtseinsetzung.«

»Steht auf und bewegt Euch etwas, bevor Ihr Euch noch erkältet«, empfahl ihm Geoffrey. »Und gebt mir mein Seil zurück.« Ein Seil war oft nützlich, und Geoffrey wollte es auf Reisen nicht missen.

Warelwast machte ein erschrockenes Gesicht. »Ich kann nicht! Meine Finger lassen sich nicht mehr lösen. Gott schütze mich! Ich bin dazu verdammt, dieses Seil den Rest meines Lebens mit mir herumzutragen, als Mahnung an meine glückliche Errettung. Es ist ein Zeichen des Herrn!«

»Es ist ein Zeichen der Furcht«, korrigierte ihn Geoffrey. Er schnitt mit dem Dolch das Ende seines Stricks ab, sodass der künftige Bischof ein Stück von der Länge seines Unterarms zurückbehielt. »Eure Finger werden sich beizeiten schon wieder öffnen.«

»Ich habe Männer nach der Schlacht gesehen, die Ihre Schwerter unlösbar umklammert hielten«, warf Roger im Plauderton ein. »Natürlich waren sie alle tot.«

»Wollt Ihr behaupten, ich *bin* ertrunken und nur noch ein wandelnder Leichnam?«, fragte Warelwast besorgt.

»Das könnte sein«, meinte Roger unbekümmert. »Es würde die steifen Finger erklären, das bleiche Gesicht, die weit aufgerissenen Augen und den starren Blick, den ...«

»Leichen zittern nicht«, widersprach Geoffrey entschlossen, bevor das Gespräch noch weiter ausuferte. Er wollte es nicht erleben, dass die anderen einen Aufstand machten, weil sie mit einem Leichnam reisen sollten. Womöglich bestanden sie noch darauf, den Vetter des Königs zurückzulassen. Oder, schlimmer noch, sie hoben gleich ein Grab aus und betteten den »Toten« zur Ruhe. Geoffrey wusste genau, wie abergläubisch manche Leute sein konnten. »Und Ihr zittert im Augenblick sehr heftig.«

»Gott sei Dank!«, rief Warelwast aus. »Der Gedanke gefällt mir gar nicht, dass ich tot sein könnte und dennoch laufen und reden würde. Ich bezweifle, dass der Erzbischof von Canterbury einen Leichnam zum Bischof von Exeter salben würde.«

»Da wäre ich mir nicht so sicher«, warf Roger ein. »Der hat schon eine Menge seltsamer Gestalten geweiht. Fragt nur meinen Vater.«

Inzwischen eilten einige ihrer Reisegefährten herbei, um Hilfe zu leisten. Clarembald traf als Erster ein, Helbye, Durand und Bloet folgten ihm. Von den Sachsen war keine Spur zu sehen. Vermutlich war das Ertrinken eines normannischen Geistlichen ihrer Aufmerksamkeit nicht würdig. Geoffrey war überrascht und enttäuscht, weil er stets geglaubt hatte, dass Menschen bei einem Notfall ihre Unstimmigkeiten vergaßen und zusammenhielten.

Als Bloet das Seil bemerkte und erfuhr, dass Warelwast es nicht mehr loslassen konnte, fing er an zu lachen. Für ihn war das ein köstlicher Scherz. Durand bekreuzigte sich und stimmte mit Helbye überein, dass es sich um ein göttliches Zeichen handelte. Clarembald war ganz außer sich und bot in augenscheinlich aufrichtiger Sorge an, einen Breiumschlag aus Schlangenaugen zu bereiten, sobald sie Bath erreichten. Schlangenaugen, so versicherte er dem zweifelnden Warelwast, wirkten Wunder bei steifen Muskeln.

»Was habt Ihr ihm bezahlt?«, fragte Bloet, als er seiner Heiterkeit Herr geworden war. Der Bischofssohn gehörte ohne Zweifel zu dem Menschenschlag, der es lustig fand, wenn alte Damen auf Eis ausrutschten oder wenn ein Eimer Wasser hinterhältig auf einer Tür aufgestellt wurde.

»Bezahlt?« Warelwast war verwirrt.

»Für Eure Rettung«, sagte Bloet. »Euer Leben ist doch sicher etwas wert? Fragt den König nach einem Anteil an dem Silber, das er in Bristol in einem Versteck vermutet. Ihr seid doch sein liebster Vetter, also wird er es Euch gewiss nicht abschlagen, und Ihr könnt Eure Schuld bezahlen.« Sein Tonfall war beißend, und Geoffrey erkannte, dass er Warelwast die Verwandtschaft zu Henry neidete. Er seufzte bei diesem weiteren Riss in der Reisegruppe.

»Was für Silber?«, fragte Roger, dessen Interesse sogleich geweckt war. Er mochte Silber selbst sehr gerne. »Meint Ihr diese Ladung, die Alwold geraubt wurde? Ich dachte, die hätten sich Gesetzlose unter den Nagel gerissen.«

»So geht das Gerücht«, sagte Bloet. »Aber der König hat seine Zweifel.«

»Und woher wisst Ihr das?«, fragte Geoffrey. »Hat er etwa mit Euch darüber geredet?«

Bloet nickte. »Er findet es merkwürdig, dass eine so große Lieferung vollständig verschwunden sein soll. Man muss es versteckt haben.«

»Warum hat Henry Euch das anvertraut?«, fragte Clarembald und sprach damit aus, was Geoffrey selbst gerne wissen wollte. Bloet wirkte nicht wie ein Mann, den Henry ins Vertrauen ziehen würde.

»Zufällig machte ich ihm gleich nach Alwolds Tod meine Aufwartung, und ich nehme an, diese Angelegenheit ging ihm gerade im Kopf herum. Die Sachsen haben mit Beschuldigungen um sich geworfen, seitdem sie in Westminster eingetroffen sind, und jeder kennt die Geschichte: Alwold begleitete die Barren von Lideforda in Devonshire und näherte sich gerade Bristol, als er erfuhr, dass Sendi Barcwit beim König anschwärzen wollte. Er ritt also voraus, weil er seinem Meister in dieser Bedrängnis zur Seite stehen wollte, und verließ sich darauf, dass das Silber die letzte Meile unbehelligt zurücklegen würde. Aber es kam nicht so.«

»Er ließ es unbewacht?«, fragte Roger. »Wie dumm von ihm!«

»Er ließ es in der Obhut dreier Krieger zurück«, berichtigte ihn Warelwast, der die Geschichte ebenfalls kannte. »Wie es heißt, wollte er zu der Ladung zurückkehren, sobald er sich vergewissert hatte, dass Barcwit ihn nicht brauchte. Aber Barcwit *brauchte* ihn: Alwold war der einzige Mann, dem er Maude während der Reise nach London anvertrauen wollte.«

»Was ist mit Rodbert und Tasso?«, fragte Geoffrey. Beide waren gute Schwertkämpfer und konnten sie gewiss besser beschützen als der schmierige Sachse.

Bloet zwinkerte ihm anzüglich zu. »Barcwit erachtete Rodbert als einen Teil der Gefahr, die Maude auf der Reise drohte. Ihr müsst bemerkt haben, wie er immer knurrt, wenn Maude Euch auch nur anblinzelt. Aber jetzt, wo Alwold tot ist, kann Maude sich jeden Mann nehmen, den sie will.«

Geoffrey runzelte die Stirn. »Wollt Ihr etwa behaupten, Rodbert hätte Alwold umgebracht, damit er Maude nachstellen kann? Dass Sendi gar nichts damit zu tun hatte und der Mord gar kein Versuch war, ihn in Verruf zu bringen?«

Bloet zuckte die Achseln. »Wer weiß? Diese Sachsen sind gerissen, und ich würde ihnen jedes Verbrechen zutrauen. Die Geschichte, die *ich* gehört habe, besagt, dass Rodbert die Gelegenheit ergriffen und Alwold aus dem Weg geräumt hat, weil jeder sogleich annehmen würde, dass Sendi es getan hat – aus Vergeltung für Fardin. Und Rodbert war bestimmt nicht traurig über Alwolds Tod. Er hat sich noch in derselben Nacht an Maude herangemacht.«

»Hat sie sich darauf eingelassen?«, fragte Geoffrey. Er hielt Mord für ein sehr extremes Mittel, um einer Frau habhaft zu werden.

»Sie empfing ihn eine Stunde nach Bischof Maurice«, stellte Bloet schlüpfrig fest.

»Das stimmt«, warf Durand ein. »Wir haben sie beide in der Nacht nach den zwei Sonnen *déshabillée* in einem stillen Winkel der Halle gesehen.« Er bemerkte Geoffreys Unwillen und rechtfertigte sich sogleich: »Ihr könnt mir nicht zornig sein, weil ich es nicht erwähnt habe. Immer wieder betont Ihr, dass Ihr eine Abneigung gegen derartigen Klatsch hegt. Außerdem habe ich es versucht, aber Ihr habt mich aufgefordert, meine ›weibischen Geschichten‹ für Bloet aufzusparen.«

Geoffrey erinnerte sich an diesen speziellen Wortwechsel. Durand hatte Recht. Er mochte den üblen Tratsch, wie er bei Hofe üblich war, tatsächlich nicht und hörte kaum zu, wenn Durand sich darüber verbreiten wollte. »Also hatte Alwolds Tod nichts mit Sendi zu tun, nichts mit dem verschwundenen Silber, aber allerhand mit Maude?«, fragte er.

»Möglicherweise«, sagte Bloet gedehnt. »Möglicherweise aber auch nicht. Wer weiß? Eines ist allerdings klar: Alwold hat für einigen Ärger gesorgt, als er im Sterben über Silber sprach.«

Geoffrey rieb sich das Kinn und befand, dass Bloets Interpretation der Geschehnisse einige Fragen offen ließ. »Warum schickte Barcwit nicht jemand anderen, um das Silber über die letzte Meile zu begleiten? Und was geschah mit den drei Wachen, die bei dem Transport zurückblieben?«

»Sendi *und* Tasso zufolge – und wenn sie beide darin übereinstimmen, dann muss es richtig sein – fand man sie tot und von Pfeilen durchbohrt«, antwortete Warelwast. »Das Silber war nirgendwo zu finden, obwohl jeder danach gesucht hat.«

»Was meinte Barcwit dazu?«, fragte Geoffrey. Angesichts von Barcwits Ruf war er überrascht, dass Alwold am Leben geblieben war – und erst recht, dass Barcwit ihm seine Gemahlin anvertraut hatte.

»Ich bezweifle, dass er sonderlich angetan war«, sagte Clarembald. »Aber er gab jedenfalls nicht Alwold die Schuld, ansonsten wäre der nicht lebend in Westminster angekommen. Trotzdem muss Alwold deswegen zutiefst besorgt gewesen sein. Deshalb sprach er auch mit seinen letzten Atemzügen über diese Dinge.

Geoffrey ließ sich Alwolds letzte Worte noch einmal durch den Kopf gehen – die, die nur er gehört hatte und nach welchen der König, Bloet, Warelwast und ein Priester die Mitwisser irgendeines Geheimnisses waren. Sowohl Bloet wie auch Warelwast schienen die Einzelheiten rund um den Raub sehr genau zu kennen, und er musterte sie abschätzend.

»Wisst Ihr sonst noch etwas über das verschwundene Silber?«, fragte er und versuchte dabei, ganz beiläufig zu klingen. Es gab schon zu viele Leute, die ihn an der Erfüllung seines Auftrags hindern wollten, und es wäre unklug von ihm, sich anmerken zu lassen, dass er mehr über das verschollene Gut wusste.

»Das ist alles, was wir wissen«, erwiderte Bloet und klang verbittert. »Alles, was man von Alwold und den übrigen Sachsen in Erfahrung bringen konnte. Das Übrige sind blanke Vermutungen.«

»Ihr habt mit Alwold gesprochen?«, fragte Geoffrey. Hatte Barcwits Verwalter das ›Geheimnis‹ etwa Bloet und Warelwast gestanden, nur weil die neugierig genug gewesen waren?

Sie nickten beide, und Bloet antwortete: »Natürlich habe ich mit Alwold gesprochen. Eine ungeheure Menge Silber wird nur eine Meile von ihrem Ziel entfernt gestohlen, und das im Zusammenhang mit Vorwürfen von Betrug und Verrat? Eine fesselnde Geschichte! Aber er erzählte mir nichts, was ich nicht schon vorher gewusst hätte. Er war sehr verschlossen.«

»Schuldgefühle«, führte Warelwast aus. »Darum war er so zugeknöpft.«

»Glaubt Ihr, dass Sendi es genommen hat?«, wollte Geoffrey wissen.

»Nein«, sagte Bloet und klang zutiefst überzeugt. »Ich denke, Gesetzlose haben es geraubt, und Alwold wäre gleichfalls ermordet worden, wenn er nicht vorausgeritten wäre. Es ist Zeitverschwendung, danach zu suchen.«

»Ich verstehe«, sagte Geoffrey, und plötzlich verstand er tatsächlich. »*Deshalb* begleitet Ihr uns auf dieser Reise. Ihr sollt das Silber für den König aufspüren! Das erklärt auch, warum Ihr so viel mehr über den Diebstahl wisst als jeder andere und warum Ihr allen Klatsch darüber gesammelt habt.«

Bloet blickte verschlagen. »Vielleicht ist das so, vielleicht aber auch nicht.«

»Damit will er sagen: ja«, erklärte Warelwast. »Er ist ganz genau deshalb hier. Der König hat ihm die Begnadigung für jedes Vergehen versprochen, wenn er es findet. Henry wollte Euch neben der Untersuchung nicht auch noch mit der Suche nach dem Silber belasten, also hat er stattdessen Bloet damit betraut.«

»Und das ist eine elende Zeitverschwendung«, stellte Bloet mürrisch fest und warf Warelwast wegen seiner Redseligkeit einen finsteren Blick zu. »Das Silber wird in Bristol nicht wieder auftauchen, ganz egal wie gründlich ich danach suche. Henry hat mir Unmögliches befohlen!«

»Und was ist mit Euch?«, fragte Geoffrey Warelwast. »Seid Ihr aus demselben Grund hier?«

»Nein«, erwiderte Warelwast. »Ich bin bloß ein treuer Gefolgsmann des Königs.«

Dabei sah er Bloet an, und Geoffrey glaubte, genau zu verstehen, was der designierte Bischof ihm damit sagen wollte: Bloet war durchtrieben und wankelmütig, und Warelwast sollte dafür sorgen, dass er nicht mit irgendwelchen Reichtümern das Weite suchte, falls er zufällig welche aufspürte. Geoffrey fragte sich, ob Warelwast wohl auch *ihn* im Auge behalten und dafür sorgen sollte, dass er unvoreingenommen ermittelte, obwohl die eigene Schwester in das Verbrechen verwickelt war.

Als sie an die Stelle zurückkehrten, wo die Sachsen auf sie warteten, opferten Tasso und Rodbert nicht einmal einen Blick, um festzustellen, ob Warelwast überlebt hatte. Adelise funkelte den unglücklichen Geistlichen nur böse an, weil er die Weiterreise verzögert hatte. Geoffrey befand, dass ihn diese Haltung einem normannischen Höfling gegenüber wohl nicht überraschen sollte, herzlos fand er sie trotzdem.

»Ihr habt mich gerettet«, sagte Warelwast, als sie wieder bei den Pferden waren. »Ihr hättet mich genauso gut ertrinken lassen können – die anderen hätten das getan –, aber Ihr habt mich gerettet, und das werde ich Euch nicht vergessen. Bloet hat Recht: Ich sollte Euch für Eure Freundlichkeit entlohnen. Nennt Euren Preis, und ich werde ihn bezahlen.«

»Ich will gar nichts«, sagte Geoffrey, auch wenn er eine sofortige Begnadigung für Joan und einen Platz auf einem schnellen Schiff nach Osten nicht abgelehnt hätte.

Warelwast lächelte. »Dann werdet Ihr stattdessen meine Freundschaft erhalten, die einiges mehr wert ist als Gold oder Güter. Wann immer Ihr mich braucht, Geoffrey, werde ich alles tun, was in meiner Macht steht, um Euch zu helfen.«

»Meine Güte«, raunte Geoffrey Roger zu, als Warelwast mit den Armen schlagend davonrannte und dabei die Knie weit hochzog, um wieder Wärme in seine steifgefrorenen Gliedmaßen zu pumpen. »Ich bin mir nicht sicher, ob ich die Freundschaft eines solchen Mannes haben will. Ich hätte lieber Gold verlangen sollen.«

»Das hättest du«, stimmte Roger zu. »Aber du hast geantwortet, bevor ich noch die angemessene Summe ausrechnen konnte. Wenn so was noch mal passiert, dann überlass das Reden mir.«

»Hoffen wir, dass es kein nächstes Mal geben wird«, sagte Geoffrey inbrünstig.

Bath lag wohlgeborgen in einer Biegung des Avon und hatte eine Stadtmauer und eine Abtei, dazu mehrere Kirchen, Gebäude mit heißen Quellen und übel riechende Straßen. Warelwast, der neben Geoffrey ritt, erklärte, dass die Mauern vor mehr als einem Jahrhundert von den Sachsen verstärkt worden waren, um die Überfälle brutaler Seeräuber aus dem Norden abzuwehren.

»Bath ist großartig«, fuhr er fort. »Die Quellen haben eine heilsame Wirkung, weswegen Bischof John auch lieber hier seinen Wohnsitz genommen hat als in Wells. Für einen Arzt sind derartige Quellen sehr nützlich. Clarembald allerdings meint, man fände darin auch nichts weiter als Wasser. Sie vertreten beide ihre Meinung sehr entschieden, und es ist schwer zu beurteilen, wer Recht hat.«

»Dann haltet Eure Hand in eine der Quellen und seht, was geschieht«, schlug Roger vor. Er deutete mit dem Kopf auf das Seilende, das Warelwast noch immer in der geballten Faust hielt. »Dann habt Ihr Eure Antwort.«

Geoffrey konnte sich für schöne Bauwerke begeistern und hatte auf seinen Reisen viele prachtvolle Beispiele gesehen. Die sächsische Baukunst war ihm noch nie sonderlich eindrucksvoll vorgekommen, doch in Bath war das anders. Die Abtei war aus goldfarbenen Steinen gefügt, sodass sie selbst im schwindenden Licht eines späten Novembernachmittags hell und freundlich wirkte. Mit den robusten Mauern und den runden Gewölbebögen erinnerte sie an Westminster, und sie verfügte über einen Satz wohlklingender Glocken, deren Läuten lieblich über die Wiesen hallte und die Mönche zum Gebet rief. Mit dem munter plaudernden Warelwast an seiner Seite stieß Geoffrey seinem Ross sacht die Fersen in die Flanken und ritt durch eines der drei Haupttore in die Stadt ein.

Die Straßen von Bath waren nach typisch sächsischem Gittermuster angelegt. Im Südosten der Stadt wurde bereits Land für den Bau einer neuen Abtei gerodet, und die schon angelegten Fundamente deuteten darauf hin, dass sie noch beeindruckender werden würde als der andere. Im Vergleich dazu waren die Gebäude über den heißen Quellen alt und baufällig, wenngleich sich die Leute dort versammelten, um in dem salzigen Heilwasser zu baden oder davon zu trinken. In einem konnte Geoffrey ein smaragdgrünes Becken ausmachen. Der Schwefelgeruch war überwältigend, aber immer noch nicht stark genug, um den Gestank nach Urin, faulendem Fleisch und fortgeworfenen Fischköpfen zu überdecken, der von der Straße aufstieg und den Reisenden die Tränen in die Augen trieb. Bath war eine überaus schmutzige Stadt.

»Mein bescheidenes Heim liegt nahe des Marktes«, verkündete John. »Und ihr seid alle eingeladen, meine Gastfreundschaft zu genießen – alle mit Ausnahme von Clarembald.«

»Ich würde mich auch nicht dazu herablassen, bei einem Mann zu verweilen, der seinen Kranken erzählt, dass dieses *Wasser* hier Heilkräfte besitzt«, gab Clarembald verächtlich zurück. »Das wäre mir unerträglich.«

»Aber es wäre erheblich billiger«, gab Roger zu bedenken, der es leid war, für seine Unterkunft zu bezahlen. »Wo ist das Haus? Ich brauche dringend einen Krug warmes Ale.«

Während Clarembald davonschritt, um sich ein Gasthaus zu suchen, führte John die Übrigen eine breite Straße entlang. Wagenräder, Hufe, Füße und Regenwasser hatten Erde und Unrat zu einem zähen Morast vermengt. Schließlich gelangten die Reisenden zu Johns Haus, einem beachtlichen Bauwerk mit Strohdach, das zwischen einem Badehaus und einer Kirche namens St. Mary de Stall gelegen war. Es war jedoch alles andere als »bescheiden«, sondern groß und behaglich und eines wohlhabenden Geistlichen würdig. Es wartete mit zwei Stockwerken auf, einem großen Kamin in der Mitte, der Wärme in sämtliche Räume trug, und hatte eine ganze Reihe von Nebengebäuden mit Ställen, Küchen, Lagerräumen und einem Zimmer, in dem John seine Patienten empfing.

Diener eilten herbei, um ihren Herrn zu begrüßen, und es dauerte nicht lange, bis man der Schar die nassen Mäntel, Hüte und die schlammverkrusteten Stiefel abgenommen und die Besucher in die Halle geführt hatte. Anfangs waren die Reisenden sehr erleichtert, dem Regen entkommen zu sein und vor einem warmen Feuer zu sitzen, und dachten an nichts anderes als daran, ihren Wein zu trinken. Aber während sie sich langsam erholten und neue Kräfte schöpften, wandten sie einander wieder mehr Aufmerksamkeit zu, und es dauerte nicht lange, bis ein Streit ausbrach. Diesmal war es Warelwast, der ihn lostrat, wenn auch ungewollt. Er hielt die Hand in die Luft, sodass alle das Seil sehen konnten, das seine Finger umklammert hielten.

»Heute habe ich die Hand Gottes gespürt«, verkündete er. »Dieser Winter ist eine Zeit der göttlichen Vorzeichen. Erst die zwei Sonnen und der furchtbare Sturm, der darauf folgte, und nun dieses hier.«

»Die beiden Sonnen erschienen, weil Gott zornig darüber war, dass Sendi Alwold ermordet hat«, stellte Tasso mit nüchtern klingender Stimme fest.

Sendi sprang auf. »Woher wollt Ihr wissen, dass sie nicht seine Zufriedenheit ausdrückten, weil Gerechtigkeit geübt wurde, als irgendwer dieses Messer in Alwolds Bauch stieß?«

»Ist das ein Geständnis?«, fragte Tasso. Geoffrey schaute dabei auf Rodbert. Trug er die Schuld an Alwolds Tod, wie Bloet angedeutet hatte? Und wenn ja, wusste Tasso davon? Dann sah Geoffrey zu Maude und stellte fest, dass sie ihn ihrerseits anschaute. Ihr Blick wanderte zur Tür, dann wieder zurück zu Geoffrey: eine unmissverständliche Einladung. Geoffrey ignorierte sie und schenkte sich lieber noch etwas Wein nach.

»Ich kann nichts gestehen, was ich nicht getan habe«, erwiderte Sendi kühl. Er zog den Dolch. »Aber ich werde gerne gegen Euch antreten, um meine Unschuld zu beweisen. Ich fordere Euch …«

»Nein«, rief Geoffrey. Unschuldig oder nicht, gegen Tasso hatte Sendi keine Aussicht auf Erfolg, und der Kampf würde unzweifelhaft mit seinem Tod enden.

»Was?« Aufgebracht wandte Sendi sich gegen Geoffrey. »Ihr, ein Speichellecker des Königs, wagt es, mir in meinem eigenen Haus vorzuschreiben, was ich zu tun und zu lassen habe?«

»Es ist Johns Haus«, erinnerte ihn Geoffrey. »Steckt Eure Waffe weg, bevor noch jemand verletzt wird. Tasso, setzt Euch.«

»Nein«, erwiderte Tasso wütend. »Ich nehme von niemandem Befehle entgegen.«

»Und was ist mit Barcwit?«, fragte Adelise gehässig. »Ihr habt Angst vor ihm. Ihr wisst, dass wir uns beim König zu Recht über seine Tyrannei beschwert haben, aber Ihr seid zu feige, um an unserer Seite zu stehen und für Gerechtigkeit einzutreten. Ihr gebt Euch als Mann von Ehre aus, aber ich habe mehr Stärke in meinem kleinen Finger als Ihr in Eurem Herzen. Ich habe den Mut, gegen Barcwit aufzustehen, und Ihr habt ihn nicht.«

Tasso war außer sich. »Aber ich will mich gar nicht gegen Barcwit stellen. Außerdem versetzt er nur die bösen Menschen in Angst, und deswegen habe ich nichts von ihm zu fürchten. Und wenn Ihr mich noch einmal einen Feigling nennt, dann werde ich ...« Stotternd brach er ab. Immerhin konnte er kaum eine Frau zum Zweikampf fordern.

»Dann werdet Ihr was?«, verspottete sie ihn. »Beleidigt zu Barcwit rennen und Euch ausheulen?«

»Barcwit wird keine Zeit für ihn haben. Es gibt zu viele andere Dinge, mit denen er sich befassen muss«, warf Lifwine ein, der gerade sorgsam seine Schuhe mit dem hohen Absatz vor dem Feuer trocknete. »Er wird wissen wollen, warum Rodbert ihm Hörner aufgesetzt hat und warum Tasso den König nicht bestochen hat, damit der die Anklage gegen ihn fallen lässt.«

Tasso funkelte ihn wütend an. »Rodbert würde nie mit ...«

»Und genauso wenig haben wir Bestechung nötig«, fiel Rodbert ihm hastig ins Wort, bevor dieses heikle Thema noch weiter vertieft wurde. »Auch wenn *Ihr* das vielleicht versucht habt.«

»Warum sollten wir?«, fragte Sendi abschätzig. Seine Wut war so rasch verraucht, wie sie aufgeflammt war, und der Dolch steckte schon wieder in der Scheide. »Wir haben überzeugende Beweise.«

»Warum hat der König dann noch eine Untersuchung befohlen?«, fragte Rodbert. »Warum hat er nicht gleich in Westminster ein Urteil gesprochen? Doch nur, weil er weder Euch noch Euren ›Beweisen‹ vertraut.«

»Es liegt daran, dass Geoffrey sich als Schnüffler angeboten hat«, schimpfte Adelise. »Seine Schwester gehört auch zu den Geldgebern, und darum ist es zu seinem Nutzen, die Wahrheit zu verdrehen. Was glaubt Ihr wohl, warum der König unsere Anklage nicht anhören wollte, bevor Geoffrey eintraf? Nur deshalb, weil Geoffrey ihn fürs Warten bestochen hat!«

Bei dieser Vorstellung lachte Maude laut auf. »Ihr müsst nur einen Blick auf ihn werfen, um zu wissen, dass er gar nicht das Vermögen hat, um einen König zu bestechen.«

»Das ist allerdings richtig«, pflichtete John ihr bei. »Ein Nachmittag in einem von meinen Bädern würde ihm gut anstehen.«

»Außerdem hat er keinen wirklichen Einfluss«, fuhr Maude fort, während Geoffrey noch in sprachloser Verblüffung auf John starrte. »Bischof Giffard wird alle wichtigen Entscheidungen treffen. Geoffrey ist ohne Bedeutung.«

»Da bin ich mir nicht so sicher«, wandte Sendi gehässig ein. »Er ist Henrys …«

»Musik«, forderte Roger lautstark. »Ich möchte gern Musik hören. Habt Ihr irgendwelche Musikanten, Eminenz?«

John klatschte bereitwillig in die Hände, und Augenblicke später kamen Dienstboten mit Saiteninstrumenten, Hörnern und einer Trommel. Zumindest die Hörner waren laut genug, um jede weitere Unterhaltung schwierig zu machen, und Roger gab Geoffrey zwinkernd zu verstehen, dass seine List den Streit erfolgreich beendet hatte. Aber auch wenn Roger mit den Füßen schlug und eifrig mit dem Kopf nickte, mehr oder minder im Takt der Musik, konnte das doch nicht darüber hinwegtäuschen, dass die Musikanten bestenfalls mittelmäßig waren. Geoffrey hatte keine Lust, ihnen den Rest des Abends zuzuhören. Er verließ also den Raum, um sich einen stillen Winkel zu suchen, wo er ein Buch lesen konnte, das Warelwast ihm geliehen hatte.

Es war anregend und enthielt einen Ausschnitt aus Aristoteles' *De Caelo,* den Geoffrey noch nicht kannte. Er lag auf einer Strohmatratze in einem Raum im Obergeschoss und versuchte, im schwindenden Tageslicht die Wörter zu entziffern. Der Philosoph schrieb über die Beständigkeit der Himmel und seinen Glauben, dass sie sich im Laufe der Zeit nicht veränderten – und auch nicht verändern konnten. Das erinnerte ihn an die zwei Sonnen und den Umstand, dass er anscheinend der Einzige war, der diese Erscheinung als natürlich ansehen konnte.

»Ihr schaut ins Leere«, sprach eine leise Stimme, die ihn zusammenzucken ließ. Es war Maude.

»Man kann kaum noch etwas erkennen«, stellte Geoffrey fest. Er schloss das Buch und erhob sich zum Gehen. Er wollte nicht, dass Rodbert ihn hier allein mit der Frau fand, für die er möglicherweise bereits einen Mord begangen hatte. Aber sie hatte die Tür hinter sich abgeschlossen und näherte sich ihm mit einem entschlossenen Ausdruck im Gesicht. Allerdings hörte Geoffrey auch Rodbert und Tasso im Raum unter ihnen reden, und vermutlich bestand im Augenblick keine Gefahr.

»Keine Sorge«, sagte sie schalkhaft. »Keiner kann hereinkommen. Außerdem könnt Ihr aus dem Fenster springen, wenn uns jemand stört. Es ist nicht so hoch.«

Geoffrey hatte nicht vor, sich vor irgendjemandem zu verstecken, aber Rodbert und Tasso schienen es sich unten im Saal bequem gemacht zu haben. Unter diesen Umständen wirkte es unhöflich, Maude zurückzuweisen. Sie würde wohl kaum ihrem Ehemann gegenüber mit ihrer Untreue prahlen, und das Zimmer hier lag ruhig und abgeschieden.

Sie lächelte ihn an und legte den Schleier ab. Darunter kam eine Fülle schimmernden Haares zum Vorschein, das ihr beinahe bis zur Hüfte reichte. Dann ließ sie ihr Kleid herabgleiten und entblößte üppige Rundungen, die sich deutlich unter dem hauchdünnen Untergewand abzeichneten.

Nachdem sie ihre Leidenschaft erschöpft hatten, lagen sie noch beieinander und liebkosten sich im Schein einer einsamen Kerze, bis

Maude endlich zu dem Schluss kam, dass sie ihr Glück allzu sehr herausforderten und die anderen bald zum Schlafen heraufkommen mochten. Sie rückte von Geoffrey ab und zog sich wieder an, mit einer Geschwindigkeit, die nahe legte, dass sie große Übung darin besaß, sich rasch an- und auszuziehen.

»Seht Ihr«, raunte sie ihm zu. Das waren seit über einer Stunde die ersten Worte zwischen ihnen. Beide waren sie zu nüchtern gesinnt, um ihre Zeit an hohle Koseworte zu verschwenden. »Ihr hättet nicht so lange zögern sollen. Wir hätten uns schon während vieler langer Nächte Vergnügen bereiten können.«

»Nicht solange Rodbert dabei war.« Geoffrey lehnte sich zurück und sah ihr beim Ankleiden zu.

Sie lächelte. »Rodbert ist ein Schatz. Aber er weiß genau, dass ich dann und wann ein kleines Abenteuer brauche. Jetzt kann ich auch einen *Jerosolimitanus* zu meinen Eroberungen zählen.«

»Eroberungen?«, fragte Geoffrey, gleichermaßen erschrocken wie belustigt.

»Nun, ja. Es war ja wohl kaum andersherum. Wäre es Euch überlassen geblieben, hätten wir unsere Freundschaft nie auf diesen neuen Stand erhoben.«

»Sind wir denn Freunde?« Geoffrey hegte da Zweifel.

Maude lachte, rau und leise, und kam auf ihn zu. Sie beugte sich so dicht über ihn, dass er den Geruch ihres Körpers wahrnahm. Dann stieß ihre Hand blitzschnell vor, und er sah im Kerzenlicht Metall funkeln.

Maude war nicht schnell genug, um Geoffrey zu übertölpeln. Er packte ihr Handgelenk, lange bevor der Dolch in die Nähe seiner Brust gelangte. Es war eine kleine Waffe, aber scharf, und sie klirrte nur leise, als sie von ihren Fingern auf den Boden fiel.

»Nun, das ist eine Antwort«, stellte er trocken fest. Er stieß die Frau von sich und sprang von der Matratze, um seine Rüstung anzulegen. »Wir sind keine Freunde.«

»Ihr könnt mir den Versuch nicht vorwerfen«, behauptete sie und wirkte nicht im Geringsten verlegen. »Alle anderen hatten schon ihre

Gelegenheit. Allerdings habe ich mir nicht allzu viel Mühe gegeben, ansonsten wäret Ihr nicht mehr am Leben.«

»Meint Ihr wirklich?«

»Ich hätte Euch jederzeit töten können«, strich sie wie selbstverständlich heraus. »Ich hatte den Dolch die ganze Zeit griffbereit, aber wir beide haben so viel Spaß miteinander gehabt, dass es eine Schande gewesen wäre, es vorzeitig zu beenden.«

»Ihr habt also nur so lange darauf verzichtet, mich zu erstechen, wie ich Euch zu Willen war?«

Sie grinste. »Ich bin eine praktisch veranlagte Frau. Ich hoffe, dieses Missverständnis wird künftigen Treffen nicht im Wege stehen?«

»Das bleibt abzuwarten«, antwortete Geoffrey. Wenn Maude annahm, dass er über einen Mordversuch hinwegsah, machte sie sich etwas vor. Manche Männer mochten durch einen solchen Nervenkitzel erst so richtig angestachelt werden, aber das war bei Geoffrey nicht der Fall. In diesem Augenblick bemerkte er, wie der Türgriff sich bewegte. Rasch legte er einen Finger auf die Lippen. Ihm wurde bewusst, dass die Stimmen in der Halle verstummt waren.

»Verflucht«, flüsterte sie. »Die Musikanten spielen noch. Ich habe nicht geglaubt, dass Rodbert heraufkommt, solange sie auftreten. Ihr verschwindet besser durchs Fenster, bevor er Euch hier erwischt.«

»Die Tür ist verschlossen. Er kann nicht herein, solange Ihr ihn nicht einlasst.«

»Ihr kennt ihn nicht«, raunte sie Geoffrey zu. »Seine Eifersucht ist grenzenlos. Er bliebe notfalls die ganze Nacht draußen sitzen, wenn er mich dadurch mit einem Liebhaber erwischen kann.«

Geoffrey wies mit der Hand auf die Matratze. »Nun, ich wüsste eine Möglichkeit, wie wir uns währenddessen die Zeit vertreiben können.«

»Ihr versteht mich falsch«, erwiderte sie scharf. »Rodbert bedeutet mir etwas, und ich will ihn nicht verletzen. Springt aus dem Fenster, damit ich ihm erzählen kann, dass ich die ganze Zeit allein hier im Zimmer war.«

»Nein«, entgegnete Geoffrey ihr wenig galant. »*Ihr* könnt aus dem

Fenster springen, und ich erzähle ihm, dass *ich* hier alleine war. Ihr seid diejenige, die ihm aus dem Weg gehen will.«

Sie seufzte aufgebracht, trat aber an das Fenster und blickte nach draußen. »Wie ich sehe, habt Ihr dieses Seil bei Euch, mit dem Ihr heute Nachmittag Warelwast gerettet habt. Ihr könntet mich damit hinunterlassen. Ihr seid doch hoffentlich nicht so kleinlich und lasst mich fallen, um Euch für die Sache mit dem Dolch zu rächen?«

»Möglicherweise nicht«, antwortete er und bemerkte zufrieden die Unsicherheit in ihrem Blick. »Nun beeilt Euch, sonst wird er Verdacht schöpfen, ganz egal wen er hier drinnen vorfindet.«

Jemand rüttelte an der Tür und pochte dann dagegen. »Bist du dort drin?«, hörte man Rodberts Stimme. »Maude?«

Sie band sich das Seil um die Taille und schlüpfte durch die Fensteröffnung. Kurz hielt sie noch mal inne und drückte einen Kuss auf Geoffreys Lippen. Bis zum Boden war es nicht weit, und im Nu hatte sie sich abgeseilt. Er warf ihr den Strick hinterher und ging zur Tür, wo das Klopfen energischer wurde. Als Geoffrey öffnete, schoss Rodbert in den Raum wie mit dem Bogen abgeschossen. Wild blickte er um sich.

»Was habt Ihr getrieben?«, verlangte er zu wissen. »Wo ist sie?«

»Wie Ihr sehen könnt«, entgegnete Geoffrey und deutete in den leeren Raum, »bin ich allein.«

»Und warum habt Ihr dann so lange gebraucht, bis Ihr an der Tür wart?«, fragte Rodbert misstrauisch.

»Ich habe mich gewaschen«, antwortete Geoffrey. Es war das Erste, was ihm gerade einfiel.

Rodbert musterte ihn von oben bis unten. »Dann habt Ihr Euch aber nicht besonders viel Mühe gegeben. Es sei denn, Ihr habt Euch auf die Körperteile beschränkt, die man nicht sehen kann. Die meisten Leute halten es umgekehrt.«

»Rodbert«, sagte Maude hinter ihm, atemlos und ein wenig zerzaust. »Ich suche dich schon überall. Wo warst du denn?«

Rodbert zuckte erschrocken zusammen, und Geoffrey war beeindruckt von ihrer Schnelligkeit. Es war ein gutes Stück durch den

Garten und bis zur Vorderseite des Hauses, dann über den Flur und die Treppe hoch.

»Da bist du«, stellte Rodbert erleichtert fest. »Ich dachte, Geoffrey hätte dich gegen deinen Willen hier festgehalten. Ich wollte dich retten!«

»Das würde er nicht wagen«, sagte Maude. »Aber lass uns zu Bett gehen. Ich bin müde, und morgen haben wir noch einen langen Weg vor uns.«

»Unglücklicherweise nicht«, erwiderte Rodbert. »Deshalb habe ich nach dir gesucht. Clarembald kam gerade vorbei und hat uns berichtet, dass der Avon bei Sanford über die Ufer getreten ist. Die Straße ist blockiert, bis das Wasser wieder abgelaufen ist. Es hat in letzter Zeit zu viel geregnet.«

»Verflucht!«, rief Maude und sprach damit Geoffreys Gedanken aus. »Ich dachte, wir wären morgen zuhause.«

»Das haben wir alle gedacht«, sagte Rodbert. »Aber John hat uns seine Gastfreundschaft angeboten, solange wir ihrer bedürfen. Er will uns begleiten, sobald wir abreisen – er will in Bristol einkaufen und bei Barcwit Geld anlegen.« Rodbert schaute herausfordernd zu Geoffrey. »Und das würde er kaum unter den Augen eines königlichen Ermittlers tun, wenn irgendetwas daran nicht mit rechten Dingen zuginge, nicht wahr?«

Geoffrey machte sich nicht die Mühe, darauf hinzuweisen, dass der Bischof von Bath durchaus in aller Öffentlichkeit ein ehrliches Geschäft abwickeln konnte, um von jenen abzulenken, die im Hintergrund und weniger rechtschaffen abliefen. Maude fasste Rodbert beim Arm und führte ihn in ein anderes Zimmer. Unterwegs flüsterte sie in sein Ohr, und an seinem Gesichtsausdruck konnte man ablesen, dass sie ihm Versprechungen für die Nacht machte. Geoffrey bewunderte ihre Ausdauer.

Er legte sich wieder auf die Matratze und versuchte, im unruhigen Licht der Kerze den Aristoteles weiterzulesen. Wenige Augenblicke darauf traf Durand ein und ließ ihn wissen, dass er noch blind würde, wenn er weiterhin im Dunkeln läse. Der Knappe behauptete, dass er gleich mehrere Mönche kannte, denen es so ergangen war. Dann setzte er sich ans Fußende des Lagers und zog die Stiefel aus.

»Bloet hat sich aufgemacht, um den Fluss selbst in Augenschein zu nehmen«, plapperte er dabei. »Er traut Clarembalds Gewährsleuten nicht, die die Straße als unpassierbar beschrieben haben. Er ist noch nicht zurückgekommen, und ich bin zu müde, um noch länger auf ihn zu warten.«

»Und du machst dir keine Sorgen um ihn?«, fragte Geoffrey. Er war überrascht, dass die Zuneigung seines Knappen für seinen neuen Liebhaber so oberflächlich war. »Es ist schon dunkel, und er ist auf einer unbekannten Strecke unterwegs.«

»Sendi, Tasso und noch ein paar andere sind bei ihm«, erwiderte Durand. »Zusammen sind sie einigermaßen sicher. Nur ein äußerst dummer Räuber würde sich mit diesem streitlustigen Haufen anlegen. Aber ich bin überrascht, dass Ihr überhaupt nichts davon mitbekommen habt. Was habt Ihr denn den ganzen Abend gemacht?«

Geoffrey winkte mit dem Aristoteles und sprach dann von etwas anderem, als Durand mit bedeutungsvoll gerunzelter Stirn das zerwühlte Bett betrachtete. »Ich habe heute erfahren, dass der König Bloet beauftragt hat, das verschwundene Silber wiederzufinden. Hat er das dir gegenüber erwähnt?«

Durands Gesicht nahm einen nachdenklichen Ausdruck an. »Ich habe mich schon gewundert, warum er immer wieder davon anfängt. Seitdem wir Westminster verlassen haben, hat er jeden der Sachsen danach gefragt – sowohl Sendis Leute wie auch Barcwits. Zu Anfang der Reise war er guter Dinge, aber seither wurde er immer niedergeschlagener. Ich hatte angenommen, es läge daran, dass er nach unserer baldigen Ankunft in Bristol nicht mehr so viel Zeit mit mir verbringen kann. Nun sehe ich, dass es auch noch einen anderen Grund für seinen Trübsinn geben könnte.«

»Wie kommst du darauf? In Bristol hat Bloet doch viel bessere Aussichten, das Silber aufzuspüren. Er sollte begierig darauf sein, die Suche richtig anzufangen.«

»Aber genau darin besteht ja sein Problem: Er *weiß* nicht, wo er anfangen soll! Die vielversprechendsten Zeugen hat er bereits befragt, weil sie alle mit uns unterwegs sind. Aber er hat nichts herausgefunden, was ihn zu dem Silber führen könnte – nur eine Menge Gerüchte und Mutmaßungen. Ich habe außerdem gehört, wie er Warelwast gegenüber erwähnte, dass es seiner Einschätzung nach gar nicht mehr in England ist.«

»Und wie kommt er darauf?«

»Bristol ist eine Hafenstadt mit Verbindungen nach Irland. Er glaubt, dass jeder kluge Dieb seine Beute auf ein Schiff geladen und außer Landes geschafft hätte.«

»Und du?«, fragte Geoffrey. So wenig er von dem unerfreulichen Charakter seines Knappen hielt, legte er doch Wert auf dessen Meinung, wenn es um Dinge wie verschwundene Schätze ging. »Was glaubst du?«

Durand zuckte die Achseln. »Das kann ich nicht sagen«, erwiderte er ungefällig.

»Doch, das kannst du«, antwortete Geoffrey. »Wenn du keine Pferdeställe ausmisten willst, bis wir wieder zurück im Heiligen Land sind.«

Durand warf ihm einen bösen Blick zu. »Ich habe noch gar nichts Bestimmtes gedacht, wenn Ihr es unbedingt wissen müsst. Man weiß einfach nicht genug, als dass *irgendwer* auch nur eine vorsichtige Vermutung äußern könnte. Ich an Bloets Stelle wäre ebenfalls besorgt. Seiner Karriere bei Hofe droht ein ernsthafter Rückschlag, denn ich glaube nicht, dass er – oder irgendwer sonst – dieses Rätsel lösen kann.«

Vermutlich sprach Durand die Wahrheit, auch wenn man das bei ihm nie so genau wusste. Eine Weile schwiegen sie beide, und Geoffrey war dankbar, dass der König ihm die Suche nach den Barren erspart hatte. Das vollständige Verschwinden der Lieferung deutete auf eine sehr tüchtige Diebesbande hin, und Geoffrey hielt Bloets Pessimismus für durchaus gerechtfertigt: Es mochte gut sein, dass das Silber bereits mit dem ersten verfügbaren Schiff aus England fortgeschafft worden war.

Durand bürstete sich den Schlamm von Mantel und Stiefeln, dann tat er dasselbe für Geoffrey, auch wenn alle Pflege der Welt nicht darüber hinwegtäuschen konnte, dass die Sachen des Ritters schon bessere Tage gesehen hatten. Unterdessen berichtete er, dass Warelwast das Seilende noch immer nicht loslassen konnte, obwohl er die betroffene Hand bereits drei Mal in Bischof Johns heiligstes Wasser getaucht hatte. Derzeit wurde gerade Clarembalds Salbe aus Schlangenaugen aufgetragen und sollte bis zum Morgen ihre Wirkung zeigen – zumindest erwartete das jeder außer John.

Geoffrey lag mit hinter dem Kopf verschränkten Armen da und dachte über Maude nach. Er hatte ihren Angriff mit Leichtigkeit abgewehrt. War es also nur ein halbherziger Versuch gewesen, wie sie behauptete, und mehr aus Pflichtbewusstsein unternommen? Oder war sie einfach nicht sonderlich gut darin, ihre Liebhaber zu erstechen? Geoffrey fand keine Antwort auf diese Frage, so oft er den Vorfall in Gedanken durchging.

## 6. Kapitel

Als Warelwast am folgenden Tag erwachte, lag das Seil neben seinem Bett auf dem Boden. Gleich gab es dazu unterschiedliche Meinungen: Clarembald, der an diesem Morgen uneingeladen aufgetaucht war, behauptete, sein Heilmittel habe die steifen Muskeln gelöst. John hingegen bestand darauf, dass sein heiliges Wasser gewirkt hätte. Durand hielt es für göttliches Eingreifen, und Geoffrey glaubte einfach an die entspannende Wirkung des Schlafes. Es überraschte niemanden, als der künftige Bischof sich für die religiöse Erklärung entschied. Unter vielen Gebeten nahm er das Seilende auf und knotete es so, dass er es sich um den Hals hängen konnte. Er schwor, das Seil so lange zu tragen, bis Gott ihm etwas anderes befahl.

»Es ähnelt einer Puppe«, befand Durand. »An zwei Stellen ist es ausgefranst, wodurch es Arme bekommt, und der Knoten sieht aus wie ein Kopf. Das Ende darunter weitet sich wie ein Rock.«

»Nein«, hauchte Warelwast, als er es genauer untersuchte. »Es gleicht eher einem Mönch in seiner Kutte! Gott sagt mir, dass es an der Zeit ist, meinen weltlichen Putz hinter mir zu lassen und mein Leben Ihm zu weihen.«

»Da ist auch ein Gesicht an diesem Kopf«, stellte John fest. »Die beiden Verunreinigungen hier sind Augen, das ist eine Nase und diese Linie ein Mund. Der Knappe hat Recht: Es *sieht* aus wie eine Puppe.«

»Aber gebt sie bloß keinem Kind«, merkte Geoffrey belustigt an, mit einem Blick auf die verzerrten und ziemlich bösartig wirkenden Gesichtszüge. »Das würde davon Albträume bekommen.«

»Ihr täuscht euch alle«, sagte Clarembald überheblich. »Es sieht genau nach dem aus, was es ist: ein Stück ausgefranstes Seil. *Ich* kann keinerlei menschliche Züge daran erkennen.«

»Das überrascht mich nicht«, erwiderte John. »Ihr könnt ja auch nicht das eine Ende des Patienten vom anderen unterscheiden.«

Bloet und die Münzer schliefen, bis sie von dem Streit geweckt wurden, der auf diese Worte folgte. Dann kamen sie hinunter in die Halle zu einem späten Frühstück. Sie waren am vergangenen Abend erst weit nach der neunten Stunde zurückgekehrt, nass von dem Ausflug an den angeschwollenen Fluss. Sie berichteten, dass das Wasser sich langsam zurückzog und die Straße am nächsten Tag begehbar sein sollte, wenn keine weiteren ergiebigen Regenfälle folgten.

»Der schlimmste Regen ist vorbei, so sagt man«, meinte Clarembald. Er bediente sich am Ale und kümmerte sich nicht darum, dass John ihn schon drei Mal aufgefordert hatte, sein Haus zu verlassen. »Und wenn Ihr auf mich gehört hättet, hättet Ihr Euch diese unangenehme Wanderung ersparen können.«

»Wir mussten uns selbst überzeugen«, sagte Tasso. »Barcwit wäre nicht sehr erfreut, wenn wir hier die Zeit vertun, obwohl wir reisen können. Jetzt wissen wir mit Sicherheit, dass die Verzögerung unvermeidlich ist.«

»Und wir wollen ja den armen, sanftmütigen Barcwit nicht in Aufregung versetzen, nicht wahr?«, fragte Adelise höhnisch.

»Nein«, entgegnete Rodbert schroff. »Das wäre unhöflich, und Barcwit hält nicht viel von Unhöflichkeit.«

»Mir kommt es so vor, als hätte Barcwit an vielem etwas auszusetzen«, flüsterte Geoffrey Maude zu, die sich neben ihn gesetzt hatte. »Ich nehme mal an, es würde ihm auch nicht gefallen, wenn seine Ehefrau sich mit seinem Stellvertreter vergnügt.«

»Das würde ihn nicht annähernd so stören wie mein Stelldichein mit einem königlichen Spitzel«, beschied sie ihm knapp. »Wenn Ihr ihm also von Rodbert erzählt, behaupte ich, Ihr hättet mich verführt.«

»Würde er Euch das glauben?« Geoffrey sah den Zweifel in ihrem Gesicht aufflackern. »Macht Euch keine Sorgen. Ich pflege Ehemännern gegenüber nicht damit zu prahlen, dass ich ihren Frauen beigelegen habe. Ihr solltet allerdings Rodbert ein wenig Selbstbeherrschung beibringen. Er schaut Euch sehr besitzergreifend an. Barcwit müsste blind sein, um die Bedeutung eines solchen Ausdrucks nicht zu erkennen.«

Sie seufzte, hörte aber auf den Rat und sprach mit Rodbert. Die anderen debattierten darüber, wie sie den freien Tag verbringen sollten. Roger, Helbye und Ulfrith wollten unbedingt die Wirtshäuser erproben, während John anbot, jedem, der sich dafür erwärmen konnte, die besten Läden von Bath zu zeigen. Bloet, der niedergeschlagen und lustlos war, nahm das Angebot an, und Durand begleitete ihn. Warelwast wollte in die Abtei und beten, um für seine Rettung vor dem Ertrinken zu danken. Aber die Sachsen lehnten ihre Teilnahme an den vorgeschlagenen Ablenkungen ab, und in einem letzten Versuch, sie zumindest für einen Teil des Tages vom Streiten abzuhalten, schlug der Bischof einen Besuch in seiner Münzstätte vor.

»Sie wird von Meister Osmaer geführt«, erklärte er. »Er ist für mich tätig, seit …«

»Ich gehe mit«, fiel Sendi ihm ins Wort. Ein entschlossener Glanz lag in seinen Augen. »Osmaer ist ein guter Freund, und er wird bei jeder Verhandlung, die Bischof Giffard ansetzen könnte, für mich sprechen.«

»Osmaer ist *Barcwits* Freund«, widersprach Rodbert. »Ich werde nicht zulassen, dass Ihr allein mit ihm redet und Eure üblen Verleumdungen weiterverbreitet. Er wird für uns aussagen, nicht für Euch.«

So nahm eine weitere Auseinandersetzung ihren Anfang, und bald hatten alle Sachsen beschlossen, bei dem unglückseligen Münzmeister von Bath einzufallen.

»Was, Ihr *alle*?«, fragte Geoffrey erschrocken. »Wird den armen Mann eine so große Abordnung nicht stören?«

»Er wird nichts dagegen einwenden«, stellte Sendi kurzerhand fest. »Zumindest nicht gegen mich.«

»Bleibt nicht so lange«, sagte John, bevor Rodbert noch einen Streit darüber anfangen konnte, wer wohl willkommener wäre. »Ich will nicht, dass meine Gewinne geschmälert werden, weil ihr Osmaer von der Arbeit ablenkt.«

Geoffrey schloss sich den Münzern an. Er hatte den Tag über nichts anderes vor und hielt es für eine gute Gelegenheit, sich von unabhängiger Seite über die Herstellung von Münzen unterrichten zu lassen. Die Sachsen zankten noch, als sie bei der Münzstätte ankamen, und sie hörten nicht damit auf, bis Lifwine mit lautem Rufen Osmaer die Gäste ankündigte.

Osmaer war ein großer Mann mit langen dunklen Haaren. Für einen so verantwortungsvollen Posten schien er recht jung zu sein. Sobald er aber das Wort ergriff, wurde deutlich, dass er ein kluger und vertrauenswürdiger Mann war – was auch erklärte, warum sowohl Sendi als auch Rodbert seine Unterstützung wollten. Er war allerdings zu klug, um Partei zu ergreifen, und wich geschickt den Versuchen aus, ihn in die Enge zu treiben und zu einer Entscheidung zu zwingen.

Geoffrey war noch nie in einer Münzprägestätte gewesen – neugierige Besucher wurden abgewiesen, weil dort überall viel Geld lag, aber Osmaer erklärte sich bereit, alles zu zeigen. Er führte sie in die große, gemauerte Werkstatt, wo es sehr laut zuging, und beschrieb sein Handwerk, während die anderen drängelten und schubsten, um in seiner Nähe zu stehen. Sendi war begierig, zu zeigen, dass er mehr wusste als Osmaer, um dessen Anerkennung zu gewinnen, während Maude in dieser Hinsicht ihre eigenen Methoden erprobte.

»Als Erstes nehmen wir einen Barren, schmelzen ihn und schütten die Schmelze in Formen«, sagte Osmaer. »Wenn sie abgekühlt sind, klopfen wir das Silber – das nun in kleinen Scheiben vorliegt – aus den Gussformen heraus und hämmern es gleichmäßig flach.«

»Ihr habt schöne Barren«, sagte Maude und stand dichter bei dem Münzer, als schicklich oder notwendig war. Rodbert stand kurz vor einem Wutausbruch, und Adelise schnaubte abschätzig. »Das Silber muss überaus rein sein.«

»*Silber*«, sagte Lifwine vielsagend zu Geoffrey. »Kein Gold.«

»Ja«, antwortete Geoffrey, der sich fragte, ob der Mann ihn wohl für dumm hielt. »Der Silberpenny ist die einzige Münze, die in England in Umlauf ist. Fremde Münzen – gleich aus welchem Metall – werden eingeschmolzen oder neu geprägt.«

Rodbert tat gelangweilt. »Lifwine hält sich für etwas Besseres, weil seine Vorfahren zu Zeiten König Aethelreds Münzen gefertigt haben.«

»Aus *Gold*«, ergänzte Lifwine, sichtlich stolz. »Mein Vorfahr Wulfric von Warwick war berühmt für seine goldenen Pennys.«

»Unsinn!«, sagte Tasso. »Das wäre ja Verschwendung. Silber ist das einzige Metall, das für Münzen angemessen ist.«

Sendi trat auf ihn zu. »Zieht Ihr etwa das Wort meines *Wardein* in Zweifel?«

»Der Mann ist ein Lügner«, erwiderte Tasso ungerührt. »Er lügt über seine Vorfahren, genauso wie er über den Ausschuss lügt, den Ihr als Pennys zu bezeichnen wagt.«

Sendis Dolch fuhr aus der Scheide. »Ihr unflätiger Schurke! Ich werde ...«

»Ihr werdet gegen mich kämpfen?«, fragte Tasso, das Schwert in der Hand. »Dann tut es! Ich bin es müde, Beschimpfungen zu tauschen, also lasst uns das mit Blut entscheiden.«

»Nein«, sagte Geoffrey. Er trat zwischen sie und stieß mit der Hand Sendis Dolch beiseite. Er war nicht so dumm, dasselbe bei Tassos Schwert zu versuchen, denn er spürte genau, dass der Ritter dicht davorstand, die Beherrschung zu verlieren.

»Nein?«, fragte Tasso gefährlich leise. »Nein wozu?«

»Nein zum Kampf in einem Haus, wo Ihr Gast seid«, sagte Geoffrey und wies auf Osmaer, der besorgt zusah. »Es wäre unhöflich, in seiner sauberen Werkstatt Blut zu vergießen.«

»Sehr unhöflich«, stimmte Osmaer hastig zu. »Vor allem, wenn es nur darum geht, ob irgendein längst verstorbener König Goldmünzen ausgegeben hat oder nicht. Das ist ohne Bedeutung – gleichgültig, wessen Vorfahren sie gemacht haben –, denn heutzutage verwenden wir nur noch Silber.«

»Woher kommt das Silber?«, fragte Geoffrey und hoffte, das Gespräch in eine Richtung zu lenken, bei der sich die Gemüter abkühlen konnten. Tasso hatte sein Schwert noch in der Hand, hielt es aber gesenkt, während Sendis Dolch schon wieder in der Scheide steckte. Sendi war wie ein Kampfhahn, fand Geoffrey. Sein Zorn war schnell entfacht, aber ebenso schnell wieder verschwunden. Tasso war eher nachtragend und würde in einer Stunde noch wütend sein.

»Meines kommt aus Lideforda in Devon«, erklärte Osmaer. Er verstand Geoffreys Absicht und unterstützte ihn so gut wie möglich, indem er hastig mit seinem Vortrag fortfuhr. Dabei verfolgte er besorgt, wie Tasso tief Luft holte, um sich wieder zu beruhigen, und schließlich die Waffe fortsteckte. »Lideforda wird auch von Sewine von Exeter bevorzugt, der besonders gute Münzen fertigt. Wir alle bewundern ihn.«

»Das tun wir«, stimmte Maude mit einem zweideutigen Lächeln zu. »Was für ein Mann!«

»Mein Silber kommt ebenfalls aus Lideforda«, sagte Sendi. Er lächelte Osmaer an und versuchte, erpicht auf dessen Unterstützung, sein schlechtes Benehmen wiedergutzumachen. »Und auch *ein Teil* von Barcwits.«

»Wir beziehen unseres aus verschiedenen Minen«, erklärte Maude und ließ sich nicht provozieren. »Man weiß nie, wann der Abbau in einen Engpass gerät – oder erschöpft ist. Da ist es gut, mehr als einen Lieferanten zu haben.«

»Aber unterschiedliche Quellen führen zu ungleichmäßiger Qualität«, wandte Sendi sogleich ein. »Und …«

»Bitte!«, unterbrach ihn Geoffrey, der ständigen Sticheleien müde. »Ich will gerne hören, was Osmaer zu sagen hat, und das kann ich nicht, wenn Ihr über jede Einzelheit streitet.«

»Womöglich kann Sendi Eure Fragen beantworten, während Osmaer und ich einen Becher Wein zu uns nehmen«, schlug Maude vor. Sie warf dem Mann einen verheißungsvollen Blick zu. »Ich bin sehr durstig.«

»Ich trinke keinen Wein während der Arbeit«, erwiderte Osmaer nervös. »Aber meine Frau wird Euch welchen einschenken.«

Adelise lächelte hämisch, und Maude stieß sogleich gegen einen Tisch, sodass das Tintenfass darauf umkippte und seinen Inhalt über das Kleid der Rivalin verspritzte. Adelises Häme wich Bestürzung.

»Es tut mir ja so leid«, sagte Maude. »Ihr solltet das lieber einweichen, bevor es einen Fleck gibt.«

»Tinte lässt sich nicht auswaschen«, fuhr Adelise sie an. »Wie jede anständige Frau weiß. Dieses Kleid ist ruiniert!«

»Lasst Euch von John bei der Suche nach einem neuen helfen«, schlug Geoffrey vor. »Ich bin mir sicher, er käme einer solchen Bitte gerne nach.«

Osmaer stieß einen Lacher aus, der mehr angespannt als heiter klang. »Wir nennen ihn in Bath ›den Krämerbischof‹, weil er so gerne um Kleinkram feilscht. Aber Ihr seid nicht hergekommen, um über unsere Geistlichen zu sprechen, Sir Geoffrey. Ihr wolltet etwas über das Geldmachen lernen. Nun, wenn wir die Silberscheiben aus der Form gelöst haben, hämmern wir sie zu einer festgelegten Dicke. Jeder Barren wiegt ein Pfund, und wir versuchen, genau 240 Scheiben daraus zu fertigen.«

»Das ist ein sehr schwieriger Teil der Herstellung«, ergänzte Sendi. »Es ist wichtig, dass sich alle Münzen im Reich in der Größe so ähnlich sind wie nur möglich. Zumindest geben sich einige von uns in dieser Hinsicht Mühe.« Bedeutungsvoll blickte er zu Rodbert.

»Barcwit tut das nicht«, erklärte Lifwine, für den Fall, dass der Ritter Sendis Andeutung nicht verstanden hatte. »Seine sind aus viel zu dünnem Silber gefertigt und leichter als die erlaubten zweiundzwanzigeinhalb Gran. Das bedeutet, dass er zusätzliche dreißig Pennys aus jedem Barren bekommt – und das ist viel Geld.«

»Das ist wahr«, bestätigte Geoffrey. »Mit dreißig Pennys kann man einen Bediensteten einen Monat lang ernähren.«

»Siehst du«, sagte Rodbert zu Tasso. »Schon stimmt er mit Sendis Männern überein.«

»Das tue ich nicht«, erklärte Geoffrey ungeduldig. »Ich habe nur gesagt, dass dreißig Pennys viel Geld sind.« Er schnitt Rodberts Antwort ab und wandte sich an Osmaer. »Was geschieht, wenn die Scheiben flachgeklopft sind?«

»Wenn sie ein gewisses Maß erreicht haben, bezeichnen wir sie als Schrötlinge«, erklärte Osmaer. »Das bedeutet, dass sie zur Prägung bereit sind – aber nur, wenn mein *Wardein* mit ihrer Größe und ihrem Gewicht zufrieden ist.«

»Das ist meine Aufgabe«, warf Lifwine stolz ein. »Ich bin Sendis *Wardein.*«

»Aber kein sehr unabhängiger«, hörte Geoffrey Osmaer flüstern, die einzige persönliche Meinung über die Leute aus Bristol, die er an diesem Morgen von sich gab. Osmaer hielt nicht viel von einem *Wardein,* der zu vertraut mit seinem Münzer stand. Aber mehr sagte er nicht dazu, und Geoffrey bat ihn nicht, sich genauer zu erklären.

»Und dann kommt der reizvolle Teil der Arbeit«, sagte Sendi, der die Bemerkung nicht gehört hatte. »Der Einsatz der Prägestempel.«

»Jede Münzstätte muss die Stempel in London bei Otto dem Goldschmied kaufen«, sagte Osmaer. »Sie sind teuer und halten nur eine begrenzte Zeit. Wenn sie abgenutzt sind, müssen wir neue erwerben.«

»Manche von uns tun das«, stellte Rodbert boshaft fest. »Andere aber manipulieren sie, damit sie sie weiterverwenden können. Dadurch spart der unehrliche Münzer viel Geld.«

»Manche Münzmeister benutzen ihre Prägestempel tatsächlich länger, als sie sollten«, sagte Osmaer und vermied es sorgfältig, irgendjemanden anzuschauen. »Aber Münzen von abgenutzten Stempeln sind minderwertig, und da jeder Prägestempel den Namen des Münzers trägt, kann man leicht erkennen, wer betrogen hat.«

»Zwittermünzen«, sagte Geoffrey eingedenk der Anhörung in Westminster. »Wenn beide Seiten einer Münze von nicht zusammengehörigen Stempeln gemacht werden.«

»Genau«, stimmte Osmaer ihm zu. »Das ist eine Methode, durch die manche Münzstätte die Lebensdauer ihrer Stempel verlängert.«

»Und *manche* Münzer ändern auch die Namen auf dem Stempel«, sagte Rodbert mit Blick auf Sendi. »*Manche* Münzer machen aus ihrem eigenen Namen irgendeinen anderen.«

»Das kommt vor«, sagte Osmaer. Eilig fuhr er mit seinen Erklärungen fort, als Sendi anfangen wollte, seine Unschuld zu beteuern, und nahm zwei Stücke Metall von einem Tisch auf. »Das ist ein Prägestempel, und Ihr könnt seine beiden Teile sehen. Der ›Stock‹, oder der untere Stempel, hat einen Dorn, den man in den Arbeitstisch schlagen kann. Der silberne Schrötling wird auf den Stock gelegt. Der Oberstempel oder auch das ›Eisen‹ wird auf den Schrötling aufgesetzt und mit einer Zange festgehalten ...«

»Und dann schlägt man darauf«, brachte Edric begeistert die Erklärung zu Ende. »Das macht Spaß.«

»Der Stock prägt das Avers der Münze«, sagte Adelise. Sie betrachtete Geoffrey von oben herab, »die Seite mit dem Antlitz des Königs. Auf dem Eisen befindet sich das Revers mit einem Kreuz, dem Namen des Münzers und dem Ort der Prägung.«

Osmaer reichte Geoffrey eine glänzende neue Münze. »Hier steht mein Name, in guten, sauberen Buchstaben an der Oberseite geschrieben, und BATHAN für Bath steht unten.«

»Aber nicht immer sind die Buchstaben gut und sauber«, sagte Sendi. »Und weil die meisten Leute nicht lesen können, wissen sie nicht, dass manche Buchstaben keinen Sinn ergeben. Auf diese Weise bleibt der betrügerische Münzer unerkannt, weil sein Name nicht auf der Münze steht.«

»Es gibt Vorkehrungen gegen Münzbetrug«, sagte Osmaer zu Geoffrey und deutete auf einen Mann, der sich dicht über die Werkstücke beugte, weil seine Augen durch die Arbeit bei schlechtem Licht nachgelassen hatten. »Mein Wardein prüft meine Schrötlinge und meine Münzen. Nichts verlässt die Werkstatt, was er nicht begutachtet hat.«

»Unglücklicherweise hängt das an der Zuverlässigkeit des Wardeins«, sagte Adelise. »Solche, die ständig betrunken sind, sind keine guten Prüfer.«

»So wenig wie einer, der die Stiefel seines Meisters leckt«, fuhr Rodbert hitzig auf.

»Und das ist alles, was ich Euch sagen kann«, schloss Osmaer an

Geoffrey gewandt. »Es sind einfache Arbeitsvorgänge, die aber Geschick erfordern. Es gibt Vorkehrungen, um Betrug zu verhindern, die ein entschlossener Betrüger jedoch umgehen kann.« Sein Blick umfasste all seine Besucher. »Aber die Strafen sind hart – Abhacken der Hände und Kastration, hohe Bußgelder und der Einzug allen Eigentums. Nur ein Dummkopf würde es versuchen.«

»Vorsicht!«, rief jemand in die Stille nach Osmaers kaum verhohlener Warnung.

Nur Geoffreys Schnelligkeit bewahrte ihn vor einer ernsthaften Verletzung, als eine der Formen mit geschmolzenem Silber umkippte und ihren Inhalt über den Boden verspritzte. Osmaers Lehrlinge stürmten sofort mit Eimern voll Sand heran, um ein Feuer zu verhindern. Die Gussform war voll gewesen, und wenn das flüssige Metall ihn getroffen hätte – Geoffrey mochte sich die Folgen gar nicht vorstellen.

Er schaute die Sachsen nacheinander an und versuchte von ihren Gesichtern abzulesen, wer den jüngsten Anschlag auf sein Leben unternommen hatte. Aber vergeblich, und es hatte keinen Sinn, zu fragen, wer der Schurke war. Die Münzer würden sich nur wieder gegenseitig beschuldigen und in Streit geraten.

»Gefährliche Orte, solche Münzstätten«, stellte Rodbert ungerührt fest.

Sendi stimmte ihm zu. »Man sollte geschmolzenem Metall nie den Rücken zukehren.«

»Bei den Wunden Christi!«, hauchte Osmaer und scheuchte die unwillkommenen Besucher aus der Werkstatt, während seine Lehrlinge sich um das Durcheinander kümmerten. Leise flüsterte er Geoffrey zu: »Ihr könnt mich gerne wieder besuchen, wenn ich dem König weiter zu Diensten sein kann. Aber bitte nicht wieder mit dieser Bande.«

Der Nachmittag war trocken, wenn auch kalt und windig. Roger, Helbye und Ulfrith waren nirgendwo zu finden. Vermutlich hatten sie eine gemütliche und zweifellos verrufene Schenke gefunden, wo sie den Rest des Tages beim Würfeln verbringen konnten. Die Sachsen stritten sich in Johns großem Saal, während der Bischof selbst mit einem Tross von Dienstboten, die seine Einkäufe trugen, auf dem Markt unterwegs war. Warelwast weilte noch in der Abtei, und Bloet trank sich in einen Zustand dumpfen Brütens, ungeachtet aller Versuche Durands, ihn durch geistreiches Geläster abzulenken. Geoffrey wollte mit keinem von ihnen seine Zeit verbringen, sondern sich lieber allein in Bath umsehen.

Er schnippte mit den Fingern nach dem Hund, aber der Wind pfiff durch den Schornstein, und das Tier blickte ihn an, als wäre er nicht recht bei Trost. Geoffrey drängte nicht weiter. Durch seine Vorliebe für Hühner- und Ziegenjagd war der Hund keine angenehme Gesellschaft. Es war Geoffrey genauso recht, das Tier zurückzulassen.

Eine lange Zeit brachte er damit zu, die sächsische Abtei zu bewundern. Dann nahm er die Fundamente in Augenschein, die gerade für den normannischen Nachfolgebau gelegt wurden. Die Dämmerung brach herein, aber Geoffrey war noch nicht danach zumute, in Johns Haus zurückzukehren, um sich beleidigen zu lassen – oder Schlimmeres. Darum machte er sich auf die Suche nach den heißen Quellen, für die die Stadt berühmt war. Das Tor der größten Quelle war zur Nacht geschlossen, also schaute Geoffrey sich bei den kleineren um, in der Hoffnung, dass eine davon noch geöffnet war.

Er fand eine solche im südwestlichen Teil der Stadt. Das Quellhaus, aus demselben hellen Sandstein wie die Abtei, war alt und baufällig, und entweder hatte der Pförtner vergessen, es abzuschließen, oder das wurde der Mühe nicht für wert erachtet, jedenfalls stand die Tür weit offen. Geoffrey trat ein und wartete, dass seine Augen sich an die Dunkelheit gewöhnten. Er entdeckte eine Lampe bei der Tür, zündete sie an und fand die Wände dick mit Schleim überzogen. Darunter erkannte er noch schwache Farbflecken, die Reste einer kunstvollen Wandbemalung aus längst vergessener Zeit.

Vor ihm befand sich ein Becken mit schwefligem Wasser. Mit Blei ausgelegte Leitungen füllten und entwässerten es und sorgten stets für einen gleichmäßigen Wasserstand. Obwohl die Anlage sehr alt sein musste – die Steine waren abgenutzt und die Leitungen salzverkrustet –, tat sie noch ihren Dienst. Geoffrey kniete nieder und tauchte behutsam die Hand ins Wasser. Er war angenehm überrascht, als die Wärme durch seine ausgekühlte Haut drang.

Geoffrey badete nicht – obwohl er einmal im Heiligen Land eine Ausnahme gemacht hatte. Aber nur ein Narr entledigte sich seiner Kleidung und der Rüstung und setzte sich in einen Wasserbottich. Aber dieses grüne Becken hatte etwas Einladendes, womöglich weil das Wasser heiß war und keine Hinterlassenschaften vorangegangener Benutzer darauf schwammen. Er dachte an die Anzahl der Leute, die ihm kürzlich vorgehalten hatten, er sei schmutzig, und traf seine Entscheidung.

Geoffrey schloss die Tür und verriegelte sie. Sie wirkte nicht sonderlich robust, und der Riegel war weich und verrostet. Aber er würde genügen, um zufällig vorbeikommende Besucher draußen zu halten und ihm eine gewisse Zurückgezogenheit zu schaffen. Und dann, zum zweiten Mal in ebenso vielen Tagen, legte er die Kleidung ab. In seinem Hemd und der sackartig ausgeleierten Bruche ging er auf das Bad zu und starrte auf das dampfende Becken. Das Licht der Lampe verlieh dem Wasser einen smaragdgrünen Schimmer, und der Zufluss kräuselte die Oberfläche.

Geoffrey konnte den Grund nicht sehen und war drauf und dran, den ganzen Unsinn sein zu lassen und sich Roger bei seinem Würfelspiel anzuschließen. Aber es hatte eine Zeit gedauert, die Rüstung abzulegen, sodass es ihm wie Verschwendung vorkam, jetzt aufzugeben. Da ihm die Vorstellung nicht gefiel, nachher ein nasses Hemd zu tragen, zog er auch dieses aus und legte es auf den Boden. Die Bruche allerdings blieb an ihrem Platz: Nur Griechen, Heiden und Verrückte badeten nackt, zumindest soweit Geoffrey es wusste.

Er setzte sich auf den Beckenrand und senkte einen Fuß ins Wasser. Es war heiß und kribbelte, sodass er auch den anderen eintauchte. So blieb er für einige Zeit und genoss das Gefühl der Wärme, die um seine Beine sprudelte. Dann holte er tief Luft und stieß sich nach vorne. Mit einer Hand hielt er sich am Rand fest, für den Fall, dass es eine versteckte Strömung gab, die ihn mitreißen würde, wie der Avon Warelwast. Aber das Wasser reichte Geoffrey nur bis zur Brust, und es gab sogar Bänke, auf die sich der Badende setzen konnte.

Sich an die warmen Steine zu lehnen und das Wasser um den Körper fließen zu lassen war eines der angenehmsten Gefühle, die Geoffrey jemals erlebt hatte. Er schloss die Augen, und zum ersten Mal seit Wochen entspannte er sich wieder richtig. Beim Geräusch des Windes draußen fühlte er sich warm und behaglich, und bald bemerkte er nicht einmal mehr den fauligen Geruch nach Schwefel und Schimmel.

Er hatte keine Ahnung, wie lange er geschlafen hatte, als er unvermittelt hochschreckte. Die Lampe war heruntergebrannt, und es war dunkel. Er hob eine Hand und spürte, dass die Finger schrumpelig waren vom langen Aufenthalt im Wasser. Außerdem war er überhitzt, und der Schweiß lief ihm in die Augen. Geoffrey lauschte angespannt und fragte sich, was ihn aufgeweckt hatte. Jetzt wünschte er sich den Hund an seiner Seite, weil der früh vor drohenden Gefahren warnte.

Regen prasselte auf das Dach, aber das einzig andere Geräusch war das Glucksen des Wassers von der Quelle. Geoffrey kam eben zu dem Schluss, dass ihn die Hitze aus dem Schlummer geholt hatte, und wollte aus dem Becken steigen, da hörte er noch etwas anderes: die leisen Schritte lederbesohlter Schuhe auf den Steinfliesen.

Geoffrey spannte sich an. Schwert und Messer lagen bei der Kleidung auf der anderen Seite des Raums, und er verfluchte sich für seinen Einfall, ein Bad zu nehmen. Er hatte doch gleich geahnt, dass nichts Gutes daraus entspringen konnte.

Langsam richtete er sich auf und blickte zur Tür. Sie war verschlossen. Geoffrey betrachtete den Raum genauer und erspähte einen dunklen Fleck, wo er nur Wand geglaubt hatte. Dort gab es einen zweiten Eingang, den er nicht bemerkt hatte, vermutlich wegen der Algen, die hier auf allem wuchsen, aber auch weil er sich nicht richtig umgeschaut hatte.

Lange Zeit stand Geoffrey reglos da und lauschte. Er spürte, wie das Wasser um seinen Körper floss, doch er hörte keine menschlichen Bewegungen. Er tat einen Schritt nach vorne, auf die Mitte des Beckens zu, und plötzlich war er unter Wasser. Zu spät bemerkte Geoffrey, dass es in der Mitte tiefer war als am Rand, damit die Badenden untertauchen konnten. Platschend kam er wieder an die Oberfläche und hielt auf eine Seite zu, bestrebt, wieder festen Boden unter den Füßen zu spüren.

Dann kam der Angriff. Er sah einen dunklen Schatten über sich aufragen und erkannte an dem überlangen Arm, dass der Mörder einen Dolch führte. Geoffrey fuhr zurück und schaffte es, dem Stoß auszuweichen. Das aber brachte ihn in Reichweite eines zweiten Gegners. Starke Hände umfassten seine Kehle und drückten sofort zu, bis er nicht mehr atmen konnte.

Geoffrey wusste, dass ihm nicht viel Zeit blieb. Der Luftmangel ließ ihn rasch benommen werden, und wenn er erst mal seine Kraft verlor, konnten die beiden Männer ihn leicht erwürgen, ertränken oder erstechen. Er warf sich so zu einer Seite, dass die Komplizen gegeneinander prallten. Jemand fluchte, und der Dolch fiel platschend ins Wasser. Dann umklammerte Geoffrey den Arm an seinem Hals, stemmte die Füße gegen die Beckenwand und stieß sich so fest er konnte davon weg.

Das Ergebnis war verblüffend. Der Würger flog über seinen Kopf und landete im Wasser. Keuchend und japsend kam er an die Oberfläche. Geoffrey holte tief Luft und tauchte nach dem verlorenen Dolch. Als seine tastenden Finger ihn endlich fanden, stieß er sich zur Oberfläche ab und stach nach dem Mann am Beckenrand. Aber der war darauf vorbereitet und schlug mit der Faust zu, als Geoffrey die Wasseroberfläche durchstieß. Der Schlag ging daneben, war aber so schwungvoll, dass der Angreifer das Gleichgewicht verlor. Er fiel ins Becken und landete auf Geoffrey, den er mit dem ganzen Gewicht seines Körpers unter Wasser drückte. Der Dolch glitt Geoffrey aus der Hand.

Er versuchte, sich unter dem Mann hervorzuschlängeln, aber plötzlich drückten vier Hände gemeinsam seinen Kopf nach unten. Er trat mit den Füßen und schlug mit den Händen, konnte aber ihren Griff nicht lösen. Das Brausen des aufgewühlten Wassers rauschte in seinen Ohren, und er merkte, wie seine Gegenwehr schwächer wurde. Zuerst sah er nur Dunkelheit, dann aber tanzten winzige Lichtpunkte vor seinen Augen.

Allmählich erstarben seine Befreiungsversuche. Er fühlte, wie er frei dahintrieb. Zuerst glaubte er, er käme wieder an die Oberfläche und könnte endlich Luft holen. Dann aber prallte etwas gegen sein Gesicht, und er wusste, dass er untergegangen war, bis auf den Grund des Beckens.

Geoffrey träumte, dass er im Heiligen Land schwömme, wo rote Hügel und bernsteingelber Sand sich in ein warmes Meer erstreckten. Sein Hund störte die idyllische Szenerie durch wütendes Gebell. Tankred war auch dort. Er erklärte, warum er seinen Ritter vom Treueid entbunden hatte, und beteuerte, dass Henry ein guter Herr und jeder Loyalität wert sei. Als Geoffrey mit einem verächtlichen Schnauben antworten wollte, bekam er keine Luft. Und dann wurde das friedliche Schlagen der Wellen am sonnenbeschienenen Strand ruhiger, bis nur noch das durchdringende Gebell des Hundes zu hören war, und dazu das Splittern von Holz.

Im ersten Augenblick hatte Geoffrey keine Ahnung, wo er sich befand, aber die Luft roch nach Schwefel, und dann kam in seinem Kopf alles wieder zusammen. Er klammerte sich an den Beckenrand, und irgendwer schlug gegen die Tür, die er verriegelt hatte. Geoffrey zog sich aus dem Wasser und stapfte triefend nass dorthin, wo sein Schwert auf der Kleidung lag. Er packte es mit beiden Händen und war bereit zum Kampf gegen den, der sich so entschlossen Zugang verschaffen wollte.

Die Tür flog auf, und plötzlich war sein Hund bei ihm und schmiegte sich an seine Beine. Dann lief das Tier weiter zu der Tür, die Geoffrey übersehen hatte, schoss hindurch und nach draußen.

»Du solltest deine Dirnen sorgfältiger wählen, Geoff«, sagte Roger und betrachtete ihn missbilligend. Durand und die anderen waren hinter ihm. »Die hier hätte dich beinahe ertränkt. Was ist passiert?«

Geoffrey war nicht sicher. Das Hundegebell musste die beiden Meuchler vertrieben haben. Vage erinnerte er sich, wie er anschließend zurück an die Oberfläche gestrampelt war. Er öffnete den Mund, um etwas zu sagen, hustete aber nur Wasser.

»Euer Hund war ganz außer sich, als wir an dem Haus vorüberkamen«, erklärte Ulfrith. »Roger meinte, er hätte eine Katze gerochen, aber Ihr seid der Einzige, für den er so auf der Stelle im Kreis herumläuft. Also meinte ich, wir sollten mal reinschauen.«

»Das ist ein Badehaus«, sagte Helbye. Unbehaglich blickte er Geoffrey an, dann wies er auf das Wasser. »Ihr seid doch nicht dort drin gewesen, oder?«

»Er war mit einer Frau hier«, behauptete Roger, weil es das war, was er getan hätte. »Aber er ließ sich von ihr in ungünstiger Lage überrumpeln. Das erklärt auch das Platschen, das wir gehört haben. Sie muss durch die Hintertür geflohen sein, als sie uns kommen hörte. Wie sah sie aus?«

»Sie hat nichts gestohlen«, sagte Ulfrith mit einem Blick auf Geoffreys Kleidung und die Rüstung. »Vermutlich haben wir sie vorher gestört.«

»Ihr hattet Glück«, stellte Durand fest und betrachtete Geoffrey auf eine Weise, dass der Ritter sich am liebsten sein Hemd gepackt und vor die Brust gedrückt hätte. Er fühlte sich wie eine Jungfrau, die in der Hochzeitsnacht von ihrem lüsternen alten Bräutigam begutachtet wird. »Ihr hättet alles verlieren können.«

»Es war keine Frau«, sagte Geoffrey, der endlich auch einmal zu Wort kam. »Es war ein Mann.« Er hustete wieder und wünschte sich, das unerträgliche Kratzen in seiner Kehle würde endlich nachlassen. »Zwei Männer.«

»Männer?«, sagte Durand verschmitzt. »Ich hatte ja keine Ahnung!«

»Sie haben sich auf mich gestürzt«, wandte Geoffrey ein und zog sich die Tunika über den Kopf. Die fühlte sich unangenehm steif und fettig an auf seiner reinen Haut.

»Und wo war die Frau, als das passierte?«, fragte Roger. Er sah sich um, als könne die Dirne jeden Augenblick irgendwo auftauchen.

»Es gab keine Frau«, sagte Geoffrey. »Ich …«

»Keine Frau?«, wiederholte Roger. Misstrauisch blickte er auf seinen entkleideten Freund. »Was hast du dann hier drin getrieben?«

»Ein Bad genommen«, antwortete Geoffrey und hustete wieder.

»Ein *Bad*?« Helbye klang entsetzt. »Wusstet Ihr denn nicht, wie *gefährlich* das sein kann?«

»Jetzt weiß ich es«, keuchte Geoffrey und rang immer noch nach Luft.

»Ich dachte, du hältst nicht viel von Bädern«, meinte Roger verblüfft. »Du hast immer behauptet, dass Männer, die so etwas machen, sich leicht Erkältungen und Fieber zuziehen. Und jetzt soll ich glauben, dass du hier eines genommen hast? Im Dunkeln, an einem fremden Ort und nackt?«

»Zuerst hielt ich es für einen guten Einfall«, sagte Geoffrey erschöpft. Er wollte nicht zugeben, dass er es getan hatte, weil die Sachsen ihn als schmutzig beschimpften und selbst der König sich über sein ungepflegtes Äußeres mokiert hatte.

»Ich nehme an, du hast von diesen Bädern *gelesen*«, ließ Roger ihn beißend wissen. »Es kann nichts Gutes dabei rauskommen, wenn du deine Nase immer in Schriftrollen vergräbst, Geoff. Das Wissen darin ist unnatürlich und wird dich zu einem schlechten Ende führen.« Zur Unterstreichung wies er auf das blubbernde Wasser und die schleimigen Wände des Badehauses. Geoffrey konnte nicht viel dagegen sagen.

»Was macht ihr hier überhaupt?«, fragte er und wehrte Durands Versuche ab, ihm beim Ankleiden zu helfen. Ihm gefiel es nicht, die warmen Hände des Knappen auf der bloßen Haut zu fühlen.

»Dein Hund«, sagte Roger. »Er sprang auf Johns Esstisch und machte sich mit dem Spanferkel davon. Durch ein Fenster entkam er und floh die Straße entlang, und der Bischof fragte, ob wir ihn vielleicht zurückholen können – den Braten, meine ich, nicht den Hund.«

»Ewig lange sind wir hinter ihm hergerannt«, sagte Helbye und rieb sich verbittert die Hüfte. »Dann ließ er seine Beute vor diesem Haus hier fallen und drehte sich immerzu im Kreis. Von drinnen konnten wir heftiges Geplantsche hören.«

»Also schlug Roger die Tür ein, während ich draußen sicherheitshalber abwartete«, erklärte Durand. »Man kann nicht vorsichtig genug sein bei fremden Gebäuden in unbekannten Städten.«

»Allerdings«, stimmte Roger ihm zu und musterte Geoffrey kühl. »Ich kann nicht glauben, dass du einfach in eines reingestürmt bist und dir ohne Nachdenken die Kleider vom Leib gerissen hast. Du hättest mich fragen sollen, ob ich Wache halte.«

»Oder mich«, bot Durand mit zweideutigem Zwinkern an.

»Ihr habt also niemanden weglaufen sehen?«, fragte Geoffrey. Roger hatte die Lampe wieder entzündet, und Geoffrey nahm sie und schaute sich die Stelle noch einmal an, wo er mit seinen Angreifern gerungen hatte. Aus dem Becken war jede Menge Wasser herausgeschwappt und kühlte allmählich auf den Steinen ringsum aus. Die Tür, die er übersehen hatte, führte direkt nach draußen, aber es war zu dunkel, um festzustellen, ob sich dort noch jemand herumtrieb.

»Ich habe niemanden gesehen«, sagte Roger.

»Ich hörte jemanden fortlaufen, dachte aber, es wäre die Hure.« Durand runzelte die Stirn und versuchte, sich genauer zu erinnern. »Aber jetzt, da Ihr es erwähnt: Da war tatsächlich mehr als ein Paar Füße.«

»Wo ist der Hund?«, fragte Geoffrey. Dessen rechtzeitiges Eingreifen hatte ihn gerettet, und er wollte das Tier angemessen belohnen. Aber es war nirgendwo zu sehen, und Helbye und Ulfrith schauten einander bestürzt an.

»Das Spanferkel!«, rief Ulfrith und rannte nach draußen. »Er hat sich wieder über den Braten hergemacht.«

»Das Vieh soll verflucht sein!«, stöhnte Helbye. »Ich will nicht die ganze Nacht hinter ihm herjagen, während Bischof John auf sein Abendessen wartet. Er hat versprochen, morgen eine seiner großen Kerzen für mich zu entzünden, damit ich die Schmerzen in meiner Hüfte losgewurde. Ich will nicht, dass dieser üble Köter ihn dermaßen aufbringt, dass er die Behandlung ablehnt.«

»Wenn John dich im Stich lässt, gibt es immer noch Clarembald«, sagte Roger freundlich. »Der behauptet, dass seine Breipackung aus Schweinefett und warmen Kohlen weit wirksamer ist als Johns Kerzen. Ich würde dir raten, auf Nummer sicher zu gehen und beides zu nehmen. Wenn das eine nicht klappt, dann vielleicht das andere.«

»Das werde ich«, schwor Helbye und zuckte zusammen, als er sich auf einer Bank niederließ. »Ich würde mich vom Teufel selbst behandeln lassen, wenn er nur versprechen könnte, mich von diesen nagenden Schmerzen zu befreien.«

Geoffrey ging die dunklen, regendurchnässten Straßen entlang, Roger und den humpelnden Helbye an seiner Seite. Besorgt blickte er zu seinem alternden Freund hinüber. Er hatte gar nicht bemerkt, dass die Schmerzen seines Sergeanten ein Ausmaß erreicht hatte, wo er kaum noch laufen konnte.

Helbye begleitete ihn, seit er alt genug war, ein Schwert zu heben, und war mit seinem Leben untrennbar verbunden gewesen. Doch nun wurde ihm klar, dass Helbyes Tage als Krieger sich dem Ende zuneigten. Wie sollte er seinem alten Kampfgefährten beibringen, dass es an der Zeit für ihn war, nach Hause zurückzukehren? Das würde für sie beide schmerzlich werden.

Geoffrey hustete, schmeckte das faulige Wasser, das er geschluckt hatte, und dachte an den Überfall. Das Warum war offensichtlich: Bristol lag nur noch einen Tagesritt entfernt, und dort würden seine Ermittlungen ernsthaft beginnen. Es war ein verzweifelter letzter Versuch gewesen, ihn daran zu hindern. Natürlich hatte Geoffreys Untersuchung schon in dem Augenblick angefangen, da er seine Befehle vom König erhielt, das war allen Beteiligten klar. Schließlich hatte er auf jedem Schritt des Weges Fragen gestellt und Beobachtungen gemacht. Aber der neuerlicher Mordversuch verriet ihm, dass die Lösung des Falls in Bristol zu suchen war, und dass mindestens zwei Leute entschlossen waren, ihn nicht dorthinkommen zu lassen.

Wer also hatte diesmal versucht, ihn umzubringen? Geoffrey glaubte nicht, dass es Maude gewesen war – er ging davon aus, dass sie aus ihrem Scheitern in der Nacht davor gelernt hatte und es beim nächsten Mal listiger anfangen würde. Aber es konnten durchaus Tasso und Rodbert gewesen sein. Möglicherweise hatten sie beschlossen, ihm nicht im offenen Kampf entgegenzutreten, weil tödliche Wunden durch ein Breitschwert dem König unweigerlich verraten würden, wer seinen Beauftragten beiseitegeräumt hatte. Womöglich hatten sie sich für einen heimtückischen Mord als brauchbares Mittel entschieden, als sie ihn in das Bad springen sahen.

Oder war es Sendi mit einem seiner Freunde gewesen? Oder Bloet und Warelwast? Der designierte Bischof von Exeter wurde Geoffrey zunehmend verdächtig. Geoffrey war nicht davon überzeugt, dass Henry einen hochrangigen Geistlichen schicken würde, nur damit er Bloet und dessen Suche nach dem verschwundenen Silber im Auge behielt. Er hatte den Verdacht, dass Warelwast andere Pläne verfolgte.

Aber genauso gut konnten auch John und Clarembald in seltener Eintracht zusammengearbeitet haben, um nicht als Verräter entlarvt zu werden. Sie hatten viel zu verlieren, wenn Geoffrey sie schuldig befand. Da mochte der Mord an ihm als vorläufige Rettung dienen, damit sie Zeit gewännen, um eine langfristige Lösung für ihre prekäre Situation zu finden.

Er dachte noch einmal an den Angriff am Fluss in Westminster. Konnten das dieselben Männer gewesen sein? Nein. In Westminster waren es drei Gegner gewesen, und Geoffrey hatte sie verhältnismäßig leicht vertreiben können. Die beiden in Bath waren zäher und entschlossener gewesen. Oder hatten sie nur so gewirkt, weil er in Westminster bewaffnet und in Bath hilflos gewesen war?

Er und seine Begleiter erreichten Johns Haus und klopften. Sobald geöffnet wurde, drängte Helbye sich hinein und hielt auf das Feuer zu. Geoffrey folgte ihm und war überrascht, als er den Saal leer vorfand und das Mahl verlassen. Der einzige Anwesende war Ulfrith, der sich eine beträchtliche Portion des geretteten Spanferkels gesichert hatte und sich jetzt an einer Platte mit Kuchen bediente.

»Ich habe es vor dem Badehaus gefunden«, sagte er und wies auf den Braten. »Der Hund ist doch nicht zu seiner Beute zurückgekehrt, also muss er immer noch Eure Angreifer verfolgen. Wenn er Erfolg hat, wird es heute Nacht ein paar blutige Knöchel geben.«

»Wo sind die anderen?«, fragte Geoffrey und schenkte sich etwas Wein ein. Er hatte erwartet, sie streitend anzutreffen, weil sie nichts Besseres zutun hatten, bis der Mittelpunkt des Festmahls zurückgebracht wurde.

»Nicht hier.« Ulfrith stellte das Offensichtliche fest. »Womöglich suchen sie selbst nach dem Schwein. Kein Wunder: Es ist das einzig vernünftige Essen hier. Ansonsten gibt's nur Brot und Gemüse.« Er schaute angewidert drein, da er zu jenen gehörte, die erst dann von einem richtigen Essen sprachen, wenn mindestens ein halber Vierbeiner auf den Tisch kam.

»Alle?«, fragte Geoffrey. Die Schuldigen waren nur schwer einzugrenzen, wenn der ganze Trupp sich in der Stadt verteilt hatte. Es regnete heftig, weshalb er die Angreifer auch nicht an ihrer nassen Kleidung erkennen konnte.

Die Tür öffnete sich wieder, und John trat ein, dicht gefolgt von Bloet. Beide waren außer Atem und durchweicht. Geoffrey musterte sie misstrauisch. Waren sie die Übeltäter? Er bemerkte die gezierten Willkommensblicke zwischen Bloet und Durand und ertappte sich bei der Frage, ob *sie* den Anschlag verübt hatten, damit Durand Geoffreys Dienste verlassen und Bloet überallhin folgen konnte. Aber Durand war ein Feigling und würde es nie mit Geoffrey aufnehmen, ob der unbewaffnet war oder nicht. Er strich Durand von der Liste der Verdächtigen, aber Bloet – und John – würden darauf stehen bleiben, bis er mehr über sie wusste.

»Keine Spur von diesem furchtbaren Hund«, stellte John fest. Abrupt hielt er inne, als er den Braten auf dem Tisch erblickte. »Ha! Wo habt Ihr den gefunden?«

»Draußen«, sagte Ulfrith und verschwieg klugerweise, dass das Spanferkel zwischen den sabbernden Lefzen des Hundes durch die verdreckten Straßen der halben Stadt geschleppt worden war, bevor sie es zurückerbeutet hatten.

John setzte sich dicht an das Feuer. »Das ist keine Nacht, um sich draußen herumzutreiben. Ich bin durchnässt bis auf die Knochen. Ich schwöre, wenn ich dieses verruchte Vieh noch einmal sehe, werde ich es aufspießen.«

»Nicht, wenn Ihr nicht auf dieselbe Weise sterben wollt«, sagte Geoffrey, der gerade einen raren Anfall von Zuneigung für den Hund empfand. Das Tier biss, benahm sich schlecht und war ein unverbesserlicher Dieb, aber es hatte ihm das Leben gerettet. Geoffrey war nicht bereit, es von einem aufgebrachten Prälaten wegen eines Stück Bratens töten zu lassen.

John erkannte, dass Geoffrey es ernst meinte, und nahm die Drohung eilig zurück. »Vergebt mir. Ich wusste nicht, dass das Biest Euch am Herzen liegt. Ich dachte, es wäre nur ein Streuner, der Euch von Westminster nachgelaufen ist. Ich werde ihn allerdings nicht wieder in meinem Haus dulden. Er kann mit den Dienern in den Ställen schlafen.«

Wieder öffnete sich die Tür, und Warelwast wurde eingelassen. »Ich war mit Clarembald in den Schenken von Bath«, verkündete er. Er ließ den Mantel zu Boden fallen; der war so nass, dass er beim Aufprall einen feuchten, klatschenden Laut machte. »Er kennt einige hervorragende Wirtshäuser, und eines schien mir der rechte Ort zu sein, um zu warten, bis das Ferkel zurückgebracht wird. Ist es das?«

»Viel ist ja nicht übrig«, sagte Bloet und setzte sich mit einem Platsch. Er bot keine Erklärung an, wo er gewesen war, sondern rupfte sich einfach eine Portion Fleisch von dem übel zugerichteten Braten.

Als Letztes trafen die Sachsen ein, die ebenfalls triefende Kleidungsstücke hinter sich herzogen und erklärten, dass man sich in dieser Nacht nicht vor die Tür begeben sollte. Bald fehlten nur noch Clarembald, der nicht eingeladen war, und Maude. Rodbert – ebenfalls tropfnass – verkündete, dass sie sich mit Kopfschmerzen zurückgezogen habe und nicht gestört werden wolle.

»Kopfschmerzen«, sagte John und rieb sich voll Vorfreude die Hände. »Ich kenne mich gut mit Kopfschmerzen aus.«

»Nein«, entgegnete Rodbert schroffer, als die Höflichkeit erlaubte. »Sie will allein bleiben.«

Warum das?, dachte sich Geoffrey. Etwa, weil sie sich der Gesellschaft eines anderen Mannes erfreute und eine Ausrede gesucht hatte, um Rodbert fernzuhalten? Oder weil sie einer der Angreifer gewesen war und eine Verletzung davongetragen hatte, die schwer zu erklären gewesen wäre? Vielleicht war sie der Gesellschaft ihrer Begleiter einfach nur überdrüssig und wollte tatsächlich alleingelassen werden. Das konnte er allerdings gut verstehen; er wäre seine Reisegefährten selbst gerne losgeworden.

»Ich habe gerade Clarembald zu seiner Unterkunft stapfen sehen«, sagte Bloet. »Er sah aus, als wäre er in den Fluss gefallen, so nass war er! Ihr müsst ja ein gutes Stück um die Häuser gezogen sein, dass er so durchnässt war.«

»Bitte!«, meinte Warelwast erschaudernd. »Reden wir nicht über in Flüsse fallen, wenn es Euch recht ist. Ich wäre unlängst fast in einem ertrunken.«

Geoffrey musterte ihn verstohlen, aber nichts im Gesicht des künftigen Bischofs ließ darauf schließen, dass mehr hinter dieser Bemerkung steckte. Aus dem Verhalten der anderen ließ sich genauso wenig ablesen, und jede weitere Betrachtung war aussichtslos: Keiner von ihnen hatte ein Alibi, dem Geoffrey getraut hätte, und jeder war nass. Zu dieser späten Stunde war er zu müde, um noch richtig nachdenken zu können. Also ließ er die Gedanken schweifen, während er den halbherzigen Gesprächen im Raum lauschte.

»Es ist gut, in einem anständigen Haus zu sein«, stellte Warelwast höflich fest. »Einem, wo es nicht durchs Dach tropft.«

»Großer Gott!«, murmelte John verlegen. »Dann solltet Ihr heute

Nacht lieber hier unten schlafen. Wir sind in dieser Gegend an tropfende Dächer gewöhnt. Es regnet hier so viel.«

Alle blickten auf, als sich die Tür erneut öffnete. Aber es war nur Geoffreys Hund, der irgendwie an den Dienern des Bischofs vorbeigekommen war und sich selbst in die Halle einließ. Johns Augen wurden schmal, aber er unternahm keinen Versuch, das Tier zu vertreiben, solange Geoffrey dabei war.

»Was hat er in der Schnauze?«, fragte er und beobachtete den Hund misstrauisch.

»Gold«, stellte Tasso fest und versuchte unbesonnen, den Gegenstand zwischen den Zähnen des Hundes hervorzuholen. Das Tier schnappte, und nur das Ding in seiner Schnauze hinderte es daran, richtig zuzubeißen. »Er hat versucht, mich zu beißen!«

»Er mag Schätze, wie alle Normannen«, glaubte Geoffrey, Sendi flüstern zu hören.

»Ihr werdet es ihm nicht fortnehmen können«, warnte Roger, als Tasso Anstalten machte, die Kiefer des Tieres mit einem Dolch aufzustemmen. »Jetzt nicht mehr, wo er weiß, dass Ihr es wollt.«

Aber Geoffrey wusste, wie man mit dem Hund umgehen musste. Er nahm ein Stück von dem Braten und wedelte damit herum, bis das Tier sich auf einen friedlichen Tausch einließ. Während der Hund das Fleisch verschlang, untersuchte Geoffrey seine Beute. Es war ein Anhänger an einer Kette, der aus einer Scheibe mit einem Kreuz darauf bestand. Er sah alt aus, und dem Gewicht nach besaß er einigen Wert. In der Kette hatte sich ein Faden verfangen, als wäre sie dem Besitzer gewaltsam entrissen worden – vermutlich von dem Hund. Geoffrey betrachtete ihn nachdenklich. Hatte der Hund also einen der Männer erwischt, die versucht hatten, seinen Herrn zu ertränken? Und wenn das so war, konnte Geoffrey dann einen der Täter entlarven, indem er den Eigentümer des Anhängers fand?

»Das hier sollte seinem rechtmäßigen Besitzer zurückgegeben werden«, sagte er und hielt den Anhänger hoch, sodass alle ihn sehen konnten. »Mein Hund muss ihn auf der Straße gefunden haben, nachdem jemand ihn verloren hat.«

Das war nicht sonderlich raffiniert gewesen, und Geoffrey konnte erwarten, dass der Schuldige darauf Anspruch erhob. Sein forschender Blick stieß auf ausdruckslose Gesichter. Er musste schon listiger vorgehen, um an sein Ziel zu kommen.

Es dauerte mehrere Tage, bis Geoffrey Bath verlassen konnte. Helbyes Hüftschmerzen hatten sich verschlimmert, sodass er nicht reiten konnte, und nach der anstrengenden Jagd auf das gestohlene Spanferkel litt er unter Fieber. Geoffrey weigerte sich, ihn allein der Pflege des Bischofs John zu überlassen. Er kümmerte sich lieber selbst um ihn, so sehr Helbye auch gegen diese »Bemutterung« protestierte. Es war das erste Mal, dass Helbyes zunehmende Gebrechlichkeit Geoffreys Pläne behinderte, und es schmerzte sie beide zu wissen, dass es nicht das letzte Mal sein würde.

»Es wurde schlimmer, nachdem die Heilkundigen sich darum gekümmert haben«, stellte Roger fest. Er beobachtete Geoffrey, der mit gewärmtem Ale neben Helbye kniete. »Davor ging es ihm gut.«

»Aber John hat nur gebetet und Kerzen entzündet«, sagte Durand. »Das hätte helfen sollen. Clarembald hat den Schaden angerichtet, indem er diesen giftigen Brei auf Helbyes Seite geklatscht hat.«

»Die Salbe enthielt nur eine harmlose Mischung aus Zaunrübenwurzel und Eibenblättern«, stellte Geoffrey fest. »Ich glaube, das Leiden rührt von der Nässe und Kälte während der Reise von Westminster hierher.«

»Ich bin kein altes Weib, das sich im Winter nicht vor die Tür wagen kann«, schnauzte Helbye aufgebracht. »Ich bin ein Krieger, und ein Ritt durch den Regen macht mir gar nichts. So etwas habe ich schon getan, bevor einer von euch geboren wurde.«

Die Sachsen waren abgereist, sobald die Flut zurückgegangen war. Sie hatten es eilig gehabt und wollten die letzten fünfzehn Meilen nach Bristol so rasch wie möglich zurücklegen. Sie waren schon zu lange von zuhause fort gewesen und sehnten sich nach ihren Freunden und Familien. Geoffrey sah sie im grauen Zwielicht vor Sonnenaufgang davonziehen. Wie üblich stritten sie und beschuldigten einander, dass sie versucht hätten, den Gesandten des Königs zu ertränken. Geoffrey wies darauf hin, dass Henry noch viel mehr Spione hatte und der Tod eines einzelnen die Ermittlung nicht verhindern würde. Der König würde einfach weitere schicken, bis er hatte, was er wollte. Auf diesen Hinweis folgte Schweigen, während die Sachsen die Worte auf sich wirken ließen.

Bloet und Clarembald hatten ebenfalls beschlossen, gleich nach Bristol weiterzureisen. Bloet war verdrossen und vertraute Durand an, dass er keine große Hoffnung habe, das Silber zu finden. Er war sogar in Versuchung, selbst welches zu kaufen und vorzugeben, dass seine Suche Erfolg gehabt hatte. Das einzige Problem dabei war nur, dass die gestohlene Ladung so groß gewesen war und er nicht die Mittel besaß, um diese Menge herbeizuschaffen.

In der Zwischenzeit verabschiedete sich Clarembald mit der Erklärung, dass Bath eine Stadt der Diebe sei: Seine Satteltaschen wären in der Nacht durchwühlt und einige Arzneien gestohlen worden. Als Bischof John hinreichend aufgebracht auf diesen Vorwurf reagierte, fügte Clarembald noch beleidigend hinzu, dass das Gestohlene ohnehin nur von geringem Wert gewesen sei, weil er es in Bath gekauft hatte.

Warelwast lehnte es ab, aufzubrechen, mit der Begründung, dass er in Geoffreys Schuld stehe, nachdem dieser ihn aus dem Fluss gezogen hatte. Geoffrey legte keinen Wert auf seine Gesellschaft, aber der künftige Bischof blieb eisern und ließ sich nicht dazu bewegen, mit den anderen zu gehen. Er meinte, dass er nicht in Eile sei, und behauptete, ein zusätzliches Paar Augen könne nicht schaden an einem Ort, wo bereits jemand seine mörderischen Absichten gezeigt hatte.

Vergebens wies Geoffrey darauf hin, dass die Hauptverdächtigen allesamt nach Bristol unterwegs seien und er deswegen schon beträchtlich sicherer wäre. Warelwast ließ sich von seinem Entschluss nicht abbringen und machte Geoffrey damit nur misstrauisch.

»Ich bin gleichfalls versucht zu bleiben«, sagte Maude. »Ich habe unser Stelldichein sehr genossen und würde Euch gerne besser kennen lernen. Aber Barcwit wartet schon.«

»Und Rodbert ebenfalls«, sagte Geoffrey und blickte zu dem stellvertretenden Münzmeister, der sie finster beobachtete. »Ihr geht besser, bevor er Barcwit aus reiner Bosheit irgendetwas über uns erzählt.«

»Das würde er nicht wagen«, sagte Maude. »Barcwit würde wissen wollen, warum er es nicht unterbunden hat, und dann wäret Ihr nicht der Einzige, der in Stücke gehauen und an die Hunde verfüttert wird.«

»Ach, der liebe, sanftmütige Barcwit«, stellte Geoffrey trocken fest. »Eine freundliche Seele, der von allen guten Menschen sehr geschätzt wird.«

Maude schenkte ihm ein spöttisches Lächeln. »Erklärt mir nicht, dass Ihr ein guter Mensch seid, Geoffrey. Das wäre sehr enttäuschend.«

Die Reisenden ritten davon, und für Geoffrey begann der erste von vielen langen und eintönigen Tagen an der Seite seines kränkelnden Freundes. Er lieh sich eine Schriftrolle aus der Abtei, auf der Pflanzen und ihre medizinische Bedeutung aufgelistet waren. Darin las er, dass weder Eibenblätter noch Zaunrübenwurzel Helbyes Verfassung hätten verschlechtern sollen. Er rieb sich sogar probehalber selbst etwas davon auf sein Bein, aber es geschah nichts weiter, außer dass er ein leichtes Prickeln verspürte, das nicht unangenehm war.

»Glaubst du, Clarembald hat ihn vergiftet?«, flüsterte Roger, als Helbye schlief.

Geoffrey rieb sich die Augen, die vom Entziffern der winzigen Handschrift schmerzten. »Mehrere Anschläge auf mein Leben sind gescheitert. Also mag durchaus jemand eine andere Möglichkeit ausprobiert haben, mich von Bristol fernzuhalten.«

Roger starrte ihn an. »Indem er Helbye etwas antut? Das wäre überaus heimtückisch.«

Geoffrey nickte. »Aber es ist ihm gelungen. Wer weiß, wie lange wir noch warten müssen, bis er wieder reiten kann? Das ist enttäuschend. Ich hätte die Münzer bei ihrer Rückkehr gerne beobachtet und gesehen, wohin sie gehen und mit wem sie sich treffen.«

»Ich kann sie alle nicht ausstehen«, verkündete Roger heftig. »Wenn ich herausbekomme, dass einer von ihnen Helbye etwas Übles verabreicht hat, dann werde ich ihn abstechen.«

»Nein«, sagte Geoffrey und betrachtete den alten Mann, der sich unruhig im Schlaf herumwälzte, »das werde ich tun.«

Am nächsten Tag ging es Helbye allerdings besser. Er drängte die anderen, ohne ihn aufzubrechen, aber sie hatten so viele schwierige Situationen gemeinsam durchgestanden, und keiner wollte ihn zurücklassen. Während sie warteten, vertrieb Geoffrey sich die Zeit, indem er heilkundliche Schriftrollen aus der Abtei las. Dabei erfuhr er, dass Feldthymian ein gutes Heilmittel gegen die Kopfschmerzen nach zu viel Wein war und dass Hanfextrakt in den Ohren Würmer im Bauch vertrieb.

Am Abend des dritten Tages kam Durand in die Krankenstube. »Ich war mit Bischof John einkaufen«, erzählte er. Bewundernd schüttelte er den Kopf. »Der Mann kennt sich wirklich auf Märkten aus! Ich brauchte ein wenig Seide, um mir neue Bruchen zu machen, und er wusste genau, wo ich das finde, was ich haben will. Wir hatten einen sehr vergnüglichen Nachmittag.«

»Ich verstehe«, sagte Geoffrey. Er hatte nicht gewusst, dass sein Knappe Unterwäsche aus Seide trug, und auch nicht, dass er sie selbst nähte. Nähen mit teuren Stoffen war keine Fertigkeit, mit der sich Ritter gemeinhin brüsteten.

»Für Euch haben wir auch welche gekauft«, fuhr Durand fort. »Zwei neue Hemden und einige Bruchen. Ihr könnt sie mir bezahlen, wenn ich sie morgen abhole. Sie waren so günstig, dass ich nicht widerstehen konnte, und Ihr braucht sie wirklich. Ich habe ja gar nicht gewusst, in welchem Zustand Eure Leibwäsche ist, bis ich sie neulich nachts im Badehaus gesehen habe. Sie war wirklich widerlich, wenn Ihr die Wahrheit wissen wollt.«

Geoffrey fragte entgeistert. »Du hast mir seidene Unterhosen gekauft?«

Durand unterdrückte ein Lächeln. »Natürlich nicht. Seide wäre an Euch verschwendet! Eure sind aus robustem irischen Leinen. Das ist einer der Vorteile, wenn man in der Nähe der Küste ist – ausländische Waren sind leicht zu bekommen. Bristol betreibt regen Handel mit Irland, weshalb Bloet auch glaubt, dass das verschwundene Silber nicht mehr im Land ist, wenn Ihr Euch erinnert. Aber ich bin nicht gekommen, um Euch mit den Einzelheiten meines Nachmittags zu beglücken, so wunderbar er auch gewesen sein mag. Ich wollte Euch sagen, dass ich mit John auch eine Apotheke aufgesucht habe, wegen einer Salbe für den Fleck auf meiner Nase, und John wollte wissen, was Clarembald gekauft hatte. Der Fleck wird allmählich unansehnlich, und ich muss ihn loswerden, bevor ich Bloet wiedertreffe.«

»Wusste dieser Apotheker irgendetwas von den Münzern?«, fragte Geoffrey hoffnungsvoll.

»Nein, aber er erzählte John, dass Clarembald jedes Gran Zaunrübe gekauft hatte.«

»Ja«, sagte Geoffrey und wusste nicht, worauf sein Knappe hinauswollte. »Er hat es auch dick genug auf Helbyes Hüfte gestrichen, ich bin nicht überrascht, dass er viel davon brauchte.«

»Der Apotheker meinte, dass große Mengen davon für Frauen gefährlich sind – sie führen zu Blutungen, verursachen Fehlgeburten und solche Sachen.« Als Geoffrey ratlos dreinblickte, versuchte Durand, sich genauer zu erklären: »Es ist ein sehr wirksames Kraut, und das nicht nur für Frauen, möchte ich wetten. Helbye geht es besser, seit Ihr Euch allein um ihn kümmert.«

Geoffrey runzelte die Stirn. »Du glaubst, Clarembald hat zu viel Zaunrübe in seinem Breiumschlag verwendet?«

Helbye ächzte, während er sich behutsam aufsetzte. »Aber Ihr habt es doch an Euch selbst ausprobiert und nichts davon gespürt.«

Geoffrey rieb sich das Kinn. »Aber Clarembald meinte, dass ein Dieb an seinen Taschen war und seine Einkäufe aus Bath gestohlen hätte ...«

»Ganz genau!«, sagte Durand. »Der Dieb hat nicht die seltenen und teuren Dinge gestohlen, die Clarembald die ganze Zeit bewacht hat, seit wir Westminster verlassen haben, sondern die einfachen Mittel, die er hier erworben hat – Zaunrübe, die niemanden umbringen wird, aber ihn durchaus außer Gefecht setzen und am Reisen hindern könnte.«

»Du glaubst, diese Salbe war für Sir Geoffrey vorgesehen?«, fragte Helbye.

Durand zuckte die Achseln. »Es ist ganz egal, wem sie verabreicht wurde. Wichtig ist, dass Sir Geoffrey gehindert wurde, nach Bristol zu gehen, als er es wollte, was dem Verdächtigen genug Zeit verschaffte, Dinge zu verbergen, Zeugen für die Befragungen zu instruieren und Gott weiß was zu tun. Clarembald *könnte* der Schuldige sein, und seine Behauptung, dass ihm die Zaunrübe gestohlen wurde, sollte nur von ihm ablenken. Oder vielleicht ist er auch unschuldig und der Dieb nutzte seine Einkäufe.«

»Mit anderen Worten, jeder kann es getan haben«, sagte Geoffrey verärgert. »Wie alles in diesem furchtbaren Fall.«

»Oder auch niemand«, sagte Durand. »Ich habe zwar diese Überlegungen angestellt, aber es besteht trotzdem noch die Möglichkeit, dass alles genauso ist, wie es scheint: Clarembald wurde von Dieben bestohlen, die nur zufällig die Tasche mit der Zaunrübe erwischt haben, und der arme Helbye ist einfach nur krank nach einer Nacht im Regen. Man kann es unmöglich feststellen, solange sich nicht weitere Hinweise ergeben.«

»Nein«, sagte Helbye entschieden. »Ich kenne meinen Körper, und die furchtbaren Schmerzen in meiner Hüfte sind nicht mit den Stichen zu vergleichen, die ich vorher hatte. Ich wurde vergiftet: Daran besteht kein Zweifel.«

# 7. Kapitel

Bristol, November 1102

Drei weitere Tage vergingen, bis Helbye reisefähig war. Der alte Krieger war beim Essen wählerisch geworden und rührte nichts an, was nicht zuerst einer der anderen gekostet hatte. John bot ihm eingedickten Mohnsaft an, aber auch den lehnte Helbye ab, bis Durand einen kräftigen Schluck davon genommen hatte.

Auf diese Weise verlief die Reise sehr angenehm. Helbye war ohne Schmerzen, Durand schläfrig und ausnahmsweise schweigsam, und Geoffrey fühlte sich frisch und sauber in seiner neuen Unterwäsche. John und Warelwast begleiteten sie – John, weil er feststellen wollte, ob seit seinem letzten Besuch womöglich neue oder interessante Waren ihren Weg nach Bristol gefunden hatten, und Warelwast, der wie festgeklebt an Geoffreys Seite blieb.

Der Morgen war ungewöhnlich klar, und das war einer der Gründe für ihren Aufbruch – obwohl Sonntag war, welcher gewöhnlich der Ruhe und religiösen Einkehr diente. Geoffrey wollte in Bristol ankommen und einen warmen, trockenen Platz für Helbye finden, bevor es wieder regnete. Sie ritten im ersten Morgengrauen los, und selbst mit Helbyes Schwäche kamen sie weit schneller voran als mit den Sachsen und ihren zahlreichen Packtieren.

Es war um die zehnte Stunde, als sie eine Hügelkuppe querten und auf die Siedlung hinabschauten, die am Zusammenfluss zweier Flüsse gelegen war. Nach Süden hin wand sich der mächtige Avon, während im Norden die kleinere Frome floss; Stadt und Burg lagen wohlgeborgen dazwischen.

Die Burg von Bristol war, wie so viele in England, von den Vasallen des Eroberers als Zeichen normannischer Stärke errichtet worden, um die einheimische Bevölkerung einzuschüchtern. Ein hölzerner Wachturm krönte die Motte, und um den Außenwall zog sich ein Wassergraben, der durch Kanäle mit den Flüssen verbunden war. Entlang dieses Burggrabens verlief eine hölzerne Palisade, die derzeit an den Schwachstellen mit Mauerwerk verstärkt wurde.

Westlich davon befand sich die Stadt. Wie Bath auch, war sie bereits zu sächsischen Zeiten befestigt gewesen. Die meisten Straßen lagen innerhalb des Walls, und nur wenige Häuser standen außerhalb der Tore, nachdem die Siedlung in der Zwischenzeit gewachsen war. Mehrere Brücken überspannten die Frome, aber nur eine einzige den größeren Avon, der einer machtvollen Gezeitenströmung unterlag.

»Wo willst du anfangen, Geoff?«, fragte Roger, während sie auf die Stadt zuritten. »Willst du Barcwit treffen und ihm sagen, was ihm vorgeworfen wird?«

»Das wird er schon von Maude und Rodbert gehört haben. Auch deshalb wäre ich bei ihrer Rückkehr gerne dabei gewesen – um Barcwits Gesicht zu sehen, wenn er es erfährt.«

»Wie steht's dann mit Sendi?«, fragte Roger. »Wirst du dir seine Aufzeichnungen zeigen lassen – die sogenannten Beweise, die er gesammelt hat und die Barcwits Schuld zweifelsfrei beweisen sollen?«

»Barcwit ist der Beschuldigte, und wir sollten ihn auch zuerst befragen. Und zwar jetzt, solange er nach dem Sonntagsgottesdienst in erhabener Stimmung ist und vielleicht weniger lügen wird.«

Warelwast schnaubte verächtlich. »Barcwit geht nie in die Kirche – es sei denn zur Geisterstunde und im satanischen Ornat. Wenn Ihr die Kirchen nach ihm absuchen wollt, verschwendet Ihr Eure Zeit.«

»Woher wisst Ihr das?«, fragte Roger neugierig. »Habt Ihr gesehen, wie er sich in Zauberei versucht?«

»Ich habe schon viel Zeit hier in der Stadt verbracht«, erwiderte Warelwast. »Aber ich habe nie erlebt, dass Barcwit eine Kirche betreten hätte.«

»Habt Ihr ihn jemals persönlich gesehen?«, fragte Geoffrey. »Clarembald nähmlich noch nie, trotz seiner zahlreichen Besuche in Bristol.«

Warelwast ignorierte Johns verächtliches Schnauben bei der Erwähnung seines Rivalen. »Mag sein. Er und ich reisen oft gemeinsam, da wir beide in Exeter leben. Aber *ich* habe Barcwit gesehen. Er hat die Gewohnheit, dazustehen und zuzuschauen.«

»*Wobei* zuzuschauen?«

»Meistens bei öffentlichen Hinrichtungen«, antwortete Warelwast. »Er kann den Galgen von seinem Haus aus sehen, und wenn einer gehängt wird, steht er häufig am Fenster.«

Geoffrey wusste, dass manche Menschen das unterhaltsam fanden, auch wenn das bei ihm nicht der Fall war. »Wie sieht er aus?«

»Er ist immer schwarz gekleidet, und sein Gesicht ist ganz weiß. Es schimmert bleich unter der Kapuze hervor, denn er geht niemals nach draußen ins Sonnenlicht. Er ist nur bei Nacht unterwegs.«

»Er trägt innerhalb seines Hauses eine Kapuze?«, fragte Geoffrey. Das klang so, als wäre Barcwit ein wenig verrückt. »Während er bei Hinrichtungen zuschaut?«

»Er *ist* merkwürdig«, bestätigte John. »Ich investiere schon seit Jahren bei ihm, und dabei ist eine Menge Geld hin und her gegangen. Ich muss einer seiner besten Kunden sein – natürlich ganz legal, wie Ihr feststellen werdet, wenn Ihr seine Aufzeichnungen prüft. Aber er hat mich nicht einmal persönlich begrüßt! Gelegentlich sehe ich ihn am Fenster stehen, wo er mir bei der Abreise hinterherschaut. Aber wir haben nie miteinander gesprochen.«

»Und er ist nicht nur merkwürdig, sondern auch ebenso wild«, fügte Warelwast hinzu. »Ihr solltet auf der Hut sein, wenn Ihr ihm begegnet. Nur zum Spaß beißt er Tauben die Köpfe ab, und ich habe gehört, er würde das gerne mal bei einem Menschen probieren.«

Geoffrey konnte ein Lachen nicht unterdrücken. »Dafür bräuchte er aber entweder sehr große Zähne oder viel Zeit zum Kauen. Menschliche Köpfe lassen sich nicht so leicht abtrennen.«

Beide Geistliche beäugten ihn misstrauisch. »Woher wisst Ihr das?«, fragte John.

»Wir waren im Heiligen Land«, sagte Roger, als erkläre das alles. Diese geheimnisvoll ausweichende Antwort vergrößerte ihr Unbehagen nur noch, sodass sie für geraume Zeit schwiegen.

Sie ritten über die Brücke, die den Avon an einer schmalen Stelle überspannte, wo der schimmernde Schlamm an den Ufern auf große Schwankungen im Wasserstand hinwies. Auf der anderen Seite passierten sie ein Tor und standen auf einer der Hauptstraßen des Ortes. Dort gab es viel Läden, und Johns Augen strahlten in fröhlicher Erwartung.

»Da drüben ist ein Gasthaus«, sagte Helbye. Er wies auf ein schäbig wirkendes Gebäude, das einen Raben im Wirtshausschild hatte. Die Reise hatte ihn mehr ermüdet, als er zugeben wollte. »Wir können uns bei einem Krug Ale überlegen, wie wir auf Barcwit zugehen möchten.«

»Ich gehe allein zu ihm«, erklärte Geoffrey. »Ich will nicht, dass er flüchtet, weil er glaubt, ich hätte das halbe Heer des Königs mitgebracht.«

Roger erhob Einwände, aber Geoffrey wollte nicht in einem Wirtshaus sitzen, bis Helbye sich wieder erholte. Das würde ihn auch noch das letzte bisschen Überraschungsmoment kosten, das ihm nach seiner verspäteten Ankunft noch blieb. Er reichte die Zügel seines Pferdes an Durand weiter und schritt die Hauptstraße entlang, dorthin, wo Johns Beschreibung nach Barcwits Werkstatt lag.

Die war nicht schwer zu finden, vor allem nachdem er in Bath bereits eine Münze kennen gelernt hatte. Noch bevor er das Haus sah, roch er den beißenden Gestank von heißem Metall, die Kohlen, die zum Schmelzen des Silbers benötigt wurden, und den schmutzigen Geruch nach Staub und Brand, der selbst an einem Sonntag in der Luft hing – obwohl die Feuerstellen vermutlich gelöscht waren.

Barcwits Anwesen bestand aus einem lang gestreckten Gebäude, das unmittelbar nördlich der Kreuzung im Zentrum der Stadt stand. Geoffrey schaute zu dem Fenster im Obergeschoss an der Straßenseite empor. An diesem Morgen stand dort kein Beobachter. Er pochte energisch gegen die Tür und wartete darauf, dass jemand käme. Endlich hörte er Schritte, und ein kleines Fenster in der Tür wurde aufgeklappt.

»Was wollt Ihr?«

»Wer seid Ihr?«, fragte Geoffrey zurück.

»Colblac, der erster Schreiber von Meister Barcwit.«

»Öffnet die Tür«, befahl Geoffrey. »Ich bin hier, um Barcwit zu sprechen – im Namen des Königs.«

»Ich hole Rodbert«, sagte Colblac, und das Fenster schnappte wieder zu.

Geoffrey seufzte. In Bristol waren die Tatsachen wohl auch nicht leichter ans Licht zu bringen als während der Reise. Nach einer Weile wurde die Klappe ein zweites Mal geöffnet, und Rodberts blaue Augen zeigten sich auf der anderen Seite.

»Barcwit ist beschäftigt«, sagte Rodbert unfreundlich.

»Es ist Sonntag«, erinnerte Geoffrey ihn. »Seine Werkstatt ist geschlossen – es sei denn, er missachtet die Gebote der Kirche und arbeitet an Sonntagen. Jetzt lasst mich ein, bevor ich dem König berichte, dass Ihr die Zusammenarbeit verweigert habt.«

Das kleine Fenster schloss sich ein zweites Mal. Einen Moment lang glaubte Geoffrey schon, Barcwits Stellvertreter hätte seine Drohung ignoriert und wäre einfach davongegangen. Dann allerdings wurden die Riegel mit einen scharrenden Laut zurückgezogen und die Tür aufgerissen.

Geoffrey trat in einen schmalen Flur. Zur Linken sah er eine offene Tür, und am Ende des Ganges eine geschlossene. Dahinter klirrte und klopfte es, als würde dort gearbeitet – ab Sonntag oder nicht. Außerdem stellte Geoffrey fest, dass gerade erst jemand den Boden gewischt hatte, womöglich um die Tatsache zu verschleiern, dass hier gearbeitet wurde. Fußspuren in allen Größen und Formen zeichneten sich auf den nassen Steinplatten ab und zeugten davon, dass am Morgen viele Leute entlanggegangen waren.

Rodbert führte ihn zu der offenen Tür und ging Geoffrey voran in einen Raum mit großen Fenstern, in dem Tische und Bänke so aufgestellt waren, dass möglichst viel Licht darauf fiel. Regale mit

Dokumenten nahmen fast jeden Zoll der Wände ein. Colblac saß an einem Schreibpult und hatte eine Schriftrolle vor sich ausgebreitet; es war ein frommes Traktat, dessen Ränder religiöse Motive zierten. Für den Schreiber allerdings standen die Buchstaben auf dem Kopf, und da jeder Schreiber wohl auch lesen konnte, hatte der Mann dieses Pergament wohl nur hastig über den Tisch gelegt, um zu verbergen, was er tatsächlich gerade tat. Geoffrey schob die Schriftrolle zur Seite, und darunter kam eine Liste zum Vorschein, deren Tinte noch feucht war.

»Gebete«, behauptete Colblac trotzig. Er rechnete wohl nicht damit, dass ein Kreuzritter lesen konnte.

»Gebete über die Silberpreise?«, fragte Geoffrey und stellte befriedigt fest, wie der Mann überrascht hochfuhr.

»Barcwit ist nicht hier«, bemerkte Rodbert grob. »Und er würde sich ohnehin weigern, Euch an einem Sonntag zu empfangen, denn er ist ein tiefgläubiger Mensch.«

»In welcher Kirche war er denn?«, wollte Geoffrey wissen. Womöglich konnte er mit dem Priester sprechen und zumindest ein für alle Mal klären, ob Barcwit fromm war oder ein Heide.

»Saint Ewens«, antwortete Rodbert selbstgefällig. »Aber die Messe wurde für ihn allein abgehalten, und deswegen hat ihn niemand gesehen.« Er trat zur Tür und bedeutete Geoffrey, zu gehen. »Ich werde ihn wissen lassen, dass Ihr ihn sprechen wolltet.«

Maude rauschte in die Schreibstube. »Sir Geoffrey«, begrüßte sie ihn. Sie blickte ihn spitzbübisch an und wirkte erfreut, ihn zu sehen. »Wie geht es Helbye? Hat er sich wieder erholt?«

»Gebrechliche Greise und Knappen, die lieber eine Frau geworden wären«, stellte Rodbert angewidert fest. »Und schmutzige Ritter mit auffälligen Waffenröcken. Was hat der König sich nur dabei gedacht, solche Leute mit der Untersuchung zu betrauen?«

»Eigentlich«, stellte Maude fest und umrundete Geoffrey, »ist er nicht mehr so dreckig, wie ich ihn in Erinnerung habe. Hat der Regen ihn sauber gewaschen? Und ist das ein neues Hemd, das ich da unter der Rüstung erblicke?«

Geoffrey war ein wenig aus der Fassung, dass sie es bemerkt hatte. Anscheinend war er schmutziger gewesen, als ihm recht sein konnte. »Wenn Barcwit nicht hier ist, wie steht's dann mit Eurem *Wardein?«*, fragte er, entschlossen, sich nicht so einfach abweisen zu lassen. »Wenn er nüchtern ist, wäre zumindest eine von Sendis Anklagen widerlegt.«

»Er ist zu Besuch bei seiner Mutter«, sagte Rodbert in einem Tonfall, dem man die Lüge anhörte.

»Wo wohnt die?«

»Das weiß ich nicht genau«, erwiderte Maude, bevor Rodbert antworten konnte. Im Gegensatz zu Barcwits Stellvertreter war sie zu klug, um den Beauftragten des Königs nicht offen gegen sich aufzubringen. »Aber vielleicht hättet Ihr gerne einen Becher Wein? Tasso wird bald zurückkehren, und gewiss wird er sich freuen, Euch hier anzutreffen.«

Geoffrey war vom Gegenteil überzeugt. »Und wann wird der Wardein zurückkommen?«, fragte er.

»Später«, erwiderte Maude unbestimmt. »Aber er wird gewiss müde sein und sogleich zu Bett gehen, wie immer am Sonntag. Kommt morgen wieder, und ich frage ihn, ob er mit Euch sprechen möchte.

»Ob er mit mir sprechen *möchte*?« Geoffrey war verblüfft über ihre Dreistigkeit. »Er muss mir Rede und Antwort stehen, andernfalls wird der König annehmen, dass Ihr etwas zu verbergen habt, und zu Sendis Gunsten entscheiden. Ihr wollt doch sicher nicht alles verlieren, nur weil euer Wardein nicht ein paar Augenblicke seiner Zeit erübrigen will, um meine Fragen zu beantworten?«

Für einen Moment verschwand der neckische Ausdruck aus Maudes Gesicht. »Nun, er ist ein widerspenstiger Bursche und hat seinen eigenen Kopf. Ich werde ihm sagen, wie wichtig es ist, dass er mit Euch redet, aber er könnte es trotzdem ablehnen. Er ist nicht wie Lifwine, der alles tut, was man ihm aufträgt. Sondern er ist unabhängig und kann tun, was er will.«

»Ich verstehe«, erwiderte Geoffrey und fragte sich, ob »unabhängig« ein neues Wort für »betrunken« war. »Jedoch ist er nicht unabhängig vom König, und ich stelle meine Fragen im Namen Seiner Majestät.

»*Wir* werden sie beantworten«, sagte Maude. Mit einer Geste wies sie durch den Raum. »All unsere Aufzeichnungen lagern hier, und wir können sie so lange durchgehen, wie Ihr wollt. Der König wird schriftliche Belege Gerüchten vorziehen, also würde er auch wollen, dass Ihr die Untersuchung mit einer Prüfung unserer Buchführung anfangt.«

»Ich werde in der Zwischenzeit versuchen, unseren Wardein zur Mitarbeit zu bewegen«, sagte Rodbert, und seine Worte trieften vor Abneigung. »Aber er wird darüber selbst entscheiden.«

»Und Barcwit?«, fragt Geoffrey. »Werdet Ihr ihn ebenfalls überreden, mit mir zu sprechen? Oder muss ich warten, bis Giffard eintrifft, damit er meine Befragung in den Kerkern der Burg fortsetzt?«

Maude fasste ihn am Arm. »Mein Gemahl ist ein sehr stolzer Mann. Er lebt für seine Münzerei und für den König, und er lässt sich nicht gerne von einem einfachen Ritter vernehmen. Bitte habt Geduld.«

»Es geht weniger um meine Geduld«, entgegnete Geoffrey, »als um die des Königs.«

Da er nichts anderes zu tun hatte, fischte er wahllos Schriftrollen heraus und ging sie durch auf der Suche nach irgendwelchen Unregelmäßigkeiten. Aber er war nicht überrascht, als er keine fand. Barcwit bewahrte verräterische Unterlagen sicherlich anderswo auf, und Geoffrey erwartete nicht ernsthaft, hier etwas Verdächtiges aufzuspüren.

Schließlich, als er das Gefühl hatte, dass er Rodbert nun genug aufgebracht hatte, brach er wieder auf. Auf dem Rückweg zum Wirtshaus warf er noch einmal einen Blick über die Schulter, und seine Augen wanderten erneut zu dem Fenster im Obergeschoss. Die Läden waren teilweise geschlossen, aber er war sich sicher, dass jemand dahinter lauerte. Dieser Jemand war groß und in einen dunklen Mantel gehüllt, und Geoffrey glaubte, ein bleiches Gesicht zu sehen. Er blinzelte und strengte die Augen an, dann war die Gestalt fort und das Fenster leer.

Geoffrey war noch nicht weit von Barcwits Werkstatt entfernt, da erblickte er jemanden, den er kannte. Es war Bloet, in einen dicken Mantel gehüllt und den Hut tief ins Gesicht gezogen – was allerdings nicht ausreichte, um die unverkennbare Nase zu verbergen, und das rote Haar, das unter dem Hut hervorlugte. Geoffrey fiel noch etwas anderes auf: Obwohl viel Leute auf Bristols Straßen unterwegs waren, hielt sich niemand in der Nähe von Barcwits Anwesen auf. Sobald ein Fußgänger eine gewisse Stelle überschritt, senkte er den Kopf und beeilte sich, weiterzukommen.

»Es ist Euch also auch aufgefallen«, sagte Geoffrey, der hinter Bloet getreten war und ihn erschrocken zusammenzucken sah. »Ich meine, dass die Leute Angst haben, bei Barcwits Haus zu verweilen. Überall stehen sie in der Sonne und unterhalten sich, aber vor Barcwits Werkstatt ist die Straße menschenleer.«

Bloet war sichtlich verärgert, dass er erkannt worden war. »Die Leute meiden diesen Platz schon seit Jahren – seit eine ganze Familie hier mal zum Plaudern stehen geblieben und dann spurlos verschwunden ist. Aber zufällig habe ich gerade etwas ganz anderes beobachtet.«

»Eine ganze Familie?« Geoffrey hatte seine Zweifel.

»Mutter, Vater, drei Kinder, eine Großmutter und ein Hund«, bestätigte Bloet. »Sie wurden zuletzt vor Barcwits Haus gesehen und danach niemals wieder. Manche Leute glauben, er hat sie getötet, weil sie es wagten, am Sonntag zu lachen. Andere sind der Meinung, er hatte einfach Hunger.«

»Das ist ungeheuerlich«, sagte Geoffrey ein wenig erheitert ob dieser Gruselgeschichte.

»Ja«, stimmte Bloet ihm aus vollem Herzen zu. »Aber Barcwit ist ein ungeheuerlicher Mensch. Ihr solltet vorsichtig sein, wenn Ihr ihn besucht. Sorgt dafür, dass immer jemand weiß, wo Ihr hingeht.«

»Ich halte, das für eine unglaubwürdige Geschichte. Selbst Barcwit kann nicht eine ganze Familie umbringen und erwarten, damit durchzukommen. Es ist auch nicht so leicht, sechs Leichen loszuwerden – nicht mal mit sehr viel Hunger.«

»Wer will ihn hindern, das zu tun, was er will?«, wollte Bloet wissen. »Zumindest niemand in dieser Stadt, so viel kann ich Euch versichern! Und in seiner Werkstatt hat er Öfen genug. Da lässt sich leicht ein Toter reinstecken – erst recht nachdem er sich satt gegessen hat.«

»Das sind doch Märchen!« Geoffrey wunderte sich, dass ein weltlich denkender Mensch wie Bloet an so etwas glauben konnte. Aber der störrischen Miene des Höflings entnahm er, dass Bloet seine Meinung nicht ändern würde. Also wechselte Geoffrey das Thema. »Ihr meintet, Ihr hättet etwas anderes beobachtet. Was denn?«

Bloet wies mit dem Finger. »Ich behalte Sendi und seinen Haushalt im Auge. Die führen allerdings ein ungewöhnlich eintöniges Leben. Sie arbeiten von Sonnenauf- bis Sonnenuntergang, essen und gehen zu Bett. Und am nächsten Tag ist es dasselbe. Adelise ist noch glücklich dran: Sie geht zum Markt und kauft Fisch und Mehl. Aber heute war der aufregendste Tag überhaupt: Sie sind in die Kirche gegangen!«

»Was hattet Ihr denn erwartet?«

»Ich dachte, dass einer von ihnen vielleicht so freundlich wäre, nach dem gestohlenen Silber zu sehen«, stellte Bloet unglücklich fest. »Um sich zu vergewissern, dass alles noch da ist. Aber nein, das fällt natürlich niemandem ein!«

»Ihr habt sie seit Eurer Ankunft beobachtet?« Womöglich hatte Bloet etwas gesehen, was Geoffrey bei seinem Fall helfen konnte.

Bloet nickte. »Sie gehen nicht mal ins Wirtshaus. Ich drücke mich nun schon seit Tagen hier herum und habe nichts über die Barren erfahren. Allmählich glaube ich, dass Rodbert irrt und Sendi das Silber gar nicht hat.«

»Deshalb behaltet Ihr Sendi im Auge? Weil Rodbert es Euch gesagt hat?«

»Er war sehr überzeugend«, sagte Bloet. »Und da ich sonst keine

Hinweise hatte, war das ein ebenso guter Anfang wie jeder andere. Aber ich fürchte, Sendi weiß, dass ich ihn beobachte, und unternimmt deshalb nichts Belastendes.«

»Ihr solltet nicht die Möglichkeit aus den Augen verlieren, dass Barcwit von den eigenen Leuten bestohlen wurde«, empfahl Geoffrey. »Rodbert fühlt sich der Wahrheit nicht sonderlich verpflichtet: Er hat mich gerade erst wieder angelogen.«

Das munterte Bloet ein wenig auf. »Ich habe mir gleich gedacht, dass diese Erklärung zu einfach wäre: Barcwits Silber, gestohlen von seinem Konkurrenten.«

»Habt Ihr sonst noch etwas gesehen?« Geoffrey spähte um die Ecke und erblickte Adelise und Sendi in ihrem besten Sonntagsstaat. Sie sprachen gerade mit einem Priester. Lifwine und andere, die sie nach Westminster begleitet hatten, waren ebenfalls dabei, und noch mehr: insgesamt an die dreißig Personen. Das war ein großer Haushalt, und Sendi war ohne Zweifel ein reicher Mann mit einem erfolgreichen Geschäft, trotz aller Klagen, dass Barcwit ihn schädigte.

»Nichts. Sendi setzt kaum einen Fuß vor die Tür.«

Das konnte Geoffrey kaum glauben. »Es dürfte Euch schwerfallen, alle Ein- und Ausgänge gleichzeitig im Auge zu behalten. Wie habt Ihr das geregelt?«

Bloet schaute ihn entgeistert an. »*Alle* Ausgänge? Wollt Ihr damit etwa sagen, es könnte eine Hintertür geben?«

Geoffrey erkannte, dass er von Bloet nichts erfahren würde. Also ging er davon und ließ ihn allein über sein Unglück brüten. Der König hatte einen großen Fehler gemacht, diesen Mann mit der Suche nach dem Silber zu betrauen: Bloet war nicht nur völlig unfähig, ihm war auch zuzutrauen, dass er gleich damit verschwand, falls er es durch irgendeinen Zufall aufspürte.

Als Geoffrey in den »Raben« zurückkehrte, waren die anderen schon wieder aufbruchsbereit. Er musterte Helbye, der kerzengerade im Sattel saß, auch wenn das Muskelspiel seiner Kiefer verriet, wie sehr er die Zähne zusammenbiss. Die Reise hatte dem alten Krieger ihren Tribut abverlangt, und es wurde Zeit, dass er ein Bett zum Ausruhen bekam. Geoffrey zerbrach sich den Kopf, wie er das zur Sprache bringen könnte, ohne Helbyes Stolz zu verletzen.

»Wohin jetzt?«, fragte Roger tatendurstig. »Sollen wir Sendi besuchen? Lifwine befragen, wie er die Münzen prüft?«

»Wusstet Ihr schon, dass Lifwines Schuhe ihn mehr als sechs Monatslöhne gekostet haben?«, warf John beiläufig ein. »Er hat sie eigens für sich anfertigen lassen, mit besonders dicken und harten Absätzen. Er behauptet, sie seien haltbarer, aber ich glaube, sie sollen ihn größer wirken lassen.«

»Vielleicht kosten sie mehr als gewöhnliche Schuhe«, sagte Helbye, »aber er meint, sie halten jahrelang. Womöglich sollte ich mein Geld auch in so ein Paar anlegen. Meine Stiefel sind schon so dünn, dass es sich anfühlt, als würde ich barfuß laufen.«

Geoffrey stellte fest, dass Helbye Recht hatte. Er fragte sich, ob undichtes Schuhwerk wohl auch zu den schmerzenden Knochen beitrug. Gleich am nächsten Tag wollte er seinem Sergeanten neue Schuhe kaufen. Beim Anblick der harten Linien, die Müdigkeit und Schmerzen in das Gesicht des alten Mannes gegraben hatten, bereitete er Rogers ehrgeizigen Plänen für den Tag ein vorzeitiges Ende: »Zuerst will ich eine Unterkunft für uns finden. Kennt jemand ein gutes Gasthaus?«

»Mein bevorzugtes Haus – der Schwan – ist nur klein, und ich habe das einzig anständige Zimmer für mich selbst reserviert«, antwortete John. »Ihr müsst Euch ein anderes suchen. Ich mag den Schwan, weil der Markt von dort aus sehr bequem zu erreichen ist und weil er auch nahe bei Barcwit liegt.«

»Warum wollt Ihr in seiner Nähe unterkommen?«, fragte Geoffrey eingedenk der Bedrohlichkeit, die von Barcwits Anwesen ausging.

John schürzte die Lippen. »Weil ich dort mein Geld anlege. Ich hoffe, ich kann dieses Geschäft rasch hinter mich bringen. Nachdem der Schatten eines Verdachts auf mich gefallen ist, was ich sehr unangenehm finde, will ich mich so schnell wie möglich davon reinwaschen. Natürlich werdet Ihr Clarembald schuldig finden …«

»Das Gasthaus«, unterbrach Geoffrey die Abschweifung. Er wollte sich keine weiteren Anschuldigungen anhören, während Helbye dringend Erholung brauchte.

»Lasst die Gasthäuser beiseite«, sagte Warelwast. »Ich besorge uns einen Platz auf der Burg.«

Geoffrey war überrascht. Die Burg wäre gewiss die beste Unterkunft für sie. Eine Festung war bewacht, und nicht jeder Besucher konnte dort einfach ein und aus gehen. Da seine Untersuchung des Falles nicht einmal auf der Klägerseite willkommen war, wäre ein Rückzugsort wünschenswert, wo er mit den Seinen zumindest bei Nacht sicher war. Allerdings waren Burgen auch keine Gasthäuser, und nicht jeder Reisende konnte dort einfach eine Unterkunft fordern.

»Wie wollt Ihr das bewerkstelligen?«, fragte er.

Warelwast zuckte die Achseln. »Ich werde dem Burgvogt, Sir Peter de la Mare, einfach ausrichten, dass ich es so möchte. Das gehört zu den Vorzügen, wenn man ein Neffe des Eroberers und ein Vetter des Königs ist. Überlasst das nur mir. Es ist das Mindeste, was ich tun kann.«

Aber Geoffrey wollte dem Mann nicht verpflichtet sein. »Wir können …«

Warelwast hob die Hand und schnitt ihm das Wort ab. »Peters Frau hält die Garnison gut in Ordnung, also sollten wir dort sicher schlafen können. Sie besitzt sogar einige Federmatratzen, wenn Ihr Wert auf Bequemlichkeit legt. Ich jedenfalls werde ganz gewiss eine einfordern.«

»Ihr wollt mit uns kommen?«, fragte Roger unbehaglich. Auch er wollte den Mann lieber loswerden. »Für jemanden wie Euch wäre ein Gasthaus doch ganz gewiss ein besser geeigneter Ort?«

Warelwast hob die Augenbrauen. »Ich verstehe nicht recht, was Ihr mit dieser Bemerkung ausdrücken möchtet, aber ich will nicht weiter darauf eingehen. Wir *alle* werden auf der Burg übernachten.«

»Sir Peters *Frau* hält die Garnison in Ordnung?«, fragte Helbye. »Warum kümmert er sich nicht selbst darum?«

»Ihr werdet es sehen«, stellte Warelwast geheimnisvoll fest.

Sie ritten die Hauptstraße entlang und wandten sich dann an der Kreuzung links, wo der zarte Duft aus einem Gewürzlager tapfer gegen den allgegenwärtigen Gestank von überfüllten Abflussrinnen und Pferdeäpfeln ankämpfte. Die Burg erhob sich am Ende der Straße, und die aufragende Motte mit dem Wachturm warf einen bedrohlichen Schatten auf die Stadt. Für alle sichtbar verkündete sie, dass die Normannen die Herrschaft übernommen hatten und nicht geneigt waren, sie wieder aufzugeben.

Aus der Ferne erschien die Burg wenig bemerkenswert, aber als sie darauf zuritten, erwies sie sich als beachtliche Festung. Die Gräben waren breit und tief, die Ufer steil. Geschärfte Spitzen krönten die Palisade, während der Turm höher und robuster war, als er auf den ersten Blick wirkte. Der riesige Burghof war angefüllt mit den Gebäuden, die stets mit dem Erhalt der Ordnung in einem eroberten Land einhergingen – mit Ställen, Lagerhäusern, Unterkünften für die Krieger und einer großen Halle.

Warelwast ließ den Posten am Tor wissen, dass er den Burgvogt zu sprechen wünschte, und Geoffrey und die Übrigen folgten ihm ins Innere der Burg. Nachdem die Besucher Sir Peter gemeldet worden waren, eilte dieser sogleich zur Begrüßung herbei. Er war von unscheinbarem Äußeren, hatte eisengraues Haar und jene Art von kurz geschnittenem Bart, wie sie nur noch von älteren und wenig modebewussten Männern getragen wurde. Er lächelte, als er Warelwast erkannte.

»Eure Eminenz! Ihr habt Euren Besuch gar nicht angekündigt, sonst hätte ich die Latrinen reinigen lassen.«

»Warum?«, fragte Roger, den diese eigentümliche Begrüßung neugierig machte. »Übernachtet er für gewöhnlich dort, wenn er Bristol besucht?« Er brüllte vor Lachen über den eigenen Scherz.

»Beim letzten Mal hat er sich über den Geruch beschwert«, erklärte Peter. »Aber das war im Sommer. Jetzt ist es kühler, und womöglich wird er ihn da nicht als so aufdringlich empfinden.«

»Wir werden sehen«, sagte Warelwast. »Aber sprecht mich noch nicht als Bischof an, Peter. Exeters gegenwärtiger Amtsinhaber lebt noch, und ich kann seine Stelle nicht beanspruchen, bevor er stirbt – was noch Jahre dauern wird. So Gott will.«

Geoffrey warf ihm einen verstohlenen Blick zu und versuchte abzuschätzen, ob der Mann das aufrichtig meinte. Aber seinem gleichmütigen Gesicht ließ sich nicht viel entnehmen. Warelwast stellte seine Begleiter vor:

»Das ist mein Freund, Sir Geoffrey Mappestone, Vertrauter und Beauftragter des Königs. Und Sir Roger ist der Sohn des Bischofs von Durham.«

Geoffrey zuckte zusammen. Er trug schwer genug an seiner Aufgabe, da wäre es ihm wirklich lieber, wenn sich nicht auch noch Rogers Abstammung erschwerend auswirkte. Er verbeugte sich vor Peter, der den Arm ausstreckte und seinen Wappenrock berührte. Der Burgvogt betastete den Stoff zwischen Daumen und Zeigefinger mit einer Ehrfurcht, die an Verehrung grenzte. Allerdings wischte er sich danach die Hand an seinem Hemd ab.

»*Jerosolimitani*«, stellte Peter sehnsuchtsvoll fest. »Ich wollte auch auf den Kreuzzug gehen, aber meine Frau hat mich nicht gelassen.«

»Ihr habt nicht viel versäumt«, sagte Geoffrey und dachte bei sich, dass Peter wohl auch nicht lange durchgehalten hätte, wenn er die Art Mann war, die sich von Frauen befehlen ließ. »Zu viele Männer sind nicht zurückgekehrt.«

»Das hat sie auch gesagt«, erwiderte der Vogt. »Aber ich hätte gerne Jerusalem gesehen. Ich habe gehört, die Straßen sind mit Gold gepflastert, und ihre heiligen Mauern verströmen den göttlichen Segen.«

»Die Straßen sind mit Eselmist bedeckt, und das Einzige, was dort strömte, war das Blut der Unschuldigen, die wir abgeschlachtet haben«, ließ Geoffrey ihn unverblümt wissen. »Ihr wäret enttäuscht gewesen.«

Warelwast war entsetzt über diese ketzerische Behauptung. »Ihr sprecht Euch gegen den Kreuzzug aus? Aber es war Gottes Wille – deswegen hat Er uns den Sieg geschenkt.«

»Warelwast hat Recht«, fügte Roger hinzu und musterte seinen

Freund kühl. »Gott *war* erfreut über unsere Taten, und deshalb hat Er uns im Anschluss auch so viel Beute beim Plündern zukommen lassen.«

Geoffrey wollte sich deswegen nicht auf einen Streit einlassen.

»Ich bin Peter de la Mare«, sagte der Burgvogt. »Ihr seid herzlich zum Bleiben eingeladen – als Gesandte des Königs, als *Jerosolimitani* und als Freunde des zukünftigen Bischofs. Aber wir haben im Augenblick nicht viel Platz hier, und ich kann euch nur eine winzige Kammer anbieten. Ihr solltet allerdings alle darin liegen können, wenn ihr es geschickt anstellt. Natürlich könnt ihr auch jederzeit im großen Saal bei den Dienern schlafen, wenn ihr mehr Platz benötigt.«

»Eine zurückgezogene Kammer wäre uns sehr recht«, meinte Warelwast, bevor Geoffrey sagen konnte, dass er die Halle vorzog. Er steckte nicht gerne in kleinen überfüllten Räumen fest. »Es gab in letzter Zeit einige Anschläge auf unser Leben, und in einem Zimmer, dessen Tür wir verriegeln können, wären wir sicherer.«

»In *meiner* Burg wird Euch niemand angreifen«, versprach Peter. »Ich bin stolz auf die Sicherheit meines Hauses – oder, besser gesagt, rühmt sich meine Frau dieser Tatsache. Sie kennt sich gut mit solchen Dingen aus.«

»Eine Frau kümmert sich um die Verteidigung?« Roger war entsetzt.

Peter zuckte die Achseln. »Sie ist sehr geschickt darin – besser als Ihr, möchte ich meinen –, und jeder soll seine Stärken nutzen. Das hat der Eroberer mal gesagt, und sein Rat hat mir stets geholfen.«

»Warum seid Ihr zur Zeit so beengt?«, fragte Warelwast, bevor Roger seine Ansichten verbreiten konnte. »Wer ist sonst noch hier?«

»Nur ein alter Freund aus meiner Jugend. Er wäre sicher gern bereit, seine Räumlichkeiten mit Euch zu tauschen, denn er ist ein sehr zuvorkommender Bursche. Aber bei seiner Frau bin ich mir nicht so sicher.«

»Eine Beißzange?«, erkundigte Warelwast sich mitfühlend.

»Eine furchtbare Person«, vertraute Peter ihm an. »Glaubt mir, sie könnte diese Burg allein verteidigen, wenn wir angegriffen würden, und sie ist dreimal so groß wie ihr Ehemann. Ich muss wohl nicht sagen, dass sie und meine Frau Idonea viel gemeinsam haben. Ihr solltet sie hören, wenn sie abends am Kamin über Kriegführung sprechen. Die Haare würden Euch zu Berge stehen!«

»Das klingt ja wirklich fürchterlich«, stellte Warelwast fest. »Ich will nicht die ganze Nacht über Schlachten reden. Ich plaudere lieber über Kunst und Musik, bevor ich zu Bett gehe.«

»Überlasst den Krieg mir«, verkündete Roger. »Diese Damen werden sich freuen, wenn sie mit *mir* über die Kriegskunst reden können!«

»Vermutlich werden sie das«, stimmte ihm Peter unglücklich zu. »Die herrschsüchtigen Weiber sind in dieser Stadt eine regelrechte Plage: Neben den beiden hier gibt es auch noch Barcwits Frau Maude, die schlaueste Dame, der ich je begegnet bin, und außerdem Sendis Adelise, hinter deren engelhafter Unschuld sich eine gehässige Seele verbirgt.«

»Wir waren von Westminster an mit Maude und Adelise unterwegs«, sagte Roger. »Wir kennen sie ganz genau. Ich habe nicht mal versucht, sie zu verführen. Sie wären die Mühe nicht wert gewesen.«

»Maude schon«, sagte Peter. »Aber *die* würdet Ihr niemals verführen, denn sie würde Euch zuvorkommen. Wenn sie es auf Euch abgesehen hat, dann seid Ihr verloren, denn sie wird Erfolg haben – egal wie.«

»Ihr sprecht aus Erfahrung?«, fragte Geoffrey. Womöglich hätte er doch länger durchhalten sollen, nur um zu beweisen, dass er keine so leichte Beute war.

Peter sah sich verstohlen um, bevor er antwortete. »Und seit diesem Tag fordert sie von mir eine Gefälligkeit nach der anderen für ihr Schweigen. Natürlich bezahle ich, denn weder Barcwit noch Idonea dürfen davon erfahren. Das würde ich keine paar Stunden überleben. Es war das teuerste Stelldichein meines Lebens.«

»Das will ich meinen«, bekräftigte Warelwast. »Ihr solltet Eure Frauen sorgfältiger auswählen.«

In diesem Augenblick erklang ein Ruf von der Halle her, und

ein Paar hielt auf sie zu, wobei die Frau deutlich größer war als der Mann. Peter sah sich verzweifelt um und suchte nach einer Fluchtmöglichkeit, aber die Frau rief seinen Namen in einem Ton, der keine Abweisung zuließ.

»Haltet Eure Eier fest, meine Herren«, empfahl er, als er erkannt hatte, dass es kein Entrinnen mehr gab. »Sonst reißte sie sie aus und verzehrt sie zum Frühstück.«

»Sie sieht verwegen aus«, pflichtete Warelwast ihm bei, während die gefürchtete Dame, einen kleinen Mann im Schlepptau, auf sie zukam. »Ich hatte geglaubt, der heilige Georg hätte alle Drachen besiegt, aber hier haben wir noch ein sehr lebendiges Exemplar.«

»Eine alte Jungfer«, stellte Roger wissend fest. »So werden sie alle, wenn ihre Annäherungen zu oft zurückgewiesen werden. Aber das passiert natürlich nur den Hässlichsten.«

Geoffrey trat einen Schritt zur Seite, und plötzlich strahlte er vor Freude. »Das ist Joan!«, rief er aus. »Meine Schwester!«

Joan blieb abrupt stehen, als sie Geoffrey erblickte, und sperrte vor Verblüffung den Mund auf. Eine gewisse Familienähnlichkeit zwischen ihnen war unverkennbar, nicht nur weil sie das gleiche dicke, hellbraune Haar hatten und groß und stämmig waren. Aber Joan bekam allmählich graue Strähnen, die sie unter einem matronenhaften Schleier verbarg und war füllig an Bauch und Hüften, während Geoffrey sich genug bewegte und schlank geblieben war. Joan hatte dunkelbraune Augen, Geoffrey dagegen grüne.

Neben Joan stand ihr Ehemann, Sir Olivier d'Alençon, und wirkte zwergenhaft im Vergleich zu ihrer kräftigen Gestalt. Olivier hatte nach Geoffreys Ansicht so wenig von einem Ritter, wie es nur ging. Er hatte niemals eine Schlacht gesehen, geschweige denn an einer teilgenommen, obwohl er eine Unzahl Kriegsgeschichten kannte und sie gern erzählte. Die meisten Leute wussten, dass diese Geschichten frei erfunden waren, aber weil er ein freundlicher Mensch war, duldeten sie seinen Einfallsreichtum. Er hatte schwarzes Haar und einen Schnurrbart, aber keinen Bart am Kinn, was in England unter König Henry eine Ausnahme war. Das Schwert an seiner Seite glänzte und war prachtvoll verziert, aber für einen richtigen Kampf taugte es nicht.

Während Joan ihren Bruder ungläubig anstarrte, rannte Geoffrey auf sie zu, umarmte sie und hob sie ein wenig hoch. Das war ein Ausdruck seiner Zuneigung für das einzige lebende Mitglied seiner Familie, an dem ihm etwas lag, aber auch ein wenig Neckerei, weil er wusste, wie peinlich ihr das vor Fremden war. Als er sie schließlich wieder auf die Füße stellte, starrte sie ihn noch immer an, sodass er an die Umarmung noch einen schmatzenden Kuss anschloss, der ihr die Tränen in die Augen trieb.

»Was machst du denn hier?«, wollte sie wissen. »Du wolltest doch ins Heilige Land zurückkehren! Ich dachte, ich würde dich niemals wiedersehen.«

Ein Stocken in ihrer Stimme nahm den schroffen Worten viel von ihrer Schärfe und verriet Geoffrey, dass sie sich gleichfalls über das Wiedersehen freute. Er war gerührt. Es tat gut, jemanden zu haben, der sich um einen sorgte.

»König Henry befahl mir zu bleiben«, antwortete er und ging mit Absicht nicht auf die Einzelheiten ein, die seine Wiedersehensfreude trübten. Da er nicht einen Augenblick lang erwartet hatte, seine Schwester in Bristol vorzufinden, hatte er sich auch nicht überlegt, wie er den Verdacht zur Sprache bringen sollte. Sie würde zornig sein, und eine aufgebrachte Joan nahm man nicht auf die leichte Schulter.

»Ich verstehe«, sagte sie und wurde sogleich misstrauisch. »Und für wie lange?«

»Das weiß ich nicht. Aber Tankred hat mich aus seinen Diensten entlassen, also habe ich auch keinen anderen Ort, wohin ich mich wenden könnte.«

Sie runzelte die Stirn. »Ich hatte immer den Eindruck, er mag dich. Hast du etwas Schlimmes getan? Ich hoffe, du hast keine Schande über die Familie gebracht!«

Geoffrey seufzte. Er hatte ganz ihre Neigung vergessen, immer das Schlimmste von ihm zu erwarten. »Ich habe nichts Falsches getan, außer dass ich vielleicht dem König zu lang zu Diensten stand.«

»Und zwar um deinetwegen«, sagte Olivier. Als Joan sich ihm zuwandte, zog er den Kopf ein, brachte seinen Gedankengang aber zu Ende: »Er hätte schon im letzten März ins Heilige Land zurückreisen können, aber er blieb noch den ganzen Sommer, damit Henry dir gegen den üblen Robert de Bellême ein Heer zu Hilfe schickt.«

»Das waren gefährliche Zeiten«, stimmte Peter ihm zu. Er lächelte Geoffrey einschmeichelnd an und bereute augenscheinlich, dass er dessen Schwester beleidigt hatte. »Die Waliser hatten sich überall an der englischen Grenze gesammelt und warteten nur auf Bellêmes Angriffsbefehl. Verräterische Kerle, diese Waliser.«

»Nicht alle«, wandte Joan ein. »Mit *unseren* walisischen Nachbarn kommen wir gut aus, denn ich habe ihnen Korn geschickt, als ihre Ernte im letzten Jahr verdorben ist. Das hat uns einige Entbehrungen abverlangt, denn das war, bevor unser Glück sich gewendet hatte, aber sie haben alles zurückgezahlt – mit Zinsen. Unsere Waliser sind ehrbare und großzügige Leute, Ihr solltet sie also nicht mit Bellêmes Söldnern in einen Topf werfen.«

Dieser Zurechtweisung folgte eine betretene Stille, bis Roger endlich das Wort ergriff. »Nun.« Er betrachtete Joan mit bemerkenswertem Interesse. »Ich weiß nicht, was du hast, Geoff. Sie ist nicht annähernd so fett, wie du behauptet hast.«

Joan funkelte ihren Bruder zornig an, der sich gar nicht erinnern konnte, sie überhaupt je so bezeichnet zu haben. Helbyes verlegener Miene entnahm er, dass die Beschreibung möglicherweise von ihm stammte. Er hoffte nur, dass Roger nicht noch weitere taktlose Bemerkungen machte, denn Joan war keine besonders versöhnliche Frau. Wenn sie wütend auf ihn war und ihre Unterstützung verweigerte, würde das alles noch viel schwieriger machen.

»Das ist Roger«, sagte er und wies auf seinen Freund. »Er …«

»Der Bastard des Bischofs von Durham«, fuhr Joan ihm ins Wort und nutzte sogleich die Gelegenheit, die Beleidigung zu erwidern.

»Der Dumme. Ja, ich erinnere mich daran, dass du mir über ihn geschrieben hast.«

»Mein Vater ist nicht dumm«, erwiderte Roger beleidigt. »Er ist klug, ehrlich und voller Güte.«

Joan musterte ihn eindringlich und versuchte zu ergründen, ob er sich über sie lustig machte. Schließlich kam sie zu dem Schluß, dass er das ernst meinte. »Flambard ist klug, gewiss. Dem würde niemand widersprechen. Nur hat er anscheinend nichts davon an seine Nachkommen vererbt.«

Rogers Hand fuhr zum Dolch. »Ich glaube nicht, dass ich deine Schwester mag, Geoff. Sie beleidigt allzu leicht ehrbare Ritter.«

»Ich habe keine ehrbaren Ritter beleidigt«, konterte Joan.

Geoffrey suchte verzweifelt nach einer Möglichkeit, dieses Gespräch zu beenden. Er wollte nicht, dass sein Freund und seine Schwester sich schon bei der Begrüßung unversöhnlich zerstritten. Roger war ein tapferer Mann und Furcht einflößender Krieger, aber mit der Zunge konnte Joan ihn in Stücke schneiden. Warelwast eilte ihm zu Hilfe.

»Lasst uns hineingehen und einen Becher Wein trinken, um dieses unerwartete Wiedersehen zwischen meinem geschätzten Freund Geoffrey und seiner entzückenden Schwester zu feiern.«

»Wer seid Ihr denn?«, fragte Joan. Sie war nicht sonderlich empfänglich für Schmeicheleien, und Warelwast musste schon behutsamer vorgehen, wenn er sie bezaubern wollte. »Irgend so ein höfischer Gockel, ohne Zweifel, mit funkelnden Worten und Federn statt Hirn.«

»Er ist der designierte Bischof von Exeter«, hauchte Peter, entsetzt von ihren Worten. »Und ein Vetter des Königs. Seine Freundschaft ehrt mich ebenso wie die Eures Gemahls.«

»Peter und ich haben viele Schlachten zusammen geschlagen«, sagte Olivier mit einer Verbeugung vor Warelwast.

»Haben wir das?«, fragte Peter überrascht. »Ich erinnere mich gar nicht. Ich bin kein sehr kampflustiger Geselle.«

»Wein wäre eine gute Idee«, sagte Roger und schnalzte mit den Lippen. Einen guten Schluck lehnte er niemals ab – vor allem dann nicht, wenn er ihn umsonst bekam. Er grinste Olivier kameradschaftlich an. »Und dann können wir beide ein paar Geschichten über strahlende Siege austauschen.«

Olivier war erfreut, ein neues Opfer für seine Lügengeschichten gefunden zu haben, und führte den bulligen Ritter zu einem Steinbau am anderen Ende des Hofes. Sobald Joan außer Hörweite war, fasste Warelwast Geoffrey am Gewand.

»Ich wollte Euch nicht beleidigen mit meiner Äußerung über Drachen«, murmelte er verlegen. »Ich habe nur ganz allgemein über Furcht einflößende Damen gesprochen, nicht über Eure Schwester im Besonderen.«

»Ich ebenso«, erklärte Peter weit weniger überzeugend. »Es ist nur so, dass sie erst drei Tage hier ist und schon meine Notvorräte für eine Belagerung neu organisiert hat.«

»Zum Besseren?«, fragte Geoffrey. »Oder hat sie alles durcheinandergebracht?«

»Nun, es *ist* recht schlau durchdacht«, räumte Peter widerstrebend ein. »Sie und Idonea haben es gemeinsam ersonnen. Aber es ist eine Sache, eine Frau zu haben, die sich hervorragend in der Kriegführung auskennt, und eine vollkommen andere, wenn die Frau eines Freundes daherkommt und dir erzählt, was du zu tun hast. Was sollen meine Krieger von mir denken?«

»Ich habe gelernt, guten Rat von jedem Menschen anzunehmen«, sagte Geoffrey. »Ganz gleich von welchem Geschlecht.«

»Ihr Männer«, sagte Joan, die nur das letzte Wort aufgeschnappt hatte. »Ihr seid doch alle gleich. Hier ist deine Schwester, die du niemals wiederzusehen glaubst, und trotzdem denkst du nur an das eine. Ist denn von den Manieren, die ich dir als Kind so geduldig beigebracht habe, gar nichts übrig geblieben?«

»Du warst nicht geduldig, und das meiste, was du mir beibringen wolltest, war nicht sehr manierlich«, erwiderte Geoffrey. Ihm fiel wieder ein, was seine Mutter damals mit ihm tat, nachdem er eine von Joans Übungen in Etikette umgesetzt hatte. Dieser Versuch, seine Mutter zu erfreuen, war gründlich missglückt.

Auch Joan erinnerte sich an den Vorfall. »Ach ja, die Sache mit dem Gemüse!«, stellte sie mit einem Kichern fest, das so gar nicht zu ihr passen wollte. Geoffrey fand den Vorfall gar nicht so lustig. Seine Mutter war eine beeindruckende Persönlichkeit gewesen und ganz gewiss niemand, den man gegen sich aufbringen wollte. »Und schau nicht so unwirsch, Geoffrey! Das ist lange her. Inzwischen hast du mir doch sicher verziehen?«

Er löste sich von der unerfreulichen Erinnerung und ließ sich hinter Peter und Warelwast zurückfallen, um mit seiner Schwester zu reden. »Wie steht es in Goodrich?«

»Es gedeiht ganz prächtig, wie Olivier und ich dir im letzten Brief geschrieben haben. Liest du sie immer noch?«

»Aber natürlich«, antwortete er und konnte nicht glauben, dass sie etwas anderes annahm. Das war traurig, und er hoffte, dass ihm Zeit blieb, mehr Vertrauen zu schaffen, bevor er wieder aufbrach. »Ich freue mich stets, von dir zu hören.«

Sie ergriff seinen Arm und überraschte ihn mit dieser kleinen Geste schwesterlicher Zuneigung. Ihre Mutter hätte sich nie zu solchen Gefühlsausbrüchen hinreißen lassen. »Du musst mich für grob halten, weil ich dich nicht freundlicher begrüßt habe. Aber du hast mich überrascht. Ich hatte mich schon für die vielen Jahre ohne dich gewappnet. Aber warum bist du wirklich hier? Hast du diesem Thronräuber Henry etwa einen Treueid geleistet? Ich hoffe nicht. Du verdienst Besseres, als einem heimtückischen, verworfenen, gierigen und skrupellosen Geizkragen wie ihm zu dienen.«

»Du magst ihn also nicht?«, fragte Geoffrey sanft.

»Allerdings nicht! Der Thron von England steht dem Herzog der Normandie zu, nicht ihm. Und ich mag auch die Art nicht, wie er dich diesen Sommer in seinen Dienst gepresst hat. So handelt kein ehrbarer Mann.«

»Ja«, stimmte Geoffrey ihr zu, auch wenn es ihn erschreckte, dass sie immer noch so wütend darüber war.

Sie seufzte. »Aber wir sollten unser Wiedersehen nicht verderben, indem wir uns über diese Natter unterhalten. Wir können morgen über ihn sprechen, wenn wir der friedlichen Stimmung müde geworden sind und Lust auf einen Streit haben. Also, beantworte meine Frage: Warum bist du hier?«

Joan war keine Frau, die sich mit Ausreden abspeisen ließ, und Geoffrey versuchte es erst gar nicht. Außerdem würde er sie ohnehin früher oder später nach ihren Geschäften mit Barcwit fragen müssen. »Es gibt einen Münzer in Bristol, der unlauterer Geschäfte beschuldigt wird. Henry hat mir befohlen, diese Angelegenheit zu untersuchen. Ich wollte das nicht, aber er meinte, er würde dich schonen, wenn ich tue, was er sagt.«

»Mich schonen?«, fragte Joan schneidend. »Was meinst du damit?«

»Es gibt eine Liste mit Leuten, die bei Barcwit Geld angelegt haben. Henry möchte wissen, ob sie das getan haben, weil Barcwit ihnen höhere und womöglich unerlaubte Zinsen versprochen hat oder weil sie an einer Verschwörung beteiligt sind, um sein ganzes Münzwesen zu schwächen und ihn vom Thron zu stürzen. Dein Name steht auf dieser Liste.«

Joan schlug sich die Hand vor den Mund. »Ich werde des Verrats beschuldigt?«

Geoffrey zuckte die Achseln. »Das hängt davon ab, was ich herausfinde. Henry schließt die Möglichkeit noch nicht aus, dass all diese Anschuldigungen ins Leere laufen.«

Joan umklammerte seinen Ellbogen so heftig, dass es schmerzte. Dann schob sie ihn auf die Ställe zu. »Geh. Nimm dein Pferd und deinen einfältigen Freund, und verschwinde von hier.«

Er befreite seinen Arm. »Das kann ich nicht. Henry würde das Schlimmste über dich annehmen.«

Überrascht sah er Tränen in ihren Augen glitzern. »Ich will nicht, dass du in diese Sache verwickelt wirst, Geoff. Wenn du auch nur einen Hauch von Zuneigung für mich empfindest, dann wirst du tun, worum ich dich bitte. Kehre zu Tankred zurück. Er wird dich wieder aufnehmen, wenn du deine Bitte nur gut vorbringst.«

Geoffrey war verwirrt. Er war es nicht gewohnt, seine starke und entschlossene Schwester so bekümmert zu sehen. »Wenn ich gehe, wird Henry dich ganz bestimmt des Verrats anklagen.«

Eine Träne rollte ihr die Wange hinab. »Ich bin bereits verloren, und ich könnte es nicht ertragen, wenn du mit mir untergehst. Gehe jetzt, solange du noch die Möglichkeit hast. Ich bitte dich.«

# 8. Kapitel

»Ich werde nicht gehen«, wiederholte Geoffrey am nächsten Morgen. Es war die erste Gelegenheit für ihn und Joan, noch einmal unter vier Augen miteinander zu reden, denn am vorangegangenen Abend hatten Peter und Idonea – eine würdevolle Frau in den Fünfzigern, die älter war als ihr Ehemann – darauf bestanden, sich um ihre Gäste zu kümmern. Mehrmals hatte Geoffrey versucht, seine Schwester allein zu sprechen, aber das hatte sich als unmöglich erwiesen.

Vom Wein beflügelt wurden Olivier, Roger, Warelwast und Peter im Laufe des Abends immer lauter, während Geoffrey, Joan und Idonea stiller wurden. Joan war nachdenklich und zurückgezogen, und Geoffrey machte sich Sorgen um sie. Idonea war angewidert von den Männern, die weniger getrunken hatten als sie, sich aber wie Betrunkene benahmen.

Nachdem ein vertrauliches Gespräch mit Joan nicht zustande kam, verließ er die lärmende Feier und zog sich in die winzige Kammer zurück, die er mit Roger, Helbye, Ulfrith und Durand teilen sollte. Warelwast hatte zum Glück nur einen Blick in das Zimmer geworfen und dann verkündet, er werde bei Peter und Idonea übernachten. Die wirkten nicht überrascht, was darauf hindeutete, dass sie schon bei früheren Gelegenheiten das Bett geteilt hatten, wenn der Platz rar gewesen war.

Am nächsten Morgen wurde Geoffrey früh wach und schaute im Stall nach den Pferden. Nur ein leichtsinniger Ritter vernachlässigte die Tiere, die ihn in die Schlacht tragen sollten. Rogers Ross sah gut aus, aber seines bereitete ihm Sorgen. Es wirkte matt, und das Fell hatte seinen Glanz verloren. Geoffrey hoffte, dass es nicht unter einer Krankheit litt, denn ihm fehlte das Geld für ein neues.

Anschließend ging er in die Küche und erbat einen Knochen für seinen Hund. Das Tier allerdings wollte etwas mit mehr Fleisch und schlug die Zähne in eine Rehkeule, bevor Geoffrey es verhindern konnte. Als er den aufgebrachten Koch für den Diebstahl bezahlte, sah er, dass seine Börse noch weniger enthielt als angenommen. Es würde kaum ausreichen, um ihn und seine Leute zurück ins Heilige Land zu bringen.

Beim Frühstück ergab sich endlich die Gelegenheit, mit Joan zu reden. Die Halle hatte sich in ein Refektorium verwandelt, mit Bänken für die einfachen Krieger und Tischen und Stühlen auf einem erhöhten Podest für den Vogt und seine Gäste. Von Roger und Warelwast war noch nichts zu sehen, während Peter und Olivier bleich und mit verquollenen Augen bei Tisch erschienen. Ihre Frauen hatten nur wenig Geduld mit Männern, die ihre Grenzen nicht kannten, und hatten sie aus ihrem trunkenen Schlaf gerissen. Peter stützte den Kopf auf die Hände und zuckte zusammen, wann immer die Diener mit dem Geschirr klapperten. Idonea hockte in eisigem Schweigen neben ihm, und Geoffrey hatte den Eindruck, dass es über seinen Zustand bereits zum Streit gekommen war. Olivier saß stocksteif und aufrecht da, als hätte er Angst, von der Übelkeit überwältigt zu werden, sobald er sich auch nur einen Zoll nach vorne beugte.

»Du musst heute Morgen noch abreisen«, sagte Joan zu Geoffrey. An den Schatten unter ihren Augen konnte er erkennen, dass sie in der Nacht kaum geschlafen hatte. »Nimm ein Schiff von Exeter. Fahre nicht von Bristol ab, denn dann könnte Henry dich aufspüren. Warelwast wird dir helfen. Er steht in deiner Schuld, weil du ihm das Leben gerettet hast.«

»Das behauptet er«, antwortete Geoffrey. »Aber er steht auch in Diensten des Königs. Möglicherweise traut Henry mir nicht, und Warelwast soll ein Auge auf mich haben – und welche Tarnung wäre da besser als eine unerschütterliche Freundschaft? Der Unfall am Fluss war vielleicht eine hochwillkommene Gelegenheit für ihn.«

Joan war entsetzt. »Du hältst ihn für einen Spion? Aber weshalb sollte Henry einen Mann überwachen lassen, der schon früher all seinen Forderungen nachgegeben hat?«

»Henry vertraut niemandem. Warelwast wurde das Amt als Bischof von Exeter versprochen, aber womöglich ist dieses Angebot an Bedingungen geknüpft, und er muss erst mal seine Treue beweisen.«

»Du bist ein misstrauischer Mensch geworden, Geoff. Liegt das etwa an den Vorfällen auf Goodrich im vergangenen Jahr?«

»Es liegt daran, dass ich in letzter Zeit zu viel mit mächtigen Männer zu tun hatte – mit dem König, Bellême, ihren Anhängern … Es ist schwer einzuschätzen, wem man trauen kann.«

»Das weiß ich«, erklärte sie bitter. »Olivier und ich wurden in hässliche Dinge hineingezogen, obwohl wir friedlich und zurückgezogen auf Goodrich leben. Die Arme dieser Leute reichen weiter, als du glaubst.«

»Was meinst du damit?«, fragte er voll Unbehagen. »Hat dich jemand bedroht?«

Sie seufzte und bedachte ihn mit einem traurigen Blick. »Ich muss dir etwas sagen. Es geht um deinen Bruder Henry – der Einzige von uns, der der Meinung war, dass sein Namensvetter zu Recht auf dem englischen Thron sitzt. Einst hattest du zwei Schwestern und drei Brüder. Jetzt bin ich von all diesen Geschwistern die Einzige, die noch am Leben ist.«

Geoffrey starrte sie an. Ihm waren schon eine Schwester und zwei Brüder gestorben, aber nach allem, was er wusste, war Henry noch sehr lebendig und machte sich mit seinem hitzigen Temperament und seiner Gewalttätigkeit zu einer rechten Plage. Er war ein Jahr älter als Geoffrey, und sie waren niemals Freunde gewesen, auch wenn sie bei ihrer letzten Begegnung zu einer Art Waffenstillstand gefunden hatten. Jetzt fiel ihm wieder ein, was Edric in Westminster berichtet hatte: Ein Mann namens Henry hatte Joan während ihres ersten Besuchs bei Barcwit begleitet, aber nicht bei den darauffolgenden Gelegenheiten.

»Was ist geschehen?«

»Wir fanden ihn eines Morgens mit einem Dolch im Leib auf. Olivier glaubt an einen Selbstmord – Henry fühlte sich oft verbittert und einsam, wenn er betrunken war –, aber ich vermute, dass ihn jemand ermordet hat. Er hatte sich im Laufe der Jahre so viele Feinde gemacht, dass man kaum wusste, wo man mit der Suche nach einem Täter anfangen sollte. Du wärest dieser Aufgabe vielleicht gewachsen gewesen, aber Olivier und ich waren das nicht.«

»Wann ist das passiert?«

»Ende September. Ich brachte es nicht über mich, dir davon zu schreiben. Ich weiß noch, wie erschütterst du warst, als Vater dir so freimütig über den Tod unserer Schwester geschrieben hat. Da habe ich befürchtet, ich würde auch nicht die richtigen Worte finden, um dir von Henry zu berichten.«

»Das war etwas anderes«, sagte Geoffrey. Seine Schwester Enide hatte er geliebt, aber für Henry hatte er nie viel empfunden. Besorgt legte er Joan die Hand auf den Arm. »Es tut mir leid. Gibt es etwas, das ich für dich tun kann?«

Sie lächelte. »Wie ich sehe, ist dir noch nicht in den Sinn gekommen, dass du nun der Erbe von Goodrich und den zugehörigen Ländereien bist. Olivier und ich können nur mit deinem Segen dort bleiben.«

»Bitte tut das«, forderte Geoffrey inbrünstig. Sie hatte Recht: Geoffrey hatte noch gar nicht daran gedacht, dass er nach Henrys Ableben der Herr von Goodrich war. Dieses Erbe wollte er auf keinen Fall beanspruchen, und soweit es ihn betraf, gönnte er es Joan und Olivier gerne. »Ich will kein Bauer werden, vor allem nicht in England, wo der König ständig hinter mir her wäre, damit ich die schmutzige Arbeit für ihn tue.«

»In dem Falle musst du heute noch abreisen. Ich habe keine Familie mehr außer dir, und dich will ich nicht auch noch verlieren.«

»Du wirst mich nicht verlieren. Wie kommst du überhaupt darauf? Was verschweigst du mir?«

»Barcwit«, sagte Joan. »Es wird ihm nicht gefallen, wenn du in seinen Angelegenheiten herumschnüffelst.«

»Wenn er unschuldig ist, hat er nichts zu befürchten; wenn er schuldig ist, hat er es sich allein zuzuschreiben. Außerdem wird Bischof Giffard bald eintreffen, und wenn ich bis dahin die Wahrheit nicht aufgedeckt habe, dann wird er es tun – und zwar sehr viel rücksichtsloser als ich.«

»Dann lass Giffard seine Arbeit tun«, flehte Joan. »Du kannst mir nicht helfen. Niemand kann das noch.«

Geoffrey war verwirrt. »Aber der König ist bereit, dir gegenüber Gnade walten zu lassen. Wenn ich herausfinde, was hier wirklich vorgeht, dann wird er dich verschonen.«

»Also bist du meinetwegen hier«, stellte sie bitter fest. »Der König hat mich ein zweites Mal benutzt, um sich deiner Dienste zu versichern. Wenn ich auch nur einen Augenblick lang mit so etwas gerechnet hätte, dann hätte ich mich niemals auf dieses Geschäft eingelassen. Binnen Wochen hat es eine bedrückende Wendung genommen, und jetzt bin ich eine Last für dich.«

»Das bist du nicht«, erklärte Geoffrey sanft. »Was auch immer geschehen ist, wir finden einen Ausweg.«

»Diesmal nicht. Ich sitze wirklich und unentrinnbar in der Falle.«

Geoffrey lehnte sich zurück. »Dann müssen wir sehen, wie wir dich freibekommen. Aber zuerst musst du meine Fragen beantworten. Sendi behauptet, du hast bei Barcwit Geld angelegt. Stimmt das?«

»Unsere erste Zahlung haben wir im März geleistet. Olivier und ich sind oft in Bristol, weil er seine Pferde in einem Dorf ganz in der Nähe kauft. Peter erzählte uns, dass Barcwit ein ehrbarer und zuverlässiger Geschäftsmann ist – dass seine Geldgeber einen hübschen Gewinn einstreichen, der stets pünktlich ausgezahlt wird. Wir hatten einige Mittel übrig, weil Olivier gerade ein kostbares Pferd verkauft hatte, also haben wir beschlossen, es bei Barcwit zu probieren. Innerhalb von Wochen hat sich unser angelegter Betrag verdoppelt, und seither fließt uns stetig weiteres Geld zu. Es hat Goodrich von Grund auf verändert.«

Für Geoffrey hörte sich das unwahrscheinlich an. Er verstand nur wenig von Geschäften, aber er wusste nur zu gut, dass Gewinne sich im Allgemeinen langsam ansammelten und nicht plötzlich in großen Summen aus dem Nichts auftauchten. An dieser ganzen Geschichte war etwas faul. »Hat Barcwit Euch einen höheren Zins versprochen, als die königliche Schatzkammer festgelegt hat?«, fragte er.

»Nein, das wäre ungesetzlich, und so verrückt bin ich nicht – was immer du von mir halten magst. Barcwits Schreiber haben uns erklärt, dass der Gewinn so hoch ist, weil die Nachfrage bei Münzen zur Zeit so groß ist.«

»Barcwits Schreiber? Du hast nicht mit Barcwit selbst verhandelt?«

Joan ließ sich ein düsteres Lächeln entlocken. »Barcwit verhandelt nur mit wichtigen Kunden, und das sind wir nicht. Ich bin ihm nie persönlich begegnet, habe ihn aber mal aus der Ferne gesehen, und er geruhte, mir zuzunicken. Er machte mich schaudern. Er ist kein guter Mensch, und ich wünschte, wir hätten nie von ihm oder seiner Münzstätte gehört.«

Geoffrey konnte es nicht glauben. »Man hat euch also eine scheinbar gesetzliche Geldanlage angeboten, die ungeheuer hohe Gewinne versprach. Da seid ihr doch gewiss zumindest ein wenig misstrauisch geworden?«

»Nein«, sagte Joan und schaute durch den Saal. Geoffrey fragte sich, ob sie seinem Blick auswich, damit er nicht die Lüge in ihren Augen sah. »Damals nicht.«

»Und jetzt?« Geoffrey seufzte, als sie nicht weiter antwortete. »Du musst es mir sagen. Sonst ist mir eine Hand auf den Rücken gebunden, und das kann uns beiden schaden. Wie hast du bemerkt, dass hinter Barcwits Geschäften mehr steckt, als es zunächst den Anschein hatte? Was bereitet dir solche Sorgen? Es sieht dir gar nicht ähnlich, so furchtsam zu sein.«

Sie seufzte resigniert. »Nun gut, ich werde es dir erzählen. Aber komm dann nicht heulend zu mir, wenn du dich in eine düstere und gefährliche Angelegenheit verstrickt siehst und nicht mehr weißt, wie du da herauskommen sollst.«

»Ich kann schon auf mich aufpassen.«

Sie schnaubte verächtlich. »Deine Erfahrungen aus dem Heiligen Land nutzen dir hier gar nichts, so wenig wie der kräftige Arm deines minderbemittelten Freundes oder der verschlagene Geist deines Knappen.«

»Henry glaubt, dass Barcwit das Geldwesen des Landes ruinieren will. Das ist Verrat. Wie viel schlimmer könnte die Wahrheit noch sein?«

Sie schaute ihn traurig an. »Ich wäre nicht so besorgt, wenn es Barcwit nur um eine wirtschaftliche Intrige ginge. Doch er hat weit Schlimmeres im Sinn.«

»Und das wäre?« Geoffrey drängte auf eine Antwort, als sie nicht von sich aus weitersprach.

»Er trifft Vorbereitungen, um Henry zu ermorden und den Herzog der Normandie auf den Thron zu heben.«

Joan gestand ihm, wie sie sich über die Gewinne aus ihrer ersten Anlage gefreut und, ganz wie das gutgläubige Opfer eines Betrügers, Barcwit bald alles anvertraut hatte, was sie besaß, weil sie auf noch größere Einnahmen hoffte. Erst später habe sie erfahren, dass ein Teil des Ertrags in eine Kasse »zur Rettung Englands« weitergeleitet wurde.

Geoffrey hörte entsetzt zu, und als Joan fertig war, saß er da, schweigend und zutiefst erschüttert. Es war nicht so sehr die Erkenntnis, dass jemand Geld für den Sturz des Königs sammelte, die ihn derart aus der Fassung brachte, als vielmehr Joans tiefe Niedergeschlagenheit. So hatte er sie noch nie erlebt. Selbst als die Zustände in Goodrich ihren schlimmsten Stand erreicht hatten, war sie unerschütterlich geblieben und hatte verbissen weitergekämpft. Jetzt wirkte sie eingeschüchtert und schicksalsergeben. Sie versuchte erneut, Geoffrey zur Flucht zu bewegen, und bat ihn sogar, Olivier mitzunehmen. Sie behauptete, es sei ihre Schuld, dass sie in diese Verschwörung verwickelt waren, und darum werde sie auch allein die Konsequenzen tragen.

Geoffrey floh vom Frühstückstisch und verließ die Burg zu Fuß. Er wollte eine Weile allein sein und über alles nachdenken, was er erfahren hatte. Er trat durch das Tor zur Stadt, hielt aber an, als jemand seinen Namen rief. Durand schloss eilig zu ihm auf und wollte erfahren, was für Dienste von ihm am heutigen Tag gefordert waren. Geoffrey schickte ihn aus, damit er Sendi seinen Besuch für den Vormittag ankündigte. Dann überlegte er, in welcher Richtung er gehen müsste, um ein wenig Ruhe zu finden. Zur Linken lag der Avon, von wo ein lebhafter Hafenlärm an seine Ohren drang. Also wandte Geoffrey sich nach rechts, auf die kleinere und ruhigere Frome zu.

Es fing an zu regnen, zuerst nur ein wenig, dann goss es in Strömen. Er hielt auf einige Marktstände am Fuße der Stadtmauern zu. Dort wollte er Schutz suchen, bis der Schauer vorüber war. Andere hatten allerdings dieselbe Idee gehabt, weil sich in weitem Umkreis kein anderer Unterstand bot, und so war es unter den Dächern überfüllt. Bloet war bei einem Händler untergekrochen, der Bänder anbot, während Barcwits Schreiber Colblac sich bei einem Töpfer herumtrieb.

Geoffrey war nicht überrascht, auch Bischof John dort anzutreffen, wunderte sich aber, als Warelwast durch die Flut heraneilte und sich ihnen anschloss. John begrüßte lautstark den künftigen Amtskollegen, der dabei gequält das Gesicht verzog. Anscheinend litt er noch unter den Ausschweifungen des vergangenen Abends. Geoffrey fragte sich, warum Warelwast sich überhaupt in den Regen stürzte, wenn er ebenso gut im Bett hätte bleiben können. Es war merkwürdig, ihn so früh am Morgen am Geschäft eines Schusters anzutreffen, und Geoffrey hatte das ungute Gefühl, dass Warelwast ihm folgte.

»Feldthymian«, riet er gelassen. Während Helbyes Genesung in Barth hatte er darüber gelesen. »Das soll bei Eurem Zustand helfen.«

»Habt Ihr welchen dabei?«, fragte Warelwast matt.

»Wenn Ihr das von Clarembald gehört habt, dann hilft es gar nichts«, prophezeite John hochnäsig. »*Ich* allerdings werde ein Gebet für Euch sprechen, und bis heute Abend wird es Euch viel besser gehen.«

Geoffrey beeindruckte das nicht allzu sehr. »Bis dahin wird er sich so oder so wieder erholt haben. Kopfschmerzen nach Wein halten selten über die Mittagsstunde hinaus an.«

Aber John wollte nicht weiter über medizinische Fragen streiten, wenn es auch reizvollere Dinge zu bereden gab. Fröhlich wies er auf die Auslagen hin. »Das ist der beste Schuhmacher von Bristol, und Ihr werdet in der ganzen Grafschaft kein besseres Paar Schuhe finden als hier. Nehmt meinen Rat an, und kauft diese hier.« Er hielt welche in die Höhe, die in einem schreienden Rosa gefärbt waren, eine lang gezogene Spitze und dazu zierliche Riemen und protzige Silberschnallen hatten.

»Die passen nicht zu meiner Rüstung«, stellte Geoffrey fest.

John betrachtete ihn gereizt. »Ich dachte dabei an Eure Schwester, guter Mann! Sie wird aufgebracht sein, wenn sie erfährt, dass Ihr ihre Geschäfte mit Barcwit untersuchen wollt. Diese Schuhe hier werden sie beruhigen.« Er drückte sie Geoffrey in die Hand.

Geoffrey klemmte sie sich unter den Arm und lächelte ihn an. Die Gelegenheit war günstig, einige Fragen zu stellen. »Als Ihr Eure Zahlungen bei Barcwit hinterlegt habt, hat er Euch da erzählt, dass ein Teil der Gewinne für andere Zwecke in einer Kasse gesammelt wird?«

John wirkte überrascht. »Natürlich nicht! Nehmt Ihr etwa an, dass ich mit den Zwecken dieser Kasse nicht einverstanden gewesen wäre?«

»Meiner Schwester hat man keine Wahl gelassen.«

John zeigte sich gleichgültig gegen diesen Einwand. »Dann muss sie lernen, hart zu bleiben. Der Kunde hat immer Recht, und wenn irgendein Kaufmann – wie einflussreich er auch sein mag – *mir* etwas anderes einreden möchte, dann entziehe ich ihm meine Unterstützung.«

»Sogar Barcwit? Dem Mann, den jeder fürchtet?«

»Bei Barcwit ist diese Frage niemals aufgekommen«, beschied John ihm kurz angebunden.

»Was hat das zu bedeuten?« Warelwast blickte Geoffrey neugierig an. »Hat Barcwit etwa seine unrechtmäßigen Gewinne auf ebenso unrechtmäßige Weise verwendet? Sie beispielsweise weitergeleitet, um eine Invasion durch Bellême oder den Herzog der Normandie zu unterstützen?«

»Nicht dass ich wüsste«, erwiderte Geoffrey. Er wollte Warelwast nicht gleich auf die Nase binden, was er von Joan erfahren hatte.

»Schaut Euch das an!«, rief John plötzlich aus und blickte nach draußen. »Ich habe noch nie einen so hellen Regenbogen gesehen!«

»Nicht nur einer, sondern drei«, sagte Warelwast und blinzelte in das strahlende Licht. »Drei Regenbogen, einer über dem anderen. Das ist ein göttliches Zeichen!«

»Schon wieder eins«, murmelte Geoffrey. Gott musste entweder sehr viel mitzuteilen haben, oder er wurde von den Menschen immer wieder missverstanden, sodass er sich ständig wiederholen musste.

»Es ist ein Zeichen, dass Gott Barcwit vor diesen Anschuldigungen schützen wird«, erklärte Colblac, als er sich an ihnen vorüberdrängte, um einen besseren Blick zu haben. »Und außerdem ist es eine Warnung an Euch: Ich habe beobachtet, wie Ihr gestern seine Frau angesehen habt, und er hat schon Männer für weniger erschlagen. Und eines lasst Euch gesagt sein: Wenn Ihr ihn in irgendeiner Hinsicht für schuldig befinder, wird ihm das gar nicht gefallen.«

Geoffrey war belustigt. »Den meisten Verbrechern gefällt es nicht, wenn sie erwischt werden. Aber das Wagnis nehmen sie immer wieder auf sich.«

Colblac seufzte. »Barcwit ist kein Verbrecher – wenn Ihr einen finden wollt, solltet Ihr Euch lieber bei Sendi umsehen. Barcwit ist mitunter ein wenig harsch gegen schlechte Menschen, aber alle Anklagen wegen schlechter Münzen sind blanker Unsinn.«

»Ich werde das im Gedächtnis behalten. Wenn Ihr Recht habt, hat Barcwit nichts zu befürchten.«

Colblac wirkte befriedigt. Er sah auf die Schuhe in Geoffreys Hand. »Das beißt sich mit dem Rot in Eurem Wappenrock, und ihr werdet darin aussehen wie *die* dort.« Er wies auf die schimmernden Regenbögen.

Die waren inzwischen noch strahlender geworden, und Geoffrey bestaunte die Leuchtkraft und der Klarheit der Farben. Er hatte schon oft einen doppelten Regenbogen gesehen, aber noch keinen dreifachen. Sie strahlten wie himmlische Brücken, und die Leute rannten laut rufend umher und versuchten törichterweise, die Enden zu finden, wo angeblich ein Schatz vergraben sein sollte. Warelwast und Colblac schlossen sich der Suche an.

»Wie verläuft Eure Jagd nach dem Silber?«, fragte Geoffrey Bloet, der bestürzt zu den Regenbögen emporschaute.

Bloets Gesicht wirkte ausgezehrt, und sein Atem roch süßlich nach dem Ale vom vergangenen Abend. Mit zitternden Fingern wies er auf die Himmelserscheinung. »Ist das ein gutes Zeichen, oder verkündet es Unheil?«

»Es besagt, dass die Wolken dunkel sind und die Sonne in einem ungewöhnlichen Winkel scheint und dass es regnet.«

Bloet schüttelte den Kopf. »Ihr seid ein merkwürdiger Mensch. Ihr riskiert Euer Leben für Gottes heiligen Kreuzzug, und doch weigert Ihr Euch, seine Omen anzuerkennen.«

»Hat Barcwit Euch jemals erzählt, dass er seine Gewinne für einen bestimmten Zweck gebrauchen will?«, fragte Geoffrey. Er wollte wissen, ob Bloet sich wohl in demselben Morast gefangen sah wie Joan. »Für etwas Verräterisches?«

»Wenn das so wäre, würde ich es Euch wohl kaum verraten«, sagte Bloet und klang gar nicht mal unvernünftig. »Das wäre dumm.«

»Ihr habt eine königliche Begnadigung«, stellte Geoffrey fest. »Ihr könnt mir erzählen, was Ihr wollt.«

Bloet lachte freudlos. »So einfach ist das nicht, wie Ihr sehr wohl wisst – und ich werde für gar nichts begnadigt werden, wenn ich dieses Silber nicht aufspüre. Aber ich habe in letzter Zeit einige Gerüchte gehört, und da geht irgendetwas Eigentümliches vor zwischen den Münzern und ihren Geschäftspartnern. Ihr solltet auch mal mit anderen Geldgebern sprechen, nicht nur mit mir und den beiden Heilkundigen. Es gibt da bedeutsame Würdenträger der Stadt, die sehr viel tiefer in Barcwits Machenschaften verstrickt sind, als klug für sie ist.«

»Wer?«

Bloet blickte verschlagen. »Das kann ich nicht sagen. Aber ich habe Euch soeben einen Hinweis gegeben, wie wäre es also mit einer Gegenleistung? Habt Ihr irgendwelche Gerüchte über das Silber gehört, seitdem Ihr hier angekommen seid?«

»Gar keine«, erwiderte Geoffrey. Er fragte sich, ob er wohl Alwolds letzte Worte erwähnen sollte – über das ›Geheimnis‹, das angeblich dem König, Warelwast, dem Priester von St. John und Bloet selbst bekannt war, entschied sich aber dagegen. Ganz offensichtlich handelte es sich dabei nicht um das Versteck des Silbers, sonst müsste Bloet nicht danach suchen. Und Geoffrey wollte das Elend des Mannes nicht noch vergrößern, indem er ihm ein Rätsel aufgab, das für seine Suche ohne Bedeutung und möglicherweise sogar ohne Lösung war. Er hielt die rosafarbenen Schuhe in die Höhe. »Aber es steckt eine Menge Silber in diesen Schnallen.«

Unglücklicherweise hatte Bloet überhaupt keinen Sinn für Humor, denn er begann gleich einen Streit mit dem Schuster über die Herkunft des Silbers an den Schuhen. Bald flogen Beleidigungen und Flüche hin und her, bis sie auch John zu Ohren kamen, der sogleich verkündete, dass er niemals wieder Schuhe bei einem Mann kaufen werde, der so unflätige Reden führte. Als der Schuster daraufhin wehklagte, er werde ohne die Käufe des Bischofs vor Hunger sterben müssen, plagte Geoffrey ein solches Schuldgefühl, dass er die rosa Schuhe kaufte.

Der Schuster wies darauf hin, dass man keine Ausstellungsstücke kaufte, sondern sich die Schuhe maßgeschneidert anfertigen ließ. Aber Geoffrey wischte diesen Einwand beiseite, denn er ging ohnehin nicht davon aus, dass Joan die Dinger anziehen würde. Kurz darauf traf Durand ein und meldete, dass Sendi Geoffreys Besuch erwarte.

»Habt Ihr die drei Regenbögen gesehen?«, fragte der Knappe aufgeregt. »Gott will uns ganz eindeutig etwas mitteilen. Ich wurde gegen meinen Willen aus dem Kloster verbannt, also meint er vielleicht, ich solle die Kutte wieder nehmen. Immerhin *bin* ich dafür vollkommen geeignet.« Er bemerkte die rosa Schuhe und legte bewundernd die Hand darauf. »Die sind hübsch.«

»Die sind für Roger«, meinte Geoffrey. »Glaubst du, sie gefallen ihm?«

Durand sperrte entsetzt den Mund auf, und Geoffrey musste lachen. Durand schnitt eine Grimasse, als er erkannte, dass Geoffrey ihn aufgezogen hatte. Er entriss ihm die Schuhe, um sie genauer anzuschauen, und strich begehrlich mit den Fingern darüber. Geoffrey forderte Durand auf, ihn zu Sendis Münzstätte zu führen, und hörte unterwegs mit halbem Ohr zu, wie der Knappe ihm in allen peinlichen Einzelheiten seine Liebesbeziehung zu Bloet schilderte und darlegte, wie sehr er den Mann vermissen würde, wenn sich ihre Wege wieder trennten. Er klang dabei gar nicht wie ein Heiliger, den Gott mit einer himmlischen Erscheinung zurück ins Kloster locken würde.

Sendis Münzstätte war nicht so ausgezeichnet gelegen wie die von Barcwit. Sie stand im Nordteil der Stadt, in der Nähe der Kirche St. John the Baptist. Das war ein wenig abgelegen, und vermutlich trug Barcwits Lage in der Stadtmitte dazu bei, dass die meisten Anleger zu ihm kamen. Barcwits Werkstatt war leicht zu erreichen und gut sichtbar, und sie vermittelte den Eindruck von Kraft und Beständigkeit. Sendis Anwesen hingegen verbarg sich hinter einem wehrhaften Zaun mit scharfen Spitzen und wirkte schäbig und wenig einladend. Geoffrey wäre gewiss nicht in Versuchung geraten, *hier sein* Geld zu hinterlegen.

Sendi wartete schon auf sie, und während er sie hineingeleitete, winkten Durand und Sendi einem Schatten zu, der in einem Torbogen gegenüber lauerte, der eine freundlich, der andere beleidigend. Das Objekt ihrer Aufmerksamkeit war Bloet, der geradenwegs von den Verkaufsbuden zu seinem Beobachtungspunkt geeilt war. Er erwiderte die Grüße und drückte sich dann tiefer in den Schatten, als könnte Sendi seine Anwesenheit vergessen, wenn er sich nur ein wenig sorgfältiger verbarg.

Im Inneren des Hauses nahm Geoffrey denselben scharfen, metallischen Geruch wahr, der ihm schon bei Barcwits Werkstatt aufgefallen war. Und wie Barcwit hatte auch Sendi eine Schreibstube, wo er seine Aufzeichnungen verwahrte. Lifwine saß dort drinnen, sprang aber auf und folgte ihnen, als er Sendi den Beauftragten des Königs vorüberführen sah. Dabei murmelte er, dass man nicht wachsam genug sein könne, wenn solche Männer sich innerhalb der Mauern herumtrieben.

Der Mittelpunkt von Sendis Arbeit glich der Werkstatt, die Geoffrey in Bath besichtigt hatte. Er war ganz aus Stein gemauert, um die Gefahr eines Brandes zu mindern, und stand voller Werkbänke, an denen Männer hämmerten und klopften, schnitten und fluchten. Als Sendi eintrat, ließ der Lärm ein wenig nach, und Geoffrey hatte den Eindruck, dass die Gesellen eifrig zu lauschen versuchten.

Adelise kam aus einem anderen Nebenraum, wo sie an Lederschürzen genäht hatte. Sie stellte sich mit Lifwine und Edric dicht hinter Geoffrey und behielt jede seiner Bewegungen genau im Auge. Durand entfernte sich ein Stück, so als wollte er nicht im Weg sein, wenn die Sachsen sich zu einem Angriff auf den Ritter vereinigten.

»Ihr scheint reichlich Arbeit zu haben«, sagte Geoffrey höflich, als Sendi auf eine wohlwollende Bemerkung zu warten schien.

»Wir schlagen Münzen mit den neuen Stempeln aus London«, erwiderte Adelise und kam einer freundlicheren Antwort ihres Mannes zuvor. »Natürlich sind wir beschäftigt. Und Ihr stört uns dabei. Warum?«

»Weil der König mir aufgetragen hat, Eure Geschäfte ebenso zu überprüfen wie die von Barcwit.«

»Das ist ganz überflüssig«, sagte Sendi. »Ihr könnt selbst sehen, dass dies hier ein ehrbares Unternehmen ist.«

Geoffrey lächelte. »Ihr wisst ganz genau, dass man das vom bloßen Hinschauen nicht erkennen kann.«

»Nun, es ist nicht unsere Schuld, dass der König einen Dummkopf geschickt hat«, stellte Adelise boshaft fest. »Und wir sollten auch nicht darunter leiden müssen. Also, sagt, was Ihr zu sagen habt, und lasst uns dann wieder in Ruhe arbeiten.«

Geoffrey rief sich ins Gedächtnis, was er von Osmaer erfahren hatte, und wandte sich Lifwine zu. »Zeigt mir, wie Ihr die Münzen begutachtet, die hier geschlagen werden.«

Lifwine verzog verärgert das Gesicht, führte den Ritter aber an einen Tisch, wo sein Werkzeug aufgereiht lag. Es gab Richtlinien sowohl für die Untersuchung von Schrötlingen wie auch von fertigen Münzen, und Methoden, um die Qualität des Silbers zu prüfen, aus dem sie gemacht waren. Man zeigte Geoffrey eine Schriftrolle nach der anderen, die allesamt »bewiesen«, dass Sendis Münzen von gleichmäßiger und angemessener Qualität waren. Dann legte man ihm alle Einzelheiten zu den Verkäufen und deren Abrechnung vor und türmte die Unterlagen mit hämischem Lächeln zu einem großen Berg vor ihm auf. Anscheinend wollten sie Geoffrey unter Pergament begraben, bis er endlich abgeschreckt das Weite suchte.

Er schob die Unterlagen einfach beiseite und begann die Untersuchung auf seine Weise. Wahllos nahm er einige Münzen auf und wog sie in der Hand – auch wenn ein Gewichtsunterschied auf diese Weise kaum festzustellen war. Edric und Adelise sahen ihm aufmerksam zu, als rechneten sie damit, dass er die ein oder andere Münze zu stehlen versuchte, während Lifwine hinter ihm einherscharwenzelte, dass die hohen Absätze wie Pferdehufe klapperten.

Rasch stellte Geoffrey fest, dass er nicht der Einzige war, der unter Beobachtung stand. Sendi behielt auch seine Gesellen im Auge, und diese wiederum einander. So sehr sie vor Henry geeint aufgetreten waren, in Wahrheit traute keiner dem anderen. Geoffrey fragte sich, ob die Anklagen gegen Barcwit wohl dieser Atmosphäre gegenseitigen Misstrauens entsprungen waren oder ob eine Umgebung, wo buchstäblich Silber in Strömen floss, ganz von selbst das Schlechteste in den Menschen zutage förderte. Schließlich führte Geoffreys zielloses Umherstreifen ihn zu einem Schrank, der mit mehreren schweren Schlössern gesichert war.

»Was wird hier verwahrt?«

»Unsere alten Prägestempel«, antwortete Sendi. Er öffnete die Tür und brachte eine große Anzahl zylindrischer Eisen auf dem oberen Bord und mit Dornen versehener Stöcke darunter zum Vorschein. »Wir bewahren sie stets verschlossen auf. Selbst alte Prägestempel sind wertvoll – und eine verletzliche Stelle unseres Geschäfts.«

»Die auf dem oberen Brett sehen abgenutzter aus als die darunter«, stellte Geoffrey fest.

Sendis Gesichts verriet selbstgefällige Belustigung, während seine Gesellen leise kicherten, weil jemand eine derartig dumme Feststellung traf. Es war dieselbe Haltung, die Geoffrey mitunter an den Tag legte, wenn jemand dumme Bemerkungen über Waffen oder Kampftaktiken machte, und er beschloss, in Zukunft dafür mehr Verständnis zu zeigen. Es war ärgerlich, wenn man zum Opfer von Belustigung wurde, nur weil einem gewisse Spezialkenntnisse fehlten.

»Das Eisen nutzt immer stärker ab als der Stock, denn er ist das Teil, das vom Hammer getroffen wird«, erklärte Sendi mit erzwungener Ruhe. »Ihr könnt sehen, dass alle Eisen Schlagbärte zeigen – also eine Pilzform angenommen haben. Aber wenn sie so weit sind, sind für gewöhnlich schon die neuen Prägestempel aus London eingetroffen, und wir müssen sie nicht länger benutzen.«

»Das Eisen ist der Teil des Stempels, worauf der Name des Münzers und der Ort der Prägung festgehalten sind«, sagte Geoffrey und kramte alles hervor, was er in Bath gelernt hatte. »Aber warum bewahrt Ihr sie auf, wenn sie doch nicht länger benutzt werden können?«

»Sie lagern hier, bis wir sie zum Schmied bringen und zerstören lassen können«, erklärte Sendi. »In letzter Zeit sind wir ein wenig im Rückstand, weil wir uns um so viele andere Dinge kümmern mussten. Wie auch immer, diese alten Stempel müssen ebenso gehütet werden wie die neuen, weil man immer noch Münzen damit schlagen kann – wenn auch nur armselige Exemplare.«

»Aber Ihr verwendet doch schon Eure neuen Stempel«, wandte Geoffrey ein, dem das verdächtig vorkam. »Deren Gestaltung unterscheidet sich von den alten. Gewiss würden die Leute es doch bemerken, wenn man plötzlich wieder ein veraltetes Motiv gebraucht?«

»Wisst *Ihr* genau, wann eine Münzstätte ihre Stempel wechselt oder welche Münzen dem neuesten Stil entsprechen und welche nicht?«, wollte Adelise wissen. Sie sah, wie Geoffrey die Stirn runzelte, und nickte. »Das dachte ich mir. Und genauso wenig weiß es irgendein anderer. Wir sind vom Gesetz her verpflichtet, neue Prägestempel zu kaufen, sobald die alten abgenutzt sind – oder wenn der König beschließt, dass es an der Zeit ist, das Motiv für die Prägung zu ändern. Aber nicht jeder kommt dieser Anweisung nach. Barcwit beispielsweise tut das nicht.«

Geoffrey erkannte, dass er um die Betrachtung von Barcwits Gesetzesverstößen wohl nicht herumkam. »Er prägt also neue Münzen mit alten Prägestempeln?«, fragte er müde.

»Ihr wisst genau, dass er das tut«, fuhr Sendi ihn an. »Ihr habt in Westminster solche Münzen gesehen – und eine davon sogar selbst in der Hand gehalten. Aber es gibt noch einen anderen Grund, aus dem ich meine alten Stempel sicher verwahre: Wenn Barcwit sie in die Finger bekommt, dann wird er minderwertige Münzen mit *meinem* Namen darauf prägen, und ich werde dann dafür zur Rechenschaft gezogen.«

»Dann beseitigt sie«, schlug Geoffrey vor. »Sie aufzubewahren ist ein Wagnis, das Ihr nicht eingehen müsst.«

Wieder schlenderte er durch die Werkstatt und war belustigt von der Art, wie ihm alle an den Fersen klebten. Er fühlte sich wie eine orientalische Braut an ihrem Hochzeitstag. Geoffrey begutachtete die verschiedenen Werkbänke und entdeckte dabei ein Eisen, das sauberer aussah als die anderen. Er hob es auf und wog es in der Hand. Es war schwer, trug ein Kreuz in der Mitte und Buchstaben am Rand.

»Das ist einer der Stempel, die wir aus London mitgebracht haben«, sagte Sendi und strich liebevoll mit dem Finger darüber. »Er hat ein sogenanntes ›Lilienkreuz‹, nicht nur eine ringförmige Verzierung wie die älteren.«

»Tatsächlich«, stellte Durand nach einem genaueren Blick fest. »Das neue Kreuz hat ganz zierliche Enden, sie sehen aus wie die Blütenblätter von Lilien.«

Lifwine nahm ihm den Stempel ab. »Deshalb nennen wir es ja auch ein ›Lilien‹-Kreuz. Aber das sind sehr wertvolle Ausstattungsstücke, und wir lassen nicht jeden daran herumfingern. Nicht mal die Handlanger des Königs.«

Geoffrey verbrachte einen großen Teil des Vormittags bei Sendi, aber er wusste nicht genug über das Münzhandwerk, um beurteilen zu können, ob der Mann ehrlich war oder der schlimmste Betrüger der Christenheit. Allerdings blieb er lang genug, um Sendi mit seiner Ermittlung in größte Unruhe zu versetzen. Dann verabschiedete er sich und schritt eilig durch die Straßen, wo man allenthalben über die drei Regenbögen schwatzte. Er trat in die eigentümlich leere Zone rund um Barcwits Anwesen und klopfte an die Tür.

»Das hat keinen Zweck«, stellte Durand fest. »Ich sah Barcwit heute Morgen auf einem großen Grauschimmel davonreiten. Womöglich sind deshalb die drei Regenbogen erschienen. Gott ist froh, dass Barcwit diesen Ort verlassen hat.«

Tasso kam an die Tür. Er stand mit den Händen in die Seiten gestemmt, sodass Geoffrey sich nicht an ihm vorbei ins Haus drängen konnte. »Barcwit ist nach Dundreg gereist. Er wird frühestens morgen wieder zurück sein.«

»Wo liegt Dundreg«, fragte Geoffrey. Er war bereit, dorthin zu reiten, wenn er den Mann nur endlich zu fassen bekäme.

Tasso wies vage nach Westen. »Er wollte sich dort einen Steinbruch ansehen, um eine Auswahl für den Neubau unseres Anwesens zu treffen. Ihr könnt ihm hinterherjagen, wenn Ihr wollt, aber er nimmt so gut wie nie die Hauptstraße. Ein reicher Mann stellt ein verlockendes Ziel für Räuber dar, und so hält er sich an die schmalen und wenig bekannten Pfade. Wenn Ihr ihm unterwegs begegnen wollt, werdet Ihr vermutlich Eure Zeit verschwenden.«

»Ich dachte immer, er wäre der Gefürchtete«, stellte Geoffrey fest. »Warum schleicht er dann auf abgelegenen Fußwegen herum, anstatt stolz auf den königlichen Straßen zu reiten? Und weshalb begleitet Ihr ihn nicht? Ich dachte immer, Ihr müsstet für seine Sicherheit sorgen.«

»Er reist stets allein«, sagte Tasso, und kurz zeigte sich ein besorgtes Stirnrunzeln auf seinem Gesicht. »Und das gefällt mir auch nicht. Ich habe ihn oft genug davor gewarnt, und vor allem jetzt.«

»Warum vor allem jetzt?«

»Weil sich zur Zeit ein paar gerissene Wegelagerer dort draußen herumtreiben, wie beispielsweise die, die unser Silber geraubt haben und damit spurlos verschwunden sind. Wenn sie das bewerkstelligen konnten, werden sie gewiss auch mit einem einsamen Reisenden fertig, wie groß und kräftig er auch sein mag. Doch Barcwit meinte nur, dass er jedem Räuber mühelos aus dem Weg gehen kann.«

»Immerhin kann er auch mühelos das Zusammentreffen mit königlichen Beauftragten vermeiden«, bemerkte Geoffrey trocken. »Aber das wird ihm nicht auf Dauer gelingen, denn irgendwann *werde* ich ihn treffen.«

»Er geht Euch nicht aus dem Weg«, sagte Tasso. »Er ist jedoch ein vielbeschäftigter Mann und kann nicht den ganzen Tag darauf warten, dass Leute wie Ihr ihn irgendwann mal aufsuchen. Kommt morgen Abend wieder, oder übermorgen. Vielleicht habt Ihr dann mehr Glück.«

»Lasst uns darauf hoffen«, sagte Geoffrey aufrichtig. »Ich teile dem König allerdings auch gerne mit, dass Barcwit jede Zusammenarbeit verweigert. Aber womöglich legt Barcwit es genau darauf an?«

»Was wollt Ihr damit sagen?«, fragte Tasso argwöhnisch.

»Ich habe Gerüchte gehört, dass ein Anschlag auf den König geplant ist, um stattdessen dem Herzog der Normandie auf den Thron zu helfen – und dass Barcwit die Geldmittel dafür zur Verfügung stellt. Es könnte also sein, dass Barcwit *will,* dass der König wutentbrannt nach Bristol stürmt, weil er dann leichter an ihn herankommt.«

Tasso starrte ihn an und brach dann in schallendes Gelächter aus.

»Das ist lächerlich! Für Barcwit spielt es überhaupt keine Rolle, wer irgendwo in der Ferne auf dem Thron sitzt, solange nur die Lage im Königreich geordnet bleibt und Münzen nachgefragt werden. Barcwit würde niemals seine Zeit – oder sein Geld – für so einen Unfug verschwenden.«

»Wir werden sehen«, erwiderte Geoffrey. Natürlich musste Tasso eine solche Anschuldigung von sich weisen. Womöglich wusste er auch gar nichts von der Intrige, weil nur ein enger, innerer Kreis in die Pläne eingeweiht war.

Geoffrey ging mit der Gewissheit, dass er Tasso verunsichert hatte. Hoffentlich so weit, dass der Mann Barcwit überredete, einem Gespräch zuzustimmen, denn Geoffrey musste dringend mit dem Münzer sprechen, wenn er Joan helfen wollte. Henry würde kaum über ihre Verfehlungen hinwegsehen, wenn Geoffrey ihm keine Gegenleistung zu bieten hatte. Gemeinsam mit Durand und tief in Gedanken versunken kehrte er auf die Burg zurück.

»Tasso sagt die Wahrheit«, stellte Durand fest und klemmte sich die rosa Schuhe noch fester unter den Arm. »Barcwit ist tatsächlich nach Dundreg gereist. Der Priester von St. Ewen hat Bloet heute Morgen davon erzählt, und ich habe Barcwit auch mit eigenen Augen wegreiten sehen – allein und in einen schwarzen Mantel gehüllt. Er sah aus wie der leibhaftige Tod.« Durand erschauderte.

»Wenn er so gefürchtet ist, wie jedermann behauptet, dann fordert er sein Schicksal heraus, wenn er alleine ausgeht. Die Leute könnten ihm gemeinsam auflauern und Rache üben – oder ihm einfach sein beachtliches Vermögen rauben.«

»Nach allem, was Bloet gehört hat, haben die Leute das auch schon versucht. Aber Barcwit ist schwer aufzuspüren, wenn er die Stadt erst mal verlassen hat. Manche behaupten, er wäre ein Geist, der außerhalb der Stadtmauern zu Dunst zerfließt.«

»Dann wollen wir um einen kräftigen Wind beten«, befand Geoffrey.

An diesem Abend ging Geoffrey mit Joan hinaus zum Burggraben, um die Karpfen zu füttern. Sie bewegte sich sehr behutsam, um die neuen rosa Schuhe nicht zu beschmutzen. Geoffrey war überrascht gewesen, wie sehr seine Schwester sich darüber freute – er hatte erwartet, sie würde sie hässlich finden.

Während sie abwesend die erschrockenen Fische mit viel zu großen Brotbrocken bewarf, sprach sie über Barcwits Pläne, den König zu ermorden. Geoffrey wurde aber bald klar, dass sie nicht mehr als Mutmaßungen äußerte und im Grunde überhaupt nicht wusste, wie der Münzer vorgehen wollte. Anscheinend spielte sie bei der Verschwörung eine ziemlich unbedeutende Rolle. Der Hund saß bei ihnen, und als er zu knurren anfing, blickte Geoffrey auf und sah Peter und Idonea auf sie zukommen.

»Ich hoffe, Euch gefällt es hier in Bristol«, sagte Idonea und machte durchaus den Eindruck, dass sie ihn schlagen würde, wenn er etwas anderes meinte.

»Sagt ihm, dass er nicht bleiben kann«, platzte es aus Joan heraus, bevor Geoffrey sich eine höfliche Antwort überlegen konnte. »Er ist gekommen, um gegen Barcwit zu ermitteln. Aber wenn ihr ihn zur Abreise zwingt, wird er das nicht fortsetzen können.«

Idonea war entsetzt. »Ihr wollt gegen Barcwit ermitteln? Seid Ihr verrückt? Wollt Ihr etwa sterben?«

»Warelwast hat mir bereits erzählt, dass er aus diesem Grund hier ist«, sagte Peter. »Aber Joan und Idonea haben Recht, Sir Geoffrey – Ihr dürft Euch nicht in diese Sache hineinziehen lassen. Barcwits Zorn ist fürchterlich, wenn man ihn verärgert.«

»Dasselbe gilt für den König«, stellte Geoffrey fest. »Und deshalb kann ich nicht von hier fort, ohne zu tun, was er mir befohlen hat.«

Peter und Idonea tauschten einen gequälten Blick, der Geoffrey sogleich verriet, dass er hier zwei weitere Leute vor sich sah, die dem Münzer Geld geliehen hatten und in eine Verschwörung hineingezogen worden waren, die weit über ihren Horizont hinausging. Bloet hatte Recht gehabt: Es waren auch hohe Amtsinhaber aus Bristol in die Sache verwickelt.

»Habt Ihr Beweise für Barcwits Verrat?«, fragte er hoffnungsvoll. »Denn dann kann ich sie Giffard vorlegen und der ganzen Angelegenheit ein Ende setzen.«

Peter war kreidebleich. »Ihr werdet Barcwit nicht aufhalten können, und selbst wenn, wäre *unser* Schicksal dennoch besiegelt. Wir haben uns zu einem Königsmord verschworen. Glaubt Ihr etwa, Henry würde lächelnd darüber hinwegsehen und uns weiterhin unserem Tagewerk nachgehen lassen?«

Geoffrey empfand Mitleid für die beiden. Ihre Zukunft sah in der Tat düster aus. »Dann habt Ihr zwei Möglichkeiten. Ihr könnt zulassen, dass Barcwit seinen Plan ausführt, und ihm für den Rest Eures Lebens ausgeliefert bleiben. Oder Ihr könnt mir helfen, ihn aufzuhalten, und darauf hoffen, dass Henry Euren Mut durch Nachsicht vergelten wird.«

»Henry würde uns doch nicht begnadigen: Wir haben Mittel zu seiner Ermordung bereitgestellt«, stellte Idonea bitter fest. »Wir waren unwissende Helfershelfer, aber mit feinen Unterscheidungen wird *er* sich nicht lange aufhalten. Es hat auch keinen Zweck, unsere Beteiligung abzustreiten, wo doch die halbe Stadt weiß, wer Barcwit Geld gegeben hat.«

Peter erklärte es genauer: »Als es zunächst nur um harmlose Geschäfte ging, gab es keinen Grund, unsere Besuche bei ihm heimlich abzuhalten. Bis wir erkannten, dass er uns in ein Verbrechen hineinzieht, war es zu spät für Geheimhaltung. Doch womöglich wird sich am Ende doch alles zum Guten fügen.« Er wirkte allerdings nicht sonderlich überzeugt.

Idonea schaute ihn missmutig an. »Peter denkt, dass Barcwit Erfolg haben wird. Ich bin mir da nicht so sicher. Es dürfte schwer werden, Henry zu töten, und ich glaube, er wird herkommen und Rache üben, wenn Barcwit scheitert. Was denkt Ihr wohl, warum ich die Holzpalisaden durch eine Steinmauer ersetze und Vorräte für eine Belagerung anlege? Wir müssen wehrhaft wirken, wenn er herkommt und uns zermalmen möchte.«

»Ich hoffe, so weit wird es nicht kommen«, sagte Peter. Ihm schien übel zu werden bei diesem Gedanken. »In was für einer furchtbaren Lage sind wir nur – gefangen zwischen dem König und Barcwit. Ich weiß nicht, wer schlimmer ist.«

»Der König«, erwiderte Joan, ohne zu zögern. »Barcwit kann ich verstehen; Henry nicht.«

Peter fuhr fort: »Wenn ich mich irre und Barcwit scheitert, dann ist unser Leben verwirkt. Wir haben alle gesehen, was im letzten Sommer mit Bellême geschah, und Henry wird sich nicht darum kümmern, dass wir im Herzen diese Rebellion nicht wollten. Ich verfluche den Tag, da ich Barcwit traf, und es tut mir leid, dass wir auch Joan in dieses Unglück hineingezogen haben.«

Geoffrey war verwirrt. »Ich verstehe, dass Ihr anfangs ahnungslos wart. Aber warum habt Ihr das Geld nicht einfach wieder zurückgezogen, als Barcwit Euch seine verräterischen Absichten enthüllt hat? Wenn Ihr dem König damals verraten hättet, was Barcwit vorhat, dann wäret Ihr jetzt nicht in dieser Lage.«

»Wir haben es versucht«, gestand Peter kläglich. »Aber Barcwit sagte, es würde uns leidtun, wenn wir ihn verraten – und so kam es auch. Er tötete meinen besten Freund, Sir Nauntel de Caen. Er erschoss ihn in einem Dorf namens Beiminstre.«

»Woher wisst Ihr, dass es Barcwit war?«, fragte Geoffrey skeptisch. »Und nicht irgendwelche Gesetzlosen?«

»Weil Nauntel am nächsten Tag getötet wurde, nachdem ich Barcwit gesagt hatte, dass ich mit seiner Verschwörung nichts zu tun haben will«, antwortete Peter mit zitternder Stimme. Die Erinnerung quälte ihn noch immer. »Er rief mich am selben Abend zu sich und erklärte mir, dass Nauntel nicht der letzte Tote bleiben würde, wenn ich mich ihm noch einmal widersetze.«

»Mir sagte er dasselbe«, erklärte Joan unglücklich. Sie schaute beiseite und mied Geoffreys Blick. Er spürte, dass sie etwas vor ihm verschwieg. »Olivier wurde bedroht.«

»Barcwit tötete Nauntel vor meinen Augen«, fuhr Peter fort, die Stimme nur mehr ein gequältes Flüstern. »Wir ritten gerade nach Beiminstre, um uns ein Pferd anzusehen, das er kaufen wollte.«

»Warum habt Ihr Barcwit dann nicht festgenommen?«, fragte Geoffrey nüchtern. »Ihr seid der Vogt dieser Stadt – Ihr habt die Amtsgewalt, Leute festzusetzen, die den königlichen Frieden bedrohen.«

Bei dieser Vorstellung riss Peter die Augen auf. »Meine Männer würden niemals Hand an Barcwit legen, und ich allein bin nicht dazu in der Lage.«

»Dann setzt Euch mit dem König in Verbindung und fordert Verstärkung an«, schlug Geoffrey vor.

»Daran hatte ich gedacht«, sagte Peter. Er schloss die Augen und rieb mit den Fingern darüber. »Aber Barcwit hat es vorausgesehen. Er meinte, er würde dem König ›Beweise‹ vorlegen, dass *ich* die Intrige zu seiner Ermordung in die Wege geleitet hätte. Er zeigte sie mir sogar: Gefälschte Briefe mit meinem Siegel. Sendi hatte den Mut, seine Klagen bis vor den König zu tragen, und nun seht, wie es ihm ergangen ist: Fardin wurde ermordet, und der königliche Gesandte schnüffelt in *seinen* Geschäften herum.«

»Wenn Ihr nur einen Funken Verstand hättet, würdet Ihr von hier verschwinden, ehe es zu spät ist«, sagte Idonea zu Geoffrey. »Lasst uns einfach allein die Suppe auslöffeln, die wir uns eingebrockt haben.«

Aber Geoffrey war nicht der Mann, der einen Kampf vorschnell aufgab, vor allem dann nicht, wenn er dazu die eigene Schwester im Stich lassen musste. »Es ist an der Zeit, dass Barcwits Tyrannei ein Ende findet. Henry wird auf jeden Fall erfahren, was hier geschieht – wenn nicht durch mich, dann durch seine Spione. Ihr könnt also genauso gut die Gelegenheit nutzen und Eure Beteiligung wiedergutzumachen suchen.«

»Aber ich will Euch gar nicht helfen«, rief Peter, sichtlich eingeschüchtert von diesem Gedanken. »Ich traue Euch nicht zu, mit Barcwit fertig zu werden, und der Gnade des Königs traue ich noch viel weniger. Er wird mich erst zu einem Geständnis ermuntern und mich dann trotzdem hinrichten lassen. Ich habe schon erlebt, wie die ›Gerechtigkeit‹ für Leute wie mich aussieht – kleine Adlige, die entbehrlich sind, aber gut genug, dass man sie zur Abschreckung benutzen kann.«

Geoffrey wusste dazu nichts mehr zu sagen, weil Peter Recht hatte. Er selbst traute Henry genauso wenig, und er sah auch keinen Anlass, andere dazu zu ermutigen.

»Mein Bruder wird nicht auf euch hören«, stellte Joan verbittert fest. »Er hat es sich in den Kopf gesetzt, Barcwit zu entlarven, und wir können nichts tun, um ihn davon abzubringen.«

Peter stieß einen erstickten Schrei aus und schlug sich die Hände vor den Mund, während selbst die beeindruckende Idonea blass wurde. »Bitte«, hauchte sie und blickte Geoffrey mit einem gequälten Ausdruck an. »Tut das nicht.«

»Bischof Giffard wird bald hier eintreffen«, erklärte Geoffrey. »Sein Ziel wird es sein, einen jeden zu vernichten, der auch nur entfernt mit irgendwelchen Missetaten in Verbindung steht, ob er sich nun freiwillig darauf eingelassen hat oder nicht. Aber ich bin bereit, Euch anzuhören, und vermutlich euer einziger Fürsprecher, durch den Ihr irgendwie ungeschoren davonkommen könnt. Helft mir, und ich werde Euch helfen.«

»Es ist hoffnungslos«, stellte Peter niedergeschlagen fest. »Wenn Henry gewinnt, sterben wir als Verräter, und wenn Barcwit den Sieg davonträgt, müssen wir den Rest unseres Lebens seine Schreckensherrschaft erdulden. Wir sind gefangen zwischen Hölle und Fegefeuer.«

Geoffrey war sehr unzufrieden mit dem Gespräch am Burggraben, und er wollte Joan unbedingt entlocken, was sie ihm verschwieg. Er hatte das sichere Gefühl, dass er in größter Gefahr schwebte, wenn er sich mit Barcwit anlegte, solange er nur die Hälfte wusste. Aber Joan brachte den Rest des Tages damit zu, mit Idonea die Belagerungsstrategien zu erörtern, und erst am nächsten Morgen fand Geoffrey Gelegenheit, sie um ein weiteres Gespräch zu bitten.

Er hatte seine Begleiter ermuntert, ihrer eigenen Wege zu gehen.

Helbye brauchte die Zeit, um seine Hüfte zu schonen. Ulfrith würde sich den Bauch vollschlagen, und Durand würde Bloet aufsuchen. Roger wurde man allerdings nicht so leicht los, aber er erklärte sich zu einem kleinen Ausflug bereit. Olivier wollte bei seiner Frau bleiben, solange sie über Barcwit sprachen, und Warelwast drückte sich beständig in der Nähe herum, als wäre er fest entschlossen, Geoffrey auf Schritt und Tritt zu folgen.

»Was unternehmen wir jetzt?«, fragte Roger tatendurstig. »Sollen wir in den Hurenhäusern Erkundigungen über Barcwit einziehen?« Der Gedanke an diesen Plan erfüllte ihn mit Vorfreude. Er war stets bereit, die einheimischen Freuden zu kosten.

»Begleitet *er* uns etwa?«, fragte Joan und warf Roger einen verächtlichen Blick zu. »Ich dachte, wir wären unter uns?«

»Ich bin sein Freund«, erwiderte Roger stolz. »Er unternimmt niemals irgendwas, ohne sich vorher mit mir zu beraten.«

»Dann ist es ja nicht weiter verwunderlich, dass er so oft in Schwierigkeiten gerät«, gab Joan beißend zurück. »Aber heute gehört er mir, also verschwindet. Ich lege keinen Wert auf Eure Gesellschaft.«

»Ich gehe dorthin, wo es mir gefällt«, erwiderte Roger kühl. »Ich lass mich nicht von einem zänkischen Weibsbild herumschicken.«

Olivier versuchte zu vermitteln. »Womöglich wäre es besser, wenn …«, mischte er sich zaghaft ein.

»*Sie* kann hierbleiben, während Geoffrey und ich unserer Aufgabe nachgehen«, fiel Roger ihm ins Wort. »Und schaut *mich* nicht so finster an. Ich bin nicht irgendein Leibeigener, den Ihr herumkommandieren könnt. Ich bin ein Sohn des Bischofs von Durham.«

»Oh ja, und das merkt man auch«, schnauzte Joan zurück.

»Geht doch ein Stück mit mir, Roger«, bat Olivier, der verzweifelt versuchte, einen Streit noch abzuwenden. »Euer Bericht von der Belagerung Antiochias hat mir sehr gefallen, und ich würde gern noch mehr darüber hören. Und dann werde ich Euch erzählen, wie ich mich bei Hastings geschlagen habe.«

»Ihr wart in Hastings?«, fragte Roger begeistert, ungeachtet der Tatsache, dass Olivier zu dieser Zeit noch ein Säugling gewesen sein musste. Joan hatte er bereits wieder vergessen. »Erzählt mir davon.«

Das tat Olivier nur allzu gerne, und Geoffrey war beeindruckt, wie viel Wissen der kleine Ritter durch Hörensagen gesammelt hatte. Er wusste alles über das Gelände, die Bewegung der unterschiedlichen Truppenteile und sogar die Namen aller Unterführer. Er zeichnete ein so lebhaftes Bild von der Schlacht, dass man gar nicht auf den Gedanken kam, er wäre nicht selbst dabei gewesen.

Damit hielt er Roger mühelos in seinem Bann, wodurch Geoffrey sich ungestört mit Joan unterhalten konnte. Warelwast war inzwischen in Idoneas Klauen geraten, die sich lautstark über etwas beschwerte, was er während der vorangegangenen Nacht in dem mit Peter geteilten Bett getan hatte. Geoffrey wollte sich gar nicht vorstellen, was das gewesen sein mochte.

»Ich weiß wirklich nicht, wie du es mit diesem Holzkopf aushalten kannst«, sagte Joan, während sie über den Burghof auf das Tor zuschritten.

»Warelwast? Der Bursche ist schlau. Fast schon zu schlau, fürchte ich.«

»Ich meine Roger. Er würde mich mit seinen Verrücktheiten in den Wahnsinn treiben.«

»Er hat mir schon öfter das Leben gerettet, als ich zählen kann.« Geoffrey erzählte ihr von dem Vorfall in Bath, als Rogers rechtzeitige Ankunft und das Gebell des Hundes die Angreifer vertrieben hatte.

»Ich nehme an, das waren Barcwits Leute, die dich von deinen Untersuchungen hier abhalten wollten.«

»Oder Sendis, die glauben, ich wäre nicht unvoreingenommen genug, weil du zu Barcwits Geldgebern zählst.«

Sie überquerten die Brücke über den Burggraben und bogen dahinter nach rechts in die Hauptstraße ein. Die Straßen waren belebt und angefüllt mit Wagen und Tieren, die zu den Schlachthäusern am Fluss getrieben wurden. Joan rannte beinahe, so eilig hatte sie es, an Barcwits Münzstätte vorbeizukommen. Aber Geoffrey wollte sich nicht einschüchtern lassen. Er schaute zum Fenster im Obergeschoss empor, während er vorbeischlenderte, und sah einen Schatten rasch zurückweichen, der nicht gesehen werden wollte. Geoffrey konnte nur vermuten, dass es sich um Barcwit handelte.

Augenblicke später ging die Tür auf, und Colblac kam heraus, einen leeren Korb in der Hand. Geoffrey ging auf ihn zu, während Joan ihn erschrocken anstarrte und gar nicht abwartete, was weiter geschehen würde. Sie ergriff die Flucht und hielt erst an, als sie schon ein gutes Stück weiter weg war. Roger bemerkte nichts von alldem: Er war viel zu gefesselt von Oliviers Darstellung der Seeschlacht von Aktium, wo dieser eines von Mark Antons Schiffen befehligt hatte.

»Ich möchte gerne Barcwit sprechen«, teilte Geoffrey Colblac mit. »Ich weiß, dass er im Haus ist, weil ich ihn am Fenster gesehen habe.«

Der Schreiber war verwirrt. »Das habt Ihr nicht, weil er nicht vor heute Abend aus Dundreg zurückerwartet wird.«

Geoffrey war nicht in der Stimmung, sich abweisen zu lassen. Er war entschlossen, den Mann endlich zur Rede zu stellen. Also schob er sich an dem protestierenden Schreiber vorbei und lief durch den Korridor. Rodbert schaute überrascht auf, als Geoffrey an der offenen Tür zur Schreibstube vorbeikam, aber dieser hielt sich nicht lange mit Erklärungen auf. Stattdessen öffnete er die Tür am anderen Ende des Flurs und stand in einem Vorraum. Zur Linken befand sich ein Tor voller Schlösser und Riegel, rechts von ihm ein Treppenhaus, und vor sich sah Geoffrey eine Tür, die, nach den gedämpften Hammerschlägen zu urteilen, in die Werkstatt führte.

Er hielt auf die Treppe zu und stieg bis zu einem Absatz hinauf, von dem vier Türen abgingen. Der Boden war dick mit dem Staub aus der Münzstätte bedeckt, den ein Diener auf Händen und Knien lustlos aufwischte. Die vielen verschiedenen Fußabdrücke zeigten an, dass etliche Leute Zugang zu den oberen Räumlichkeiten hatten.

Geoffrey stieß jede Türe auf, an der er vorüberkam, aber alle Zimmer waren leer, bis auf das letzte. Hier entdeckte er eine Magd, die am offenen Fenster Bettwäsche ausschüttelte – und Maude. Die runzelte überrascht die Stirn, als Geoffrey hereinplatzte.

»Die meisten Männer klopfen an«, stellte sie fest. Sie erholte sich rasch von ihrem Schreck und legte wieder ihren üblichen, neckischen Ausdruck an den Tag. »Ihr hättet mich nackt antreffen können.«

»Dann hätte ich ihn erschlagen«, sagte Rodbert, der atemlos hinter Geoffrey herkam. Tasso war nicht weit hinter ihm und hielt sein Schwert in der Hand. »Was hat dieses ungehobelte Eindringen zu bedeuten?«

»Ich suche nach Barcwit«, sagte Geoffrey und blickte in einen Wandschrank. Der Münzer war nicht da. Also war es doch nicht Barcwits Schatten gewesen, den er am Fenster gesehen hatte. Maude trug ein dunkles Kleid, und vermutlich war sie zurückgewichen, als er hinaufgeblickt hatte. Er fragte sich, warum.

»Ich habe ihm gesagt, dass Barcwit in Dundreg ist«, erklärte Colblac verärgert. »Aber er hat sich an mir vorbeigedrängt, bevor ich ihn aufhalten konnte.«

»Ich habe es ihm auch gesagt«, meinte Tasso. Er schaute Rodbert an. »Soll ich ihn töten? Er ist bewaffnet in unser Haus eingedrungen, also hätten wir das Recht dazu. Selbst der König könnte nichts dagegen einwenden.«

»Das stimmt nicht«, sagte Maude, als Rodbert Anstalten machte, ihm zuzustimmen. »Henry würde annehmen, dass wir etwas zu verbergen haben, wenn wir Geoffrey töten. Und das haben wir nicht.«

»Und was ist mit der Erpressung Eurer Geldgeber und dem Plan, den König zu ermorden?«, fragte Geoffrey leichthin.

Maude lachte laut auf, und Rodbert schloss sich ihr an, wenn auch seine Heiterkeit gespielt klang. Tasso schaute einfach nur finster.

»Nicht schon wieder diese Sache«, erklärte er gereizt. »Ich nehme mal an, Peter hat Euch irgendwelche Hirngespinste in den Kopf gesetzt, weil sein Freund Nauntel ermordet worden ist. Er kann sich nicht damit abfinden, dass es nur ein Überfall irgendwelcher Gesetzloser war. Nauntels Tod hat überhaupt nichts mit uns zu tun.«

»Auch andere wurden bedroht«, erwiderte Geoffrey und dachte an Joan.

»Wir haben nicht viel Geduld mit Leuten, die uns in dem einen Augenblick ihr Geld aufdrängen wollen und es dann im nächsten schon wieder zurückziehen möchten«, erklärte Maude. »Da sind mitunter scharfe Worte gefallen. Aber wer hätte nicht schon mal die Beherrschung verloren und Dinge gesagt, die er später bereut hat?« Sie schaute zu Rodbert, als wollte sie andeuten, dass er in diesem speziellen Fall der Verantwortliche war, und Rodbert machte keinen Versuch, diesen Verdacht von sich zu weisen.

»Wenn Barcwit also nicht hier ist, dann möchte ich mit eurem Wardein sprechen.« Es war noch früh, und der Mann sollte noch nicht betrunken sein – es sei denn, Sendis Behauptungen entsprächen der Wahrheit.

»Er ist ebenfalls nicht hier«, entgegnete Maude aalglatt. »Seiner Mutter geht es nicht gut, und er kümmert sich um sie.«

»Dann gehe ich zu ihr und suche ihn dort auf«, sagte Geoffrey.

»Er hat sich bereit erklärt, nächste Woche mit Euch zu reden«, antwortete Maude unbeeindruckt. »Ihr könnt doch gewiss bis dahin warten und seid nicht darauf angewiesen, gebrechlichen alten Damen auf ihrem Krankenbett Eure bedrohliche Gegenwart aufzunötigen?«

»Nächste Woche?«, fragte Geoffrey. Vermutlich dauerte es so lange, jemanden anzulernen, dass er die Rolle des Wardeins spielen konnte; Durand hatte so etwas schon in Westminster vorhergesagt. Oder brauchten sie einfach noch ein paar Tage, um den Mann so weit auszunüchtern, dass er auf Fragen antworten konnte?

»Montagmorgen«, erwiderte sie lächelnd. »So früh es Euch gefällt.«

Merkwürdig, dass sich die Genesung der alten Dame so genau vorhersagen lassen sollte. Geoffrey war jedoch nicht geneigt, die Sache zu vertiefen. Er nahm sich nur vor, Maudes seltsames Verhalten und auch seine Schlussfolgerung in dem Bericht an Giffard zu erwähnen. »Nun gut. Aber lasst Barcwit wissen, dass ich *ihn* sprechen möchte, sobald er wieder von Dundreg zurück ist.«

»Ihr könnt gerne wieder vorbeischauen, Sir Geoffrey«, sagte

Maude und schenkte ihm ein vielsagendes Lächeln. »Aber kommt früh am Morgen, wenn Ihr mich unbekleidet antreffen wollt.«

Rodbert ließ ein wütendes Knurren hören, weshalb Maude ihn mit verheißungsvollem Blick in ihre Kammer lockte. Als Geoffrey ging – von Tasso begleitet, damit er nicht verweilen konnte –, hörte er noch ihre schmachtende Stimme und fand es verrückt, dass sie sich in Barcwits eigenem Haus einem so schamlosen Verhalten hingaben. Vermutlich fühlten sie sich sicher, solange er nicht da war.

Sobald Geoffrey auf der Straße stand, knallte die Tür hinter ihm zu, dass gleich mehrere Fußgänger erschrocken davonrannten. Niemand mochte ungewöhnliche Geräusche vom Anwesen des gefürchteten Barcwit. Aufgebracht und verwirrt begab Geoffrey sich zu der Stelle, wo Joan auf ihn wartete.

# 9. Kapitel

Vor der »Grünen Laube«, einer belebten Schenke, traf Geoffrey wieder auf Joan. Sie war sehr wütend auf ihn und nannte ihn einen Dummkopf, weil er in Barcwits Anwesen gestürmt war wie ein Sarazene auf der Suche nach christlichen Jungfrauen. Unter Tränen fügte sie hinzu, dass sie nicht erwartet hatte, ihn lebend herauskommen zu sehen.

»Ich bin ein *Jerosolimitanus*«, erklärte Geoffrey geduldig. »Ich kämpfe schon mein ganzes Leben. Ich bin nicht Olivier, der eine Frau zu seinem Schutz benötigt.«

»Lass Olivier in Ruhe!«, fuhr Joan ihn an. Sie verteidigte ihren Gemahl mit blitzenden Augen. »Er ist vielleicht kein Kreuzfahrer, aber dafür hat er Tugenden, von denen du nur träumen kannst. Er ist der sanfteste Mann auf der Welt, und ich würde lieber sterben, als ohne ihn zu leben. Gibt es irgendwo eine Dame, die dasselbe über dich sagen würde?«

Geoffrey musste zugeben, dass dies nicht der Fall war und vermutlich auch nie der Fall sein würde. Zumindest nicht, solange er ständig nur auf Frauen wie Maude traf, für die er bloß ein Liebhaber unter vielen war; oder wie Adelise, die ihn am liebsten tot sähe. Solange Henry und Tankred ihn so beschäftigt hielten, bot sich kaum Gelegenheit, eine geeignete Gefährtin zu finden, und weder für den einen noch für den anderen war er so wichtig, dass sie ihn mit einer guten Ehe belohnen würden.

Joan sagte nichts mehr. Sie führte ihn durch eine ansehnliche Straße mit hübschen Häusern. Als sie die Stadtmauer erreichten, wandte sie sich nach rechts. An der Ecke stand eine Kirche, die Johannes dem Täufer geweiht war. Joan öffnete eine quietschende

Holztür und schob Geoffrey nach drinnen. Seine Fragen, was sie da tat, ignorierte sie. Wie so oft wirkte sie äußerst entschlossen, und Geoffrey wusste, dass es keinen Zweck hatte, von ihr eine Antwort zu erzwingen.

Sie hielt auf den Hochaltar zu, fiel dort auf die Knie und zerrte an seinem Arm, damit er dasselbe tat. Roger und Olivier verweilten in der Nähe des Portals und erzählten einander die fantastischsten Geschichten von Heldenmut und Ritterlichkeit.

»Was tun wir hier?«, fragte Geoffrey. Er blickte sich um. Die Kirche war ärmlich. Das Dach müsste dringend neu gedeckt werden, und den Wänden fehlte jeder Tupfen Farbe. Der Putz war weiß gestrichen, was das Innere seltsam hell und kahl wirken ließ. Geoffrey gefiel das gar nicht, er bevorzugte Kirchen mit behaglichem Dämmer und angemessenen Wandgemälden.

»Wir sind hier, um Gott zu danken, weil er uns ein Wiedersehen ermöglicht hat«, versetzte sie kurz angebunden. »Und um ...«

Die Türe knarrte, als ein weiterer Besucher hereinkam. Es war Warelwast, und Joan fluchte leise bei seinem Anblick. Er war ein wenig außer Atem, als wäre er gerannt. Geoffrey betrachtete ihn nachdenklich und fragte sich, warum der Mann ihn niemals aus den Augen lassen wollte. Warelwast strahlte ihn an.

»Was wollt Ihr?«, fragte Joan eisig.

»Beten«, sagte Warelwast, ohne an ihren abweisenden Worten Anstoß zu nehmen. »Kann ich mich Euch anschließen?«

»Das könnt Ihr nicht«, erklärte Joan entschieden. »Ich habe eine private Messe für mich und meinen Bruder vorbereiten lassen, da haben Fremde keinen Platz. Hier kommt auch schon der Priester.«

Sie sah zur Tür, wo ein großer, schlanker Mann eintrat. Er trug einen Säugling auf dem Arm, während ein Kleinkind sein Bein umklammerte und ihm das Laufen schwer machte. Zwei weitere Kinder folgten ihm.

»Das ist Vater Feoc«, stellte Joan vor. Sie lächelte, als eines der Kinder auf sie zulief. Kinder mochten Joan und ließen sich von ihrem grimmigen Auftreten, das Erwachsene so abstieß, selten einschüchtern. »Macht Euch keine Gedanken um die Kleinen. Wenn er seine Messen liest, sind sie immer still.«

»Das ist eine Sache, die der Erzbischof von Canterbury bald ausmerzen wird«, stellte Warelwast naserümpfend fest. »Diesen sächsischen Brauch, der Priestern die Heirat und das Zeugen von Nachkommen erlaubt.«

»Heiraten kann er vielleicht verbieten«, erwiderte Joan bissig. »Aber die Kinder wird er niemals verhindern können – nicht solange seine Bischöfe mit gutem Beispiel vorangehen. Jeder von denen hat ein ganzes Heer von Bastarden gezeugt.«

»Ich beschränke meine Leidenschaft auf meine Ehefrau«, stellte Feoc fromm fest. »Und meine Kinder wurden in heiliger Ehe geboren.«

»Ihr wollt doch wohl nicht einen verheirateten Priester für Euch beten lassen«, sagte Warelwast, ohne Joan recht zu geben. »Lasst mich Eure Messe lesen. Ich habe keine unehelichen Bälger im Schlepptau.«

»Keine, von denen Ihr wüsstet«, berichtigte Joan. »Aber ich bevorzuge Feoc. Das hier ist seine Kirche, und ich bete hier regelmäßig. Allein«, fügte sie vielsagend hinzu.

»Meinetwegen«, sagte Warelwast. Er spielte an dem Seil, das er noch immer um den Hals trug. »Ich warte draußen.«

»Stimmt das?«, fragte Geoffrey, als der künftige Bischof fort war. »Betest du hier regelmäßig?«

»Wann immer ich daran denke«, sagte Joan. »Aber ich habe dich hergebracht, damit du mit Feoc sprichst. Da du nicht abreisen willst, fühle ich mich verpflichtet, dir zu helfen, und niemand weiß mehr über Bristol als Feoc. Ich hoffe, er wird dir einige deiner Fragen beantworten können.«

Feoc bedachte Geoffrey mit einem ernsten Blick. »Ich stelle nur eine Bedingung: Besucht mich niemals zu Hause. Ich will nicht, dass Barcwit auch für *meine* Kinder Unglücksfälle einfädelt – wie beim Priester von St. Leonhards.« Er drückte seine jüngsten Nachkommen schützend an sich.

»Was ist geschehen?«, fragte Geoffrey.

»Eine Katze setzte sich auf seinen Sohn, und er erstickte«, erklärte Feoc. »Es sah nach einem Unglücksfall aus, bis auf zwei Einzelheiten: Erstens hatte der Priester zwei Tage zuvor in einer Predigt Barcwit verurteilt. Und zweitens war das Gesicht des Säuglings mit Fisch beschmiert – um die Katze anzulocken. So ergeht es Leuten, die sich Barcwit entgegenstellen. Fragt Peter auch, was mit Nauntel passiert ist.«

»Er weiß von Nauntel.« Joan stieß Geoffrey mit dem Ellbogen an. »Jetzt stell deine Fragen.«

»Wohnt hier in Bristol ein Mann namens Piers?«, fragte Geoffrey. Wenn Feoc über seine Stadt so viel wusste, wie Joan behauptete, dann würde er den Mann benennen können.

Feoc schüttelte den Kopf. »Ihr seid nicht der Erste, der danach fragt. Alwold nannte diesen Namen, als er starb, so habe ich gehört, in Verbindung mit Barcwits geraubtem Silber. Aber hier in Bristol gibt es keinen Piers.«

»Gab es früher mal einen?« Geoffrey gab nicht so schnell auf. »Der vielleicht für Barcwit gearbeitet hat und mit dem Alwold sich angefreundet haben könnte?«

»Alwold hatte keine Freunde, und es gab niemals einen Piers in Bristol.« Feoc klang sehr überzeugt. »Barcwit ist über den Verlust des Silbers außer sich. Ich würde mich also an Eurer Stelle von dieser Sache fernhalten.«

»Geoffrey hat keine Angst vor Barcwit«, stellte Joan unglücklich fest. »Ich wünschte, es wäre anders.«

Feoc reichte den Säugling an sein ältestes Kind weiter und schickte die Schar zum Spielen hinter den Altar. »Dann wird er womöglich Barcwits Schreckensherrschaft ein Ende setzen. Jemand muss es tun, denn so kann es nicht weitergehen. Stellt Eure Fragen, Sir Geoffrey, und ich werde sie beantworten, wenn ich kann. Ich habe schon mein ganzes Leben hier verbracht und weiß einiges über Barcwit und seine üblen Machenschaften.«

»Erzählt mir von seinem Wardein.«

»Dessen Mutter braut ein starkes Ale – und sie verrichtet im Schlachthaus Männerarbeit.«

Das klang jedenfalls nicht nach einer schwachen, kränklichen Mutter, die vor Geoffreys bedrohlicher Gegenwart erschrocken wäre. Maude hatte ihn angelogen. »Wie oft ist er nüchtern?«

»Selten. Der Wein bringt ihn um, auch wenn Barcwit behauptet, dass ihn das nicht von der Arbeit abhält. Womöglich hat er sogar Recht damit. Ich kannte einmal einen Priester, der betrunken die besten Predigten hielt.«

Geoffrey beschloss, Feoc am nächsten Montag mitzunehmen. Der Priester würde wissen, ob Maude ihm dem echten Wardein vorstellte oder einem Schauspieler.

»Wie viele Leute stehen in dieser Stadt unter Barcwits Einfluss?«

»Dutzende. Er schickt Rodbert, Maude und Tasso aus, damit sie allen einreden, dass jetzt ein hervorragender Zeitpunkt sei, um sein Geld in Silbermünzen anzulegen. Sie bringen das sehr überzeugend vor. Die angebotenen Vereinbarungen sind sicher und einträglich. Aber wenn es zu spät ist, das Geld zurückzuziehen, dann erfahren die Kunden, dass sie in finstere Machenschaften verwickelt sind und dass Barcwit ›Beweise‹ für ihre Schuld bereit hält, sollte es eine Untersuchung geben. Wer ihn dennoch abweist, dem stößt ein Unglück zu – nicht unbedingt ein tödliches, wie Nauntel, aber ein schlimmes allzumal. Ihr Vieh wird krank, oder ihr Haus gerät in Brand.«

»Barcwit hat sich jetzt nach Dundreg davongemacht, und vorher weigerte er sich, mich zu empfangen. Er scheint mir körperlos wie ein Nebelstreif.«

»Nun, das ist er nicht, und Ihr solltet ihn nicht unterschätzen. Joan hat das getan, und seht, wie es ihr ergangen ist.«

»Das hat sie mir erzählt«, sagte Geoffrey. »Er hat Olivier bedroht.«

»Das kam später«, erklärte Feoc, als Joan nichts dazu sagte. »Barcwit hat das unheimliche Talent, zu spüren, was seine Gegner am wenigsten verlieren möchten, und für Joan ist das Olivier. Also hat er zunächst nicht Olivier selbst angegriffen, sondern ermordete jemand anderen, damit sie wusste, dass er es ernst meint. Danach brauchte er nur anzudeuten, dass Olivier der Nächste sein würde, und schon war sie hilflos.«

»Wen hat er getötet?«, fragte Geoffrey. Joan hatte keine Kinder, und er selbst war ihr einziger lebender Verwandter. Plötzlich wusste er die Antwort, und ihm drehte sich der Magen um. Sie hatte ihm bereits erzählt, wer kürzlich unter rätselhaften Umständen ums Leben gekommen war. »Unseren Bruder? Henry?«

Joan nickte. »Vielleicht verstehst du jetzt, warum ich möchte, dass du abreist. Henry und ich standen uns niemals nahe, aber es wäre mir furchtbar, wenn ich *dich* an Barcwit verlöre.«

Joan glaubte also, dass Barcwit ihren Bruder ermordet hatte. Nach dieser Enthüllung hatte Feoc nicht mehr viel zu berichten. Kurz darauf kehrte auch Warelwast zurück und wollte wissen, warum die Messe so lange dauerte.

Joan drängte Geoffrey, sich in der Burg zu verstecken, während Warelwast lauthals verkündete, dass er ihm die Stadt zeigen wollte. Auch Roger mischte sich ein und wollte unbedingt die Schenken erproben. Geoffrey beleidigte sie alle, indem er ihr Anerbieten zurückwies. Er wollte sein Streitross bewegen – allein.

Zurück auf der Burg ließ er Durand das Pferd satteln, blieb die ganze Zeit dabei stehen und beobachtete ihn, wodurch der Knappe nervös und bei der Arbeit noch ungeschickter wurde, als er ohnehin schon war. Das Pferd wirkte lustlos, auch wenn Durand behauptete, dass alles in Ordnung sei, und sie gerieten darüber in Streit. Bis das Pferd gesattelt war, war Durand verschwitzt und voller Groll, und Geoffrey war aufgebracht über seine Unfähigkeit.

»Ihr solltet mich gehen lassen«, sagte Durand leise. »Entlasst mich aus Euren Diensten, wie Tankred Euch entlassen hat.«

»Und was würdest du dann anfangen?«, fragte Geoffrey wütend. »Mit Bloet zusammenleben?«

Durand funkelte ihn an. »Ich würde in die Kirche zurückkehren.

Das Leben als Krieger passt nicht zu mir – seht Euch meine Hände an! Sie sind ganz rissig von der Arbeit, zu der Ihr mich zwingt. Sogar meine Nägel sind abgebrochen.«

»Großer Gott!«, seufzte Geoffrey. »Ich verlange wenig von dir, und was ich verlange, erledigst du nur unzureichend.«

»Dann lasst mich gehen«, beharrte Durand. »Es ist deutlich zu sehen, dass wir nichts weiter voneinander lernen können. Ihr verachtet mich für meine Sanftmut, während ich Euer barbarisches Benehmen verabscheue, und die Art, wie Ihr die Gefahr herausfordert. Ich möchte nicht sterben, nur weil Ihr gern Eure Nase in Dinge steckt, die Euch nichts angehen.«

»Barbarisches Benehmen?«, fragte Geoffrey. Verglichen mit den meisten Rittern, hatte er sich stets für höflich verhalten. Er war bestürzt, dass diese Einschätzung nicht von jedem geteilt wurde.

»Ich weiß, Ihr habt Tankred versprochen, mich zu einem Krieger zu machen. Aber das schafft Ihr niemals.« Durand klang herausfordernd. »Also könnt Ihr genauso gut gleich Eure Niederlage eingestehen, bevor einer von uns dem anderen noch etwas antut.«

»Willst du mir drohen?« Geoffrey war entsetzt über die Unverfrorenheit des Mannes.

»Ich sage Euch nur, wie es ist«, bekräftigte Durand und gab nicht nach. »Wir hassen einander, und es wäre besser für uns beide, wenn wir getrennter Wege gingen.«

»Ich hasse dich nicht«, erwiderte Geoffrey müde. Es tat ihm leid, dass das nicht auf Gegenseitigkeit beruhte. Er mochte Durand nicht, aber von Hass war er weit entfernt. »Hat Bloet dir das in den Kopf gesetzt?«

»Er meint, ich solle ein Leben führen, das meinen Fähigkeiten mehr gerecht wird«, gestand Durand ein. »Und wenn ich bei ihm bin, merke ich auch, wie unglücklich ich bei Euch bin.«

»Glück willst du also?«, fragte Geoffrey und hielt das für ein seltsames Bestreben, wo die meisten Leute doch mit einer Mahlzeit, einem Dach über dem Kopf und einem Becher warmen Ales zufrieden waren. »Das ist für die meisten von uns unerreichbar.«

»Das stimmt nicht«, sagte Durand, und seine blauen Augen füllten sich mit Tränen. »Bloet ist glücklich.«

»Ihm geht es hundsmiserabel«, widersprach Geoffrey. »Er hat furchtbare Angst, dass er das gestohlene Silber nicht findet.«

»Diese Art von Glück habe ich nicht gemeint«, sagte Durand. »Ich habe über die Freude gesprochen, die man bei der Gegenwart eines anderen Menschen fühlt. Bloet ist sehr zufrieden, wenn er bei mir ist. Das hat er mir erzählt. Und außerdem macht er das Beste aus dieser Silbersache. Nehmt beispielsweise seinen Besuch bei Barcwit gestern Abend. Sie haben zusammen gegessen, und er meinte, es sei ein sehr angenehmes Treffen gewesen. Bei Euch dagegen werden solche Begegnungen immer gefährlich.«

Geoffrey betrachtete seinen Knappen nachdenklich. »Bloet hat mit Barcwit zu Abend gegessen?«

»Das sagte ich doch gerade«, schnauzte Durand und wischte sich mit der Hand durchs Gesicht. Schon drohte er erneut in Tränen auszubrechen. »Barcwit hat *ihn* eingeladen, aber *Euch* geht er aus dem Weg. Was sagt uns das?«

»Dass er die Gesellschaft von Männern, die seine Verbrechen aufdecken wollen, nicht schätzt?«

»Ihr versteht mich nicht«, sagte Durand verzweifelt. »Auch Bloet hat Angst vor Barcwit. Trotzdem ist er dem Mann mit Charme und Freundlichkeit begegnet und wurde empfangen – er war sogar Ehrengast an Barcwits Tafel. Hat Barcwit für Euch dasselbe getan? Nein! Stattdessen reitet er nach Dundreg. Was ich sagen will, ist, dass Bloet Erfolg hat, wo Ihr scheitert. Ihr seid grob und gewalttätig, und *deswegen* will ich nicht länger bei Euch bleiben.«

»Ich verstehe«, stellte Geoffrey müde fest. Vermutlich hätte er damit rechnen sollen, jetzt, wo er nicht länger an Tankred gebunden war. Sollte er ihn gehen lassen? Es wäre ein Mund weniger, den er mit seinen rasch dahinschwindenden Mitteln unterhalten müsste. Außerdem konnte man kaum von ihm erwarten, dass er Durands Ausbildung fortsetzte, nachdem Tankred ihn entlassen hatte.

»Ich entschuldige mich«, sagte Durand kläglich. »Ich hätte so nicht reden dürfen, aber ich bin heute nicht ganz bei mir. Gewiss habt Ihr auch schon mal jemanden getroffen, der Euer Herz erobert hat und Euch erkennen ließ, dass das Leben so vieles mehr bieten könnte?«

Geoffrey nickte langsam. »Es gab da einmal eine Frau …« Er wusste nicht, wie er fortfahren sollte, also führte er das Pferd auf den Burghof, um sein Unbehagen zu überspielen.

»Wen?«, fragte Durand und kam hinter ihm her. »Maude? Ihr habt ihre Gesellschaft in Bath gewiss genossen.«

»Es war nicht Maude«, sagte Geoffrey. »Es war eine Dame, die …« Er verstummte erneut, denn er war es nicht gewohnt, über so schmerzliche Dinge zu reden, selbst wenn sie schon mehrere Jahre zurücklagen.

Durand spürte seine Zurückhaltung und verfolgte die Sache nicht weiter. »Ich will ja nur, dass Ihr über meine Bitte nachdenkt. Aber Ihr solltet jetzt nicht ausreiten. Es sieht nach Regen aus.« Er wies auf die dunklen Wolken.

Geoffrey entlockte der Rat ein widerstrebendes Lächeln. Er sah mal wieder, dass er Durand nichts beigebracht hatte, was der nicht hatte lernen wollen. Durand glaubte noch immer, dass man lieber im Haus blieb, sobald eine Wolke am Himmel stand, und wenn er sich überhaupt verändert hatte, so war er heute noch weniger ein Krieger als damals, wo man sie einander aufgenötigt hatte.

Geoffrey stieg in den Sattel und ritt davon. Er dachte darüber nach, dass Barcwit Bloet nicht nur eine Unterredung gewährt, sondern ihn sogar bewirtet hatte. Lag es an Bloets Freundlichkeit? Oder gab es einen anderen Grund, weswegen Barcwit den Höfling empfangen hatte? Geoffrey verließ den Burghof, war aber nicht so abgelenkt, dass er Clarembald nicht bemerkt hätte, der ihn aus dem Schatten eines Torbogens beobachtete. Er zügelte das Pferd und starrte den Heilkundigen an, bis der endlich hervorkam.

»Reitet Ihr aus?«, fragte Clarembald. »Ihr solltet Euch nach Dundreg wenden, dort gibt es eine großartige Aussicht.«

»Barcwit ist dort«, sagte Geoffrey. »Weshalb beobachtet Ihr mich?«

Die rötlichen Augenbrauen des Arztes zuckten. »Ich möchte mit Euch reden, aber ich schätze gern die Stimmung eines Mannes ein, bevor ich heikle Fragen stelle. Ihr machtet einen abgelenkten und unruhigen Eindruck auf mich, weswegen ich lieber warten wollte. Darum habe ich mich versteckt.«

Geoffrey wusste nicht recht, ob er ihm glauben sollte. »Worüber wollt Ihr reden?«

»Über Eure Ermittlungen, vor allem über den Teil, der mich betrifft. Hat Barcwit etwas über mich gesagt? Ich kann Euch versichern, das sind lauter Lügen. Allerdings werdet Ihr feststellen, dass der ›Krämerbischof‹ in finstere Machenschaften verstrickt ist.«

»Barcwit weigert sich, mit mir zu reden – sei es über Euch, John oder irgendjemand sonst.«

Clarembald rieb sich das Kinn. »Das ist aufschlussreich. Für gewöhnlich ist er ganz begierig darauf, Männer zu treffen, die er als Gefahr betrachtet, weil er sie so schnell wie möglich einschüchtern möchte. Habt Ihr gehört, was die Leute über die drei Regenbögen erzählen? Sie sehen darin ein göttliches Zeichen, dass Barcwits Schreckensherrschaft bald ein Ende haben wird – und Ihr, der Gesandte des Königs, sollt der Erlöser sein.«

Geoffrey schüttelte den Kopf. »Das wird Giffard tun. Allerdings wird er dazu die halbe Stadt hinrichten lassen – einschließlich meiner Schwester –, wenn ich den Fall nicht bald aufkläre.«

»Die Leute sind verängstigt und brauchen die Hoffnung, die solche himmlischen Zeichen ihnen geben«, sagte Clarembald. »Die Tatsache, dass Sendi den Mut hatte, gegen Barcwit vor den König zu treten, hat sie aufgemuntert. Aber sie waren entsetzt, als seine Majestät diesen Anklagen keine Strafen folgen ließ. Und nun seht, was dem armen Sendi passiert ist.«

»Was?«, fragte Geoffrey besorgt. »Gestern ging es ihm noch gut genug. Ist er tot?«

»Einer seiner neuen Prägestempel wurde gestohlen. Wenn Barcwit ihn hat, wird er damit minderwertige Münzen auf Sendis Namen prägen und ihn ins Unglück stürzen. Es ist furchtbar.«

»Wie konnte das geschehen?«, fragte Geoffrey. Er dachte an den dicken Palisadenzaun rings um das schäbige Anwesen und an die schweren Türen. »Seine Werkstatt ist sehr gut geschützt.«

»Nicht gut genug, wie es aussieht.« Clarembald legte eine Hand an den Hut. »Aber Ihr habt mir alles gesagt, was ich wissen wollte. Also lasse ich Euch in Ruhe ausreiten. Wenn Ihr nach Dundreg geht, gebt Acht auf die Sümpfe bei Estune. Barcwit kennt den Weg hindurch, aber Ihr werdet nicht vorankommen, und Euer Pferd ist nicht in der besten Verfassung.«

Geoffrey missachtete Clarembalds Rat, weil er allmählich glaubte, dass jeder ihn anlog oder eine List verfolgte. Aber er war nicht weit gekommen, als er feststellen musste, dass der Heilkundige Recht hatte. Das morastige Ödland bei Estune war ein Labyrinth mit gewundenen Pfaden, fauligen Sümpfen und dichtem Unterholz, und Geoffreys Pferd mochte nichts davon. Es scheute und zögerte und verweigerte den Galopp, selbst an den Stellen, wo die Straße sicher war.

Allerdings war es angenehm, allein zu sein. Lange stand er da, betrachtete den Avon, der durch eine steinige Schlucht floss, und dachte über die wenigen Fakten nach, die er bisher gesammelt hatte. Bei Sonnenuntergang kehrte er auf die Burg zurück und verbrachte den Rest des Abends damit, den hochfliegenden Plänen Warelwasts für die Kathedrale von Exeter zu lauschen. Olivier und Roger saßen beim Feuer, steckten die Köpfe zusammen, und versorgten einander mit endlosen Lügengeschichten. Joan sah ihnen liebevoll zu.

»Allmählich lerne ich deinen Freund schätzen«, stellte sie fest. »Er ist schmutzig und ungehobelt, aber ich habe Olivier schon seit Jahren nicht mehr so lebhaft gesehen.« Ihr Blick fiel auf Warelwast, der soeben seine Besitztümer aufsammelte und sich aufs Schlafengehen vorbereitete. »Aber *den* mag ich nicht. Warum trägt er denn diese Puppe um den Hals?«

»Er hält sie für ein Zeichen Gottes.«

Joan schnaubte verächtlich. »Er hängt an dir wie ein Blutegel an einer schwärenden Wunde.«

Geoffrey runzelte die Stirn. »Du vergleichst mich mit einer schwärenden Wunde?«

»Das ist ein annehmbarer Vergleich«, stellte sie ohne Reue fest. »Der Ärger folgt dir auf dem Fuße, und du sammelst fragwürdige Gestalten um dich. Deinen Knappen, beispielsweise. Es gibt Hunderte gute Männer, die du hättest in Dienst nehmen können, aber du hast dich für jemanden mit unaufrichtigem Geist und diebischen Fingern entschieden, der jede Nacht Gott dafür anklagt, dass Er ihn nicht zur Frau gemacht hat.«

»Woher weißt du das?«

»Ich habe ihn gehört. Er möchte seidene …«

»Ich meine, woher weißt du, dass Durand diebisch ist? Wenn er etwas Unrechtes getan hat, solltest du mir das sagen. Es wäre nicht das erste Mal. Ich bin überzeugt, dass er diesen Sommer von König Henry Geld angenommen hat, damit er mir nachspioniert.«

»Er hat eine Menge Gold«, stimmte Joan ihm zu. »Deutlich mehr als du. Du bist so gut wie mittellos.«

Geoffrey beäugte sie misstrauisch. »Und das weißt du, weil …?«

»Olivier und ich haben heute dein Gepäck durchsucht«, erwiderte sie nüchtern. »Kurz bevor wir uns Durands vorgenommen haben. Ich wollte wissen, ob du hergekommen bist, weil du knapp bei Kasse bist – ob du mir hilfst, den Klauen des Königs zu entrinnen, damit du später Geld dafür fordern kannst.«

»Großer Gott!«, rief Geoffrey entsetzt aus. »Das denkst du von mir?«

Sie zuckte die Achseln. »Unsere Brüder haben oft behauptet, dass kein Mappestone auch nur auf ein brennendes Haus pinkeln würde, solange er nicht vorher dafür bezahlt wird. Ich kenne dich nicht gut genug, um sagen zu können, ob du vom selben Schlage bist. Aber wir kommen von Durand ab. Es überrascht mich nicht, dass der König dich bespitzeln lässt.«

»Du glaubst, er ist immer noch Henrys Spion?«, fragte Geoffrey und versuchte, nicht zu zeigen, wie sehr ihre Bemerkungen ihn verletzten. Er zwang sich, stattdessen an Durand zu denken. Es war möglich, dass der König ihn nach dem Sommer weiter bezahlte. Der Knappe hatte stets Geld zur Verfügung.

»Davon bin ich überzeugt.«

Geoffrey musterte sie. Erneut hatte er das Gefühl, dass sie etwas vor ihm verbarg. Ihr Blick war ungewohnt unstet, und sie befingerte die herabhängenden Ärmel ihres Kleides. »Du verschweigst mir etwas. Was ist es?«

»Nichts.«

Geoffrey seufzte. »In wenigen Tagen wird Giffard hier eintreffen, und ich habe nichts, was ich ihm vorweisen könnte. Er wird die Münzstätten schließen und bei allem Geldgebern Barcwits das Vermögen einziehen – oder Schlimmeres veranlassen.«

»Dann solltest du dich freuen«, sagte Joan grob. »Die Familiengüter werden frei sein, und du brauchst dir nicht die Mühe zu machen, mich rauszuwerfen.«

»Ich will Goodrich nicht«, sagte Geoffrey und versuchte, geduldig zu bleiben. »Außerdem wird der König es einziehen, wenn ich den Fall nicht löse.«

»Du hättest nicht kommen sollen«, erklärte Joan leise. »Peter und Idonea glauben, wir hätten es aussitzen können. Aber jetzt, wo du hier bist und unangenehme Fragen stellst, ist das nicht mehr möglich. Sie haben Recht: Du wirst uns vernichten.«

»Das Schweigen wird euch vernichten«, widersprach Geoffrey. »Also erzähl mir, was du verheimlichst. Geht es um Sendis Anklagen? Oder um den Anschlag auf den König? Oder um Barcwits verschwundenes Silber?«

»Verschwundenes Silber?«

Geoffrey erkannte, dass er einen wunden Punkt getroffen hatte. Er packte sie bei den Schultern und zwang sie, ihn anzusehen. »Du ahnst nicht, wie gefährlich es ist, diese Dinge zurückzuhalten – nicht nur für mich, sondern auch für dich.«

»Drohst du mir?«, fragte Joan entsetzt.

»Natürlich nicht. Ich warne dich, dass …«

»Du drohst mir tatsächlich«, sagte Joan und bedachte ihn mit einem gequälten Blick. »Du behauptest, um meinetwillen herzukommen, bewegst mich zur Mitarbeit, aber wenn ich mal etwas für mich behalte, wirst du wütend. Du bist nicht meinetwegen hier, sondern für dich selbst!«

»Du solltest mich besser kennen.«

»Aber ich kenne dich gar nicht!«, rief Joan. »Wir schreiben uns, aber wir haben in zwanzig Jahren nicht mehr als einen Monat zusammen verbracht. Doch allmählich lerne ich dich kennen. Du bist genau wie unsere Brüder und denkst nur an dich selbst.«

»Glaub, was du willst«, sagte Geoffrey, der spürte, dass er sie nicht überzeugen konnte, egal wie wortreich er sich verteidigte. Es war nur eine Frage der Zeit gewesen, bis sie wieder in Streit gerieten, denn das geschah immer, so sehr er sie auch mochte. »Aber ich werde dir das Gegenteil beweisen. Allerdings brauche ich deine Hilfe. Dein Leben könnte davon abhängen – und auch Oliviers.«

»Olivier!«, rief Joan mit Tränen in den Augen. »Du weißt, dass er der Einzige ist, um den ich mich sorge. Aus diesem Grund bedrohst du ihn. Ich wünschte, du wärest nie aus dem Heiligen Land zurückgekehrt!«

»Joan.« Geoffrey versuchte, ihr vernünftig zuzureden. Dieser Streit ging viel zu weit, und es war an der Zeit, wieder zu einem höflicheren Ton zurückzufinden. »Verrat mir einfach, was du über das Silber weißt. Es könnte wichtig sein, weil es mit Barcwit zu tun hat. Ich war schon so weit, diese Spur nicht weiter zu verfolgen. Aber jetzt bin ich mir nicht so sicher, ob das klug war.«

»Du wirst es nicht finden. Man hat danach gesucht, seitdem es gestohlen wurde, aber es ist spurlos verschwunden. Frag Bloet: Er soll es für den König beschaffen, aber er wird nicht mehr Erfolg dabei haben als wir anderen.«

»Ihr habt auch danach gesucht?«

»Mit Peter und Idonea.«

»Du bist nicht die Art von Person, die blindlings mit einem Spaten in der Hand losläuft«, sagte Geoffrey. »Du musst also etwas gewusst haben, was deine Suche eingrenzte. Was war das?«

Sie verzog das Gesicht. »Du bist schlauer, als für dich gut ist. Peter hörte ein Gerücht, das Silber sei in den Fluss bei Beiminstre gekippt worden und die Diebe hätten vor, es später dort wieder herauszuholen. Wir haben Männer danach tauchen lassen und wollten das Silber dem König im Austausch für eine Begnadigung anbieten. Aber das Gerücht war genauso haltlos wie die Behauptung, Gott selbst habe es genommen, um Barcwit für seine Gier zu bestrafen. So, jetzt weißt du alles. Bist du zufrieden?«

Ihr Geständnis hatte ihm nichts verraten, was ihm weiterhalf, und er war ebenso enttäuscht wie besorgt. Sie deutete sein Schweigen vollkommen falsch.

»Du wirst sterben, wenn du versuchst, Barcwits Silber aufzuspüren und es für dich selbst zu behalten. Irgendjemand wird dich umbringen.«

»Wer?«, fragte Geoffrey. Es gefiel ihm nicht, dass ihre Stimme den Hauch einer Drohung enthielt. Er blickte ihren Gemahl an und schaffte es nicht, einen verächtlichen Ton zu unterdrücken. »Olivier?«

Joan entging das nicht und war außer sich: »Olivier ist zehnmal so viel wert wie Männer deines Schlages. Du hast keine Freunde hier, Geoffrey. Du bist allein und von Leuten umgeben, die deinen Tod wollen.«

»Ich weiß«, stellte Geoffrey seufzend fest. »Anscheinend verbringe ich mein ganzes Leben in dieser Lage.«

Am nächsten Morgen erwachte Geoffrey früh. Es war ein grauer Novembertag, mit einem feinen Nieselregen in der Luft und Nebel über dem Fluss. Er fühlte sich auf der Burg eingesperrt und ruhelos, und Joan war immer noch wütend auf ihn. Daher beschloss er, noch einmal auszureiten. Durand schlief noch, also sattelte er sein Pferd selbst und bemerkte dabei, dass die Sattelgurte an manchen Stellen abgenutzt waren und der Knappe sie längst hätte ersetzen müssen.

Als er fertig war, strich er dem Pferd über die Nüstern. Allmählich wurde das Alter des Tieres sichtbar: Graue Tupfen zeigten sich auf der Schnauze, und das Fell war rauer geworden. Dazu hatte es einen stumpfen Ausdruck in den Augen, der Geoffrey gar nicht gefiel. Er hatte das Pferd schon seit zwei Jahren nicht mehr in eine Schlacht geritten und fragte sich, wie gut es sich bei so einer Gelegenheit halten würde. Es zu verkaufen und gegen ein jüngeres Tier einzutauschen war auch kein reizvoller Gedanke. Es dauerte lange, ein Schlachtross auszubilden, und außerdem mochte er es.

Er führte es nach draußen, stieg in den Sattel und hielt dann auf den Avon zu, wo eine Straße namens Wortheslupe auf die Bristolbridge zuführte. Er zahlte den Zoll, trabte klappernd darüber und ritt weiter, bis er an eine Kreuzung gelangte. Geradeaus ging es zu einer Anhöhe aus rotem Fels mit einer Kirche, er wählte die Straße nach rechts, ohne zu wissen, wohin sie führte, aber das war ihm gleichgültig, solange es nicht die Sümpfe von Estune waren.

Der Weg war nicht im besten Zustand und stand von den jüngsten Regenfällen unter Wasser. Geoffrey ließ das Pferd sein eigenes Tempo wählen und wunderte sich nicht, als es gemächlich dahintrottete, obwohl es früher zum kraftvollen Galopp neigte. Gewöhnlich streckte das Tier beim Reiten die Ohren vor. Jetzt beobachtete er besorgt, wie diese Ohren sich lustlos hin und her drehten.

Der Hund lief neben ihm her und machte gelegentlich Halt, um am Unterholz zu schnüffeln und seine Duftmarke zu hinterlassen. Trübe überdachte Geoffrey seine Lage. Er war ein Ritter, der von seinem Herrn entlassen worden war, mit einem alternden Streitross, einem Hund, der zum Stehlen neigte, und einer Familie, die nur noch aus einer Schwester bestand, die seine lauteren Absichten anzweifelte. Er hatte kein Eheweib, noch eines in Aussicht, und die Mappestones hatten weiter keine Erben hinterlassen, die ihnen nachfolgen konnten; die Söhne seines Bruders Henry waren im vergangenen Jahr an einem Fieber gestorben.

Die Aussichten waren bedrückend, daher wandte er seine Gedanken dem zu, was Joan ihm gestern erzählt hatte – dass Barcwit ihren Bruder ermordet hatte, um sie gefügig zu machen. Henry war eines Morgens tot aufgefunden worden, mit einem Messer im Leib. Geoffrey hatte gefragt, ob der Tod seiner Kinder ihn außer Fassung gebracht habe, aber Olivier hatte das verneint. Angeblich hatte Henry ohnehin nicht viel für sie übrig gehabt hatte, weil sie ihm zu ähnlich gewesen waren. Es gab keine Zeugen für den Mord, und Joan beharrte darauf, dass Barcwit einen lautlosen Meuchelmörder gesandt hatte, der seine Arbeit rasch und ohne Spuren verrichtet hatte.

Geoffrey ließ seine Gedanken zu Alwold wandern. Joan hatte nach dem Silber gesucht, um Henry damit zu bestechen. Womöglich war das ein schlauer Plan gewesen, der auch für Geoffrey taugen würde, wenn er bis zu Giffards Eintreffen nichts von Bedeutung herausgefunden hätte.

Er dachte an den geheimnisvollen Piers und erinnerte sich dann an etwas anderes: Alwold hatte behauptet, dass der »Priester von St. John« »das Geheimnis« kannte. Feoc war der Priester der Kirche von St. John the Baptist. Wusste er also, wo das Silber lag? Und wenn ja, hatte er sich deshalb mit Joan angefreundet, um sie und den Gesandten des Königs in die Irre zu führen, während er die Barren verborgen hielt? Feoc wirkte einigermaßen aufrichtig, aber Geoffrey hatte schon sehr begabte Lügner kennen gelernt. Er war nicht mehr geneigt, irgendwem schon bei der ersten Begegnung zu vertrauen.

Bald blieben die Laute der Stadt hinter ihm zurück – die Rufe der Händler, das Knarren der Wagen, das Läuten der Glocken und die metallischen Schläge der Steinmetze, die an den Burgmauern arbeiteten. An ihre Stelle traten die Laute der Natur, und Geoffrey vernahm das süße Trällern der Lerchen, den raschelnden Wind in den Bäumen und das Plätschern des Flusses zu seiner Rechten. Das war sehr angenehm, und seine Stimmung hob sich.

Geoffrey gelangte an eine weitere Kreuzung, bei der sich ein Hügel erhob. Auf der Anhöhe ragte eine ansehnliche Kirche empor, und die Häuser, die sich darum drängten, wirkten wohlhabend und gepflegt. Es war ein hübscher Ort, mit einem gurgelnden Bächlein und saftigen Weiden. Das einzig Seltsame daran war, dass der Weiler gänzlich menschenleer wirkte.

Plötzlich vernahm er einen zischenden Laut, den er sogleich erkannte: ein abgeschossener Pfeil. Geoffrey riss den Schild aus der Halterung am Sattel, aber er hatte nicht mit einem Angriff gerechnet und bekam den Schild nicht rechtzeitig los. Zum Glück sauste das Geschoss über seinen Kopf hinweg, aber das nächste durchschlug den Sattel, und das Pferd wieherte schmerzerfüllt auf. Er stieß ihm die Fersen in die Flanken und wollte durch die Siedlung hindurchpreschen, um dem Hinterhalt zu entkommen. Aber das Tier war in Schwierigkeiten. Es tat ein oder zwei unsichere Schritte, als auch schon ein zweiter Pfeil eine Wunde in seine Flanke riss.

Es wieherte laut und schlug mit den Vorderhufen aus, wobei es Geoffrey beinahe abwarf. Ein weiterer Pfeil schlug gegen seinen Helm und zog beim Abprallen einen Kratzer über seine Wange. Das Pferd würde ihn nicht in Sicherheit bringen, und wenn er weiter stehen blieb, würde er wie ein in die Enge getriebenes Wild erschossen werden. Also sprang er aus dem Sattel und rollte über den Boden, um sich vom Schwung wieder auf die Füße tragen zu lassen. Sein Gespür verriet ihm, dass die Pfeile aus dem Haus unmittelbar neben der Kirche kamen. Wenn er davonlief, konnten die Schützen ihn mühelos erwischen. Geoffrey blieb nur eine Möglichkeit: Er hielt den Schild vor sich und stürmte auf die Angreifer zu.

Der Pfeilhagel ebbte ab, während er näher kam, aber Geoffrey hielt nicht an. An der Tür senkte er den Schild und gebrauchte ihn als Rammbock. Der ganze Rahmen löste sich von der Wand und kippte nach innen. Mit einem markerschütternden Kampfruf sprang er hinterher und riss das Breitschwert vom Gürtel. Er war bereit, jedem entgegenzutreten, der sich im Inneren aufhielt. Sein Blut toste, und er empfand nichts als rasende Wut, weil das Pferd, das ihn so treu von Jerusalem bis nach England getragen hatte, so feige getötet werden sollte.

Aber als er in das dunkle Innere des Hauses hineinplatzte, hielt er verwirrt inne. Vor ihm kauerten mindestens vierzig Leute, die einander in Todesangst umklammert hielten. Zwei Fensterläden waren geöffnet, und daneben standen einige Männer, blass und zitternd, mit dem Bogen in der Hand. Ein Junge von elf oder zwölf Jahren stand bei einem dritten Fenster und hielt einen kleineren Bogen, offensichtlich ein Spielzeug. Ein Priester sagte die Sterbesakramente auf. Seine Stimme zitterte, und ein Säugling fing an zu schreien. Geoffrey konnte es an ihren Gesichtern ablesen: Sie alle erwarteten den Tod.

Den Geruch in diesem Raum kannte Geoffrey nur allzu gut: Es war der säuerliche Gestank der Furcht. Der Priester fuhr mit seinen Gebeten fort, und das vertraute Latein tröstete die Gemeinde keinesfalls, sondern schüchterte sie umso mehr ein. Mütter drückten ihre Kinder an sich, und eine begann zu schluchzen.

»Was in Gottes Namen treibt ihr da?«, wollte Geoffrey wissen. Die Art, wie die Leute ihn anblickten, brachte ihn aus der Fassung. Abrupt fühlte er sich an die Menschen erinnert, die sich beim Fall von Jerusalem Schutz suchend in ihren Häusern aneinandergedrängt hatten, bevor sie alle erschlagen wurden. Es beunruhigte ihn, dass diese Gesichter in einem Dorf bei Bristol ihm die Bilder so lebhaft ins Gedächtnis riefen.

»Wir haben nur versucht, uns zu schützen«, hauchte der Priester. »Beinahe hätten wir es geschafft.«

»Habt ihr nicht!«, fuhr Geoffrey ihn an und war nicht bereit, zuzugeben, wie knapp es gewesen war. Er schwenkte das Schwert zu den drei Bogenschützen. »Und legt die hin, bevor ich euch die verdammten Hände abhacke!«

»Flucht nicht!«, ermahnte ihn der Priester. »Es sind Frauen und Kinder im Raum.«

»Ich fluche, so viel ich will«, brüllte Geoffrey aufgebracht. »Schaut, was ihr mit meinem Pferd gemacht habt!«

»Wir haben auf Euch gezielt. Wir hatten nicht vor, das Pferd zu verletzen«, stellte der Junge entschuldigend fest, bevor eine Frau – wahrscheinlich seine Mutter – ihn heftig anstieß.

»Dann ist ja alles in Ordnung«, stellte Geoffrey sarkastisch fest. »Alles vergeben und vergessen.«

»Wirklich?«, fragte der Junge erfreut. »Das ist gut. Mir gefällt es hier in Beiminstre, und Vater Wido meint, ich wäre noch zu jung für den Himmel.«

»Tatsächlich?« Geoffrey schaute durch die Tür hinaus und sah sein Pferd mit gesenktem Kopf dastehen. Seine Flanken bebten beunruhigend heftig. »Das ist verflucht schade, denn ich bin sehr in Versuchung, euch alle an Ort und Stelle abzustechen. Ihr habt mein Pferd verwundet!«

Geoffrey war nicht sonderlich stolz auf sich, als mehrere Kinder zu weinen anfingen. Er schloss die Augen, senkte das Schwert und spürte, wie die Wut von ihm wich und nur ein Gefühl des Abscheus zurückblieb.

»Wenn Ihr uns verschont, werde ich mich um Euer Reittier kümmern«, bot der Junge an. »Ich mache es im Nu wieder gesund.«

»Halt dich bloß von ihm fern«, befahl Geoffrey. »Ihr habt schon genug Schaden angerichtet, und das Tier ist zu wertvoll, als dass ich Leute wie euch daran herumpfuschen lasse.«

»Aber wir sind hier in Beiminstre«, sagte Vater Wido und klang überrascht, dass Geoffrey eine solche Bemerkung machen konnte. »Die Leute reisen meilenweit, um ihre Pferde von uns pflegen zu lassen, und Kea hier hat ein ungewöhnliches Talent.«

»Ihr könnt haben, was Ihr wollt, wenn Ihr uns am Leben lasst«, sagte Keas Mutter. Sie sah die anderen an, die ihr heftig nickend beipflichteten. »Die besten Ponys in unseren Ställen – so viele Ihr wollt. Wir hatten auch eine gute Ernte, und Ihr könnt Getreide mitnehmen. Wir bitten nur um unser Leben.«

»Ich habe eine Puppe«, sagte ein kleines Kind unter Tränen. »Ihr könnt sie auch haben – und sie hat echte Haare.«

»Gottverdammt!«, murmelte Geoffrey verlegen. Er hatte nur wenig Erfahrung im Umgang mit Bauern, vor allem mit Kindern, und fühlte sich hoffnungslos überfordert. »Ich werde niemanden umbringen.«

»Aber Ihr habt gesagt, dass Ihr das tun wollt«, sagte Kea vorwurfsvoll. Tröstend legte er den Arm um das kleine Mädchen, und Geoffrey nahm an, dass sie Bruder und Schwester waren.

»Ich habe es mir anders überlegt«, gab Geoffrey kurz angebunden zurück. »Aber was habt ihr euch dabei gedacht, auf harmlose Durchreisende zu schießen? Wenn der König euch dabei erwischt, wird er nicht so nachsichtig sein.«

»Wir würden niemals auf den *König* schießen«, stellte Kea abschätzig fest. »Nie würden wir jemanden überfallen, der eine Krone trägt. Aber wir dachten, *er* hätte Euch geschickt. Und wir wollen uns nicht abschlachten lassen, ohne uns zumindest ein wenig zu wehren.«

»Wer?«, fragte Geoffrey. Er erinnerte sich, dass Nauntel in einem Ort namens Beiminstre getötet worden war. »Sir Peter de la Mare, um den Tod seines Freundes zu rächen?«

»Sir Peter würde uns nichts antun«, sagte Kea. »Höchstens seine Frau. Sie hat allerhand von einem Krieger an sich.«

»Wir dachten, Ihr kämet von Barcwit«, erklärte Keas Mutter. Ihre Stimme senkte sich zu einem Flüstern, als sie den Namen aussprach, und mehrere der Dorfbewohner bekreuzigten sich.

»Seit Nauntels Tod erwarten wir einen Besuch von seinen Handlangern«, fügte Wido hinzu. »Nauntel war einer seiner Geldgeber, und es heißt, Barcwit sei sehr verärgert gewesen über den Mord.«

Geoffrey war verwirrt. »Ich habe gehört, dass Barcwit Nauntels Tod selbst befohlen hat. Wie kann er dann auf euch wütend sein, wenn Nauntel auf seinen eigenen Befehl hin angegriffen wurde?« Er musterte sie mit Unbehagen. »Oder hat er euch bezahlt, damit ihr ihn einschüchtert, und ihr habt ihn aus Versehen getötet?«

»Natürlich nicht«, sagte Keas Mutter empört. »Barcwit hat seine eigenen Leute für solche Dinge, und außerdem können wir nicht besonders gut mit Bögen umgehen.«

»Mein Pferd wäre da anderer Meinung«, wandte Geoffrey ein und schaute erneut zu dem Tier hinaus.

»Barcwit kann man nicht verstehen«, erklärte Wido und führte das Gespräch rasch in eine andere Richtung. »Er ist nicht bei Sinnen und gibt oft widersprüchliche Befehle. Der arme Sir Peter. Er weinte stundenlang und verkündete laut, dass *er* derjenige sei, der sterben sollte.«

»War das vielleicht Barcwits Absicht gewesen, und der Schütze hat den Falschen getroffen?«, wollte Geoffrey wissen. So etwas konnte vorkommen. Ritter in Mantel und Rüstung waren oft schwer auseinanderzuhalten.

»Das bezweifele ich«, antwortete Wido. »Peter ist für Barcwit mehr wert als Nauntel, weil er der Burgvogt ist.«

»Ich verstehe immer noch nicht, was Nauntels Tod mit euch zu tun hat«, sagte Geoffrey, »oder wie ihr darauf kommt, dass Barcwit euch dafür bestrafen will.«

»Das wissen wir ebenso wenig, aber man kann nicht vorsichtig genug sein, wenn es um Barcwit geht«, erwiderte Wido. »Nauntel starb hier in Beiminstre, und Barcwit ist zuzutrauen, dass ihm das als Grund ausreicht, uns alle niederzumachen. Einmal hat er eine ganze Familie gefressen, nur weil sie zufällig vor seinem Haus stand.«

Kea hatte schon seit einer Weile durch die eingeschlagene Tür auf Geoffreys Pferd geschaut. Jetzt drängte er sich an dem Ritter vorbei und ging auf das Tier zu. Geoffrey folgte ihm. Er wusste nicht genau, was der Junge vorhatte, wollte ihn dabei aber nicht unbeaufsichtigt lassen. Der Rest der Dörfler stand in einem stillen Kreis dabei, während Kea sanft mit den Händen über die Seiten des Pferdes strich und die Schwere der Verletzungen abschätzte.

»Geh zurück auf deinen Posten, Ned«, sagte Vater Wido zu einem Mann mit langen Zähnen, während sie auf Keas Urteil warteten. »Du auch, Theordic. Es wäre ja eine Schande, wenn wir dem Tod durch einen Einzelnen entgangen wären, nur um uns von anderen überrumpeln zu lassen.«

Die eingeteilten Beobachter nahmen ihre Bogen auf und entfernten sich in unterschiedliche Richtungen. Geoffrey sah ihnen nach. Er fragte sich, wie viele Reisende wohl noch ihren vorschnellen

Schüssen zum Opfer fallen würden, bevor Barcwits Schreckensherrschaft zusammenbrach.

Er nahm den Helm ab und betastete den Kratzer in seinem Gesicht. Er brannte, und Roger würde gewiss fragen, wie er ihn sich zugezogen hatte. Die Vorstellung, dem Freund zu berichten, wie er von vierzig verängstigten Bauern überfallen worden war, die anscheinend Befehle von einem Elfjährigen entgegennahmen, gefiel ihm gar nicht. Hoffentlich konnte er sich vor seiner Rückkehr nach Bristol noch eine Geschichte ausdenken, die ihn nicht allzu dumm dastehen ließ.

»Ihr könnt uns nicht vorwerfen, dass wir geschossen haben«, sagte Kea, während er sich um das Pferd kümmerte. »Ihr seht gefährlich aus, mit diesem seltsamen Zeichen da auf Eurem Wappenrock.«

»Das ist ein Kreuzfahrerkreuz«, erklärte Geoffrey. Man fand selten noch Leute, die das Gewand eines *Jerosolimitanus* nicht erkannten. »Ich war beim Fall von Jerusalem zugegen.«

»Hat es großen Schaden angerichtet?«, fragte Kea höflich.

Geoffrey beäugte ihn argwöhnisch. »Was hat großen Schaden angerichtet?«

»Jerusalem«, sagte Kea geduldig. »Als es umgefallen ist. Ich hoffe, es landete nicht auf irgendwelchen Pferden.«

»Nein«, sagte Geoffrey und rang ein Lächeln nieder. »Das tat es nicht.«

Kea richtete sich auf. »Das arme Tier wurde sehr schlecht behandelt.«

»Das ist mir bekannt«, stellte Geoffrey trocken fest. »Jemand hat darauf geschossen.«

»Ich meine nicht die Pfeilwunden«, sagte Kea. »Die werden ohne bleibenden Schaden heilen. Ich spreche von der allgemeinen Pflege. Es benötigt gewärmten Gerstenbrei und muss täglich gebürstet werden, dazu frisches Heu …«

»Ich habe einen Knappen«, fuhr Geoffrey ihm ins Wort. »Der kümmert sich um solche Dinge.«

»Dann kümmert er sich nicht besonders gut darum«, stellte Kea geringschätzig fest. Geoffrey musterte das Tier und bemerkte wieder die glanzlosen Augen und nun auch den leichten Ausfluss um die Nüstern. Hatte etwa Durands schlechte Pflege sein Pferd so rasch altern lassen? Ging es deswegen lieber im Schritt, als zu galoppieren?

»Aber lasst das Tier bei mir, und in einer Woche geht es ihm besser als je zuvor«, fuhr Kea fort.

»Dir überlassen?«, wiederholte Geoffrey entsetzt. »Worauf soll ich in der Zwischenzeit reiten? Auf meinem Hund?«

Einige Kinder brachen in Lachen aus und bemerkten gar nicht den Ärger in seiner Stimme. Der Hund ließ ein mitleiderregendes Winseln hören, als wüsste er, dass von ihm die Rede war. Das brachte auch einige Erwachsene zum Grinsen. Geoffrey schnaubte aufgebracht. Er hatte Besseres zu tun, als dümmlichen Dorfbewohnern, die nicht einmal vom Kreuzzug gehört hatten, zur Unterhaltung zu dienen.

»Ihr könnt Euch eins von unseren Pferden ausleihen«, bot Keas Mutter an. »Wir haben einige sehr gute, und in einer Woche könnt Ihr zurückkehren und Euer eigenes abholen. Das haben wir im Haus des Priesters vereinbart. Und die Leute von Beiminstre stehen zu ihrem Wort.«

Geflüsterte Zustimmung wurde laut, und einige Dörfler richteten sich ein wenig höher auf.

»Aber zuerst müsst Ihr unsere Kirche besuchen«, bot Wido an. Nun, da die Gefahr vorüber war, wollte er offenbar Eindruck schinden. »Es ist die beste in der Grafschaft. Ihr könnt nicht von hier fort, ohne sie gesehen zu haben. Es soll nicht heißen, dass die Bewohner von Beiminstre kein Benehmen hätten.«

»Dann sollten die Bewohner von Beiminstre vielleicht in Zukunft nicht mehr auf ihre Besucher schießen«, erwiderte Geoffrey, aber niemand hörte ihm zu. Die Leute waren begeistert von der Gelegenheit, mit ihren Besitztümern zu prahlen, und bald schoben sie ihn zu der Kirche auf dem kleinen Hügel.

Es dauerte lange, bis man ihm alles gezeigt hatte. Das Gebäude war peinlich sauber, die Fensterbänke geputzt und mit frischem

Grün geschmückt, und es war nicht eine einzige Spinnwebe zu sehen. Viele der Schnitzereien waren von ganz besonderer Güte, und Geoffrey war aufrichtig beeindruckt von dem schönen Altarraum und seinen sächsischen Rundbögen.

Schließlich ließ er sich in einen großen Stall bringen, wo reichlich Pferde standen, von denen einige weit besser waren als sein eigenes. Er war überrascht, aber dann fiel ihm ein, dass Olivier seine Pferde aus einem Dorf bei Bristol bezog, und dieser kannte sich gut in solchen Dingen aus.

»Olivier d'Alençon«, stellte er fest. »Er kommt öfter hierher.«

Kea nickte. »Hat er uns empfohlen? Seid Ihr deshalb hier entlanggeritten?«

»Er ist mein Schwager.«

Keas Mund öffnete sich zu einem breiten Lächeln. »Dann kennt Ihr sicher auch Lady Joanie. Sie ist gut zu meiner kleinen Schwester, die ein wenig einfältig ist. Sie ist eine wundervolle Dame.«

»Joan?«, fragte Geoffrey, verwirrt von dem ungewohnten Namen und vor allem von der Beschreibung. Noch nie hatte jemand Joan als »wundervoll« bezeichnet, nicht einmal Olivier, wenn er sturzbetrunken war. Er musterte den Jungen vorsichtig, ob der sich vielleicht über ihn lustig machte. »Findet ihr sie nicht ein wenig … Furcht einflößend?«

»Joan?«, fragte Wido überrascht. »Natürlich nicht! Sie ist die freundlichste und sanfteste Frau auf der Welt und bei uns wohlgelitten.«

»Joan?«, wiederholte Geoffrey wieder und wusste nicht, ob sie wirklich über dieselbe Frau sprachen.

»Lady Joanie«, stellte Kea entschieden fest. »Und lasst Euch bloß nicht einfallen, den Namen der guten Dame in den Schmutz zu ziehen. Sonst wünschen wir uns noch, wir hätten Euch doch getötet.«

# 10. Kapitel

Geoffrey verabschiedete sich von den Leuten in Beiminstre und ritt auf einem feurigen, pechschwarzen Pferd Richtung Bristol. Kea zufolge war es das beste Ross, das sie im Dorf hatten, und Geoffrey war geneigt, dem zuzustimmen. Es war ein großartiges Tier, und wenn Kea sein eigenes nicht heilen konnte, würde er dieses hier behalten. Auf dem Weg am Fluss gab er dem Tier die Zügel frei und war begeistert von seiner Kraft. Der Hund hatte Mühe, ihm zu folgen.

Als sie sich Bristol näherten und Geoffrey die Straße mit weiteren Reisenden teilen musste, zügelte er das Pferd und zwang es zum Schritt. Es folgte nur widerwillig. Das Pferd war hervorragend, aber es musste noch ausgebildet werden.

Als sie endlich langsamer wurden, keuchte der Hund auf eigentümliche Weise, mit zusammengebissenen Zähnen, sodass Geoffrey schon ganz besorgt war – bis er erkannte, dass der Hund etwas im Maul hielt. Im ersten Augenblick hielt er das Ding für ein Frettchen, dann aber sah er ärgerlich seufzend, dass es sich um eine Puppe handelte. Der Hund musste sie Keas einfältiger Schwester abgenommen haben, vermutlich mit Gewalt.

Er stieg ab und versuchte, die Puppe an sich zu bringen. Aber die Augen des Hundes nahmen jenen trüben, etwas wilden Ausdruck an, der in der Regel einem Biss voranging. Also nahm Geoffrey ein Stück getrocknetes Fleisch aus seiner Tasche und wedelte damit vor der Schnauze des Tieres herum, bis er sich dessen Aufmerksamkeit sicher war.

Der Hund ließ die Puppe fallen und hob eine Pfote, aber Geoffrey kannte ihn zu gut, um darauf hereinzufallen. Wenn er ihm jetzt das

Fleisch gab, durfte er nicht erwarten, an das Spielzeug zu gelangen: Der Hund würde es knurrend verteidigen. Also warf Geoffrey das Fleisch ein Stück weit weg, sodass der Hund eine Entscheidung treffen musste. Sein Bauch blieb schließlich Sieger in diesem Wettstreit, und Geoffrey konnte die Puppe aufheben.

Sie war nicht besonders hübsch und bestand nur aus einem Stück Holz. Die Kopfseite war mit verfilzten Fäden beklebt, möglicherweise Pferdehaar, und sie trug ein Kleid aus schmuddeligem grauem Tuch. Allerdings stand außer Frage, dass diesem Spielzeug Liebe entgegengebracht wurde, und Geoffrey bemerkte mit einiger Bestürzung die Zahnabdrücke im Holz.

Er dachte darüber nach, die Puppe in den Fluss zu werfen, aber das kam ihm herzlos vor. Also steckte er sie in seine Satteltasche und beschloss, Durand um Rat zu fragen. Der Knappe war zu nichts zu gebrauchen, wenn es um Pferde ging, aber möglicherweise wusste er, wie man ein Spielzeug ausbesserte. Vielleicht ließ er sich sogar überreden, neue Kleider dafür zu nähen.

Geoffrey saß wieder auf und ritt über die Brücke in die Stadt ein. Als Erstes wollte er nachsehen, ob Barcwit wieder aus Dundreg zurückgekehrt war. Als er eben die Hauptstraße entlangritt, sah er Durand mit Bloet aus einer Schenke kommen. Bloet flüsterte etwas, das den Knappen hell auflachen ließ, und er unterstrich die Worte mit einer anzüglichen Geste, die sie beide zum Lachen brachte. Ihre Heiterkeit war anstößig genug, um ihnen einen missbilligenden Blick von Clarembald einzubringen.

»Die Menschen erinnern sich noch an die Ausschweifungen von William Rufus und an seine Vorliebe fürs eigene Geschlecht«, befand der Heilkundige ernst, als die beiden Männer sich entfernten. »Euer Knappe ist ein Narr, dass er seine weibische Natur so offen zur Schau stellt.«

»Ich werde mit ihm reden«, erwiderte Geoffrey. Vermutlich war die Warnung berechtigt.

Der *Medikus* starrte auf den Kratzer in Geoffreys Gesicht. »Wenn ich schon mal dabei bin, gute Ratschläge zu verteilen, so befolgt auch diesen: Lasst die einsamen Ritte sein, und erledigt Eure Aufgabe. Ihr wollt sicher nicht, dass Euch weitere Pfeile um die Ohren fliegen.«

Geoffrey musterte ihn und versuchte abzuschätzen, ob das jetzt ein Rat gewesen war oder eine Drohung. Woher wusste Clarembald überhaupt, dass die Schramme von einem Pfeil herrührte? War er ein so guter Arzt, dass er es allein durch Hinschauen erkennen konnte? Aber Clarembald hatte doch sicher nichts mit dem Hinterhalt in Beiminstre zu tun … Er konnte gar nicht gewusst haben, dass Geoffrey sich in diese Richtung wenden würde, also konnte er auch nicht dafür gesorgt haben, dass die Dorfbewohner auf ihn schossen. Oder doch?

Geoffrey erinnerte sich, dass Clarembald ihm am Vortag abgeraten hatte, Richtung Estune zu reiten – ein Rat, den er in den Wind geschlagen hatte. War es Clarembalds tatsächliche Absicht gewesen, Geoffrey nach Beiminstre zu locken?

»Ich habe Helbye heute Morgen getroffen«, fuhr Clarembald fort, als Geoffrey nicht antwortete. Seine Stimme wurde mit einem Mal sanft. »Seine Hüfte wird niemals verheilen. Er ist ein alter Mann, und seine Knochen sind vom Alter verkrustet und schwer. Er hat sich weit genug erholt, um von Bath hierher zu reiten, doch es wäre grausam, ihn bis ins Heilige Land zu schleppen. Seht Ihr nicht die Qual in seinem Gesicht, wenn er versucht, mit Euch Schritt zu halten?«

So viel hatte Geoffrey durchaus mitbekommen, und er musste sich nicht erst von Clarembald darüber belehren lassen. »Er will sich nicht aus meinen Diensten zurückziehen, und ich möchte ihn nicht dazu zwingen. Es ist seine Entscheidung.«

»Das ist die Antwort eines Feiglings. Aber wenn Ihr schon kein Erbarmen mit ihm zeigt, so kann ich Euch zumindest eine Medizin geben, die seinen Schmerz lindert, wenn er unerträglich wird.«

»So wie in Bath, meint Ihr?«, fragte Geoffrey schroff.

»Mein Breiumschlag hat gewirkt«, gab Clarembald beleidigt zurück. »Ich habe ihm gesagt, dass er nicht hinter diesem Schwein herrennen soll, aber er hat nicht auf mich gehört. Ohne meine Behandlung wäre er noch viel länger krank gewesen.«

»Das war in der Nacht, in der man Euch die Zaunrübe gestohlen hatte«, erklärte Geoffrey ausdruckslos.

Clarembald blickte verwirrt drein, dann grinste er verschlagen. »Überhaupt nichts wurde gestohlen. Das habe ich mir nur ausgedacht, um John zu ärgern. Ich habe die Zaunrübe hier.« Er zog einen Tiegel aus der Tasche, und Geoffrey konnte erkennen, dass er noch voll war, abgesehen von der Menge, die der Heilkundige für Helbyes Salbe verwendet hatte.

»Niemand hat etwas davon genommen?«, fragte er, nur um sicher zu gehen.

»Nicht ein Fitzelchen«, bestätigte ihm Clarembald mit raubtierhaftem Grinsen. »Meine Behauptung hat auch so ihr Ziel erreicht und John und seine geliebte Heimatstadt beleidigt. Aber vergesst nicht, was ich über Helbye gesagt habe. Jeder Arzt – mit Ausnahme von John, der keinen Arsch von einem Ellbogen unterscheiden kann – würde Euch dasselbe raten. Der Zwischenfall in Bath war nur der erste von vielen, und sie werden in Zukunft viel häufiger aufeinanderfolgen und noch schmerzhafter werden, wenn Ihr ihn weiterhin umhertreibt, als stünde er noch in der Blüte seiner Jugend.«

Er wandte sich ab und schritt davon. Geoffrey blieb mit einem Rätsel weniger zurück, dafür aber mit einem neuen Problem, um das er sich sorgen musste. Er glaubte Clarembald, dass er sich den Diebstahl nur ausgedacht hatte, um John aufzubringen. Außerdem hatte er mit eigenen Augen gesehen, dass nichts von der Zaunrübe fehlte – zumindest nicht genug, um Helbye fünf Tage lang außer Gefecht zu setzen. Niemand hatte dem alten Mann etwas zuleide getan, außer Geoffrey selbst durch seine Sorglosigkeit.

Helbye glaubte natürlich nur allzu gern an eine Vergiftung, anstatt eine dauerhafte Schwäche einzugestehen. Aber da gab sich der alte Sergeant einer Selbsttäuschung hin. Ohne Zweifel war es den Münzern gelegen gekommen, dass Geoffrey sie auf dem letzten Stück der

Reise nicht begleiten konnte. Aber sie hatten diesen Umstand nicht selbst herbeigeführt.

»Was hat er über mich erzählt?«, fragte eine Stimme neben Geoffrey. Es war Bischof John.

»Dass es nach Regen aussieht«, log Geoffrey, der sich nicht in ihren Streit hineinziehen lassen wollte.

John bedachte ihn mit einem kühlen Blick. »Ihr solltet Eure Freunde mit größerer Sorgfalt wählen. Der König wird nicht sonderlich erfreut sein, wenn er hört, dass sein Gesandter sich von jemandem wie Clarembald hat einwickeln lassen.«

Geoffrey seufzte. »Wollt Ihr mir nun auch noch drohen?«

»Ich will Euch nur warnen.«

»In letzter Zeit ist jeder ganz begierig darauf, mich vor irgendwas zu warnen. Dabei möchte ich nur die Wahrheit über Sendi und Barcwit herausfinden und dann wieder abreisen. Um den Rest soll Giffard sich kümmern.«

»Ihr seid ein Narr, wenn Ihr Euch das so einfach vorstellt. Alles, woran der König beteiligt ist, ist verwickelt und gefährlich. Ich sage es Euch also ein weiteres Mal: Traut niemandem. Nicht einmal Eurer eigenen Familie.«

Geoffrey sah dem Bischof nach, der hinter seinem Rivalen hereilte. Wollte John etwa ausdrücken, dass Joan eine bedeutsamere Rolle in dieser Angelegenheit spielte, als sie ihn glauben machen wollte? Dass sie ihn womöglich hinterging?

Sie hatte den Tod ihres Bruders in ihren Briefen nicht erwähnt, obwohl Geoffrey dadurch zum Erben eines beachtlichen Vermögens geworden war. Lag es tatsächlich nur daran, dass sie nicht gewusst hatte, wie sie ihm die Wahrheit schonend beibringen sollte? Oder hatte sie Stillschweigen bewahrt, damit sie und Olivier die Ländereien für sich behalten konnten, während Geoffrey in den Osten ritt und niemals zurückkehrte? Er schloss die Augen und fragte sich, worauf er sich da eingelassen hatte, als er ihr so bereitwillig zu Hilfe geeilt war.

Völlig in Gedanken versunken ritt Geoffrey die Hauptstraße entlang. Er machte sich Sorgen um Helbye und darüber, dass nun beide Heilkundige sich dem allgemeinen Chor der Warnungen angeschlossen hatten, der seine Ermittlungen begleitete. So bemerkte er nicht, wie Durand ihm zuwinkte, und schreckte erst aus seinen Träumereien auf, als er den empörten Schrei seines Knappen vernahm. Er hätte ihn beinahe niedergeritten.

So breit die Straße auch war – nachdem er Durand beinahe über den Haufen geritten hätte, wurde ihm klar, dass es nicht ratsam war, ein großes und kaum ausgebildetes Pferd hier entlangzulenken, vor allem dann nicht, wenn so viele Leute darauf warteten, dass er einen Fehler machte. Wenn ihm jemand unter die Hufe geriet, gab das seinen Gegnern nur Gelegenheit, ihn des rücksichtslosen Reitens zu bezichtigen. Er stieg ab und reichte Durand die Zügel.

»Wo habt Ihr das Pferd denn her?«, fragte Durand argwöhnisch. »Es sieht wild aus. Zu wild für mich, ich kann mich nicht darum kümmern.«

»Du wirst schon zurechtkommen«, befand Geoffrey. Durand würde dieses Tier hoffentlich nicht so nachlässig behandeln wie das andere. Er wollte es nicht in schlechtem Zustand nach Beiminstre zurückbringen.

»Habt Ihr es gestohlen?«, fragte Durand besorgt. »Müssen wir damit rechnen, dass uns ein aufgebrachter Eigentümer nachstellt? Ich bin es allmählich leid, dass überall unerwartet Leute auftauchen und mich vor diesem oder jenem warnen.«

»Dir geht es auch so?«, fragte Geoffrey. »Wer hat dich angesprochen?«

»Die beiden Ärzte, Sendi und Rodbert, sogar Bloet, auch wenn er es freundlich meinte.«

»Du hast vorher nichts davon erwähnt.«

»Ihr hättet mir nicht zugehört. Ihr achtet nie auf solche Dinge. Wenn ich trotzdem versucht hätte, Euch davon zu erzählen, hättet Ihr nur wieder Euren Ärger an mir ausgelassen, und das war mir die Sache nicht wert.«

Geoffrey starrte ihn überrascht an. Er ärgerte sich häufiger über Durand, aber stets nur über Dinge, die der Knappe selbst angestellt hatte. Er hatte ihm nie etwas vorgeworfen, was andere zu ihm gesagt hatten. Möglicherweise hatte Durand einen anderen Grund, darüber zu schweigen: Ihm konnte es nur recht sein, wenn sein Herr vor einem Angriff nicht auf der Hut war.

»Du willst mich tot sehen«, stellte er fest und betrachtete den Knappen voll Abscheu. »Das ist der beste Weg für dich, um mich loszuwerden. Bischof John hatte Recht: Ich muss mich vor Verrat aus den eigenen Reihen hüten!«

»Das ist nicht wahr«, sagte Durand. »Ich will nicht, dass Ihr hier sterbt, in dieser Stadt. Wer würde mich dann beschützen?«

»Verschwinde«, sagte Geoffrey, der plötzlich genug hatte von dieser ganzen Angelegenheit.

Durand schaute ihn unbehaglich an. »Wohin soll ich verschwinden?«

»Bring das Pferd in die Burg, und bitte Ulfrith, sich darum zu kümmern. Und nimm auch den Hund mit; er ist heute in besonders diebischer Stimmung, und ich will nicht noch mehr Leute gegen mich aufbringen. Dann kannst du deine Sachen packen und gehen.«

»Aber ich will nicht hier in Bristol meine Freiheit zurückerhalten«, wandte Durand ein. »Ich möchte sie in der Nähe eines Klosters meiner Wahl, sodass ich nicht ganz allein eine gefährliche Reise antreten muss.«

»Bloet wird sich um dich kümmern«, erklärte Geoffrey und folgte der Hauptstraße zu Fuß. »In seiner Gesellschaft wirst du sicherer sein als in meiner, vor allem hier.« Und, dachte Geoffrey bei sich, vor allem war er selbst ohne Durand sicherer dran. Ihr gestriger Streit hatte zutage treten lassen, wie sehr Durand ihn verabscheute. Dennoch hatte Geoffrey nicht erwartet, dass der Knappe seinen Tod herbeiführen wollte, indem er ihn nicht auf drohende Gefahren hinwies.

Er kam durch die Stadtmitte und hielt auf Barcwits Werkstatt zu. Aus seinem Eindringen am vorangegangenen Tag hatte man gelernt und eine Wache draußen vor der Tür aufgestellt, die durch ihr unwirsches und ernstes Auftreten unter den Bürgern der Stadt für noch mehr Bestürzung sorgte. Der Mann fragte Geoffrey nach seinem Begehr und klopfte dann mit dem Dolch gegen die Tür. Daraufhin erschien Colblac der Schreiber und führte Geoffrey in die Schreibstube. Für einen Arbeitstag war diese bemerkenswert leer, und nur Rodbert und Maude waren anwesend.

Rodbert seufzte bei Geoffreys Eintreten. »Ich habe doch gesagt, wir würden Euch Bescheid geben, wenn Barcwit Euch empfangen möchte.«

»Ist er also von Dundreg zurück?«, fragte Geoffrey.

Maude funkelte Rodbert an, weil er das schon preisgegeben hatte. »Er ist mit unseren jährlichen Abrechnungen beschäftigt. Die sind sehr verwickelt, und wenn er erst mal damit angefangen hat, darf er nicht mehr unterbrochen werden. Sie werden zumindest drei Tage in Anspruch nehmen.«

»Wird er da nicht ohnehin unterbrochen, wenn er essen oder schlafen muss?«, fragte Geoffrey. Er fand es eigentümlich, dass Barcwit, wenn er tatsächlich über irgendwelchen Abrechnungen brütete, sich nicht hier im Zimmer aufhielt, wo all seine Aufzeichnungen lagerten. »Niemand kann drei Tage lang rechnen, ohne zwischendurch eine Pause zu machen.«

»Barcwit ist ein bemerkenswerter Mann«, erwiderte Rodbert selbstgefällig.

»Was macht die Abrechnungen so schwierig?«, erkundigte sich Geoffrey, so gereizt von dieser Verzögerungstaktik, dass er sich schließlich zu Unhöflichkeiten hinreißen ließ. »Liegt es etwa daran, dass er so viel darin verschleiern muss?«

Maude bedachte ihn mit einem eisigen Blick. »Das war eine sehr unfreundliche Bemerkung.«

Geoffrey zuckte die Achseln. »Gegen Barcwit wurden sehr ernsthafte Beschuldigungen erhoben, und er wäre gut beraten, seine Seite der Geschichte darzulegen, solange der König noch bereit ist, ihm zuzuhören. Vier Anklagen wurden gegen ihn vorgebracht – einen betrunkenen Wardein zu beschäftigen, minderwertige Münzen zu schlagen, Geldgeber mit unrechtmäßigen Konditionen anzulocken und seine Mitmenschen zu tyrannisieren. Für Letzteres habe ich inzwischen eine Menge Beweise gefunden, und zudem nichts, was die anderen Punkte widerlegen würde. Barcwit steckt in Schwierigkeiten, und sein Verhalten trägt nicht dazu bei, seine Lage zu verbessern.«

Rodbert schnaubte verächtlich. »Wer behauptet, dass wir unsere Mitmenschen tyrannisieren?«

»Barcwit ließ Nauntel ermorden.« Und auch Geoffreys eigenen Bruder, wenn Joan Recht hatte.

»Ihr benötigt *Beweise* für diese Behauptungen«, bemerkte Maude beißend. »Und Ihr habt keine.«

Geoffreys Geduld war am Ende. »Lasst Barcwit wissen, dass ich morgen zurückkehre. Und dann *werde* ich ihn sprechen. Wenn er weiß, was gut für ihn ist, wird er keine weiteren Ausflüchte vorbringen.«

»Das sind keine Ausflüchte«, entgegnete Rodbert störrisch. »Das sind gute Gründe.«

Geoffrey ließ ihn stehen und machte sich auf den Weg zur St.-Ewens-Kirche von, die gleich nebenan stand. Lange Zeit verharrte er dort im Torbogen, reglos und wachsam. Schließlich überquerte der Wächter die Straße und verschwand auf dem Friedhof, wobei er an seiner Wäsche hantierte.

Geoffrey wartete ab, bis der Mann außer Sicht war. Dann trat er bis zur Tür, öffnete und schlüpfte zurück ins Haus. Er hörte Maude und Rodbert in der Schreibstube reden, und die beiden waren hinreichend miteinander beschäftigt, sodass sie nicht bemerkten, wie er vorüberschlich und auf den Vorraum am Ende des Flurs zuhielt. Er öffnete die Tür einen Spalt und stellte fest, dass Barcwit sich sein letztes Eindringen wirklich sehr zu Herzen genommen hatte, denn auch dort stand ein Wachposten.

Die Kammer zur Linken war immer noch mit schweren Schlössern gesichert, während die Treppe auf der rechten Seite nicht sauber geputzt worden war. Deutlich zeichneten sich staubige Fußabdrücke darauf ab. Heute allerdings zog es Geoffrey in erster Linie zu der Tür gegenüber, die zur Werkstatt führte. Dort wurden anscheinend keine Münzen geschlagen, denn es war kein Hämmern zu vernehmen. Stattdessen hörte er gedämpfte Stimmen, und es klang so, als wäre irgendein Vortrag im Gange. Geoffrey hoffte darauf, dass Barcwit der Sprecher war und dass er den Mann endlich zu fassen bekäme. Zunächst aber musste er die Wache aus dem Weg räumen.

Er konnte dem Mann ein Messer zwischen die Rippen stoßen, bevor der sich auch nur umgedreht hätte. Allerdings wollte er niemanden umbringen, der nur seine Arbeit tat. Stattdessen zog er den Dolch und kratzte an der Tür.

Als der Wächter herankam und nachschaute, schlug Geoffrey ihm auf den Kopf und fing den Niedersinkenden auf. Dann entriegelte er den Raum zur Linken mit den Schlüsseln, die der Posten am Gürtel trug, und zerrte den Bewusstlosen hinein. Neugierig schaute er sich um, bevor er die Tür wieder verschloss, und entdeckte Stapel von Silberbarren und ganze Töpfe mit Schrötlingen. Ein Vermögen an Edelmetallen lagerte hier, und es überraschte Geoffrey nicht, dass Barcwit den Raum so sorgsam vorschlossen hielt.

So leise er konnte, schob er die Türe zur Werkstatt auf und spähte hinein. Er erwartete, den Münzmeister zu sehen, wie er seinen Leuten Anweisungen erteilte. Stattdessen war es nicht Barcwit, der mit den dreißig Arbeitskräften sprach, sondern Tasso. Unmittelbar neben Tasso standen zwei weitere Männer, die Geoffrey erkannte – obwohl er keinen von ihnen hier erwartet hätte! Einer war der Silberschmied aus Sendis Gefolge, der Edric genannt wurde, und der andere war Clarembald.

Etwas abseits, aber die Szene beherrschend, stand eine hochgewachsene Gestalt in einem eigentümlichen Kapuzenmantel. Das Kleidungsstück war von einem außergewöhnlichen Schwarz, und die Art, wie es das Gesicht des Trägers verbarg, war beunruhigend. Unter der Haube sah man allenfalls die Andeutung eines Gesichts, das unnatürlich bleich wirkte.

Alle Anwesenden, einschließlich Clarembald und Edric, blickten von Zeit zu Zeit voll Unbehagen dorthin, und Geoffrey wusste nur von einem Mann, der so bedrohlich wirken konnte, indem er nur mit in den Ärmeln verschränkten Armen dastand: Barcwit. Dieser erste Blick, den er auf den so schwer zu fassenden Münzer werfen konnte, lenkte Geoffrey derart ab, dass er fast nicht mitbekommen hätte, was sonst noch geschah. Tasso kam mit seiner Rede zum Ende und überließ Clarembald das Wort.

»Diese Heimsuchung könnte uns alle ins Grab bringen«, stellte der Heilkundige fest, als wäre es die Schlussfolgerung aus früher getätigten Feststellungen. Seine rotblonden Brauen wölbten sich über den Augen, um den Worten Nachdruck zu verleihen. »Ich kann gar nicht genug betonen, wie sorgfältig ihr euch darum kümmern müsst. Aber ich werde nicht länger darauf herumreiten, denn ich sehe, dass ihr den Ernst der Lage schon richtig einschätzt. Also verabschiede ich mich jetzt.«

Geoffrey konnte gerade eben noch die Treppe hinauffliehen, bevor Clarembald durch den Vorraum eilte. Erst als die Vordertüre sich hinter dem Heilkundigen schloss, wagte der Ritter sich wieder aus seinem Versteck. Tasso wiederholte gerade Clarembalds Warnungen, aber in einer sehr viel farbenfroheren Ausdrucksweise und unterlegt mit ein paar handfesten Drohungen. Die Männer nickten eifrig und murmelten ihre Zustimmung, auch wenn sie dabei Barcwit ansahen. Vor allem Edric schien begierig darauf zu sein, einen guten Eindruck zu hinterlassen, denn er lächelte und verbeugte sich unterwürfig. Dann ging alles sehr schnell.

Ohne jede Vorwarnung zog Tasso das Schwert, riss es in einer flüssigen Bewegung hoch und ließ es mit aller Kraft auf Edrics Schädel niedersausen, den er bis zum Hals hinab spaltete.

Einen Augenblick lang war Geoffrey wie gelähmt. Er konnte nur zusehen, wie Edric in einem Schwall von Blut zusammenbrach. Erschrocken zuckten die Silberschmiede zusammen, auch wenn niemand Einwände gegen Tassos Tat erhob. Barcwit zeigte überhaupt keine Regung. Er stand einfach nur da und sah zu.

Es war nicht nur der brutale Mord, der Geoffrey aus der Fassung brachte – er hatte schon mehr blutiges Gemetzel gesehen, als einem Menschen guttat –, sondern auch Barcwits Unbewegtheit. Tasso wischte das Schwert ab und steckte es wieder ein, während die Gesellen der Münzstätte so stumm abwarteten, als könnten sie die nächsten Opfer sein.

Geoffrey hatte genug gesehen. Er empfand keine große Lust, den Münzer zu befragen, wenn dieser gerade in der Stimmung war, grausige Morde anzuordnen. Er wandte sich um und kehrte zum Eingang zurück.

Beinahe hatte er die Vordertüre erreicht, als er sah, wie sich der Türgriff bewegte. Jemand kam herein. Geoffrey wollte nicht beim Hinausgehen erwischt werden, da er davon ausging, dass Barcwit jeden Zeugen für Edrics Ermordung würde beseitigen wollen. Also trat er stattdessen in die Schreibstube. Dabei stellte er eine besondere Selbstsicherheit zur Schau, damit Rodbert und Maude nicht auf den Gedanken verfielen, dass er aus dem hinteren Teil des Hauses kam und nicht durch die Eingangstür.

Rodbert blickte auf, als er hereinplatzte. »Ich habe Euch nicht klopfen hören.«

»Das Gehämmer aus der Werkstatt muss es übertönt haben«, behauptete Geoffrey. Er fragte sich, ob Rodbert wohl zugeben würde, dass die Arbeit eingestellt worden war, während man einen ihrer Konkurrenten ermordete. Geoffrey konnte sich nicht vorstellen, weshalb Edric überhaupt hier gewesen war. Immerhin waren bereits Alwold und Fardin dieser Fehde zum Opfer gefallen, und selbst der Dümmste hätte auf der Hut sein müssen.

Maude legte den Kopf schräg und lauschte. »Sie machen gerade die Nachmittagspause, um ein wenig Brot und Ale zu sich zu nehmen.«

Geoffrey musterte die beiden und versuchte einzuschätzen, ob sie wussten, was mit Edric geschehen war. Ihrem Gesichtsausdruck ließ sich allerdings nichts entnehmen. Entweder ahnten sie nichts von Edrics Schicksal, oder sie waren außergewöhnlich verschlagen und abgebrüht. Geoffrey hatte das unangenehme Gefühl, dass Letzteres zutraf, und dass er hier zwei besonders skrupellosen Verbrechern gegenüberstand.

»Ich habe Barcwit am Fenster im Obergeschoss gesehen«, log er, während Colblac mit neuen Tintenvorräten hereineilte. Er war es also gewesen, der die Vordertür geöffnet hatte. »Wenn er Zeit hat, hinaus auf die Straße zu starren, kann er auch ein paar Augenblicke für mich erübrigen.«

»Er ist eben kurz ausgegangen, um für den erfolgreichen Abschluss seiner Abrechnung zu beten«, behauptete Maude. Sie bewegte sich auf Geoffrey zu und rückte näher an ihn heran, als nötig war. »Er ist ein sehr frommer Mann, und ich weiß nicht, wann er zurückkommen wird. Vielleicht wollt Ihr mich nach oben begleiten und Euch selbst überzeugen, dass er nicht da ist?«

»In welche Kirche?«, fragte Geoffrey. Er war überrascht, dass Maude es mit so einer Ausrede versuchte.

»Die Gebete eines Mannes gehen nur ihn und Gott etwas an«, stellte Rodbert entschieden fest. »Wir werden nicht diejenigen sein, die ihn dabei stören.«

»Nein, diese Ehre wollte ich für mich selbst in Anspruch nehmen«, gab Geoffrey zurück. »Giffard wird bald hier sein, und wenn ich bis dahin nicht mit Barcwit geredet habe, wird der Fall zu Sendis Gunsten entschieden werden.«

Maude zeigte ein verstohlenes Lächeln. »Das bezweifle ich.«

»Warum?«

»Wegen der Art und Weise, wie sich die Dinge am Ende aufklären werden«, stellte sie geheimnisvoll fest. »Aber Barcwit ist nicht hier, und es bringt auch nichts, die Kirchen nach ihm abzusuchen. Er betet, wie er auch alles andere tut – allein.«

Geoffrey hatte genug von Barcwits Haus und den Mördern, die darin wohnten. Er verbeugte sich vor Maude, nickte Rodbert zu und schritt nach draußen. Als er den Platz hinter sich gelassen hatte, hielt er erst einmal inne, schöpfte tief Luft und beglückwünschte sich zu seinem Entkommen. Allerdings bildete er sich nicht ein, dass sein Eindringen lange unbemerkt bliebe. Sie würden bald auf den betäubten Wächter stoßen, sich an Geoffreys Auftauchen erinnern und die offensichtlichen Schlussfolgerungen daraus ziehen. Würden sie auch darauf kommen, dass er den Mord an Edric mitangesehen hatte?

Er dachte über das Erlebte nach. War Clarembald etwa mehr als ein bloßer Geldgeber? Und warum hielt er Barcwits Helfern Vorträge über »den Ernst der Lage«? Und was hatte Edric dort gewollt? Er hatte nicht sonderlich besorgt gewirkt, obwohl er sich mitten im Reich seiner Feinde aufhielt; er war nicht einmal zusammengezuckt, als Tasso das Schwert zog: Er hatte keinen Angriff erwartet.

Diese Fragen wirbelten Geoffrey im Kopf herum, als er auf die Kirche von St. Ewens zuhielt, die nächstgelegene Zuflucht, wenn man ein wenig Ruhe zum Nachdenken suchte. Sie war einfach gebaut, ohne Seitenschiffe und mit einem strohgedeckten Dach. Außer dem Altar gab es keinen weiteren Einrichtungsgegenstand, und davor knieten zwei Männer. Bischof John fuhr schuldbewusst auf, als Geoffrey eintrat, aber Bloet nahm sein Auftauchen gelassen zur Kenntnis.

»Wir haben für Alwold gebetet«, erklärte John. Geoffrey bemerkte den überraschten Blick, den Bloet ihm zuwarf.

»Alwold«, sinnierte Geoffrey. »Als er starb, murmelte er etwas über das Silber, das Bloet aufspüren soll.«

Bloet klang verbittert. »Ich wünschte mir, der Bursche hätte den Mund gehalten. Seine letzten Worte brachten Henry überhaupt erst darauf, dass man das Zeug wieder aufspüren könnte, und ganz offensichtlich kann man das nicht.«

»Seid ihr deswegen hier?«, fragte Geoffrey. »Um über das Silber zu sprechen?«

John öffnete schon den Mund, um das abzustreiten, aber Bloet ergriff als Erster das Wort. »Weshalb sonst? John behauptet, dass Clarembald mehr weiß, als er zugibt. Ich hoffe bei Gott, dass er Recht hat, denn er ist meine letzte Spur.«

»Wie seid Ihr zu dieser Schlussfolgerung gelangt?«, wandte Geoffrey sich an John.

Der Bischof bekam einen verschlagenen Gesichtsausdruck. »Clarembald war ganz in der Nähe, als Alwold starb. Ich glaube, er hat etwas gehört, das niemand sonst mitbekam. Deshalb steckt er hier auch seine Nase in alle Dinge – als Unterstützer von Barcwit, als Freund von Sendi, als Kamerad von Warelwast …«

Geoffrey konnte ihm so weit zustimmen, dass Clarembald verdächtig wirkte, vor allem angesichts des jüngsten Ereignisses. Allerdings wusste Geoffrey ganz genau, dass das nichts mit Alwolds »Geheimnis« zu tun hatte. Denn nur Geoffrey hatte gehört, dass der Priester von St. John und auch der König, Bloet und Warelwast daran Anteil hatten.

Was aber erwiesenermaßen nicht der Fall war. Vorausgesetzt, bei diesem »Geheimnis« ging es um das verschwundene Silber, so war offensichtlich, dass der König nicht wusste, wo es zu finden war, andernfalls hätte er Bloet nicht mit der Suche danach beauftragt. Und Bloet wusste es genauso wenig, sonst wäre er nicht immer noch damit beschäftigt. Blieb nur noch Warelwast. Hatte der möglicherweise das Rätsel gelöst? Geoffrey hätte es nicht gewundert.

»Wir haben also überlegt, wie wir uns Clarembalds Vertrauen erschleichen können«, sagte Bloet. »Ich will nur das Silber wiederbeschaffen, und John will nur, dass Clarembald in Schande fällt. Aber wir können uns nicht über das Vorgehen einigen.«

»Was ist mit Piers?«, fragte Geoffrey, während John bei Bloets freimütigen Enthüllungen zusammenzuckte. »Habt Ihr ihn inzwischen gefunden? Er könnte Euch möglicherweise helfen.«

»Piers ist tot«, erklärte Bloet niedergeschlagen. »Er war ein Einsiedler, der in der Nähe von Dundreg lebte, aber er ist kürzlich erst in den Sümpfen ertrunken. Feoc hat mir heute davon erzählt.«

Geoffrey starrte ihn an. Barcwit war vor kurzem erst in Dundreg gewesen. War das ein Zufall, oder hatte er Piers ermordet? Und warum hatte Feoc den Einsiedler verschwiegen, als Geoffrey nach diesem Piers gefragt hatte?«

»Alle Wege führen zu Barcwit«, grübelte er. »Ihr haltet Euch sogar in seiner Kirche auf.«

John lachte bitter. »Barcwit betet zu keinem Gott, an den einer von uns sich wenden würde! Gewiss habt Ihr ihn schon einmal bei Nacht gesehen, wie er in seinem weiten, dunklen Mantel durch die Straßen schleicht, um seinen Freund, den Teufel aufzusuchen?«

»Ich wünschte, das hätte ich. Es ist schwer, an ihn heranzukommen, und ich muss dringend mit ihm reden.«

»Wenn ich doch nur dasselbe sagen könnte«, merkte Bloet unglücklich an. »Ich sehe ihn überall, wo ich hinkomme. Vermutlich hofft er darauf, dass ich das Silber aufspüre, sodass er es mir wieder wegnehmen kann, bevor ich es dem König bringe.«

»Ihr habt doch kürzlich erst mit ihm zu Abend gegessen«, sagte Geoffrey. »Durand hat es mir erzählt.«

»Das habe ich ganz gewiss nicht! Ich habe in seinem Haus einen Becher Wein getrunken, aber das war eine Einladung von Rodbert, und Barcwit ist nicht dabei aufgetaucht. Gott sei Dank!«

»Aber Durand meinte ...«

»Ich habe gelogen, um ihn zu beeindrucken«, erklärte Bloet ungeduldig. »Man kann seinem neuen Liebhaber ja kaum verraten, dass man Angst vor Männern in schwarzen Mänteln hat. Habt Ihr schon von Sendis gestohlenem Münzstempel gehört? Clarembald hat Bischof John des Diebstahls bezichtigt, aber jeder andere hält Barcwit für den Schuldigen.«

»Clarembald gibt mir für alles die Schuld«, stellte John aufgebracht fest. »Und ich bin es allmählich leid. Es ist an der Zeit, dass wir dem Mann ein für alle Mal das Maul stopfen, indem wir jedem beweisen, dass man ihm kein Wort glauben darf.«

Geoffrey fragte sich, was John wohl sagen würde, wenn er von der Rolle wüsste, die Clarembald bei Edrics Tod gespielt hatte.

»Ich hasse diese Stadt«, verkündete Bloet inbrünstig. »An jeder Ecke Betrug und Verrat. Und kein Silber.«

Johns Miene hellte sich auf. »Es geht uns allen schlecht, und wir benötigen dringend etwas, das uns wieder zum Lächeln bringt.

Ich weiß genau das Richtige, um unserem Übermaß an gelber und schwarzer Galle ein Ende zu setzen.«

»Und was?«, fragte Bloet missmutig. »Ale? Wein? Ich habe alles probiert, und es bringt nur zeitweise Linderung. Und wenn die Wirkung nachlässt, geht es mir sogar noch schlechter, weil ich mich auch noch mit einem schmerzenden Kopf herumplagen muss.«

»Besser als der beste Wein«, verkündete John würdevoll. »Wir gehen einkaufen.«

Der Bischof von Bath ließ sich nicht leicht überzeugen, dass Geoffrey Märkte verabscheute – John hielt so etwas nicht einmal für möglich. So dauerte es eine Weile, bis Geoffrey entkommen konnte. Bloet hatte weniger Glück und wurde davongezerrt, um den Rest des Tages in irgendwelchem Plunder zu stöbern.

Geoffrey war enttäuscht. Mit seinen Ermittlungen war er kein Stück weiter als bei seiner Ankunft drei Tage zuvor, aber er wusste nicht, was er dagegen tun sollte. Es brächte nichts, noch einmal zu Barcwits Werkstatt zurückzukehren, und ihm fiel auch nichts Neues ein, was er Sendi noch fragen könnte. Ziellos wanderte er umher, bis er sich unvermittelt vor der Kirche von St. John the Baptist wiederfand, was ihn daran erinnerte, dass Feoc ihn wegen Piers angelogen hatte.

Die Kirche war leer, also begab er sich zu der schäbigen Hütte dahinter. Feoc und seine Frau hielten sich draußen im Garten auf, wo sie in ihrem Gemüsebeet gruben, während die Kinder Steine vom Boden aufsammelten und sie zu Haufen stapelten, die im nächsten Frühjahr gegen plündernde Vögel zum Einsatz kommen sollten. Als sie Geoffrey erblickten, schrie Feocs Frau auf. Feocs Antlitz verfinsterte sich, als er erkannte, was seine Frau in Aufregung versetzte. Er stürmte über seine Kohlköpfe hinweg, packte Geoffrey am Arm und drängte ihn so heftig zur Kirche zurück, dass Geoffrey drauf und dran war, das Schwert zu ziehen. Er ließ sich nur ungern grob anfassen, nicht einmal von Priestern.

»Ich habe Euch doch gesagt, Ihr sollt mich niemals zu Hause aufsuchen«, fuhr Feoc ihn an. Er spähte in beide Richtungen die Straße entlang, bevor er die Tür hinter sich zuschlug. »Ihr habt zu viele Feinde: Barcwit und Sendi, Maude, Rodbert und Tasso, Adelise und Lifwine, die beiden Heilkundigen, Warelwast, der jedem Eurer Schritte folgt, Bloet, der den Verdacht hegt, dass Ihr selbst hinter dem Silber her seid, Peter de la Mare und Idonea, die glauben, Eure Untersuchung führt zu ihrem Untergang, Joan und Olivier …«

»Es reicht!«, rief Geoffrey. »Ich kann mir selbst merken, wer mich für eine Gefahr hält, vielen Dank. Muss ich nun Euren Namen auch auf diese Liste aufnehmen? Oder werdet Ihr mir meine Fragen beantworten?«

Feoc funkelte ihn wütend an. »Stellt sie mir.«

Geoffrey war misstrauisch. »Ihr seid merkwürdig hilfsbereit. Hat Euch jemand aufgetragen, mit mir zusammenzuarbeiten?«

»Nein.« Zorn zeigte sich auf Feocs Gesicht. »Nun seht, was Ihr angerichtet habt! Ihr habt mich dazu gebracht, in meiner eigenen Kirche zu lügen!«

»Das war Euer eigener Entschluss.« Geoffrey wäre belustigt gewesen von diesem kindischen Versuch, die Verantwortung abzugeben, hätte der Zorn ihn nicht so fest im Griff gehalten. »Wer hat es Euch aufgetragen? Joan? Was hat sie getan? Euch gedroht? Euch bestochen?«

»Sie hat mir versprochen, meine beiden ältesten Kinder in ihre Dienste zu nehmen«, gab Feoc zu. Offensichtlich war er nicht bereit, seine Sünden noch zu vermehren und weiterhin falsches Zeugnis abzulegen. »Ich kann es mir nicht leisten, sie alle zu versorgen, also ist es ein großzügiges Angebot. Sie ist eine gute Frau. Bei ihr werden sie sicher untergebracht sein.«

»Dann helft mir«, sagte Geoffrey. Die Vereinbarung klang nicht sonderlich ruchlos, auch wenn Geoffrey sich nicht sicher sein konnte, ob Joan – und damit auch Feoc – sie geschlossen hatte, um ihn zu unterstützen oder um ihn zu behindern. »Fangen wir mit dem verschwundenen Silber an. Alwold nannte Euren Namen, als er starb – jedenfalls sprach er vom ›Priester von St. John‹. Wie erklärt Ihr Euch das?«

»Er muss von dem früheren Amtsinhaber gesprochen haben – oder von einer anderen Kirche. Woher wisst Ihr überhaupt, was Alwold gesagt hat? Und warum hat niemand sonst diese ›letzen Worte‹ bisher erwähnt?«

»Wie viele Jahre seid Ihr denn schon hier?«, erkundigte sich Geoffrey, ohne auf die Fragen des Priesters einzugehen.

»Sechsundzwanzig.«

»Dann hat Alwold wohl kaum Euren Vorgänger gemeint. Gibt es sonst noch eine Kirche in Bristol, die dem heiligen Johannes geweiht ist?«

»Nein«, gab Feoc zu. »Aber Ihr wisst selbst, wie Gerüchte sich verändern, wenn sie weitererzählt werden. Alwold muss etwas anderes gesagt haben – womöglich sprach er vom Priester der Marienkirche, oder von St. Peter's.«

»Was ist mit Piers?«, fragte Geoffrey, der genau wusste, was er gehört hatte. »Wer ist das?«

»Ich habe es Euch schon gesagt – und Bloet und Warelwast und Clarembald und so gut wie jedem in der Stadt. Ich kenne keinen Mann namens Piers in Bristol.«

»Was ist mit dem in Dundreg?«

»Piers dem Einsiedler?«, fragte Feoc. »Der hat nichts mit dem Silber zu tun. Außerdem ist er tot.«

»Hat Barcwit ihn umgebracht?«

»Er las sich selbst eine Totenmesse und wanderte dann hinaus in die Sümpfe, weil er meinte, ein Engel hätte es ihm befohlen. Selbst Piers hätte Barcwit nicht mit einem Engel verwechseln können. Der Eremit war nicht der Mann, den ihr sucht.«

Geoffrey musterte den Priester sorgfältig und spürte, dass er die Wahrheit sagte – oder zumindest das, was er für die Wahrheit hielt. Es ließ sich unmöglich feststellen, ob noch mehr hinter dem Tod des Klausners steckte oder nicht. Er entschuldigte sich also für seinen Besuch bei Feocs Haus und verließ die Kirche. Er war eben erst ein paar Schritte weit gekommen, als er bemerkte, dass er verfolgt wurde. Gleichmütig kehrte er in die Kirche zurück, schloss die Tür und stellte sich dahinter auf. Im nächsten Augenblick öffnete sie sich wieder einen Spalt, und jemand spähte hindurch. Geoffrey tat einen Satz nach vorne, packte den Spion und zerrte ihn nach drinnen. Es war Warelwast. Sein Schrecken ließ nach, als er den Angreifer erkannte.

»Es geht das Gerücht, dass Ihr heute in Beiminstre angegriffen wurdet«, erklärte Warelwast. »Ihr seid auf einem fremden Pferd zurückgekehrt, also wird es wohl stimmen. Ich wäre Euch ein schlechter Freund, wenn ich mich nicht vergewissern würde, dass Ihr unbeschadet geblieben seid.«

»Indem ihr mir hinterherschleicht?« Geoffrey war nicht überzeugt.

»Ihr schickt mich fort, wenn ich Euch offen begleite.«

Das zumindest entsprach der Wahrheit. »Wie habt Ihr überhaupt von dem Hinterhalt erfahren?«

»Solche Dinge bleiben nicht lange ein Geheimnis. Beiminstre ist ein Dorf mit vierzig Einwohnern.«

Geoffrey glaubte ihm kein Wort. »Seid Ihr mir gefolgt? Mein altes Pferd ist langsam, also hättet Ihr keine Schwierigkeiten gehabt, zu Fuß hinter mir herzukommen. Zurück wäre das allerdings nicht so einfach gewesen.« Das würde auch erklären, warum Warelwast ihn eben erst wieder aufgespürt hatte.

Der künftige Bischof seufzte. »Ihr seid übertrieben argwöhnisch. Eure Schwester meint, Ihr hättet selbst *sie* finsterer Machenschaften beschuldigt. Ich folge Euch nur, damit ich zur Stelle bin, falls Ihr einen Freund benötigt.« Er warf einen vielsagenden Blick auf den Kratzer in Geoffreys Gesicht.

»Ihr argumentiert nicht eben plausibel, Eminenz. Auf der einen Seite behauptet Ihr, ich wäre übertrieben argwöhnisch, und auf der anderen, dass ich Euren Schutz benötigte. Was stimmt denn nun?«

Warelwast dachte sorgfältig nach, bevor er antwortete. »Eure Ermittlungen haben Euch unbeliebt gemacht, und deswegen benötigt

Ihr jeden Freund, den Ihr bekommen könnt. Ihr solltet also nicht vorschnell jenen misstrauen, die Euch helfen wollen.«

»Das istja gerade das Schwierige: Freunde und Feinde auseinanderzuhalten«, sagte Geoffrey. Er dachte an Durand und dessen Versäumnis, Warnungen an ihn weiterzugeben, und an Joans Vorhersage, dass er den Tod finden würde. »Doch wenn Ihr mir wirklich helfen wollt, dann sucht nach einem Weg, Joan für mich zu besänftigen.«

Warelwast wirkte nachdenklich. »Das ist eine Herausforderung. Dennoch werde ich sie übernehmen, wenn es das ist, was Ihr von mir wünscht. Heute Abend werdet Ihr sie zugänglich und sanftmütig vorfinden.«

»Meine Güte«, murmelte Geoffrey, als Warelwast hinausging. »Womit habe ich das nur verdient?«

»Ihr sprecht mit Euch selbst?«

Geoffrey fuhr erschrocken herum und sah Maude hinter einer Säule hervortreten. Sie bewegte sich so geschmeidig wie eine Katze, und er fragte sich, wie lange sie wohl schon dort stand. Unzweifelhaft hatte sie sein Gespräch mit Warelwast verfolgt. Aber hatte sie auch gehört, was er mit Feoc besprochen hatte? Wenn das so war, hatte er den Priester dadurch in Gefahr gebracht? Er war wütend auf sich selbst, weil er sich nicht in der Kirche umgesehen hatte, bevor sie miteinander sprachen.

»Seid Ihr schon länger hier?«, fragte er und versuchte, die Frage beiläufig klingen zu lassen.

Sie kam auf ihn zu und wiegte dabei aufreizend die Hüften. »Lang genug. Mir gefällt diese Kirche. Zu viele Gotteshäuser sind heutzutage kitschig bemalt, und mir gefallen die sauberen weißen Wände hier drinnen.«

Geoffrey widersprach. »Es sieht kahl aus, und der glatte Putz lässt die Risse in den Wänden umso deutlicher hervortreten.«

»Ist das denn so verkehrt? Zieht Ihr es vor, wenn Moder und Verfall hinter bunten Farben versteckt werden, anstatt sie deutlich sichtbar werden zu lassen, sodass man sie ausbessern kann?«

Geoffrey war sich nicht so sicher, ob sie nun noch über Architektur sprachen oder schon über etwas gänzlich anderes. »Das kommt drauf an«, gab er vorsichtig zurück.

»Auf was? Auf die Farben, die dabei verwendet werden? Auf das Geschick des Künstlers? All das ist ohne Bedeutung, wenn das Gebäude zusammenbricht.«

»Wollt Ihr etwas von mir?«, fragte er, um diesem Austausch von Mehrdeutigkeiten ein Ende zu setzen.

Sie lächelte ihn verführerisch an. »Ich dachte, wir könnten … reden.«

»Gut«, sagte Geoffrey. »Dann beantwortet mir diese Frage: Hat Euer Gemahl irgendwas mit dem Tod meines Bruders zu tun? Meine Schwester nimmt das nämlich an.«

Belustigt hob Maude die Augenbrauen. »Wie hätte Barcwit einem Mitglied Eurer Familie schaden können, das so weit entfernt von ihm lebt? Mein Gemahl ist ein sehr entschlossener Mann, aber auch er hat seine Grenzen. Einmal quer durch das Land zu eilen und einen Mord zu begehen überschreitet sie deutlich. So, da wir das nun geklärt haben: Können wir über etwas anderes reden?«

»Gern«, erwiderte Geoffrey zweifelnd. »Wenn Barcwit sich uns anschließt. Ich bin schon seit drei Tagen in Bristol und habe noch nicht mit ihm sprechen können.«

»Nein«, sagte Maude. »Nur Ihr und ich, morgen Nacht. Das hier ist ein angenehmer Ort, und die Türen sind stets unverschlossen. Kommt um Mitternacht.«

»Und worüber werden wir uns dann unterhalten?«, fragte Geoffrey misstrauisch. »Über die Vorzüge von Wandgemälden gegenüber schmucklosen Wänden?«

»Wenn Ihr es wünscht. Oder wir finden etwas anderes, womit wir uns beschäftigen können. Ich habe Euch vermisst, seit unserer Begegnung in Bath.«

»Ich nehme an, Euer Dolch ebenfalls«, stellte Geoffrey trocken fest.

»Seid nicht so nachtragend. Wenn Ihr kommt, werde ich Euch etwas geben, was Eure Zeit wert ist. Es wird Euch bei Euren Ermittlungen helfen, bei denen Ihr im Augenblick überhaupt nicht vorankommt.«

»Und was?«

Sie lächelte wieder. »Lasst Euch überraschen«, sagte sie, ehe sie die Tür öffnete und hinausschlüpfte.

Geoffrey dachte über Maudes Einladung nach, als er die Kirche verließ. Draußen war bereits keine Spur mehr von ihr zu entdecken, obwohl er unmittelbar nach ihr hinausgegangen war. Fast schien es, als wäre sie auf ganz anderen Wegen unterwegs als auf denen, die er kannte. Sorgsam sah er in beide Richtungen und suchte dann sogar den Kirchhof ab, aber sie blieb verschwunden.

Ihre Bemerkung über die fehlenden Fortschritte bei den Ermittlungen ärgerte ihn, denn sie hatte Recht damit. Sollte er sich mit ihr treffen, in der Hoffnung, etwas zu erfahren, was ihn voranbrachte? Warum sagte sie ihm das dann nicht bei Tage? Hatte sie womöglich genug von Barcwit und wollte sich von ihm lossagen? Oder wollte sie Geoffrey nur irgendwohin locken, wo man ihn heimlich ermorden und Sendi die Schuld in die Schuhe schieben konnte? Vermutlich hatte sie eine Vielzahl an Liebhabern, und er war nicht so eitel, anzunehmen, dass sie ihn unbedingt für eine Wiederholung ihres Stelldicheins in Bath brauchte.

Die Sonne sank bereits dem Horizont entgegen, und es blieb allenfalls noch eine Stunde Tageslicht übrig. Geoffrey fühlte sich müde nach seinen vorangegangenen Anstrengungen, empfand aber noch keine große Lust, auf die Burg zurückzukehren. Also legte er den Helm ab, der an dem Kratzer an seiner Wange scheuerte, und klemmte ihn sich unter den Arm. Während er die Straße entlanglief, erregte ein Hämmern seine Aufmerksamkeit, und er stellte fest, dass er sich in der Nähe von Sendis Münzstätte befand.

Er beschloss, dort vorbeizuschauen, denn er hatte nichts anderes zu tun, und es bestand stets die Möglichkeit, dass ein überraschender Besuch irgendwelche verräterischen Hinweise zutage förderte – wie es bei Barcwit bereits geschehen war.

In Sendis Werkstatt wurde noch fleißig gearbeitet. Geoffrey nahm den metallischen Geruch nach geschmolzenem Silber wahr, und der Boden zitterte unter dem geschäftigen Treiben der Münzer. Er dachte an Edric. Vermutlich wussten Sendis Leute noch nichts von seinem Schicksal, und Geoffrey fragte sich, wie lange es wohl dauern würde, bis sie sich Sorgen machten. Laut klopfte er an die Türe, bis Adelise ihm öffnete.

»Das königliche Frettchen«, stellte sie kühl fest, »will unsere ehrlichen Worte wieder zu Lügen verdrehen.«

»Ich wollte fragen, ob einer von Euch womöglich mit Barcwit geredet hat, seit Ihr aus Westminster zurückgekehrt seid«, sagte er und ließ sich nicht auf ihren beleidigenden Tonfall ein.

Sie winkte ihn herein und wiederholte seine Frage dann für Sendi, der sich über eine Werkbank voll frisch geprägter Silbermünzen beugte. Lifwine saß neben ihm und wog sie beiläufig in der einen Hand, während er mit der anderen seine Notizen machte. Geoffrey gewann nicht den Eindruck, dass der Wardein sehr gewissenhaft arbeitete, und fragte sich, ob Barcwits Säufer mehr taugte.

Sendi sah nicht auf, während er antwortete. »Nein. Warum sollte ich?«

»Ich habe ihn ebenso wenig zu sehen bekommen«, erklärte Geoffrey. »Und das liegt nicht daran, dass ich es nicht versucht hätte. Der Mann lässt sich schwer fassen.«

Sendi schnaubte verächtlich. »Er lässt sich schon sehen, wenn es seinen Zwecken dient. *Euch* will er einfach nicht empfangen.«

»Wie sieht er denn aus?«, fragte Geoffrey. Womöglich war er auf der Straße schon an ihm vorübergelaufen, ohne ihn zu erkennen. Barcwit war groß und trug gern dunkle Kleidung, aber Geoffrey hatte sein Gesicht nicht sehen können, als er den Mord an Edric mit ansah. So konnte der Münzmeister sich genauso gut in bunte Farben hüllen und in der Menge untertauchen, wenn er nicht gesehen werden wollte.

Adelise antwortete: »Hoch gewachsen und knochig. Ein hässliches Gesicht, voller Narben, seitdem er mal einige Spritzer heißen Silbers abbekommen hat.«

»Die Narben stammen von glühenden Kohlen, die seine Lehrlinge ihm mal ins Gesicht geschleudert haben«, meldete Sendi sich zur Wort. »Aus Rache hat er sie dann mit bloßen Händen erwürgt und ihre Leichen in seinen Öfen verbrannt.«

Geoffrey rief sich die Einrichtung von Barcwits Werkstatt ins Gedächtnis. »Seine Öfen sind nicht groß genug, um eine Leiche darin zu verbrennen«, wandte er ein.

Sendi betrachtete ihn mit neu erwachter Aufmerksamkeit. »Ihr wart in seiner Werkstatt? Darauf könnt Ihr Euch was einbilden: Für gewöhnlich lässt er keinen Fremden dort hinein. Habt Ihr mit seinem Wardein gesprochen?«

»Habt *Ihr* seinen Wardein gesehen?«, fragte Geoffrey zurück.

»Nicht seit unserer Rückkehr aus Westminster«, erwiderte Sendi. »Vermutlich wird er in irgendeinem Keller versteckt und beständig mit Wein versorgt. So halten sie ihn gewöhnlich ruhig. Und glaubt nicht an irgendwelche Geschichten, dass er seine kranke Mutter besucht. Der geht es besser als uns allen zusammen.«

»Edric«, sagte Geoffrey und musterte Sendi und Adelise sorgfältig. »Wo ist er?«

»Weg«, antwortete Sendi. »Wir haben heute Morgen entdeckt, dass er uns verraten hat, also haben wir ihn fortgeschickt. Er ist nach Bath gegangen und will sein Glück bei Osmaer versuchen, auch wenn ich bezweifle, dass man ihn dort aufnehmen wird. Wir haben es abgelehnt, in einem Empfehlungsschreiben seine Ehrbarkeit zu bestätigen.«

»Was hat er getan?«, fragte Geoffrey und machte keinen Versuch, seine Überraschung zu verbergen. Er erinnerte sich an die Atmosphäre des Misstrauens, die er bei seinem ersten Besuch wahrgenommen hatte. Sie hatten damals bereits gewusst, dass sie einen Verräter in ihrer Mitte hatten.

»Er hat Geheimnisse an Barcwit weitergeleitet und einen unserer Stempel gestohlen«, erklärte Sendi wütend. »Wisst Ihr, was geschieht, wenn der in Barcwits Hände fällt? Er wird damit minderwertige Münzen mit *meinem* Namen darauf prägen!«

»Dabei würde man ihm auf die Schliche kommen«, sagte Geoffrey. »Selbst er kann nicht erwarten, mit einer Fälschung durchzukommen, während der König ihn überwachen lässt.«

»Und *Ihr* wollt ihn aufhalten, was?«, stellte Sendi verächtlich fest. »Ihr bringt ja nicht mal ein Treffen mit dem Mann zustande.«

»Woher wisst Ihr, dass Edric den Stempel gestohlen hat?«, erkundigte sich Geoffrey. Angesichts seiner Beobachtung in Barcwits Werkstatt überraschte ihn diese Anschuldigung. Warum sollte Tasso jemanden töten, der ihnen eine solche Beute gebracht hatte? Etwa nur, weil er in Zukunft nicht mehr von Nutzen war? Edric konnte jedenfalls keine weiteren Prägestempel mehr entwenden, nachdem Sendi ihn entlassen hatte.

»Es kann niemand sonst gewesen sein«, sagte Adelise. »Außer, Ihr wart es.«

»Er könnte es tatsächlich gewesen sein«, meldete sich Lifwine zu Wort. Er musterte Geoffrey abschätzend. »Er ist der einzige Fremde, den wir seit Wochen auf unser Grundstück gelassen haben, und der Stempel *ist* an dem Tag verschwunden, als er hier war.«

»Ich habe ihn nicht genommen«, sagte Geoffrey. Er hatte geahnt, dass dieser Vorwurf früher oder später aufgebracht würde. »Warum sollte ich?«

»Weil Ihr wollt, dass Barcwit den Fall gewinnt«, erwiderte Adelise verächtlich. »Und damit hättet Ihr dafür gesorgt – er wird gefälschte Münzen mit Sendis Namen herstellen und dann behaupten, dass *wir* diejenigen sind, die den König betrügen.«

»Ganz richtig«, pflichtete Lifwine ihr bei. »Geoffrey hat den Stempel aus zwei Gründen gestohlen: Damit Barcwit uns durch gefälschte Münzen vernichten kann und damit wir vor dem König als dumm und untauglich dastehen.

Sendi zog das Messer, und Adelise bedeutete den zuhörenden Gesellen, dasselbe zu tun. Im nächsten Augenblick war Geoffrey von mindestens zwanzig Leuten umringt, die Klingen oder schwere Werkzeuge schwangen, die sie von den Tischen aufgenommen hatten. Und jeder schien bereit – oder gar begierig – sie zu gebrauchen!

Für gewöhnlich hätte sich Geoffrey nicht viele Sorgen wegen des ungeordneten Haufens gemacht, der sich um ihn scharte. Aber Sendis Männer waren mürrisch und aufgebracht und bereit, die Ehre ihrer Münzstätte mit dem Leben zu verteidigen. Ungeachtet der Tatsache, dass Sendi diese Untersuchung selbst in Westminster erwirkt hatte, gaben sie Geoffrey die Schuld dafür, und den hasserfüllten Mienen konnte er entnehmen, dass sie ihm nicht zutrauten, unvoreingenommen zu urteilen. Nur allzu gern ließen sie ihren Zorn an dem Mann aus, der ihrer Ansicht nach Barcwit unterstützen und sie beim König anschwärzen würde.

»Legt die Waffen nieder«, befahl er und war sich bewusst, dass sie ebenso in seinem Rücken wie vor ihm standen und dass er seinen Helm nicht trug. Ein einziger Schlag mit einem Hammer konnte den Kampf im Nu beenden. »Es ist nicht sehr klug, den Beauftragten des Königs anzugreifen.«

»Ihr habt Euer Schicksal besiegelt, als Ihr diesen Münzstempel gestohlen habt«, sagte Lifwine. »Uns bleibt nun keine andere Wahl mehr.«

Irgendwer stieß Geoffrey mit dem Dolch an, sodass dieser das Schwert aus dem Gürtel riss und in einem Bogen durch die Luft schwang. Erschrocken sprangen seine Gegner zurück. Er traf niemanden, auch wenn er das mühelos hätte tun können, aber auch so reichte es aus, um allen zu zeigen, dass er sich nicht so leicht aus dem Weg räumen ließe.

»Gerade meintet ihr noch, Edric hätte ihn gestohlen«, sagte er und drehte sich beständig um die Achse, damit er so viele Leute wie möglich im Auge behalten konnte. Einer war mutiger als seine Gefährten und kam mit der Säge auf ihn zu. Geoffrey stach ihm ins Bein. Der Mann heulte auf, und mehrere seiner Freunde wichen zurück, um nicht als Nächste etwas abzukriegen. »Wir können es nicht beide gewesen sein.«

»Er hat ihn genommen und Euch gegeben«, behauptete Adelise sofort. »Das liegt auf der Hand.«

»Ich habe Edric seit meinem letzten Besuch bei euch nicht gesehen.« Abgesehen von dem Moment, als Tasso ihm den Kopf spaltete … Aber der Zeitpunkt schien ungünstig, um diese Einschränkung zu erwähnen. »Und Ihr habt mich die ganze Zeit über im Auge behalten.«

»Er hat Recht, Herrin«, stellte ein Münzer mit Glatze und traurigen Augen fest. »Und Edric hat schon seit vier Tagen keinen unbeobachteten Schritt mehr unternommen – seitdem wir zum ersten Mal den Verdacht hatten, dass er uns verrät. Er kann sich also nicht unbemerkt mit Sir Geoffrey getroffen haben.«

»Dann muss Geoffrey den Stempel ohne Edrics Hilfe gestohlen haben«, befand Lifwine. »Wie ich schon gesagt habe, er verschwand an dem Tag, als Geoffrey uns besucht hat.«

»Aber ich kann mit Euren Prägestempeln gar nichts anfangen«, rief Geoffrey. Er wusste nicht, wie er ihnen das glaubhaft machen konnte. »Welcher war es denn? Einer der alten, deren Zerstörung ich Euch angeraten habe?«

»Einer der neuen«, schnauzte Sendi. »Mit dem Lilienkreuz. Wie Ihr ganz genau wisst.«

»Aber Ihr habt mich an diesem Tag wie die Falken beobachtet«, sagte Geoffrey und schlug nach einem Mann, der einen Schürhaken führte. »Ihr hättet es sicher bemerkt, wenn ich einen der Stempel aufgehoben und in meine Tasche gesteckt hätte.«

»In dieser Tasche hätte er einen Stempel auch gar nicht unterbringen können«, stellte der Kahlkopf mit einem Blick auf Geoffreys Gürteltasche fest. »Sie ist nicht groß genug.«

»Er hat ihn unter seiner Rüstung versteckt, Ceorl«, fuhr Adelise ihn gereizt an. »Nimm ihn nicht auch noch in Schutz.«

»Aber das hätte ich bemerkt, und Ihr ebenfalls«, sagte Ceorl. »Er hat Recht: Wir haben ihn die ganze Zeit über im Auge behalten, während er hier war. Er kann den Münzstempel nicht genommen haben.«

»Wir haben einen weiteren Verräter unter unserem Dach«, stellte Adelise eisig fest. »Ceorl, der sich auf die Seite unserer Feinde schlägt.«

Aber Ceorls Loyalität war anscheinend über jeden Zweifel erhaben, denn er blieb bei diesem Vorwurf ganz ungerührt. »Ich spreche nur aus, was ich denke. Jeder weiß das. Sir Geoffrey kann nicht der Dieb sein, weil er den Stempel nicht hätte nehmen können, ohne dass wir es bemerkt hätten.«

»Dann muss es ein anderer gewesen sein«, meinte der Mann mit dem Schürhaken und senkte die Waffe nachdenklich. »Clarembald und John haben einander gegenseitig beschuldigt, auch wenn ich auf Warelwast wetten würde.«

»*Er* war es«, beharrte Lifwine und wies auf Geoffrey. »Er will, dass wir der Fälschung beschuldigt werden, damit Barcwit freigesprochen und seine Schwester von den Anschuldigungen entlastet wird, die wir gegen sie vorgebracht haben. Der König hätte ihn gar nicht einsetzen dürfen.«

Dieser letzten Aussage konnte Geoffrey von ganzem Herzen zustimmen. »Hört auf Ceorl«, forderte er sie eindringlich auf, als er bemerkte, dass ein oder zwei der Münzer angesichts der vorgetragenen Entlastung unsicher wurden. »Er scheint ein vernünftiger Mann zu sein.«

»Er ist ein Verräter«, fauchte Adelise. »Und wir dulden solche Leute nicht unter unserem Dach.«

Geoffrey bekam nicht genau mit, was als Nächstes geschah, nur dass Ceorl plötzlich mit einem Dolch in der Brust nach vorne kippte. Die Waffe war aus der Richtung von Sendi, Adelise und Lifwine gekommen, auch wenn Geoffrey nicht gesehen hatte, von wem. Einen Augenblick lang sagte niemand etwas, und es herrschte Totenstille, als der Mann fiel. Dann brach die Hölle los.

Messer und Hämmer wirbelten auf Geoffrey ein, der nun mit vollem Ernst zurückschlug. Mehrfach spürte er, wie sein Schwert traf.

Er wollte kein Blut vergießen, aber er war auch nicht bereit, sich von diesem Haufen ohne Gegenwehr abschlachten zu lassen. Sendi führte eine Schaufel mit tödlicher Präzision, während Lifwine in der Mitte des Tumults steckte und wild mit einem Dolch um sich stach, ohne darauf zu achten, wen er sonst noch damit treffen könnte. Seine Augen waren furchtsam aufgerissen, und es war deutlich zu sehen, dass er seinen Platz in diesem Gefecht nicht freiwillig gewählt hatte. Er war mehr darauf erpicht, sich abzusetzen, als den Ritter anzugreifen. Geoffrey packte ihn am Hals und schlug sich dann mit dem Schwert einen Weg frei, bis er mit dem Rücken an der Wand stand, wo er keine Angriffe von hinten fürchten musste.

»Halt!«, brüllte er und richtete das Schwert auf seinen Gefangenen – was nicht einfach war, denn die Klinge war lang und Lifwine eher kurz. »Sonst ersteche ich Euren Wardein.«

Er hoffte, dass niemand seine Entschlossenheit auf die Probe stellte. Es würde schwer werden, in dieser ungünstigen Lage einen tödlichen Streich zu führen. Aber die Sachsen waren keine erfahrenen Kämpfer, und der Anblick ihres Wardeins in den Klauen des Feindes reichte aus, um sie unschlüssig zurückweichen zu lassen. Nur eine Person ließ sich nicht so leicht beeindrucken.

»Lasst ihn gehen«, befahl Adelise kühl. »Sonst werdet Ihr es bereuen.«

Sie deutete mit dem Kopf auf ein Fenster, wo einer ihrer Männer mit dem Bogen stand und nach draußen zielte. Geoffrey war überrascht. Er hätte es verstanden, wenn der Schütze auf ihn gezielt hätte, auch wenn Lifwine dadurch ebenfalls bedroht war.

Sendi allerdings verstand sehr gut, was vorging, und ein wildes Grinsen zeigte sich auf seinem Gesicht. »Seht«, lud er den Ritter ein und winkte seine Männer beiseite, sodass Geoffrey freie Sicht bekam.

Geoffrey hielt Lifwine fest umklammert und schob sich an der Wand entlang auf das Fenster zu. Auf der gegenüberliegenden Seite sah er eine Schenke, und die Fensterläden dort standen weit offen, um die Abendsonne einzulassen. Im größten der Fenster, perfekt eingerahmt, saßen Roger, Helbye und Ulfrith und ahnten nichts von der Gefahr, in der sie schwebten. Selbst ein mittelmäßiger Bogenschütze konnte sie unmöglich verfehlen, und Geoffrey entnahm den ruhigen Händen und dem sicheren Blick des Schützen, dass dieser vermutlich weit mehr als mittelmäßige Fertigkeiten ins Feld führen konnte.

»Lasst Lifwine frei, oder Eure Freunde werden sterben«, sagte Adelise. Eine boshafte Befriedigung stand ihr ins Gesicht geschrieben.

»Alfred ist ein hervorragender Schütze«, stellte Sendi ausgelassen fest. »Er wird sie erschießen, bevor sie von dem Angriff auch nur etwas ahnen. Also? Was wollt Ihr tun?«

Geoffrey schaute auf Lifwine hinab und dachte nach. Wenn der Bogenschütze als Erstes Roger traf, waren die anderen verloren. Helbyes Hüfte verhinderte, dass er sich rasch duckte, während Ulfrith schwer von Begriff war und mit offenem Mund dasitzen würde, anstatt in Deckung zu springen. Geoffrey konnte nur aufgeben und hoffen, dass Alfred seine Freunde nicht trotzdem erschoss.

Nachdem er seine Entscheidung getroffen hatte, nahm er auch ganz unwichtige Kleinigkeiten wahr, wie immer, wenn er damit rechnete, dass er gleich sterben könnte: Eine rote Linie zog sich um Lifwines Hals, wo der Saum seines Kittels scheuerte, und Rogers Wappenrock war derart schmutzig, dass man das Zeichen der Kreuzfahrer kaum noch darauf erkennen konnte. Adelises hübsches Gesicht war zu einer hämischen Fratze verzerrt. Geoffrey fragte sich, ob das die letzten Dinge waren, die er in seinem Leben sehen würde.

## 11. Kapitel

Ganz langsam nahm Geoffrey das Schwert von Lifwines Kehle. »Woher weiß ich, dass Ihr Roger nicht trotzdem erschießen werdet?«, fragte er und war bereit, nicht nur Lifwine, sondern auch den nächststehenden Münzer zu töten, wenn der Bogenschütze eine falsche Bewegung machte.

»Das könnt Ihr nicht wissen«, sagte Adelise. »Aber Ihr seid nicht in der Lage, Forderungen zu stellen. Lasst Euer Schwert fallen, dann dreht Euch um, und legt die Hände an die Wand, wo wir sie sehen können – oder Roger stirbt.«

Es hatte keinen Zweck, dagegen anzureden; Adelise kannte seine schwache Stelle. »Erst senkt Ihr den Bogen«, forderte er.

Der Bogenschütze tat, wie ihm geheißen, also ließ Geoffrey auch Lifwine los. Mit einem erleichterten Stöhnen eilte der Wardein davon. Als der Bogenschütze die Waffe wieder anhob, schleuderte Geoffrey sein Schwert mit lautem Klirren auf die Steinplatten und drehte sich der Wand zu. Im nächsten Augenblick hatten sich die Sachsen auf ihn gestürzt und durchsuchten ihn nach verborgenen Waffen, wobei sie alles andere als sanft mit ihm umgingen. Lifwine war auch dabei und schien entschlossen, sich für die ausgestandene Furcht zu rächen. Mit seinen kleinen Fäusten brachte er einen durchaus beachtenswerten Schlag zustande.

Schließlich wurde Geoffrey zu Boden gerungen, wo so viele Sachsen sich auf ihn warfen, dass er kaum noch Luft bekam. Dann entwickelte sich ein Streit, was weiterhin mit ihm anzufangen wäre.

Lifwine setzte sich entschieden dafür ein, sich an Barcwit ein Beispiel zu nehmen und den Ritter in einem ihrer Öfen zu beseitigen. Sendi sträubte sich allerdings dagegen und wandte ein, dass die Nachbarn sich über den Geruch beschweren würden. Außerdem hielt er es für töricht, in der eigenen Werkstatt einen Agenten des Königs zu ermorden, und wollte das lieber anderswo erledigen. Sein Vorschlag stieß auf allgemeine Zustimmung, und Geoffrey wurde grob eine Treppe tiefer verfrachtet. Dort schob man ihn in einen Keller, der allem Anschein nach als Lager diente.

Kein Licht fiel ein, und von den Wänden tropfte das Wasser. Geoffrey verabscheute es, unter der Erde zu sein – er fühlte sich an den Gang unter einer Burg erinnert, in dem er vor Jahren während einer Belagerung verschüttet worden war. Er musste all seine Willenskraft zusammennehmen, um nicht gegen die Tür zu hämmern und darum zu flehen, dass man ihn hinausließe. Mit geballten Fäusten stand er da und atmete tief ein, bis er seine übertriebene Furcht halbwegs unter Kontrolle hatte. Dann untersuchte er die Kammer, indem er im Finstern mit den Händen die Wände entlangtastete.

Die Tür war so dick war, dass sie fast wie eine Mauer klang, wenn er dagegen klopfte. Es gab keine Fenster, und so sehr er auch lauschte, er hörte keinen Laut aus der Außenwelt. Geoffrey fühlte sich wie in einer Gruft und hoffte, dass der Raum nicht tatsächlich zu einer werden würde. Immerhin konnte man ihn am einfachsten loswerden, indem man ihn hier unten vergaß. Diese Aussicht beunruhigte Geoffrey mehr als alles andere, was Sendi vielleicht mit ihm vorhaben mochte.

Er setzte sich auf eine der hölzernen Truhen, die hier und dort herumstanden, und zwang sich, ruhig über die Geschehnisse nachzudenken – in erster Linie, um sich von seiner gegenwärtigen Lage abzulenken. Hatte Edric den Prägestempel gestohlen, oder hatte Ceorl Recht gehabt und Edric konnte nicht der Schuldige sein, weil er zu dieser Zeit schon ständig überwacht worden war? Was hatte Edric dann in Barcwits Werkstatt gemacht? Wollte er sich aus Rache Sendis Rivalen anschließen, weil sein alter Meister ihn zu Unrecht entlassen hatte? In dem Falle hatten sich seine Pläne in furchtbarer Weise gegen ihn gewandt.

Er dachte an Ceorl, der die angeblichen Tatsachen in Frage gestellt hatte. Hatte Sendi, Lifwine oder Adelise das Messer geworfen? Oder jemand ganz anderes? Wer auch immer es getan hatte, er wollte, dass Geoffrey für den Diebstahl verantwortlich gemacht wurde und dass Sendis Helfer daran glaubten, auch wenn Geoffrey sich nicht vorstellen konnte, warum.

Dann aber dämmerte ihm die Antwort: Vermutlich hatte Ceorl Recht gehabt mit seiner Schlussfolgerung, und Edric war tatsächlich unschuldig. Dann aber musste es einen anderen Schuldigen geben – keinen Fremden, der unmöglich unter all den wachsamen Augen etwas mitnehmen konnte, sondern einen von Sendis Männern. Der Münzmeister hatte noch einen zweiten Verräter in seinem Haus.

Geoffrey wusste nicht, wie lange er in der Finsternis dagesessen hatte, bis der Riegel an der Tür zurückgeschoben wurde. Sofort sprang er auf und gab sich alle Mühe, bei dem plötzlichen Licht die Augen nicht zusammenzukneifen. Was er sah, erfüllte ihn allerdings nicht mit Zuversicht. Der Keller war aus nacktem Fels, und Spinnweben zogen ein Spitzenmuster über die Decke. Es standen noch mehr Kisten herum, als er gedacht hatte, und alle waren neu und robust: Ihr Inhalte musste wertvoll sein, und wenn man bedachte, dass sie in einer gut gesicherten Kammer verwahrt wurden, blieb nur eine Schlussfolgerung.

»Liegt hier das verschwundene Silber, das Barcwit gestohlen wurde?«

»Ganz bestimmt nicht«, erwiderte Sendi. »Das sind unsere eigenen Vorräte, die wir hier lagern, damit unsere Münzstätte selbst dann weiterarbeiten kann, wenn Barcwit unseren Nachschub von den Minen behindert.«

Sendi war mit einem langen Messer bewaffnet, und außer Adelise war auch Alfred der Bogenschütze bei ihm. Der hatte einen Pfeil auf die Sehne gelegt und erweckte den Eindruck, als würde er ihn ohne Zögern abschießen. Er bedeutete Geoffrey, an das hintere Ende des Kellerraums zurückzuweichen, von wo aus er unmöglich entkommen konnte; man würde den Ritter erschießen, ehe er auch nur den halben Weg zur Tür zurückgelegt hätte, und die Kettenrüstung schützte nicht vor Pfeilen mit Stahlspitzen.

»Ich habe Euch etwas Ale mitgebracht«, sagte Adelise und schwenkte einen Lederschlauch, sodass Geoffrey die Flüssigkeit darin schwappen hörte. »Ihr müsst durstig sein. Aber zuerst müsst Ihr uns verraten, was Ihr mit dem Stempel angefangen habt.«

»Wir wissen, dass Ihr ihn haben müsst«, fügte Sendi hinzu. »Es ist die einzig mögliche Erklärung. Barcwit ist nicht der Dieb, denn es gibt keine Spuren für einen Einbruch, und er hätte sich auch nicht mit einem Stempel zufriedengegeben: Er hätte sie alle genommen. Außerdem hätten wir mittlerweile davon erfahren, wenn der Stempel bei ihm aufgetaucht wäre.«

»Ihr habt einen Spion in seiner Münzstätte«, stellte Geoffrey fest. Der König hatte schon vor Wochen erwähnt, dass es unter Kaufleuten üblich war, die Mitarbeiter eines Konkurrenten zu bestechen, damit sie ihren Herrn verrieten. »Wen?«

Adelise verzog das Gesicht. »Es wäre sein Tod, wenn sein Name durchsickerte.«

»Und Edric stand in Barcwits Diensten«, sagte Geoffrey. »Als nach Westminster die Feindschaft noch erbitterter wurde, habt Ihr gegen ihn Verdacht geschöpft.« Allmählich wurden die Umstände von Edrics Tod deutlicher. Der Mann hatte sich in Barcwits Werkstatt sicher gefühlt, weil er schon vorher dort gewesen war. Nachdem Sendi ihn hinausgeworfen hatte, war er zu Barcwit gegangen und hatte darauf vertraut, dass man ihn für sein Opfer entschädigte. Aber niemand mochte einen Verräter, und für Barcwit konnte er nicht mehr von Nutzen sein.

Adelise legte den Kopf schräg. »Aber wir wissen inzwischen, dass Edric den Münzstempel nicht gestohlen haben kann, weil wir ihn Tag und Nacht beobachtet haben. Damit bleibt nur noch ein einziger Verdächtiger übrig. Ihr.«

»Nun, dann täuscht Ihr Euch«, stellte Geoffrey fest. »Haltet Ihr mich etwa für einen Dummkopf, dass ich Leute bestehle, die ich im Auftrag des Königs ausforschen soll? Und, was sollte ich außerdem mit einem Prägestempel anfangen? Ich habe gar keine Werkstatt und könnte ihn nicht benutzen.«

»Ihr könntet ihn an jeden beliebigen unehrlichen Münzer verkaufen«, sagte Sendi. »Sagt uns, wo er ist, und wir lassen Euch gehen.«

»Wenn nicht, werden wir Euch töten«, fügte Adelise hinzu. »Es ist eine einfache Entscheidung.«

»Meinetwegen«, sagte Geoffrey, der genau wusste, dass er sie niemals von seiner Unschuld überzeugen würde. »Er liegt in einem verborgenen Winkel oben im Dach des Burgbrunnens. Jetzt lasst mich frei.«

Adelise lächelte diabolisch und gab dem Bogenschützen einen Wink.

»Nein!«, rief Sendi erschrocken aus und stieß Alfred an, sodass dieser ins Straucheln geriet.

»Warum nicht?«, wollte Adelise wissen. »Er hat uns gesagt, was wir wissen wollen, und wir können ihn nicht wieder gehen lassen.«

»Nachdem er den Diebstahl unseres Stempels zugegeben hat, ist seine Glaubwürdigkeit dahin«, sagte Sendi. »Was er gegen uns vorzubringen hat, wird keine Beachtung mehr finden. Wir werden ihn benutzen, um unsere Ehrlichkeit und Barcwits Verworfenheit zu beweisen.«

»Wir haben einmal auf die Gerechtigkeit des Königs vertraut, aber das hat alles nur noch schlimmer gemacht«, widersprach Adelise schroff. »Außerdem wird er umso entschlossener sein, uns zu vernichten, nachdem wir ihm dieses Geständnis abgepresst haben. Deshalb müssen wir ihn aus dem Weg räumen.«

Während sie stritten, tat Geoffrey einen verstohlenen Schritt auf Alfred zu, der sofort und ohne zu zögern schoss. Er hatte auf Geoffreys Beine gezielt, aber der Pfeil fuhr in den Boden. Während Geoffrey noch zurücktaumelte, hatte der Schütze schon einen weiteren auf die Sehne gelegt. Er war aufmerksam und vorsichtig, und die Entfernung war einfach zu groß. Geoffrey konnte ihn unmöglich erreichen, ohne erschossen zu werden.

»Wenn ihr mich tötet, werdet ihr auch Giffard töten müssen«, erklärte er Sendi und hoffte auf dessen Vernunft. Alfred hatte ein verrücktes Funkeln im Auge, das Geoffrey nur zu gut kannte: Es war Mordlust, und der Mann würde sich auf Adelises Seite stellen, nur weil er gerne einen Menschen töten wollte. »Wir wollen nur die Wahrheit herausfinden – was tatsächlich hinter all diesen Anklagen und Gegenbeschuldigungen steckt.«

»Die Wahrheit ist wie geschmolzenes Silber«, erklärte Adelise. »Man kann sie in jede Form gießen, die einem gerade recht ist. Aber wir haben keine Zeit zu plaudern. Roger schnüffelt schon ums Haus herum, weil er denkt, dass Ihr hier seid, und ich glaube nicht, dass wir mit zwei toten Rittern durchkommen. Erschieß ihn, Alfred.«

Mit offensichtlichem Vergnügen hob Alfred den Bogen, aber Sendi stieß ihn erneut an. »Wir sollten nichts tun, was wir später bedauern könnten. Roger behauptet, er hätte von der Schenke aus das unverkennbare Scheppern eines Breitschwerts auf Steinplatten gehört. Wenn er dem König berichten kann, dass Sir Geoffrey in unserem Haus verschwunden ist, bringt uns das in Schwierigkeiten.«

»Die Schwierigkeiten werden größer sein, wenn Geoffrey am Leben bleibt«, führte Adelise an.

Diesmal wartete Alfred nicht auf ihren Befehl. Er hob den Bogen. Geoffrey spannte sich an.

»Nein«, widersprach Sendi. »Ich …«

»Nein ist eine gute Antwort«, ließ sich eine wohlvertraute Stimme vernehmen. Alfred brach zusammen, und der Bogen entfiel seinen Händen. Mit einem Satz war Geoffrey bei ihm und trat die Waffe beiseite, während Roger ihn mit einem selbstgefälligen Grinsen begrüßte. Er wusste genau, dass diese Rettung in letzter Sekunde gekommen war, und hielt sich offenbar einiges darauf zugute. Helbye und Ulfrith standen mit gezückten Waffen hinter ihm im Dunkeln. Von Sendis rachsüchtigen Gesellen war keine Spur zu entdecken, und Geoffrey fragte sich, was Roger wohl mit ihnen gemacht hatte.

»Wir wollten ihm nur Angst einjagen.« Adelises Stimme überschlug sich beinahe, und sie schaute Roger besorgt an. »Geoffrey hat unseren Münzstempel gestohlen, und wir wollten ihm zeigen, wie es Dieben in Bristol ergeht. Er hat seine Lehre daraus gezogen, also könnt Ihr ihn gerne wieder mitnehmen.«

»Vielen Dank«, stellte Roger trocken fest.

»Wir sollten diese Halunken einsperren und den Schlüssel wegwerfen«, befand Helbye verächtlich. »Ich wäre ja dafür, sie auf die Burg mitzunehmen, aber Sir Peter würde sie nicht dortbehalten.«

Geoffrey sah ihn überrascht an, denn genau das war sein Plan gewesen: Sendi und seine Männer in einem Kerker der Burg unterzubringen, bis Giffard in Bristol eintraf. »Warum nicht?«

»Weil jeder Keller voller Vorräte ist für den Fall, dass der König kommt und die Burg belagern möchte«, erklärte Roger. Es erheiterte ihn, dass der Vogt sich gegen die gut ausgebildeten königlichen Truppen die Möglichkeit eines Sieges ausrechnete. »Da ist kein Platz mehr für Gefangene.«

»Nun, dann eben nicht.« Geoffrey dachte noch einmal darüber nach. »Sie können genauso gut auf freiem Fuß bleiben, bis Giffard da ist.«

Ungeachtet seiner schleppenden Fortschritte, zog sich das Netz um die Münzer allmählich zusammen. Das erklärte auch ihr wachsendes Unbehagen. Und womöglich war mehr von ihnen zu erfahren, wenn sie frei herumliefen und Fehler machen konnten, als wenn sie im Kerker saßen. Und wenn sie sich in ihrer Angst gegeneinander wandten, dann umso besser.

Roger nahm Adelise den Lederschlauch ab und setzte ihn an die Lippen, um die Befreiung seines Freundes mit einem kräftigen Schluck zu feiern. Geoffrey bemerkte einen Ausdruck boshafter Befriedigung auf Adelises Gesicht und riss Roger den Schlauch aus der Hand. Er hielt ihn Adelise entgegen.

»Ihr zuerst.«

»Ich habe keinen Durst. Ihr könnt das Ale behalten.«

Roger nahm den Lederschlauch wieder an sich und roch daran, dann schleuderte er ihn auf die andere Seite des Raumes. Alle sahen zu, wie die Flüssigkeit auslief – bernsteinfarben, aber mit einem milchigen Schleier, der bei einem Schluck aus dem Schlauch nicht aufgefallen wäre. Vermutlich war es Ale, aber mit einer Beimischung.

»Gift?«, hauchte Sendi und schaute seine Frau entsetzt an. »Du wolltest ihn vergiften?«

Sie zuckte die Achseln und machte ein trotziges Gesicht. »Wir haben viel zu verlieren.«

»Oh ja«, bestätigte Roger grimmig, zog das Schwert und ging auf sie zu. »Das habt Ihr.«

Nur mit Mühe ließ Roger sich überzeugen, Adelise nicht den Kopf von den Schultern zu schlagen. Der bullige Ritter war empört, wie kaltblütig sie Geoffrey ermorden wollte. Aber Geoffrey war verwirrt von dieser unerwarteten Wendung in seinen Ermittlungen, und er wollte, dass seine Verdächtigen am Leben blieben und seine Fragen beantworten konnten.

Adelise floh, als Geoffrey zwischen sie und den aufgebrachten Roger trat. Klugerweise versteckte sie sich lieber, bis die Gefahr vorüber war. Sendi folgte Geoffrey in der Zwischenzeit bis auf die Straße, rang die Hände und wiederholte in einem fort, dass die ganze Sache nichts als ein Missverständnis gewesen sei. Auch Lifwine tauchte wieder auf und schloss sich den Unschuldsbeteuerungen des Münzers an, während Roger Geoffrey wissen ließ, dass der Rest der Belegschaft zur Nacht nach Hause gegangen sei. Deswegen hatte sich die Rettung so lange verzögert: Geoffreys Freunde waren so umsichtig gewesen, sich nicht gleich mit dem ganzen Haufen streitbarer Handwerker anzulegen.

Geoffrey war erleichtert, als er wieder an der sauberen, kalten Luft stand und den Gestank feuchter Kellerräume und geschmolzenen Silbers hinter sich lassen konnte. Er atmete tief durch und sah zum sternenübersäten Himmel auf. Es war noch nicht so spät, wie er geglaubt hatte, und vermutlich hatte er nicht mehr als zwei Stunden in diesem Keller zugebracht. Er machte sich auf den Rückweg zur Burg, aber Sendi und sein Wardein waren noch nicht mit ihm fertig.

»Gebt uns zumindest unseren Münzstempel zurück«, flehte Sendi. »Ihr denkt womöglich, er wäre bei Euch in sicheren Händen, aber Ihr kennt Barcwit nicht. Er wird ihn finden und uns damit vernichten.«

»Für Ceorl ist es bereits zu spät«, stellte Geoffrey ruhig fest.

»Das war bedauerlich«, sagte Lifwine. Er musste rennen, um mit Geoffrey Schritt zu halten. »Wir wissen nicht, wer ihn erstochen hat. Aber wenn wir es herausfinden, wird der Schuldige nicht länger für uns arbeiten.«

»Der Stempel«, erinnerte Sendi. »Ich werde Euch mit frisch geprägten Pennys bezahlen, wenn Ihr ihn mir zurückgebt.«

Roger schaute seinen Freund verwundert an. »*Du* hast ihn genommen? Ich hatte dir geglaubt – du warst sehr überzeugend. Wo ist er? Dir geht das Geld aus, und es wäre schön, wenn du das Ding verkaufen und ein wenig verdienen könntest.«

»Das wäre dem König gar nicht recht«, stellte Geoffrey trocken fest. »Aber wie auch immer, ich habe ihn gar nicht.«

»Aber das habt Ihr doch bereits eingestanden«, sagte Sendi verwirrt.

»Ich habe gelogen. Fragt den Mann, der Euch verraten hat – Barcwits Spion.«

»Edric?«, fragte Sendi verständnislos. »Das ist unmöglich: Wir hätten ihn dabei gesehen.«

»Nicht Edric«, sagte Geoffrey. »Ihr habt einen weiteren Übeltäter in Eurer Mitte. Er war es auch, der Ceorl ermordet hat, als der die anderen von meiner Unschuld zu überzeugen drohte. Denn es nützte ihm, wenn ich als der Schuldige dastand.«

Sendi und sein Wardein blieben stehen und blickten einander besorgt an, und Geoffrey folgte allein den dunklen Gassen bis zur Burg. Zornige Stimmen wurden hinter ihm laut, während Lifwine Geoffreys Behauptung als Unsinn abtat und Sendi meinte, dass man diese Möglichkeit wohl bedenken sollte. Womöglich gingen die Münzer sich noch früher an die Kehle, als er erwartet hatte.

»Du machst einen Fehler, wenn du sie frei herumlaufen lässt, nachdem sie dich beinahe ermordet haben.« Rogers Stimme unterbrach seine Grübeleien. »Sie unternehmen womöglich einen weiteren Versuch, und es bleiben noch genug andere, die auf dasselbe aus sind – Barcwit, Rodbert, Tasso, die beiden Heiler. Es gefällt mir auch nicht, wie Warelwast dir hinterherläuft. Angeblich will er dein Freund sein, aber ich bin dein Freund, und ich laufe nicht wie ein Hund hinter dir her.«

»Manchmal schon«, stellte Geoffrey fest. Roger war besorgt gewesen, nur weil er geglaubt hatte, ein Schwert auf einen Steinboden fallen zu hören. »Gott sei Dank.«

Roger war wütend. »Warelwast stellt dir nach wie eine liebeskranke Jungfer, aber das eine Mal, wo er tatsächlich hätte von Nutzen sein können, ist er nirgendwo zu sehen. Findest du das nicht verdächtig?«

»Ich weiß nicht, was ich von Warelwast halten soll – oder von den anderen. Es bleibt kaum noch jemand übrig, der nicht gedroht hätte, mich umzubringen. Selbst meine eigene Schwester scheint es darauf angelegt zu haben, mich mit Lügen in die Irre zu führen.«

»Joan?«, fragte Roger. »Sie liebt dich von ganzem Herzen. Olivier hat es mir gesagt, und er ist ein Mann von Ehre, der niemals die Unwahrheit behaupten würde. Er hat in mehr Schlachten gekämpft als jeder andere Mann, den ich kenne. Er ist ein großer Krieger.«

Geoffrey antwortete nichts darauf. Er hatte Sorgen genug, auch ohne dass Roger seinen Schwager öffentlich als Schwindler beschuldigte. Joan würde ihrem Gemahl zur Seite springen, und es würde Blut fließen – und ganz gewiss nicht das ihre.

»Sie ist zornig auf mich«, sagte er stattdessen.

»Mich mag sie auch nicht besonders«, stellte Roger unglücklich fest. »Ich habe Olivier eingeladen, heute mit mir den Schwertkampf zu üben, und sie hatte Angst, dass er verletzt werden könnte.« Er lachte kurz auf. »Kannst du dir das vorstellen? Ein Mann wie *er*!«

»Wie hat er sich geschlagen?«, fragte Geoffrey neugierig.

»Der Griff seines Schwertes war locker, und er wollte nicht gegen mich antreten, damit er mich nicht versehentlich verletzt, wenn es ihm aus der Hand rutscht. Aber wir werden es an einem anderen Tag nachholen, und dann kann er mir einige der Hiebe zeigen, die er gegen diese sächsischen Könige eingesetzt hat. Ich kann von ihm noch eine Menge lernen.«

»Hmmm«, sagte Geoffrey und hoffte, seinen Fall rascher aufzuklären, damit Roger die traurige Wahrheit über Sir Olivier d'Alençon nicht zu erfahren brauchte.

»Immerhin müssen wir uns nun keine Sorgen mehr um Durand machen«, fuhr Roger fort und schnitt ein anderes Thema an. »Er meinte, du hättest ihn entlassen. Mich hat gewundert, dass er darüber so wütend war. Ich dachte immer, er wollte weg von dir.«

»Das wollte er auch«, bestätigte Geoffrey. »Nur nicht hier, weil ihm das zu gefährlich ist. Wenn man Joan glauben kann, hat er allerdings jede Menge Geld, also kann er wohl für einen hinreichenden Schutz bezahlen. Er hat es vermutlich während des letzten Sommers verdient, als er mir im Auftrag des Königs nachspionierte.«

»Ja und nein«, sagte Roger. »Ein Teil seines Vermögens stammt von Henry, der Rest allerdings aus irgendeiner anderen Quelle.«

Geoffrey starrte ihn an. »Woher weißt du das?«

»Ich habe dem Mann nie ganz getraut, also bin ich ihm in Westminster gefolgt. Ich habe gesehen, wie Henry ihm einen Beutel Silber gegeben hat, vermutlich, damit er aufpasst, dass du deine Pflicht tust und nicht ins Heilige Land durchbrennst. Es war genau derselbe Betrag wie zu Ostern, als Henry ihn bezahlte, damit er dich während des Krieges gegen Bellême im Auge behält. Aber Durand besitzt einiges mehr als diese beiden Beutel Silber.«

Geoffrey dachte an die vielen Stunden, die er über die Treue seines Knappen nachgegrübelt hatte, während Roger die Wahrheit die ganze Zeit über kannte. »Woher hat er dann den Rest?«

Roger zuckte die Achseln. »Ich weiß nur, dass derjenige, der ihn bezahlt hat, sehr zufrieden mit seinen Diensten gewesen sein muss. Ich habe den Verdacht, dass er sich auch von Bellêmes Sippe bezahlen ließ. Durand ist genau die Art von Mann, die während eines Krieges auf beiden Seiten die Hand aufhält. Auf jeden Fall war er ab dem August schlagartig sehr viel reicher.«

»Du hast seine Taschen durchwühlt?« Geoffrey fragte sich, ob er wohl der Einzige war, der die Privatsphäre anderer achtete.

Roger sah ihn an, als wäre er nicht recht bei Trost. »Natürlich habe ich das! Woher will ich sonst wissen, was ich von ihm erwarten kann? Und jetzt erzähl mir nicht, du würdest so was niemals machen. Ich durchsuche ständig deine Taschen.«

Geoffrey war entsetzt. »Ich bin stets davon ausgegangen, dass das Eigentum eines Mannes nur ihn selbst etwas angeht.«

»Nicht, wenn man gemeinsam durch feindliche Lande reist«, widersprach Roger. »Wie könnte ich deine weltlichen Güter beschützen, solange ich nicht weiß, worauf ich überhaupt aufpassen muss? Außerdem würden sie alle mir als deinem besten Freund zufallen, wenn du stirbst, und ich weiß gerne, was für ein Erbe ich zu erwarten habe.«

»Gütiger Himmel! Jetzt wartest *du* auch schon auf meinen Tod. Gibt es denn niemanden, dem an meinem Weiterleben gelegen ist?«

»Das Erbe, das ich von dir zu erwarten habe, reicht nicht aus, um mich für den Verlust eines guten Freundes zu entschädigen. Und an Büchern und schmutziger Wäsche habe ich ohnehin keine Freude.« Roger legte Geoffrey einen schweren Arm auf die Schulter. »Wir halten zusammen, du und ich. Die Männer von Bristol werden nicht zwei *Jerosolimitani* besiegen.«

Warelwast hatte es nicht geschafft, Joan zu umgarnen. Überrascht musste er sich der Erkenntnis stellen, dass es eine Frau gab, die er nicht mit süßen Worten verführen konnte. Während er sich vergebens weiter darum bemühte, verbrachte Geoffrey den Rest des Abends mit Peter und Idonea und lauschte ihren Plänen für die Belagerung, die ihrer Einschätzung nach unweigerlich bevorstand. Er fragte nach Nauntel, erfuhr aber nicht viel Neues über den Tod des Mannes. Die Leute von Beiminstre waren verängstigt gewesen, nachdem sie von der Tat erfahren hatten, und vermutlich hatten sie mit dem Mord tatsächlich nichts zu tun.

Am folgenden Morgen kündigte sich ein düsterer und nasser Tag an. Selbst Geoffrey, der sich nur selten um das Wetter kümmerte, verzichtete auf einen Ausritt. Es regnete heftig und ausdauernd, und er wollte nicht, dass das geliehene Pferd auf den durchweichten Wegen ausglitt und sich verletzte. Das Wetter war so schlecht, dass er nicht mal Lust empfand, durch die Straßen der Stadt zu stapfen, die knöcheltief in Schlamm und Unrat versanken. Also suchte er sich einen Tisch in der Halle und bereitete einen Bericht über die Ergebnisse seiner Untersuchung vor.

Wenn Giffard unerwartet eintraf, wollte er ihm zumindest etwas Schriftliches vorlegen können. Bisher allerdings wusste Geoffrey nur weniges mit Gewissheit, außer dass Barcwit tatsächlich die Einwohner von Bristol tyrannisierte und diejenigen umbringen ließ, die ihm im Weg waren. Er führte Nauntel und Edric als Beispiele an, konnte sich aber nicht dazu durchringen, auch den Namen seines Bruders auf die Liste zu setzen.

Zu den übrigen Anklagepunkten ließ sich wenig sagen, nicht zuletzt deshalb, weil Barcwit sich weigerte, mit ihm zu reden. Geoffrey versäumte es nicht, diesen Umstand sehr deutlich herauszustellen, war es doch ein Hinweis darauf, wie der Mann zum König stand. Vier Stunden saß er da, brachte seine mageren Schlussfolgerungen zu Papier, verwarf sie und schrieb sie neu. Schließlich, nur um der Eintönigkeit zu entfliehen, besichtigte er die mit Vorräten vollgestopften Keller der Burg.

Am Abend kehrte er an den Tisch zurück, um den Bericht abzuschließen, aber Joan blickte ihn finster an, bis er sich endlich zu ihr setzte – unzufrieden mit der Kürze seines Berichts und nicht imstande, noch länger ihre eisige Missbilligung zu ertragen. Sie nähte im schwachen Licht einer Kohlenpfanne; Olivier streichelte vorsichtig Geoffreys Hund.

»Ich habe gestern einige Leute getroffen, die du auch kennst«, versuchte Geoffrey ein friedliches Gespräch in Gang zu bringen. »Kea und seine Familie aus Beiminstre.«

Joans grimmige Züge wurden weicher. »Das sind gute Leute. Die kleine Rowise ist ein wenig schwer von Begriff, aber selbst sie kann hervorragend mit Pferden umgehen. Olivier kauft seine Pferde niemals woanders.

»Kea hat eine große Gabe«, stimmte Olivier ihr zu. »Warelwast hat mir erzählt, dass du dein Pferd bei ihm gelassen hast. Das ist gut angelegtes Geld, und du wirst feststellen, dass das Tier wie neu ist, wenn du es wieder abholst. Was hälst du von Beiminstre?«

»Es steht unter dem Schatten von Barcwit, wie auch alles andere hier. Zumindest Kea und seine Verwandten werden froh sein, wenn dieser Fall gelöst ist, wenn schon niemand sonst.«

Joan seufzte. »Nicht schon wieder! Wenn du weißt, was gut für dich ist, dann solltest du unsere Unterhaltung heute Abend auf andere Dinge beschränken. Ich bin nicht in der Stimmung, mich ausfragen zu lassen.«

»Ich versuche nur zu helfen«, sagte Geoffrey. Er wünschte sich, sie wäre weniger reizbar. »Giffard wird bald hier sein, und dann wird dieser Fall auf seine Art ›aufgeklärt‹, wenn ich die Wahrheit nicht herausgefunden habe.«

»Das wirst du niemals schaffen«, beharrte Joan. »Die Sache ist viel zu verwickelt. Du kannst dieses gefährliche Geflecht nicht auflösen, das Barcwit hier geschaffen hat, denn dafür bist du nicht schlau genug.«

»Ich weiß genau, was du vorhast«, sagte Geoffrey. »Erst hast du es freundlich versucht, aber ich wollte nicht abreisen. Jetzt versuchst du es mit Grobheit. Aber damit kommst du auch nicht weiter: Die Tage, als du mich zu etwas zwingen konntest, sind lange vorbei, und mir bleibt auch gar keine andere Wahl. Henry wird kein Verständnis zeigen, wenn ich ihm erzähle, dass ich seinen Befehlen nicht nachkommen konnte, weil meine Schwester es so wollte.«

Tränen schimmerten in Joans Augen: »Henry wird mir alles nehmen, was mir lieb und teuer ist: Olivier, Goodrich *und* dich.«

Das Gespräch hatte mehr Schaden als Nutzen gebracht, weil Joan jetzt nicht nur wütend war, sondern auch noch bekümmert. Allerdings war Geoffrey froh, dass sein Name noch auf der Liste der

Dinge stand, die ihr am Herzen lagen – wenn auch an letzter Stelle. Er hatte schon geglaubt, dass sie sich gar nichts aus ihm machte. Zumindest war also ein Teil ihrer Feindseligkeit auf die Furcht um sein Wohlergehen zurückzuführen.

Es dauerte nicht lange, bis Roger genug hatte von der bedrückenden Stimmung in der Halle und Olivier auf einen Krug Ale in die Stadt einlud. Joan ließ Olivier allerdings nicht gehen, sodass er ihr fügsam die Treppen hinauf auf ihr Zimmer folgte und sie früh zu Bett gingen. Roger zwinkerte ihm vielsagend zu, als Oliver sich noch einmal umdrehte.

»Zeigt ihr, aus was für einem Holz Ihr geschnitzt seid«, rief er. »Zeigt ihr, was ein Veteran von Hastings für eine Frau tun kann.« Er wandte sich Geoffrey zu. »Es ist kein Wunder, dass sie seine Dienste für sich haben möchte. Männer der Tat werden von ihren Frauen und Geliebten stets gefordert.«

»Ist das so?«, fragte Geoffrey, der sich selbst für einen Mann der Tat hielt, auch wenn sich die Frauen ihm nicht an den Hals warfen – ausgenommen Maude, die allerdings jeden Mann für Freiwild hielt. »Dann lass uns rausgehen und welche finden. Ich bin es leid, hier eingesperrt zu sein.«

»Peter!«, brüllte Roger, sodass jeder Kopf in der Halle sich ihm zuwandte. »Wo finde ich in Bristol das beste Bordell? Ich und Geoffrey würden uns gern bei einer Hure entspannen!«

Joan war noch nicht so weit die Treppen hinaufgekommen, wie Geoffrey gedacht hatte, und sie wandte sich fassungslos um. Er musste lachen, als er hörte, wie sie Olivier dafür schalt, dass er angenommen hatte, sie hintergehen zu können; ihr Gemahl beteuerte entrüstet, Roger habe bei seiner Einladung nur Ale und den Austausch von Kriegserlebnissen im Sinn gehabt, doch sie hörte ihm gar nicht zu. Peter trat zu ihnen, um Rogers laute Frage ein wenig vertraulicher zu beantworten. Idonea, anscheinend neugierig, wie viel ihr Ehemann über derartige Häuser wusste, gesellte sich ebenfalls dazu. Aber Geoffreys Gedanken waren bereits wieder bei seinen Ermittlungen.

»Wie viel Silber wurde Barcwit eigentlich gestohlen?«, fragte er, wobei Roger ungeduldig stöhnte. Der bullige Ritter war begierig auf einen Besuch im Bordell, und er wollte nicht länger über diesen ungreifbaren Schatz reden.

»Eine ganze Menge«, beschied Peter ihm kurz angebunden. »Und jetzt fragt mich nicht weiter danach, sonst muss ich Euch hinauswerfen. Ich hätte Euch schon längst aus der Burg entfernen lassen, damit Ihr Euch eine Unterkunft in der Stadt sucht, aber Joan würde das nicht dulden. Aus irgendeinem Grund mag sie Euch und will Euch hier haben, wo Ihr sicher seid. Ich dachte, Ihr wolltet eine *unauffällige* Untersuchung durchführen; stattdessen habt Ihr jeden gegen Euch aufgebracht, den Ihr getroffen habt.«

»Giffard wird bald hier sein. Seine Fragen werdet Ihr noch erheblich auffälliger finden als die meinen – und er wird auch deutlich weniger Geduld für ausweichende Antworten aufbringen.« Geoffrey seufzte. »Ich verstehe nicht, warum die Leute nicht mit mir zusammenarbeiten wollen, wenn ich ihnen die Gelegenheit gebe, ihre Seite der Geschichte vorzubringen.«

Peter verzog das Gesicht. »Glaubt Ihr etwa, Barcwit wird sich davonstehlen und niemals wieder gesehen werden, wenn Ihr ihm auf die Schliche gekommen seid? Nun, da irrt Ihr Euch! Er wird sogar noch gefährlicher werden. Ich habe Nauntel verloren, und ich will nicht noch mehr verlieren, nur weil ich Euch gegenüber den Mund nicht halten konnte.« Er machte kehrt und schritt davon.

»Im Bordell«, fragte Idonea laut, als er fort war, »was für eine Art Frauen sucht ihr? Solche, die es schnell und billig treiben, oder welche, die sich Zeit nehmen, aber mehr Geld verlangen?«

»Mir ist jede recht«, erklärte Roger eifrig. »Wir sind nicht so wählerisch.«

»Barcwits Silber«, flüsterte Idonea plötzlich und beugte sich dichter zu Geoffrey, damit niemand sie belauschen konnte. Dabei wedelte sie aufgeregt mit den Händen. »Er verlor mindestens fünfzehn Kisten. Habt Ihr sie gefunden?«

Geoffrey dachte an die Truhen in Sendis Keller. Der rivalisierende Münzmeister war für den Raub der naheliegendste Verdächtige, und ein stabiles Gewölbe schien ein guter Platz zu sein, um die Beute zu verstecken. Aber wäre Sendi derart unverschämt, wenn doch zu befürchten stand, dass Barcwit bei ihm als Erstes suchen würde?

Anstatt zu antworten, fragte er: »Habt Ihr gehört, was mit Alwold in Westminster geschehen ist? Während er im Sterben lag, beharrte er darauf, mit Maude zu sprechen.«

»Er hat irgendwas über das Silber gemurmelt, aber sie hat es nicht verstanden – zumindest hat Barcwit seine Barren nicht zurückerlangt. Sie ist keine besonders treue Ehefrau.« Mit einem ironischen Funkeln im Auge sprach sie weiter. »Aber das wisst Ihr sicher schon. Barcwit ist stark und beherrschend, wenn es um seine Geschäfte geht, doch er ist nicht in der Lage, seine Frau zu befriedigen.«

Geoffrey dachte an Maudes Einladung zu dem nächtlichen Treffen. Er wusste noch nicht so recht, ob er sich darauf einlassen sollte. »Rodbert scheint ja für ihn in die Bresche zu springen«, stellte er abwesend fest.

»Das bezweifle ich sehr«, bemerkte Idonea entsetzt. »Aber Rodbert ist verschlagen und unaufrichtig. Mich würde nicht überraschen, wenn *er* das Silber hat.«

Das war wohl möglich. Geoffrey erinnerte sich, wie entschieden Alwold sich mit seinen letzten Atemzügen geweigert hatte, Rodbert ins Vertrauen zu ziehen. Hatte er ihn gar des Diebstahls verdächtigt?

»Alwold meinte, jemand namens Piers hätte den Schatz«, sagte er. »Aber es gibt keinen Piers in Bristol, und der Piers in Dundreg – der Einsiedler – starb vor kurzem.«

Idonea nickte. »Er war verrückt, und ganz bestimmt hätte ihm niemand eine große Menge Silber anvertraut. Es gibt auch noch einen Piers in Beiminstre, aber die halbe Stadt ist zu ihm hingelaufen, als Alwolds letzte Worte allgemein bekannt wurden – Peter und ich waren ebenfalls dort.«

Joan hatte Geoffrey erzählt, dass Peter und Idonea nach dem Silber gesucht hatten, um damit möglicherweise den König zu besänftigen. Und Feoc hatte abgestritten, noch irgendeinen anderen Piers zu kennen. Entweder hatte der Priester gelogen, oder er kannte sich in der Gegend doch nicht so gut aus, wie er behauptete. Möglicherweise hatte er die Frage auch nur so beantwortet, wie Geoffrey sie gestellt hatte: ob es *in Bristol* einen Mann namens Piers gab. Beiminstre war nicht Bristol, genauso wenig wie Dundreg.

»Was hat dieser Piers in Beiminstre gesagt?«

»Dass er keine Ahnung hätte, wovon Alwold geredet hat. Gleich darauf ist er mit seinen Schafen in den Hügeln verschwunden, weil er Angst hatte, dass Barcwit vorbeikommen und dieselben Fragen ein wenig nachdrücklicher stellen würde. Ich bin mir sicher, dass er nicht der Piers war, den Alwold meinte. Aber wer hat Alwold erstochen? War es einer von Sendis Männern?«

»Vermutlich. Fardin wurde am selben Morgen ermordet, und für mich sehen diese Münzer so aus, als würden sie Gleiches mit Gleichem vergelten. Ich wünschte, ich könnte mit Barcwit über all das reden, aber er empfängt mich nicht.«

»Und wenn er es täte, würde er nicht aufrichtig mit Euch sein. *Ich* jedenfalls würde ihm kein Wort glauben. Habt Ihr gesehen, wie düster er auftritt, in seinen dunklen Gewändern mit der furchtbaren Kapuze? Aber ich rede schon zu lange mit Euch, und allmählich wundern sich die Leute, wie viel ich über die örtlichen Hurenhäuser weiß. Sucht das Gasthaus ›Zur Meerjungfrau‹ auf, in der Nähe der Brücke. Dort gibt es saubere Frauen.«

Die »Meerjungfrau« war eine Schenke, die zwei stämmige Türsteher benötigte, um die Männer abzuweisen, die die hohen Preise der Frauen im Inneren nicht zahlen konnten oder die schon bei ihrer Ankunft zu betrunken waren, um sich anständig zu benehmen.

Roger mit seinem Stoppelbart, der verdreckten Kleidung und dem lüsternen Grinsen hätte fast dafür gesorgt, dass sie ebenfalls ausgeschlossen blieben, und der Hund mit seinem Knurren und Zähnefletschen trug auch nicht dazu bei, den Eindruck zu verbessern. Aber schließlich gaben Rogers Münzen den Ausschlag. Geoffrey war froh, dass sein Freund die nötigen Mittel für eine Bestechung hatte, denn er selbst verfügte nicht darüber.

Sie fanden einen leeren Tisch, bestellten Ale und schauten sich im Schankraum um. Er war überraschend behaglich, und im Kamin brannte ein munteres Feuer.

Geoffrey war froh, dass er der Burg eine Weile entkommen konnte. Der Streit mit Joan nagte an ihm, und beim nächsten Mal würde er sich gründlicher überlegen, was er tat. Andernfalls würde er immer wieder in Schwierigkeiten geraten, und das wurde er allmählich leid. Er wünschte sich, dass er mehr wie Roger sein könnte, der alles nach schlichten Grundsätzen beurteilte und nur selten in moralischen Zwiespalt geriet.

Roger lehnte sich gegen die Wand und schätzte ab, welche Frauen ihm wohl heute Abend zu Willen sein würden. Eine Dame am Kamin schien seine Aufmerksamkeit besonders zu fesseln. Sie war schlank und blond, und ein Kleid aus einem glatten, anschmiegsamen Stoff betonte die eleganten Linien ihres schmalhüftigen Leibes. Sie ließ sich von einem Mann umwerben, der sich unter seinem Mantel verbarg und ihre Gesellschaft sichtlich genoss. Belustigt erkannte Geoffrey schließlich Clarembald. Die rotblonden Augenbrauen lugten unter der Kapuze hervor und verrieten ihren Besitzer so deutlich, als hätte er seinen Namen mit Kreide auf den Rücken geschrieben.

»Die nicht«, sagte Geoffrey zu Roger. Er wollte keinen Streit mit dem Heilkundigen, solange noch viele andere Prostituierte verfügbar waren. »Sie ist vergeben, also such dir eine andere.«

»*Sie* würde ich nicht nehmen, und wenn sie der letzte Mensch der Christenheit wäre«, raunte Roger. »Das ist Durand!«

Mit plötzlichem Unbehagen erkannte Geoffrey, dass sein Freund Recht hatte. Er war entsetzt, wie vollständig Durand sich verwandelt hatte. Nur die vertrauten goldenen Locken gaben ihn preis, denn alles andere hatte sich verändert. Seine Wangen waren rot geschminkt, und die Kohlestriche um die Augen ließen diese größer und dunkler wirken. Auch sein Trippeln war noch ausgeprägter. Kopfschüttelnd fragte sich Geoffrey, ob das Vermögen seines Knappen wohl zum Teil auf diese Fertigkeiten zurückzuführen war. Immerhin hatte schon Bischof Maurice gut für die Dienste von »Engellöckchen« bezahlt.

»Das gefällt mir gar nicht«, sagte er zu Roger. Clarembald hatte ihn gewarnt, Durands auffälliges Verhalten zu zügeln, und vermutlich würde der Heiler nicht sehr erfreut sein, wenn er feststellte, dass diese Schönheit nicht war, was sie zu sein schien. »Durand mag meinetwegen die Hinrichtung wegen ›widernatürlicher Praktiken‹ riskieren, wenn er will, aber ich möchte nicht mit ihm zusammen angeklagt zu werden. Wir verschwinden von hier.«

»Sofort?«, fragte Roger enttäuscht. »Aber wir sind doch eben erst angekommen.«

»Das ist mir egal. Außerdem hat Maude mich gebeten, sie heute Nacht in Vater Feocs Kirche zu treffen, und ich will mich dort vor ihrem Eintreffen noch umsehen.«

»Maude?«, fragte Roger zweifelnd. »*Die* würde ich an deiner Stelle nicht an irgendwelchen dunklen Orten treffen wollen. Es wird eine Falle sein, und du wirst bei Barcwit im Keller landen, wo er dich nach dem geklauten Silber fragt. Ich glaube nicht, dass ich dich vor ihm so retten könnte wie vor Sendi.« Er erschauderte.

»Barcwit macht dir Angst?«, fragte Geoffrey überrascht. »Dir, Roger von Durham?«

»Wir haben alle unsere Grenzen«, stellte Roger verärgert fest. »Und Barcwit zählt zu meinen. Er bereitet mir Unbehagen, weil er sich nicht sehen lässt. Er ist wie der Satan: Den kann man auch nicht sehen, und doch ist er überall. Gestern allerdings habe ich ihn gesehen. Barcwit, meine ich, nicht den Satan, es sei denn, sie sind ein und derselbe …«

»Wo?«

»Er stand im Fenster über seiner Werkstatt und starrte auf die Straße hinaus. Mir standen die Haare zu Berge, und ich wollte nur noch fort. Auch andere, die vorübergingen, hat er erschreckt. Ist dir schon aufgefallen, dass niemand unnötig auf diesem Teil der Straße verweilt?«

»Wann war das?«, fragte Geoffrey.

»Gestern Nachmittag. Ich folgte Warelwast, der wiederum dir folgte. Anschließend folgte ich Maude, die Warelwast folgte, der dir folgte.«

Geoffrey nickte. War Maude ihm auf der Spur gewesen, nachdem er Edrics Ermordung mit angesehen hatte? Er fragte sich, wie sie wohl versuchen würde, ihn zum Schweigen zu bringen. Vermutlich hatte sie einen Plan, den sie heute um Mitternacht in die Tat umsetzen wollte. »Und ist dir auch jemand gefolgt?«

»Ulfrith und Helbye, aber die sind überzeugt, dass nach ihnen keiner mehr kam. Aber Barcwit stand wie ein Dämon am Fenster, und seine Blicke durchbohrten jeden, der vorbeiging.«

»Hast du sein Gesicht gesehen?«

»Es schimmerte unter der Kapuze hervor. Und ich will es nicht noch einmal sehen! Was hältst du davon, wenn wir morgen abreisen? Joan will dich nicht hier haben, und sonst haben wir keinen Grund zu bleiben. Wir haben uns zu viele Feinde gemacht, und ich bin es leid, ständig auf der Hut sein zu müssen.«

»Das stimmt allerdings«, sagte Geoffrey zu Rogers Erleichterung. »Joan lehnt meine Hilfe ab, und ich kann ohnehin nichts mehr tun. Ich werde meinen Bericht für Giffard hinterlegen, und er kann dann den Rest selbst enträtseln. Joan hatte Recht: Es ist zu verwickelt für mich.«

»Nein, es ist nicht verwickelt genug«, stellte Roger tröstend fest. »Es gibt keine raffinierte Verschwörung, nur ein paar ganz einfach gestrickte, die irgendwie miteinander zusammenhängen. Barcwit will den König ermorden und sammelt dafür ein Vermögen an und die passenden Helfer. Wer sich weigert, wird dazu gezwungen. Gleichzeitig neidet Sendi Barcwit seinen Erfolg. Beide Seiten tun alles, um dem anderen Steine in den Weg zu legen – sie beklauen sich, begehen Morde und bedrohen einander. Und jeder, dem wir begegnet sind, hat sich inzwischen in die Sache verwickeln lassen, einschließlich der beiden Heiler, Peter und Idonea, Joan und Olivier, die Leute von Beiminstre, Bloet und sogar Warelwast, auch wenn der etwas anderes vorgibt.«

»Vermutlich hast du Recht.« Clarembald und Durand hatten den Schankraum verlassen, also beschloss Geoffrey, ebenfalls aufzubrechen. Es würde sicher nicht lange dauern, bis Clarembald die Wahrheit entdeckte. Immerhin war der Mann ein Arzt.

Draußen holte Geoffrey tief Luft und blickte zu den Sternen auf, die funkelten wie verstreute Edelsteine. Es roch nach Holzfeuer und verschüttetem Ale, und darunter mischte sich beißend der Gestank der Gosse. Gleichzeitig mit Roger bemerkte er, dass ihnen jemand folgte. Ein stummer Blick reichte aus, und sie wussten, was zu tun war. Sie trennten sich; Roger ging auf die Kais zu, während Geoffrey mit seinem Hund der Hauptstraße zustrebte.

Der Schatten folgte Roger, sodass Geoffrey einen Haken schlug und durch die verlassenen Straßen schlich, bis er die verstohlene Gestalt eingeholt hatte. An den Molen, die zu dieser Zeit still und verlassen dalagen, handelte er. Er schlang den Arm um den Hals des Verfolgers und setzte ihm den Dolch an die Kehle, während Roger zu ihm herumfuhr, um notfalls seine Kräfte mit Geoffreys zu vereinen. Doch der Mann flehte schon mit hoher, weinerlicher Stimme um sein Leben, und Geoffrey ließ ihn voll Abscheu los.

»Durand! Was treibst du denn hier?«

»Und was tut *Ihr* hier?«, fragte der Knappe zurück. »Ich dachte, Ihr wolltet Euch mit Maude treffen. Es ist noch nicht Mitternacht, aber Ihr taucht stets früher bei solchen Verabredungen auf, um mögliche Gefahren einzuschätzen.«

Geoffrey beäugte ihn misstrauisch. »Woher weißt du von Maude?«

»Clarembald hat belauscht, wie sie mit Rodbert darüber geredet hat. Er hat gestern in Barcwits Werkstatt einen Vortrag gehalten, und als er wieder ging, hörte er, wie sie über Euch sprachen. Sie waren so in ihr Gespräch vertieft, dass sie gar nicht mitbekamen, wie er einige Augenblicke lauschte.«

Geoffrey dachte daran zurück, wie er sich auf der Treppe hatte verstecken müssen, als Clarembald die Münzstätte verließ. Der Heilkundige hatte für den Weg den Flur entlang und bis zur Tür länger gebraucht, als eigentlich nötig war. Zumindest in dieser Hinsicht hatte Clarembald Durand also die Wahrheit gesagt.

»Was hat Clarembald eigentlich mit Barcwit zu schaffen?«, wollte Roger wissen.

»Er hat als Geldgeber und Arzt mit ihm zu tun«, erwiderte Durand sofort. »Ich habe in dieser furchtbaren Schenke versucht, ihm Einzelheiten zu entlocken, und dafür sogar seine grabschenden Hände ertragen – und das alles, damit ich etwas vorzuweisen habe, wenn ich wieder an Euch herantrete. Deshalb bin ich hier: um Sir Geoffrey diese Neuigkeiten zu berichten.«

»Warum bist du dann Roger gefolgt?«, frage Geoffrey. »Er und ich gingen in entgegengesetzte Richtungen.«

»Ich dachte, Roger würde mich anhören, und ich wusste, dass Ihr das nicht tun würdet. Ich habe von Clarembald Dinge erfahren, die ich Euch sagen könnte. Allerdings stehe ich nicht länger in Euren Diensten, und deshalb hat das seinen Preis.«

Geoffrey war drauf und dran, einfach weiterzugehen und den Burschen stehen zu lassen, aber Roger war anderer Meinung. Er empfand es als Beleidigung, für Dinge bezahlen zu müssen, die eigentlich bereitwillig geteilt werden sollten. »Können diese Hinweise Geoff bei seinen Ermittlungen helfen?«, fragte er sanft und spielte mit seinem Dolch.

Durand nickte, sichtlich verängstigt, aber entschlossen. »Ich habe hart gearbeitet, um sie zu beschaffen, und ich bin dabei ein beachtliches Wagnis eingegangen. Ich werde sie nicht umsonst weitergeben.«

»Oh, du wirst eine Belohnung dafür erhalten«, versprach Roger ihm drohend. »Erzähl ihm alles, was du weißt, und ich werde dich am Leben lassen, damit du auch morgen Abend wieder deine Vorzüge zur Schau stellen kannst.«

»Nein!«, rief Durand den Tränen nahe. »Ich will mich morgen nicht mehr anbieten. Das ist mein Preis: Ich will wieder in Eure

Dienste treten dürfen, bis wir diesen Ort verlassen haben. Und danach können wir uns überlegen, wie wir künftig verbleiben.«

Geoffrey lachte ungläubig auf. »Warum? Du hast durch dein Herumspionieren bereits ein Vermögen verdient, und ich dachte, du wolltest dir einen ruhigen Platz in irgendeinem Kloster mit losen Sitten kaufen. Warum hast du es dir anders überlegt?«

»Bloet«, stellte Durand unglücklich fest. »Er hat mich vergangene Nacht ausgeraubt.«

Roger war überrascht. »Aber wir haben dir doch beigebracht, wie du so etwas vermeidest. Das war das Einzige, was du je hast lernen wollen!«

»Ich war nicht auf der Hut, weil ich ihn für einen Freund hielt. Mein Geld war in den Satteltaschen, als ich zu Bett ging, und am Morgen war alles weg. Dann forderte er mich auf, meinen Anteil am Wein zu bezahlen, den wir am Abend davor getrunken hatten, und natürlich war ich dazu nicht in der Lage. Zur Begleichung meiner ›Schuld‹ nahm er mir noch alles andere mit Ausnahme der Kleidung, die ich am Leib habe. Ich bin mittellos.«

»Ich hätte dir gleich sagen können, dass man ihm nicht trauen kann«, behauptete Roger und schüttelte angewidert den Kopf.

»Das hättet Ihr nicht«, verkündete Durand. »Niemand konnte das voraussehen.«

Geoffrey hatte wenig Verständnis für Durands Vertrauensseligkeit. »Am Morgen nach unserem Aufbruch in Westminster, als Sendi den Streit über sein verschwundenes Pferd anfing, da habe ich es Bloet angesehen, dass er deine Zuneigung nicht im selben Maße erwidert. Er hatte von Anfang an vor, dich zu hintergehen.«

Geoffrey hatte erwartet, dass Durand in Tränen ausbrechen oder ihm widersprechen würde, aber er tat nichts von beidem. »Dieser Bastard! Das zahle ich ihm heim, aber dafür brauche ich erst mal Geld.«

»Und wie willst du dir das beschaffen?«, fragte Geoffrey. »Meinst du etwa, ich sollte dir Gelegenheit geben, mir noch weiter nachzuspionieren, damit du noch mehr Geld von dem kassieren kannst, der dich dafür bezahlt? Damit du mich dann bei der ersten Gelegenheit, die dir besser passt als diese, verlassen kannst?«

»Das ist ein guter Vorschlag«, erklärte Durand erleichtert. »Ich bin so froh, dass Ihr Verständnis dafür habt.«

»Nein«, sagte Geoffrey entschieden.

»Aber das müsst Ihr«, bettelte Durand. Sein Gesicht nahm einen verschlagenen Ausdruck an. »Tankred wäre zornig, wenn er erführe, dass Ihr mich in einer fremden Stadt zurückgelassen habt, nur in ein Frauenkleid gehüllt – und ich werde dafür sorgen, dass er es erfährt. Ich habe Euch gesagt, dass wir uns hier nicht trennen sollten, aber Ihr habt nicht auf mich gehört. Es war ja klar, dass ich binnen Stunden ausgeraubt werde und gezwungen bin, meinen Körper zu verkaufen.«

»Du hast dich Clarembald angeboten?«, fragte Geoffrey besorgt. Was Tankred auch davon halten mochte, dass Geoffrey den ihm anvertrauten Knappen zur Arbeit in einem Bordell zurückgelassen hatte – es würde keine Rolle mehr spielen, wenn Clarembald sich vorher schon beim König darüber beschwerte.

Durand nickte. »Er hat mich gut dafür bezahlt, auch wenn ich fürs Spionieren mehr bekomme. Nachdem ich ihn erst mal eingewickelt hatte, war er wie Wachs in meinen Händen. Nur allzu gern antwortete er auf meine unschuldigen Fragen – selbst auf jene, die eigentlich seinen Verdacht hätten erwecken sollen, zum Beispiel als ich wissen wollte, was er in Barcwits Münzstätte gesehen und gehört hat.«

Durand kicherte auf eine Weise, die Geoffrey abstieß. »Ich bin sehr geschickt darin, weibliche …«

»Nein«, fuhr Geoffrey ihm entschieden ins Wort. »Wir wollen keine Einzelheiten hören.«

»Und Ihr behauptet, Ihr wäret allem gegenüber aufgeschlossen«, bemerkte Durand frech. »Aber da Ihr Euch nun bereit erklärt habt, mich wieder in Eure Dienste zu nehmen, bis zu einem Zeitpunkt, der uns beiden recht ist, werde ich auch meinen Teil der Vereinbarung einhalten. Ihr solltet Euch heute Nacht mit Maude treffen, weil Ihr dabei etwas sehr Wichtiges erfahren werdet.«

»Und das wäre?«, fragte Geoffrey, der seine Zweifel hatte, ob Durands Enthüllungen ihn so weit beeindrucken würden, dass er sich den Knappen noch einmal auf unbestimmte Zeit aufbürdete.

»Sie will Euch einen Beweis verschaffen, mit dem Ihr den Fall aufklären könnt. Ich weiß nicht genau, was das ist, nur dass Ihr hingehen solltet.«

»Woher weiß ich, dass es keine Falle ist?«, fragte Geoffrey. »Und dass du diese wilde Geschichte um Bloet und den Raub nicht erfunden hast, um dir mein Vertrauen zu erschleichen und dafür zu sorgen, dass ich bei dem Treffen erscheine?«

»Da wird es keinen Hinterhalt geben«, stellte Durand zuversichtlich fest. »Und nichts von dem, was ich Euch erzählt habe, ist erfunden. Warum sollte ich das tun, nachdem ich Euch gerade überreden konnte, mich wieder in Eure Dienste zu nehmen? Alles, was ich erzählt habe, entspricht der Wahrheit.«

»Dann kannst du mir ja noch ein wenig weiter die Wahrheit sagen«, befand Geoffrey. »Wer hat dich dafür bezahlt, mir nachzuspionieren?«

»Der König.« Durand sah Geoffrey überrascht an. »Sicher seid Ihr darauf doch schon selbst gekommen? Ich habe mir nicht mal sonderlich viel Mühe gegeben, es zu verbergen, damit wir beide wissen, woran wir miteinander sind. Er gibt mir Aufträge, seit wir uns während der Auseinandersetzung mit den Bellêmes zum ersten Mal begegnet sind. Es tut mir leid: Ich dachte, Ihr wüsstet darüber Bescheid.«

»Hast du dein *ganzes* Geld von Henry?«

»Die Hälfte. Die andere stammt von der Frau, in die Ihr vergangene Ostern so vernarrt gewesen seid – Matilda. Ich habe Ihr ein Dokument verkauft, aber das war eine Fälschung und hatte daher keinen Einfluss auf den Krieg zwischen dem König und dem Haus Montgomery-Bellême. Aber Henry war auch großzügig. Er meinte, ein guter Spion verdient guten Lohn.«

»Und was hast du ihm über mich erzählt?« Geoffrey war verärgert und hätte seinen Knappen am liebsten die Suppe auslöffeln lassen, die er sich eingebrockt hatte. Die Schlussfolgerung aus Durands

Worten war, dass dieser für den König hilfreicher gewesen war als sein Ritter – denn Geoffrey hatte für seine Arbeit von Henry gar nichts bekommen, nicht einmal eine Begnadigung für Joan, wenn er diesen Fall nicht lösen würde.

»Dass Ihr nach einem Ehrenkodex lebt, den wir beide kaum begreifen können. Ich habe ihm gesagt, dass Ihr ehrlich seid – dass er Euch eine Kiste Gold zur Bewachung anvertrauen könnte und jedes einzelne Stück darin unberührt zurückerhielte. Ich habe ihm allerdings auch gesagt, dass er nachzählen müsste, wenn Sir Roger während der Zeit in der Nähe war.«

»Also!«, rief Roger empört. »Ich stehle nicht!«

»Ihr bezeichnet es als ›ausborgen‹ oder ›eine Vergütung annehmen‹, aber Diebstahl ist es trotzdem. Außerdem weiß er von mir, dass Ihr Joan sehr gern habt. Ich gebe es nur ungern zu, aber vermutlich hat dieser kleine Hinweis dafür gesorgt, dass wir in Southampton vom Schiff geschleift und nach Westminster gebracht wurden. Henry glaubte wohl, Ihr würdet eine Gelegenheit zu schätzen wissen, ihr zu helfen.«

»In der Tat«, sagte Geoffrey. »Unglücklicherweise empfindet sie nicht dasselbe.«

»Nehmt Euch ihre Ablehnung nicht so zu Herzen. Sie hat Angst, ihre wahren Gefühle zu zeigen, weil sie nicht schwach wirken möchte.« Durand zeigte sich überraschend feinfühlig. »Gebt Ihr ein wenig Zeit; sie wird es sich anders überlegen.«

»Ich habe nicht die Zeit dafür. Giffard kann jeden Augenblick hier eintreffen, und ich bin mit meinen Nachforschungen nicht weiter als bei unserer Ankunft am Sonntag – und das ist vier Tage her.«

»Dann sucht die Kirche von St. John auf, und trefft Euch dort mit Maude. Ihr werdet bald auf die Lösung kommen, jetzt, wo *ich* Euch wieder zur Seite stehe.«

»Meinst du?«, fragte Geoffrey kühl. »Dann beantworte mir diese Fragen: Wie kann ich mit Barcwit sprechen? Wer hat Sendis verschwundenen Stempel gestohlen, und wo ist er? Weiß ein Schäfer aus Beiminstre, wo Barcwits verschwundenes Silber ist? Was für eine

Rolle spielt Clarembald bei dem Ganzen? Und was für eine Warelwast?«

»Clarembald ist ein Medikus«, sagte Durand. »Er kennt viele Leute. Dass er Maude und Rodbert beim Ränkeschmieden belauschen konnte, solltet Ihr nicht überbewerten. Die Antworten auf Eure übrigen Fragen kenne ich nicht, aber ich kann Euch helfen, sie zu finden. Doch die Zeit vergeht, und wir haben lange genug hier geplaudert. Sir Roger und ich werden zur Burg zurückkehren, wo er mir ein paar Kleidungsstücke besorgen kann, in denen ich nicht von der halben Besatzung vergewaltigt werde. Und ihr könnt zur Kirche gehen und Maude treffen.«

»Ich will sie gar nicht treffen«, wandte Geoffrey ein. »Aber du hast dich bereit erklärt, wieder in meine Dienste zu treten. Also musst du wieder meinen Befehlen folgen. Und ich befehle, dass *du* diese Kirche aufsuchst.«

Durand war entsetzt, dass Geoffrey von ihm verlangte, sich in Gefahr zu begeben. Aber Geoffrey blieb eisern: Entweder traf der Knappe sich mit Maude, oder er konnte sich als endgültig verstoßen betrachten. Schließlich gab Durand widerstrebend seine Einwilligung, schniefte aber kläglich auf dem ganzen Weg bis zur Kirche. Geoffrey bemerkte das unterdrückte Schluchzen seines Knappen, war aber noch zu aufgebracht über die Bespitzelungen, um ihn zu bedauern.

Während Durand am Türgriff herumfingerte, warteten Geoffrey und Roger im Dunkeln auf dem Friedhof. Geoffrey wusste nicht, wie spät es war, aber Mitternacht konnte nicht mehr weit sein. Er achtete auf verdächtige Bewegungen und Geräusche, aber alles blieb ruhig, bis Durand die Tür wieder geschlossen hatte. Im selben Augenblick waren von drinnen flüsternde Stimmen zu vernehmen. Geoffrey schnitt ein Loch in einen der vermoderten Fensterläden und spähte hindurch. Maude war nirgendwo zu entdecken.

Die Nacht war sternenklar und dementsprechend frostig. Daher hatte jemand im Inneren der Kirche ein Feuer entzündet. Fünf oder sechs verwahrloste Männer drängten sich gierig um die Wärme. Maude hatte erwähnt, dass die Türe stets unverschlossen blieb – Feoc hatte Mitleid mit der Not der Obdachlosen. Geoffrey wunderte sich, dass sie keinen einsamen Ort für ihr Treffen vorgeschlagen hatte. Er beobachtete, wie Durand sich den Bettlern näherte und dabei die Hände rang.

»Maude«, sagte der Knappe unter Tränen. »Ich bin hier, um sie zu treffen. Wisst ihr, wo sie ist?«

»Hier nicht«, erklärte ein Mann mit verfilztem schwarzem Schopf und Grind im Gesicht. Wegen seiner starken Mundart konnte Geoffrey ihn kaum verstehen.«

»Das sehe ich«, erwiderte Durand. »Ich bin hier, um …«

»Das ist eins von Barcwits Weibern«, ließ der Schwarzhaarige seine Freunde wissen. Im Grunde schien ihm aber gleichgültig zu sein, wer Durand war, so lange er keinen Platz am Feuer begehrte. Die Bettler rückten näher zusammen, um deutlich zu machen, dass er bei ihnen nicht willkommen war.

»Das bin ich ganz sicher nicht«, widersprach Durand beleidigt. »Wofür haltet ihr mich?«

»Für das, wonach du ausschaust«, antwortete ein Mann, dem eine Hand fehlte. »Früher suchte Barcwit seine Huren in den Schenken, aber jetzt nicht mehr.«

»Er ist gewachsen«, sagte der Schwarzhaarige. »Er spricht mit dem Teufel und wird jeden Tag größer.«

»Ich verstehe«, sagte Durand schwächlich, während Geoffrey sich wünschte, dass sein Knappe endlich nach Maude suchte, anstatt mit den Bettlern zu schwatzen. Zumindest konnte er einmal fragen, ob sie Maude gesehen hätten. »Ich kenne seine Gewohnheiten nicht.«

»Früher war er ganz leidlich, aber heute steht er nur da und schaut dem Henker zu«, sagte der Schwarzhaarige. Er erschauderte. »Macht mir Angst mit seinem schwarzen Mantel und dem starren Blick.«

»Ich suche nach Maude.« Durands Stimme bekam einen verzweifelten Unterton. »Habt ihr sie gesehen?«

»Sie war vorhin da«, erwiderte der Einhändige. »Sie meinte, gleich käm ein Ritter – einer von den beiden mit den komischen Kreuzen auf den Kitteln. Sind beide grobe und schmutzige Burschen.«

Geoffrey war entsetzt. Wenn selbst die Bettler ihn für unsauber hielten, dann musste er in den Augen aller anderen ja zutiefst abscheulich wirken. Seit seiner Ankunft in Bristol hatte er sich bereits einmal gewaschen, und seine neuen Gewänder verbesserten gewiss sein Erscheinungsbild. Aber offenbar war mehr nötig, um die Prägung durch den Kreuzzug abzuschleifen und auf ihresgleichen wieder anständig zu wirken – oder auch nur auf Männer, die selbst in Lumpen gingen.

»Sie meinte, er hackt uns die Glieder ab, wenn wir anrühren, was sie für ihn dagelassen hat«, sagte der Einhändige. Er hob den Stumpf und wies dann auf einen verkrüppelten Fuß. »Und ich hab nicht mehr viele davon.«

»Da sprach sie die Wahrheit«, sagte Durand und gewann ein wenig von seiner Selbstsicherheit zurück. »Sir Geoffrey ist bekannt dafür, das er Männern, die ihn ärgern, die Glieder abhackt. Vor allem dann, wenn sie ihn anlügen.«

»Wenn das wahr wäre, dann wäre von *dir* nur noch ein Torso übrig«, murmelte Geoffrey hinter seinem Fenster. Die besorgten Gesichter der Bettler verrieten, dass die Drohung des Knappen Wirkung zeigte.

»Wir haben nicht gelogen«, jammerte der Schwarzhaarige. »Und wir haben auch das Bündel nicht angerührt. Es liegt auf der Bank hinten in der Kirche, genau wo sie es gelassen hat.«

Durand verließ den Lichtkreis um das Feuer und ging zu der bezeichneten Stelle. Geoffrey beobachtete, wie er etwas aufhob und auch noch unter der Bank nachschaute, damit er nichts übersah. Während die Männer sich wieder dem Feuer zuwandten, klemmte Durand sich seine Beute unter den Arm und ging hinaus. Als Geoffrey ihm entgegenkam, drückte Durand ihm das Bündel wortlos in die Hände, wobei der Knappe am ganzen Leib zitterte.

»Was ist es?«, fragte Roger. Gewicht und Größe des Bündels machten ihn neugierig. »Vielleicht eine Bestechung, etwas von dem verschwundenen Silber, hinter dem jeder her ist. Wir könnten es annehmen, zur Küste reiten und Joan und den König allein ihre Schlacht austragen lassen.«

Eine Bestechung, damit sie nicht länger hinter Barcwits Geschäften herschnüffelten, hielt Geoffrey nicht für abwegig. Aber das Gespräch, das Clarembald belauscht hatte, deutete eher darauf hin, dass diese Gabe ihm bei der Lösung seines Falles unterstützen und nicht davon abbringen sollte.

»Packen wir es lieber auf der Burg aus«, schlug Durand vor. Unbehaglich blickte er sich um. »Es ist dunkel hier, und wir können nicht sehen, womit wir es zu tun haben.«

»Nein«, erwiderte Geoffrey. Ihm war klar, dass Durand nur an sein eigenes Wohlbefinden dachte.

»Was nein?«, fragte Roger. »Sollen wir es nicht öffnen? Oder nicht auf die Burg zurück?«

»Wir wissen nicht, was drin sein könnte. Ich will es nicht vor Zeugen öffnen, nur um dann einen abgetrennten Kopf oder so was vorzufinden«, erklärte Geoffrey eingedenk Edrics Ermordung.

»Warum sollte ein Kopf da drin sein?«, fragte Durand erschrocken. »Wo sind Helbye und Ulfrith? Glaubt Ihr etwa, einer von ihnen wurde umgebracht, wie Nauntel? Womöglich bin ich allein doch besser dran. Ich will bei diesem gefährlichen Spiel nicht zum Opfer werden.«

»Das ist deine Entscheidung«, sagte Geoffrey. Er dachte an seine schwindenden Mittel und hätte nichts dagegen gehabt, wenn er Henrys Spion losgeworden wäre. »Roger, hast du deine Zunderbüchse griffbereit? Mach eine Kerze an, damit wir etwas sehen können.«

Während Roger einen der Kerzenstümpfe entzündete, die er stets bei sich führte, befühlte Geoffrey das Bündel. Es war ein hölzerner Kasten in einem Stück Öltuch, das von einer Schnur zusammengehalten wurde. Geoffrey schnitt sie mit dem Messer durch. Der Hund schnüffelte neugierig und wedelte mit dem Schwanz, wandte sich aber rasch wieder ab. Geoffrey war erleichtert. Wenigstens enthielt der Kasten keinen Teil des ermordeten Edric.

Während Roger, Durand und der Hund mit unterschiedlichen Empfindungen zusahen, entfernte er den Deckel. Die Kiste war mit Stroh gefüllt. Geoffrey tastete mit den Fingern hinein, bis er auf etwas Hartes stieß. Behutsam zog er es heraus.

# 12. Kapitel

»Das ist alles?«, fragte Roger. Er wirkte zutiefst enttäuscht, als Geoffrey ihm auf dem dunklen Friedhof der Kirche den Metallgegenstand reichte. »Ein Eisendorn? Ist das eine Waffe?«

»Da ist noch einer«, verkündete Durand und holte ein zweites Stück aus der Kiste. »Und noch zwei.«

»Prägestempel«, stellte Geoffrey verwirrt fest. »Zwei Eisen und zwei Stöcke, also ein komplettes Paar Stempel.«

Roger runzelte die Stirn. »Maude hat dir ihre Formen zum Geldmachen gebracht? Wie merkwürdig! Ich dachte immer, die wären wertvoll und nur in London zu bekommen.«

Geoffrey nahm eine in die Hand und musterte sie im flackernden Schein der Kerze. »Das müssen die sein, die Sendi gestohlen wurden.«

»Sendi wurde *ein* Stempel gestohlen«, wandte Durand ein. »Hätte er zwei verloren, wäre er viel aufgebrachter gewesen.«

Geoffrey erinnerte sich an den Zwischenfall im Keller. »Er war mächtig aufgebracht, glaub es mir.«

»Vielleicht, aber das können nicht Sendis Stempel sein«, beharrte Durand. »Sie sind alt – man sieht es an den Schlagbärten. Sendi hingegen meinte, ihm sei ein neuer Stempel gestohlen worden, einer mit Lilienkreuz. Wisst Ihr noch, wie er uns beim Besuch in seiner Werkstatt das alles erklärt hat und Ihr ihn diesen Schrank aufschließen ließt? Jeder weiß, dass einer seiner *neuen* Stempel verschwunden ist, keine alten wie die da.«

»Das ist wahr«, räumte Geoffrey ein. Er ärgerte sich, dass ihm die pilzartige Verformung der Eisen nicht selbst aufgefallen war.

»Aber wenn das alte Stempel von Sendi sind«, sagte Roger verwirrt, »wie kommt Maude dann daran? Und warum hat sie sie dir gegeben, wenn Barcwit doch ein Vermögen damit machen könnte?«

Geoffrey untersuchte die Stempel im Kerzenlicht genauer. Mit dem Ärmel wischte er die Oberflächen sauber. Die Schrift war spiegelverkehrt, damit sie richtig zu lesen war, sobald sie in die Schrötlinge eingestanzt war. Zuerst konnte Geoffrey die Buchstaben nicht recht erkennen. Sie waren abgenutzt, und außerdem machte es den Eindruck, als wären einige mit Absicht beschädigt worden. Aber ganz allmählich verstand er, was geschehen war.

»Das *sind* Sendis Stempel. Ich kann gerade noch die Buchstaben S, E und D erkennen. Aber irgendwer hat sich viel Mühe gegeben, den Namen unkenntlich zu machen und andere Buchstaben an die Stelle zu setzen. Der zweite Stempel ist schon weiter auf diese Weise bearbeitet worden und trägt den Namen Sewine.«

»Sewine?«, fragte Durand.

»Das ist der Münzmeister von Exeter. Osmar hat ihn erwähnt, als ich seine Werkstatt in Bath besucht habe. Man kann noch erkennen, wie SENDI zu SEWINE umgearbeitet wurde, indem man ein paar Kerben hinzugefügt hat und andere sorgsam geglättet wurden. Allerdings ist es nicht so leicht, BRISTO – wie Sendi Bristol abkürzt – zu EXCESI für Exeter zu ändern. Also wurde der Name der Stadt fast vollständig getilgt, bis nur noch das B und ein T übrig blieb, und etwas, das vage an ein N erinnert.«

»Vermutlich soll es wie BATHAN aussehen«, vermutete Durand. »Bath.«

Geoffrey nickte. »Wer nicht zufällig weiß, dass Sewine in Exeter lebt, würde eine solche Münze bereitwillig annehmen. Aber es wäre eine Fälschung.«

»Und wenn genug davon geprägt werden, verliert die Währung an Wert, genau wie Henry es befürchtet hat«, stellte Durand fest. »Er hatte Recht. Es *gibt* eine Verschwörung, die ihn durch Schädigung des Finanzwesens vom Thron stürzen will.«

Geoffrey schüttelte den Kopf. »Das können wir aus den Prägestempeln allein nicht schließen. Wir wissen bisher nur, dass irgendwer tatsächlich Münzen fälscht. Außerdem wurde der Plan zur Ermordung des Königs Barcwit zugeschrieben, nicht Sendi. Ich nehme allerdings an, dass diese manipulierten Stempel Sendis Werk sind, nicht das von Barcwit.«

»Sendi ist der Fälscher?«, fragte Roger. »Du glaubst nicht, dass Barcwit Sendis Stempel in die Finger bekam und sie dann verändert hat?«

»Nein«, sagte Geoffrey. »Aus zwei Gründen. Erstens hätte Barcwit sich nicht die Mühe gemacht, Sendis Namen in Sewine zu ändern. Er hätte einfach schlechte Münzen auf Sendis Namen geprägt. Und zweitens hätte Sendi schon ein furchtbares Geschrei gemacht, wenn er den Verlust dieser alten Stempel bemerkt hätte. Bisher hat er sich allerdings nur über den Verlust des neuen beklagt.«

»Dann hat er ihr Verschwinden vielleicht noch nicht bemerkt«, schlug Durand vor.

»Du hast Recht: Das hat er nicht. Und wahrscheinlich weil sie ihm erst vor kurzem gestohlen wurden. Womöglich erst heute Nacht.«

»Wie kommst du darauf?«, fragte Roger zweifelnd.

»Ich nehme an, es dauert eine ganze Weile, Stempel umzuarbeiten – möglicherweise Tage. Wären diese Stempel schon seit Tagen fort gewesen, hätte Sendi ihr Verschwinden bemerkt. Aber das hat er nicht, und deshalb müssen sie ihm eben erst weggenommen worden sein. Er hatte einen ganzen Schrank voll alter Stempel, und ich fand es damals schon seltsam, dass er sie aufbewahrte, wo es doch viel sicherer für ihn wäre, sie zerstören zu lassen. Jetzt wissen wir, was er damit vorhat.«

»Aber wie sind sie in Maudes Hände gelangt?«, wollte Roger verwirrt wissen.

Geoffrey zuckte die Achseln. »Jeder der Münzer hat einen Spion bei seinem Konkurrenten. Barcwit hatte Edric, und ich bin mir ziemlich sicher, dass es noch einen weiteren gibt; er tötete Ceorl, als der unangenehme Fragen stellte. Dieser Verräter wird Maude berichtet haben, dass Sendi seine alten Stempel umarbeitet. Daraufhin wurde ihm befohlen, einige davon zu stehlen, damit man sie an mich weiterleiten kann. Sie überführen Sendi als Fälscher. Es könnte keine besseren Beweise geben, und ich glaube nicht, dass er sich aus dieser Klemme noch herauslügen kann. Maude hat ihn in die Enge getrieben.«

»Er könnte behaupten, dass der Schmied sie verkauft hat, anstatt sie zu zerstören«, wandte Durand ein.

»Sendi hätte dem Schmied gar nicht so weit vertraut: Immerhin weiß jeder hier, dass Barcwits Arme überallhin reichen«, widersprach Geoffrey. »Sendi hätte das Einschmelzen der Prägestempel höchstpersönlich überwacht.«

»Mehr ist nicht in dem Kasten«, sagte Roger. Er hatte noch darin herumgewühlt, in der Hoffnung, einige gefälschte Münzen als zusätzliches Beweismittel zu finden, die er hätte stehlen können. Enttäuscht stellte er fest, dass sich nur noch Stroh darin befand, und ein Streifen Pergament. Geoffrey nahm ihm den aus der Hand, und als er ihn entfaltete, fiel ein Schlüssel heraus. Er überflog die Nachricht.

»Wir hatten Recht. Maude schreibt, dass diese Prägestempel heute Abend bei Sendi entwendet wurden, und sie hofft, dass dies meine Ermittlungen zu einem Abschluss bringt. Außerdem meint sie, wir sollten in Sendis Keller nachsehen, wenn wir noch weitere Beweise gegen ihn brauchen. Dieser Schlüssel wird uns die entscheidende Tür öffnen.«

»Ob wir dort eine heimliche Werkstatt finden?«, grübelte Durand. »Oder Berge falscher Münzen?«

»Wohl eher Letzteres«, sagte Geoffrey. »Das würde Sendi mit Sicherheit ans Messer liefern, denn große Mengen falscher Pennys in seinem Haus könnte er nicht mehr wegerklären.« Er dachte an die Barren in dem Keller, wo man ihn gefangen gehalten hatte. Jetzt wusste er genau, wofür Sendi sie brauchte.

»Also werdet Ihr gleich zwei verbrecherische Münzer überführen«, sagte Durand. »Sendi den Fälscher und Barcwit den Königsmörder.«

»Wie dumm von Sendi, die Hilfe des Königs gegen Barcwit einzufordern, wenn er selbst was zu verbergen hat«, stellte Roger abschätzig fest. »Er hätte wissen sollen, dass die Wahrheit ans Licht kommt.«

Geoffrey warf die Stempel zurück in die Kiste und richtete sich wieder auf. »Es ist schon spät, und heute Nacht können wir nichts weiter unternehmen. Aber im ersten Morgengrauen lassen wir uns von Peter Soldaten geben. Wir statten Sendi einen Besuch ab und werden jeden Winkel seiner Münzstätte durchsuchen, anschließend tun wir dasselbe bei Barcwit. Ich habe es freundlich versucht, und das war vergebens. Es ist an der Zeit, festzustellen, was man mit Gewalt erreichen kann.«

»Gut«, befand Roger. »Ich habe das Gefühl, dass wir hier beinahe fertig sind und bald abreisen können. Mir gefällt Bristol nicht.«

Da konnte Geoffrey ihm nur Recht geben.

Peter war entsetzt, als Geoffrey ihn zwei Stunden vor Sonnenaufgang weckte und ihn wissen ließ, dass er zwei Dutzend Männer für die Durchsuchung von Sendis Anwesen benötigte. Der Burgvogt brachte vor, dass der König ihn umso mehr für einen Anhänger Barcwits halten würde, wenn er gegen Sendi vorginge, und niemand würde ihm mehr glauben, dass er gegen seinen Willen in dessen Verschwörung hineingezogen worden war.

Geoffrey hielt ihm entgegen, dass er mit denselben Männern anschließend auch gegen Barcwit vorgehen werde. Wenn Peter den König wirklich von seiner Reue überzeugen wolle, wäre es ein guter Anfang, wenn er dem Ermittler seine Truppen zur Verfügung stellte. Schließlich ließ Peter sich widerstrebend überzeugen.

»Was willst du mit Sendi und seinen Fälschern anstellen?«, fragte Roger, während Idonea ihren Soldaten so lange zusetzte, bis diese endlich ordentlich angetreten waren. »Immerhin hast du sie neulich schon nicht festgenommen, weil du sie nirgendwo unterbringen konntest: Peter hat sämtliche Keller mit Vorräten vollgestellt. Ha! Als wenn *er* gegen Henry bestehen könnte!«

»Idonea könnte es«, sagte Geoffrey. »Zumindest für eine Weile.«

»Überlasst das mir«, meldete Joan sich zu Wort. Ihr Gesicht schimmerte bleich im Schein der Fackeln. »Ich werde hier ein wenig umräumen, während ihr weg seid. Wenn ihr wiederkommt, wird ein Kerker für die Gefangenen vorbereitet sein.«

Geoffrey nickte ihr dankbar zu. Er wusste, dass er ihr vertrauen konnte. Sie kannte sich mit Vorräten und ihrer raschen Umlagerung aus, genau wie Idonea sich gut darauf verstand, eine Burgbesatzung zu befehligen. Joan machte sich auf den Weg und nahm schnellen Schrittes und händereibend einen arbeitsreichen Morgen in Angriff.

»Ihr begeht einen furchtbaren Fehler«, sagte Peter, der mit Idonea auf sie zukam. »Ihr solltet nicht Sendi verhaften, sondern Barcwit. Er ist es, der mit seinen Fälschungen und der Verschwörung gegen den König die Gesetzte gebrochen hat. Es besteht kein Grund, Sendi zu behelligen.«

»Da gibt es jede Menge Gründe«, gab Geoffrey kurz angebunden zurück. »Er ist genauso verbrecherisch wie der Mann, den er angeklagt hat.«

»Das gefällt mir gar nicht«, meinte Peter besorgt. »Es kommt mir so ungerecht vor.«

Idonea stimmte ihm zu: »Sendi hatte den Mut, vor den König zu treten und sich über Barcwits Schreckensherrschaft zu beschweren, und wohin bringt es ihn? Wenn Ihr in sein Haus einfallt, wird jeder glauben, dass die königliche ›Gerechtigkeit‹ sehr zu wünschen übrig lässt und dass, wenn Sendi ihr zum Opfer fallen kann, niemand von uns sicher ist.«

»Wir wussten wirklich nicht, was Barcwit vorhatte, als wir zum ersten Mal bei ihm unser Geld anlegten«, sagte Peter unglücklich und verfiel wieder in seine jammervollen Unschuldsbeteuerungen. »Wir waren von den Gewinnen geblendet. Und dann war es zu spät. Bei Joan war es genauso.«

»Erzählt das Henry«, beschied ihm Geoffrey. Er war nicht geneigt, sich wieder auf diese Erörterung einzulassen, während er sich auf die Verhaftung vorbereiten musste. »Henry möchte sehr wohl wissen, welche der Geldgeber nur Narren waren und welche Verräter sind. Ihr müsst ihn eben überzeugen, dass ihr zu Ersteren zählt.«

»Tut *Ihr* das«, sagte Idonea. »Ihr wollt Joan retten – das hat sie mir erzählt –, dann könnt Ihr auch uns retten.«

»So geht das nicht«, erwiderte Geoffrey. »Ich kann nicht …«

»Ihr müsst!« Idonea klang entschlossen, und Geoffrey blickte sie überrascht an. »Ich habe hart für all das gearbeitet, was wir hier besitzen, und ich will es nicht verlieren, nur weil wir einmal einen Fehler gemacht haben. Ich möchte, dass Peter Burgvogt bleibt und auch alles andere so ist wie vor Eurer Ankunft.«

Peter legte ihr die Hand auf den Arm. »Es ist zu spät, Liebste. Wenn Geoffrey sich nicht eingemischt hätte, hätte Giffard es getan. Wir können jetzt nur noch fliehen. Wir sollten es heute tun, solange wir noch dazu in der Lage sind.«

»Nein.« Idonea blieb eisern. »Ich will nicht alles zurücklassen, was wir hier aufgebaut haben. Wenn Geoffrey nicht für uns sprechen will, dann werden wir uns vor dem König auf unserer Burg verschanzen. Wenn Henry dann kommt, um gegen uns zu kämpfen, können wir eine Vereinbarung aushandeln, bei der uns mehr bleibt, als wenn wir uns mit leeren Händen davonstehlen. Henry wird kein Geld für eine Belagerung verschwenden wollen, solange seine Schatztruhen noch leer sind vom Krieg gegen Bellême. Er wird sich also unsere Forderungen anhören.«

»So arm ist der König auch nicht«, warnte Geoffrey. Und dazu würde Henry in Kürze die Besitztümer von Barcwit und Sendi einziehen. Geoffrey wies auf die angetretenen Soldaten, die auf ihre Befehle warteten. »Aber Eure Männer unterstützen uns bei der Entlarvung zweier Verbrecher. Das ist sicher etwas wert.«

Weder Idonea noch Peter wirkten sonderlich überzeugt, und Geoffrey konnte es ihnen nicht verdenken. Er war auch nicht froh bei dem Gedanken, was mit Joan geschehen würde, wenn sämtliche Einzelheiten des Falles ans Licht kamen.

»Also gut«, stellte Peter mit einem Seufzer fest. Er sah Idonea an. »Aber ich glaube dennoch, wir sollten fliehen und nicht versuchen, es hier auszufechten.«

»Ich werde nicht gehen«, schwor Idonea. »Aber Geoffreys Vorschlag ist einen Versuch wert, nehme ich an. Wir helfen ihm, Barcwit zu Fall zu bringen, und als Gegenleistung wird er dem König bestätigen, dass wir gegen unseren Willen in diesen Verrat verwickelt wurden.«

»Aber vorher kümmern wir uns um Sendi«, sagte Geoffrey.

Idonea war wenig begeistert. »Meinetwegen.«

Selbst der Dümmste konnte merken, dass sie viel lieber gegen Barcwit losgeschlagen hätte. Für den Zugriff auf Sendi wählte sie die unerfahrensten und gleichgültigsten Soldaten aus und hielt die besten zurück, mit der Begründung, dass Barcwit ein weit stärkerer Gegner wäre. Peter unterstützte sie dabei standhaft, und da Geoffrey nicht mit Roger allein gegen Sendi antreten konnte, blieb ihm keine große Wahl, als die traurige Schar zu nehmen, die sie für ihn aussuchte.

Er überließ es Helbye, zumindest für einen Anschein von Zucht zu sorgen, und begab sich in die Nähe der Motte, um darüber nachzudenken, wie er seine Streitmacht einsetzen sollte. Er wollte dazu allein sein, aber Olivier schloss sich ihm an, und dann kamen auch noch Durand und Ulfrith hinzu.

»Peter ist außer sich vor Angst«, stellte Durand fröhlich fest. »Schaut! Er will davonschlüpfen, damit Ihr ihn nicht auffordern könnt, bei dem Unternehmen mitzuwirken.«

Geoffrey sah, wie der Burgvogt in raschem Schritt auf das Tor zuhielt und sich dabei immer wieder umschaute. »Hol ihn zurück«, forderte er Ulfrith müde auf. »Ich will nicht, dass Sendi durch seine Flucht gewarnt wird.«

Ulfrith gehorchte, und Geoffrey zuckte zusammen, als Rogers Knappe sich in einem großen Satz auf den davoneilenden Vogt stürzte und ihn zu Fall brachte. Selbst Olivier, der ungemein prächtig wirkte in seiner funkelnden Rüstung und mit einem Schwert, das noch nie einen Tropfen Blut gesehen hatte, schüttelte den Kopf über die Feigheit des Mannes.

»Peter ist ein Dummkopf – und dazu noch ein schwächlicher. Wir sind schon seit Jahren befreundet und haben in zahllosen Schlachten zusammen gefochten, aber ich kann nicht länger stolz darauf sein, ihn zu kennen. Es scheint ihn nicht einmal zu bekümmern, dass er seine Frau in diese gefährliche Sache verstrickt hat, wohingegen ich alles geben würde, wenn ich die Zeit zurückdrehen und Joan davor bewahren könnte.«

»Du hättest sie nicht aufhalten können«, sagte Geoffrey und sah zu, wie Helbye überprüfte, ob auch alle Krieger an ihre Waffen gedacht hatten. Entsetzt stellte er fest, dass das bei einigen nicht der Fall war und diese sich welche bei den Soldaten leihen mussten, die für den Einsatz gegen Barcwit ausgesucht waren. »Das schafft niemand von uns.«

»Ich hätte es versuchen sollen. Ich liebe sie sehr, Geoffrey, und ich hätte sie eindringlicher warnen müssen, sich nicht mit Barcwit einzulassen.«

Geoffrey betrachtete ihn mit Unbehagen. »Das klingt nun so, als hättet ihr von Anfang an gewusst, dass da eine hässliche Sache im Gange ist – und nicht so, als hätte sie in gutem Glauben ihr Geld gegeben und wie Idonea und Peter erst später erfahren, dass es um Königsmord ging.«

»Wir wussten gleich, dass dabei etwas nicht stimmte.« Erschrocken schlug Olivier sich die Hand vor den Mund. »Erzähl mir nicht, dass sie dir etwas anderes gesagt hat? Gütiger Himmel! Verrate ihr um Gottes willen nicht, dass ich ihr widersprochen habe! Sie ist so entschlossen, dich vor den Folgen zu bewahren – sie war sogar bereit, dich mit groben Worten zu vertreiben, so sehr sie das auch geschmerzt hat.«

Geoffrey rieb sich die Stirn. Joan hatte ihn also angelogen, um ihn zu schützen. Das machte seine Verpflichtung gegenüber dem König umso unangenehmer, denn wenn sie gar nicht gegen ihren Willen an der Verschwörung beteiligt war, sondern erfreut die Gelegenheit ergriffen hatte, einen Anschlag auf Henrys Leben zu unterstützen, würde der König sie nicht verschonen, ganz egal, was sein Ermittler leistete. Ceoffrey stand vor der unerträglichen Erkenntnis, dass er das letzte Mitglied seiner Familie an die Schlinge des Henkers verlieren könnte.

»Ich werde es ihr nicht verraten«, sagte er. Er deutete mit dem Kopf auf Peter, der verzweifelt versuchte, sich aus Ulfrith' Griff herauszuwinden. »In der Zwischenzeit allerdings möchte ich dich bitten, dafür zu sorgen, dass euer Freund hier bleibt und keinen weiteren Unfug anrichtet.«

Olivier nickte. »Wenn das die Aufgabe ist, mit der ich dir am besten dienen kann.«

»Das ist sie«, sagte Geoffrey. Niemand durfte durch den verängstigten Burgvogt vorzeitig von ihrem Unternehmen erfahren. Aber in erster Linie wollte er verhindern, dass der kleine Ritter sich verpflichtet fühlte, mitzukommen. Er würde sich nicht sonderlich gut halten, und Roger würde ihn womöglich als Aufschneider entlarven – und außerdem wollte er nicht, dass Olivier ihnen beim Kampf im Weg stand.

Olivier eilte gehorsam davon, während Durand Geoffrey Schild, Schwert, Helm und die Satteltasche reichte, die er stets beim Reiten mitführte. Darin befanden sich so nützliche Dinge wie ein zusätzlicher Dolch, einige Leinenstreifen als Verbandsmaterial, ein Wetzstein und eine Flasche Wein.

»Seid vorsichtig mit dem neuen Pferd«, empfahl Durand. »Vermutlich wurde es noch nie in ein Gefecht geführt.«

»Das ist kein Unternehmen für Berittene«, sagte Geoffrey und war überrascht, dass Durand etwas anderes angenommen hatte. Wieder einmal zeigte der Knappe, wie erschreckend wenig er von militärischer Taktik verstand.

Geoffrey gab ihm die Tasche mit dem Hinweis zurück, dass er sie nicht benötigte. Aber die Hände des Knappen zitterten in Erwartung der bevorstehenden Gewalt, und sie entglitt seinen tauben Fingern. Als sie auf den Boden fiel, rollte etwas heraus: Es war die Puppe, die der Hund in Beiminstre gestohlen hatte. Schuldbewusst erinnerte sich Geoffrey, dass er Durand noch nicht gebeten hatte, sie auszubessern. Er bückte sich in demselben Moment wie Durand, und sie stießen mit den Köpfen zusammen. Durand heulte vor Schmerz auf, während Geoffrey unter dem Helm überhaupt nichts spürte.

»Ich kann Euch unmöglich noch begleiten«, stellte Durand fest und drückte beide Hände gegen den Kopf. »Ich bin verwundet und nicht mehr in der Lage zu kämpfen.«

Geoffrey hätte ihn ohnehin nicht dabeihaben wollen. Er wog die Puppe in der Hand und bemerkte, dass der Wein, den er für medizinische Zwecke in der Tasche mitführte, darüber gekippt war: Die Puppe war ganz schwer vor Nässe. Er hoffte, dass sie nicht gänzlich verdorben war, und beschloss, sie loszuwerden, bevor sie noch mehr Schaden nahm.

»Dann bring die hier nach Beiminstre, und gib sie dem Priester«, sagte er und drückte sie dem widerstrebenden Durand in die Hand. »Bei der Gelegenheit kannst du auch gleich nach meinem Pferd sehen und nachschauen, ob es ihm besser geht.«

Allmählich wurde es heller, und es war beinahe Zeit zum Aufbruch. Joan kam noch einmal zu ihnen und meldete, dass zwei Lagerräume bei ihrer Rückkehr bereitstünden. Dann küsste sie ihn überraschend auf die Wange.

»Ich weiß genau, warum du Olivier aufgetragen hast, auf Peter achtzugeben«, flüsterte sie ihm zu. »Du willst ihn außer Gefahr halten, weil du weißt, wie viel er mir bedeutet. Und ich bin dankbar dafür.«

»Ja«, erwiderte Geoffrey verlegen und hoffte, dass sie die Wahrheit niemals erfahren würde.

»Aber du musst auch auf dich aufpassen«, fuhr sie fort. »Ich will keinen von euch beiden verlieren.«

Bevor er etwas erwidern konnte, wandte sie sich ab und schritt zu der Ecke des Hofes, wo Peter wütend mit dem kleinen Ritter stritt. Peters Einwände fielen in sich zusammen, als Joan plötzlich neben ihrem Ehemann auftauchte, und widerwillig trottete der Vogt zu der Kammer, in der Olivier mit ihm warten wollte.

Geoffrey verfolgte das alles mit einem Anflug von Sorge. Er wusste, dass die Dinge auf eine Entscheidung zuliefen und dass die Verräter und die Dummköpfe, wie der König sie genannt hatte, bald ihrem Prozess entgegensehen würden.

Er versuchte, diese Gedanken beiseitezuschieben, während er den Soldaten erklärte, wie sie Sendis Anwesen umzingeln sollten, aber das Bild seiner Schwester unter dem Galgen nagte weiter an ihm. Hoffentlich lenkte es ihn beim Kampf nicht ab oder trübte seine Aufmerksamkeit, sodass er einen wichtigen Hinweis übersah.

Er blickte zum Himmel auf. Die ersten Sonnenstrahlen färbten die Stadt von grau zu gold. Es versprach, ein schöner Tag zu werden.

»Was ist denn los?«, fragte Roger, der neben Geoffrey durch die allmählich erwachende Stadt marschierte. Der Tritt der Stiefel und das Klirren der Waffen war laut, und überall in der Straße öffneten die Leute die Fensterläden und die Türen, um zu sehen, was dort draußen vorging. »Deine Gedanken sind nicht bei uns.«

»Joan«, erklärte Geoffrey bedrückt. »Sie ist nicht so unschuldig, wie ich dachte.«

»Das tut mir leid«, entgegnete Roger ruhig. »Allmählich fange ich auch an, sie zu mögen. Sie ist eine starke, eine edle Frau, die für das eintritt, was sie für richtig hält.«

»Unglücklicherweise gilt das, was sie für richtig hält, als Verrat. Alles, was wir für sie getan haben, könnte vergebens gewesen sein. Henry wird sie nicht verschonen, und wir wären besser nicht hierhergekommen.«

»Darüber kannst du dir später noch Gedanken machen«, empfahl Roger ihm nüchtern. »Du solltest nicht darüber brüten, während uns ein Kampf bevorsteht. Sendi wird nicht ohne Gegenwehr abtreten, und du wirst all deine Aufmerksamkeit brauchen. Idonea hat uns einen erbärmlichen Haufen zusammengestellt, und du solltest dich nicht allzu sehr auf die Männer verlassen.«

Als sie bei der Münzstätte ankamen, waren Sendis Lehrlinge bereits beschäftigt. Feuer wurden angefacht, Werkzeuge gereinigt und bereitgelegt und der Boden gewischt. Die Gesellen beendeten gerade ihr Frühstück, ein Mahl aus klebrigem Haferbrei und Salzheringen, und der Münzmeister, seine Frau und ihr Wardein gingen in der Schreibstube Dokumente durch. Als Geoffrey sich mit gezückter Klinge Einlass ins Gebäude verschaffte, sprangen die Männer erschrocken auf, und einige stürzten auf die Hintertüre zu, wo Helbye sie erwartete. Adelise war außer sich. Sie stürmte auf Geoffrey los, dicht gefolgt von Sendi.

»Was soll dieses Eindringen bedeuten?«, wollte sie wissen.

»Ich bin hier, um Euren Verbrechen ein Ende zu setzen«, sagte Geoffrey und warf die beiden verfälschten Prägestempel auf eine Werkbank, sodass jeder sie sehen konnte. »Die hat man mir letzte Nacht zukommen lassen. Irgendwer in diesem Haus war gerade dabei, sie umzugestalten, damit sich unrechtmäßige Münzen damit herstellen lassen.«

Sendis Gesicht war kreidebleich. »Wer?«, krächzte er heiser. »Wer hat sie Euch gegeben?«

»Das ist ohne Bedeutung. Der König wird zornig sein, wenn er erfährt, was Ihr getan habt. Ihr habt ihn gleich doppelt getäuscht: Ihr habt gefälschte Münzen hergestellt und dann auch noch einen anderen Münzer dieser Tat beschuldigt.«

»Aber es ist doch wahr«, wandte Adelise ein. »Barcwit hat schon seit Jahren keine Münze von korrektem Gewicht mehr herausgegeben. Er verdiente es, vor dem König angeklagt zu werden.«

Ungläubig schüttelte Geoffrey den Kopf. »Selbst jetzt, wo die Beweise für Eure Schuld offen ausgebreitet sind, bleibt Ihr hassverblendet. Ihr solltet Euch davon freimachen und stattdessen überlegen, was Ihr zu Eurer Verteidigung vorbringen wollt.«

»Soll das heißen, es ist alles vorbei?«, fragte Sendi leise. »Barcwit hat gewonnen, nach allem, was wir durchgemacht haben? Ich habe während der letzten Woche Gerüchte gehört, dass er einen Mordanschlag auf den König plant; ich hingegen habe nur ein wenig Geld nebenbei gemacht. Ich bin vielleicht nicht ganz ehrlich, aber ich bin kein Verräter.«

»Sei still!«, schrie Adelise. »Geoffrey kann uns gar nichts beweisen. Der König hat uns einmal geglaubt. Er wird es wieder tun.«

»Aber er hat uns *nicht* geglaubt!«, widersprach Sendi. »Weshalb hat er uns wohl einen Ermittler geschickt? Es war ein dummer Einfall, Barcwit bloßzustellen. Ich hätte niemals auf dich hören sollen.«

»Wo ist Lifwine?«, fragte Geoffrey und schaute sich um.

»Er ist durch das Fenster entflohen«, stellte Adelise hässlich grinsend fest. »Er wird andere Münzer um sich sammeln, die für uns sprechen werden. Tag und Nacht wird er dafür streiten, dass die Anklage gegen uns abgewiesen wird. Mit Eurer lachhaften Ermittlung werdet Ihr nicht durchkommen.«

»Bringt sie zur Burg«, wies Geoffrey Ulfrith an. Es ärgerte ihn, dass der Wardein entkommen war. Er hätte auf Rogers Rat hören und nicht so viel an Joan denken sollen. Es war offensichtlich, dass nicht nur die Türen, sondern auch die Fenster zu bewachen waren, aber die Soldaten hätten eines ausdrücklichen Befehls bedurft, und den hatte er zu geben versäumt.

»Nein!«, schrie Adelise und klang zum ersten Mal ängstlich. »Ihr könnt mich nicht in einen Kerker sperren.«

»Vergiss nicht, im Keller nachzusehen«, flüsterte Roger ihm zu, als Geoffrey Anstalten machte, mitsamt seinen Gefangenen wieder abzuziehen. »In Maudes Brief stand, dass dort unten noch mehr Beweise für Sendis Schuld zu finden sind – womöglich gefälschte Silbermünzen.« Seine Augen funkelten. Ohne Zweifel wollte er sich einen Anteil daran sichern.

Geoffrey hatte den Brief ganz vergessen, weil er in Gedanken immer noch bei Joan war. Er rieb sich das Gesicht und war dankbar, dass wenigstens einer seinen Verstand beisammen hatte.

»Wartet!«, rief Sendi verzweifelt. »Ich muss Euch noch etwas zeigen. Das wird beweisen, dass Barcwit viel gefährlicher ist als wir. Wir sind nur einfache Leute, die ein paar dumme Fehler gemacht haben. Aber Barcwit ist weit schlimmerer Verbrechen schuldig. Schaut in das Fass unter dem Fenster.«

»Ja«, unterstützte Adelise ihn triumphierend. »Das wird Barcwit ein für alle Mal entlarven!«

»Die Tür zum Keller ist verschlossen«, stellte Helbye gleichzeitig fest. Er rüttelte am Griff. »Soll ich sie aufbrechen?«

»Ich erledige das«, sagte Geoffrey. Er hob die Augenbrauen. »Es sei denn, jemand möchte uns den Schlüssel aushändigen?«

»Fahrt zur Hölle«, knurrte Adelise. »Diese Räume sind vertraulich, und Ihr werdet nie hineinkommen. Die Schlösser sind die besten, die man für Geld kriegen kann …«

Sie verstummte, als Geoffrey mit dem Dolch nicht an den Schlössern ansetzte, sondern an den Türangeln aus Leder. Als er sie durchgeschnitten hatte, war es leicht, ein Werkzeug zwischen Tür und Rahmen zu schieben und den Zugang aufzuhebeln. Adelise verfolgte das Ganze angewidert.

»Ich hätte wissen müssen, dass ein Grobian aus dem Heiligen Land genau weiß, wie man die Häuser unschuldiger Leute plündert«, stieß sie verächtlich hervor. »Das ist sicher nicht das erste Mal, dass Ihr so was macht.«

»Und hoffentlich auch nicht das letzte Mal«, bestätigte Roger grinsend.

»Bringt sie her«, befahl Geoffrey Helbye und Ulfrith mit einem Wink zu Sendi und seiner Frau. »Ich will, dass sie sehen, was wir finden, damit sie später nicht behaupten können, nichts davon zu wissen.«

Er nahm die Fackel entgegen, die Roger entzündet hatte, und stieg als Erster die Kellertreppe hinab. Er versuchte, die Übelkeit in seinen Eingeweiden zu bezwingen, die sich stets an solchen Orten einstellte. Ulfrith und Helbye folgten mit den Gefangenen, während Roger mit einer zweiten Fackel die Nachhut bildete.

Entgegen Geoffreys Erinnerung war der Keller überraschend groß. Mehrere Türen gingen von dem vorderen Raum ab, und alle waren verschlossen. Empörung zeigte sich auf Adelises Gesicht, als Geoffrey den Schlüssel zum Vorschein brachte, den Maude ihm überlassen hatte. Er probierte ihn aus, und bei der dritten Tür ließ er sich mühelos ins Schloss schieben und drehen.

»Woher habt Ihr den?«, wollte sie wissen.

»Meiner ist hier«, sagte Sendi und wies auf die Schlüssel, die von seinem Gürtel baumelten. Er funkelte Geoffrey zornig an. »Ihr habt eine Nachbildung gefertigt! Habt Ihr einen Abdruck gemacht, als ich Euch letzten Montag meine Werkstatt gezeigt habe?«

Roger schob sich an Geoffrey vorbei und konnte es nicht erwarten, zu sehen, was in dem Raum war. »Genau wie wir es erwartet haben! Schlecht geprägte Münzen! Neu und glänzend, aber die Buchstaben wirken schon abgenutzt.«

Geoffrey nahm einen der Pennys, die auf einem Tisch gestapelt waren. Daneben stand eine Lampe, zusammen mit Tinte, Federn und Pergament. Alles sah so aus, als hätte der Wardein soeben geprüft, ob sie auch gut genug waren, um sie in Umlauf zu bringen.

»Ihr meint sicher, dass wir so was regelmäßig tun«, sagte Sendi niedergeschlagen. Er wusste, dass er nun endgültig in der Falle saß. »Aber was Ihr hier seht, ist die Summe all unserer Versuche. Wir wollten nur ausprobieren, ob es möglich wäre. Wir haben gestern damit angefangen, und wir haben sonst noch nie derartiges versucht, das schwöre ich. Barcwit hat uns dazu gezwungen, weil wir nicht länger auf ehrlichem Wege mit ihm konkurrieren können.«

»Das stimmt«, sagte Adelise, die eine gute Ausrede sofort erkannte. »Aber wir haben es uns anders überlegt, als wir die erbärmlichen Münzen gesehen haben, die dabei herauskommen. Wir wollten sie noch heute überprägen.«

Helbye nahm die Schlüssel von Sendis Gürtel und öffnete die übrigen Türen. Neben den Truhen mit Silber in der Kammer, wo Geoffrey eingesperrt gewesen war, fand er noch Fässer mit Gewürzen, Tuchballen und hervorragend gearbeitetes Leder: Sendi und Adelise hatten ihr Einkommen auch noch durch Schmuggel aufgebessert. Wenn man wie sie nahe den abgelegenen Landungsplätzen der Frome wohnte, weit abseits der ehrlicheren Kaufleute auf dem Avon, war der Handel mit Schmuggelware eine gute Möglichkeit, leere Kellerräume zu nutzen.

Geoffrey stöberte halbherzig herum und war geneigt, Sendi zu glauben, dass diese Fälschungen seine einzigen waren. Hätte Sendi in dieser Sache mehr Tatendrang verspürt, so wären die Stempel vermisst worden, ehe Geoffrey sie in der Kirche in die Hand bekam. Er erwartete daher nicht, auf weitere minderwertige Münzen zu stoßen, und genauso wenig, einen Leichnam zu entdecken, der in eine Decke gewickelt in der staubigsten und finstersten Ecke des Kellers lag.

»Wer ist das?«, fragte er.

Sendi keuchte entsetzt auf, als Geoffrey den Stoff zurückzog und das Gesicht des Toten freilegte; Adelise war vor Schreck verstummt – endlich einmal. Der Leichnam war noch frisch, und Geoffrey ging davon aus, dass der Mann am gestrigen Tag noch gelebt hatte. Sein Gesicht war abgezehrt und hatte tiefe Furchen; ein Netz feiner Äderchen zeigte sich auf den Wangen, und die Nase war purpurrot. Alles deutete darauf hin, dass der Tote zu Lebzeiten dem Wein reichlich zugesprochen hatte.

»Das ist Barcwits Wardein«, flüsterte Sendi entsetzt. »Wie kommt der denn hier hin?«

»Schaut mich nicht an«, meinte Adelise, als Geoffrey sich ihr zuwandte. »Ich habe ihn hier nicht abgelegt.«

»Nun, irgendjemand muss es gewesen sein«, sagte Geoffrey. »Ihr habt gerade noch behauptet, dass diese Keller nicht allgemein zugänglich sind und außer Euch beiden niemand hier hereinkommt. Und hier liegt der Wardein eures Konkurrenten.«

»Nein!«, rief Sendi. »Das ist Barcwits Werk. Er hat unsere alten Münzstempel gestohlen, zusammen mit diesem Schlüssel. Also kann man davon ausgehen, dass *er* seinen Wardein ermordet und hierher gebracht hat.«

Das mochte möglich sein. Maudes Nachricht hatte besagt, dass er im Keller »unwiderlegbare Beweise für Sendis Schuld« finden würde. Das deutete darauf hin, dass sie nicht nur von der Kammer mit den Fälschungen wusste, sondern auch von der Leiche des Wardein. Hatten sie und ihre Freunde ihn umgebracht und hier abgelegt, um Sendi zu belasten? Geoffrey wusste aus eigener Anschauung, dass Tasso kaltblütig Leute erschlug.

»Woher wisst Ihr, dass der *Mann* ermordet wurde?«, fragte er Sendi.

»Das war eine Vermutung«, erwiderte Sendi aufgeregt. »Er ist wohl kaum hierhergekommen, hat sich selbst in die Decke gerollt und ist gestorben, nicht wahr? Nicht mal für Barcwit.«

»Er war ein Säufer«, stellte Adelise fest. »Womöglich hat man ihm mehr Wein eingeflößt, als gut für ihn war, und er starb an einem Rausch. Hat er eine Verletzung?«

Geoffrey rollte den Leichnam hin und her, während er nach Spuren von Gewalt suchte. »Nein. Aber möglicherweise wurde er vergiftet.« Er betrachtete sie kühl. »Ich kenne jemanden, der durchaus nicht abgeneigt ist, irgendwelche giftigen Mittelchen unter das Ale zu mischen und anderen zu trinken zu geben.«

Adelises Zorn wich der Verzweiflung. »Wir haben niemanden umgebracht! Schaut in das Fass oben beim Fenster, bevor Ihr noch mehr falsche Schlussfolgerungen zieht. Dort findet Ihr die Erklärung für alles.«

»Genau das hat Maude mir versprochen«, murmelte Geoffrey.

»Du hättest mich ihn töten lassen sollen«, knurrte Adelise ihren Mann an. »Es war dumm von dir, Nachsicht zu zeigen. Jetzt schau, was wir davon haben.«

»Es war keine Nachsicht, die mich zurückgehalten hat«, fuhr Sendi sie an. »Es war der gesunde Menschenverstand. Ich wollte nicht, dass Giffard mich beschuldigt, einen königlichen Gesandten ermordet zu haben, und ich brauchte noch Zeit, um mir eine klügere Lösung einfallen zu lassen. Immerhin waren es die voreiligen Anschuldigungen am Ufer der Themse, die Geoffrey überhaupt erst gegen uns aufgebracht haben, und ich habe daraus gelernt. Wir sitzen in der Patsche, und überhastete Entscheidungen werden unsere Lage nur noch schlimmer machen.«

»Wie könnte es noch schlimmer sein?«, kreischte Adelise. »Niemals hörst du auf mich, obwohl ich immer Recht habe. Wir hätten Geoffrey töten sollen, alles mitnehmen, was wir tragen können, und dann verschwinden, ehe Giffard hier eintrifft.«

Sie stritten noch weiter, während Ulfrith und Helbye sie aus dem Keller schoben. Geoffrey folgte ihnen, sprang die Treppen hinauf und war froh, den kühlen, feuchten Gewölben entronnen zu sein. Er überließ es Roger, eine kurze Aufstellung über die gefälschten Münzen zu erstellen, auch wenn er genau wusste, dass dieser dabei die ein oder andere in der eigenen Tasche verschwinden lassen würde. Es war ihm gleichgültig – solange sein Freund nur klug genug war, sie nicht ausgerechnet in Bristol auszugeben.

»Das Fass«, drängte Sendi und versuchte, sich aus Ulfrith' Griff zu befreien. »Schaut in das Fass.«

»Wir wollten warten, bis wir es Giffard zeigen können«, behauptete Adelise mürrisch. »Er wird unvoreingenommener urteilen als Ihr. Aber da Ihr uns nun festgenommen habt, bleibt uns keine andere Wahl, als es Euch zu geben.«

»Giffard wird sich Eure Ausreden nicht anhören«, befand Roger. Verstohlen befestigte er seine prall gefüllte Börse am Gürtel, während er aus dem Keller kam. »Und er wird sich auch nicht viel um Schuld und Unschuld kümmern – nur darum, so viele Leute wie möglich einzusperren und mit Bußen zu belegen.«

»Dann müsst Ihr uns helfen«, bettelte Sendi. »Schaut in das Fass.«

Neugierig geworden, trat Geoffrey ans Fenster und entdeckte darunter das Behältnis. Es war ein kleines Fass, wie sie für kostbare Weine und Gewürze benutzt wurden. Er hob den Deckel an und starrte hinein.

»Nun?«, fragte Roger. »Ist damit alles aufgeklärt? Ist dieses Paar von allen Verbrechen reingewaschen und stattdessen Barcwits Schuld erwiesen?«

»Nun, nicht unbedingt. Mir ist nicht ganz klar, wie ein Teil von Edrics Kopf, in Salzlake eingelegt, irgendetwas beweisen soll.«

»Es beweist, dass Barcwit ihn ermordet hat«, behauptete Sendi. »Wir haben seine Leiche gestern im Fluss gefunden – und es ist nicht wahr, dass wir ihn entlassen haben, weil er uns an Barcwit verraten hat. Tatsächlich ist genau das Gegenteil der Fall.«

»Er hat so getan, als würde er für Barcwit spionieren, ist Euch in Wahrheit aber treu geblieben?«

Adelise nickte. »Er hat falsche Geheimnisse verraten, um Barcwit in die Irre zu führen und uns zu helfen. Er war uns treu ergeben.« »Selbst im Tod dient er uns noch«, fügte Sendi mit schwankender Stimme hinzu. »Denn damit werden wir *beweisen,* dass Barcwit ein Mörder ist, der nicht länger auf Bristols Straßen herumlaufen darf.«

»Da wüsste ich eine Menge Leute, denen man das nicht mehr gestatten sollte«, pflichtete Roger ihr bei. »Und einige davon sehe ich gerade vor mir.«

Auf Joan war Verlass, und als Geoffrey mit Sendi, Adelise und ihren obersten Gesellen zurück zur Burg kam, hatte sie einen der Keller freigeräumt. Den ganzen Weg über beschwerten sich die Gefangenen heftig. Sendi bezichtigte Barcwit, ein grausamer Tyrann zu sein, der ihm keine andere Wahl gelassen habe, als mit Fälschungen, Schmuggel und zahlreichen anderen Verbrechen für sein Auskommen zu sorgen. Edrics Kopf war ihm dafür Beweis genug, und er war überrascht, dass Geoffrey das nicht auch so sah. Die Münzer verfluchten Geoffrey und schworen Rache, und ihre empörten Stimmen folgten ihm bis hinauf vor die Türe, wo er befahl, den Keller zu verschließen und ständig zu bewahren. Anschließend kehrte er mit Roger in die Münzstätte zurück.

Die verbliebenen Münzer waren ängstlich und ratlos, aber Geoffrey hatte ihnen nichts vorzuwerfen. Er nahm ihre Namen auf und ließ sie dann gehen, verbunden mit der Warnung, sich beim nächsten Mal einen ehrlicheren Meister zu suchen. Als der Letzte fort war, verschloss er die Türen, vernagelte die Fensterläden und wies einen von Peters Hauptleuten an, das Anwesen Tag und Nacht bewachen zu lassen. Giffard sollte den Raum mit den Fälschungen, Edrics eingelegtes Haupt und die Werkstatt genau so besichtigen können, wie Geoffrey sie vorgefunden hatte.

Zwei Dinge allerdings nahm er mit: Barcwits toten *Wardein,* weil er dem Bischof keine von Maden und Ratten zerfressene Leiche zumuten wollte, und einen Brief, den er unter dem Deckel des Fässchens gefunden hatte. Letzteren schob er sich unter den Wappenrock, als gerade keiner hinschaute, während der Tote hinausgetragen wurde, um in Feocs Kirche aufgebahrt zu werden.

»Das kann doch nicht alles sein?«, fragte Feoc unglücklich. Er holte zwei Bretter und ein Tuch für den ihm anvertrauten Toten. »Ich dachte, Ihr würdet Barcwits Schuld beweisen und *ihn* aus unserer Stadt entfernen.«

»Das kommt noch«, erwiderte Geoffrey. »Sendi hat einen dummen Fehler gemacht: Er hätte keine Münzen fälschen sollen, während ich gegen ihn ermittle. Er behauptet, dass er nur diese wenigen hergestellt hat – und vermutlich stimmt das auch, soweit es *diese* Prägestempel angeht. Aber die Einrichtung in dem Kellerraum deutet darauf hin, dass er es schon öfter gemacht hat.«

Knarrend öffnete sich die Tür. Sie drehten sich voll Unbehagen um und griffen zum Schwert. Es war Warelwast, der blass und besorgt den widerstrebenden Clarembald am Arm hinter sich her zog. Bloet und Bischof John folgten ihnen neugierig.

»Hier seid Ihr, Geoffrey«, stellte Warelwast erleichtert fest. »Als ich wach wurde, ging auf der Burg das Gerücht, dass Ihr Sendi festgenommen hättet.«

»Er hat nicht viel Vertrauen in Eure Kampffertigkeiten«, erklärte Clarembald und löste sich aus Warelwasts Griff. »Er bestand darauf, dass ich ihn begleite, für den Fall, dass Ihr einen Arzt benötigt.«

»Darum bin ich auch mitgekommen«, fügte John hinzu. »Ich wollte nicht, dass Ihr Sendi überlebt, nur um dann der Fürsorge dieses Ketzers zum Opfer zu fallen.«

»Und ich bin hier, um zu erfahren, ob Ihr etwas über das verschwundene Silber erfahren habt«, sagte Bloet erwartungsvoll. Das Wort »Silber« erstickte sogleich den Streit, der zwischen den beiden Heilern auszubrechen drohte, und mit gespannter Aufmerksamkeit warteten sie auf Geoffreys Antwort. Silber war immerhin wichtiger als eine Schmähung des Gegners.

»Es liegt jedenfalls nicht in Sendis Haus«, erwiderte Roger, der das Vermögen des Münzers genauer in Augenschein genommen hatte als Geoffrey. »Er hatte ein paar verborgene Vorräte, aber zu wenig für Barcwits Lieferung.«

Bloet war sicherlich enttäuscht und erörterte mit Roger in allen Einzelheiten, ob der König sich wohl überzeugen ließe, dass Alwold viel weniger Silber an die Räuber verloren hatte, als jeder annahm. Roger meinte, so ein Plan könne gelingen, aber Bloet glaubte das nicht, weil er den König viel zu gut kannte.

»Da Ihr nun hier seid, könnt Ihr mir womöglich eine Frage über diesen Mann beantworten«, wandte Geoffrey sich an die Heilkundigen und wies auf den toten Wardein. »Wie ist er gestorben?«

»Nun, er war mein Patient …«, setzte Clarembald an.

»Und da habt Ihr Eure Antwort!«, murmelte John.

Clarembald beachtete ihn gar nicht. »Ich habe ihn wegen einer Verhärtung der Leber behandelt, und wegen weiterer Leiden, die er sich durch seinen übermäßigen Weingenuss zugezogen hatte. Als ich ihn vor zwei Tagen in Barcwits Münzstätte besuchte, lag er bereits im Sterben. Damals sagte ich voraus, dass er die Nacht nicht überstehen würde. Sein Tod überrascht mich nicht.«

Geoffrey war nachdenklich. »Anstatt ihn also zu beerdigen, beschloss Barcwit, dass sich der Leichnam noch gut verwenden ließe, um Sendi zu belasten.«

»Klingt glaubwürdig«, befand Roger. »Maudes Brief forderte uns auf, im Keller nachzusehen. Wie hätte sie von dem Toten wissen sollen, wenn nicht sie oder einer ihrer Handlanger ihn dorthingebracht hat?«

Geoffrey wandte sich Clarembald zu: »War Barcwit dabei, als Ihr den Wardein behandelt habt?«

»Nein. Maude hatte mich gerufen. Warum fragt Ihr?«

»Ich habe noch viel zu tun«, sagte Geoffrey abweisend. Er war nicht bereit, Fragen zu beantworten, solange er selbst noch so viele hatte. Er erwog, Clarembald wegen seiner undurchsichtigen Beziehung zu Barcwit zur Rede zu stellen. Aber vermutlich hatte der Mann sich bereits auf alles eine Antwort zurechtgelegt, und außerdem würde jede Beschuldigung gegen Clarembald nur die hämische und unerwünschte

Unterstützung von Bischof John nach sich ziehen. Es war nicht der richtige Zeitpunkt, um Clarembald zu vernehmen.

»Ich komme mit Euch«, bot Warelwast an und folgte Geoffrey nach draußen. »Jetzt, da Sendi fort ist, wird Barcwit sich unbesiegbar fühlen, und Ihr werdet Eure Freunde benötigen.«

»Er hat alle Freunde, die er braucht«, beschied Roger ihm kurz angebunden. »Mich.«

»Man kann nie genug Freunde haben«, widersprach Warelwast geschmeidig und tat so, als würde er Rogers Feindseligkeit nicht bemerken. »Übrigens habe ich getan, worum Ihr mich gebeten habt.«

Geoffrey hatte keine Ahnung, wovon der Mann sprach.

»Joan«, erklärte Warelwast ungeduldig. »Euch muss aufgefallen sein, dass sie Euch nicht mehr so abweisend entgegentritt. Ich habe noch einiges vor mir, aber ich werde es schaffen.«

»Gebete«, schlug Geoffrey vor, um Warelwast zur Rückkehr in die Kirche zu bewegen. Er hörte, wie sich dort drinnen die Heilkundigen anschrien, während Bloet Feoc in klagendem Ton fragte, ob er sicher sei, dass es in Bristol keinen Mann namens Piers gäbe. »Ich brauche Gebete, um sie gänzlich umzustimmen.«

»Jetzt?«, fragte Warelwast. Er wusste, dass man ihn loswerden wollte, war aber ratlos, wie er das umgehen konnte.

Geoffrey nickte und tauschte dann ein befriedigtes Grinsen mit Roger, als der künftige Bischof widerstrebend umkehrte. Dann dachte Geoffrey nicht mehr an den aufdringlichen Geistlichen und richtete seine Gedanken auf das, was er von Sendi erfahren hatte, und auf die Rolle, die Maude beim Sturz des Rivalen ihres Mannes gespielt hatte.

»Mir scheint, ihr ganzer Plan wurde hastig ausgedacht. Wir wissen, dass der Wardein eines natürlichen Todes starb, also haben sie sich vermutlich im letzten Augenblick entschieden, seine Leiche in den Keller zu legen.«

»Klingt vernünftig, aber beweisen kannst du es nicht«, befand Roger. »Feoc hat Recht: Barcwit ist mit seinen Verbrechen davongekommen, während Sendi sich in die Falle locken ließ.«

»Auch Barcwit hat Fehler gemacht«, widersprach Geoffrey. Er zog den Brief unter seinem Gewand hervor. »Der war versiegelt, als ich ihn gefunden habe, also hat Sendi ihn vermutlich noch nicht gelesen. Wenn doch, dann hätte er ihn mir vorgelegt – oder Giffard –, und damit wäre der Fall vorbei gewesen. Barcwit hat ihn geschrieben.«

»Was ist das für ein Brief?«, fragte Roger mit wenig Anteilnahme. »Und woher willst du wissen, wer ihn geschrieben hat?«

»Er trägt Barcwits Siegel, und er ist in derselben geschwungenen Handschrift verfasst wie die anderen Schreiben aus seiner Münzstätte. Er stammt ganz eindeutig von ihm. Entweder wurde er gestohlen, bevor er ihn abschicken konnte, oder man hat ihn dem Empfänger abgenommen.«

»Was steht drin?«

»Einzelheiten der Verschwörung. Der Anschlag auf den König soll während des weihnachtlichen Hoftages in Westminster geschehen, und es ist ein Hinterhalt bei den Ställen geplant, wenn er auf die Jagd geht.«

»Damit ist doch alles geklärt«, sagte Roger erfreut. »Wir nehmen Barcwit fest, und seine Anhänger gleich mit.«

»Ja«, stellte Geoffrey mit einem Seufzer fest. »Sobald Peters Männer etwas gegessen haben. Ich fürchte, Barcwit wird ihnen viel mehr Angst einflößen als Sendi, und mit vollem Bauch werden sie sich besser fühlen.«

Roger sah ihn an. »Du wirkst gar nicht so erfreut, wie du sein solltest. Was stimmt denn nicht?«

»Dieser Brief von Barcwit …«, erklärte Geoffrey unglücklich. »Er ist an Joan gerichtet.«

Als Geoffrey die Burg erreichte, fand er Peter ganz außer sich vor Furcht. Selbst die vernünftige Idonea konnte ihn nicht beruhigen, genauso wenig wie Oliviers höfliche Bitten oder Joans schroffe Aufforderungen, endlich einmal still zu sein.

Es gab gleich zwei Gründe für sein Entsetzen: Erstens war Bischof Giffard auf dem Weg nach Bristol gesehen worden, innerhalb der nächsten Stunde würde er eintreffen; zweitens war zu Barcwit durchgesickert, dass ihm die Verhaftung drohte, worüber er angeblich aufs Höchste verärgert war.

»Was sollen wir nur tun?«, wehklagte Peter. »Ich dachte, uns bliebe mehr Zeit.«

Geoffrey wollte darauf nicht eingehen. »Wir haben Sendi und seine Fälscher, und bald haben wir auch Barcwit und seine Mitverschwörer. Es ist fast vorbei.«

Peter war außer sich. »Der arme Sendi wurde von bloßer Notwendigkeit zu seinen Verbrechen getrieben – Barcwit ließ ihm keine andere Möglichkeit. Barcwit ist ein Ungeheuer, und ich hoffe, er wird am Galgen enden. Aber möglicherweise sterbe ich dann mit ihm. Er wird jedem erzählen, dass ich ihm Geld gegeben habe, damit er den König umbringt.«

»Nimm dich zusammen«, fuhr Idonea ihn an. Sie wandte sich Geoffrey zu. »Könnte es kommen, dass Giffard von Sendis Verbrechen so sehr abgelenkt sein wird, dass er Barcwits darüber vergisst?«

»Nein«, erklärte Geoffrey geduldig. Sie klammerte sich an Strohhalme. »Die Verschwörung gegen den König wird auch für ihn schwerer wiegen als die Münzfälschung. Außerdem ist er durchaus in der Lage, zwei Fälle gleichzeitig zu beurteilen.«

»Aber du hast keine Beweise gegen Barcwit«, meinte Joan bedrückt. Sie war verängstigt, nun, da der Fall sich seinem Abschluss näherte. »Nicht wie für die Anklage gegen Sendi.«

»Doch, die habe ich«, erklärte Geoffrey. Er holte den Brief unter seinem Wappenrock hervor, öffnete ihn aber nicht. »Hierin steht Barcwits Plan umrissen. Er wird des Verrats für schuldig befunden werden.«

»Dann müsst Ihr dieses Pergament vernichten«, sagte Peter kreidebleich.

»Und was dann?«, wollte Geoffrey wissen und kam auf den Burgvogt zu. Unwillkürlich wich Peter vor ihm zurück. »Wir lassen Barcwit laufen, damit er seinen Plan ausführt? Er wird nicht gelingen, denn Henry ahnt das Ziel der Verschwörung. Er ist vorsichtig. Barcwit wird also dennoch als Verräter sterben, und mit ihm jeder Mann, jede Frau und jedes Kind, die auch nur entfernt mit ihm zu tun hatten – und Euch wird man gleich doppelt für schuldig befinden, weil Ihr nämlich die Möglichkeit hattet, Barcwit aufzuhalten, und es nicht getan habt.«

»Wir müssen die Stadt verlassen«, stellte Peter mit zitternder Stimme fest. »Wie ich schon vor Tagen vorgeschlagen habe, als Ihr hier angekommen seid und angefangen habt, Euch einzumischen. Wir müssen nach Irland fliehen.«

»Ich gehe nirgendwohin«, sagte Idonea, aber Geoffrey konnte sehen, dass ihre Entschlossenheit ins Wanken geriet. Giffards bevorstehende Ankunft zwang sie, der Tatsache ins Auge zu sehen, dass es ein sehr verwegener Versuch wäre, die Burg gegen die Truppen des Königs zu halten. »Alles, was wir besitzen, befindet sich hier. Willst du in irgendeinem irischen Sumpfloch als Bettler leben?«

»Besser, als am Galgen zu ersticken«, stellte Olivier fest. »Ich habe heute Morgen mit Bloet geredet, und er meint, dass Geoffrey keinen Einfluss auf den König hat. Selbst wenn er zu unseren Gunsten aussagt, wird Henry trotzdem tun, was ihm beliebt. Außerdem glaubt Bloet, dass Henry Joan nicht verschonen wird.« Sein Gesicht war blass, und Joan legte tröstend ihre Hand in die seine.

Geoffrey wollte schon darauf antworten, als er aufgeregte Stimmen hörte. Er wandte sich um und sah Bloet, Warelwast und die Heilkundigen heraneilen, mit Neuigkeiten über Giffard. Der befand sich gegenwärtig in Beiminstre und ließ sein lahmendes Pferd versorgen, aber bald würde er eintreffen und im Namen des Königs Gerechtigkeit üben. Warelwast wirkte hocherfreut, und Geoffrey nahm an, dass die Ankunft des Bischofs Teil seiner Gebete gewesen war.

In der Zwischenzeit hatte Idonea noch einmal gründlich über den Vorschlag ihres Mannes nachgedacht. »Ich habe noch ein Kästchen mit Gold in meinem Zimmer. Damit kommen wir nach Irland, und wir können zurückkehren, sobald Barcwit Henry ermordet hat.«

»Ja«, stimmte Peter ihr verzweifelt zu. »Aber wir müssen *jetzt* aufbrechen! Wenn wir auf Giffard warten, ist es zu spät. Wir würden zu Sendi in den Kerker wandern, und dann wären wir erledigt.«

»Ihr geht?«, fragte Bloet. »Ich an Eurer Stelle wäre schon vor Tagen aufgebrochen.«

»Vermutlich ist das das Klügste«, pflichtete Warelwast ihnen bei. »Aber Barcwit wird es nicht gelingen, den König zu töten. Ich empfehle Euch also, ein Jahr lang in Irland zu warten und dann an Henry zu schreiben und eine Begnadigung zu erbitten. Bis dahin wird die ganze hässliche Geschichte nicht mehr als eine unangenehme Erinnerung sein, und ihr könnt möglicherweise Eure Rückkehr erkaufen. Ihr solltet ihm allerdings nicht zu wenig dafür anbieten, denn die königliche Gerechtigkeit ist nicht billig zu haben.«

»Und?«, wandte Idonea sich an Geoffrey. »Werdet Ihr uns aufhalten? Ich warne Euch, ich werde mich nicht leicht überwältigen lassen.«

Davon war Geoffrey überzeugt. »Ihr könnt gehen, aber nur, wenn Ihr Joan mitnehmt.«

»Mehr Leute behindern uns nur!«, beklagte sich Peter.

»Dann werdet Ihr hierbleiben und Euch mit Giffard auseinandersetzen«, sagte Geoffrey unnachgiebig.

»Nein, Geoff«, wandte Joan ein und umklammerte Oliviers Arm. »Ich werde nicht davonlaufen.«

»Dir bleibt keine Wahl«, sagte Geoffrey und dachte an den Brief. »Henry wird dich nicht verschonen, und das hätte ich von Anfang an wissen müssen.«

»Aber wohin soll ich mich wenden? Ich habe keine Mittel, um in Irland zu leben. Oder willst du mich ins Heilige Land mitnehmen?«

Geoffrey drückte ihr seine Börse in die Hand. Sie enthielt alles Geld, das er noch besaß. »Nimm ein Schiff nach Barfleur, und warte dort auf mich. Niemand wird dich jetzt abreisen sehen. Giffards Ankunft und unser Sturm auf Barcwits Anwesen wird die Leute ablenken.«

»Ich werde dafür sorgen, dass sie in Exeter sicher auf ein Schiff gelangt«, bot Warelwast an.

»Sie ist meine Schwester«, warnte ihn Geoffrey. »Wenn ihr irgendetwas geschieht …«

Warelwast löste den Strick, den er seit Bath um den Hals getragen hatte. »Nehmt dies als Pfand dafür, dass ich alles in meiner Macht Stehende tun werde, um sie zu beschützen – obwohl sie, offen gesagt, eher so aussieht, als könnte sie mich beschützen.«

»Komm mit uns, Geoff«, bat Joan, als Geoffrey den Tampen entgegennahm und ihn unter den Wappenrock stopfte. »Du hast genug herausgefunden, um Henry zufriedenzustellen, und Giffard kann sich um Barcwit kümmern. Er hat Männer, die für so was ausgebildet sind, aber du hast nur Peters Haufen. Versuch nicht …«

»Wir haben nicht die Zeit für lange Erörterungen. Ich fürchte, Barcwit wird zu fliehen versuchen.« Geoffrey wandte sich Peter zu. »Sind Eure Soldaten kampfbereit?«

»Ich weiß es nicht.« Peter wich vor ihm zurück. »Und es ist mir auch gleichgültig. Ich verschwinde von hier.«

Er wandte sich um und eilte davon. Olivier zog Joan mit sich fort, wobei es zusätzlich noch Idoneas Kraft und Warelwasts Zureden bedurfte, damit sie endlich nachgab. Ihr Gesicht war starr vor Kummer, aber Geoffrey hatte keine Zeit, um sie zu trösten. Er musste alle Krieger versammeln und zu Barcwit marschieren, bevor der Mann sich in seinem Anwesen verbarrikadierte –Geoffrey war nicht erpicht auf eine Belagerung – oder flüchtete und versuchte, den König zu töten. Er dachte an den Brief unter seinem Wappenrock, und er spürte ihn wie eine sengende Hitze an seiner Brust.

Seufzend nahm er zur Kenntnis, dass Idoneas Soldaten noch nicht einmal ihre Rüstungen richtig angelegt hatten. Anstatt ihnen dabei zuzuschauen, wie sie sich langsam und ungeschickt vorbereiteten, legte er die kurze Strecke zu Barcwits Münzstätte im Laufschritt zurück. Er wollte das Anwesen beobachten und einschätzen, ob man dort mit einem Angriff rechnete. Er verbarg sich im Portal von St. Ewens und wartete. Von der Werkstatt her war kein Laut zu hören, was an sich schon verdächtig war. Eigentlich hätte um diese Zeit Lärm herausdringen müssen, gepaart mit üblen Gerüchen. Es dauerte nicht lang, bis die Tür aufschwang und jemand herauseilte. Er war in einen Kapuzenmantel gehüllt, aber Geoffrey erkannte ihn trotzdem.

»Meister Lifwine«, sagte er und trat vor, um Sendis Wardein abzufangen, und zog ihn mit sich durch das Portal, damit sie von Barcwits Haus aus nicht mehr gesehen werden konnten. »Was macht Ihr denn hier?«

»Lasst mich los«, kreischte Lifwine und zog ein Messer aus dem Gürtel. »Ihr habt kein Recht, mich festzuhalten.«

Geoffrey sprang zurück, als der Wardein nach ihm stach. Der Angriff war plump, und Geoffrey entging dem Stoß. Dabei stieß er eine Wasserschüssel um, die für Bettler aufgestellt worden war. Lifwines nasse Sohlen hinterließen Abdrücke auf dem trockenen Steinboden, während er sich hin und her bewegte und versuchte, um Geoffrey herumzulaufen und zu entkommen.

Wieder fügten sich für Geoffrey einige Mosaiksteinchen zusammen, und er wusste mit einem Mal, wessen Fußspuren er jedes Mal in Barcwits Haus vorgefunden hatte. Er schaute auf Lifwines teuer besohlte Schuhe, die ein einzigartiges Muster am Boden hinterließen. Lifwine war bei Barcwit ein regelmäßiger Besucher gewesen, den man in die oberen Gemächer geführt hatte, um ihn dort vor neugierigen Blicken geschützt zu empfangen.

Geoffrey war wütend auf sich selbst, weil er nicht früher darauf gekommen war. »Ich hätte es wissen sollen.«

»Was wissen sollen?« Lifwine blickte finster, als Geoffrey erneut der Klinge auswich.

»Dass Ihr der Verräter in Sendis Haus seid – allein schon wegen der Vorfälle in Westminster. Ihr habt darauf beharrt, Roger und ich hätten Fardin ermordet, obwohl wir gar keinen Grund dazu gehabt hätten. Ihr wolltet nicht, dass Sendi aus Vergeltung einen von Barcwits Männern tötet – einen von Euren wahren Kameraden. Und tatsächlich traf es Alwold. Aber der wurde vermutlich von Rodbert oder Tasso umgebracht.«

»Von Rodbert«, bestätigte Lifwine. Seine Stimme klang verächtlich. »Um an Maude heranzukommen, was ja großartig geklappt hat. In ihrer frisch gewonnenen Freiheit hat sie selbst Euch in ihr Bett geholt, habe ich gehört.«

»Aber die Leute über Alwolds Tod in die Irre zu führen war nicht das Einzige, was Ihr getan habt«, sagte Geoffrey und wich einem weiteren unbeholfenen Angriff aus. Er machte keinerlei Anstalten, selbst eine Waffe zu ziehen – dazu bestand nicht die geringste Notwendigkeit. »Ihr habt Sendis Prägestempel gestohlen und den toten Wardein in seinem Keller abgelegt. Maude kann das nicht getan haben, denn sie wäre gar nicht ins Haus gelangt. Aber Ihr wart Sendis vertrautester Helfer und darum auch imstande, Euch Zweitschlüssel anzufertigen. Ihr habt auch Ceorl getötet, weil er Euch mit seinen Fragen zu nahe rückte. Und Ihr habt Edric verraten, indem Ihr Barcwit erzählt habt, dass er nur so tut, als würde er Sendis Geheimnisse preisgeben.«

»Vielleicht habe ich das«, sagte Lifwine und blickte auf die Tür und die dahinterliegende Freiheit. »Bei Sendi wird es mir allmählich zu heiß. Ich versuche mein Glück lieber bei Barcwit.«

Geoffrey war nicht der Ansicht, dass sich Lifwines Aussichten dabei verbesserten, wenn Edrics Schicksal als Beispiel dienen konnte. »Ihr habt mich auch in Bath angegriffen«, stellte er fest. Ein weiteres Rätsel lüftete sich. »Mein Hund entriss einem der gescheiterten Mörder einen goldenen Anhänger. Der gehörte Euch.«

»Woher wollt Ihr das wissen?« Die scheinbar endlose Aufzählung von Anklagen beunruhigte Lifwine allmählich.

»Erstens habt Ihr erst kürzlich einen verloren: Als ich Euch in Sendis Werkstatt gepackt habe, sah ich den Abdruck der Kette an Eurem Hals. Und zweitens hat auch der Anhänger selbst Euch verraten.«

»Wie?« Lifwine stach erneut und stolperte, als Geoffrey ihn von sich stieß.

»Er ist alt und abgenutzt, aber noch deutlich als Goldmünze zu erkennen«, sagte Geoffrey und holte ihn aus einer Tasche hervor. »*Euer* Vorfahr war es, der goldene Münzen für König Aethelred schlug. Es steht außer Frage, dass dieser Anhänger Euch gehört.«

Lifwine befeuchtete sich die Lippen. »Ihr habt missverstanden, was ich …«

»Rodbert war in Bath bei Euch«, fuhr Geoffrey fort. Es war nur geraten. »Er ist genau der Mann, der sein Opfer ertränken würde, anstatt ihm im offenen Kampf entgegenzutreten. Und was ist mit dem Überfall in Westminster? Wart Ihr das auch?«

»Nein!«, rief Lifwine. Plötzlich spuckte er, sodass Geoffrey überrascht zurücksprang. Der Ritter hatte noch nie Speichel als Waffe im Kampf erlebt. Gleichzeitig hörte Lifwine auf, seine Unschuld zu beteuern. Mit neuer Entschlossenheit umfasste er den Messergriff, und der Hass loderte ihm aus den Augen. »Ich hatte keinen Grund, Euch dort zu überfallen, während die ganze Reise nach Bristol noch vor uns lag. Ich wünschte, wir hätten …«

»Lasst das Messer fallen«, fuhr Geoffrey ihm ins Wort. Er war das Geschwätz leid und wollte sich einem größeren Fisch zuwenden. »Ihr könnt nicht entkommen, und Ihr macht die Dinge nur noch schlimmer für Euch, wenn Ihr Euch weiterhin widersetzt.«

»Ich werde mich nie von Euch festnehmen lassen!«, rief Lifwine, aber seine Augen waren schreckgeweitet. Er stieß erneut zu, und obwohl Geoffrey wusste, dass der Angriff ihn nicht verletzen konnte, wich er doch wieder aus.

Es reichte ihm. Mühelos entwaffnete er den Wardein und warf ihn sich über die Schulter, um ihn wie einen Sack zur Burg zu schleppen.

»Bitte«, heulte Lifwine. »Ich werde alles tun, was Ihr von mir verlangt, aber bitte steckt mich nicht in einen Kerker mit Sendi.«

»Also gut, dann verratet mir, wo das verschwundene Silber versteckt ist«, fragte Geoffrey, ohne langsamer zu werden.

Lifwine fing an zu zittern. »Das kann ich Euch nicht verraten, weil ich es selbst nicht weiß. Fragt mich irgendwas anderes. Lasst mich Euch von Sendis Fälschungen erzählen. Er tat es schon seit Jahren, und er hat mich gezwungen, minderwertige Münzen durchgehen zu lassen.«

»Das weiß ich bereits«, sagte Geoffrey. »Ich habe genug Beweise, um ihn zu verurteilen. Erzählt mir von Barcwit und seiner Verschwörung gegen den König.«

Lifwine schluchzte. »Es gibt keine Verschwörung. Ich schwöre es! Ich würde mich niemals mit jemandem einlassen, der einen Königsmord plant. Ich habe meine Grundsätze, müsst Ihr wissen.«

»Das mag sein«, räumte Geoffrey ein und hielt ihn fester, als der Mann sich verzweifelt zu winden begann. »Aber keine, von denen ich viel halten würde. Ihr seid der schlimmste aller Verräter – einer, der die eigenen Freunde ans Messer liefert.«

# 13. Kapitel

Als Idoneas Soldaten endlich angetreten waren, ließ Geoffrey sie wissen, dass sie im Namen des Königs gegen Barcwit ziehen würden. Die einen schauten einander mit unverhohlenem Entsetzen an, andere machten ein unbehagliches Gesicht, und nur wenige nahmen die Ankündigung reglos auf. Geoffrey hoffte, dass die Mutigeren den Feiglingen ein Beispiel geben würden und nicht umgekehrt, denn er wollte nicht unvermittelt im Kampf allein dastehen. Nach dem taktischen Desaster am Morgen, bei dem Lifwine zunächst die Flucht gelungen war, setzte er in keinen mehr ein besonderes Vertrauen. Das zeigte sich schon daran, dass er selbst Durand bei den Kämpfern einreihte. Der Knappe schloss sich dort den Furchtsamen an.

»Erwartet uns Barcwit?«, fragte Roger leise, sodass die besorgten Truppen ihn nicht hören konnten.

Geoffrey zuckte die Achseln. »Lifwine zufolge glaubt er nicht, dass wir den Mut haben, ihm entgegenzutreten. Hast du den Wardein sicher eingeschlossen?«

»Im Keller neben Sendi, auch wenn die Versuchung groß war, ihn in dieselbe Zelle zu stecken. Ich halte nicht viel von Männern, die ihre Freunde hintergehen – nicht einmal wenn diese Freunde Männer wie Sendi sind.«

Dann brachen sie auf. In ungeordneten Reihen marschierten sie dieselbe Straße entlang, die sie schon bei Sonnenaufgang genommen hatten. Ängstlich sahen die Bürger sie vorüberziehen, und einige eilten in ihre Häuser und verriegelten die Türen. Andere schlossen sich diesem Beispiel an, und bald lagen die Straßen verlassen da. Die Fensterläden waren geschlossenen wie in der Nacht, obwohl erst später Vormittag war.

Als sie bei Barcwits Münzstätte ankamen, führte Roger ein Drittel der Männer hinter das Haus, während Helbye und Geoffrey die verbliebenen Krieger untereinander aufteilten. Helbye übernahm die Gasse neben dem Anwesen, während Geoffrey zur Vordertür ging. Er bedeutete Ulfrith und Durand, ihm zu folgen. Dann trat er an die Tür und hämmerte mit dem Dolchgriff dagegen. Maude öffnete ihm so rasch, als habe sie auf ihn gewartet.

»Ich habe gehört, Ihr konntet heute einen Erfolg erringen. Seid Ihr hier, um mir für meine Hilfe bei Sendis Verhaftung zu danken?«

»Ich bin hier, um Euch festzunehmen«, erwiderte Geoffrey. »Ich habe schriftliche Beweise für eine Verschwörung zur Ermordung des Königs, und Ihr, Barcwit und alle Mitglieder Eures Haushalts werden sich dafür verantworten müssen.«

»Ich soll mich ergeben?«, fragte sie mit undeutbarem Ausdruck in den Augen. »Das glaube ich kaum!«

Sie beugte sich vor, als wolle sie noch etwas hinzufügen, aber Geoffrey hatte bereits Metall aufblitzen sehen und sprang vor dem Dolch beiseite, der ihm den Bauch aufschlitzen sollte. Maude stolpertee. Er drückte sie gegen die Wand und rief seinen Männern zu, sie sollten ins Haus gehen. Sie zögerten, darum stieß er Maude in Ulfrith' Arme und führte selbst den Angriff an. Er hoffte, dass wenigstens einige seiner Leute ihm folgen würden.

»Barcwit!«, brüllte er. »Ergebt Euch! Das Spiel ist aus!«

»Tatsächlich?«, fragte Tasso aus der Schreibstube. Rodbert war bei ihm, und beide hielten ihr Schwert in der Hand.

»Geht in die Werkstatt«, befahl Geoffrey den Soldaten hinter ihm. »Durand, geh du voran. Findet Barcwit und tötet jeden, der zu entkommen versucht.«

»Ich?«, fragte Durand mit zitternder Stimme. »Ihr wollt, dass *ich* nach Barcwit suche?«

Tasso tat einen Satz auf Durand zu und lachte, als der Knappe verängstigt aufschrie.

»Geh!«, fuhr Geoffrey Durand an. »Ich kümmere mich um die beiden.«

»Um uns beide?«, fragte Rodbert leise und bedrohlich.

Geoffrey hörte die Schritte seiner Männer, gefolgt von lautem Geschrei. Hoffentlich taten sie, was er ihnen befohlen hatte. Er hätte besser Maude in Durands Obhut gegeben und Ulfrith befohlen, den Angriff zu führen. Aber es war zu spät, das noch zu ändern, also wandte er seine Aufmerksamkeit dem Paar zu, das gegen ihn vorrückte. Er wartete ab, wer zuerst zuschlagen würde.

Es war Tasso, der mit einem wilden Hieb angriff, den Geoffrey nur mit Mühe parieren konnte. Geoffrey tat so, als geriete er ins Stolpern. Als Tasso nachrückte, um den vermeintlichen Vorteil auszunutzen, versetzte Geoffrey ihm einen kraftvollen Stoß. Im selben Moment griff Rodbert an, aber die blitzende Klinge drang nicht durch die Rüstung.

Geoffrey ging so rasch zum Gegenangriff über, dass Rodbert über eine niedrige Bank stolperte und unglücklich aufkam. Ein unangenehm feuchtes Knacken machte deutlich, dass er sich den Arm gebrochen hatte. Während Barcwits Stellvertreter heulte und fluchte, fuhr Geoffrey zu Tasso herum.

Der hatte offensichtlich einen leichteren Kampf erwartet. Geoffreys ungestümer Angriff überraschte ihn. Während sie aufeinander einhackten, taumelte Rodbert zu den Regalen und schleuderte alles, was er in die gesunde Hand bekam – Tintenfässer, Sandbehälter, Schreibtafeln. Einiges davon war schwer, und Geoffrey musste die Wurfgeschosse mit einem Arm abwehren, während er mit dem anderen gegen Tasso kämpfte. Schon zweifelte er daran, ob es klug gewesen war, sie beide gleichzeitig herauszufordern.

»Ihr werdet sterben«, höhnte Rodbert und schleuderte mit schmerzhafter Präzision einen Block Siegelwachs. Geoffreys Kopf wurde durch den Aufprall nach vorne geschlagen, und der Ritter war froh über seinen Helm.

Er antwortete nicht, sondern führte das Schwert mit beiden Händen in weiten Bögen. Tasso musste zurückspringen, um nicht in zwei Hälften geschnitten zu werden. Dabei stieß er gegen Rodbert und quetschte ihm den gebrochenen Arm. Rodbert kreischte laut auf. Wütend griff Tasso mit einer Reihe weit ausholender Hiebe an. Geoffrey parierte sie mit Leichtigkeit, wurde aber allmählich müde, da er in einem fort Wurfgeschosse abwehren musste.

»Schnell«, schnauzte Rodbert und biss die Zähne aufeinander. »Giffard kann jeden Augenblick hier sein. Er darf uns nicht gegen den Gesandten des Königs kämpfen sehen. Das ließe sich schwer erklären.«

Geoffrey duckte sich, als Rodbert eines der schweren Bleigewichte warf, mit denen die ausgebreiteten Pergamente gehalten wurden. Es krachte hinter ihm gegen die Wand, dass der Putz abbröckelte. Während Geoffrey aus dem Gleichgewicht gebracht war, landete sein Fechtgegner einen schweren Schlag, der seinen ganzen Arm erbeben und die Hand taub werden ließ. Das Schwert drohte ihm zu entgleiten, und nur mit schierer Willenskraft konnte er es noch halten. Tasso spürte seine Schwäche und griff erneut an.

»Ich wünschte, Lifwine und ich hätten Euch schon in Bath erledigt«, rief Rodbert. »Dann wären wir jetzt nicht in dieser lächerlichen Lage. Ich hätte Maude benutzen sollen. Sie weiß, wie man sich aus einer schwierigen Lage herauswindet – es war ihre Idee, die gefälschten Stempel und unseren toten Wardein zu verwenden, um Sendi eine Falle zu stellen. Sie ist eine bemerkenswerte Frau.«

»Ich weiß«, sagte Geoffrey und reizte ihn absichtlich, um den Mann zu verleiten, etwas anderes zu tun, als schwere Gegenstände nach ihm zu werfen.

Das war ein Fehler. Rodberts Geschosshagel wurde nur noch heftiger, und in seinem Zorn traf er besser, nicht schlechter. Gleichzeitig nutzte Tasso die Ablenkung, um Geoffrey an eine Stelle zu drängen, wo er Rodberts Geschosse noch schlechter abwehren konnte. Als ein Wachsblock ihn am Kinn traf, brach Geoffrey auf ein Knie und sah sich einer neuen Gefahr gegenüber: Rodberts Füßen.

Solange Geoffrey Tasso abwehrte, konnte er sich nur schlecht verteidigen. Rodberts erster Tritt erwischte ihn am Knie, der zweite im Bauch. Geoffrey kam taumelnd wieder auf die Beine, aber er war außer Atem und konnte das Schwert nicht heben. Mit nüchternem

Blick machte Tasso sich daran, dem Kampf ein Ende zu setzen. Rodbert hob mit der Linken sein Schwert auf und kam von der anderen Seite auf Geoffrey zu. Doch dann betrat Ulfrith den Raum und schwang schwerfällig und ungeschickt seine Axt.

»Nein«, keuchte Geoffrey, als Rodbert sich dem Knappen zuwandte. Selbst mit einer Hand würde er Ulfrith mühelos töten, weil der Bursche noch nicht richtig ausgebildet war. »Ich habe dir doch gesagt, du sollst auf Maude aufpassen.«

»Ich habe sie getötet«, stellte Ulfrith entschuldigend fest. »Sie zog ein Messer, also musste ich …«

»Du hast sie getötet?«, fragte Rodbert fassungslos. »Du hast meine Schwester ermordet? Ich werde …«

»Eure Schwester?«, wiederholte Geoffrey überrascht. Er wich Tasso aus und duckte sich hinter einen Tisch, um die Deckung zum Atemholen zu nutzen. »Aber Ihr seid ihr Liebhaber!«

»Ich dachte, sie wäre mit Barcwit verheiratet«, bemerkte Ulfrith gleichermaßen verblüfft. Entsetzt sah Geoffrey, wie er die Axt senkte, während er die Enthüllung auf sich wirken ließ. Ulfrith war nicht in der Lage, gleichzeitig zu kämpfen und zu denken. Rodberts Gesicht verzerrte sich vor Wut und Hass, und er griff an.

»Ulfrith!«, rief Geoffrey. »Deine Axt!«

Ulfrith riss die Waffe hoch, und mit purem Glück parierte er den mörderischen Schlag, den Rodbert auf seinen Kopf niedersausen ließ. In der Zwischenzeit packte Tasso den Tisch und stieß ihn beiseite, um an Geoffrey heranzukommen.

»Nun bringen wir es zu Ende«, sagte Tasso grimmig. »Keine Spielchen mehr.«

»Kämpft gegen mich!«, rief Geoffrey Rodbert zu und achtete immer noch in erster Linie auf Ulfrith. Der Anblick eines Freundes in Gefahr gab ihm die Stärke, die er brauchte, um mit Tasso fertig zu werden. Nicht länger behindert von Rodberts Geschossen, griff er mit einer Abfolge beidhändiger Hiebe an, die deutlich machte, warum er so viele Schlachten im Heiligen Land überlebt hatte. »Oder fehlt es einem Mann, der seine Schwester verführt, an Mut? Ulfrith war nicht mit Maude im Bett, sondern *ich.* Sie meinte, dass sie einen Mann braucht, weil Ihr dieser Aufgabe nicht gewachsen seid.«

»Also ganz wie ihr Vater«, murmelte Tasso. Sein Gesicht war von den Anstrengungen des Kampfes gezeichnet, als er Geoffreys heftiger Attacke begegnete. »Barcwit soll auch schwach im Schlafgemach sein.«

Geoffreys Gedanken wirbelten durcheinander, aber jetzt war nicht die Zeit, um über Maudes eigentümlichen Geschmack bei Liebhabern nachzudenken. Sein Spott hatte Rodbert nicht von Ulfrith fortgelockt, und der Junge verlor rasch an Boden.

Während Tasso weiter zurückwich, hob Geoffrey ein Tintenfass auf und warf es so kräftig er konnte. Mit einem Knacken traf es Rodberts Schädel. Einen Moment noch blieb Barcwits Stellvertreter auf den Beinen, dann wurden ihm die Knie weich, und er kippte nach vorn. Geoffrey konnte nicht erkennen, ob er tot war, als er fiel, aber er starb gewiss, nachdem Ulfrith die Axt in seinem Leib versenkt hatte. Tassos Angriff stockte, und er blickte ungläubig den gefallenen Kameraden an.

»Legt Euer Schwert nieder, Tasso«, befahl Geoffrey. »Es hat keinen Sinn mehr, weiterzukämpfen.«

Tasso schloss die Augen und wirkte plötzlich müde. »Ich habe ehrbar gekämpft und kann nicht mehr tun.«

Geoffrey nahm das dargebotene Schwert entgegen und bedeutete Tasso, zur Werkstatt voranzugehen, wo er vor gerade mal zwei Tagen Zeuge von Edrics Ermordung geworden war. Einen unbewaffneten Mann zu erschlagen, konnte man kaum als ehrbar bezeichnen, aber er machte sich nicht die Mühe, darauf hinzuweisen. Tasso war nichts weiter als ein Mietling. Maude, Rodbert und Barcwit hielten die eigentliche Macht in Händen, und zwei von ihnen waren tot. Nur noch Barcwit blieb übrig.

Geoffrey stieß die Tür zur Werkstatt auf und erwartete, Roger und Helbye zu sehen, die ihren Teil der Arbeit getan und den Rest des Gebäudes eingenommen hatten. Daher war er überrascht, den Raum leer zu finden. Schon wollte er nachsehen, was auf dem übrigen Anwesen geschah, als er ein Klicken vernahm. Langsam wandte er sich um.

»Das reicht«, sagte eine vertraute Stimme. »Lasst Tasso gehen. Er hat's nicht gern, wenn ein anderer das Schwert auf ihn richtet.«

»Ich habe sie getötet«, sagte Ulfrith, als Geoffrey ihn böse anfunkelte. »Da war alles voller Blut und so.«

»Nur ein Kratzer«, bemerkte Maude. Geoffrey sah einen Schnitt an ihrem Arm, der sie aber nicht einmal hinderte, eine Armbrust zu halten. Drei ihrer Gesellen standen hinter ihr und waren ähnlich bewaffnet. »Ihr solltet Euren Männern beibringen, sich ihre ›toten‹ Feinde genauer anzuschauen, Geoffrey.«

Geoffrey sagte nichts, und Tasso trat vor, um ihn zu entwaffnen. Er dachte daran, sich zu widersetzen, aber Maudes Gesicht verriet ihm, dass sie ohne Zögern schießen würde, und sei es nur aus Rache für all den Ärger, den er ihr bereitet hatte. Und dann ging eine Tür auf, und noch mehr von Barcwits Leuten kamen herein. Sie trieben Helbye und Roger vor sich her. Der bullige Ritter blickte wütend drein, während Helbye humpelte und kreidebleich war.

»Es liegt an diesen neuen Stiefeln, die Ihr für mich gekauft habt«, behauptete der alte Krieger störrisch. »Sie drücken, und ich kann mich nicht richtig darin bewegen. An meiner Hüfte hat's nicht gelegen.«

»Es tut mir leid«, murmelte Roger. »Peters Gesindel ist abgehauen, sobald Maude behauptete, dass Barcwit kommt.«

»Dort steht er!«, sagte Ulfrith erschrocken. Er wies auf eine verhüllte Gestalt, die stumm und Unheil verkündend in einer dunklen Ecke stand. Barcwit sah genauso aus wie bei Edrics Ermordung, das Gesicht in der Kapuze verborgen und die Hände in den Ärmeln verschränkt. Geoffrey runzelte die Stirn. Und dann, bevor ihn jemand aufhalten konnte, schoss er vor und packte eine Handvoll von dem schwarzen Mantel. Tasso schrie empört auf und tat einen Satz, um ihn wegzuziehen, aber es war zu spät.

Mit einem leisen Quietschen kippte die Gestalt langsam um und landete krachend auf dem Boden.

»Es gibt keinen Barcwit«, sagte Geoffrey und wies auf den Mantel, der auf dem Boden lag. »Er besteht nur aus Lumpen auf einem Stecken. Ihr habt ihn in Fenster und finstere Ecken gestellt, um den Leuten Angst einzujagen, aber es gibt ihn gar nicht.«

»Ich habe ihn doch herumlaufen sehen«, warf Roger verwirrt ein. »Draußen in der Stadt.«

»Das war Maude«, erklärte Geoffrey. »Nachdem wir uns in der Kirche getroffen hatten, war sie sehr schnell verschwunden. Bristols kleine Gassen und verborgene Durchgänge kennt sie genau. Dieses Wissen gebrauchte sie, um in dunkler Kleidung durch die Nacht zu schleichen. Ihre Fähigkeit, plötzlich zu erscheinen und wieder zu verschwinden, ließ die Leute glauben, dass Barcwit mit dem Teufel im Bunde stand – eine Vorstellung, die sie sehr gerne am Leben erhielt.«

»Es erfüllt seinen Zweck«, stellte Maude mit einem Lächeln fest. »Der heutige Tag ist ein gutes Beispiel. Ich musste nur rufen, dass Barcwit kommt, und schon war Euer Angriff abgeschlagen.«

»Hat es ihn je gegeben?«, fragte Geoffrey. Dann beantwortete er seine Frage selbst. »Natürlich gab es ihn. Die Bettler in St. John meinten, dass er einstmals ein Mann von gewöhnlicher Größe gewesen ist, mit einer Vorliebe für Huren. Für seine Tochter hatte er ebenfalls eine Vorliebe, wenn man Tasso glauben kann.«

Maude funkelte Tasso an, der nur die Achseln zuckte. »Ich fand Eure Heirat stets befremdlich.«

»Es war eine sehr erfolgreiche Partnerschaft«, stellte Maude gereizt heraus. »Und wir waren nur dem Namen nach verheiratet. Ich würde niemals meinem Vater beiliegen. Für was für eine Frau haltet Ihr mich?«

Geoffrey antwortete nicht. Aber eine Ehe in Keuschheit konnte erklären, warum sie anderswo Befriedigung suchte – beispielsweise bei ihrem Bruder.

Tasso räusperte sich unruhig. Geoffrey wusste, dass er nach den richtigen Worten suchte, um ihr von Rodberts Tod zu berichten. Wenn diese Neuigkeit erst heraus war, würde Geoffrey nicht mehr lange zu leben haben, also suchte er verzweifelt nach Fragen, mit denen er Zeit gewinnen konnte, bis sich ein Weg aus ihrer bedrohlichen Lage fand. Peters Krieger waren alle geflohen, und Durand hatte sich ihnen anscheinend angeschlossen: Geoffrey und seine drei Gefährten waren auf sich allein gestellt – unbewaffnet und aufmerksam bewacht.

»Dein Halbbruder ist …«, setzte Tasso leise an.

»Wir könnten uns auch über Münzstempel unterhalten«, unterbrach Geoffrey ihn hastig. »Habt Ihr Sendis neuen Stempel gestohlen, genau wie die alten? Oder war das Lifwine?«

»Damit hatten wir nichts zu tun«, erwiderte Maude. »Und Lifwine ebenso wenig – auch wenn er ein windiger Bursche ist und möglicherweise lügt.« Sie schaute auf das Durcheinander von umgekippten Werkbänken, verstreuten Werkzeugen und Rohlingen. »Das alles war völlig unnötig. Wir haben nichts verbrochen.«

»Abgesehen von der Verschwörung gegen den König«, sagte Geoffrey.

Maude seufzte. »Es *gibt* keine Verschwörung. Wir haben keinen Grund, Henry zu ermorden, und die Politik bei Hofe ist für uns ohne Belang. Gelegentlich fertigen wir Münzen, die ein wenig zu leicht sind, und mitunter bieten wir auch einen besseren Zins als erlaubt, aber das ist alles. Wo ist Rodbert?« Fragend schaute sie Tasso an, der sich wieder räusperte.

»Ich glaube Euch nicht«, sagte Geoffrey schnell.

»Es ist völlig gleichgültig, was Ihr glaubt«, erwiderte Maude. Sie wies mit dem Kopf auf »Barcwit«. »Wir können Euch nicht am Leben lassen, nachdem Ihr entdeckt habt, dass er nur aus einem Mantel und einem Besenstiel besteht. Wir mussten viele sorgsam dosierte Gerüchte streuen, um ihn entstehen zu lassen, und ich will nicht wieder ganz von vorne anfangen.«

»Ich verstehe nicht, warum Ihr Euch überhaupt die Mühe gemacht habt«, stellte Roger verächtlich fest. »Das ist dumm.«

»Das sind die meisten Leute auch«, sagte Maude. »Und sie sind stets gern bereit, das Schlimmste anzunehmen. Ein Barcwit, der durch finstere Gassen spukt und gerne Hinrichtungen verfolgt, ist viel aufregender als ein alter Mann mit funkelnden Augen, der seine Tochter geheiratet hat, um sie vor übereifrigen Freiern zu schützen – die Tochter eines wohlhabenden Kaufmanns ist ein viel zu verlockendes Ziel, und die ehrgeizigen Männer wollten mich nicht in Ruhe lassen.«

»Mit dem echten Barcwit hätten wir niemandem Angst einjagen können«, erklärte Tasso. »Aber *unser* Barcwit brachte die Leute dazu, in schlechten Zeiten ihr Geld nicht zurückzuziehen und auch nicht allzu sorgfältig darauf zu sehen, was wir treiben. Selbst Sendi war zu eingeschüchtert, um hierherzukommen und zu spionieren. Die Furcht vor Barcwit macht uns reich.« Er wandte sich mit ernstem Gesicht an Maude. »Rodbert ist …«

»Giffard wird auf ein Treffen mit Barcwit bestehen«, fiel Geoffrey ihm ins Wort. »Und wenn Ihr es ihm verweigert – so wie mir –, wird er Euch alle zu Verrätern erklären, und das wird Euer Ende sein.«

»Rodbert hat während der letzten Tage schon mit Schminke und Perücke geübt«, sagte Maude. »So viel haben wir jedenfalls von Euch gelernt: Die Gesandten des Königs müssen Barcwit sehen, wenn sie uns in Ruhe lassen sollen. Und genau das wird Giffard auch tun: wieder fortgehen und uns in Ruhe lassen. Es gibt keine Verschwörung gegen den König, es hat nie eine gegeben. Ich habe keine Ahnung, wie Eure Schwester und Sir Peter darauf gekommen sind.«

»Wir sind die Opfer unseres eigenen Erfolges«, stellte Tasso bedauernd fest. »Diese Geschichte haben sich andere ausgedacht, weil es zu Barcwit zu passen schien. Die Geschichte über das Kind des Priesters und die Katze stimmt auch nicht, genauso wenig wie die von der Familie, die draußen vor unserem Anwesen stehen blieb und gefressen wurde. Das sind Märchen, die sich ängstliche Gemüter ausdenken.«

»Und was ist mit Peters Freund Nauntel?«, fragte Roger.

»Damit haben wir nichts zu tun«, erwiderte Maude. »Nauntel war einer unserer Geldgeber, und tot nützt er uns nichts. Ganz im Gegenteil, wir hätten ihn lieber lebend gehabt.«

»Und mein Bruder?«, fragte Geoffrey ruhig.

»Joan glaubt, dass wir ihn getötet haben«, sagte Maude. »Und ich habe auch nichts getan, um sie von dieser Vorstellung abzubringen, weil ich nicht will, dass sie ihr Geld zurückzieht. Aber wir haben Eurem Bruder nichts getan. Ich sage die Wahrheit, Geoffrey: Ihr werdet ohnehin sterben, also muss ich Euch nicht anlügen.«

Tasso atmete tief durch. Diesmal waren die Worte draußen, bevor Geoffrey ihn aufhalten konnte. »Wenn wir gerade von Brüdern reden: Geoffrey hat Euren ermordet.« Er hob das Schwert. »Soll ich?«

Maude riss entsetzt die Augen auf. »Rodbert?«

»Hat ihm mit einem Tiegel den Schädel eingeschlagen«, führte Tasso aus und wedelte fragend mit dem Schwert.

»Rodbert?«, flüsterte Maude noch einmal. Alles Blut wich ihr aus dem Gesicht.

Geoffrey wusste, dass er keine zweite Gelegenheit bekommen würde. Während sie wie gelähmt dastand, stürmte er vor und stieß sie von den Füßen. Sogleich schlug ein Hagel von Armbrustbolzen ringsrum in den Boden ein. Tasso schrie die Schützen an, den Beschuss einzustellen, damit sie nicht aus Versehen Maude trafen. Während Geoffrey sich mit Maude am Boden wälzte, stürmte Tasso mit dem Schwert auf ihn zu. Geoffrey packte Maudes Armbrust und hob sie schützend hoch. Tasso hieb sie entzwei und machte Anstalten, dasselbe mit Geoffrey zu tun.

Brüllend rannte Roger los, krachte gegen Tasso und drückte ihn gegen die Wand. Mehrere von Barcwits Gesellen sprangen hinter dem Ritter her und versuchten, ihn fortzuzerren. Geoffrey duckte sich, als weitere Geschosse durch die Luft zischten: Nicht alle Schützen hörten auf Tassos Befehle. Einer ging mit einem Aufschrei zu Boden, und Maude kämpfte wütend gegen Geoffrey an und versuchte, ihre Hände um seine Kehle zu schließen. Helbye und Ulfrith rangen mit ihren eigenen Gegnern, und plötzlich war der ganze Raum ein Durcheinander von Waffen und kämpfenden Leibern.

Geoffrey befreite sich von Maude und hob eine herrenlose Armbrust auf. Damit zielte er auf Tasso, aber jemand prallte gegen ihn, und der Schuss ging fehl. Mehrere Pfeile zischten durch die Luft, gefolgt von den Schreien der Getroffenen. Maude stürzte zu Boden, und Tasso versuchte, seine Truppen zu ordnen.

Dann wurde die Tür aufgerissen, und weitere Männer strömten herein, während andere nach draußen flohen. Geoffrey hatte keine Ahnung, was geschah, also folgte er nur noch seinen Instinkten: Er packte ein Schwert und kämpfte mit aller Kraft, die er aufbieten konnte. Wenn er sterben sollte, würde er auch Maude, Tasso und ihre Spießgesellen mit sich nehmen. Es dauerte eine Weile, bis er bemerkte, dass jemand mit zunehmender Verzweiflung seinen Namen rief.

»Geoffrey! Hört auf!«

Er schaute den schreienden Mann erstaunt an. Es war Giffard, der in seiner Mönchskutte viel massiger wirkte als sonst. Und dann erkannte Geoffrey die Farben der Krieger, die gerade in die Werkstatt gestürmt waren: Sie trugen die Zeichen des Königs. Durand verbarg sich hinter dem Bischof und wirkte sehr selbstzufrieden. Ein feiger Knappe hatte auch seine Vorteile: Durand hatte bemerkt, wie der Sturm sich zu einer Niederlage verkehrte. Anstatt weiter für eine verlorene Sache zu kämpfen, wie Roger, Helbye und Ulfrith es getan hatten, war er davongelaufen, um Hilfe zu holen.

Geoffrey sah sich um. Helbye lehnte an einem Tisch, die Hand auf die Hüfte gelegt, während Roger ihm Wein gab und Ulfrith besorgt bei ihnen verweilte. Die Soldaten des Königs trieben Maudes Männer zusammen, und ein Priester bewegte sich zwischen den Toten. Geoffrey erkannte mit Bedauern, dass es deren viele gab, und Maude gehörte dazu. Ihre Augen blickten starr. Ein Armbrustbolzen ragte aus ihrem Hals.

Benommen dachte er daran, was sie ihm erzählt hatte. Sie hatte tatsächlich keinen Grund gehabt zu lügen, und er glaubte ihr. Die Leute waren abergläubisch, sie hielten jede Naturerscheinung für ein göttliches Zeichen, sogar Muskeln, die sich um ein Stück Tau verkrampften. Solche Gemüter konnte man leicht zu seinem Vorteil beeinflussen. Schade, dass Maude erschossen worden war. Vermutlich wäre der König von ihrer Täuschung belustigt gewesen. Er hätte sie drastisch bestraft, aber am Leben gelassen.

Jetzt aber war sie tot, und Rodbert und andere mit ihr. Tasso allerdings nicht, und er war auch nicht bei den Gefangenen. Er musste während des Durcheinanders entkommen sein und hatte Bristol sicher schon verlassen. Die ganze Affäre hatte so viel Maßloses an sich, dass Geoffrey über diese Flucht fast froh war, selbst wenn dadurch ein Mann der Gerechtigkeit entging, der einem unbewaffneten Feind den Kopf spaltete.

»Es ist vorbei«, sagte Giffard und legte Geoffrey die Hand auf die Schulter. »Ihr habt die Taten von Maude und Rodbert enthüllt und Bristol von Barcwits Schreckensherrschaft befreit.«

»Eigentlich nicht«, stellte Geoffrey müde fest. »Ich habe keine Ahnung, ob ihr Wardein jemals nüchtern genug war, um die Münzen zu bewerten. Aber er muss immer noch ehrlicher gewesen sein als Lifwine. Wir wurden von Anfang an in die Irre geführt.«

»Von Maude?«, fragte Giffard. »Oder von Rodbert?«

»Von Sendi. Lifwine hatte Recht, als er ihn als den gefährlicheren der beiden Münzer bezeichnete.«

»Sendi ist unschuldig«, sagte Giffard verwirrt. Er wies auf die verwüstete Werkstatt. »Die Verbrecher waren alle hier, deshalb haben sie sich auch so entschlossen zur Wehr gesetzt, als Ihr ihre Taten enthüllt habt.«

»Sendi ist noch schlimmer«, sagte Geoffrey mit Bestimmtheit. »Er fälscht schon seit Jahren seine Münzen, und außerdem ist er ein Schmuggler.«

Giffard blickte besorgt drein. »Aber das kann nicht stimmen! Ich habe mit ihm auf der Burg gesprochen, kurz bevor Durand eintraf und mir sagte, dass Ihr Hilfe braucht.«

Geoffrey schaute ihn unbehaglich an. »Was habt Ihr getan?«

»Seinen Kerker geöffnet«, sagte Giffard. »Ich habe ihn und seine Freunde freigelassen.«

Geoffrey konnte nicht glauben, dass Giffard die Gefangenen freigelassen hatte, ohne erst mit ihm Rücksprache zu halten. Aber Peter war schon geflohen, bevor Geoffrey zu Barcwit aufgebrochen war, und Idonea, Joan, Olivier und Warelwast waren mit ihm gegangen; Bloet war unterwegs zu einem letzten, verzweifelten Versuch, das Silber aufzuspüren, bevor Giffard in Henrys Namen danach fragen konnte. Selbst die Wachen der Burg waren verschwunden und versteckten sich, bis die Schlacht vorüber und abzusehen wäre, auf welche Seite sie sich schlagen mussten. Am Ende lief es darauf hinaus, dass niemand da war, der dem Bischof sagen konnte, was wirklich geschehen war.

Sendi hatte die Gelegenheit ergriffen, die das Durcheinander ihm bot, und Giffard weisgemacht, er sei zu Unrecht von Barcwit eingesperrt worden, der in diesem Augenblick gegen Geoffrey kämpfe. Er drängte den Bischof, ihn hinauszulassen, damit er bei dem Kampf helfen könne. Und dann war Durand eingetroffen mit der Nachricht von ihrer Niederlage, was Sendis Geschichte zu bestätigen schien.

Giffard war eiligst zu Barcwits Prägestätte aufgebrochen und hatte eine Wache zurückgelassen, die Sendi auf freien Fuß setzen sollte. Er hatte erwartet, dass dieser sich dem Scharmützel anschließen würde, sobald er sich bewaffnet hatte. Aber natürlich waren Sendi und seine Freunde inzwischen nirgendwo mehr aufzufinden. Stattdessen hatten sie vor ihrer Flucht Lifwine noch die Kehle durchgeschnitten.

»Ich glaube nicht, dass wir die noch mal wiedersehen«, sagte Roger. Er war fassungslos über Giffards Leichtgläubigkeit. »Wir hatten sie, und jetzt sind sie weg.«

Giffard war bekümmert, weil er sich hatte täuschen lassen. »Auf dem Weg zu Barcwits Anwesen trafen wir Clarembald den Heilkundigen«, stellte er voller Selbstvorwürfe fest. »Ich habe ihm von Sendi erzählt, aber er machte keine Andeutung, dass wir einen Fehler begangen haben könnten. Er muss es gewusst haben, da Sendis Falschmünzerei heute das Stadtgespräch war. Weshalb hat er mir also nichts davon gesagt?«

Geoffrey rieb sich die Augen. »Clarembald. Seine Rolle in dieser Geschichte gefällt mir auch nicht.«

»Bringen wir *ihn* als Verräter vor den König«, sagte Roger zornig. »Irgendjemanden brauchen wir – aber Maude, Rodbert und Lifwine sind tot, Barcwit gibt es nicht, und Sendi ist entkommen.«

»Es gibt keinen Grund, darauf herumzureiten«, erklärte Giffard gereizt. »Wir müssen uns sehr genau überlegen, wie wir dem König dieses Debakel erklären. Da einige der Verbrecher tot sind, bleiben dem König die Ausgaben für eine Gerichtsverhandlung erspart. Wenn wir ihn zuerst darauf hinweisen, ist er vielleicht ein wenig nachsichtiger …«

»Er wünschte die Wahrheit«, betonte Geoffrey. Es widerstrebte ihm, den König in die Irre zu führen. Giffard musste entsetzt sein über seinen Fehler, sonst hätte er ein so unbesonnenes Vorgehen gar nicht erst in Erwägung gezogen. »Und die wird er jetzt nicht bekommen – zumindest nicht von echten Zeugen und Tätern.«

»Er wird sie von Euch erfahren«, sagte Giffard matt. »Womöglich reicht ihm das.«

»Das bezweifele ich«, sagte Geoffrey. »Wie Adelise einmal feststellte: Die Wahrheit ist wie geschmolzenes Silber und lässt sich in jede gewünschte Form gießen. Henry wird meiner Darstellung nicht trauen, solange sie unbestätigt bleibt.«

»Dabei ist auch nicht sonderlich hilfreich, dass Ihr Eure Schwester entkommen ließet«, bemerkte Giffard unglücklich. »Es sieht so aus, als wolltet Ihr nicht alles auf eine Karte setzen, sondern Euch absichern, falls etwas schiefläuft.«

»Es *ist* schiefgelaufen«, merkte Geoffrey trocken an.

Den Rest des Tages verbrachte er auf der Burg und machte sich Sorgen um Joan und darüber, ob es wohl klug gewesen war, Warelwast mitzuschicken. Peter war schwächlich. Bei einem Überfall von Wegelagerern wäre er kaum von Nutzen und Olivier gar nicht zu gebrauchen. Aber wahrscheinlich konnten Joan und Idonea auch auf sich selbst aufpassen.

Vor Erschöpfung schlief Geoffrey an diesem Abend früh ein und erwachte erst kurz vor Sonnenaufgang. Er stand auf und streckte sich, um die Steifheit aus seinen Muskeln zu vertreiben. Dann machte er sich auf, seinen Hund zu füttern. Die Küchen waren verlassen, also holte er ein wenig Brot und Fleisch aus der Vorratskammer und teilte es mit dem Tier. Anschließend ging er durch die allmählich heller werdenden Straßen, um nach Giffard zu sehen.

Dieser hatte die ganze Nacht gearbeitet und war gründlich die Unterlagen der Münzstätten durchgegangen, während seine Schreiber jeden Gegenstand in jedem Zimmer aufzeichneten und auf Holzkisten verteilten. Schon hatten sie Sendis sämtliche Besitztümer ausgeräumt, sogar die Messingbeschläge von der Tür entfernt, und erledigten bei Barcwit gerade die letzten Handgriffe. Während seiner Zeit als Krieger hatte Geoffrey eine Menge Plünderungen erlebt, aber keine war so gründlich gewesen wie die durch die königlichen Beauftragten. Er fragte sich, ob sie wohl auch noch die Fensterläden und die Bleiverkleidung von den Abflüssen mitnehmen würden.

»Sendi betrügt den König schon seit Jahren«, stellte Giffard grimmig fest und pochte mit einem knochigen Finger auf die Pergamente. Geoffrey bemerkte erneut, dass der Bischof fülliger wirkte als gewöhnlich. Hatte Giffard etwa Dokumente unter seinem Gewand verstaut? »Ich war ein Narr, ihn freizulassen: Die Verbrechen, deren er Barcwit beschuldigt hat, sind gering im Vergleich zu seinen eigenen. Nicht nur das: Es gibt sogar genug Beweise, dass *er* diese ›Zwitter‹ gemacht hat, die er uns in Westminster zeigte und die er Barcwit zuschrieb. Ihr erinnert Euch an die vier Anklagen, die er vorgebracht hat?«

Geoffrey nickte. »Die erste lautete, dass Barcwits Wardein ein Trunkenbold ist, der die Münzen nicht überprüft. Das ist richtig: Das Gehirn des Mannes muss in Schnaps geschwommen haben, dem Zustand seiner Leiche nach zu urteilen. Die zweite lautete, dass Barcwit minderwertige Münzen mit zu viel Zinn im Silber fertigt.«

»Barcwits Münzen sind allerdings ein wenig leicht«, räumte Giffard ein. »Aber Sendis sind voller Zinn.«

»Die dritte Anklage betraf die Liste mit Barcwits Geldgebern«, sagte Geoffrey und dachte an Joan.

»Auch die entspricht der Wahrheit«, sagte Giffard und legte die Hand auf die Pergamente. »Wenngleich solche illegalen Geschäfte nur gelegentlich und sehr unauffällig vonstattengingen. Es gibt keine Beweise, dass Eure Schwester höhere Zinsen erhielt, oder Peter de la Mare. Für Clarembald und John gilt dasselbe, nur Bloet hat ein Mal elf Prozent angenommen. Auch in dieser Hinsicht war Sendi schlimmer: Seine Gewinnspannen waren größer, und er war weit unverschämter bei seinen unrechtmäßigen Geschäften.«

»Joan meinte, sie hätte nie einen zu hohen Gewinn von Barcwit angenommen. Ich hätte ihr glauben sollen: Sie ist zu klug, um gemeinsam mit anderen ein Verbrechen zu begehen.«

»Ihr könnt froh sein«, sagte Giffard. »Jetzt können wir beweisen, dass Joan weder dumm ist noch eine Verräterin. Sie ist unschuldig.«

Geoffrey sagte nichts. Er dachte nur an die Verschwörung zur Ermordung des Königs. Maude und Tasso hatten behauptet, dass es gar keine gäbe, aber Peter und Joan hatten Angst gehabt. Allerdings hatte Giffard in Barcwits Unterlagen keinen Hinweis auf einen geplanten Anschlag gefunden, sonst hätte er es erwähnt. Der Brief, den Geoffrey in dem Fass in Sendis Prägestätte gefunden hatte, knisterte unter seinem Wappenrock, und er legte die Hand darauf. Wer hatte ihn geschrieben? Gab es nun eine Verschwörung oder nicht?

»Bloets Geschäftemacherei hat ihm zwei Schillinge eingebracht«, fuhr Giffard abschätzig fort. »Das reicht kaum, um einem Diener einen Monat lang seinen Lohn zu zahlen, und gewiss ist es nicht genug, um den Zorn des Königs zu riskieren. Bloet ist ein Dummkopf. Aber das gilt auch für Sendi. Es war töricht, mit Klagen gegen Barcwit vor den König zu treten, wenn er dieselben Verbrechen beging. Gott allein weiß, warum er das getan hat.«

»Von Neid und Gier lassen sich Menschen zu verzweifelten Taten hinreißen: Barcwits Erfolg nagte an Sendi und Adelise. Sie wollten ihn vernichten, um seine Geldgeber für sich selbst zu gewinnen.

Also, welche Münze war einträglicher? Die von Sendi, weil er so schamlos betrog?«

»Alles in allem nicht. Barcwits reicher Kundenstamm und seine gute Lage erlaubten ihm hervorragende – und größtenteils ehrliche – Geschäfte. Sendi konnte nicht hoffen, gegen derart massive Vorteile zu konkurrieren.«

»Die vierte Klage lautete, dass Barcwit die Menschen einschüchtert.« Geoffrey schüttelte voll Abscheu den Kopf. »Die Leute waren allerdings eingeschüchtert, aber von jemandem, den es gar nicht gibt!«

»Der Fall ist gelöst«, sagte Giffard. »Alle vier Anschuldigungen entsprachen der Wahrheit – aber zwei treffen auch auf Sendi selbst zu. Damit sind die meisten Fragen, die der König stellen könnte, beantwortet.«

Geoffrey hockte sich auf eine Tischkante. »Ich weiß, was Barcwit und Sendi getan haben, ist verboten. Aber ist es auch ungewöhnlich? Gestern Abend habe ich Rogers Geldbeutel durchgesehen. Er besitzt Pennys aus allen Gegenden des Landes – und viele davon sind Zwittermünzen oder mit abgenutzten Stempeln gefertigt. Seit ich weiß, worauf ich zu achten habe, kann ich sie leicht erkennen.«

»Der Münzfrevel ist nicht auf Bristol beschränkt«, räumte Giffard ein. »Und er wird immer schlimmer. Ich sehe voraus, dass er in eine Krise führt, der dann mit dramatischen Reformen begegnet werden muss, auch wenn Henry dies möglichst vermeiden möchte. Barcwit und Sendi waren also keine Ausnahme.«

»Und warum wurde dann gerade gegen sie ermittelt?«

»Weil Sendi sich vor dem König über einen Standesgenossen beschwert hat. Das ist selten – für gewöhnlich halten sie zusammen. Henry wollte ihre Rivalität ausnutzen und einen Missstand in seinem Reich untersuchen. Wenn sich herumspricht, dass zwei betrügerische Münzer entlarvt wurden, werden andere ihr Verhalten überdenken. Natürlich werden sie schließlich zu ihren schlechten Gewohnheiten zurückfinden, und dann muss eine weitere Untersuchung sie wieder aufrütteln.«

»Das klingt so sinnlos«, stellte Geoffrey angewidert fest. »Ich habe hier meine Zeit verschwendet.«

»Das habt Ihr nicht«, widersprach Giffard ihm streng. »Ihr habt Eurem König gedient. Er will Euch nächsten Monat in Winchester sehen, damit wir gemeinsam unseren abschließenden Bericht vorlegen können. Wozu er auch nützt.«

»Ja«, pflichtete Geoffrey bei. »Wozu er auch nützt.«

Geoffrey und Giffard verließen Barcwits Anwesen und begaben sich zur »Grünen Laube«. Geoffrey war dieses Gasthaus schon vorher aufgefallen, weil es stets gut besucht war, obwohl es so nahe bei Barcwits Anwesen stand. Nun allerdings war es leer. Der Bischof hatte es wohl räumen lassen, damit er und seine Helfer nach ihren Mühen Ale und Ruhe genießen konnten, ohne von den Einheimischen mit Tratsch belästigt zu werden.

Der Schankbursche, der den Wein brachte, war so unfreundlich, dass es an Feindseligkeit grenzte. Er blickte sie finster an und verschwand dann in ein Hinterzimmer. Die Tür schlug er so laut zu, als wollte er klarmachen, dass sie keine weiteren Dienste von ihm erwarten konnten. Schwer beladen mit Barcwits Eigentum rollte ein Wagen am Fenster vorbei und lenkte Geoffrey von der Unbotmäßigkeit ab.

»Wie ich sehe, macht Ihr reichlich Beute.«

»Hoffentlich ermuntert das Henry, über mein Missverständnis mit Sendi hinwegzusehen. Und über die Tatsache, dass Ihr Joan habt fliehen lassen. Immerhin habt Ihr damit angedeutet, dass Ihr seinem Wort nicht traut, denn er hatte Eurer Schwester ja die Begnadigung versprochen.« Giffard runzelte die Stirn, als ein Schreiber herbeikam und ihm eine Liste mit allem vorlegte, was man bei Barcwit eingepackt hatte. »Das stimmt nicht. Da sollte fünf mal so viel Silber sein, wie du aufgeführt hast.«

»Da ist kein Irrtum möglich. Das ist alles, was es dort gibt, und wir haben jeden Zoll des Grundstücks durchsucht.«

»Nein«, beharrte Giffard. »Ich weiß *genau,* wie viel Silber Barcwit besitzt. Ich habe die Quittungen von den Minen gesehen. Deine Liste enthält nur einen Bruchteil. Er muss es versteckt haben.«

»Das muss das gestohlene Silber sein«, sagte Geoffrey. Er schaute das Dokument an. »Ich war mir über die Menge gar nicht im Klaren. Kein Wunder, dass so viele Leute danach gesucht haben.«

»Aber keiner hat es gefunden?«, fragte Giffard. Als Geoffrey den Kopf schüttelte, verzog er das Gesicht.

»Wir können nicht länger danach suchen«, sagte der Schreiber. »Nicht, wenn wir mit all den Wagen heute Abend noch Bath erreichen wollen. Wir müssen jetzt aufbrechen, sonst sind wir nach Einbruch der Dunkelheit noch auf der Straße, und das wäre nicht ratsam.«

Giffard stimmte ihm zu. »Geht. Lasst mir zwei Soldaten hier, und nehmt den Rest mit. Ich hole euch später ein.«

»Wozu die Eile?«, fragte Geoffrey, als der Schreiber fort war.

»Das beschlagnahmte Eigentum sollte nicht über Nacht hierbleiben. Es gibt hier zu viele Unzufriedene. Je früher es bei Henry ist, umso besser.« Giffard seufzte bekümmert. »Ich fürchte, ich muss die Suche nach dem Silber Bloet überlassen. Immerhin hat er dazu den Auftrag des Königs.«

»Der arme Bloet. Es gibt Gerüchte, dass es bereits in Irland ist, und dann würde er es niemals finden.«

»Habt *Ihr* irgendwelche Erkundigungen eingezogen?«, fragte Giffard hoffnungsvoll. »Es würde uns beiden nützen, wenn wir es Henry bringen. Verfügt Ihr vielleicht über Hinweise, die wir gemeinsam enträtseln könnten?«

»Ich hörte Alwold etwas flüstern, ehe er starb, aber das ist alles.«

»Wir haben alle von Piers gehört«, sagte Giffard abschätzig. »Es war noch Tage danach das Gespräch bei Hofe. Aber niemand kennt den Mann, nicht einmal Vater Feoc, der sein ganzes Leben in Bristol verbracht hat.«

»Es gab einen Einsiedler namens Piers, aber der ist tot. Idonea erzählte mir von einem Schäfer namens Piers in Beiminstre, aber der soll ebenfalls nichts wissen.« Geoffrey rieb sich die Stirn. »Ich dachte, Feoc wollte mich täuschen, als er meinte, dass es keinen Piers gibt, dann aber einräumte, den Einsiedler gekannt zu haben.«

Giffard nickte. »Ihr habt gefragt, ob es einen Mann namens Piers in Bristol gibt, aber Ihr hättet fragen sollen, ob es *irgendwo* einen Piers gibt. Deshalb hat Feoc Euch weder von dem Einsiedler noch von dem Schäfer erzählt – er nahm Eure Frage wörtlich. Diese ländlichen Priester sind gerne übergenau.

Wie auch immer, es spielt keine Rolle. Anscheinend hat Alwold wirklich nur im Delirium geschwatzt, wie Maude es von Anfang an behauptet hat. Seine letzten Worte bedeuten gar nichts, auch wenn sie Bloet viel Ärger bereitet haben.«

»Er sagte noch etwas, was niemand sonst gehört hat.« Geoffrey dachte angestrengt nach: Alwolds Tod lag schon Wochen zurück, und der Vorfall verblasste allmählich in seinem Gedächtnis. »Er sagte: ›Der Priester von St. John kennt das Geheimnis. Der König weiß davon, und Bloet und William de Warel.‹«

Giffard war nachdenklich. »Alwold berichtete dem König tatsächlich von dem Raub. Noch zwei weitere Männer waren bei dieser Gelegenheit anwesend.«

»Warelwast und Bloet?« Giffard nickte. »Also ging es bei diesem ›Geheimnis‹ doch um das verlorene Silber? Das schien mir kein großes Geheimnis zu sein.«

»Für Alwold war es eins. Er wollte mit niemandem darüber reden – nicht einmal mit Maude. Henry erfuhr es von Sendi und befahl Alwold, ihm die Einzelheiten mitzuteilen. Aber der Mann erzählte nur, dass das Silber geraubt worden war. Bloet und Warelwast waren bei diesem Gespräch dabei, und damit war das ›Geheimnis‹ binnen Stunden jedem bei Hofe bekannt. Also haben wir diesen Teil von Alwolds Aussage schon einmal aufgeklärt. Bleibt noch der andere Teil seiner Worte – über den Priester von St. John. Das ist Feoc, nehme ich an?«

»Etwas ist seltsam daran«, sagte Geoffrey und grübelte darüber nach. »Alwold war Barcwits getreuer Verwalter. Bei seinem Tod war er sehr eigen, mit wem er noch reden wollte – mit Maude, aber auf keinen Fall mit Rodbert. Und er bestand darauf, dass die Botschaft an *Barcwit* weitergeleitet werden sollte.«

»Aber Barcwit gibt es gar nicht. Und warum wartete er bis zu seinem Tod, ehe er es Maude erzählte? Weil *er* das Silber gestohlen hatte und es für sich behalten wollte, bis er es sich auf dem Totenbett anders überlegte?«

»Nein«, sagte Geoffrey. »Ich glaube, er war Barcwit treu ergeben. Erst als er erkannte, dass ihm keine Wahl blieb, vertraute er sich Maude an.«

Giffard war ungeduldig. »Wir drehen uns im Kreis. Ich werde selbst mit Feoc sprechen. Möglicherweise weiß er gar nicht, dass er im Besitz des Geheimnisses ist – es könnte sich um ein Pergament handeln, das in seiner Kirche verborgen liegt, oder um einen Hinweis während einer Beichte. Aber es geht um eine Menge Geld, also müssen wir alles tun, um es zu finden.«

»Die Antwort ist offensichtlich, da wir jetzt alle Fakten kennen.« Geoffrey rieb sich das Kinn. »Wir haben uns in Bezug auf Barcwit getäuscht. Es *gibt* ihn, denn Alwold hätte seinen letzten Atem nicht auf eine Botschaft für einen Mann verschwendet, der gar nicht existiert. Außerdem sagte er, ›er wird wütend sein, wenn Ihr ihn hintergeht. Ihr wisst nicht, wie er sein kann, wenn er wütend ist‹. So etwas sagt man nicht über jemanden, der nicht wirklich existiert.«

»Vielleicht erhielt er einfach nur den Mythos aufrecht, den sie geschaffen hatten«, vermutete Giffard. »Ihr meintet doch, dass Maude und Rodbert auf diese Weise die Leute eingeschüchtert haben.«

»Warum hätte er dann sagen sollen, dass Maude *nicht* weiß, wie Barcwit sein kann, wenn er wütend ist? Er hätte eigentlich das Gegenteil sagen sollen – *dass* sie es weiß. Daraus lässt sich nur eines schließen: Barcwit existiert.

Alwold hat das Silber aus irgendeinem Grund versteckt: Es wurde nicht gestohlen. Das erklärt auch, warum Barcwit bei dem Verlust so auffallend gelassen blieb – so gelassen, dass er Alwold sogar auftrug, seine Frau nach Westminster zu geleiten. Außerdem erklärt es, warum Alwold wollte, dass Barcwit – und Barcwit allein – weiß, wo es ist. Aber ich glaube, wir haben seine Hinweise enträtselt.«

»Habt Ihr?«, fragte Giffard überrascht. »Wo ist es dann?«

»In Beiminstre. Das ist das letzte Dorf, das Alwold auf seinem Weg von der Silbermine in Devon passiert hätte. Wir wissen, dass er ›kurz vor Bristol‹ Halt gemacht hat. Aber es war nicht Feoc, dem er das Geheimnis anvertraute. Es war der Priester einer anderen Kirche.«

»Ihr meint St. John in Beiminstre?«

»Ja. Ich hätte es schon vor Tagen erkennen sollen – und ich hätte auch die Wahrheit über Barcwit erraten müssen.«

»Aber das habt Ihr nicht«, sagte eine Stimme auf der Treppe, gefolgt vom Klicken einer Armbrust. »Und das ist ein großes Glück für mich.«

»Ihr seid Barcwit?«, fragte Geoffrey und erkannte zu spät, dass ihn die leere Schenke mitten am Tag hätte misstrauischer machen müssen. Nicht Giffard hatte sie räumen lassen, sondern der entrechtete Münzer. Und die Feindseligkeit des Schankburschen war den früheren Nachbarn geschuldet. Barcwit und die Männer, die sich nun hinter ihm drängten, hatten sich im Obergeschoss versteckt und ohne Zweifel sehr gespannt das Gespräch zwischen dem Bischof und dem Ermittler des Königs belauscht.

»Ich bin Barcwit«, bestätigte der Mann. Geoffrey sah Tasso mit gezücktem Schwert hinter ihm stehen. Der Ritter bedeutete Geoffrey, seine Waffen zu übergeben, was dieser erst tat, als einer der Männer mit dem Bogen auf Giffard zielte. »Es tut mir leid, dass wir uns nicht früher begegnet sind, aber meine Kinder hielten das für unklug.«

Geoffrey wusste sofort warum. Barcwit war klein, hatte funkelnde blaue Augen und einen flauschigen Bart und folglich gar nichts von dem bedrohlichen Schreckgespenst in Schwarz, das Maude und Rodbert geschaffen hatten. Er sah aus wie ein gütiger Großvater: Niemand würde vor diesem Barcwit Angst haben.

»Ihr habt mir alle möglichen Ungelegenheiten bereitet«, fuhr Barcwit fort. »Meine Tochter und mein Sohn sind tot, meine Prägestätte ist ausgeräumt, die meisten meiner Gesellen wurden entweder getötet oder festgenommen, oder sie flohen um ihr Leben. Ihr habt ein Lebenswerk zerstört.«

»Das passiert, wenn man den König betrügt«, belehrte ihn Giffard.

Barcwit überwand das kurze Stück zu dem Bischof in einem Satz und schlug ihn mit dem Bogen. Giffard schrie auf, und Blut quoll aus einer Platzwunde am Kopf. Geoffrey überdachte seine Einschätzung von Barcwit, als er dessen Gesichtsausdruck sah. Er hatte nichts Gütiges an sich, vielmehr lag eine ausgeprägte Bosheit in diesen funkelnden Augen. Er stellte sich zwischen die beiden. Barcwit würde erst an ihm vorbeimüssen, bevor er noch einmal einen unbewaffneten Mönch schlug.

»Warum haben Maude und Rodbert darauf bestanden, dass Ihr Euer Aussehen ändert?«, fragte er. »Schämten Sie sich Eurer etwa?« Er dachte an die Bettler in Feocs Kirche, die gesagt hatten, dass Barcwit größer geworden war und nicht mehr durch die Schenken zog, um sich Frauen zu suchen. Sie kannten noch den alten Barcwit vor seiner Verwandlung.

Barcwit betrachtete ihn kühl. »Wofür sollten sie sich schämen?«

Dazu fielen Geoffrey gleich mehrere Antworten ein, hauptsächlich abfällige Bemerkungen über Barcwits Größe und seine koboldhaften Gesichtszüge. »Wie konntet Ihr die Leute von Bristol glauben machen, Ihr hättet Euch von einem normalen Menschen in ein riesiges, schwarz verhülltes Ungeheuer verwandelt?«, fragte er stattdessen.

»Die Menschen haben ein kurzes Gedächtnis. Maude schlug vor, ich solle mich eine Weile nicht sehen lassen – die Leute lassen sich weit mehr von Dingen einschüchtern, die sie nicht sehen können, als von etwas, das sie kennen. Und Maude hatte Recht: Mein bloßer Name lässt die Bürger von Bristol vor Furcht erstarren.

Allerdings reichte die Wirkung weiter, als wir beabsichtigt hatten.

Wir wollten den Menschen Respekt einflößen und sie nicht glauben lassen, dass ich mit dem Teufel im Bunde stehe. Aber dadurch machten wir auch bessere Geschäfte als jede andere Prägestätte im Land, und so konnten wir uns nicht dazu durchdringen, dieses Missverständnis aufzuklären.«

»Das wissen wir alles«, sagte Giffard, die Hand auf die Stirn gelegt. »Und es ist an der Zeit, dies alles richtigzustellen. Wir ...«

»Es richtigzustellen?«, knurrte Barcwit. »Die Dinge werden nie wieder richtig sein! Ihr habt mir alles genommen. Oder glaubt Ihr, Henry wird mir eine andere Prägestätte übertragen, als Ersatz für diese?«

»Nein«, gab Giffard zu. »Das glaube ich kaum.«

»Sendi neidete uns unser ehrbares Geschäft«, sagte Barcwit, obwohl man es kaum so bezeichnen konnte, wenn jemand ein Ungeheuer erschuf und damit die Leute einschüchterte. »Er beschuldigte mich des Verrats, und dann haben auch noch Maude und Rodbert mich hintergangen.«

»Indem sie einander beilagen?«, fragte Giffard mitfühlend. »Das war eine sündige Verbindung.«

Aber Geoffrey glaubte nicht, dass Barcwit die Geschwisterliebe meinte. »Sie haben Euch Alwolds Botschaft über das Silber nicht überbracht?«

»So ist es«, stellte Barcwit verbittert fest. »Bevor ich Alwold mit nach Westminster schickte, damit er Rodbert von seiner Halbschwester fernhielt, sagte er mir noch, dass das Silber in Sicherheit ist. Wir kamen überein, es nach seiner Rückkehr zu bergen. Unglücklicherweise kehrte er nicht zurück.«

»Davon weiß ich gar nichts«, bemerkte Tasso überrascht. »Warum habt Ihr ihn aus Bristol fortgehen lassen, ohne zu fragen, wo das Silber untergebracht ist?«

Barcwit verzog das Gesicht. »Wir waren in Eile. Er konnte nur noch erwähnen, dass er es versteckt und die Wachen erschossen hat, damit es nach einem Überfall aussieht. Er dachte, Rodbert könnte es mir stehlen.«

»Rodbert hätte Euch nie auf diese Weise betrogen«, behauptete Tasso entsetzt.

»Doch, das hätte er«, widersprach ihm Barcwit entschieden.

»Sein Verrat reichte weiter, als Ihr ahnt«, sagte Geoffrey. »Er ermordete auch Alwold – um an Maude heranzukommen *und* den Mann zum Schweigen zu bringen, der ihm offen misstraute. Er hatte alles von langer Hand geplant. Zuerst tötete er Fardin, damit später alle glaubten, Sendi hätte Alwold aus Rache umgebracht.«

Giffard pflichtete ihm bei. »Einer meiner Schreiber sah Rodbert kurz nach Fardins Tod mit Blut befleckt. Er hat es damals niemandem erzählt, weil er meinte, dass es ihn nichts anginge, wenn sich irgendwelche Sachsen an einsamen Flussufern gegenseitig umbrächten. Inzwischen weiß er, dass es falsch war, zu schweigen.«

»Habt Ihr geplant, den König zu töten?«, fragte Geoffrey, um die wichtigste Frage, die Joan betraf, ein für alle Mal zu klären. Giffard zuckte überrascht zusammen: Das stand nicht in Geoffreys Bericht.

Barcwit tat die Frage geringschätzig ab. »Warum sollte ich? Ich brauche eine stabile Wirtschaft, die Münzen benötigt, und Henry sorgt dafür. Ich habe ihm sogar eine Zuwendung für den Krieg gegen Bellême geschickt, um seinen Sieg zu sichern. Ich habe – ich *hatte* keinen Grund, Henry zu schaden.«

»Joan hat Euch angelogen, Geoffrey«, höhnte Tasso. »Sie hat ihr Geld nur wegen des Gewinns bei uns angelegt. Sie hatte keine edlen Beweggründe, sie war nur gierig – genau wie Peter, Idonea, Clarembald und die Übrigen.«

»Was hat dann dieser Brief zu bedeuten, den ich gefunden habe?« Geoffrey achtete nicht auf Giffards wachsendes Entsetzen. »Den Ihr an Joan geschrieben habt und in dem Ihr die Einzelheiten des Mordplans umreißt?«

»Der wurde unter Colblacs verderblichem Einfluss von meinem betrunkenen Wardein geschrieben«, sagte Barcwit. »Ihr erinnert Euch an Colblac? Er war der Schreiber, der gelegentlich meine Tür gehütet hat. Wir hatten Lifwine als Spion in Sendis Prägestätte – und Sendi hatte Colblac.«

Geoffrey war überrascht. Colblac hatte nicht nach einem Verräter ausgesehen. Andererseits galt das auch für Lifwine.

»Ich habe ihn heute Morgen erschlagen«, sagte Tasso. »Aber vor seinem Tod gestand er mir noch, was er getan hat. Er zwang unseren sterbenden Wardein, den Brief an Joan aufzusetzen, den er dann in einem Fass auf Sendis Anwesen hinterlegte. Er dachte, Sendi würde den Brief finden und benutzen, um Meister Barcwit zu vernichten. Aber Ihr habt ihn vorher in die Finger gekriegt.«

»Und warum war er an Joan adressiert?« Geoffrey war angewidert.

»Um Euch Ärger zu bereiten«, sagte Barcwit einfach. »Wie jeder andere in dieser Stadt hat Colblac nichts für die Spitzel des Königs übrig. Sie sind gierig, bestechlich und nur darauf bedacht, ihren eigenen Einfluss und Wohlstand zu vermehren.«

Giffard lachte kurz auf. »Das gilt vielleicht für die meisten, aber nicht für Geoffrey! Schaut ihn Euch an, in seiner verdreckten Rüstung und der ungewaschenen Kleidung. Sieht er für Euch wie ein wohlhabender, einflussreicher Mann aus?«

»Nein«, räumte Barcwit ein. »Aber das ändert gar nichts. Ihr werdet beide sterben, und ich werde mein Silber in Beiminstre abholen. Dann fange ich mit den wenigen Getreuen, die Ihr mir gelassen habt, ein neues Leben an.«

Tasso trat mit dem Schwert in der Hand vor, und Geoffrey begriff, dass er mit Giffard Edrics Schicksal teilen sollte. Barcwit nickte seinem Henker zu, während die Bogenschützen erwartungsvoll zusahen und auf ein blutiges Schauspiel hofften.

»Wartet!«, rief Giffard. »Ihr könnt mich nicht zu meinem Schöpfer schicken, während ich noch in Sünde verstrickt bin. Ihr müsst mir Zeit geben, um meine Beichte zu leisten und meine Seele zu reinigen.«

Ohne auf die Erlaubnis zu warten, fiel er auf die Knie und betete mit lauter, gebieterischer Stimme. Tasso zögerte und fürchtete zweifelsohne für die eigene Seele, wenn er einen Bischof während der

Andacht tötete. Einige von Barcwits Gesellen nahmen, von Giffards Glaubenskraft mitgerissen, ihre Kopfbedeckung ab und senkten die Waffe. Andere beugten den Kopf, während Giffards großartig intoniertes Latein durch den Raum hallte. Barcwit bestaunte das Schauspiel mit offenem Mund, und Geoffrey ergriff die Gelegenheit.

Er machte einen Satz nach vorn, solange Tassos Schwert noch unsicher über Giffards Schultern zitterte, und stieß den Ritter um. Gleichzeitig versetzte er Barcwit einen Stoß, dass dem die Armbrust aus der Hand flog.

Der stieß einen schrillen Wutschrei aus, während er zu Boden ging, und schlug wild um sich. Dann war er überall und machte es seinen Männern schwer, helfend einzugreifen. Maude war schon von einem Pfeil ihrer Verbündeten getötet worden, und offenbar hatte man die Schützen gewarnt, was geschehen würde, wenn so etwas noch einmal vorkam. Das Ergebnis war, dass sie nun einfach dümmlich und tatenlos dastanden, während Geoffrey mit Tasso am Boden rang. In der Zwischenzeit betete Giffard weiter und verlängerte das fromme Zögern einiger Gesellen.

Tasso tastete verzweifelt nach dem Schwert, das seiner Hand entglitten war, während Geoffrey versuchte, ihn daran zu hindern. Barcwit sprang kreischend um sie herum, und einige seiner Männer, mit mehr Tatkraft als ihre Kameraden, näherten sich vorsichtig. Sie duckten sich mit ihren Armbrüsten nach links oder rechts, während sie auf die Gelegenheit für einen sicheren Schuss warteten. Geoffrey fasste Tasso an der Hüfte und rollte herum, sodass sein Gegner auf ihm lag, als ein Dritter wild mit einem Knüppel zuschlug. Tasso fluchte unflätig, und der Mann wich erschrocken zurück.

Dann beendete Giffard unvermittelt seine Andacht und stürzte sich ins Getümmel. Er umfasste Barcwit mit beiden Armen und hob ihn hoch. Wütend strampelte der Münzer mit den kurzen Beinen in der Luft. Mehrere Männer bekamen schmerzhafte Tritte gegen Kopf und Arme, als sie versuchen wollten, ihm zu helfen.

In der Zwischenzeit hatte Tasso sein Schwert wiedererlangt, und ein triumphierendes Lächeln leuchtete in seinem finsteren Gesicht.

Jemand trat kräftig auf Geoffreys Hand und presste sie gegen den Boden, und die entscheidenden Augenblicke, die er brauchte, um sich wieder zu befreien, reichten Tasso, um auf die Füße zu kommen.

Geoffrey erwartete, sogleich aufgespießt zu werden, aber Tasso hatte anderes im Sinn. Geoffrey hatte Barcwits Imperium, das Tasso mit aufgebaut hatte, zu Fall gebracht. Dafür wollte er sich rächen. Er holte mit dem Fuß aus und trat Geoffrey in die Seite. Der zerrte endlich seine Hand frei und versuchte, sich außer Reichweite zu rollen, aber Tassos Stiefel fand ihn mühelos. Während Geoffrey Tritte empfing, entwand sich Barcwit Giffards Griff und stieß dem Geistlichen den Dolch in die Brust. Mit erschrockener Miene kippte Giffard nach hinten und blieb reglos liegen.

»Pferde!«, brüllte Barcwit drängend. »Ich höre Pferde.«

»Das sind Giffards Diebe«, knurrte Tasso. »Sie machen sich auch noch mit dem letzten Rest Eures Besitzes davon – selbst mit dem Stab, mit dem Ihr das Feuer geschürt habt!« Er trat wieder zu, und Geoffrey trieb es den Atem aus der Lunge.

»Nein«, sagte Barcwit drängend. »Ich habe das Gefühl, wir waren nicht die Einzigen, die mit angehört haben, wie diese beiden über Beiminstre schwatzten. Noch jemand weiß jetzt, wo Alwold mein Silber versteckt hat. Der Bischof ist tot, also erledige auch den Spion des Königs und komm mit. Beeil dich!«

Er riss die Tür auf und rannte nach draußen. Dabei brüllte er seinen Männern zu, ihm zu folgen. Alle gehorchten, mit Ausnahme von Tasso, der mit dem Fuß zu einem weiteren Tritt ausholte. Geoffreys Rippen schmerzten heftig. Nur mit Mühe kam er auf die Knie und griff nach einem Dolch, den irgendwer hatte fallen lassen. Tasso trat ihm die Klinge aus der Hand, sodass sie schlitternd über den Boden rutschte.

Geoffrey wusste, dass er nicht mehr viel länger durchhalten konnte. Er zog das Messer aus dem Stiefel. Tasso hatte es dort übersehen, als er ihn entwaffnete. Geoffrey umfasste den Griff, und als Tasso zum nächsten Tritt ansetzte, stieß Geoffrey mit letzter Kraft die Klinge nach oben.

Tasso taumelte und fing sich wieder. Er war verletzt, aber längst nicht außer Gefecht gesetzt. Schon trat er wieder auf sein Opfer zu – doch dann stolperte er. Geoffrey reagierte unwillkürlich, indem er den Dolch hob. Tasso keuchte auf, als die Klinge in seinen Bauch glitt. Er fiel auf die Knie. Hinter ihm stand Giffard, weiß im Gesicht und zitternd. Tasso kippte nach vorne und blieb reglos liegen. Ein Fleck breitete sich unter seinem Leib aus und legte nahe, dass er nie wieder versuchen würde, jemanden zu Tode zu treten.

»Ich dachte, Barcwit hätte Euch getötet«, sagte Geoffrey und ließ sich von Giffard auf die Füße helfen.

»Das hat er versucht«, sagte Giffard zittrig. »Ich wurde noch nie erstochen, und ich kann nicht behaupten, dass es mir gefallen hätte.«

»Ihr wollt also nicht Euer Bistum aufgeben und Krieger werden?«, fragte Geoffrey. Er holte tief Luft und zuckte bei den stechenden Schmerzen zusammen. Einige Rippen mussten gebrochen sein.

»Gewiss nicht. Aber Euch möchte ich einen anderen Lebenswandel nahelegen. Solche Kämpfe sind viel zu gefährlich. Darum also bestand Henry darauf, dass ich dieses schwere und unbequeme Ding trage.« Er schlug den Kragen seiner Kutte zurück und zeigte das Kettenhemd darunter.

»Warum habt Ihr Barcwit gehen lassen?«, fragte Geoffrey, nachdem Giffard reglos liegen geblieben war, als Barcwit flüchtete.

Giffard starrte ihn verblüfft an. »Ich habe ihn gar nichts tun ›lassen‹. Er ist von selbst gegangen. Außerdem bin ich Mönch und kann keine Waffe gegen andere erheben.«

Geoffrey schaute auf Tasso. »Erzählt ihm das.«

»Das war ich nicht«, sagte Giffard entschieden. »Ich habe ihm nur einen Stoß versetzt. *Euer* Dolch war es, der ihm in die Eingeweide fuhr, also habt *Ihr* auch seinen Tod herbeigeführt. Der soll *meine* Seele nicht beflecken, wenn ich beim Jüngsten Gericht vor Gott trete.«

»Nun, jedenfalls hat der Schubs mein Leben gerettet«, stellte Geoffrey dankbar fest. Ob das eine Sünde war, würde Gott entscheiden, wenn die Zeit gekommen war. Und Geoffrey ging davon aus, dass dem Bischof dann auch nicht gestattet werden würde, eine vorbereitete Liste vorzulegen.

»Ihr habt auch das meine gerettet«, sagte Giffard. »Als Barcwit mich geschlagen hat, stelltet Ihr Euch ohne Zögern zwischen uns. Ich habe stets gespürt, dass Ihr ein guter Mann seid.«

»Henry wird nicht erfreut sein, wenn er erfährt, dass Barcwit mit dem Silber entkommen konnte«, sagte Geoffrey. »Vor allem nicht, weil im Großen und Ganzen wir ihm verraten haben, wo es ist.«

»Ihm und noch jemand anderem.« Giffard war zerknirscht. »Er hatte Recht: Es hat uns noch jemand von draußen belauscht.«

»Woher wisst Ihr das?«

»Ich habe zwei Soldaten vor der Tür postiert, damit sie mich bewachen, während ich hier drin bei Euch sitze. Aber als Barcwit hinauslief, sah ich sie tot daliegen. Barcwit hat das nicht getan, denn er war bei uns im Haus. Jemand anderes tötete sie und hörte, wie wir das Versteck des Silbers ausplauderten. Er dürfte in diesem Augenblick unterwegs nach Beiminstre sein.«

»Dann wird er dort auf Barcwit treffen«, sagte Geoffrey. »Es wird einen Kampf geben, und der Sieger bekommt die Barren.«

»Also, was wollt Ihr dagegen tun?«, fragte Giffard herausfordernd. »Sollen Barcwit und diese anderen Verräter stehlen, was dem König gehört?«

»Genau genommen gehört es Barcwit«, sagte Geoffrey und rieb sich die Seite. »Außerdem habe ich für heute genug gekämpft. Ich fühle mich, als wäre ich von einer ganzen Herde Pferde überrannt worden.«

»Es gehört *nicht* Barcwit«, schnauzte Giffard. »Er ist jetzt ein Gesetzloser, weil er den König hintergangen hat. Nehmt Euch zusammen! Wir *müssen* herausfinden, wer ihm bei der Suche nach dem Silber zuvorkommen will.«

»Das wird Bloet sein«, prophezeite Geoffrey. »Oder Clarembald. Er ist tiefer in diese Verschwörung verstrickt, als anständig ist. Oder womöglich auch Warelwast, der Freund, der stets versucht mir zu helfen – außer wenn ich ihn wirklich brauche. Es würde mich nicht überraschen, wenn er Joan verlassen hat, um hierhin zurückzukehren.«

»Dann kommt«, rief Giffard und zerrte an seinem Ärmel. »Beeilt Euch!«

Geoffrey widersetzte sich. »Wie viele Männer habt Ihr? Oder habt Ihr sie alle nach Bath geschickt?«

»Nur die beiden dort draußen«, sagte Giffard, aufgebracht über die Verzögerung. »Der Rest wurde gebraucht, um die Wagen zu beschützen. Immerhin wird jeder Räuber in der Grafschaft darauf aus sein.«

»Aber die beiden Wachen draußen sind tot«, erinnerte ihn Geoffrey. »Also habt Ihr niemanden mehr.«

»Ich habe Euch«, beharrte Giffard. »Und Peter hat Soldaten …«

»Alle geflohen«, sagte Geoffrey. »Ich bezweifle, dass Ihr und ich viel gegen Barcwit *und* seine Männer *und* diesen anderen Schatzsucher ausrichten können, vor allem dann nicht, wenn Ihr Euch weigert, Waffen zu benutzen, damit kein Mord Eure Seele befleckt. Ich kann nicht mehr kämpfen, Giffard. Ich bin erschöpft.«

»Ihr müsst«, drängte Giffard verzweifelt. »Barcwit könnte den guten Leuten von Beiminstre Leid zufügen, wenn wir nicht dort sind, um sie zu beschützen. Wir können sie nicht der Gnade eines solches Mannes ausliefern.«

Geoffrey dachte an Kea und seine Schwester. Die armselige Verteidigung der Dorfbewohner würde nicht ausreichen, einen entschlossenen Mann wie Barcwit abzuwehren. Der Münzer würde auch noch den letzten Menschen im Dorf töten, um zu bekommen, was ihm seiner Ansicht nach zustand.

»Roger wird uns helfen«, sagte er und hielt auf die Tür zu. »Aber Ihr werdet danach das Silber zählen müssen.«

»Das ist mir egal«, sagte Giffard und zog Geoffrey beinahe mit sich, so eilig hatte er es. »Ich würde ihm sogar welches *geben,* wenn er uns nur sein Schwert zur Verfügung stellt, damit wir die Pläne dieser Schurken vereiteln können.«

# 14. Kapitel

Roger hatte genug von Bristol und war fest entschlossen, noch an diesem Tag gemeinsam mit Geoffrey nach Barfleur aufzubrechen, wo sie wieder auf Joan treffen sollten. Er hatte ihre Taschen gepackt, die Pferde gesattelt und wollte eben Ulfrith nach seinem Freund ausschicken, damit sie endlich von hier fortkamen.

»Beim Blute Christi«, hauchte er, als Geoffrey mit Giffard in den Stall humpelte. »Was ist passiert?«

»Das verschwundene Silber ist in Beiminstre, und Barcwit und Gott weiß wer noch sind auf dem Weg dorthin, um es sich zu holen«, erwiderte Geoffrey. »Seine Eminenz, Bischof Giffard, ist der Ansicht, dass du und ich ein ganzes Dorf retten, dem König sein Silber wiederbeschaffen und ganz nebenbei noch ein paar weitere Verräter aus dem Weg räumen können.«

»Dann lass es uns tun«, verkündete Roger, nicht im Mindesten eingeschüchtert von dieser Liste unerreichbarer Ziele. »Ich bin in der richtigen Stimmung für ein kleines Scharmützel.«

Bevor Geoffrey noch die Zeit fand, ihm zu antworten, trieb er schon sein Pferd über den Burghof. Mit einem Jauchzer schloss sich Uflrith ihm an. Helbye folgte gemächlicher, die Hand auf die Hüfte gestützt, während Durand dem Bischof sein Reittier anbot, in der Hoffnung, dass alle Gefahr schon vorbei sein würde, bis er die Meile nach Beiminstre zu Fuß zurückgelegt hatte.

Geoffreys neues Pferd schoss hinter den anderen her, und er hatte Mühe, dass Tier so weit zu zügeln, dass es nicht alle überholte. Ihm war nicht danach zumute, als Erster anzukommen und es allein mit den Verrätern aufzunehmen. Nur aufrecht sitzen zu bleiben kostete ihn beinahe mehr Kraft, als er noch in sich fühlte.

Bristol wirkte seltsam verlassen, während sie hindurchritten. Die meisten Fensterläden waren geschlossen, und weit und breit war nicht eine offene Tür zu entdecken. Keine Tiere streunten durch die Straßen, und die wenigen Menschen, die sich draußen aufhielten, gingen eilig und mit gesenkten Häuptern ihren Geschäften nach. Geoffrey und seine Gefährten überquerten die Brücke und fanden keinen Posten vor, der den Zoll eingenommen hätte. Peters Soldaten waren allesamt davongelaufen und ließen es zu, dass Leute wie Barcwit ungehindert ihre Machenschaften verrichten konnten. Bristol war eine Stadt ohne Recht und Gesetz.

Roger ritt mit atemberaubendem Tempo des Uferweg entlang, während Giffard ihn dabei noch antrieb. Geoffrey und Helbye kamen weniger begeistert hinterher. Schon bald sahen sie die ersten Häuser von Beiminstre. Still und friedlich lagen sie in der Morgensonne, Hühner pickten in den Gärten, und von den Kaminen stieg Rauch auf. Geoffrey zügelte das Pferd und bedeutete den anderen, abzusteigen.

»Barcwit ist vor uns, und wir wollen ihm nicht in die Arme laufen.«

»Das Überraschungsmoment«, erklärte Roger dem Bischof, als hätte Giffard sich das nicht selbst denken können. »Wir werden Barcwit aus dem Hinterhalt erwischen – schnappen ihn *und das* Silber.«

Sie banden die Pferde an und rückten zu Fuß weiter vor. Zwischen den Bäumen schlichen sie so nahe an das Dorf heran, wie es nur möglich war, ohne gesehen zu werden. Giffard machte sich Sorgen, dass sie zu lange brauchten, und Roger war dafür, die Verstohlenheit zugunsten eines Sturmangriffs aufzugeben. Aber Geoffrey wies darauf hin, dass sie nicht wussten, wie vielen Gegnern sie gegenüberstanden. Es war klüger, Vorsicht walten zu lassen.

Unterwegs zerbrach sich Geoffrey den Kopf, wer der letzte Verräter sein mochte. Waren es Bloet und Clarembald, die beide verdächtig und unaufrichtig wirkten? Oder war es der Krämerbischof, dem ein paar Silberbarren gerade recht kamen, um seinen liebsten Zeitvertreib zu finanzieren? Rodbert, Maude und Tasso waren tot, genau wie der verräterische Lifwine, während Sendi, Adelise und ihre Leute um ihr Leben geflohen waren. Wer blieb also noch übrig? Jemand aus Bristol, der der Ansicht war, Barcwit sei ihm für die Jahre der Tyrannei noch etwas schuldig?

Im Dorf angekommen, führte Geoffrey sie einen Weg entlang, der hinter den Häusern und ihren langen Gärten verlief. Er konnte die Kirche schon vor sich sehen und fragte sich, wohin Barcwit sich wohl als Erstes wenden würde. Er rieb sich die Seite und kam zu dem Schluss, dass der Schmerz in den Rippen seinen Verstand behinderte, denn die Antwort darauf war offensichtlich. Barcwit wusste, dass der Priester Alwolds Geheimnis kannte: Er würde sich an Vater Wido wenden.

Wie Bristol wirkte auch Beiminstre seltsam verlassen. Hoffentlich waren die Leute so vernünftig gewesen, zu verschwinden, als die gierigen Schatzsucher eintrafen. Am Haus des Priesters schlich Geoffrey geduckt den Pfad entlang und öffnete die Hintertür. Eine Bank lag auf der Seite, und mehrere Schalen waren neben dem Herd zerschlagen worden. Hier hatte ein Kampf stattgefunden, aber es gab weder Blut noch Leichen, was ein Hoffnungsschimmer war. Er hörte, wie seine Begleiter andere Häuser überprüften, aber kopfschüttelnd kamen sie einer nach dem anderen wieder hinaus.

»Hier!«, rief Giffard in rauem Flüsterton.

Mit einem unbehaglichen Gefühl im Magen kletterte Geoffrey über den Zaun und schob sich an Giffard vorbei, um das Nachbarhaus zu betreten. Überrascht sah er Clarembald auf dem Boden liegen, gefesselt und geknebelt mit seinem eigenen Verbandsmaterial. Der *Medikus* war vor Wut außer sich und zuckte wie wild mit den Augenbrauen, um anzudeuten, dass er befreit werden wollte.

»Nein«, sagte Giffard, als Ulfrith Anstalten machte, der stummen Aufforderung nachzukommen. »Als ich ihn wissen ließ, dass ich Sendi freigelassen hätte, hat er mich nicht über meinen Fehler aufgeklärt. Dabei muss er gewusst haben, dass der Mann ein Verbrecher war.«

Clarembald gab ein Geräusch von sich, das anklingen ließ, dass er dafür eine Erklärung hatte, also zog ihm Geoffrey den Knebel aus dem Mund. »Ich handelte im Auftrag des Königs«, schimpfte der Heilkundige, sobald er wieder reden konnte. »Auch wenn Bischof John alles unternommen hat, um mich daran zu hindern.«

»John de Villula ist ein Verräter?«, fragte Bischof Giffard.

Clarembald zögerte, und Geoffrey konnte merken, dass er ernsthaft mit sich rang, ob er die Frage nicht bejahen sollte. »Nein«, räumte er schließlich ein. »Aber als ich hörte, dass Ihr Sendi freigelassen hättet, wandte ich nichts dagegen ein, weil es noch einen weiteren Verräter in Bristol gibt. Ich hatte gehofft, Sendis Freilassung würde ihn aus seinem Loch treiben.«

»Wen?«, wollte Giffard wissen. »Den wirklichen Barcwit, klein von Wuchs, doch von großer Gewalttätigkeit?«

»Barcwit ist bloß ein Fälscher unter vielen«, sagte Clarembald. »Ich spreche von jemandem, der weit gefährlicher ist.«

»Ich glaube Euch kein Wort«, erklärte Geoffrey. »Ich habe Euch in Barcwits Werkstatt gesehen, als Ihr seine Männer über irgendwelche Flüche belehrt habt und darüber, wie ernst eine gewisse ›Lage‹ sei. Ihr steht in Barcwits Diensten, und deshalb versucht Ihr, seine Verbrechen herunterzuspielen.«

»Ihr wart da?«, fragte Clarembald erschrocken. »Wart Ihr das in dem dunklen Mantel, der im Schatten gelauert und jeden beunruhigt hat?«

»Versucht nicht abzulenken«, ermahnte ihn Giffard. »Worüber habt Ihr mit Barcwits Leuten geredet?«

»Unter ihnen grassiert die Lues venerea, und ich wurde gerufen, um sie zu behandeln. Das ist ein Zustand, der sich ausbreiten kann, und als ich vom ›Ernst der Lage‹ sprach, meinte ich damit die Tatsache, dass dieser lüsterne Haufen halb Bristol anstecken könnte.«

»Die Lustseuche war also die ›Heimsuchung, die uns alle ins Grab bringen könnte‹?«, fragte Geoffrey. Das klang durchaus nicht unglaubwürdig – vor allem, da auch Durand einen »Vortrag« Clarembalds erwähnt hatte. »Aber warum seid Ihr hier? Um Euch mit Barcwit zu treffen und ihm bei der Suche nach dem Silber zu helfen?«

»Nein!«, rief Clarembald und kämpfte vergebens gegen seine Fesseln an. »Ich bin hergekommen, um möglicherweise den Verräter zu finden – nicht Sendi, nicht Barcwit, sondern jemand anderen. Ich habe gesehen, wie Barcwit hierherritt, und dann bin ich ihm gefolgt, in der Hoffnung, dass auch der wahre Verräter sich hier zeigen würde.«

»Und wer ist das?«, fragte Geoffrey. Er war sich nicht sicher, ob er dem Mann glauben sollte.

»Ich weiß es nicht. Ich weiß nur, dass er sich gegen Barcwit gestellt hat und Sendi bei seinen Verbrechen half. *Deshalb* war ich erfreut, als Ihr Sendi freigelassen habt, und *deshalb* bin ich hier – um diesem Mann eine Falle zu stellen.«

»Und ist dieses geheimnisvolle Geschöpf Barcwit gefolgt?«, fragte Giffard. Er hatte sichtlich seine Zweifel an der Geschichte. Er wollte sich von dem Hofarzt nicht noch einmal täuschen lassen.

»Ich weiß es nicht genau«, sagte Clarembald verärgert. »Als ich ankam, packten mich die Dorfbewohner und fesselten mich. Also lasst mich frei, dann können wir den Burschen gemeinsam fangen.«

»Ihr könnt bleiben, wo Ihr seid«, befand Giffard und steckte den Knebel wieder an seinen ursprünglichen Platz zurück. »Ich will Euch nicht frei herumlaufen haben, wenn wir uns mit Barcwit befassen. Ihr habt Recht: Da ist noch jemand hinter dem verschwundenen Silber her, aber es gibt keinen Hinweis darauf, dass nicht Ihr derjenige seid.« Er führte die anderen nach draußen, ohne die wütenden Laute des Geknebelten zu beachten.

»Die Kirche«, sagte Helbye und zeigte darauf. »Vielleicht haben sich die Dorfbewohner in ihrem Inneren verschanzt, weil sie schon damit rechneten, dass Clarembald nur der Erste war und weitere ihm folgen würden.«

Geoffrey war besorgt. »Barcwit hatte einen guten Vorsprung, er muss also schon hier sein. Er weiß, dass das Silber in Beiminstre versteckt wurde. Aber wo genau, muss er noch herausfinden. Ich glaube auch, dass die Dorfbewohner in der Kirche sind. Aber Barcwit wird bei ihnen sein und versuchen, ihnen das Versteck zu entlocken – ich fürchte nur, sie kennen es nicht.«

»Dann werden wir sie retten«, stellte Roger edelmütig fest. »Ich halte nicht viel davon, wenn Gesetzlose sich an Bauern vergreifen. Außerdem wäre es mir lieber, wenn sie mir das Versteck des Silbers verraten.«

»Wir müssen uns still und heimlich annähern, wenn wir sie überraschen wollen«, sagte Geoffrey warnend. »Ich habe zumindest neun Männer in Barcwits Gefolge gezählt, und wir sind nur zu viert.«

»Zu fünft«, berichtigte ihn Giffard und ergriff entschlossen einen Spaten. »So ein Arbeitsgerät ist keine Waffe. Gott kann es mir nicht vorwerfen, wenn diese Schurken zufällig dagegenlaufen, während ich es in den Händen halte.«

»Aber denkt daran«, sagte Geoffrey, damit der Bischof nicht voreilig seine Schaufel schwang. »Still und leise.«

Die anderen nickten, und sie machten sich wieder auf den Weg. Sie schlüpften zwischen den Bäumen einher bis zum Hauptportal der Kirche. Es stand einen Spalt offen, und Geoffrey hörte von drinnen Stimmen.

Alle Dorfbewohner waren dort, ihre Gesichter bleich und verängstigt. Sie standen vor einer der Mauern, die Männer auf der einen Seite, Frauen und Kinder auf der anderen. Fünf Männer mit Armbrüsten bewachten sie. Alle Augen waren auf Barcwit und vier abgebrüht wirkende Schurken gerichtet, die vor dem Hochaltar standen. Vater Wido kniete mit flehender Geste vor ihnen, während Barcwit jemanden am Ohr festhielt: Kea.

»Wenn ihr mir nicht verratet, wo das Silber ist, dann schneide ich es ab«, verkündete Barcwit. Seine nüchterne Stimme ließ die Drohung umso beängstigender klingen. »Und wenn ihr dann immer noch nicht redet, mache ich beim anderen Ohr weiter. Dann sind die Finger dran, und die Zehen …«

Mit einem so durchdringenden Schlachtruf, dass mehreren Dorfbewohnern ein Schreckensschrei entfuhr, riss Geoffrey das Schwert aus der Scheide und stürmte den Gang entlang.

»Was ist nun mit ›still und leise‹?«, hörte er Roger fragen.

Die Bogenschützen fuhren bei dem plötzlichen Angriff herum

und gaben in wilder Panik ungezielte Schüsse ab, die harmlos gegen die Wände klackerten. Ein Pfeil traf ein Wandbild und hinterließ dort eine Kerbe, woraufhin eine Greisin wütend aufschrie, sich auf den Schützen stürzte und ihn mit den Fäusten bearbeitete. Und dann stürmten sämtliche Dorfbewohner auf sie los. Die waren zu verängstigt gewesen, um für sich selbst zu kämpfen, aber ihre geliebte Kirche war etwas ganz anderes.

Barcwit fiel die Kinnlade herab, während seine vier Männer sich nur einen kurzen Blick zuwarfen, bevor sie auf die Tür zurannten. Dort trafen sie auf Ulfrith, der zwei von ihnen mit seiner Keule niederstreckte, während Giffard die beiden anderen mit dem Spaten außer Gefecht setzte.

Barcwit handelte rasch. Er packte Kea fester und hob den Dolch. »Ich schneide ihm die Kehle durch«, zischte er, und Geoffrey konnte sehen, dass er es ernst meinte. »Wenn Ihr nicht das Blut eines Unschuldigen auf Euer Gewissen laden wollt, dann bleibt fort von mir.«

Nach Barcwits Ankündigung senkte sich eine vollkommene Stille über die Kirche. Die Dorfbewohner schlugen nicht mehr auf die Schützen ein, sondern sahen entsetzt zu, wie Barcwit das Messer noch nachdrücklicher an Keas Kehle presste. Der Junge riss vor Entsetzen die Augen auf, und seine Schwester fing an zu weinen.

»Es ist vorbei, Barcwit«, sagte Giffard ruhig. »Lasst ihn gehen.«

»Barcwit?«, fragte einer der Dorfbewohner erschrocken. »Das kann nicht Barcwit sein. Barcwit ist riesig.«

»Er war klein, als ich ihn das erste Mal gesehen habe«, sagte Wido. »Seine bösen Kräfte müssen ihn verlassen haben, wenn seine Größe wieder geschwunden ist.« Er tat einen Schritt nach vorne, und Kea schrie auf, als das Messer seinen Hals ritzte.

»Nein!«, rief Geoffrey. Es würde für Kea tödlich enden, wenn man Barcwit unterschätzte. »Bleibt von ihm weg.«

Barcwit grinste. »Hört lieber auf den Ratschlag des königlichen

Gesandten, Vater. Er weiß genau, dass verzweifelte Männer zu verzweifelten Maßnahmen greifen, und kein Mann könnte verzweifelter sein als ich – ohne Silber, ohne Werkstatt, ohne Gesellen und ohne Familie. Wir werden also Folgendes tun: Kea wird mich zu meinem Silber führen, während ihr alle ruhig und brav hierbleibt. Sobald ich in Sicherheit bin, werde ich den Jungen freilassen. Wenn jemand mir zu folgen versucht, töte ich ihn. Ist das klar?«

»Ich weiß, wo das Silber ist«, jammerte Keas einfältige Schwester. »Es ist am Fluss.«

Aber Barcwit hatte nicht vor, sich von einem sechsjährigen Kind in die Irre führen zu lassen, dessen schleppende Sprache schon verriet, dass es ein wenig zurückgeblieben war. Außerdem wirkte das Mädchen so entschlossen, seinen Bruder zu retten, dass Barcwit den Hinweis in den Wind schlug.

»Ihr werdet Kea für den Rest Eures Lebens festhalten müssen«, warnte ihn Giffard, »denn Ihr werdet nie wieder in Sicherheit sein. Lasst ihn frei und ergebt Euch. Ich werde Euch nicht von hier fortgehen lassen, ob mit Geisel oder ohne.«

»Und ich werde Euch nicht das Silber überlassen«, fügte Roger hinzu und machte deutlich, wo seine Prioritäten lagen.

»Ich weiß nicht, wo es ist!« Kea schluchzte. »Ehrlich, ich weiß es nicht!«

»Am Fluss« beharrte seine Schwester. »Meine Puppe hat es mir erzählt, bevor sie von schlimmen Dieben gestohlen wurde.«

Geoffrey zuckte zusammen und fragte sich, ob Durand das Spielzeug jemals zurückgebracht hatte.

»Keiner von uns weiß es«, erklärte Wido glaubwürdig. »Sonst hätten wir uns inzwischen schon daran bedient.«

Barcwit schien ein wenig in sich zusammenzusinken. Was Wido sagte, leuchtete ein. Doch schon im nächsten Augenblick wich die Enttäuschung einem tiefen, wilden Hass, und Geoffrey erkannte, dass Barcwit sich niemals ergeben würde. Ein feines rotes Rinnsal lief an Keas Hals hinunter, und der Junge verzog das Gesicht, als das Messer tiefer schnitt.

Geoffrey blieb keine Zeit mehr, sich noch etwas anderes zu überlegen. Er holte mit dem Arm aus und schleuderte sein Schwert, so kräftig er konnte. Es flog durch die Luft und bohrte sich mit einem hässlichen, schmatzenden Laut in Barcwits Brust. Während der alte Mann noch verblüfft auf das Heft der Klinge schaute, entwand Kea sich seinem Griff und rannte zu Geoffrey. Barcwit schloss die Augen und sank zu Boden. Sein Blut befleckte die herrlichen weißen Steinplatten.

»Dafür sind Schwerter aber nicht gemacht«, mahnte Roger. Er trat vor, um die Waffe zurückzuholen und sich zu vergewissern, dass Barcwit nicht mehr am Leben war. »Du solltest einen Speer für so was verwenden.«

»Ich hatte gerade keinen zur Hand«, erwiderte Geoffrey müde. Er war einfach nur froh, dass dieses ungewöhnliche Manöver geglückt war, denn es hätte ebenso gut schiefgehen können. Er schaute Kea an. »Geht es dir gut?«

»Es ist nur ein Kratzer«, sagte Kea, bevor er mit Tränen in den Augen noch hinzufügte: »Aber es tut trotzdem weh.«

»Was, wenn du daneben getroffen hättest?«, fuhr Roger empört fort. »Du hättest die Klinge beschädigen können.«

»Oder den Jungen treffen«, bemerkte Giffard entsetzt. »Das war sehr leichtsinnig.«

»Eigentlich nicht«, wandte Ulfrith ein. »Er kann gut werfen. Das habe ich gesehen, als er Rodbert mit dem Tintenfass getötet hat – gestern in Barcwits Haus.«

»Ich werde die Kirche neu weihen müssen«, stellte Giffard fest, nachdem er die Folgen dieses kurzen Geschehens in Augenschein genommen hatte. »Ich zähle hier drei Tote und sieben Verletzte.«

»Ihr habt allein zwei davon getötet«, merkte Ulfrith bewundernd an. Er wollte, dass der Bischof für seine Taten auch die gebührende Würdigung erfuhr. »Ich habe meine beiden nur betäubt, ihr dagegen führt den Spaten mit tödlicher Treffsicherheit.«

»Aber es waren schlechte Menschen«, merkte Kea freundlich an, der sah, wie unwohl sich Giffard in seiner Rolle als größter Schlächter fühlte. Er wandte sich an Geoffrey. »Wir haben auch einen Heilkundigen erwischt, der hier herumgeschlichen ist. Er behauptete, er würde die Silberdiebe suchen, aber wir haben ihn überwältigt und in unserem Haus versteckt. Dann haben wir bemerkt, dass Barcwit ebenfalls hier ist, und er hat uns alle in die Kirche gezwungen.«

»Darüber müsst ihr euch nun keine Sorgen mehr machen«, sagte Geoffrey. »Barcwit ist tot, und ihr seid in Sicherheit.«

»Aber was ist jetzt mit dem Silber?«, meldete sich Roger enttäuscht zu Wort. »Deshalb sind wir immerhin hergekommen.«

»Also, *ich* bin hergekommen, um diese Leute vor Barcwit zu retten«, sagte Geoffrey. »Das Silber ist mir gleichgültig.«

»Nun, mir nicht«, stellte Giffard entschieden fest. »Denkt Ihr noch daran, was wir besprochen haben? Dass Henry möglicherweise über Sendis Freilassung und Joans Flucht hinwegsehen könnte, wenn wir ihm die Barren bringen? Und vergesst nicht, dass Barcwit nicht der Einzige war, der danach gesucht hat. Die Menschen in Beiminstre werden erst dann in Sicherheit sein, wenn wir auch den anderen Verräter haben.«

»Warum glaubt nur jeder, dass *wir* wissen, wo das Silber ist?«, fragte Wido verzweifelt. »Erst Clarembald, dann Barcwit und jetzt auch noch Ihr.«

»Alwold hat es uns gesagt«, antwortete Giffard. »Mit seinem letzten Atemzug. Der Priester von St. John kennt das Geheimnis, so gestand er. Und Ihr habt Glück, dass Geoffrey dieses Wissen so verschwiegen gehütet hat, sonst hätte man Euch schon viel früher belästigt.«

»Ich?«, fragte Wido entsetzt. »Ich kann Euch versichern, dass ich gar nichts davon weiß.«

»Das hat Piers der Schäfer auch gesagt«, warf Keas Schwester ein. »Und dann haben die anderen ihn getötet.« Sie sah Wido an, als rechnete sie damit, dass er der Nächste wäre.

Wido schüttelte den Kopf und sprach freundlich zu ihr: »Er wurde nicht getötet, mein Kind. Er ist einfach davongelaufen.«

»Er wurde getötet«, beharrte das Mädchen. »Erst ist er davongelaufen, aber dann kam er zurück, und sie töteten ihn. Diese anderen haben ihn getötet. Wahrscheinlich haben sie auch meine Puppe gestohlen.«

Geoffrey rieb sich müde den Kopf und ging dann neben der Kleinen in die Hocke. »Was für andere?«

Sie schüttelte den Kopf. »Böse Männer. Ich habe ihnen gesagt, das Silber ist am Fluss.«

»Rowise weiß gar nichts darüber«, sagte Kea und legte schützend den Arm um ihre Schultern. »Sie und die Puppe denken sich Geschichten aus – jedenfalls was das so, ehe sie die Puppe verloren hat. Sie hat davon gehört, wie Alwold das Silber abhandenkam, und seitdem träumt sie ständig davon. Kinder stellen sich so viel vor, vor allem, wenn sie etwas einfältig sind.« Er redete so, als wäre er mit seinen elf Lebensjahren der Kindheit schon lange entwachsen.

»Alwold brachte seinen Wagen zum Fluss«, beharrte Rowise. »Meine Puppe hat ihn gesehen, aber er meinte, er würde sie ins Wasser werfen, wenn sie jemandem davon erzählt. Aber sie hat nicht auf ihn gehört und es Kea erzählt, und dann ist sie verschwunden. Alwold hat sie ertränkt.« Sie grub ihr Gesicht in Geoffreys Wappenrock und fing an zu weinen.

»Was jetzt?«, fragte Roger entmutigt. »Niemand hier weiß, was mit dem Silber passiert ist. Wir können es also aufgeben.«

»Das mag sein«, befand Bischof Giffard, »aber diese Verräter können wir noch erwischen. Das Kind hat ihnen erzählt, dass das Silber am Fluss zu finden ist. Ob das nun stimmt oder nicht – dort werden sie jetzt sein. Die Silberbarren bekommen wir vielleicht nicht, aber dafür die Schurken.«

Roger richtete seine gefühlvollen Augen auf Wido. »Und Ihr wisst ganz bestimmt nicht, wo Alwold es gelassen hat?«

Wido schüttelte hilflos den Kopf. »Alwold erzählte mir nur, dass er an diesem Tag bei Piers war. Aber als ich Piers danach gefragt habe, meinte er, er hätte Alwold schon seit Wochen nicht mehr gesehen. Also hat Alwold mich angelogen, und Euch hat er auch angelogen, als er das Geheimnis erwähnte, von dem ich angeblich weiß.«

»Der arme Piers«, sagte Kea traurig. »Ich werde ihn vermissen. Er hat mir beigebracht, wie man am alten Kai Fische fängt. Er war gern dort und saß jeden Abend da, um den Sonnenuntergang zu betrachten.«

»Ein Kai?«, fragte Geoffrey. Etwas regte sich tief in seinen Gedanken. »In Bristol?«

»Nein, hier«, sagte Kea. »Früher war da einiges los, aber die Anlegestellen in Bristol sind größer, und heutzutage fahren die Schiffe lieber dorthin.«

»Unsere Anlegestelle ist brüchig und vermodert«, führte Wido aus.

Plötzlich verstand Geoffrey, und er fragte sich, warum er nicht früher darauf gekommen war. Er sah Giffard an. »Alwold sprach nicht von dem Schäfer. Ich glaube, er meinte den Kai – den Pier!«

»Alwold rechnete nicht mit seinem Tod«, sinnierte Giffard. »Er wollte selbst hierhin zurückkehren und das Silber abholen, und er sah keine Notwendigkeit, Vorkehrungen für seinen Tod zu treffen und Barcwit von der Reise davon zu erzählen.«

»Zwei Leute haben allerdings die ganze Zeit davon gewusst«, sagte Geoffrey. Er deutete mit einer Kopfbewegung auf das Kind, das noch an seiner Schulter schluchzte. »Rowise, die Alwold dabei beobachtet hat, und Wido, dem Alwold davon erzählt hat – vermutlich für den Fall, dass irgendwas schiefginge – und der die Bemerkung aber nicht verstanden hat.«

»Verdammt!«, murmelte Wido und war wütend auf sich selbst. »Meine einzige Gelegenheit, reich zu werden, und ich verpfusche sie mir.«

»Wir haben alle gedacht, dass Rowise sich das nur ausdenkt«, erklärte Kea benommen. »Aber sie streift viel allein durch den Wald, also kann sie Alwold mit seinem Wagen gesehen haben.«

Geoffrey schob Rowise behutsam von sich. »Erzähl mir mehr über die Männer, die Piers getötet haben«, fragte er sanft. »Hast du sie vorher schon mal gesehen? Wie sahen sie aus?«

»Er hatte einen großen gelben Bart«, berichtete Rowise unter Tränen. »Und eine Frau und viele Freunde.«

»Sendi!«, riefen Giffard und Roger gleichzeitig.

Roger und Giffard waren begierig, das Silber zu finden, bevor auch Sendi Alwods Hinweis entschlüsselte. Ulfrith hatte nie etwas gegen eine Schatzsuche, und nur Helbye wirkte ungewohnt gleichgültig. Er stellte heraus, dass der Schatz nun schon seit Wochen sicher in seinem Versteck liege und dass es auf ein paar Augenblicke mehr oder weniger auch nicht mehr ankomme.

Er ging neben Geoffrey her, und beide mussten einen erbärmlichen Eindruck machten, als sie so gemeinsam des Weges humpelten. Geoffrey dachte an Clarembalds Vorhersage für Helbyes Hüfte und fragte sich, wann er wohl den Mut aufbringen würde, seinem alten Gefährten zu sagen, dass seine Tage als Krieger gezählt waren.

»Diese verdammten Stiefel«, murmelte Helbye und blickte finster auf die ungeliebte Fußbekleidung hinab. »Ich werde es nie bis nach Jerusalem schaffen, solange sie mich bei jedem Schritt behindern.«

»Niemand von uns wird Jerusalem wiedersehen, solange wir dem König nichts vorweisen können«, sagte Geoffrey. Er wusste, dass jetzt der rechte Moment gewesen wäre, Helbye die Wahrheit zu sagen, aber er fühlte sich zu erschöpft, um sie zu nutzen.

»Die ganze Zeit glaubten wir, Barcwit wäre der gefährlichere Gegner«, sinnierte Helbye. »Aber wir haben uns getäuscht: Sendi war viel verschlagener.«

Geoffrey konnte ihm nur beipflichten. »Nicht so schnell!«, rief er den anderen zu, die sich schon vorneweg einen Weg durch den Wald bahnten. »Sendi ist womöglich näher, als ihr denkt.«

Mit einer verächtlichen Handbewegung wies Roger auf sein Schwert. »Die sind schon meilenweit weg. Sie wissen ja nur, dass das

Silber irgendwo am Fluss ist, und werden die Ufer nach einem Wagen absuchen. Wir sind die Einzigen, die von dem Pier wissen.«

»Wir bergen zuerst das Silber, und dann kümmern wir uns um Sendi«, erklärte Giffard seine ehrgeizigen Pläne. Der vorangegangene Erfolg hatte ihm Auftrieb gegeben. »Damit werden wir Henry doch noch zufrieden stellen.«

Geoffrey taten die Rippen weh, und er wusste nicht, wie viel Kampfkraft er bei einer weiteren Auseinandersetzung noch beitragen konnte. Er fühlte sich zerschlagen und sehnte sich nach einem ruhigen Platz zum Ausruhen. Helbye, der neben ihm einherhinkte, hegte vermutlich ähnliche Gedanken. Geoffrey hoffte nur, dass Roger Recht hatte und Sendi ein gutes Stück entfernt nach dem Silber suchte. Mit ein wenig Glück würde der Münzer dann aufgeben, wenn sich herausstellte, dass nichts zu finden war. Er würde sich davonmachen, und andere Häscher des Königs würden sich auf seine Spur setzen müssen. Geoffrey hörte ein Geräusch hinter sich und fuhr mit gezücktem Schwert herum. Es war Kea.

»Ich habe dir doch gesagt, dass du zuhause bleiben sollst«, fuhr Geoffrey ihn an.

»Ich wäre aber lieber bei Euch. Ich möchte helfen.«

»Dann nimm mein Pferd, und bring es irgendwo sicher unter. Ich will nicht, dass Sendi es in die Finger bekommt, wenn der kein Silber findet und stattdessen beschließt, Beiminstre zu plündern.«

»Das haben wir doch längst schon getan«, sagte Kea verächtlich. »Sobald wir gehört haben, dass Barcwit frei herumläuft. Er war nicht annähernd so groß, wie ich gedacht hatte, aber er war trotzdem nicht nett.«

»Nein«, stimmte Geoffrey ihm zu und lächelte bei dieser Untertreibung. »Nett war er nicht.«

Ein plötzlicher Schrei von Roger ließ ihn zusammenzucken. Im nächsten Augenblick hört er Schwerter klirren oder dumpf gegen Schilde schlagen; Männer ächzten beim Kampf. Giffard rief etwas, was Geoffrey nicht verstand, während Ulfrith Laute von sich gab, als wäre er bereits überwältigt und versuchte vergebens, sich zu befreien.

»Nicht schon wieder«, stöhnte Helbye verzweifelt. »Wir sind beide nicht in der Lage, heute noch einmal zu kämpfen.«

»Nimm den Jungen«, sagte Geoffrey. »Und sag seiner Familie, sie soll sich in den Sümpfen verstecken, bis alles wieder sicher ist.«

»Mein Platz ist an Eurer Seite«, erwiderte Helbye beharrlich. »Ich kann nicht …«

»Du kannst ein Dorf retten, und das ist im Moment nützlicher als mit Leuten zu fechten, die so oder so in der Überzahl sind.« Geoffrey erkannte, dass Helbye nicht vorhatte zu gehen. »Das ist ein Befehl!«, schnauzte er ihn an.

Helbye zögerte immer noch, sodass Geoffrey ihn heftig stieß, bis der alte Mann endlich zögernd den Weg zurückhumpelte, den sie gekommen waren. Als er die nächste Biegung erreichte, hob er die Hand und grüßte in einer Weise, als würde er nicht erwarten, Geoffrey jemals wiederzusehen.

Diese Geste rettete Geoffrey das Leben. Er vertraute Helbye, und wenn der glaubte, dass Geoffrey nicht mehr fähig war, einen Kampf zu gewinnen, dann wusste er, dass er einen solchen vermeiden sollte. Eigentlich hatte er sich Hals über Kopf ins Gefecht stürzen und an Rogers Seite streiten wollen. Stattdessen entfernte er sich nun von dem Pfad und schlich durchs Unterholz, schob sich vorsichtig von Deckung zu Deckung. Die Kampfgeräusche verebbten ebenso rasch, wie sie aufgekommen waren, und er war froh, dass er sich nicht blindlings ins Getümmel gestürzt hatte.

Wenige Augenblicke später erreichte er den Rand einer Lichtung, wo er sich hinter einem Stechpalmstrauch versteckte und erst einmal die Lage überblickte. Vor ihm lag grünbraun glitzernd der Avon, an der Seite war ein uralter, verlassener Kai zu sehen. Er ragte in den Fluss hinaus und hielt sich gerade noch auf zwei morrschen Pfählen, die ganz schwarz waren vor Moder. Er stand kurz vorm Einsturz und würde den Winter nicht überdauern.

Roger, Giffard und Ulfrith lagen mit dem Gesicht nach unten auf der Uferlichtung, während Sendi mit dem Schwert vor ihnen stand. Sie wirkten unverletzt, aber vermutlich hatten sie nicht mehr lange zu leben, wenn der Münzer erst einmal erfahren hatte, was er wissen wollte. Sendis Leute liefen um sie herum und stocherten mit Stöcken und Schwertern in Büschen und Herbstlaub, als läge das Silber am Boden verstreut.

»Roger hatte Unrecht«, sagte eine Stimme so dicht neben Geoffrey, dass er erschrocken zusammenfuhr. »Er meinte, Sendi wäre meilenweit weg, aber er ist hier.«

»Ich habe dir doch gesagt, du sollst dich verstecken, Kea«, flüsterte Geoffrey wütend. »Jetzt verschwinde. Das ist kein Ort für dich.«

»Meister Helbye wird die anderen in Sicherheit bringen«, sagte Kea. »Aber ich habe hier ganz in der Nähe die Pferde versteckt, also musste ich herkommen, um sie anderswohin zu bringen.« Er krümmte sich, als ein durchdringendes Wiehern zu hören war. »Sie werden sich verraten!«

»Was war das?«, wollte Adelise am anderen Ende der Lichtung wissen.

»Die Dörfler haben hier in der Gegend ihre Gäule versteckt«, erwiderte Sendi. »Nichts, worüber wir uns Sorgen machen müssten.«

»Trotzdem sollten wir uns hier nicht lange aufhalten«, sagte Adelise. »Beim letzten Mal sind wir nur um Haaresbreite entkommen – dank eines außergewöhnlich leichtgläubigen Bischofs.« Sie schaute Giffard an, der bei diesen Worten zusammenzuckte.

Sendi musterte die drei Gefangenen und schätzte ein, wer von ihnen der schwächste war. Er entschied sich für Giffard und stellte sich neben ihn. Dann drückte er dem Geistlichen das Schwert an den Hals. »Wo ist das Silber?«

»Ich weiß es nicht«, sagte Giffard. Seine Stimme klang ruhig, doch er lag so starr da, dass jeder sehen konnte, wie verängstigt er war.

»Oh doch«, widersprach ihm Adelise. »Ihr wart sehr zielstrebig irgendwohin unterwegs, als Ihr auf uns gestoßen seid. Ich glaube, Ihr wisst ganz genau, wohin Ihr wolltet. Entweder nennt Ihr uns also Euer Ziel, oder ich werde die Dorfbewohner zusammentreiben, in die Kirche sperren und alles anzünden. Ihr wollt nicht ihr Blut an Euren Händen kleben haben, Eminenz.«

»Master Helbye hat alle weggebracht«, raunte Kea belustigt. »Sie kann das also gar nicht tun.«

»Aber Giffard weiß davon nichts«, flüsterte Geoffrey.

»Es ist am Pier«, sagte Giffard leise. »Tut diesen Leuten nichts. Das wäre eine furchtbare Sünde.«

»Dann sagt uns die Wahrheit«, meinte Adelise. »Wo am Pier? Für mich sieht er leer aus.«

»Ich weiß es nicht«, antwortete Giffard. »Im Inneren der Stützpfähle vielleicht. Oder unter den Planken. Ihr werdet nachsehen müssen.«

Adelise trat auf den Steg und stocherte mit der Fußspitze zwischen den Brettern herum. Sie bewegte sich vorsichtig. So klein und leicht sie war, das Holz bog sich schon unter ihrem Gewicht. Ein Glück, dass der ganze Steg nicht schon eingebrochen war und das Silber mitgerissen hatte.

»Ich glaube, er hat Recht«, rief Adelise schließlich. »Ein paar Bretter sind lose, und darunter könnte etwas liegen. Das ganze Ding ist verrottet, und dadurch sind eine Menge Hohlräume entstanden.«

»Dann beeil dich«, befahl Sendi. »Wir haben nicht den ganzen Tag Zeit.«

»Ich kann das nicht alleine machen«, fuhr Adelise ihn ungeduldig an. »Ein paar von den Löchern sind tief, und wir brauchen Seile und Äxte. Holt welche.«

Sendi seufzte bei ihren schroffen Befehlen, aber er tat, wie ihm geheißen wurde. Er schickte sechs Männer zum Dorf, und nach und nach kehrten sie einzeln oder in Paaren zurück und schleppten das Gewünschte herbei. Dabei schimpften sie leise vor sich hin, weil sie keine Dorfbewohner gefunden hatten, um sie als Packesel zu gebrauchen. Einer der Männer war so wütend, dass er seine Seilrolle schon ein ganzes Stück vor dem Ziel zu Boden schleuderte und ohne sie zur Anlegestelle ging. Sie landete dich neben Geoffreys Stechpalme.

Geoffrey rieb sich das Kinn und überlegte, was er wohl tun könnte. Einschließlich Sendi befanden sich etwa zehn Männer auf der Lichtung, die würde er allein überwältigen können. Bei den Gefangenen stand ein Bogenschütze, und sobald Geoffrey etwas Übereiltes unternahm, hätten seine Freunde einen Pfeil in der Brust.

Als gerade niemand hinschaute, streckte er die Hand aus und griff nach dem Seil, zunächst nur weil er hoffte, sie dadurch aufhalten zu können, bis ihm etwas Besseres einfiel. Hilflos sahen er und Kea zu, wie Sendis Schar dem morschen Holz mit Äxten, Hämmern und sogar mit Ästen zu Leibe rückte, die sie von den umliegenden Bäumen abgerissen hatte.

»Ich sehe etwas!«, rief Adelise und stocherte in der Öffnung, die sie geschlagen hatte. Sie legte sich flach auf den Bauch und streckte den Arm hinein. Als sie ihn wieder herauszog, hielt sie einen Silberbarren in der Hand. Voll Gier und Entzücken keuchten die Schatzsucher auf.

»Es ist tatsächlich hier!«, rief Sendi erfreut. »Der Bischof hat die Wahrheit gesagt.«

»Holt die anderen«, befahl Adelise einem ihrer Leute. »Sagt ihnen, dass wir es gefunden haben und ihre Hilfe brauchen, wenn wir alles bergen und mitnehmen wollen.«

Gehorsam entfernte sich der Ausgesprochene, und Geoffrey war entsetzt. Wie viele von diesen Verrätern gab es denn noch? Sollte er jetzt etwas unternehmen, solange nur zehn Mann und Adelise hier waren? Oder sollte er erst abwarten, wer hinzukam, damit er genau wusste, was für Gegner ihm gegenüberstanden?

Der Fund hatte eine bemerkenswerte Wirkung auf die Münzer. Sie verdoppelten ihre Anstrengung und hackten und sägten wie wild an dem morschen Holz herum. Sie schoben die Hände in Spalten und kümmerten sich nicht um die Splitter, die ihnen die Haut aufrissen. Es würde nicht mehr lange dauern, bis sie alles beisammen hatten, und dann wäre es Zeit, die Gefangenen zu töten. Sie konnten diese Zeugen nicht am Leben lassen, und als Geiseln brauchten sie sie auch nicht mehr. Geoffrey musste sich schleunigst einen Plan einfallen lassen.

»Wie habt ihr es gefunden?«, fragte jemand, der gerade den Weg entlangkam. Geoffrey schnappte erschrocken nach Luft. Es war Idonea, und Peter folgte ihr. Übelkeit stieg in ihm auf, während er den Kopf drehte und zu erkennen versuchte, ob Joan ebenfalls bei ihnen war.

»Reines Glück«, stellte Sendi fest, noch atemlos vor Anstrengung. »Kommt und helft uns. Wir sollten so viel an uns bringen, wie wir können. Ich fühle mich hier nicht sicher.«

»Ihr sorgt Euch zu Recht«, sagte Peter. »Giffard hat Barcwit und die meisten seiner Gesellen getötet, nachdem Ihr fortgegangen seid, und mit Euch würde er ohne Zögern dasselbe tun. Das ist die Gerechtigkeit des Königs.« Er spie die Worte aus.

»Um Giffard müssen wir uns keine Sorgen mehr machen«, sagte Adelise und deutete auf den unglücklichen Bischof. »Wir werden ihn töten und seine Leiche in den Fluss werfen, wenn wir hier fertig sind. Das ist die Gerechtigkeit der Sachsen.«

»Wo ist Geoffrey?«, wollte Idonea wissen. »Er kann nicht weit sein, wenn Roger hier ist. Er war nur schwer zu täuschen, und ich will ihn nicht auf freiem Fuß wissen.«

»Wir mussten sogar auf die Hilfe dieses dummen Feoc zurückgreifen, um ihn in die Irre zu führen«, fügte Peter hinzu, »und haben dem Priester erzählt, wie Barcwit uns angeblich ›gezwungen‹ hat. Wir haben gehofft, sein ängstliches Geplapper würde diesen furchtbaren Schnüffler abschrecken. Aber das hat nicht geklappt: Er war nur noch entschlossener, uns zu vernichten, genau wie seine Schwester vorhergesagt hat.«

»Ich werde ihn umbringen, bevor wir von hier weggehen«, schwor Idonea. Sie nahm ein Schwert und setzte es dem hilflosen Bischof an die Brust. »Wo ist er?«

»Er hockt hinter der Stechpalme«, sagte Ulfrith zu Geoffreys Entsetzen. »Er beobachtet jede Eurer Bewegungen, und gleich wird er herauskommen und uns retten.«

Sendi lachte laut. »Das heißt, er ist nirgendwo in der Nähe. Diese drei Schurken wollten nachsehen, was sie ohne ihn finden können. Sie wollen nicht, dass er dem gierigen König von dem Schatz erzählt.«

»Wir können uns später noch unterhalten«, sagte Adelise. »Jetzt müssen wir das Silber heraufholen.«

Idonea krempelte die Ärmel hoch und trat entschlossen auf den Pier, der unter ihrem Gewicht bedenklich ächzte. »Es wäre schade, wenn wir nicht alles bekommen, nur weil nicht genug Leute mit anpacken wollen. Komm, Peter! Wir haben nicht den ganzen Tag Zeit.«

Peter seufzte. »Nun gut. Aber das ist das letzte Mal, dass ich mich zu so etwas bereit erkläre. Du hast ja keine Ahnung, wie schwer es war, Geoffrey glauben zu machen, dass ich unter Barcwits Einfluss stehe. Ich bin kein guter Lügner.«

»Ganz im Gegenteil«, murmelte Geoffrey bei sich. »Ihr seid ein ganz ausgezeichneter Lügner.«

Geoffrey beobachtete den Burgvogt und seine Frau, und seine Gedanken wirbelten durcheinander. Wo war Joan? War sie auch an dem Gemeinschaftsraub beteiligt? Hatte sie deshalb seine Fragen nicht beantworten wollen?

Immerhin hatte sie ihn angelogen, denn es hatte keinen Plan zur Ermordung des Königs gegeben – weder von Barcwit noch von Sendi, noch von Peter oder irgendjemand anderem. Vielleicht wartete sie irgendwo mit Olivier und den Pferden, um gemeinsam mit ihren Komplizen davonzureiten. Zumindest aber hatte Geoffrey einige Erkenntnisse dazugewonnen.

Erstens wusste er nun, warum Peter und Idonea so beharrlich versucht hatten, ihn von seiner Ermittlung abzubringen. Barcwit hatte seine Beteiligung an Nauntels Tod abgestritten, also hatte Peter den Tod seines Freundes für seine eigenen Zwecke genutzt – um zu zeigen, was mit Leuten geschah, die in Bristol Schwierigkeiten machten. Joan hatte dasselbe getan und den Tod ihres Bruders für sich verwendet. Und sie alle hatten ein lebhaftes Bild von Barcwits Verworfenheit gezeichnet, um Geoffreys Aufmerksamkeit von Sendi abzulenken. Zweitens verstand er nun, warum Idonea so unfähige Soldaten für Sendis Verhaftung ausgesucht hatte. Sie hatte nicht die besten für das Unternehmen gegen Barcwit zurückhalten, sondern die Aussichten ihres Verbündeten verbessern wollen. Drittens war Peter am gestrigen Tag nicht aus der Burg geflohen, um dem Kampf zu entgehen, sondern um seine Komplizen zu warnen.

Die Vorstellung, dass ihre zur Schau gestellte eingeschüchterte Unschuld ihn so vollständig getäuscht hatte, ärgerte Geoffrey so sehr, dass er entschlossen war, sie nicht entkommen zu lassen – selbst dann nicht, wenn Joan mit ihnen zusammen fallen würde. Er schaute auf das Seil in seiner Hand und dann wieder auf Idonea, die heftig auf das alte Holz einhackte. Ein Plan nahm in seinem Kopf Gestalt an.

»Wie weit stehen die Pferde entfernt?«, fragte er Kea.

»Zu nahe. Sie werden sie benutzen wollen, um das Silber fortzubringen.«

Das glaubte Geoffrey auch. »Zeig sie mir.«

Mit dem gestohlenen Strick über der Schulter kroch er von der Lichtung fort und folgte dem Jungen durchs Unterholz. Kea hatte Recht: Die Pferde standen beunruhigend nahe. Geoffrey ging ein paar Schritte zum Ufer hinunter, das an dieser Stelle steil abfiel.

»Ich werde ein Ende des Seils um die Pfeiler binden, die den Anlegesteg tragen. Ich möchte, dass du das andere Ende an meinem Pferd befestigst, und wenn ich rufe, lass es so kräftig ziehen, wie es nur kann. Schaffst du das?«

»Natürlich«, sagte Kea. »Ich kann ein Geschirr binden und werde bereit sein, sobald Ihr ruft. Glaubt Ihr, dass es klappt? Wird das ganze Ding mit allen Leuten darauf zusammenfallen?«

Geoffrey zuckte die Achseln. »Wenn nicht, stecken wir beide in Schwierigkeiten.«

Er legte mühsam Wappenrock und Rüstung ab und nestelte dabei so ungeschickt an den Schnallen herum, dass er ein oder zwei dabei beschädigte. Ein Freudenruf von Idonea und kurz darauf von Peter zeigte ihm an, dass ein weiterer Hort gefunden worden war. Geoffrey wusste nicht, wie viele Barren noch fehlten, aber auf jeden Fall blieb ihm nicht mehr die Zeit, noch lange darüber nachzudenken.

Nur mit Beinlingen und Untergewand bekleidet, knotete er sich ein Ende des Seils um die Taille und schlidderte das morastige Ufer hinab. Er zuckte zusammen, als das eisige Wasser in seine Haut biss.

Es herrschte Flut, und Geoffrey würde gegen die Strömung schwimmen müssen, um sein Ziel zu erreichen. Ihre Stärke erschreckte ihn. Erstmals kam ihm in den Sinn, dass er möglicherweise nicht die Kraft haben würde, seinen Plan auszuführen. Er schwamm los und setzte sich über die Schmerzen in seiner Seite hinweg. Es war nicht weit bis zum Pier, und er hoffte, dass niemand zufällig auf den Fluss blickte und ihn entdeckte. Seine Unterkleidung war alles anderes als sauber, aber im Vergleich zum dunklen Wasser war sie noch hell.

Als einer der Männer sich aufrichtete und streckte, tauchte Geoffrey unter. Er schwamm so tief wie möglich und hoffte, dass der Mann ihn nicht sah. Als der Drang zu atmen zu stark wurde, ließ er sich wieder nach oben treiben. Enttäuscht musste er feststellen, dass er nicht annähernd so weit gekommen war, wie er gehofft hatte. Allerdings war er inzwischen nahe genug, um selbst von den beiläufigsten Blicken noch bemerkt zu werden. Also holte er Luft und tauchte ein weiteres Stück. Als er wieder an die Oberfläche kam, war er näher an den Pfosten, aber immer noch nicht nah genug.

Er hörte einen Ruf und verschwand erneut unter Wasser. Er konnte nur hoffen, dass dieser Ruf nicht ihm gegolten hatte. Er kam nur noch kurz an die Oberfläche, eben lange genug, um rasch nach Luft zu schnappen. Er durfte keinesfalls zu früh entdeckt werden. Als er zum sechsten Mal auftauchte – so atemlos, dass er schon ganz benommen war –, befand er sich endlich unter dem Steg. Er hörte Schritte auf den Balken über sich, und hinter ihm im Wasser trieb das Seil. Die Leute über ihm riefen laut nach den anderen, sie mussten Verdacht geschöpft haben. Geoffrey schlang die Beine um den nächsten Pfeiler und löste das Seil von seiner Hüfte.

Mit seinen kalten Händen war er so ungeschickt, dass es ihn

rasend machte, während er den Strick um den Pfahl legte. Er wickelte ihn erst einmal, dann zweimal darum. Aber es saßen Muscheln am Holz, und die scharfen Kanten ihrer Schalen schnitten in die Windungen.

Geoffrey riss sich ein Stück von seinem Untergewand ab und schob es unter den Knoten, wo es die Fasern des Taus hoffentlich lang genug schützen würde, bis der Steg zusammengebrochen war. Dann fragte er sich, ob das Seil überhaupt dick genug war oder ob es einfach unter der Belastung reißen würde.

»Da ist er!« Geoffrey erkannte Peters Stimme. Man hatte ihn entdeckt. »Holt den Bogenschützen. Ich will den Schnüffler tot sehen, bevor er noch irgendwelchen Schaden anrichten kann.«

»Ich hätte es mir denken sollen«, rief Geoffrey, während er an seinen letzten Knoten knüpfte. »Ihr habt Nauntel ermordet, nicht Barcwit. Ihr habt Euren Freund umgebracht, nur um von Euch abzulenken! Aber Nauntels Tod wies auf eine andere Spur. Er war einer von Barcwits Geldgebern, und Barcwit hätte aus dem Mord keinen Nutzen gezogen. Es war ganz offensichtlich, dass jemand anderes ihn umgebracht hat.«

»Seid still«, knurrte Peter, aus der Fassung gebracht. »Nauntel geht Euch nichts an.«

»Peter hat das Richtige getan«, warf Idonea ein, mehr um ihren Gatten zu beruhigen, als um Geoffrey etwas zu erklären. »Nauntel wurde unsicher, und es stand zu befürchten, dass er jemandem von unseren Geschäften erzählt. Wir mussten ihn töten.«

»Hier ist der Schütze«, sagte Adelise. »Aus dem Weg, Peter, damit er freies Schussfeld hat.«

»Aber gern«, erklärte Peter eisig, und Geoffrey sah die Füße des Bogenschützen unmittelbar über sich.

»Und meine Schwester?«, fragte Geoffrey. Einer seiner Finger hing in dem Knoten fest, und er zerrte verzweifelt daran. »Ist sie ebenfalls an Euren Plänen beteiligt?«

Eine boshafte Befriedigung klang aus Peters Stimme. »Ihr werdet sterben, ohne es zu wissen.«

Geoffrey brüllte mit aller Kraft nach Kea, während er versuchte, seine Hand freizubekommen. »Kea, jetzt!«

Nichts geschah.

»Kea«, rief er. »Zieh!«

Immer noch nichts.

»Redet Ihr mit diesem kleinen Burschen?«, fragte Sendi. Direkt über sich sah Geoffrey Kea hilflos in den Armen eines Schurken zappeln. Mutlos ließ er den Kopf gegen das Holz sinken. Sein Plan war gescheitert, und es gab nichts mehr, was er noch tun konnte.

»Wir sahen das Seil im Wasser treiben, also gingen wir nachsehen, wo es festgemacht ist«, erklärte Sendi hämisch. »Das war schlau ausgedacht, und es tut mir wirklich leid für Euch, dass es nicht geklappt hat.«

»Mach schon«, drängte Adelise den Schützen. »Wir haben nicht den ganzen Tag Zeit.«

Geoffrey wagte einen Blick nach oben und erkannte denselben Bogenschützen, mit dem er es schon in Sendis Werkstatt zu tun gehabt hatte. Schon damals war er zu dem Schluss gekommen, dass der Mann mit seiner Waffe umgehen konnte – und dass er gern tötete.

Geoffrey gab sich keinen Illusionen über sein Schicksal hin. Erschöpft und von Hoffnungslosigkeit übermannt, schloss er die Augen und versuchte nicht einmal mehr, die Hand freizubekommen. Mit einem Mal spannte sich das Seil. Mit einem lautem Knirschen protestierte der Pier gegen den plötzlichen Zug, und jeder auf dem Steg zuckte erschrocken zusammen.

»Was ist los?«, fragte Adelise. »Ich dachte, du hättest die Pferde mitgebracht.«

»Das habe ich«, sagte Sendi erschrocken. »Da drüben stehen sie doch.«

Ein weiteres Ächzen lief durch die Anlegestelle, und sie neigte sich heftig zur Seite. Geoffrey zerrte die Hand aus dem gespannten Strick und sah bei einem Blick nach oben das gesamte Bauwerk auf sich zukippen. Er schlug mit den Beinen, so heftig er konnte, während das faulige Holz sich direkt über seinem Kopf immer weiter in seine Richtung neigte. Der Schatten des Piers verschluckte ihn. Diesmal unterstützte ihn die Strömung, aber das würde nicht reichen. Der Pier würde auf ihn stürzen und ihn am Grund des Flusses zermalmen.

Er schwamm noch schneller und nahm seine letzte Kraft zusammen; dann sah er sich plötzlich in einem Strudel von Schaum und Wellen gefangen. Der Pier hatte ihn nur um Haaresbreite verfehlt. Er hörte Roger rufen und ging davon aus, dass der bullige Ritter mit seiner Wache kurzen Prozess gemacht hatte, während sie abgelenkt war. Adelise kreischte, und rings um Geoffrey fielen Leute ins Wasser. Er sah einen Kopf an die Oberfläche kommen, und dann daneben einen weiteren: Kea und Adelise. Adelise schlug einen Augenblick wild um sich, dann bekam sie den Jungen zu fassen.

»Dummkopf«, fuhr sie Geoffrey an. »Jetzt müssen wir nach dem Silber tauchen. Das wird unsere Flucht aufhalten!«

Geoffrey war verblüfft. Wer hatte an dem Seil gezogen, wenn Sendi Kea und die Pferde fortgebracht hatte? Und warum dachte Adelise gar nicht daran, dass sie möglicherweise erst weitere Gegner zu überwinden haben würde, ehe sie ihre Aufmerksamkeit wieder dem Silber zuwenden konnte? Er schaute zum Ufer und sah, wie Roger und Ulfrith gegen die wenigen kämpften, die nicht auf dem Steg gewesen waren, als dieser zusammenbrach. Giffard »half« indes weiteren Männern aus dem Wasser, um sie dann mit seinem Stiefel niederzuschlagen.

»Ihr hättet Euch gestern davonmachen sollen, als Ihr noch die Gelegenheit dazu hattet«, sagte Geoffrey und schwamm auf Kea zu. Adelise drückte den Jungen unter Wasser, um selbst an der Oberfläche zu bleiben. Er würde ertrinken, wenn Geoffrey nicht eingriff. »Ihr habt Euch von der Gier nach dem Silber blenden lassen, und jetzt werdet Ihr nicht mal mehr mit dem Leben davonkommen.«

Adelise wandte sich um und sah Leute mit gezückten Waffen auf die Lichtung stürmen. Wer von ihren Männern nicht mehr im Wasser war, wurde rasch überwältigt, und Roger kniete bereits bei dem Silber, das schon geborgen worden war. Hastig schob er sich zwei Barren unter den Wappenrock, ehe sie jemand zählen konnte. Sendi strampelte wild im Wasser und schrie, er könne nicht schwimmen, während Peter, dem es anscheinend genauso ging, ihn packte und als Floß zu gebrauchen versuchte. Sie würden sich gegenseitig ertränken, wenn niemand ihnen zu Hilfe kam. Adelise erkannte, dass alles verloren war. Mit hasserfülltem Blick drückte sie Keas Kopf unter Wasser und hielt ihn dort fest. Trotz und Bosheit sprachen aus jeder ihrer Bewegungen.

Geoffrey versetzte ihr einen leichten Hieb vors Kinn, nicht genug, um sie bewusstlos zu schlagen, aber ausreichend, damit sie den Jungen freigab. Mit einem erschrockenen Schrei löste sie ihren Griff, sodass Geoffrey Kea von ihr fortzerren und auf das Ufer zuhalten konnte. Dann fühlte er sich von hinten gepackt, und alles um ihn her wurde grün und schaumig.

Er hätte wohl fester zuschlagen müssen, denn Adelise versuchte nun, ihn zu ertränken. Sie drückte ihn mit ihrem ganzen Körpergewicht nach unten. Dann ließ sie ihn ebenso unvermittelt wieder los, und spuckend und prustend kam er an die Oberfläche.

Adelise trieb mit dem Gesicht nach unten im Fluss, umhüllt von einer roten Wolke trug die Strömung sie fort. Kea hielt einen Dolch in den Händen.

»Du hast sie erstochen?« Geoffrey schnappte nach Luft.

»Sie wollte mich umbringen«, gab der Junge störrisch zurück.

Geoffrey war so erschöpft, dass er kaum die Kraft zum Schwimmen aufbrachte. Er sah Peter inmitten der Trümmer des Piers hin und her schwingen, er wurde nur deshalb nicht fortgespült, weil sein Mantel sich verfangen hatte. Sendi strampelte auf das Ufer und Giffards Stiefel zu. Dort saß Idonea bereits durchweicht zwischen einigen Gefangenen. Jeder ihrer Komplizen war inzwischen tot oder überwältigt. Geoffrey spürte, wie er unter die Oberfläche sank, er schaffte es einfach nicht, seinen geschwächten Muskeln auch nur eine Bewegung abzuringen.

Kleine Hände zerrten ihn wieder hoch, und Keas beharrliche, schrille Stimme drängte ihn zu schwimmen. Als er endlich das Ufer erreicht und sich die schlüpfrige Böschung emporgekämpft hatte, war er am Ende. Mit geschlossenen Augen lag er auf der Lichtung und hoffte, dass Roger nicht seine Hilfe benötigte, denn diesmal würde er gewiss nichts zuwege bringen.

»Setz dich«, sagte eine sanfte Stimme neben ihm. Er erkannte sie und war sogleich auf der Hut. »Wenn du dich hinsetzt, wirst du dich besser fühlen.«

»Ich werde mich besser fühlen, wenn ich die Wahrheit weiß«, erwiderte Geoffrey. Er stemmte sich auf die Knie und riss seinen Arm los, als Joan versuchte, ihm zu helfen. »Warst du an diesem Raub beteiligt?«

»Das war sie nicht«, erklärte Kea, aufgebracht über diese Beschuldigung. »Ihr verdankt der Dame Joanie Euer Leben, also passt auf, was Ihr sagt.«

»Ich? Warum? Was hat sie getan?«

»Sie hat an dem Seil gezogen, nachdem Sendi Kea erwischt und die Pferde fortgebracht hatte«, erklärte Warelwast und stellte sich neben sie. »Genau wie ich, Olivier und noch ein paar von den Dorfbewohnern, obwohl die meiste Kraft wohl von ihr kam.«

Geoffrey sah sich um. Helbye hatte inzwischen die Verantwortung für die Gefangenen übernommen und schickte Giffard fort, der auch die letzten noch mit dem Stiefel niederschlagen wollte. Roger hatte sich selbst zum Hüter des Silberschatzes ernannt. Auch noch andere bekannte Gesichter waren anwesend: Clarembald und Bischof John stritten mal wieder, während sie Sendi gemeinsam verschnürten. Bloet stand mit dem Schwert in der Hand da und half Helbye, die Gefangenen zu bewachen, die noch nicht gefesselt waren.

»Ich verstehe nicht …«, murmelte Geoffrey müde. Joan, Olivier und Warelwast sollten unterwegs nach Exeter sein, und er hatte keine Ahnung, was Bloet und John hier machten.

»Die Dorfbewohner haben Joan versteckt, nachdem sie Peter entkommen konnte.« Helbye blickte von den ihm anvertrauten Gefangenen auf, um Geoffrey alles zu erklären. »Aber nachdem ich ihr erzählt habe, was hier vorgeht, bestand sie darauf, herzukommen und zu schauen, was sie für dich tun kann.«

»Wenn sie nicht an diesem Strick gezogen hätte, dann wären wir jetzt alle tot«, fügte Kea hinzu. »Und Sir Peter und Sendi wären mit dem Silber abgehauen.«

»Wir glaubten uns unterwegs nach Exeter«, führte Warelwast genauer aus, »aber plötzlich zogen Peter und Idonea die Waffen und kündigten an, dass es nach Bristol zurückginge. Wir waren ebenso überrascht wie Ihr, als wir erfuhren, dass sie mit Sendi im Bunde waren. Aber wir hätten es uns denken können. Sendi wäre unmöglich so lange mit seinen Machenschaften durchgekommen, hätte er nicht von höchster Stelle in der Stadt Unterstützung erfahren, nämlich vom Burgvogt. Natürlich war Sir Peter de la Mare darin verwickelt. Er gab nur vor, unter Barcwits Einfluss zu stehen, um Euch zu täuschen.«

»Aber wir sind entkommen«, erklärte Olivier stolz. »Joan hat die Stricke durchgebissen, mit denen wir gefesselt waren.« Liebevoll schaute er seine Frau an.

Joan erwiderte das Lächeln. »Aber ohne Warelwasts Hilfe hätten Olivier und ich es nicht geschafft. Er setzte sein Leben aufs Spiel, als er bei unserer Flucht die Wache ablenkte. Ich warf einen Dolch und tötete den Mann, aber Warelwast wäre bereit gewesen, zu sterben, damit wir entkommen.«

»Ich habe es versprochen«, sagte Warelwast. Er schaute Geoffrey ruhig in die Augen. »Ich gab Euch mein Seilstück als Pfand.«

Geoffrey gab es ihm zurück und sah zu, wie Warelwast es sich wieder um den Hals legte. »Das war's dann also?«, fragte er müde. »Ist jetzt alles vorbei?«

»Beinahe«, sagte Giffard. »Jetzt müssen wir nur noch das restliche Silber aus dem Fluss holen und es dem König bringen. Aber wir haben sämtliche Schuldigen überführt. Peter und Idonea haben sich erst sehr spät zu erkennen gegeben, aber sie waren die letzten. Alle anderen auf Sendis Liste der Verdächtigen – die beiden Ärzte, Bloet, Warelwast und Eure Schwester – sind entlastet.«

»Selbst Clarembald?«, fragte Roger. »Er hat sich sehr verdächtig verhalten.«

»Auf Befehl des Königs«, erklärte Warelwast. »Bitte, schaut mich nicht so zornig an, Geoffrey. Ihr hättet Euch denken können, dass Henry nicht nur einen Beauftragten losschickt, um dieses Durcheinander aufzuklären. Immerhin war auch Bloet mit einem Auftrag hier – das Silber zu finden.«

»Und Warelwast sollte Euch beschützen«, ergänzte Giffard.

»Mich beschützen?«, fragte Geoffrey ungläubig. »Wie?«

»Indem ich Euch ein Freund bin«, erwiderte Warelwast verlegen. »Henry wusste, dass Ihr Euch mit Eurer Aufgabe Feinde machen würdet, also schickte er mich mit, damit Ihr jemanden habt, dem Ihr vertrauen könnt. Unglücklicherweise tatet Ihr das nicht. Aber denkt daran, dass ich sehr kräftig an diesem Seil gezogen habe, um den Pier zum Einsturz zu bringen.«

»Das ist wahr«, sagte Joan. »Warelwast ist ein treuer Freund, und von denen kann man nicht genug haben.«

Es dauerte nicht lange, bis Giffard bemerkte, dass Roger deutlich mehr Silberbarren für sich abzweigte, als Henry recht wäre. Um ihn abzulenken, ging er mit ihm und den anderen hinunter zum Fluss, um zu beraten, wie sie die Übrigen aus dem Fluss holen könnten. Joan nahm derweil ihren Mantel und legte ihn dem Bruder um die Schultern.

»Aber meine rosa Schuhe kriegst du nicht«, stellte sie mit einem Lächeln fest. »Die sind etwas ganz Besonderes.«

Geoffrey war nicht zum Scherzen zumute. »Dich hat man ebenso getäuscht wie mich. Es gab nie eine Verschwörung gegen den König.«

Sie nickte. »Aber das habe ich selbst erst gestern erfahren. Peter und Idonea haben mir gestanden, dass sie das nur erfunden haben, um mich einzuschüchtern und zu verhindern, dass ich mit dir zusammenarbeite. Sie hatten Angst, dass du sie ansonsten rasch als die Schlimmsten der ganzen Verbrecherbande entlarven könntest. Aber ich habe Barcwit mein Geld nicht freiwillig gegeben, auch nicht die erste Summe. Ich habe gelogen, als ich behauptete, wir hätten Geld übrig gehabt, nachdem Olivier ein Pferd verkauft hatte.«

Geoffrey zog den Mantel enger um sich. »Ich hätte es wissen sollen. Wenn du Geld übrig gehabt hättest, hättest du es nicht für solche Geschäfte verwendet. Du hättest eine Kuh davon gekauft oder eine Scheune gebaut.«

»Ich wurde dazu gezwungen«, sagte sie. »Ich wollte es nicht, aber mir blieb keine Wahl.«

»Von wem?«, fragte Geoffrey. Er fragte sich, wer wohl so mutig war, Joan zu etwas zu zwingen.

»Im März ließ man mich wissen, dass Olivier etwas zustoßen würde, wenn ich nicht bei Barcwit Geld anlege. Natürlich tat ich es – was bedeutet schon Gold, wenn das Leben eines geliebten Menschen in Gefahr ist? Ich war überrascht, als ich einen beträchtlichen Gewinn erzielte, und dann erzählte mir Peter, dass Barcwit Geld für eine Verschwörung gegen den König sammelt. Ich verstand nicht, in was ich da hineingeraten war. Und dann bist du angekommen, und ich glaubte, du würdest ebenfalls hineingezogen. Ich habe alles getan, gebettelt, gelogen, gedroht, nur um dich zur Abreise zu bewegen. Ich wollte nur, dass fort bist, fort von der Gefahr, die rings um mich heraufzog.«

»Wer hat dir das angetan?«, fragte Geoffrey empört. »Ich schwöre dir, ich werde ihn umbringen.«

»Nein«, sagte Joan entsetzt. »Leiste keine solchen Eide, solange du nicht weißt, worauf du dich einlässt. Der Mann, der mich zu der Geldanlage zwang, ist derselbe, der dich nötigte, um meiner Sicherheit willen hierherzukommen. Er hat uns auf die Probe gestellt, um zu sehen, ob wir seiner würdig sind.«

Geoffrey starrte sie an und fragte sich, ob sie diese Prüfung wohl bestanden hatten oder ob sie durchgefallen waren. Würden sie nun endlich wieder unbehelligt leben können? Oder würde es immer so weiter gehen?

»Henry?«, fragte er, nur um sicher zu sein. »Der König?«

»Ja, Henry«, flüsterte sie. »Der König.«

# Epilog

## Winchester, drei Wochen später

Es war Winter geworden, als Geoffrey endlich die lange, mühsame Reise von Bristol nach Westminster antrat. Die Straßen hatten sich in Schlammseen verwandelt, die an manchen Stellen knietief waren, sodass man nur langsam voran kam. Geoffrey wollte den König nicht sehen und ließ sich Zeit. Den gemächlichen Trab schob er wahlweise auf seine gebrochenen Rippen oder auf den Umstand, dass er sein Pferd nicht überfordern wollte.

Die zweite Ausrede wirkte allerdings wenig überzeugend, denn nach Keas Pflege wirkte sein Schlachtross wie verjüngt. Es schritt federnd aus, das Fell zeigte einen gesunden Glanz, und es nutzte jede Gelegenheit zum übermütigen Galopp. Durand hatte es mit seiner nachlässigen Pflege beinahe umgebracht, und inzwischen ließ Geoffrey ihn nicht mehr an das Tier heran. Der Knappe schmollte über diese Zurücksetzung und umklammerte etwas, das verdächtig nach der Puppe aussah, die der Hund in Westminster gestohlen hatte.

»Ich habe dir doch gesagt, du sollst sie zurückbringen«, sagte Geoffrey verärgert. »Was ist nur mit dir los?«

»Ich hab's vergessen«, erwiderte Durand mürrisch und schob das Ding in Geoffreys Tasche. »Wenn Henry mich für meine Dienste bezahlt, werde ich einen Boten anheuern und das verdammte Ding zurückbringen lassen, wenn Euch das glücklich macht.«

Geoffrey war nicht der Einzige, der keine Lust auf eine Begegnung mit dem König hatte. Auch Joan freute sich nicht eben auf das Zusammentreffen. Sie war schweigsam und in sich gekehrt und äußerte sich allenfalls – und zumeist sehr abfällig – zu den Gasthäusern am

Weg oder fragte ihren Bruder, ob er saubere Wäsche trug. Sie verweigerte jedes Gespräch über den Auftrag, den Henry ihr erteilt hatte, und sie verbot auch Olivier, darüber zu sprechen. Geoffrey war das gleichgültig. Die ganze Angelegenheit stieß ihm sauer auf, und er hatte das Gefühl, dass er schon viel mehr erfahren hatte, als er eigentlich wissen wollte.

In der Nähe der Abtei von Westminster suchten sie sich ein kleines, sauberes Gasthaus in einer ruhigen Seitenstraße. Geoffrey freute sich bereits auf einen behaglichen Abend am Feuer, als ein Bote eintraf. Henry hatte von ihrer Ankunft erfahren und wollte sie sofort empfangen. Mit Roger und Durand im Schlepptau machte Geoffrey sich auf den Weg, und Joan schritt steif an seiner Seite. Sie war besorgt, und er tätschelte ihr ermutigend die Hand.

Der Bote führte sie in ein kleines, aber prunkvoll eingerichtetes Gemach im Obergeschoss des Palasts. Die Fenster standen offen, und Henry starrte hinaus auf die kühle graue Landschaft, sah zu, wie die Schatten länger wurden und der letzte Streifen Tageslicht allmählich verblasste. In einer Stunde würde es dunkel sein, und eine feuchte, neblige Dezembernacht wäre hereingebrochen. Geoffrey hatte plötzlich die Sonne des Heiligen Landes vor Augen, in all ihrer sengenden Pracht, und sehnte sich nach der trockenen Hitze.

Wenig erfreut bemerkte er, dass auch andere herbestellt waren: Bloet saß neben dem Fenster und rieb sich mit dem Ärmel die lange Nase. Durand blickte ihn finster an, war aber klug genug, nicht mehr zu tun. Warelwast stand bei Clarembald und lächelte aufrichtig erfreut, als Geoffrey eintrat, während Giffard an der Glut eines heruntergebrannten Feuers saß. Warelwast trug die Kutte eines Augustinerchorherrn, und ein einfaches Holzkreuz war an die Stelle des Seilstückes getreten. Er bemerkte Geoffreys Blick.

»Ich habe es Keas Schwester gegeben«, flüsterte er, während die anderen dem König ihre Ehrerbietung erwiesen. »Sie war so bekümmert über den Verlust einer Puppe, und mein Seilende – mit den eigentümlich menschlichen Umrissen – schien sie zu trösten. Also habe ich es ihr überlassen.«

»Ihr habt Euch davon getrennt?«, fragte Geoffrey überrascht. »Nachdem Ihr es so lange getragen habt?«

»Ich habe es nicht über mich gebracht, es ihr wieder wegzunehmen«, erklärte Warelwast. »Außerdem brauche ich kein Zeichen mehr, um mich zu ermahnen, dass mein Leben in Gottes Hand liegt. Ich habe die Kutte angelegt.«

»So«, bemerkte Henry, nachdem der Bote die Tür zugemacht hatte. »Wir sind alle versammelt – und Geoffrey hat sogar mal den Anstand besessen, sich für diesen Anlass zu waschen. Und sehe ich da etwa ein neues Hemd?«

Geoffrey warf Joan einen finsteren Blick zu, während die anderen kriecherisch in Henrys Lachen einfielen. Die Heiterkeit dauerte nicht lange. Der König wollte rasch zur Sache kommen.

»Ich habe alle Berichte gelesen, die Ihr alle übersandt habt«, sagte er. »Bloet.«

Bloet sprang auf. »Majestät?«

»Das verschwundene Silber ist inzwischen in meiner Obhut. Eure Aufgabe wurde also zu meiner Zufriedenheit abgeschlossen.«

Bloet lächelte bei diesem Urteil, und seine Erleichterung war offenkundig. »Jawohl, Majestät. Ich …«

»Allerdings war die Sicherstellung der Barren nicht Euer Verdienst. Ihr habt geschlafen, als Sendi und Peter de la Mare versucht haben, sie mir zu stehlen.«

»Es war in der Nacht davor spät geworden«, begann Bloet, »und ich habe mein …«

Mit einer herrischen Geste brachte Henry ihn zum Schweigen. »Ihr habt versagt. Ich habe Euch diese Möglichkeit der Bewährung geboten, weil ich Euren Vater hoch schätze, aber Ihr habt Euch als unzuverlässig erwiesen. Ich habe keine weitere Verwendung für Euch. Kehrt nach Lincoln zurück, und nehmt dort Eure Pflichten als Dekan wieder auf.«

Bloet machte den Mund auf, um zu widersprechen, aber Henrys blitzende Augen belehrten ihn eines Besseren. Mit selbstgefälliger Genugtuung hielt Durand ihm die Türe auf, und Geoffrey stieß seinen

Knappen in die Seite, damit er seine Häme nicht allzu offen zeigte. Er hatte das Gefühl, dass heute niemand allzu viel Anlass zur Freude bekommen würde: Henry war ungehalten.

»Clarembald.« Die rötlichen Augenbrauen des Arztes zuckten besorgt. »Ihr wart teilweise erfolgreich, und hättet Ihr Euch in Beiminstre nicht fesseln lassen, dann hättet Ihr die Verräter möglicherweise gefasst. Aber Ihr habt auch Fehler gemacht, und Ihr seid nicht so aufgeweckt, wie ich es von meinen Spionen erwarte. Ich werde Euch nicht mehr zu diesem Zwecke gebrauchen. Ihr könnt Euch also wieder Eurer Heilkunst zuwenden.«

»Vielen Dank, Majestät«, sagte Clarembald sichtlich erleichtert. »John de Villula ist nicht hier. Ist er …?«

»Der Krämerbischof spielte in dieser Angelegenheit keine Rolle. Er hinterlegte Geld bei Barcwit, doch gibt es keinen Beleg für seine Unaufrichtigkeit. Ihr könnt gehen.«

Clarembald verneigte sich und verließ den Raum.

»Warelwast.« Henry wandte sich dem designierten Bischof zu. »Ihr seid Euren Pflichten hinreichend nachgekommen, aber auch nicht mehr. Eure Hilfe für Geoffrey hat nicht nennenswert zur Auflösung des Falles beigetragen, und Ihr habt ihn auch nicht besonders gut beschützt.«

»Er ließ mich ja nicht«, wandte Warelwast ein. »Er hat mich fortgeschickt, als ich ihm offen meine Unterstützung angetragen habe, und als ich ihm insgeheim folgte, hat er mich abgeschüttelt. Außerdem, wie könnte ich einen *Jerosolimitanus* beschützen? Ich stellte seine Fähigkeiten in Westminster auf die Probe und überzeugte mich davon, dass es jedem schwerfallen dürfte, ihm ein Leid zuzufügen.«

»*Ihr* habt mich angegriffen?«, fragte Geoffrey verblüfft. Er erinnerte sich an die seltsame Bemerkung eines der Angreifer: »*Wir haben getan, was wir können.* Sie hatten also vorgeführt, wie gut er sich zur Wehr setzen konnte.

»Ich musste wissen, in welchem Umfang Ihr Schutz benötigen würdet«, erklärte Warelwast kurzerhand. »Ich wollte keine Soldaten mitnehmen, wenn es nicht notwendig wäre – und das war es auch nicht. Stattdessen habt Ihr mir einmal das Leben gerettet.«

Geoffrey dachte darüber nach. Auch wenn ihm die Vorstellung nicht gefiel, dass Warelwast zu seinem Schutz abgestellt worden war, konnte man dem künftigen Bischof dafür kaum einen Vorwurf machen. Warelwast hatte zumindest sein Bestes versucht.

»Er hat Joan gerettet, Majestät«, warf er ein, als Henry den unglücklichen Geistlichen für seine Unzulänglichkeit schelten wollte. »Als ich sie mit Peter de la Mare fortschickte und glaubte, sie würden sich nach Exeter wenden, da half er ihr bei der Flucht.«

Henry seufzte und gab nach. »Da Sir Geoffrey Euch anscheinend Eure Schwächen vergeben hat, Warelwast, werde ich dasselbe tun. Ihr seid als Gesandter besser geeignet denn als Spion, und in Zukunft werde ich Euch für diplomatische Aufgaben verwenden. Ihr könnt gehen.«

Warelwast verbeugte sich und ging. An der Tür lächelte er Geoffrey noch einmal dankbar zu. Giffard verließ seinen Platz vor dem erloschenen Kamin und zündete eine Lampe an. Allmählich wurde es dunkel im königlichen Gemach.

»Geoffrey«, sagte der König. Der Ritter spannte sich an und bereitete sich auf eine Zurechtweisung vor, wie sie die anderen vor ihm erhalten hatten. »Giffard meinte, Ihr hättet seinen Bericht gelesen. Habt Ihr dem etwas hinzuzufügen? Sendi und Barcwit waren korrupte Münzer, und Sendi hat sich bei mir unbesonnen über seinen Konkurrenten beklagt, während er selbst Verbrechen beging. Und Peter de la Mare wurde fürs Wegschauen bezahlt.«

Geoffrey nickte. »Peter hat außerdem Joan weisgemacht, dass Barcwit Euch umbringen wollte.«

»Das war gelogen«, bestätigte Henry. »Es ist gut, dass Peter ertrunken ist. Andernfalls hätte ich ihn ohne Zögern zum Tode verurteilt.«

Geoffrey runzelte die Stirn. »Auf ihn scheint Ihr viel zorniger zu sein als auf die anderen, weil er Burgvogt war und Ihr mehr Treue von ihm erwartet habt, nicht wahr?«

Henry hob die Augenbrauen. »Ich mag keine Verräter.«

Geoffrey schaute in Joans unglückliches Gesicht und verstand plötzlich. Erstaunt wandte er sich wieder dem König zu. »Peter war *Euer* Mann? Er hat Joan ermuntert, ihr Geld bei Barcwit anzulegen, und hat ihr durch diese Geschichte über das angebliche Komplott so viel Angst eingeflößt, dass sie nicht wagte, die Mittel wieder zurückzuziehen. Deshalb ist er ein Verräter: Weil er unter Eurem direkten Befehl stand und sich gegen Euch gewandt hat.«

»Ich wähle meine Mittelsmänner sehr sorgfältig aus«, erklärte Henry ruhig. »Ich war entsetzt, als ich erfahren musste, dass Peter mit Sendi im Bunde stand. Und noch entsetzter war ich, als ich hörte, dass dieses Verhältnis bereits mehrere Jahre andauerte. Er war schon bestechlich, bevor ich ihn mit meinen Angelegenheiten betraut habe.«

Giffard wirkte ebenfalls von Henrys Enthüllung überrascht. »Das erklärte warum Peter unbedingt fliehen wollte und warum sich Idonea auf eine Belagerung vorbereitete. Sie wussten beide, dass es nur noch eine Frage der Zeit wäre, bis ihre Machenschaften ans Licht kämen. Ihre Furcht war nicht gespielt!«

»Ihr habt sie benutzt, um meine Schwester in die Falle zu locken«, sagte Geoffrey und versuchte, seinen Ärger nicht durchklingen zu lassen. Er spürte Rogers Hand auf der Schulter, eine Warnung, seine Zunge im Zaum zu halten.

»Ich wusste nicht, ob Ihr sonst meinem Willen Folge leisten würdet«, stellte Henry achselzuckend fest. »Mir war klar, dass ich Euch irgendwann einen Grund präsentieren müsste, gegen den Mann zu ermitteln – und welcher könnte besser sein als der, dem letzten noch lebenden Mitglied seiner Familie zu helfen?«

»Das«, ließ Geoffrey ihn kühl wissen, »war nicht nötig.«

»Es *war* nötig«, fuhr Henry ihn an, während Giffard hinter seinem Rücken hektisch gestikulierte, um Geoffrey zu größerer Zurückhaltung zu drängen. »Ihr wäret nicht aus Herzensgüte nach Bristol gegangen, und ich wollte wissen, ob Ihr ein Mann seid, dem ich in Zukunft auch heiklere Missionen anvertrauen kann. Durand hat mir berichtet, dass Ihr ein Talent für solche Dinge habt, aber ich wollte das gern selbst beurteilen.«

»Aber Joan wurde schon im März genötigt, ihr Geld bei Barcwit anzulegen«, stellte Geoffrey entsetzt fest. »Das bedeutet, Ihr habt all das schon seit Monaten geplant.«

»Die Idee kam mir, als Ihr vor dem Osterfest in Westminster wart und wir über Bellême sprachen«, bestätigte Henry liebenswürdig. »Es ist immer gut, vorauszuplanen, und ich wusste damals schon, dass mit meinen Münzern in Bristol Ärger ins Haus steht. Sendis Klage gegen Barcwit kam mir gelegen, denn sie bot einen guten Vorwand, Euch vor Eurer Abreise ins Heilige Land noch zurückzurufen. Aber glaubt nicht, dass Ihr darum etwas Besonderes seid. Ich habe reichlich vielversprechende Männer und Frauen, die ich auf diese Weise erprobe. Diese kleine Episode war nicht von größerer Bedeutung.«

»Ihr habt uns als Schachfiguren gebraucht?«, fragte Geoffrey. Er war ein wenig entsetzt, dass der König, der seine Untertanen beschützen sollte, sie stattdessen in größte Gefahr brachte – und das aus Gründen, die nach einer müßigen Belustigung klangen.

Henry nickte unbekümmert. »Aber es hat sich alles zum Guten gewendet, also habt Ihr wohl keinen Grund, Euch zu beklagen. Und gewiss habt Ihr nicht vergessen, wie gerne Ihr Eurem König stets zu Diensten seid.«

»Ich wusste nicht, was ich tun sollte«, sagte Joan leise. Geoffrey sah, dass sie die Ereignisse der letzten Monate ganz und gar nicht unbedeutend fand: Sie war zutiefst erschüttert. »Es wurde angedeutet, dass Olivier etwas geschehen könnte. Dann wurde unser Bruder erstochen und ...« Sie verstummte kläglich.

»Mit Henrys Tod hatte ich nichts zu tun«, stellte der König entschlossen klar. »Das war ein unglücklicher Zufall. Ich habe einen meiner besten Spione angewiesen, diesen Vorfall zu untersuchen, und er versicherte mir, dass Barcwit daran nicht beteiligt war. Man kann kaum mir die Schuld dafür geben, dass Barcwit etwas anderes behauptet hat, nicht wahr?«

Geoffrey schaute in Joans blasses Gesicht und hasste Henry, weil er dieses selbstsüchtige Spiel mit ihr getrieben hatte. Er spürte den überwältigenden Drang, ihn das wissen zu lassen, aber er hatte nicht vergessen, wie zornig der König gewesen war, nachdem er ihn neulich beleidigt hatte – genausowenig wie sein Versprechen, ihn zu hängen, wenn das noch einmal vorkam. Mit bewundernswerter Selbstbeherrschung nahm er seine Betrachtung der Vorgänge wieder auf.

»Ihr habt Peter angewiesen, dieses Komplott zu erfinden, damit Joan mir nicht erzählt, dass sie für Euch tätig ist. Ihr wusstet, dass dies unsere Schwäche war: Ich würde sie nicht im Stich lassen, solange ich sie in Gefahr glaubte; sie würde mir niemals die Wahrheit sagen, solange sie glaubte, mich dadurch schützen zu können.«

»Ich verstehe mich gut darauf, die Menschen einzuschätzen«, sagte Henry selbstzufrieden. »Die meisten Männer würden für ein Landgut ihre Familie verraten, aber nicht Ihr zwei. Ihr habt Euch meines Vertrauens als würdig erwiesen.«

»Ihr überschätzt uns, Majestät«, erwiderte Joan tonlos. »Wir haben nur getan, was andere an unserer Stelle auch getan hätten.«

Henry war anderer Ansicht. »Geoffrey hat mir Einzelheiten dieses Falls enthüllt, die mir andernfalls verborgen geblieben wären – dass Sendi betrügerischer war als Barcwit, beispielsweise, dass Barcwits Kinder ein Ammenmärchen ersonnen und damit die Stadt in Angst versetzt haben, dass sie ein inzestuöses Verhältnis unterhielten. Außerdem hat er Peter dazu gebracht, sich als der Verbrecher zu zeigen, der er war, und er hat mein Silber aufgespürt. Er hat mir die Wahrheit gebracht.«

Geoffrey hoffte aufrichtig, dass diese Wahrheit den König geschmerzt hatte – vor allem der Verrat durch Peter, dem er sein Vertrauen geschenkt hatte. »Die Wahrheit kann mitunter schmerzlich sein«, merkte er an, gerade so spitz, wie er es wagen konnte.

»Ihr seid aufsässig, ungehorsam und unberechenbar, und doch bin ich bereit, Euch in meine Dienste aufzunehmen«, fuhr Henry fort und ging über die Bemerkung hinweg. »Durand hat mir berichtet, dass Ihr immer noch auf Nachricht von Tankred wartet, weil Ihr glaubt, dass ich das Schreiben mit Eurer Entlassung gefälscht habe.

Aber ich kann warten. Ihr werdet feststellen, dass der Brief echt war und dass Euer Fürst Euch nicht mehr braucht.«

Geoffrey funkelte Durand an, der verlegen zu Boden blickte.

»Ich hätte es so oder so herausgefunden«, sagte Henry gereizt. »Also hackt nicht auf Durand herum. Unternehmt einen Besuch auf Goodrich, und denkt über mein Angebot nach. Wir können die Bedingungen aushandeln, wenn Ihr Euch entschieden habt. Ihr könnt gehen.«

»Und das war alles?«, fragte Joan fassungslos.

»Ich danke Euch für Eure Hilfe«, sagte Henry. Er schlug in die Hände und rief so seinen Sekretär herbei. Seine Besucher waren entlassen. »Giffard wird dafür Sorge tragen, dass Euch alles Geld erstattet wird, das Ihr meinetwegen bei Barcwit gelassen habt. Vorausgesetzt natürlich, Ihr könnt die Zahlung belegen.«

»Oh, natürlich«, erwiderte Joan eisig und holte ein Bündel Pergamente aus der Tasche. »Ich kann sie belegen.«

»Das dachte ich mir«, sagte Henry und schien sich nicht darüber zu freuen. »Lasst sie bei Giffard, wenn Ihr geht.«

Erleichtert ließen sie das königliche Gemach hinter sich. Joan war plötzlich heiterer, und Geoffrey spürte, dass ihr eine große Last von den Schultern genommen war. Das wunderte ihn, denn er hätte nicht geglaubt, dass eine Audienz beim König einen so großen Eindruck auf sie machen könnte.

»Ich dachte, ich hätte wieder so tun müssen, als stünden wir einander feindselig gegenüber«, sagte sie und fasste ihn am Arm. »Es fällt mir schwer zu sagen, dass ich dich hasse, wenn das gar nicht der Fall ist.«

»Warum solltest du das auch tun? Henry weiß, dass es nicht stimmt. Genau das hat ihm ja überhaupt erst erlaubt, diese ungeheuerliche Prüfung in die Wege zu leiten.«

»Ich dachte, ich müsste ihn überzeugen, dass er sich darin geirrt hat.«

»Warum?«, bohrte Geoffrey nach. »Dein angeblicher Verrat geschah doch auf seinen Befehl hin.«

»Ja und nein«, antwortete Joan. »Wenn ich glauben würde, dass ich Henry ein Messer in sein schwarzes Herz stoßen könnte, ohne dass seine Handlanger anschließend auch an dir und Olivier Rache übten, dann würde ich es tun.«

Erschrocken sah Geoffrey sie an. »Was willst du damit sagen?«

»Als Peter mir von dem geplanten Anschlag auf den König erzählte, war ich darüber erfreut – sogar entzückt! Ich habe mich bereitwillig darauf eingelassen, Pläne geschmiedet, Vorbereitungen getroffen, sogar zusätzliche Summen gezahlt. Idonea wurde gehängt, und Peter ist ertrunken, aber bis zu diesem Augenblick wusste ich nicht, ob sie vorher noch irgendjemandem erzählt haben, wie eifrig ich Henrys Ermordung unterstützt habe. Ich *bin* eine Verräterin, Geoffrey – und das mit Hingabe.«

Geoffrey musterte sie mit Unbehagen. »Warst du deshalb so niedergeschlagen, seit wir Bristol verlassen haben? Du hattest erwartet, dass man dich entlarven würde?«

Sie nickte. »Gott ist mein Zeuge: Ich bedaure es, dass mein Tun zu nichts führte. Ich wollte diesen Thronräuber tot sehen. Und nach allem, was er mit dir gemacht hat, wünsche ich mir das umso mehr.«

Geoffrey war entsetzt. »Dann bist du ja knapper davongekommen, als mir bewusst war.«

»Das bin ich.« Mit grimmigem Lächeln pflichtete sie ihm bei. »Aber so kann ich an einer wirklichen Verschwörung gegen ihn mitwirken. Irgendwann in der Zukunft.«

Am nächsten Tag saß Durand in einer Kirche und lockerte seine schmerzenden Finger. Er lächelte dem Priester zu, der ihm Feder und Tinte zur Verfügung gestellt hatte, und bedeutete ihm, dass er beinahe fertig war. Dann las er noch einmal die beiden Briefe, die er geschrieben hatte. Er war sehr zufrieden. Niemand würde den Unterschied zwischen der unverwechselbaren Hand von Tankreds Schreiber und seiner sorgfältigen Fälschung feststellen können.

Das eine Sendschreiben war für Geoffrey. Es ließ ihn wissen, dass er in Tankreds Gefolge tatsächlich nicht länger erwünscht war. Das zweite Schreiben war für Henry bestimmt, zählte Geoffreys Fähigkeiten auf und empfahl ihn für einen Platz in den königlichen Diensten.

Durand wollte nicht ins Heilige Land zurückkehren. Er spürte, dass seine Zukunft in England lag, aber er brauchte Geoffrey, bis der König ihm eine dauerhafte Stellung anbot. Sein Versuch, sich einen Platz an Bloets Seite zu erschmeicheln, war elendig gescheitert, also war es seine nächstbeste Möglichkeit, in Geoffreys Diensten zu verbleiben. Der Ritter zog die Gefahr förmlich an und hatte weder für saubere Kleidung noch für gute Gesellschaft etwas übrig, aber zumindest stahl er nicht das Eigentum seiner Dienstleute.

Daher zerriss Durand den herzlichen Brief, in dem Tankred seine Sorge über Geoffreys Fernbleiben zum Ausdruck brachte und ihm versicherte, dass er stets einen Platz in seinem Gefolge vorfinden würde. Dieses Schreiben ersetzte er durch das neue. Das war einer der Vorteile seiner Stellung als Knappe: Botschaften wurden fast immer zuerst an ihn übergeben. Er war zuversichtlich, dass Tankred seinen Ritter bald vergessen würde, und Geoffrey würde es schon noch eine kurze Zeit aushalten, für Henry zu arbeiten – und eine kurze Zeit war alles, was Durand brauchte.

Er versiegelte beide Briefe mit dem Ring, den er Tankred vor Monaten gestohlen hatte, und schlenderte durch die Stadt. Den ersten Brief brachte er an Henry auf den Weg, dann hielt er auf Geoffreys Unterkunft zu.

Er platzte in das Zimmer des Ritters, als hätte er sich für die Dringlichkeit dieser Sache regelrecht verausgabt. »Das ist gerade angekommen«, verkündete er. Er tat atemlos, als wäre er den ganzen Weg gerannt. »Ich habe den Boten bei der Abtei getroffen, wo ich gerade gebetet habe.«

Geoffrey nahm den Brief entgegen, öffnete ihn aber nicht. Er saß mit Joan, Olivier und Roger an einem Tisch, während Helbye ihm gegenüber saß und Giffard am Feuer stand. Es sah nicht nach einer sonderlich fröhlichen Gesellschaft aus, und Roger hatte den Wein neben seinem Arm nicht angerührt. Da stimmte etwas nicht.

»Also«, sagte Helbye, als wäre es eine Schlussfolgerung. »Diese Stiefel haben mir die Füße ruiniert. Das wollten die zwei Sonnen mir mitteilen: Es war eine Vorhersage, dass meine beiden Fersen auf unnatürliche Weise brennen würden. Die drei Regenbogen wiederum waren ein Zeichen, welches mir auftrug, die Flüsse Avon, Severn und Wye zu überqueren und nach Goodrich zurückzukehren. Es tut mir leid, dass ich Euch im Stich lassen muss, aber es geht nicht anders.«

Geoffrey nickte langsam, und Durand fand den Ausdruck auf dem Gesicht seines Herrn eigenartig undeutbar. Durand wusste, dass die Stiefel hervorragend passten und Helbye sich sehr darüber gefreut hatte. Außerdem konnte er sehr gut unterscheiden, ob ein Mann wegen wunder Füße humpelte oder wegen einer schmerzenden Hüfte. Schon öffnete er den Mund, um den alten Mann als Lügner bloßzustellen, aber Geoffrey schaute ihn an.

»Der König möchte dich sprechen«, sagte er.

Durand grinste. Möglicherweise war es gar nicht nötig gewesen, die Briefe zu fälschen. Seine Berichte über Geoffrey waren sehr eingehend gewesen und entsprachen größtenteils der Wahrheit, und ihm kam der Gedanke, dass ihm der König seine Dankbarkeit zeigen wollte.

»Ich bezweifle, dass du Grund zum Lächeln hast«, sagte Joan. »Ich glaube nicht, dass er sonderlich erfreut über dich ist.«

»Da hat sie Recht, und wenn du zu ihm kommst, kannst du ihn gleich wissen lassen, dass du nicht länger mein Knappe bist«, fügte Geoffrey hinzu. »Ich bin fertig mit dir.«

»Was will er denn?«, fragte Durand. Ein unangenehmes Gefühl breitete sich in seinem Magen aus.

»Du wolltest heute den Prägestempel verkaufen, den du von Sendi gestohlen hast«, erklärte Roger. »Du hast dich verkleidet, aber dein Haar ist unverkennbar und hat dich verraten. Der Münzer von Winchester ist ein ehrbarer Mann – oder ein sehr misstrauischer – und hat dich dem König gemeldet. Bischof Giffard ist hier, um dich zum Palast zu bringen.«

»Das war ich nicht«, rief Durand erschrocken. »Ich habe keinen Stempel gestohlen.«

»Du hast ihn mitgenommen, als Sendi uns die Werkstatt gezeigt hat«, sagte Geoffrey. »Er hat mir die Schuld gegeben, weil er meinte, dass ich der einzige Fremde war, der ihn besucht hat. Aber das stimmte nicht: Du warst ebenfalls dabei. Du hast den Stempel in den rosa Schuhen versteckt, die ich für Joan gekauft hatte und die du für mich getragen hast.«

»Aber das beweist noch nicht …«, setzte Durand an.

»Hier ist die Puppe, die du Keas Schwester zurückbringen solltest.« Geoffrey hielt das Spielzeug in die Höhe und entfernte den Kopf, woraufhin ein Hohlraum zum Vorschein kam. »Hier hast du den Stempel hineingesteckt. Das erklärt auch, warum die Puppe so schwer war, als ich sie das zweite Mal in die Hand nahm – sie war gar nicht mit verschüttetem Wein vollgesogen, wie ich angenommen hatte. Du hattest sie nicht in deiner eigenen Tasche versteckt, sondern in meiner, für den Fall, dass der Stempel darin entdeckt wird. Die Strafe sollte lieber mich treffen.«

Durand befeuchtete sich die trockenen Lippen. »Ich …« Ihm fiel nicht ein, wie er das entkräften könnte.

»Ich wusste, dass du ein Dieb bist«, sagte Joan. »Du hast eine meiner Halsketten geklaut, und ich wollte meinen Bruder vor dir warnen. Du hast nichts verloren in der Gegenwart ehrlicher Männer.«

»Ehrliche Männer?«, höhnte Durand, der die Sprache wiedergefunden hatte. Verächtlich blickte er auf Olivier. »*Er* kann nicht den Mund aufmachen, ohne dass eine Lüge herauskommt, mit all seinen Geschichten über Schlachten, die er geschlagen hat, bevor er überhaupt geboren war.«

Geoffrey wollte Olivier verteidigen, wusste aber nicht, wie. Stattdessen sprang Roger auf die Füße, sodass der Knappe erschrocken zurückwich. »Olivier ist ein edler Veteran«, knurrte er. »Seine Geschichten weisen ihn als einen echten und stolzen Krieger aus, und ich werde nicht zulassen, dass sein Name in den Schmutz gezogen wird.«

Joan lächelte ihn dankbar an, während Olivier überrascht errötete.

»Jetzt verschwinde«, sagte Roger. »Du kannst dem König erklären, warum du ihn betrügen wolltest. Aber dass dir das Geld ausgegangen ist, nachdem du auf Bloet hereingefallen bist, wird er wohl kaum als Ausrede durchgehen lassen. Da musst du dir schon was Besseres einfallen lassen.«

Durand lächelte durchtrieben. »Oh, das werde ich.« Er schüttelte Giffards Hand von sich ab, und ein zuversichtliches Funkeln zeigte sich in seinen Augen, während ein Plan in seinem Kopf Gestalt annahm. »Ich weiß genau, was ich sagen werde.«

Geoffrey schaute ihm hinterher, als Durand das Zimmer verließ. »Mir gefällt gar nicht, wie das geklungen hat. Ich hoffe …«

»Du machst dir zu viele Sorgen«, fiel ihm Roger ins Wort. Er deutete mit dem Kopf auf den Brief, der ungeöffnet auf dem Tisch lag. »Mach schon auf. Ich kann an dem Staub darauf riechen, dass der Brief aus dem Heiligen Land kommt. Endlich werden wir durch Tankred die Wahrheit erfahren.«

Geoffrey nahm den Brief in die Hand und brach das Siegel.

# Geschichtliche Anmerkungen

Münzen waren während der Herrschaft von König Henry I. ein Problem. Vor allem im Jahre 1108 und später noch einmal im Jahr 1125 spitzte sich die Lage zu, als eine groß angelegte Überprüfung sämtlicher Münzer in England eingeleitet wurde. Jeder einzelne wurde nach Winchester bestellt, um Rede und Antwort zu stehen, und mehrere zeitgenössische Quellen berichten, dass sie alle zur Verstümmelung verurteilt wurden und anschließend die rechte Hand und die Hoden verloren.

In Bristol gab es von ca. 1020 an eine Münze, oder auch mehrere. Barcwit (oder Barcuit) produzierte Pennys ab etwa 1092, und zwei unterschiedliche Arten davon während der Herrschaft von Henry I. Sendi (auf dessen Münzen steht mitunter auch Sindi oder Snedi geschrieben) begann seine Tätigkeit etwa zur selben Zeit und war vermutlich bis zwischen 1110 und 1113 immer noch tätig. Colblac und Lifwine (Leofwine) waren Münzmeister vor 1100, während Alwold (Ailwald) und Rodbert später tätig waren.

Der genaue Standort der Münzstätte in Bristol um 1100 ist nicht bekannt. Einige Münzen wurden um die Mitte des 12. Jahrhunderts in der Nähe der Kirche von St. Ewen geprägt, an der Ecke Broad Street und Corn Street, und verschiedene Historiker sind der Ansicht, dass auch Münzen – womöglich durch eine zweite Münzstätte – innerhalb der Burg hergestellt wurden. Allerdings war Bristol zu dieser Zeit keine königliche Burg, sondern unterstand einem Baron – und nicht alle Barone waren dem König freundlich gesonnen. Bischof Geoffrey von Coutances, der 1093 starb und als Begründer der Burg gilt, war William Rufus nachweislich feindlich gesinnt.

Es ist schwierig, sich Bristol als Hafenstadt im frühen 12. Jahrhundert vorzustellen. Als angelsächsische Burg war es eine befestigte Stadt mit gitterartigem Straßennetz, und die vier Hauptstraßen – Corn, Wynche (Wine), High und Broad – existieren immer noch. Niemand weiß, wie viele Kirchen zu jener Zeit innerhalb der Mauern standen; manche Historiker sprechen von einer, andere von mehr als zehn.

Seit jener Zeit wurden Flüsse in unterirdische Kanäle verlegt oder umgeleitet; die alten Wälle sind verschwunden, und viele mittelalterliche Gebäude wurden zerstört. Nur wenig ist von dieser einstmals mächtigen Festung geblieben außer einigen spärlichen Mauerresten und einem Park am Fluss.

Beiminstre (Bedminster) war ein königliches Gut. Die frühesten Aufzeichnungen der Kirche von St. John the Baptist reichen bis in das Jahr 1003, und sie wurde mehrfach wieder aufgebaut, bis sie schließlich endgültig in den 40er Jahren des letzten Jahrhunderts von Brandbomben zerstört wurde. Sie war sehr bedeutsam und einst die Mutterkirche der großartigen St. Mary Redcliffe.

Das Dorf, das heute als Long Ashton bekannt ist, wird in der Domesday-Erhebung von 1080 Estune genannt, während Dundry als Dundreg verzeichnet ist. Das Dorf Saltford, zwischen Bristol und Bath, wurde Sanford genannt.

Viele Personen im Roman haben wirklich gelebt. John de Villula und Clarembald waren Heilkundige, deren Dienste für König Henry oder seine Familie belegt sind. John (gestorben 1122) war vermutlich am Totenbett des Eroberers zugegen und als Kaplan für Rufus tätig, ehe er mit dem Bistum von Wells belehnt wurde. Wells gefiel John allerdings nicht, sodass er den Bischofssitz nach Bath verlegte. In Bath gab es eine Münzstätte, die zusammen mit dem Münzmeister Osmaer (Osmier) unter Johns Obhut kam. John starb an einem Herzanfall nach dem Weihnachtsessen.

Clarembald (gestorben 1133) ist eine weniger greifbare Gestalt, auch wenn er anscheinend als Sammler von Büchern und Wundergeschichten in Erscheinung trat. Er verbrachte viel Zeit in Exeter, vermutlich in Diensten des schillernden William de Warelwast, Bischof von Exeter (gestorben 1137). Warelwast wurde auch als der erste Berufsbeamte bezeichnet, denn er war mehr an einer guten Verwaltung interessiert als an geistlichen Belangen. Angeblich war er nicht sonderlich gelehrt, aber sehr begabt, und er war als Gesandter gerade so gerissen, wie Henry I. es schätzte.

Robert Bloet, der Bischof von Lincoln, hatte einen Sohn namens Simon. Simon schien eine glänzende Karriere am Hofe König Henrys vor sich zu haben, doch er fiel in Ungnade. Er wurde festgenommen, konnte aber entkommen und starb schließlich in Verbannung und Armut. William Giffard (gestorben 1129) war Bischof von Winchester. Giffard wäre unter seinen Zeitgenossen eher als Bischof William bekannt gewesen, aber dasselbe hätte auch für Warelwast gegolten. Ich habe daher ihre Zweitnamen verwendet, um Verwechslungen auszuschließen.

*Kreuzritter, Verschwörungen und ein geheimnisvoller Schatz – ein historisches Krimivergnügen der Extraklasse*

Simon Beaufort
DAS GOLD DES BISCHOFS
Historischer Roman
528 Seiten
ISBN 978-3-404-15754-9

Southampton, 1101: Geoffrey Mappestone und sein treuer Freund Roger können es kaum erwarten, mit einem Schiff ins Gelobte Land aufzubrechen. Doch der brutale Mord an einem ihrer Gefolgsleute macht diesen Plan zunichte. Es sieht so aus, als ob Rogers Vater, der berüchtigte Bischof von Durham, seine Hand im Spiel hat, denn dieser taucht unvermittelt in Southampton auf und fordert die beiden Kreuzritter auf, ihm einen gefährlichen Dienst zu erweisen …

Bastei Lübbe Taschenbuch